AtV

Erwin Strittmatter wurde 1912 in Spremberg als Sohn eines Bäckers und Kleinbauern geboren. Bis zum 16. Lebensjahr Realgymnasium, danach Bäckerlehre. Arbeitete als Bäckergeselle, Kellner, Chauffeur, Tierwärter und Hilfsarbeiter. Im zweiten Weltkrieg Soldat, desertierte er gegen Ende des Krieges. Ab 1945 arbeitete er erneut als Bäcker, war daneben Volkskorrespondent einer Zeitung und seit 1947 Amtsvorsteher in sieben Gemeinden, später Zeitungsredakteur in Senftenberg. Lebte seit 1954 als freier Schriftsteller in Dollgow/Gransee. Er starb am 31. Januar 1994.

Romane: Ochsenkutscher (1951), Tinko (1955), Der Wundertäter I–III (1957/1973/1980), Ole Bienkopp (1963), Der Laden I–III (1983/1987/1992), Erzählungen und Kurzprosa: Pony Pedro (1959), Schulzenhofer Kramkalender (1966), Ein Dienstag im September (1969), 3/4hundert Kleingeschichten (1971), Die Nachtigall-Geschichten (1972/1977/1985), Selbstermunterungen (1981), Lebenszeit (1987). Aus Tagebüchern: Wahre Geschichten aller Ard(t) (1982), Die Lage in den Lüften (1990). Dramen: Katzgraben (1953), Die Holländerbraut (1959).

Ein folgenschwerer Tag ist jener 15. Juni 1919 für Esau Matt: Die Familie zieht um, von einem Niederlausitzer Heidedorf in ein anderes, nach Bossdom. „Brod-, Weissbäckerei, auch Colonialwarenhandlung“ steht über dem Laden, den die Eltern mit nichts als Geborgtem erworben haben. Von nun an wird Esau *Bäckersch Esau* sein und bleiben, und der Laden wird tyrannisch in den Familienfrieden eingreifen. Streit um Geld und Zinsen durchschütteln die amerikanisch-sorbische Sippe, doch der Laden ist der Stolz der Mutter und der magische Punkt im Dorf, wo die Leute ihre Neuigkeiten austauschen. Bis Esau als *hocher* Schüler das Gymnasium in der Stadt besucht, ereignen sich mehr Geschichten in der Heide, als selbst die Anderthalbmeter-Großmutter, genannt Detektiv Kaschwalla, registrieren kann. Esau hat sie bewahrt: im Kopf und im Herzen, und wenn Erwin Strittmatter ihn davon erzählen läßt, bilden die Matts, der Laden, das Dorf die Scherben, in denen sich der Erdball spiegelt.

Erwin Strittmatter

Der Laden

Roman · Erster Teil

Aufbau Taschenbuch Verlag

ISBN 3-7466-5407-6

4. Auflage 1996
Aufbau Taschenbuch Verlag GmbH Berlin

Umschlaggestaltung Bert Hülpüsch
unter Verwendung eines Fotos aus dem Archiv E. Strittmatter
Druck Elsnerdruck, Berlin
Printed in Germany

Für Günter Caspar

In Grauschteen, von wo wir herkommen, war alles anders, auch mit dem Kunsthonig war es anders: Jedem Haushalt wurde jede Woche eine Scheibe zugeteilt. Ich war fünf Jahre alt und durfte unsere Scheibe aus dem Dorfladen holen, und ich hielt meinen Daumen dabei so, daß eine Spur von der graugelben Masse an ihm kleben blieb, wenn die Krämerin sie mit dem Spatel auf den Teller klatschte. Den bekleckten Daumen durfte ich ablecken, aber ich durfte ihn unterwegs nicht in die Masse stippen, um mich zu laben. Gott sieht den Sünder, Gott sieht alles, sagte meine Mutter. Sünde und Unsünde hingen von einer Bewegung meines Daumens ab.

Ich versuchte Gott mit meinem Zeigefinger, stippte, leckte und lauschte. Alles blieb ruhig. Der Herr schien über mich kleinen Affen zu lächeln, doch am Nachmittag ließ er ein großes Gewitter auf Grauschteen los, und alle mußten leiden und sich fürchten, weil ich den Zeigefinger in den Kunsthonig gebohrt hatte.

Nun sind wir nach Bossdom gezogen, sind noch keine Stunde hier, und alles ist anders: Ein Junge wird von seiner Mutter Waldchen gerufen. Der Name gefällt mir nicht, in Grauschteen gab es ihn nicht.

Waldchen wirft Pappwürfel gegen die Stalltüren im Bäckereihof; die Pappwürfel platzen, weicher Kunsthonig quillt aus ihnen und kleckt am Holz herunter. Volltreffer! schreit Waldchen.

Was wird Gott dazu sagen?

Meine Großmutter, ein Anderthalbmeter-Mütterchen, ist wie eine Zwergin aus dem Märchen. Sie hat tiefliegende Augen und rote Oberbäckchen, ist gütig und listig und – eben die tiefliegenden Augen. Wenn etwas nicht so geht, wie es gehen soll, stellt sie sich ein und schiebt an. Sie kommt in den Hof und sagt zu dem Jungen, der Waldchen heißt: Was schmeißt du den Honig?

Kann ich! sagt der Junge.

Du vergeidest Gottes Gaben, sagt die Großmutter.

Es ist unser Honig, sagt Waldchen und wirft weiter.

Kinder, sagt die Großmutter listig: Geht auf die Straße, gleich wern se den Möbelwagen ausladen. Gott weiß, ob nicht der große Spiegel zerscherbt ist.

Wir gehn auf die Straße. Waldchen neugierig hinter uns drein. Wir sind noch neu in der Welt. Wir wollen wissen, wie Dinge entstehn; wir wollen wissen, wie Dinge vergehn. Wir wissen noch nicht, daß sich in Scherben und Wassertropfen die Welt spiegelt. Spiegel zerscherbt – sieben Jahre Pech! heißts.

Der Möbelwagen ist ein Haus auf Rädern; sein Dach ist gewölbt, an seiner Vorderseite, hoch über den Pferden, ein Sitz für vier Kutscher. Es sind Männer mit Bauerngesichtern und Lederschürzen, stämmig, gewaltig, krummbeinig, vom Lastentragen erdwärts gedrückt, und alle sind Sorben vom Lande, die in der Kleinstadt nach Glück fischen.

Die Räder des Möbelwagens sind athletisch. Ihre metallenen Reifen rieben sich an den Landstraßensteinen silberig; auch die Steine werden was von der Reibung gehabt haben, aber unsere Augen sind grob, sie sehen die Reibspuren auf den Straßensteinen nicht.

Vor dem Möbelwagen stehen sechs Belgierpferde, sie stehn in zwei Reihen und haben gespaltene Kruppen. Eine Hirschlaus krabbelt durch das Brusthaar eines Braunschimmels. Vielleicht fürchtet sie sich so wie ich, wenn ich durch eine finstere Waldschlucht muß?

Von den Flanken der Pferde steigt Dunst auf. Der Dunst ist wie mit Nadeln versetzt, und die Nadeln sticheln in meiner Nase.

Ammoniak, sagt die Mutter. Was hilfts? Es stichelt.

Die gelösten Zugstränge liegen über den Rücken der Gäule; sie klirren leise, wenn die Tiere atmen, und sie klirren laut, wenn die Pferde sich schütteln. Die Köpfe der Pferde stecken bis zu den Augen in Futterbeuteln, und die Tiere prusten in den Häcksel, um an die Haferkörner zu kommen. Sogleich nässen die Kutscher das Futter, gießen je einen Schwapp Wasser in die Freßsäcke, und Häcksel und Hafer sind nicht mehr zu trennen. Die Steppe, die Pferdeweide von einst, ist auf einen Raum, der in einem Futtersack Platz hat, zusammengedrängt.

Das schreibst du heute, sagt mein Sohn, aber hast dus damals so gesehen?

Ich habe es damals so gesehen, aber ich sagte es nicht; ich fürchtete mich vor dem Ausgelächter.

Einmal bewirtete mich die Vatermutter, von uns die *Amerikanische* genannt, mit Milchsuppe, und ich löffelte die Suppe langsam, weil sie einen Beigeschmack hatte.

Was mäkelst du?

Die Suppe schmeckt mir begierig, sagte ich, und da prasselte das grobe Gelächter der *Amerikanischen* auf mich nieder; und die Urgroßmutter und die Tante und die Magd — sie alle folterten mich mit ihrem Lachen.

Es war so, daß die Suppe nach Maschinen-Öl schmeckte, das aus der Milchzentrifuge getropft war. Und es war so, daß ich im Sommer den Dreschmaschinisten umlungerte, der nach Maschinen-Öl roch und von meinem Quarkbrot abbeißen wollte, und daß mein Stiefgroßvater sagte: Ein begieriger Kerl!

Viele Jahre meines Lebens gingen dahin, bis ich Mut genug beisammen hatte, das Hohngelächter der Dummköpfe und den Spott der Besserwisser für nichts zu achten, bis ich zu sagen und zu schreiben wagte, was ich sah, was ich fühlte, was ich dachte, und nicht, was ich hätte sehen, fühlen und denken sollen.

Die Möbelkutscher luden unseren Hausrat in Grauschteen ein, und sie entzogen ihm den Raum, den er im Kotten um sich gehabt hatte. Sie stellten die Stücke auf- und nebeneinander, preßten die Luft hinfort, die zwischen ihnen hin- und hergegangen war; sie schachtelten Tische und Schränke, Stühle und Bänke in das kleine Haus auf Rädern, und dort jappte das Gemöbel, wie mir schien, nach Luft.

Ich höre die Leute reden, und manche nennen das Haus, in das wir ziehen, eine Wirtschaft, andere nennen es ein Anwesen, aber ich benenne es nicht, weil ich erst hineinkriechen, mich einnisten und erproben muß, welche Spiele drin möglich sind.

Neben dem Haus, in das wir einziehen, stehn sieben Eichen. Die Deitsch-Nationalen reden von *stolzen Eichen,* sagt der Großvater. Er mag die Deutschnationalen nicht, weil er ein Sorbe ist; da mag auch ich sie nicht, die Deutschnationalen.

Wenn was Eigenschaftliches von den Eichen zu sagen ist: Sie sind, wie Eichen sein sollen: Wenn die Luft still ist, stiebt mir ihr beruhigendes Blätterrascheln Tag und Nacht in die Ohren; wenn Wind weht, schwillt das Rascheln zum Rauschen an, und der Sturm treibt das Rauschen zum Gebrüll auf.

Aber jetzt ist Juni, und es ist warm im Himmel und auf Erden, und es säuselt in den Eichenkronen; Kühle und Wärme treiben Tauschhändel miteinander, ziehen die Eichenblätter hinein, und es säuselt.

Unter diesen eichenhaften Eichen lagern am fünfzehnten Juni neunzehnhundertneunzehn Dorfkinder und Dorfleute. Wer von den Feldern hereinkommt, stellt Mistgabel, Harke oder sein Kuhgespann ab, setzt sich ins Gras oder bleibt, ein Auge auf die brummenden Kühe gerichtet, stehen, verfolgt den Einzug der *neuen Leute* und bestaunt den ersten Möbelwagen, dieses in der Stadt geborene rollende Haus, das nun hier in der Sandheide steht und nach der anstrengenden Tour zu dampfen scheint.

Die *neuen Leute*, das sind wir, und wir werden es so lange bleiben, bis unsere Vorgänger, die Tauers, fortziehen, und danach wird man uns *die neuen Bäckersch* nennen, und nach fünf Jahren werden wir die *Bäckersch* sein, doch die *alten Bäkkersch* werden wir nie werden, und unseren Familiennamen werden wir nie wiederbekommen, weil wir nie fortziehen. Ich werde im Dorfe bis zu meinem Tode *Bäckersch Esau* heißen und werde unter diesem Namen in einem Kriege, den die lieben Deutschen sich nach fünfzehn Jahren mageren Friedens wieder ranschaffen, sterben und wieder auferstehen.

Ich beleidige drei dicke Pappeln und eine schlanke Esche, wenn ich sie nicht erwähne. Sie stehen seitab zur Feldmark hin, wo der Eichenhügel sich in eine kleine Mulde fallen läßt. Wie konnt ich die Pappeln vergessen! Aus ihrem Knospensekret werde ich später versuchen, Pomade zu gewinnen, weil der Duft des kleberigen Saftes dem der Haarsalbe ähnelt, die sich die Dorfburschen an Festtagen in ihre Tollen schmieren.

Ich setz mich abseits von den Dorfkindern ins struppige Gras, nutznieße den Schatten der Eichen, beobachte meine künftigen Spielgefährten und warte aufs Möbelausladen. Wird unser Küchentisch sich erschrecken, wenn er die vielen fremden Leute sieht? Der Ladentisch wird, denk ich, fromm sein; er ist von Grauschteen her an Leute gewöhnt wie ein Zirkuszebra.

Noch schneiden die Kutscher Würfel von ihren Klappstullen, schieben sie hinter die Zähne, spülen mit Bier nach und lassen ihre Gurgeln hüpfen, aber Zeitchen drauf erheben sie sich ächzend, klopfen sich die Brotkrümel von ihren Lederschürzen und füttern, ohne es zu ahnen, Straßen-Ameisen und Dorfspatzen. Sodann entriegeln sie die Möbelwagentüren, und ich, der ich mit den in Knappluft lebenden Möbeln fühlte, atme auf, und ich kann in den Wagen sehen wie in ein aufgeschlagenes Buch.

Ein kleiner Tisch poltert heraus, überschlägt sich und fällt auf die Dorf-Aue. An ihn habe ich am wenigsten gedacht. Der Muttervater hat ihn in einem Kriegswinter gebastelt und der Mutter zu Weihnachten geschenkt. Das Tischchen stammt aus der Familie der Heringstonnen; sein Fuß ist der gebeizte Boden, seine Platte der Deckel eines ehemaligen Heringsfasses. Boden und Platte sind durch drei Beine aus je fünfzehn leeren Garnrollen verbunden, durch deren Seelen Eisendrähte gezogen sind. Die Beine kreuzen sich in halber Tischhöhe und werden dort von einer blauen Haarschleife zusammengehalten. Die Tischplatte hat die Mutter, damit sie sich vom Tischfuß unterscheidet, mit einer gehäkelten Dreikantspitze versehen. Das Tischchen mit seinen Garnrollen-Beinen sieht aus wie ein Ding aus einem schlechten Traum, doch die Mutter hält es wert, weil es den Händen meines göttlichen Großvaters entsprang wie die Pallas Athene dem Kopfe des Zeus.

Mutters Großvaterverehrung teilte sich dem abscheulichen Tischchen mit. Es wurde hoffärtig, pochte während der Fahrt im Wagen auf sein vornehmes Wesen und kroch über andere Möbel hinweg nach hinten, um beim Öffnen der Türen der frischen Luft und der neuen Umgebung zuerst teilhaft zu sein. Nun liegt es mit verbogenen Gespensterbeinen und heruntergerissener Häkelkante da, und mein Großvater tritt hin und redet mit ihm: Hast du dir die Beene verstaucht auf die holperige Chaussee? sagt er, und er streichelt das Tischchen und biegt ihm die Beine zurecht, und er trägt es als erstes Möbel in unser neues Nest.

Ein Dorfjunge rückt zu mir heran. Das drahtige Gras fietscht, wie er mit seinem Hosenboden drüber hinrutscht. Der Junge hat kurz geschorenes Haar und abstehende Ohren, er lächelt, und seine Sommersprossen hüpfen: Was soll eich die hölzerne Kreizspinne, sag mir!

Eine Kreuzspinne soll unser Ziertisch sein? Wir nennen ihn so, weil Mutter ihn von Anfang an so nannte. Können die Dinge denn dies oder das sein? Sind sie was anderes als ihre Namen? Ganz freilich, denn auch ich bin nicht Esau, wie sie mich nennen. Es sitzt wer in mir, den kennen sie nicht, doch ich sags ihnen nicht; sie lachen mich aus.

Der Junge stößt mich: Schläfst du?

Ich schlaf nicht, sag ich. Wie heißt du, frag ich. Er heißt Hermann Wittling, sagt er. Woher weiß ers? Sie haben es ihm gesagt, sagt er.

Das Vertiko meiner Mutter erscheint, hölzern, braun und auf Hochglanz gestriegelt. Ein Zimmerbewohner von dieser Art wurde in Bossdom bislang nicht gesichtet. In den Guten Stuben der Bauern halten Glasschränke die Hauptpredigt.

Die Dorffrauen erkennen die Nachteile des Vertikos. Aller Klunkerkram, Gläser, Tänzerinnen und Hunde aus Porzellan stünden uneingeschrankt und verletzbar auf ihm.

Die Stobwischerei! Das täte mir scheußern! sagt eine Frau. Sie hat Hüften wie ein gesockelter Ofen. Die Frau heißt Pauline, man nennt sie auch Mannweib.

Meine Mutter erklärt den Dorffrauen die Vorzüge ihres Vertikos, lobt seinen Aufsatz, rühmt seinen Spiegel, weil er verdoppelt, was vor ihm steht, weil er aus wenig- vielhabend macht.

Der große Spiegel wird ausgeladen. Sein Gesicht ist mit grauen Decken verhängt. Wir sehn ihm wie einem Hochseilartisten entgegen, von dem man fürchtet, er könnte stürzen, obgleich man, wenns doch geschehen sollte, schon gern dabei wär. Von unserem Spiegel wünschen wir uns, er möge heil sein, und alles möge so bleiben, doch wärs uns nicht unlieb, wenn er zerscherbt, wenn zu sehn wär, was da wird, wenn es nicht bleibt, wie es ist.

Die Großmutter geht auf den Spiegel zu, bestreicht die Decken und hext ein bißchen. Meine Großtante Lidola ist eine große Hexe; meine Anderthalbmeter-Großmutter hexelt nur für den Hausgebrauch. Sie spuckt dreimal trocken, wispert und streicht, lüftet die Maske des Spiegels, schaut drunter und hexelt wieder. Endlich reißt sie die Decke herunter:

Da ist der Spiegel. Er schaut uns an. Wir sind in ihm, ich und der Junge, der Hermann heißt, die Eichen, die Frauen, die Männer, die Kühe. Er läßt nichts und niemand aus, unser Spiegel, er benachteiligt niemand.

Wenn man freilich zur Seite tritt, kann man sein Bild aus dem Spiegel nehmen. Doch er holt es sich wieder. Der Spiegel hat Macht, Macht über die, die Verlangen spüren, gespiegelt zu sehen, wer sie sind, und wer von uns verlangt nicht danach?

Bewahrt der Spiegel, was je in ihm war? Erinnere nicht auch ich mich an vieles, was ich sah?

Kann sein, sagt der Großvater. Der Spiegel ist Glas, das kummt aus die Erde, auch du bist Erde und wirscht wieder

Erde. Von manches wissen wa zuviel, und von zuviel wissen wa zuwenig.

Der Spiegel wird waagerecht durch die Haustür getragen. Dabei hat er Gelegenheit zu vermerken, wie der Himmel über dem Anwesen an diesem Tag aussieht, an diesem Junitag neunzehnhundertneunzehn, und wie er gekantet um die Ecke getragen wird, fängt er noch rasch die Linde ein, die zehn Meter entfernt vom Haus am Dorfstraßenrand steht, die uns noch fünfundzwanzig Jahre lang blühen wird, in der noch fünfundzwanzig Jahre die Bienen zur Blütezeit summen werden, die sich noch fünfundzwanzig Male belauben und entlauben wird, bis sie der Vorbeimarsch von tausend sowjetischen Panzern so erschüttert, daß sie sich langsam, ganz langsam hin und über die Straße legt und das gerade, als meine Mutter zum Fenster hinaussieht und dem letzten Panzer nachschaut, der auf Berlin zu fährt, und wo sie denkt: Nun ist der Krieg wohl zu Ende.

Jetzt hinein mit dem Spiegel ins Haus! Er wird zwischen die Fenster der Guten Stube gestellt, und dort wird er zwanzig und dreißig, ja, fünfzig Jahre stehen, und alle Menschen, die je in dieses Hausnest kommen, werden sich vor ihm bezupfen und betupfen; er wird die Weihnachts-, die Geburtstags- und die Hochzeitsfeiern spiegeln, und ehe die Brautpaare zum Fotografen gehen, werden sie vor ihn hintreten und fragen: Passen wir nicht gut zueinander?

Der Spiegel wird schweigen, wird klüger sein als die Menschen, die sich bei Fragen von Liebesleuten zu einer Antwort gedrungen fühlen.

Der Spiegel wird uns in Fest- und Trauerkleidern wiedergeben, aber niemand wird, soviel ich mich erinnere, als Leiche in ihm sein, auch nicht die Mutter.

Der Küchenschrank wird aus dem Möbelwagen gehoben, die Eimerbank mit dem Stall für die gußeisernen Töpfe, das Tassenregal, die Ofenbank, und dann wird das Kinderklosett aus dem Dunkel gezogen, das Kinderklosett mit dem Rundloch und dem Nachttopf im Kasten.

Die hoabns gut, sagt das Mannweib Pauline, die brauchen im Winter nich uffn Mist!

Zuletzt kommt der Schaukelstuhl, den uns die Vatermutter, die *Amerikanische*, leihweise mitgab. Er reiste siebenmal über den Atlantischen Ozean und ist bis zu den Kufen von Ferne umflimmert. Die Dorfleute streiten um seinetwillen. Die einen meinen, es handele sich um einen Stuhlschlitten, die anderen halten ihn für eine Quarkleiter, auf der man sitzen und warten kann, bis alle Molken aus der eingesackten Dickmilch herausgelaufen sind.

Und das alles ist eire? fragt mich Pauline.

Großmutter hört es und kommt mir zu Hilfe: Wems solls denn sein, wenns nich unse is?

Es hat geheeßen, ihr hoabt nich mal Bettzeig, deckt eich mit eire Hemden zu.

Wer sagt denn sowas?

Schißchen sagt sowas.

Die Anderthalbmeter-Großmutter weiß, wie man erfährt, was man wissen möchte: Kein Bettzeug, sagt sie, ich wär dir verkloagen für die Beleumdung, wenn du nich soagst, wer sowas geredt hat.

Die eene Hälfte wär ich dir soagen, brummelt Pauline, die andere Hälfte mußte dir roaten!

Na? fragt die Großmutter, na?

Eene Frau woars, die mal gebetet hoaben soll: Lieber Gott, schick mir een zweegeschwänzten Mann! Mußte bissel rumhorchen, welche Frau so gebetet hat!

Die Anderthalbmeter-Großmutter spuckt aus. Sie mag Zweideutigkeiten nicht. Die Verleumdung, die von einer mannstollen Frau ausgegangen sein soll, wird für sie ein Fall; wir werden ihr später nicht umsonst den Spitznamen Detektiv Kaschwalla geben. Am Abend hat Kaschwalla heraus, welche Frau uns verleumdete. Die Tauern wars, die Frau unseres Vorgängers. Sie wohnt noch in einer der Stuben im ersten Stock. Ihr Sohn ist Waldchen, der Kunsthonigschmeißer.

Die Tauern heißt Martha. Sie hat die Auszehrung. Ihr blasses Gesicht ist mit Bosheit durchwest, doch ihr Mund ist edel und gleicht einer Möwe, einer blaßrosa Möwe, wie sie Maler in den Himmel hängen, wenn sie Sonnenuntergang am Meer machen. Tauersch Martha möchte alle Männer. Der Tod sitzt in ihr und sorgt sich ums Leben. Die Tauern möchte auch meinen Vater, den schon lange. Sie und mein Vater haben als Jungpaar eine Hochzeit mitgemacht, von da an will Martha unseren Vater, der aber nahm meine Mutter. Tauersch Martha verleumdet das Hauswesen meiner Mutter aus Eifersucht. Das Leben ist verwickelt, verknotet; man erkennt nicht, von wannen der Faden kommt.

Es weht ein Wind von den Eichen herüber. Die Kutscher klappen die Türen zu. Sie sperren das Windchen aus Bossdom mit ein. Sie nehmen das Lüftchen mit in die Stadt. Dort wird es entweichen, wird sich mit Stadtluft mischen, mit dem Gestank, der aus Rinnsteinen steigt, ganz aufgeben aber wird es sich nicht, in Minderheit wird es weiterleben, als Lüftchen, das einmal durch die Blätter unserer Eichen ging, auch wenns unsre Nasen nicht glauben wollen.

Habe ich unsere Eichen gesagt? Bin ich schon heimisch hier?

Die Möbelkutscher schnallen die Futterbeutel ab. Sie nehmen den Pferden die leergegraste Steppe von den Mäulern, und sie strängen die Tiere an, und sie steigen auf den Sitz, und sie spalten die Luft mit den Peitschenriemen, und die Luft fährt knallend wieder zusammen. Der Sechser-Zug zieht an. Der Möbelwagen wendet vor unserem Haus.

Habe ich unser Haus gesagt?

Die Dorfleute packen ihre Arbeitsgeräte, gehen dorfeinwärts und sinnen nach, wie sie uns, die *neuen Leute*, in den Organismus, der ihr Dorf ist, einbeziehen werden.

Die Kinder rennen dem Möbelwagen bis zum Dorfausgang nach. Ich geh nicht mit ihnen, noch nicht. Ich hab meine Arbeit, ich muß anfangen, hier zu wohnen. Wo werden Großmutter und Hanka mein Bett aufstellen?

Hanka kam aus Grauschteen mit uns nach Bossdom. Sie ging das letzte Jahr zur Schule, als meine Mutter sie einlud, Kindermädchen bei uns zu sein. Hanka hat große Augen, mit denen sie sündig rollt, wie ich später weiß. Sie küßte mich gleich, als sie zu uns kam. Mutters Küsse waren zärtlich und samten; Hankas Küsse sind kühl wie frisch gepflückte Kirschen und drängelnd. Ich werde sie, bis ich sterb, nie vergessen, die ersten Küsse einer fremden Frau.

Ich suche Gelegenheit, Hanka zu küssen. Wir spielen *Hasenkuß*, und das Hasengras ist ein weißer Nähfaden. Hanka mümmelt ihn von der einen Seite in ihren frischen Mund, ich von der anderen, und wir brennen in der Mitte in einem Kuß zusammen. Auch meine Schwester spielt mit. Ich will sie nicht als *Gegenhasen*, ich will Hanka.

Hanka und die Großmutter stellen unsere Betten in der Bodenstube auf. Sie probieren, welches Teil zu welchem paßt. Dieses Brett paßt da, das andere dort nicht, und die Großmutter hexelt und spuckt, bis jedes Einlegebrett neben seinem richtigen Nachbarbrett zu liegen kommt, und die Betten werden ein zweites Mal erfunden.

Das andere Gemöbel döst ratlos umher. Am Stubeneingang wartet der Schrank. Von ihm wird abhängen, ob mein Bett künftig in der Nähe des Fensters steht, ob mich Mond und Sonne eifrig bescheinen werden, und ob ich von hoch oben werde auf die fremde Landschaft sehen können, ohne auf einen Baum klettern zu müssen.

Der kleinere Hausrat treibt sich herum, wird aufgefunden und mit einem Ausruf des Unmuts beiseite geschoben. Kehrschaufel und Kehrbesen, Schrubber und Scheuerlappen rutschen verscheucht umher, bis sie ihre Nischen gefunden haben, in denen sie bleiben werden, so lange unser Hauswesen besteht, und das ist bis zum Tode der Mutter. Nicht nur der Mensch stirbt, auch die Anordnung seiner Umdinge stirbt, und es stirbt das, was er zu Lebzeiten, oft widerlich selbstgerecht, *seine Ordnung* nannte.

Drei Tage sind nach unserem Einzug vergangen, und die Großeltern wandern nach Grodk zurück. Die Anderthalbmeter-Großmutter betreibt dort *An der Mühlen Numero eins* einen Gemüseladen. Drei steinerne Stufen führen zur Ladentür hinauf, und auf der obersten steht seit drei Tagen eine schwarze Holztafel, die den Kunden in Großmutters krakelig-gotischen Buchstaben schuldbewußt mitteilt: Sind paar Tage nich zahause.

Die Großeltern haben drei Tage lang ihre Ersparnisse

nicht vermehrt. Die Zeit fürs Sommer-Obst beginnt. Großvater muß sehn, daß er zu Gelde kommt. Er zieht einen klakkernden, schlackernden Handwagen, und Großmutter drückt hinten mit einer Gabelstange. Zeitchen drauf drückt der Großvater, und die Anderthalbmeter-Großmutter zieht. Schißchen, Schißchen, von wegen sie zieht, sagt der Großvater. Er hört auf zu drücken: Der Großelternmarsch kommt ins Stocken. Da haste den Dreck vom heiligen Mann! sagt der Großvater, sie lenkt bloß.

Es geht mir zu forsch, Alter, sagt die Anderthalbmeter-Großmutter. Sie hat sich abgerackert bei unserm Umzug. Sie ist die Schwester von Großvaters erster Frau und gebar einen einzigen Sohn, meinen Onkel Phile; und drei Tage nach seiner Geburt ging sie wieder auf den Kartoffel-Acker und tat sich Schaden. Nun quält sie sich mit einem Gebärmuttervorfall durchs Leben.

Großvater erbarmt sich. Setz dir rein in Woagen, Lenka!

Die Anderthalbmeter-Großmutter lächelt verschämt; hineinkrabbeln in den Wagen muß sie ohne Hilfe; soweit geht die Galanterie meines Großvaters nicht; sie lugt mit ihren tiefliegenden Augen über den Rand des Kastens. Der Wagen rappelt und rasselt über die hartgepflasterte Straße. Die Alte ist glücklich und fängt nach einer Weile an zu singen: *Geh aus mein Herz und suche Freud . . .*

Großvater lauscht wie ein Kavalleriepferd auf die Militärkapelle. Er macht selber kleine Liedchen und krittelt, wenn Großmutter Lieder singt, die andere Leute gemacht haben: *Sieh an der schönen Gärten Zier / und siehe, wie sie mir und dir / sich ausgeschmücket haben . . .*, singt die Großmutter.

Ohne Arbeit wächst nischt in son Garten, brummelt Großvater.

Das Schwälblein speist die Jungen . . ., singt die Großmutter eine Weile später.

Na, na, na, erst müssen se sich mal poaren, die Schwalben, Eier legen und brüten! sagt Großvater.

Ein Fuhrwerk kommt den Alten entgegen, ein Bauer mit einem Einspänner. Kriech ausm Woagen! sagt der Großvater zur Großmutter, sonst heeßts noch, die kleene Kräte hat ihren Alten aber unter die Fuchtel!

Die Anderthalbmeter-Großmutter klettert rasch aus dem Wagen, viel zu rasch für ihr Leiden. Sie will den Ruf des Großvaters nicht gefährden, sie liebt ihn, sie hat ihn schon geliebt, als er zu ihrer älteren Schwester auf die Heirat kam. Da ging sie noch in die Schule. Aber sie wollte immer auf dem Schoß des jungen Großvaters sitzen und mit dessen Uhrkette spielen, deshalb blieb ihr, als Großvater ihr nach dem Tode ihrer Schwester Hanne einen Heiratsantrag machte, der Atem stehen.

Für Großvater ist die Anderthalbmeter-Großmutter immer noch jene Lenka, die auf seinem Schoß sitzen und mit seiner Uhrkette spielen will, das Kind, das er ab und an zurechtweisen muß.

Aber laßt sie ziehen, die Alten, laßt sie ziehen; sie wissen, was ihnen frommt!

Ich höhle mich in die Fremde wie ein Wildkaninchen in die Erde. Der Abend kommt, der erste Abend in Bossdom. Wir essen spät, und draußen steigt der volle Mond, und sein ausgeborgtes Licht fällt sanft auf den Taubenschlag in der Hofmitte.

In Grauschteen sah uns der Vollmond beim Abendbrot mit großen Augen in die kleine Fettschüssel. Hier muß ich aus der Küche in dic Wohnstube gehen, um mich mit ihm zu unterhalten. Großvater erzählt von Leuten, die mit dem Mond sprachen: Ein Mann kommt betrunken aus der Schenke, sieht den Mond an, hält sich an einem Lindenbaum fest und sagt: Ach, ach, du bist nur alle vier Wochen mal voll; und ich bins alle Tage.

Ein anderer Mann fürchtet sich, abends auf den Abtritt in den Hof zu gehen. Seine Frau muß ihn begleiten und vor der Tür stehen. Die Frau sieht den Mond aufgehen und sagt: Der Mond kommt.

Was, ein Mann kommt? fragt der furchtsame Mann.

Kacke man, kacke! sagt die Frau.

Mit ner Hacke? sagt der schlotternde Mann und rennt in sein Haus.

Ich muß über Großvaters Mondgeschichten nicht mehr lachen, schon, als ich sie zum zweiten Male hörte, nicht mehr. Ist meine Lachlust erkrankt? Ich rede lieber selber mit dem Mond und frage ihn, ob er alles im Kopfe behalten kann, was er in einer Nacht sieht. Ich weiß, daß er zur gleichen Zeit hier und in Grauschteen scheint. Ob er merkt, daß ich dort fehle?

Der Küchenherd hockt in der Ecke wie ein warmes weißes Tier. Die Wand, an der er steht, ist halbhoch gekachelt. Die obere Kachelkante ist mit einer güldenen Leiste verziert. Aus der Leiste ragen güldene Haken, an den güldenen Haken hängen unsere Trinktöpfe. Die Erwachsenen sagen, die Leiste sei aus Messing. Woher wissen sie es? Einer sagts dem andern und weiter. Wer sagte mir, die Leiste ist gülden? Niemand. Ich spüre sie gülden schwingen, wenn sich das gelbliche Licht der Petroleumlampe in ihr spiegelt.

Unsere Familie vergrößert sich, ohne daß jemand hinzugeboren wird. Außer Hanka kamen Martha, das Hausmädchen der Tauern, und Nikolas Golub hinzu.

Das will erklärt sein: Der kleinen Martha, blaß und schwarzhaarig, ist von der Tauern gekündigt worden, doch sie wird dem Vater, der sich einarbeiten muß, noch für ein paar Tage in der Backstube zur Hand gehen.

Nikolas Golub ist ein ehemaliger Kriegsgefangener. Er ist Schmied auf der Bossdomer Kohlengrube, ist hiergeblieben und will nicht mehr heim. Seine Eltern schrieben ihm, er möge draußen bleiben, wenn er es gut hätte; in der Ukraine würden die Bolschewiken alles kollektivieren.

In Grauschteen stand an der Kirchentür ein Opferstock. Die Bauern steckten Geldstücke hinein. Kollekte, erklärte Hanka. Aha, denk ich, der Pastor kollektiviert. Wie groß muß ein Opferstock sein, in den eine Schmiede hineingeht?

Golub war Kostgänger bei der Tauern. Sie hat ihn geliebt, hat ihn überfordert, reden die Leute. Er hat sich die bedachtsam sprechende und langsamer liebende Martha Nickusch angeschafft, die Tochter des Grubennachtwächters, draußen in der Heide.

Golub hat angewachsene Ohrläppchen, lächelt gütig aus

rundem Gesicht, ist stark, dabei sanft und bei Frauen beliebt. Hanka rollt mit den sündigen Augen, wenn sie ihn ansieht. Golub verstehts, obwohl er schlecht Deutsch spricht. Er kommt von der Nachtschicht; ein Igel läuft ihm über den Weg. Golub wills uns erzählen und weiß nicht, wie der Igel auf Deutsch heißt: Issa sona Kleena, wassa so loofta, erklärt er. Von diesem Tage an heißen für uns alle kleinen Tiere: Issa sona Kleena, wassa so loofta.

Der Vater sitzt starrblickend und unredselig am Abendbrot-Tisch. Er beißt ins Brot und kaut, daß seine Kieferknochen knacken. Seine Gefühle pendeln zwischen den Seitenstreben seines Wesens, zwischen Furcht und Wut.

Wut kommt einmal auf, wenn etwas da ist, und ein andermal, wenn nichts da ist. Mein Stiefgroßvater Jurischka bekam die Wut, wenn Hühnerdreck auf seiner Gasthaustreppe lag. Mein Vater bekommt die Wut, weil nicht eine Handvoll Mehl, nicht ein Krümchen Sauerteig, nicht eine Prise Salz da ist. Die Tauern hat uns alles, alles wegverkauft, und sowas war einmal seine Geliebte!

Es gibt Gespräche, die ich nicht höre, die ich aber gern hören würde, zum Beispiel die Gespräche, die durch die hohlen Telefondrähte geführt werden. Andere Gespräche höre ich, aber ich würde sie lieber nicht hören, weil sie mich ängstigen: Hoffentlich bringt uns der erste Kunde, der was bei uns kooft, ooch passendes Geld, sagt die Mutter. Wenn er Großgeld bringt, könnt ich nich rausgeben!

Wir müssen verarmt sein; es ist kein Geld da. Der Vater soll nach Grodk, hör ich, und beim Großvater Geld leihen.

Der Vater sucht sein Fahrrad hervor, das er von Onkel Hugo geerbt hat. Die Franzosen schossen dem Onkel ein Ohrläppchen weg. Er kam ins Lazarett, danach auf Genesungsurlaub. Er spielte mit uns, und das gefiel ihm. Wenn sie ihm nochmal Urlaub gäben, sagte er, ließe er sich auch das andere Ohrläppchen abschießen. Das Schicksal hörte es, aber der Franzose, der vom Schicksal beauftragt war, Hugo das zweite Ohrläppchen abzuschießen, zielte schlecht, und seine Kugel traf den Onkel in den Kopf. Der Onkel war tot. Patriotisch ausgedrückt: Der Onkel fiel.

Vaters Erbfahrrad heißt *Viktoria. Viktoria* ist beim Umzug die Luft ausgegangen. Vater pumpt auf und stellt fest, daß die Ventilgummi vertrocknet sind, daß sich die Kette gedehnt hat und daß die Zersetzung, die in allen Dingen dieser Welt arbeitet, auch an der stählernen *Viktoria* gearbeitet hat.

Vater war nach dem Kriege einige Monate *Rumgeher*. Er zog mit zwei Körben von Dorf zu Dorf. Ein *Rumgeher*-Korb sieht aus wie ein geflochtener Lehnstuhl ohne Beine und kann auf dem Rücken, auch vor dem Bauch getragen werden. Vater fuhr auf seiner *Viktoria* und war eigentlich Rumfahrer, aber ein einzelner Mann kann einen festgelegten Begriff nicht auf einen neuen Inhalt umstimmen.

In Vaters Rückenkorb waren Textilwaren geschichtet; grobe Nachkriegs-Hand- und Wischtücher, bunte Trägerschürzen und stumpfe Taschentücher.

Vaters zweiter Korb war mit Kleinwaren bestückt. Man hätte ihn Brustkorb nennen müssen. Er enthielt Schuhbürsten, Pinsel, Zylinderputzer, Wäscheknöpfe, Klimbim, Krimskrams, auch Bilderbücher. Ein Bilderbuch hieß *Der Pfützenfritze*. Es war, im Gegensatz zur Broschüre *Anleitung zur Erzüchtung von Hauskaninchen*, eine Sammlung von Untersagungen für Kinder: Kinder dürfen nicht in die Pfützen treten, damit sie nicht Halsschmerzen bekommen; Kinder dürfen ihr Brot nicht wegwerfen, weil die Not groß ist; Kinder sollen nicht in Sonntagsanzügen auf Bäume klettern, nicht, weil sie die Sonntagsruhe der Bäume stören, sondern weil sie ihr Sonntagszeug nicht schmutzig machen sollen; Kinder sollen keine fremden Hunde anfassen, damit die nicht zubeißen und ihnen die Hand wegreißen.

Alles, was Kinder nicht dürfen, ist mit grellbunten Farben auf die Buchseiten gemalt, zum Beispiel die abgerissene Hand des Jungen, die der Hund im Maule fortschleppt, und auch der handtellerlose Arm ist abgebildet, den der Hund dem Jungen daläßt.

Der Pfarrer kommt und redet, der Vater soll das blutrünstige Buntbild mit der abgerissenen Hand zukleben, aber der Vater ist theoretischer Novemberrevolutionär und hält den Pfarrer für kaisertreu. Es ist Ihnen nur so schaurig, sagt er zum Pfarrer, weil Sie sich ham im Krieg nischt mit ansehen müssen.

Vaters *Viktoria* hat mich verführt, vom *Pfützenfritze* zu erzählen, aber jetzt ist die *Rumgeher*-Zeit meines Vaters vorbei; es geht geradeaus, und die Rumgeher-Körbe hocken im neuen Anwesen in einer Ecke des Mehlbodens.

Vater fährt zum Großvater, sitzt im Haus *An der Mühlen Numero eins* und druckst. Er will um etwas bitten, weiß nicht, wie er es anstellen soll, und hört in Gedanken die Tauern lachen.

Die dunkle Küche der Großeltern ist das Gemüselager für den Laden, auch die Schuster-, Schlosser- und Tischlerwerkstatt meines Großvaters, der, wie wir wissen, ein Allerweltsmensch und Alleskönner ist, und wenn man ihn nackt und brotlos in einem Walde aussetzen würde, käme er nach einiger Zeit in einem Bast-Anzug mit einem Weidenkorb voll geräucherter Wildwürste zum Vorschein.

In der Küche riecht es nach Schwefel, altem Stiefelleder, trockenem Holz, Wagenschmiere, Terpentin, Öl, Weißkohl, Porree, Zwiebeln und Lauch, und all diese Düfte kommen in der Mitte der Küche wie auf einem Marktplatz zusammen und wimmeln dort. Kaum hast du einen erkannt, taucht er unter, und ein anderer tritt hervor, aber auch der verschwindet sogleich im Duftgewühl, zu packen kriegst du keinen.

Großvater ist Geschäftsmann und weiß, was der Vater will. (Noch oft, wenn Berufe genannt werden, werde ich sagen müssen: Das war mein Großvater auch!) Großvater hält es für unanständig, einem anderen, der auch Geschäftsmann werden will, geradezu blankes Geld anzubieten; nein, der andere soll bitten.

Mein Vater holt weit aus: Jetzt sind wir steckengeblieben, sagt er.

Wie das?

Es geht nicht vor und nicht zurück, weil sie uns beschissen hat, sagt der Vater und meint die Tauern. Auf den Nackten müßte sie kriegen, sagt er und meint wieder die Tauern. Und Lenchen grämt sich, sagt er.

Lenchen ist der Kosename meiner Mutter. Sie ist der Liebling des Großvaters. Sieben Kinder sind ihm an der Schwindsucht gestorben und zum Schluß auch die Frau Hanne, nur meine Mutter blieb übrig, und die war noch nicht ein Jahr alt, als die Großmutter starb. Lenchen ist ein Stück von Hanne, der geliebten Frau: Was, Lenchen grämt sich? fragt der Großvater.

Sie wird nicht mal rausgeben können, wenn der erste Kunde unpassendes Geld bringt, antwortet der Vater.

Der Großvater sieht den Vater an und denkt: Holt weit aus mit der Sense, der Schwiegersohn, aber sein Schwad ist klein. Wenn Lenchen nicht rausgeben kann, sagt er, behält sie das Großgeld, bis Kleengeld reinkommt, und gibt dann raus!

Der Vater muß erklären, daß überhaupt kein Kunde kommen wird; es ist nichts von dem, was Kunden brauchen, im Laden, nicht mal läufiger Kunsthonig, wie wir wissen, nur ein paar schwarz-weiß-rote Papierfähnchen und Ansichtskarten vom Kaiser, von seiner Gemahlin Auguste-Viktoria und den Kaiser-Kindern. Von Kaisersch aber will im Augenblick niemand etwas wissen. Sie haben die Deutschen mit ihrer Nachkriegsnot allein gelassen, sind nach dem Butterland Holland raus, und die Arbeiter singen: *O Tannenbaum, o Tannenbaum, / der Kaiser hat in Sack gehaun. / Auguste müßt Kartoffeln schäln, / und Wilhelm müßte hamstern gehn . . .*

Was der Vater jetzt machen muß, ist schlimmer als hamstern, er muß betteln; der Großvater ist ihm noch immer nicht entgegengekommen, und der Vater druckst und druckst, und endlich findet er eine Wendung, die nicht nach Bettelei riecht: Wenn du uns noch mal könntest unter die Arme greifen, sagt er.

Nichts ist leichter gemacht als das, wenn mans wörtlich nimmt, aber Großvater weiß, wohin er wirklich greifen soll. Er denkt an sein Lenchen und zieht sein Schlüsselbund aus der Hosentasche. Am Schlüsselbund hängt, neben dem Uhrschlüssel und dem Schlüssel zum Aufziehen meiner Spielzeuglokomotive, die der Großvater verwahrt, der Schlüssel zum Geldschub im Küchenschrank. Großvater schließt es auf und zählt dem Vater eine Geldsumme auf den Tisch: Es würde mir frein, wenn es das letzte Moal wär! sagt er. Er hat schon beim Kauf von Vaters Laden mitgeholfen, und die *Amerikanische* und unsere Vorvorgängerin haben Hypotheken auf dem Grundstück stehen. Unsere neue Heimat gehört uns wenig; es gehört uns nur ein Brett vom Schiff, mit dem wir durch die Fremde segeln.

Nun ist Geld da, Geschäftsgetriebefett, es kann losgehen, aber Mehl und Kleinwaren müssen erst mit einem Fuhrwerk aus der Stadt herangeschafft werden. Fuhrwerke stehen nicht auf dem Anger. Der liebe Gott hat sie, als er das Dorf schuf, auf die Kleinbauern verteilt, zudem ist Heu-Ernte, und alle sind unterwegs, aber jemand sagt: Fragt mal Töppchenhändler Tinke.

Meine Mutter überprüft, ob alle Kämme im hochgesteckten Haar richtig sitzen, ob ihr keine Strähne liederlich in den Nacken fällt, und sie bindet sich eine steif-gestärkte Trägerschürze vor, die sonntäglich raschelt, und sie geht mit einer ihrer Sondergaben, dem etwas in die Hinterwelt gereckten Gesäß, die Dorfstraße hinunter. Die Kleinbauerfrauen lugen durch die Spählöcher ihrer Hofzäune und prophezeien: Die neien Bäckersch, prophezeien sie, werden niemoals nich zu wase kumm. Seht, seht, wie sich das Bäckerweib wochtags geputzt und breet spazieren trägt!

Töppchenhändler Tinke ist dick, rot und blau, und die Wassersucht plagt ihn, die Fußerweiterung. Keen Wunder, sagen die Dorfleute, den ganzen Tag aufm Woagen hocken, wo soll sein Wasser hin beim Gerüttel?

Quatscht nur, quatscht! sagt Tinke. Ihr wißt erscht goar nich, wie mir is. Wenn ihm die größten Schuhe zu klein sind, fährt Tinke nicht auf Töppchentour. Sein Brauner hat einen angesilberten Kopf, tiefe Altersdellen über den Lidern und ein blindes Links-Auge. Das ausgelöschte Ooge is mir dienlich, sagt Tinke. Sein Brauner scheut nicht, wenn die dämlichen Töff-Töffs ihn überholen. Er sieht se erscht, sagt Tinke, wenn se am ins rechte Ooge kumm, denn sind se schont vorbei.

Töff-Töffs heißen bei uns die Motorräder, doch es gibt auch Autos, und die zwei, die wir kennen, sind dreiräderig.

Alles was man noch erleben wird, heißt Zukunft. Mit dem Auto kommt man geschwinder in die Zukunft. Tier-Arzt Zehse hat ein dreiräderiges Auto. Wenn eine Kuh schwer kalbt, ruft man Doktor Zehse, und das Kalb kommt rischer in seine Zukunft. Doktor Zehse auch. Manchmal bockt das Dreirad-Auto von Zehse und bleibt auf der Landstraße stehn. Dann muß ein Pferd heran, und die Zukunft eines Kalbes wird fraglich. Die von Doktor Zehse nicht; er kommt auch mit dem Pferd vor dem Auto in seine Zukunft.

Einmal, erzählt man sich, hat das Pferd von Töppchenhändler Tinke, dem der Doktor die Kolik austreiben fuhr, erst das bockige Auto des Doktors ins Dorf schleppen müssen, und das Pferd trieb sich beim Trecken die Kolik selber aus dem Gedärm und sicherte sich seine Zukunft, aber nicht durch die Geschwindigkeit, sondern durch die Unbeweglichkeit des Tier-Arzt-Autos. Es is ebent uff manches, was sich die Stadtleite ausdenken tun, keen Verlaß nich, sagte Töppchenhändler Tinke und schickte dem Tier-Arzt eine Rechnung fürs Autoabschleppen.

Es werden viele Geschichten in der Heide erzählt. Sie springen von einem Mund in den anderen und werden dabei länger, lustiger und bunter.

Wenn kein Wasser im Töppchenhändler ist, fährt er mit seinem angeblindeten Braunen ins Niederschlesische nach Muskau und Kromlau zu den Töppchenmachern und belädt seinen Planwagen mit Gurken- und Milchtöpfen. Tö, Tö, Töppe, kauft Tö, Tö, Töppe! ruft er, nicht weil er stottert, sondern weil die Straßen so schlecht sind.

Tinke sitzt in der Küche auf einem Stuhl; seine Füße mit den blaugrauen Zehen liegen auf dem Küchentisch, das Wasser soll aus ihnen heraus, soll nach unten, nach dort, wo Tinke sitzt; Tinke betreibt die einzige Wasserleitung in Bossdom.

So etwas hat meine Mutter noch nicht gesehen, obwohl sie in der Kreisstadt Grodk in die Schule gegangen ist. Manchmal zeigt sie uns ihre Schulhefte und Zeichenblöcke. Wir sollen uns angereizt fühlen, denn meine Mutter hat mancherlei gezeichnet und ausgetuscht, eine große Stachelbeere zum

Beispiel, ein Biest mit Haaren, mit Haaren, die du übersiehst, wenn du die Beere ißt. Und sie hat auch Rosen gezeichnet, Rosen mit Mittelachsen, und sie schrieb einen Aufsatz über das Thema *Des Lebens ungetrübte Freude ward keinem Irdischen zuteil.* Unter die Stachelbeere und die Rosen hat Mutters Lehrer mit Blaustift *gut* geschrieben. Alles, was gut ist, wird mit blauer Schrift ausgezeichnet. Der Stempel von Fleischbeschauer Scrabak leuchtet blau von Schweineschinken: *Trichinenfrei.* Aber unter den Aufsatz über die *Ungetrübte Freude* schrieb Mutters Lehrer: *Ausgezeichnet!* Und das mit roter Tinte. Wir haben eine ausgezeichnete Mutter.

Aber das stört Töppchenhändler Tinke nicht; er läßt seine Füße auf dem Küchentisch liegen.

Herr Tinke, sagt die Mutter, Sie wern ja wissen, daß wir in Grauschteen gewesen waren, jetzt sind wir hierher geworden und haben noch keen Fuhrwerk.

Das hört sich so an, als hätten wir in Grauschteen ein Fuhrwerk gehabt. Die Mutter spricht grodkisch; es ist im Tonfall sorbisch eingefärbt wie das Deutsch von Bossdom, nur ein bißchen umständlicher. Für die Grodker wie für die Bossdomer gibt es kein klares A; sie sprechen erst ein O und dann ein A. Aber wenn die Bossdomer hutten, dann hoaben die Grodker was gehoabt, wenn die Bossdomer wo waren, dann woarn die Grodker wo gewesen, und wenn die Bossdomer kleen sind, sind die Grodker kleene. Ich bin geborn, sagen die maulfaulen Leute von Bossdom; die Grodker sagen vornehm gedrechselt: Als ich geborn geworden bin.

Ich hoab ja ooch immer Seeltänzern wern gewollt, tröstet sich die Mutter, wenn ein kleiner Zirkus ins Dorf kommt. Mag sein, aber jetzt steht sie bei Töppchenhändler Tinke und bittet um ein Fuhrwerk.

Tinke sagt zu, nicht aus Hilfsbereitschaft, nicht aus Nächstenliebe, sondern aus Neugier. Er will der erste sein, der hiebfest zu wissen kriegt, was wir für Leute sind und wieviel *kloares Geld* mein Vater in der Hinterhand hat. Ich foahr eich, sagt er, aber erscht muß das Wasser aus meine Beene.

Man hat gehört, daß das Anschwellen des Meerwassers vom Monde abhängt, aber nie, daß die Eröffnung eines Ladens mit dem Wasserstand in den Füßen eines Fuhrmannes zusammenhängt.

Vater und Mutter fahren mit Töppchenhändler Tinke zum Wareneinkauf nach Grodk, und Hanka heizt daheim den Backofen vor. Das Feuer verhilft dem Backofen, wie Gott einst dem Adam, zu einer Seele. Kohlen werden, wo wir jetzt wohnen, gleich hinter den Wäldern geerntet und nicht nur im Herbst wie die Kartoffeln, sondern das ganze Jahr; sie sind hier so unrar wie anderwärts die Steine.

Der Vater bringt von der Stadtexpedition ein Pfund Sauerteig mit. Ein Bäckerkollege hats ihm geschenkt: Hier haste, ich wünsche dir gute Goare. Was wollt ich noch sagen? Gott segne das Bäckerhandwerk!

Der Sauerteig liegt bei uns in Bossdom auf der Backbeute und ist nichts als ein bemehlter Teigklecks. Der Vater klapst ihn mit flacher Hand und sagt: Hoffentlich biste gesund, alter Kleister!

Was soll der Sauerteig darauf antworten? Er tut, was uns Menschen arg schwerfällt, er schweigt und wirkt. Der Vater verrührt ihn mit Wasser und Mehl, und der Sauerteig, der Verantwortliche für die gleichmäßige Durchlöcherung der Brotkrume, fängt sich an wohl zu fühlen, macht los und fängt an zu gären.

Brod-, Weissbäckerei, auch Colonialwarenhandlung, steht auf dem Firmenschild über unserem Laden, und *Reinhold Tauer* wird als sein Besitzer genannt. Meinem Vater ist das Auswechseln des Firmennamens fast wichtiger als das Brotbacken. Brot ist nicht Brot, behauptet der Vater. Er hat vor, ein Brot mit eigener Note zu backen.

Die Mutter, eine berühmte Entwerferin von Stickmustern, sitzt einen ganzen Abend und bastelt Vaters Namen in Zierschrift heraus. Vater nimmt die Hühnerleiter und legt sich als papierener Schatten über seinen Vorgänger, löscht ihn aus. Wir alle stehn bei der heiligen Handlung Pate. Namen sind so wichtig wie nur was, belehrt uns der Vater. Ich sage nicht, daß ich was anderes fühle. Ich werde mich nicht auslachen lassen. Ich laß den Vater beim Glauben, ich wär sein Sohn Esau.

Die ersten Brote, die bei uns in der Backstube erscheinen, sind blaßgelb und breitgelaufen. Die gestärkte Bäckerschürze des Vaters steht wie vom Frost befallen von seinem Bauche ab, er wirft die teigbekrusteten Arme in die Höhe, als flehe er Gott um Rettung an, aber ein Novemberrevolutionär hat keinen Gott. Er rennt in den Hof und rüttelt an der mächtigen Tragsäule des Taubenschlags, als wolle er das Herz des Anwesens umreißen, doch der Taubenschlag rührt sich nicht. Er sieht auf den ohnmächtigen Vater hinunter und sagt mit seiner ausgestanzten Zahl in der blechernen Wetterfahne: Achtzehnhundertneunundachtzig. Achtzehnhundertneunundachtzig ist Vaters Geburtsjahr.

Unmöglich, mit bleichen, breitgelaufenen Broten vor die Kundschaft zu treten! Vater hat Bäcker-Ehre. In der Kindheit hatte er keine. Er hat sie zusammen mit seinem Beruf erlernt.

Kann man Ehre auch verlernen, Mama?

Was du alles wissen willst!

Vater verfüttert die mißglückten Brote an die Hühner, und dabei segnet ihn, den Ungläubigen, Gott mit einer Eingebung, und die Eingebung heißt: Ein Schwein muß her!

Vater geht, beschürzt und teigverschmiert, in die Feldmark. Dort wohnen Tante Magy und Onkel Ernst als Ausbauern; sie heißen Zetsch, und wir können ihr Anwesen in der flimmernden Juniluft sehen. Vater tauscht beim Onkel sein verfehltes Brot gegen ein dürres Läuferschwein und schleppt es in einem Sack über die Felder.

Durch die Ausbauern-Wirtschaft von Tante und Onkel fegt dreihundert Tage im Jahr der Wind. Sie denken nicht daran, die breitgelaufenen Brote des Vaters ans Vieh zu verfüttern, sondern stecken sie in große Tontöpfe und essen wochenlang davon: Bäckerbrot! Mal was anderes.

Vater schüttet daheim, wie Knecht Ruprecht mit Bäckerschürze, den Läufer aus dem Sack, und unsere Familie vergrößert sich. Der Rücken des neuen Familienmitgliedes ist nicht viel breiter als die Rücken jener stilisierten Holz-Schweine, die man als Frühstücksbretter benutzt; es macht sich sogleich auf die Suche nach seiner Herde, flutscht zum

Hoftürchen hinaus, rennt über die Straße und schlüpft in den Garten des Müllers. Der Müller mahlt auf seiner Windmühle nicht nur Roggen und Weizen; er schrotet auch Hafer, stampft Buchweizen und bäckt vor allem im Haus unter der Mühle Brot. Er ist unsere Konkurrenz, politisch ausgedrückt: unser unverbrüchlicher Feind und heißt Sastupeit.

Sastupeits Großvater hegt einen weißen Vollbart, trägt einen sorbischen Kittelrock und eine schwarze Kappe. Er ähnelt dem älteren Tolstoi und flucht wie die Männer im Alten Testament: Denn also denn, brüllt er und reckt die Arme gen Himmel, denn also denn, sperrt eires Schwein ein, oder ich schloags tot!

Der Vater hat endlich ein Ventil für seinen Ärger über den mißglückten Brotschuß gefunden; sein Jähzorn macht ihn vergessen, daß er als künftiger Ladenbesitzer einen guten Eindruck auf die künftige Kundschaft zu machen hat, er ist noch beim Stellungskrieg in Flandern, ganz bei Auge um Auge und Zahn um Zahn. Was er beim Müller erschlagen wird, wenn der unser Läuferschwein erschlägt, weiß er noch nicht, aber er will los und drauf.

Da tritt unsere Mutter, die Muse des Ladengeschäftes, hervor, drängt den Vater beiseite und sagt: Heinrich, Heinrich, bedenke! Die Mutter verstellt dem Vater den Weg zu unbedachten Taten und uns das Erlebnis einer Schlacht. Die Mutter wirkt in ihrer hellen Schürze mit den gestutzten Flügelansätzen an den Schultern auf den alten Müller wie ein coupierter Engel. Er gibt ihr ohne Gewure den Weg in den Müllergarten frei, und die Mutter geht mit Koseworten, wie *Liebling*, auf das Ferkel los. Das Ferkel will nichts davon hören, es will zur Tür hinaus, aber der alte Müller klemmts zwischen seinen Beinen ein, und die Mutter kann es sich nehmen. Die Mutter hat noch nie im Leben ein Schwein in der Mache gehabt, doch sie packts beim Hinterlauf und bringts geschleppt, und der Läufer schreit, als wär der Metzger mit dem Messer über ihm, doch die Mutter läßt nicht los; sie hält sich mit der linken Hand das rechte Ohr zu, und sie bringt das Ferkel heim, und sie hat den offenen Krieg mit China verhindert.

Die blassen, breitgelaufenen Brote, sie lassen nicht nur den Vater an sich zweifeln, sondern auch Hanka: Hat sie den Backofen nicht genug vorgeheizt? Auch die schwarzkleine Klugens Martha, die dem Vater beim Aufwirken half, stöbert nach einer Schuld in sich umher. Die Idealform von verkaufbarem Roggen-Nachkriegs-Brot scheint sich irgendwo versteckt zu halten und wünscht aufgefunden zu werden. Und wirklich, beim zweiten Backversuch des Vaters wird eine Vorform der Idealform gefunden, und es kommen schon Leute, die das Gebackene als Brot erkennen und kaufen.

Der erste Brotkunde ist meine Freundschaft Hermann Wittling. Gestatte, daß ich dich anspucke, sagt meine Mutter zu ihm. Es ist in Bossdom nicht üblich, eine Vorwarnung auszugeben, wenn man jemand anspucken will. Wittlings Hermann duckt sich, aber meine Mutter bespuckt ihn nicht wirklich, sie speit auf die Ladenfliesen hinter ihm und hält sich bereit, auch das Geld vom *ersten Kunden* zu bespucken, doch Hermann sagt: Anschreiben, wie immer! In Bossdom ist man modern: Bargeldloser Verkehr!

Mit den anderen Kunden, die kommen, gehts nicht besser. Es sind Leute, die in der Windmühlenbäckerei mehr als zwei Wochen lang ihr Brot nicht bezahlten. Die Mutter verläßt sich aufs Leihgeld vom Großvater, und sie schaltet Charme und Anti-Logik ein, um den räsonierenden Vater zu beschwichtigen: Wenn wir anschreiben, sagt sie, ziehen wir dem Sastupeit drüben die Kundschaft ab, sagt sie, und sie legt ein Schuldbuch an.

Zuerst wird ein Schulschreibheft, zwanzig Zeilen per Seite, in Dienst gestellt, doch schon nach kurzer Zeit muß es ein Kontobuch mit gedruckten Seitenzahlen sein. Jede Buchseite trägt den Namen eines Schuldners in Stickmuster-Buchstaben, in Buchstaben, die denen auf dem Überhandtuch in unserer Küche gleichen: *Morgenstunde hat Gold im Munde.*

Die Kontoseiten des Buches enthalten nach einiger Zeit Schriftproben von allen Familienmitgliedern: *Fünf Semeln und ein Priehm,* das ist ein Vermerk meines Vaters. Er probierte ihn mit eleganten Schnörkeln mehrmals auf einem Extrazettel vor, und die Schnörkel guckte er den reisenden Kaufleuten ab.

Ein Pfund Porelard, schreibt Hanka. Es soll *Pure Lard* heißen und ist weißes, amerikanisches Schweineschmalz.

Ein Pfud Meel, das ist meine Schwester.

Ein Pfund Hierschebrei, schreibe ich, weil mein Großvater nicht *Hirse,* sondern *Hiersche* sagt.

Meine Großmutter schreibt: *Fünf Härige,* und dahinter verbergen sich gesalzte Fische aus einer Tonne.

Jedes Familienmitglied geht orthographisch eigenwillige Wege. Aber wie schrieb der *Alte Fritz,* den die Preußen unter uns neuerdings wieder verehrt wissen wollen? Und was für große Dichtung kam in der für Federfuchser völlig unzureichenden Rechtschreibung Goethes auf uns!

Die Rechtschreibung, jenes Fach zur Erhaltung des Selbstbewußtseins einiger Schulmeister, zeigt nicht nur heute, sondern zeigte auch zur Zeit meiner Kindheit ein wanderdünenhaftes Verhalten. Sowohl die *Thür* als auch das *Thier* wurden nach Befinden altmodisch mit Th oder modern einfach mit T geschrieben.

An der Weise, wie wir *Brod* schreiben, das *uns* in zwiefacher Weise nährt, kann man ablesen, daß wir ein altertümliches Unternehmen sind, denn nicht nur auf dem Firmenschild über der Ladentür steht *Brod* mit D zu lesen, sondern man kann sich auch, wenn man aus dem Laden in die sogenannte alte Backstube tritt, an einem Spruch mit *Broden* sattlesen: *Wo Brod – keine Not; wo Brod – keine Not; wo Brod – keine Not.* Man kann sich drehen und erfährt immer wieder, daß wo *Brod* ist, keine *Not* sei. Das Spruchband ist der girlandenhafte Abschluß des Raumsockels.

Wir sind stolz auf diese *Brod-keine-Not-Kante.* Welches Haus kann eine solche schon aufweisen? Jeder Fremde liest sie, dreht sich um seine Achse, lächelt verständnisvoll und sagt: So ist es, so ists, und niemand fühlt sich vom unreinen Reim beunruhigt.

Unser Ladengeschäft ist erst eine Woche alt, und es kommt ein Mann, ein mickriges Männchen mit einem Bocksbart, aus Grodk, das sich als Besitzer eines Postkarten-Verlages ausweist und ein halbes Schock griesgrämig gedruckter Ansichtskarten auf den Ladentisch hinbreitet.

Auf den Karten sind die berühmtesten Bauwerke des Kreises Grodk abgebildet, immer zwei auf einer Karte: Das Spritzenhaus und das Kriegerdenkmal zu Sellessen; die Gastwirtschaft *Zum Schweizerhof* und der Gendarmerieposten zu Groß Luja. Die hervorragendsten Bauwerke eines Heidedorfes sind in der Regel die Schule und die Gastwirtschaft, das Kriegerdenkmal und die Kolonialwarenhandlung. Bachquellen, Dorfteiche, Windmühlen, Buchweizenfelder, Haine und Wälder lohnen nicht für Ansichtskarten, sie sind rohe Umgebung und nicht so sensationell wie Spritzenhäuser und Kolonialwarenläden.

Für die Ansichtskarte von Bossdom hat der mickrige Mann, der Geissler heißt, die Schule und die *Brod- und Weissbäckerei, auch Colonialwarenhandlung* unseres Vaters ins Auge gefaßt.

Gruß aus Bossdom, zum Donnerwetter! Das sollte sich doch machen lassen! Aber nicht unter tausend Stück, sagt der mickrige Mann.

Der Vater zuckt zurück, doch Geissler fängt ihn auf: Fünf Pfennig das Stück im Einkauf, zehn Pfennig, oder was Sie wollen, im Verkauf, erklärt er, und im Ohr meiner Mutter kommt Großvaters Mahnung an: *Een Handelsmann muß rechnen könn, am besten im Kopp!* Hundert Prozent Gewinst per Ansichtskarte. Das Dorf hat fünfhundert Leute, zweimal im Jahr wird wohl jeder Leut die Außenwelt mit einem Gruß aus Bossdom wissen lassen wollen, daß er noch gesund und am Leben ist: Fünfhundert mal zwei, du kannst nicht so schnell gucken, wie ein Jahr herum ist, tausend Ansichtskarten sind in die Welt hinaus, der Kasten ist leer, zwischen seinen sechs Pappwänden steht Luft, fünfzig Mark sind verdient; von Steuern und Geschäftsunkosten weiß die Frau, die meine Mutter ist, nichts, aber ihre Überredungskunst ist groß, ist immer groß gewesen und geblieben; es ist ein *Charme* von ihr ausgegangen, und was für einer, weiß ich nicht, ich bin ihr Sohn. Heinrich, bedenke, sagt sie zum Vater, jede Karte geht in die Welt, hat ein Schicksal, päpperne

Täubchen fliegen aus unserem Laden nach überall hin; hat die Tauern sowas zuwege gebracht?

Das nicht, aber die Tauern hat Rechnungsformulare mit aufgedruckter Firma und weiße Tortenteller zuwege gebracht.

Lüge und Trüge, protestiert die Mutter. Hast du Torten gesehen, als wir hier einzogen?

Der Krieg hat die Torten unmodern gemacht, entgegnet der Vater.

Verteidige du man die Tauern, sagt die Mutter mit ihrer unwiderstehlichen Anti-Logik, immer verteidige du die Tauern.

Ein Stoß von Tauers Papp-Tortentellern liegt neben Vaters Rumgeherkörben auf dem Mehlboden. Wenns uns überkommt, benutzen wir sie als *Schleidermühlen* und werfen sie übers Hausdach. Und die *Schleidermühlen* fliegen schnittig, doch bei Gegenwind bleiben sie auf dem Dach liegen, als wären sie überzählige Kleinsterne, die vom Himmel fielen.

Die Mutter fährt fort, den Vater zu überreden: Wir könnten uns am Ende alle vors Haus stellen und mitabnehmen lassen, sagt sie.

Der Vater horcht auf.

Wir könnten auch Onkel Stefan eine Karte nach Amerika schicken und ihm vorweisen, wohin und was wir geworden sind, sagt die Mutter. Vaters Eitelkeit fängt an zu schnurren. Er denkt an seinen älteren Bruder in Amerika, sieht, wie der sich den Bart zupft und hört ihn sagen: Seiht, little Henry in Germany, abfotografiert ist er geworden mit children und Grundstück von himself! Und der Vorstolz beutelt meinen Vater, und er sagt zu: Tausend Ansichtskarten, los!

Und eines Vormittags zu unpassender Zeit erscheint der hinkende Geissler wie ein Herrscher. Er verfügt über einen Apparat, mit dem er über unsere Lebenszeit hinaus sichtbar machen kann, wie wir einmal aussahen, deshalb stampft er mit seinem Klumpfuß auf und kommandiert: Macht, macht, ich hoabe keene Zeit!

Der Vater hat Brot im Ofen. Es geziemt sich für einen Bäkker nicht, in der Stunde, in der er Brote im Ofen hat, davonzulaufen. Die Brote wünschen hin- und hergeschoben, fachlich gesprochen: *verrückt* und gepflegt zu werden, damit nicht der eine Brotlaib hellgelb und der andere schwarz aus dem Ofen kommt. In meinem Vater kämpft die *Bäcker-Ehre* mit der Eitelkeit. Siegerin wird Frau Eitelkeit.

Ähnliches geht in der Mutter vor. Wenn sie schon keene Seeltänzern hat wern könn, im Laden bleiben wird sie nicht, wenn draußen fotografiert wird, und sie bittet die beiden Kunden, die im Laden sind, bei der Herstellung der Ansichtskarte mitzuwirken. Im Laden sind der Grubenkutscher Christian Hendrischk und der Zeitschriftenbote, der der Mutter *Vobachs Modenzeitung fürs deutsche Haus* aus Choćebuz bringt.

Damit nicht zu sehen ist, daß die Eltern unten herum wochentäglich geschürzt und fotografierunwürdig sind, ziehen sie sich rasch Sonntagsjacken über und lehnen sich beim Fenster der Guten Stube heraus.

Draußen stehen wir schon alle. Der Modenzeitungsbote mit seinem Fahrrad in *Habt-acht-Stellung* wie ein Kavallerist neben seinem Pferd. Christian Hendrischk steht neben dem Briefkasten; sein Fuhrwerk kann aus Platzmangel nicht mit auf die Ansichtskarte, deshalb bringt er hinweisend seine Peitsche mit ein.

Wir Kinder und Hanka stehen zwischen den Fenstern der Guten Stube, dort, wo von innen der große, allwissende Spiegel hängt. Hanka hat die kleine Ofenbank herausgeholt, und sie hat meine Schwester draufgesetzt, und auf meiner Schwester sitzt, wie ein vorweggenommenes Enkelkind, deren große Puppe, daneben Bruder Heinjak kastanienbraun und bereit, dem Fotografen zu sagen: Na, du griesgraues Klotzbeen? Hanka hat Bruder Martin auf dem Arm, und sie hält ihn fest, damit er nicht aus dem Bild rennt. Daneben steh ich im Sonntagsstaat, das Hemd an der Hose festgeknöpft, barfuß und oben glatzig. Neben mir steht der Tauern ihr Waldchen. Es ist eine List meiner ausgezeichneten Mutter, ihn mit auf unser Foto zu nehmen, damit sich die Tauern ein bißchen ärgert.

Nagorks Frieda kommt angerannt, sie will in den Laden,

will etwas kaufen. Sie soll mit aufs Foto, sagt meine Mutter. Es rasselt in ihr wie in einer Rechenmaschine: Kann ja sein, daß Friedas Mutter, weil ihre Tochter mit auf dem Bild ist, gelüstig wird, ein, zwei Karten zu kaufen. *Een Handelsmann muß rechnen könn . . .*

Im Schaufenster liegt Krimskrams. Die Mutter hat ihn aus Grodk mitgebracht: Postkarten, auf denen sich Liebespaare keusch mit dem gedruckten Hinweis umarmen: *Die Liebe uns verbindet, / wenn Herz zu Herz sich findet.* Die Liebes-Postkarten hängen wie bunte Wäsche an einer Schnur und sollen die dörflichen Liebespaare verlocken, von jetzt an einander postalisch zu grüßen. Die Scheibengardinen an der Ladentür sind nach einer Anleitung von *Vobachs Modenzeitung für das deutsche Haus* je mit einer rosa Haarschleife gerafft. Der Fotograf nimmt die Linde, links vorm Hofzaun, und den Birnbaum, rechts im Seitengärtchen, mit ins Bild, um das nüchterne Haus mit seinem glatzenhaften Ziegeldach ein wenig in Blätterwerk zu betten.

So zieht die Familie samt Haus und Ernährungsquelle in das Jahrhundert hinein, und ihr Konterfei wird Seuchen und Kriege überleben, und es wird vielleicht noch nach zweihundert Jahren Zeugnis davon ablegen, was da einst für ärmliche Erdenwürmer vor einer Hütte hockten, an deren Stelle dann eine lukrative Fabrik stehen wird, in der Fernrohre für die Westentasche hergestellt werden, mit denen der private Mann allabendlich den Himmel abgrasen kann, um festzustellen, daß auf den Sternen in Erdnähe nichts Besonderes an Unterhaltung geliefert wird.

Die Tage gehen, einer geht hinter dem anderen her, und wir sehen sie nicht wieder. Mutter, Vater und Töppchenhändler Tinke sind dreimal zum Wareneinkauf in der Stadt gewesen, und es sind achtzehn Schuß Brot aus dem Backofen gekommen, und die Brote wurden verkauft und aufgegessen, und auch sie werden wir niemals wiedersehen. Tage und Brote!

Im Laden sind Margarine, Magerkäse, Zucker, Salz, Grütze und Grieß eingezogen, und es sind Waren aus dem Vorrat des Welt-Waren-Lagers aufgetaucht, die der Vater

Kinkerlitzchen nennt: Schulhefte, Pfeifentabak, Zigarren, Zigaretten, Kautabak, *Wundertüten* und Schwalben aus hauchdünnem Zelluloid, die mit den Flügeln schlagen, wenn man sie auf die warme Hand legt: Kunststoff, der Menschenhänden entsprang und der diesen Menschenhänden nunmehr entfliegen will.

Wer wird son Tingeltangel koofen? fragt der Zankgeist, der im Vater sitzt, und der Geschäftsgeist, der in der Mutter sitzt, antwortet: Heinrich, bedenke, mit een Schuß Brot am Tage, wie wolln wir da fortkomm?

Der Vater denkt an seinen Stiefvater Gottfried Jurischka, der hinter seinem Schneidertisch eine Landwirtschaft, die Poststation, auch eine Telefonvermittlung betrieb und außerdem Säufergurgeln ölte. Eine Landwirtschaft, ja, aber die Tauern hat dem Vater Äcker und Wiese, Garten und Wald, die zur Bäckerei gehörten, vor der Nase wegverkauft, hat die Haut der Erde verhökert. Die Erde lächelt drüber. Die Tauern kann kaufen, verkaufen, verfügen; sie hat, was da ist, als Mitgift in ihre Ehe gebracht, und nunmehr hat sie eine Bäkkerei in einer Kleinstadt, in einem explodierten Dorf, gekauft, um einen Schleier aus Ferne zwischen ihre vergangenen und ihre künftigen Liebestaten zu ziehen. Unseren Einzug wollte sie nicht miterleben. Sie fuhr mit ihrem Mann, und der Mann heißt Reinhold, ihren Einzug in Sachsen vorzubereiten.

Alles Land bis da hinten hin hätt meine sein müssen, hätts mir die Tauern nicht wegverkauft, rechtelt der Vater, jetzt steh ich in fremdem Lande, wenn ich zwee Schritte zum Hof-Hintertürchen raustu.

Die Tauern, die Tauern! Sie ist die Schwester von Onkel Ernst. Wir sind weitleeftig verwandt mit dem Weibe, sagt die Mutter.

Der Vater geht zu Onkel Ernst, der ihm das Anwesen seiner lungenkranken Schwester vermittelte. Hast du nicht gesoagt, es gehören Äcker und Wiese, zugoar een Stück Heede zu unserm Grundstück?

Onkel Ernst ist überrascht. Seine Schwester hat das Land verkauft? Das is mir moal peinlich, das is mir sehre peinlich, sagt er. Hinter der Onkelstirn schieben sich Gedanken zu Taten zusammen. Es ist eine urweltliche Stirn, ein Keil aus schwarzem Kopfhaar, der sich bis zur Nasenwurzel hinunter zieht, scheint sie zu spalten.

Dann kommt die Tauern zurück und bringt Dramatik in das Lebensstück, in dem wir mitspielen; ihr Mann Reinhold, immer zwei Schritte hinter seiner Martha; er bekommt von ihr nur den Abfall der Liebe, die Späne. Wenn sie mit einem Liebhaber etwas vorhatte, schleuste der sich flaschenbiertrinkend durch den Laden in die Wohnung, und sie schloß ihren Reinhold auf dem Mehlboden ein. Die Dorffrauen bedauern den Bäcker-Reinhold; die Männer hänseln und sticheln: Haste wieder die ganze Nacht mußt Säcke ausstooben?

Der harmlose Reinhold greift die ironisch gemeinte Ausrede dankbar auf: Ja, er hat die ganze Nacht Säcke ausgestaubt, Berge aus Säcken, ein Riesengebirge!

Reinhold teilt meinem Vater, seinem Nachfolger, leutselig die Bäcker-Binsen-Wahrheit mit: Een Backofen is wien Mensch, sagt er, zu heeß soll er nich sein, zu kalt ooch nich.

Tauers Martha hingegen begrüßt weder den Vater noch die Mutter, aber wie auch immer, zwei-, dreimal am Tage muß sie über den Hof in jenes Häuschen mit der Herztür, die Waldchen mit Kunsthonig bombardierte.

Mutter besieht sich die Nebenbuhlerin durchs Küchenfenster: Nee, nee, nee! sagt sie, und man weiß nicht, ob sie die arme Frau mit dem ausgezehrten Gesicht oder den Umstand bedauert, daß der Vater diese Martha einmal als Hochzeitsdame herumgeführt hat. Martha aber hüstelt und hüstelt, und sie speit von Zeit zu Zeit aus dem immer noch schön geschwungenen Möwenmund in den Hofsand.

Mama, die Tauern spuckt überall Aulen hin!

Die Mutter belehrt mich: Es heeßt nich *Aule,* man nennt es Auswurf. Ich soll den Auswurf mit Sand bedecken, weil Krankheitstierchen in ihm stecken, die auf andere Menschen losgehn.

Auf die Erde gehn sie nicht los?

Ach, dein Gefrage!

Der Vater geht wie zufällig aus der Backstube auf den Hof.

Die Tauern sitzt auf dem Häuschen. Der Vater hantiert an den Stallriegeln, macht Taten aus Belanglosigkeiten und pfiffelt das Lied: *Es stehn zwei Freunde Hand in Hand.*

Die Fliegen summen, die Sonne sticht, die Tauern kommt lächelnd vom Häuschen und grüßt. Der Vater dankt nicht; er geht auf die Tauern los: Du hast mir beschößen, belogen, betrogen; ich wer dir belangen, wer dir verkloagen!

Die Tauern streicht ihre Röcke glatt: Was hast du Heinrich, was brüllste, was willste?

Belangen wer ich dir! sagt der Vater schon kraftloser.

Meine Mutter öffnet das Küchenfenster. Sie will was haben vom Krach.

Die Tauern lächelt den Vater an; sie lächelt, als stünde ein Liebhaber vor ihr.

Und doch wer ich dir belangen! sagt der Vater fast kläglich.

Die Tauern lächelt: Heinrich, Heinrich, ham uns doch gut vertroagen damals. Ham wir nicht schöne beisammen geschloafen, du weeßt, uff Hochzeit bei unseren Ernste?

Besiegt steht mein Vater da, hilflos. Das Küchenfenster plauzt zu. Meine Mutter schluchzt auf. Sie fällt um und bleibt steif liegen, und wir halten sie für tot, und es kommt großer Jammer über unser Haus, und unsere Mutter ist wie tot.

Es ist ein Spät-Juni-Abend, und sein Licht reicht bis in die zehnte Stunde. Onkel Ernst hastet über die Felder, er ist schlecht gewaschen, seine Arme pendeln gekrümmt, auch seine Finger sind gekrümmt, sind Greifwerkzeuge. Der Onkel hats gern, wenn man ihn Großbauer nennt; allerdings sollen es der Gemeindevorsteher und die von der Steuer nicht hören.

Großpauer? Een Proahlhans issa, sagt mein Großvater vom Onkel.

Negerhäuptlinge tragen als Würdezeichen zuweilen Knüppel oder Keulen; mein Onkel trägt als Großbauern-Würdezeichen eine Zigarre. Wenn er sie in den Mund steckt, beißt er auf die Zigarre, und sie steht steil zu den Onkel-

Augen auf, nach einer Weile aber hängt sie belutscht wie ein Säuglingspfropfen im Mundwinkel des Onkels, und sie gibt keinerlei Anzeichen eines schwelenden Zigarrenlebens mehr von sich. Daheim raucht der Onkel nicht. Kann er sich bei sein Heedesand goar nich leisten, sagt mein Großvater.

Der Onkel taucht aus dem Felder-Abend auf, und wir grüßen ihn: Gun Abend, Onkel Ernst!

Gun Abend ooch! Der Onkel hütet sich, einen von uns beim Namen zu nennen, er kennt uns nicht auseinander.

Onkel Ernst, deine Zigarre ist aus!

Weiß drein! Der Onkel nimmt die Zigarre und zündet sie, fern von seinem Munde, in der linken Hand, wie einen Kienspan mit einem Streichholz an.

Doadran sieht man, daß er keen Roocher nich is, bloß een Paffer, sagt mein Großvater.

Kommst du uns besuchen, Onkel Ernst?

Ja, ja, nee, nee, sagt der Onkel.

Wenn man auf etwas hindenkt, verdickt sich das, was man denkt, bis es nach und nach sichtbar wird. Wer sich was denkt, denkt, das denk nur ich, kein anderer weiß es, aber dann kommt ein Tag, an dem das Gedachte als Tat oder Ding für alle Welt sichtbar wird.

Wilmko Krautzig ging jeden Tag sieben Kilometer zu Fuß zur Arbeit von Klein Loje auf die Grube *Conrad* hinter Bossdom. Ein Rad wer ich mir anschaffen! dachte er. Ich koof mir een Rad. (Bei uns sagt niemand *Fahrrad*.) Wilmko kommt zu uns in den Laden und trinkt Bier. Auf einmal sagt er: Ich koof mirn Rad. Aber ein geredetes Rad ist immer noch kein Rad, das man anpacken kann, doch eines schwülen Tages fuhr Wilmko mit einem sakrisch vornehmen Luder von Fahrrad beim Laden vor, mit einem Fahrrad, das Holzfelgen und Schlauchreifen hatte.

Wirst du verrückt oder biste schon? Was brauchste son Rad, was brauchste? sagten die anderen.

Entstand Wilmkos Fahrrad, während er an es dachte, oder war es fertig und näherte es sich ihm durch das Drandenken? Die Welt ist voller Geheimnisse. Wenn ich älter bin, werde ich sie ergründen!

Jetzt kriege ich erst einmal zu sehen, was Onkel Ernst hinter seiner niederen Stirn gedacht hat: Er steigt zu seiner Schwester in die Bodenstube, und es dauert nicht lange, da hören wir die Tauern winseln: Lieber, lieber Ernst, tuk mir nich haun, ich mach es nich wieder!

Wir hören Schläge, und die klingen wie die Schläge von einem Drescher, der mit seinem Flegel die stumpfe Seite der Garben bearbeitet.

Lieber, lieber Ernst, ich leb nich mehr lange!

Wir hören, wie sich Reinhold einmischt: Ernst, Mensch Ernst, hör uff zu dreschen, es ist deine Schwester, ooch meine Frau! Hör, Ernste, uff, sie speit schon Blut!

Es wird ruhig oben. Der Onkel hat abgelassen. Meine Mutter geht in der Wohnstube auf und ab, hat die Zeigefinger in die Ohrlöcher gestopft und schreit um Hilfe. Mein Vater ist auf den Mehlboden geflüchtet, als das Strafgericht seinen Anfang nahm.

Bis zu meiner Jungburschenzeit nahm ich Unsichtbares so wichtig wie Sichtbares. Später, als ich mich den *Aufgeklärten* anpaßte, leugnete ich dumm das Unsichtbare; dann aber wurds mir doch wieder wichtig, wichtiger als das Sichtbare. Welcher Durchschnittsmensch sah ein Atom?

In unserm Hause geschah an diesem Tage viel Unsichtbares: Reinhold Tauer saß, bevor das Strafgericht begann, am Fenster und sah in die Kronen der Eichen. Ich sehe nichts, ich höre nichts, dachte er, sie hat mich erniedrigt. Doch dann hörte er seine Martha flehen, und das Tier in ihm, das abgebissene Männchen, wurde zurückgedrängt; der gute Mensch Reinhold trat hervor, und er warf sich zwischen die Geschwister.

Im Onkel drinnen ging es umgekehrt her: Er machte seiner unehrlichen Schwester Vorhaltungen, aber die Vorhaltungen beeindruckten die Schwester nicht; sie verlachte das Vorgeburtsrecht des Bruders, und im Onkel erwachte der Bull, der Bull, der eine ewig rindernde Kuh an den Rand seiner Herde forkelt.

Und die Tauern, was ging in der Tauern vor? In ihrer Lunge saßen jene kleinen Lebewesen und strickten an einem

Erstickungstod. In der Tauern gloste Angst auf. Sie will nicht sterben, sie will sich vermehren, und sie sucht unausgesetzt nach Verbündeten, die ihre Gier nach einem indirekten Weiterleben stillen helfen sollen. Ein solcher Verbündeter wäre unser Vater für sie gewesen, doch da ist meine hindernde Mutter. Die Tauern ärgert sich über meine Mutter, und sie muß ihr Kummer machen und alles, alles, weil es die Kleinlebewesen in ihrer Lunge so wollen.

Die Gegen-Eifersucht meiner Mutter zerstob. Wir hörten die Eltern einander versichern: Nee, nee, nee, das ham wa nich gewullt! Und sie beschlossen, Äcker und Wiese fahrenzulassen.

Der Onkel bietet dem Vater einen Morgen von seinem Land zur Pacht an. Der Vater weist es zurück; noch sind die guten Schwingungen in ihm stark.

In Grauschteen fing ich schon an, in die Schule zu gehen. Man sagt mir, ich muß auch hier in die Schule. Ich möchte nicht gern in die fremde Schule. Der Vater sagt, man wird ihn bestrafen, wenn ich nicht in die Schule gehe. Wieso ihn? Die Mutter sagt: *Des Lebens ungetrübte Freude ward keinem Irdischen zuteil.*

Man geht in die Schule, das Deitsche lernen, sagt die Anderthalbmeter-Großmutter. Einer sagt dies, der andere das: Meine Joahre ging man in die Schule, wenn man wullde, sagt der Großvater, wenn man nich wullde, ging man nich.

Eine solche Schule würde auch mir gefallen. Wo ist sie hingekommen? Der tägliche Schulgang kommt meiner Neugier in die Quere: Im Garten stehn die gefiederten Büsche des Möhrenkrautes. Ein Schwalbenschwanz-Schmetterling hat sie zur Heimat seiner Raupen gemacht. Diese Raupen gehe ich jeden Tag besuchen; sie fressen und fressen, und schließlich verpuppen sie sich, und sie rühren sich nicht mehr, sind wie krebsige Knoten am Kraut. Ich sehe trotzdem nach ihnen. Eines Morgens ist eine Puppe geplatzt; etwas Zusammengerolltes will aus ihr heraus. Ich kann nicht warten, bis es heraus ist; ich muß in die Schule und erfahr nicht, ob das Zusammengerollte ein junger Schwalbenschwanz war.

Als ich in Grauschteen zum ersten Mal in die Schule mußte, bekam ich eine große Tüte. Sie wurde *Zuckertüte* geheißen, aber es war kein Zucker drin. Die Tüte war noch aus der Vorkriegszeit; Großvater hatte sie auf einer Auktion gekauft. Für die Nachkriegszeit war sie viel zu groß. Meine Mutter stopfte den unteren Teil mit Kriegszeitungen aus. In den Zeitungen war von den Siegen der Deutschen die Rede. Auf das geknüllte Papier legte die Mutter murmelgroße Kügelchen, die sie mit ihren zierlichen Händen aus süßstoffverbrämtem Kartoffelbrei gerollt und mit Ersatzzimt bestreut hatte, Marzipankartoffeln! Die Schultüte war eine bunte Lüge. Jetzt liegt sie feinfarben und verstoßen in einem von Vaters Rumgeherkörben auf dem Mehlboden und wartet auf den ersten Schultag meiner Schwester.

Tauers Waldchen soll mich in die Bossdomer Schule mitnehmen, doch er ist noch verprellt vom Strafgericht, das über seine Mutter niederging. Auf den Nackten hats ihr der Onkel gegeben, sagt er und weint, auf den Nackten! Die Tränen löschen Waldchen den Weg aus; er packt mich bei der Hand, und nun bringe ich ihn und nicht er mich in die Schule.

Der Lehrer heißt Rumposch, ist Sorbe und will keiner sein. Er schämt sich seiner Mutter, die noch bunte Röcke und eine breite Spreewälderinnen-Haube trägt. Wenn sie auf Besuch kommt, muß sie in der Küche hocken, muß Herd und Kinder warten, und ins Dorf darf sie nicht. Rumposch will nicht bekennen, daß er unter den bunten Röcken einer wendischen Frau hervorkroch, aber es geht nicht danach, was Rumposch will oder nicht will; man erkennt an seinem Tonfall, er ist ein Sorbe.

Bossdom ist ein halbsorbisches Dorf; einige Frauen gehen in Halbtracht. Auch ich bin Halbsorbe, und in der Stadtschule werden sie mich später *wendischer Kito* und *Krumitzka*, Brotranft, nennen. Ich gebe mir Mühe, aber so hochdeutsch ich auch zu reden wähne, selbst, wenn ich Englisch oder Französisch spreche, gegen den Gesang der slawischen Urmütter in mir komme ich nicht auf.

In jedem Menschen is een Ton, mit dem wird er geboren, und den trägt er zu Grabe, sagt Großtante Lidola, die Hexe.

Ich nehme es mir zu Herzen, und ich verstecke meinen slawischen Urton nicht mehr.

Wir müssen vor dem Schulzaun in Zweierreihen antreten. Rechts vom Schulhoftor stehen die Mädchen, und links stehen die Jungen, und ich als Neuer und Nichts stehe hinten.

Mein Lehrer in Grauschteen trug einen schwarzen Cut, dazu ein weißes Chemisett mit einem goldenen Kragenknopf. Rumposch trägt einen Strohhut mit keckem Kniff, ein weißes Hemd und eine Gürtelweste. Eine Gürtelweste ist sechsmal so breit wie ein Koppel, sie ist aus besticktem Stoff geschneidert, ist geschweift geschnitten und im Lehrerkreuz verschnallt wie ein Pferdehalfter.

Wozu trägt der Mensch eine Gürtelweste?

Er verpönt Hosenträger, sagt meine Mutter.

Was ist verpönt?

Er lehnt Hosenträger ab, er möchte keene.

Kann er jan Koppel tragen!

Ein Koppel? Und wohin steckt er seine Taschenuhr?

Kann er sie ja in die Hosentasche stecken.

In der Hosentasche trägt er das Taschenmesser; es klopft gegen die empfindliche Uhr, die Uhr geht entzwei, und der Mensch lebt außerhalb der Zeit.

Wittichs Reinhold trägt seine Taschenuhr an einem Leder-Armband. Er braucht keine Gürtelweste, kann nackt am Waldteich stehen, hat seine Uhr dabei und ist niemals aus der Zeit.

Dein neuer Lehrer ist ein moderner Mensch, sagt die Mutter schwärmerisch.

Wer eine Gürtelweste trägt, ist ein moderner Mensch. Wer *Vobachs Modenzeitung fürs deutsche Haus* liest, wie meine Mutter, ist ein moderner Mensch, auch Wilmko Krautzig, der sich ein Fahrrad mit Holzfelgen kaufte, ist ein moderner Mensch, dabei sind Holzfelgen wer weiß wie alt. Jeder Mistwagen hat Holzfelgen. Die Mode hängt von der Laune ab.

Wenn Rumposch prügelt, muß er sich bücken, die Hose rutscht ihm aus der Gürtelweste, und er muß in den Flur und die Hose wieder einfangen. Rumposch hat dunkles Haar, ein vollgestopftes Gesicht, höhnische Zähne und ist Novemberrevolutionär, aber sein kastanienbrauner Stehbart zeigt, daß der Kaiser noch im Lehrerleib hockt.

Auch mein Vater trägt einen Bart, aber keinen kaisertreuen. Jeden Sonnabend nimmt er ihn in die Kur, walkt, harkt, malträtiert ihn und sperrt ihn hinter eine Bartbinde. Dann ists unter der Vaternase leer. Der rote Bart ist wie wegradiert, um einen besseren hinzuschreiben. Die Anfertigung des Sonntagsbartes gehört, wie das Wischen der Fußböden und das Staubputzen, zu den wichtigsten Sonnabend-Arbeiten. Wir dürfen nicht lachen, wenn Vater mit der Bartbinde umhergeht.

Der Vater sucht die angeschlagene Steingut-Tasse, in der er seinen Rasierschaum zu schlagen pflegt. Sie ist nicht zu finden, und die Mutter gibt ihm eine Ersatztasse. Der Vater will die Ersatztasse nicht; er besteht darauf, er will *seine* Tasse, und er wirft die Ersatztasse gegen die Küchenwand. Unsere angestaute Lachlust läuft über. Wir lachen und lachen.

Wa, was? fragt der Vater. Sein Gesicht ist zornrot, die Bartbinde ist weiß. Er hakt die gesunden Tassen vom Tassenbrett und wirft eine nach der anderen gegen die Wand. Wir lachen und lachen. Die Mutter schiebt uns zur Tür raus. Bis die Eltern wieder nach Grodk fahren, trinken wir aus den goldgeränderten *Sonntagstassen*!

Das Tassenbrett ist leer. Auf seinem Sockel stehen nur noch fünf Blechbüchsen. Sie enthielten einst *Seefelders Nährgrieß*. Mit diesem Grieß stopften sie mich, nachdem ich als Jährling eine Lungenentzündung überstand. Ein Glücksumstand, daß die Deutschen, als ich geboren wurde, noch ein bißchen Frieden hielten und Herrn *Seefelder* Gelegenheit gaben, mir mit seinem Nährgrieß das Leben zu retten!

Das Markenzeichen auf den Nährgrießbüchsen ist ein wohlgenährter Knabe; er schaut drein, als hätte er schon im Mutterleibe den *Talmud* und das *Tao-Te-King* studiert. Er hält hinweisend eine Büchse *Seefelders Nährgrieß* hoch, auf der wieder ein Knabe sitzt, der eine Büchse *Seefelders Nährgrieß* vorweist, auf der wieder ein Knabe mit einer Büchse hockt. Drei dieser Knaben sind noch zu erkennen, der letzte nur andeutungsweise.

Ich sitze vor diesen Büchsen, die einst den Extrakt für meine Lebensrettung enthielten, und ich träume mich in die Knabenreihe hinaus: Für mein äußeres Auge hört sie beim dritten Knaben auf, und für mein inneres Auge endet sie nie und nirgendwo. Später weiß ich, daß nichts, was ich tue, nicht eine Handbewegung von mir je endet, wenn ich sie beende; ein Bewohner auf einem tausend Lichtjahre von hier entfernten Stern, der die Augenschärfe oder die entsprechenden Apparate besitzt, wird sie noch sehen, wenn ich auf Erden seit tausend Lichtjahren nicht mehr vorhanden bin.

Und noch später werde ich erfahren, daß man das, was ich mit meinen Nährgrießbüchsen trieb, Meditation nennt.

Lehrer Rumposch geht an der Knabenreihe entlang. Er kontrolliert die Sauberkeit unserer Füße. Wir sind barfüßig. Wie sollen die Füße der Vorwerkskinder auf ihrem kilometerlangen Schulweg im Heidesand oder im Regenschlamm sauber bleiben? Die armen *Vorwerker* werden zu je einer Ohrfeige und einem Fußbad unter der Schulhof-Pumpe verurteilt.

Wer bist du? fragt Rumposch und bleibt vor mir stehen: Wer bist du?

Ein Dreck bin ich, ein Dreck, sage ich. Meine Antwort ist das Teilstück eines Streites, den ich in Grauschteen in der Schenke der *Amerikanischen* hörte: Wer bist du schon? fragte ein Betrunkener den anderen und lieferte die Antwort gleich mit: Ein Dreck bist du, ein Dreck! Das erschien mir kräftig und mannbar.

Alsbald ist zu sehen, daß mich Rumposch wirklich wie ein Nichts behandelt, aber nicht weil ich mich selber erniedrigte.

Ich melde mich auffällig, strecke und recke mich, doch Rumposch bemerkt mich nicht. Ich mache meine Hausaufgaben auf der Schiefertafel doppelt und dreifach – erfolglos. Bin ich ein Engel, einer von jenen Himmelsschmetterlingen, die durchsichtig sind? Ich werde traurig. Ich wollte ja nicht in die Schule – ich mußte. Ich möchte wieder nach Grauschteen, sag ich zur Mutter.

Rumposch ist nicht nur der erste Dorflehrer (ein zweiter ist vorläufig nicht zu sehen), er ist auch Amtsvorsteher und leitet den Männergesangverein; er ist nicht nur Kantor und Organist, sondern liest auch das Evangelium, wenn der Pastor krank oder verreist ist. Rumposch ist, neben dem Herrn Baron, eine Achse, um die sich das Dorfleben dreht. Ehe sich meine zugereisten Eltern nicht bei ihm vorgestellt haben, wird er mich behandeln wie ein Balg von durchziehenden Puppenspielern und Zirkusartisten.

Meine Mutter liest neben sogenannten guten auch seichte Bücher, die von einer gewissen Hedwig geschrieben sind. Aus ihnen erfährt sie, wie es in *feinen Kreisen* zugeht. Sollten wir dem Herrn Lehrer nicht einen Antrittsbesuch machen? fragt sie den Vater.

Sollen wir ihn antreten oder was? fragt mein Vater, der die *gehobenen Sitten* nicht kennt.

Meine Mutter gibt mir ein Brieflein für Rumposch mit, darin fragt sie, ob und wann es genehm wäre.

Lehrer Rumposch verschwendet weder Papier noch Tinte: Solln se komm! sagt er.

Gut, gehn wir, sagt der Vater, in den ein Blitz von Geschäftstüchtigkeit fuhr. Vielleicht kooft der Arschpauker, sagt er, sein Brot dann bei uns. Der Vater tut seine Bartbinde um und geht den Schweinestall ausmisten.

Unser Schwein ist überhaupt so ein Schwein. Es rüsselt von früh bis abends die Stallstreu um, sucht und sucht, ist ständig bedreckt und scheint nicht zu finden, wonach es sucht. Es wird mit Backstubenkehricht und Haushalts-Abfällen ernährt. Arm, arm! Unser Schwein sucht nach Mineralstoffen und Würmern und findet sie nicht; unser Schweinestall ist modern, ist gepflastert.

Eine weiße Bäckerei und ein schwarzes Schwein, wie paßt das? Onkel Ernst wird geholt. Er trägt *Schweine-Erfahrungen* hinter seiner behaarten Stirn und verdrahtet unser Schwein, das heißt, der Vater muß es festhalten, und der Onkel treibt dem schreienden Tier einen Draht durch die Nasen-Scheidewand. Den Draht dreht er mit einer Flachzange zusammen.

Unser Schwein trauert drei Tage. Es sucht nichts mehr auf Erden, nicht mal sein Futter, und es trauert.

Hoffentlich macht es nicht amen und alle, sagt der Vater,

doch nach drei Tagen nimmt das Schwein sein Futter wieder, und es nimmt auch die Suche nach dem, was es nicht finden kann, wieder auf. Sein Verlangen ist stärker als unsere Hinterlist.

Das Lehrerhaus ist durchtränkt mit einem Geruch von getrockneten Pilzen. Pilzgeruch entströmt seiner Jacke, wenn der Lehrer mich über die Pultbank legt und verdrischt; mir ist, als wär der Pilzgeruch der Gehilfe eines Scharfrichters, und er bleibt mir, so würzig er ist, bis in die Mannszeit unsympathisch.

Die brillenscheue Frau Lehrer lächelt meiner Mutter zu. Sie tuts auf Kredit, denn gleich darauf kniffelt sie die Augenlider zusammen und müht sich zu erkennen, wie meine Mutter angezogen ist.

Meine Mutter trägt eine weiße Bluse, der Blusenkragen ist umgeschlagen. Meine Mutter trägt einen dunklen Rock. Die Bluse ist in den Rock gesteckt. Der Rock reicht der Mutter bis an die Knöchel. Die Knöchel stecken in hochgeschnürten Stiefeln.

Klugens Martha schenkt Johannisbeer-Wein aus; sie ist jetzt bei den Lehrers in Stellung. Die Johannisbeeren haben die Schulmädchen geerntet; sie ernten so brav alle Gartenfrüchte, sie sind so gehorsam, sie naschen nur wenig, und sie sind dem Lehrer so interessant, wenn sie hosenlos in den Bäumen klettern. Misten und Graben, Jauchen und Unkrautjäten bleibt für die Jungen, die Bengels, die Rüpel.

Der Lehrerbesuch meiner Eltern fällt beiderseits zur Zufriedenheit aus. Sogar ans Klavier is er geworden und hat vorgespielt. Eine Valse hat er uns vorgespielt.

Eine Valse, Mutter, was ist eine Valse?

So nennen die feineren Leite den Walzer.

Von nun an bin ich für Lehrer Rumposch vorhanden. Er hebt meine Schiefertafel hoch und geht damit durch die Klasse: Hier seht ihr, was Fleiß ist!

Es ist mir peinlich, so peinlich wie später, wenn ein Kritiker verlautbart, ich hätte ein *fleißiges Buch* geschrieben.

Lehrer Rumposch nimmt meine Eltern in den Skatverein auf. Der Skatverein hat sieben Mitglieder, vier Männer und drei Frauen: Den Lehrer und seine Frau, den Schneider und seine Frau, den frauenlosen Gastwirt vom Bossdomer Vorwerk und nun meinen Vater und meine Mutter als Gattin.

Die Männer spielen Skat. Die Weiber ernten das Nebenlicht von der großen Petroleumlampe, die auf dem Skattisch steht, machen Handarbeiten, trinken Mischkaffee, essen, je nach der Jahreszeit, Krapfen, Stollen oder Obstkuchen und nehmen die Verhältnisse in anderen Familien durch.

Über die Leite reden is bissel wie Kino, erklärt die Mutter. Als sie frisch verheiratet war und noch in Grodk wohnte, ging sie häufig ins Kino. Wie ich mit dir ging, bin ich ofte ins Kino gegangen, sagt sie zu mir.

Ich woar doch noch goar nich doa, Mama.

Doch, doch, sagt die Mutter, man nennt es in städtischen Kreisen schwangergehen.

Meine Mutter sah sich die Filme über Klein-Fritzchen an. Sie hatte in *Vobachs Modenzeitung fürs deutsche Haus* gelesen, daß es sich auf die Leibsfrucht überträgt, wenn sich eine Schwangere ein schönes Kind zum Muster nimmt. Leider war ich, die Leibsfrucht, von Geburt an ein Utopien-Zerstörer. Ich wurde kein Fritzchen. Meinen Vornamen Esau bekam ich aus Amerika. Mein Onkel Stefan wünschte sich ihn. Mein Vater verlangte, ich sollte seinen Vornamen wenigstens als Zweitnamen herumtragen. So wurde ich Esau-Heinrich. Der zweite Name war ziemlich überflüssig, er wurde mir nur auf preußischen Ämtern abverlangt.

Als mein Haar zu wachsen anfing, versuchte mich die Mutter nochmals nach Muster zu formen. Diesmal in der Außenwelt: Die Frau eines Marmeladen-Fabrikanten, dessen Geschäftsinserate in allen Zeitungen erschienen, hatte irgendwann Vierlinge geboren. Der Fabrikant ließ seine Vierlinge, als sie vier Jahre alt waren, in Matrosenanzügen fotografieren. Alle vier Vierlinge in einer Reihe, und sie trugen Pagenköpfe, und die Vierlingsparade wurde zur Schutzmarke der Firma, besonders für deren Vierfrucht-Marmelade.

Meiner Mutter hatten es die Pagenköpfe der Marmeladen-Vierlinge angetan. Sie wünschte mir auch einen Pagenkopf anzuzüchten. Mein Vater war dagegen. Ich hatte rotes Haar wie er. Das Rothaar war dem Vater als Kind zur Plage geworden. Seine Mutter war mit ihm aus Amerika ins Sorbische gekommen. Die Sorben hielten ihn für das Kind einer amerikanischen Rothaut und hänselten ihn. Ich hutte kurze Hoare, sagte der Vater, und du willst den Jungen langhoarig loofen lassen, denn wern sie ihn nich bloß Indianer, denn wern se ihn Sioux rufen.

Also wurde ich glatzig aufgezogen, aber kleinmenschliche Träume sind unvernichtbar. Mein jüngster Bruder, er wurde fünfzehn Jahre nach mir geboren, war hellblond, und er wurde von meiner Mutter zur Einzelausgabe jener Vierfrucht-Vierlinge hergerichtet, und er trug, bis er in die Dorfschule mußte, einen Pagenkopf.

Jeden vierten Mittwoch ist Skat-Abend bei uns. Wir müssen uns gut waschen; zu kämmen brauchen wir uns nicht, wir haben Glatzen. Um acht Uhr müssen wir jedem Gast die Hand reichen, Gute Nacht sagen und schlafen gehen, aber mein Bruder Heinjak sagt: Am Orschchen werd ihr mir lekken! Er geht schon Uhre sieben zu Bett.

Meine Mutter hat mit ihren zierlichen Händen, und weil sie sich mit dem *Gehabe der feinen Leute* auskennt, unser Verhältnis zu Lehrer Rumposch in die Reihe gebracht. Meine Mutter ist eine *ausgezeichnete Frau*, aber die Dorfleute bestimmen, sie ist nur *viertfeinst*. Die *erstfeinste* Frau ist die Frau des Barons.

Die Baronin will zum Einkauf in den Laden. Mein Bruder Heinjak sitzt auf der Ladenschwelle, fängt Ameisen und zwingt sie, in einen Mauerschlitz zu kriechen.

Was machst du da, Kleiner, fragt die Baronin süßlich. Steh mir nich im Lichte, olle Saue! Bei uns hat die *Sau* ein E am Schwanz; nach unserer Sprachlogik müßte, wer *eine Sau* sagt, auch *eine Birn* und *eine Pflaum* sagen.

Die Baronin beschwert sich bei meiner Mutter im Laden. Meine Mutter verteidigt den kleinen Bruder. Er ist erst drei Jahre alt, Frau Baronin. Sein ganzes Leben weniger drei Jahre liegt noch vor ihm, Frau Baronin. Er probiert noch Redensarten aus, die er so hört, Frau Baronin.

Wirklich? Die Baronin preßt die Lippen zusammen und bramst. Sie ist gekommen, um Zimt zu kaufen. Die Mutter gibt ihr ein Beutelchen Zimt. Nein, die Baronin will Röllchen-Zimt. Meine Mutter langt eine Rolle Stangen-Zimt aus dem Glas. Nein, die Baronin will keinen Zimt, den meine Mutter mit den Fingern angefaßt hat!

Meine Mutter hält der Baronin das offene Zimtglas hin: Bitte, wenn Frau Baronin sich Se bedienen wollen, sagt sie mühvoll-höflich.

Nein, auch das nicht, es könnten unsichtbare Tierchen, Bakterien, von Mutters Hand auf die anderen Zimtrollen im Glas gekrochen sein.

Meine Mutter fürchtet, Barons, die sonnabends zehn Groschensemmeln und einige Kleinigkeiten kaufen, als Kundschaft zu verlieren, und sie tritt vor die Ladentür und bringt meinen Bruder in die Küche. Heinjak heult auf, weil er von seinem Ameisen-Experiment weggerissen wird. Die Baronin meint, die Mutter habe den Bruder gezüchtigt; nun ist ihr mit eins der Tüten-Zimt recht.

Wie kann die Baronin die erstfeinste Frau sein?

Die zweitfeinste Frau ist die Frau des Obersteigers. Für mich ist ihr Gesicht mit Widerhaken besetzt. Was du immer siehst! sagt meine Schwester. Wir grüßen die Frau des Obersteigers, doch sie dankt uns selten, und wenn sie uns dankt, durchzuckt ihr Gesicht nicht der kleinste Blitz Freundlichkeit.

Auf dem Ladentisch steht die Waage. Sie ist das Wichtigste im Laden, behauptet Großvater. Von die Woage hängt ab, ob eens zu Gelde kummt oder nich. Zwischen den Waagschalen spielen zwei Entenköpfe aus Guß-Eisen hin und her. Wenn die Schnäbel sich küssen, stimmt das Gewicht. Die Obersteigersche zieht ihren Kneifer aus der Rocktasche, bückt sich zur Waage hinunter und kontrolliert bei allem, was für sie abgewogen wird, ob sich die Entenschnäbel küssen. Mißtraun uff Beene, nennt sie der Großvater; wie kann sie die zweitfeinste Dorffrau sein?

Die drittfeinste Frau ist die Lehrersfrau. Wir grüßen sie, und sie dankt uns auch. Tagchen, mein Mädel, sagt sie zu mir, weil sie kurzsichtig ist und sich zu jung für eine Brille dünkt.

Wenn der Lehrer die Nacht durchzechte, hat er am Morgen keine Lust, Unterricht abzuhalten. Frau Lehrer kommt in die Schulstube, eine Woge gasförmigen Korns, Cottbuser Korn, dringt bei der Tür herein. Die Lehrersche sagt, wir sollen das Sechs-Strophen-Lied *O daß ich tausend Zungen hätte!* auswendig lernen, bis der Lehrer sich ausgenüchtert hat. Wie kann sie die drittfeinste Dorffrau sein, wenn sie uns so *lanke Lieder* zu lernen aufgibt.

Im Nachkriegsjahr neunzehn sind, wie nach allen Kriegen, ohne die die Deutschen anscheinend nicht leben können, die Lebensmittel noch knapp. Die Knappwaren sollen gerecht an die Dorfbewohner verteilt werden. Aus diesem Grunde kommen an jedem Donnerstag-Abend die *Verteiler* zu uns und üben Gerechtigkeit.

Warum müssen sie es üben, Mama?

Was du wieder fragst!

Die Verteiler fertigen beim orange-roten Licht der messinggestielten Petroleumlampe eine Liste an. Meine Mutter weiß aus dem Kopf, was jedem Kunden zusteht, aber was ist der Kopf eines schwachen Weibes gegen eine Liste, die den Köpfen von vier Männern entspringt, die Gerechtigkeit üben?

Die vier Männer sind: Der Gemeindevorsteher Kollatzsch, der Kossät Scrabak, der Bergarbeiter Karle Rakel und der kaisertreue Dorfstellmacher Schestawitscha. Ich erfahre, daß man die Dorfbewohner von Bossdom in Gruppen einzuteilen hat. Für mich laufen sie alle durcheinander. Aber wer bin ich? Die Gruppen sind politisch, erklärt Karle Rakel, und ich vertrete die Arbeiterklasse, sagt er, doch er sagt es zu häufig. Die anderen Verteiler verschweigen, wen sie vertreten, doch mich zwackt die Neugier, der Vater erklärt mir: Schestawitscha vertritt die Deutsch-Nationalen, es gibt davon zwei oder drei im Dorfe; er vertritt aber auch alle Leute, die dem Gutsbezirk angehören. Scrabak vertritt die Kossäten, Kollatzsch ist die staatliche Aufsicht.

Die *gerechte Liste* liegt zwischen den harten Deckeln eines übergroßen Buches. Das Buch enthielt einst kaiserliche Verordnungen, aber der Gemeindevorsteher riß sie heraus und verbrannte sie.

Wie kunntescht du dasch? tadelt ihn Schestawitscha, wasch wird der Kaischer soagen, wenn er zurückkommt?

Der Gemeindevorsteher schweigt.

Bleib uns mit deinem Willem beiseite, sagt Karle Rakel und furcht seine Stirn.

Sie streiten sich drum, was besser ist, ein Kaiser oder ein Reichspräsident. Ich kenne keinen von beiden, aber gewiß rennt Willem vormittags mit einer Bartbinde umher und ist lächerlich; Ebert dagegen regiert ohne Binde.

Im Dorf und auf seinem Vorwerk wohnen zusammen fünfhundertelf Personen. Die Verteiler wünschen sich oft, es möchten fünfhundertzwölf oder fünfhundertzwanzig sein: Zweihundertsiebzehn Pfund Zucker auf fünfhundertelf Personen, das rechne mal einer aus! Die Verteiler rechnen und stöhnen, jeder bekommt etwas anderes heraus. Meine Mutter muß ran. Was Sie rausrechnen, is uns verbindlich, sagt Karle Rakel. Wer von den Verteilern traf, was die Mutter errechnete, ist ein ganzer Kerl.

Es sind Heringe eingetroffen. Sie werden ausgezählt, und Karle Rakel hängt mit dem Oberkörper im Faß. Er unterhält sich mit den Heringen: Ist noch einer drin? fragt er.

Keine Antwort. Karle fährt mit der Hand durch die Lauge. Es ist doch noch ein Hering im Faß. Was versteckst du dir und meldest dir nicht, tadelt ihn Karle.

Fünfhundertunddreizehn Heringe! Was mit den zweien, die drüber sind? Die fressen wir! erklärt Karle. Gemeindevorsteher Kollatzsch und Kossät Scrabak weigern sich, ungewässerte Heringe zu schlingen. Schestawitscha, der Vertreter der Deutsch-Nationalen, will die überzähligen Heringe nicht der Arbeiterklasse überlassen. Gerechtigkeit musch schein, sagt er und frißt.

Rötlich schimmernde amerikanische Hirse wird verteilt. Die Bossdomer kochen sie, essen sie und werden krank.

Der Amerikaner will die stolze deutsche Nation auschrotten, sagt Schestawitscha.

Das hat schon dein Kaiser besorgt, sagt Karle.

Es geht bei uns zu wie im Parlament.

Gemeindevorsteher Kollatzsch ist Gärtner und Dorfmusikant. Leute, die etwas *Künstlerisches* treiben, haben die Zuneigung meiner Mutter: Zigeuner, Artisten, Theaterspieler. Gemeindevorsteher Kollatzsch spielt die Erste Geige in der Dorfkapelle, erfuhr die Mutter. Sie träumt noch vom Kinogeiger in der Stadt, der die Tosselli-Serenade zu Liebesfilmen mit Henny Porten spielte. Sie bittet Kollatzsch, seine Geige mitzubringen.

Kollatzsch bringt seine Geige in einem Holzkasten geschleppt, der einer Brotbüchse ähnelt. Meine Mutter schenkt Cottbuser Korn aus. Wir Kinder dürfen länger aufbleiben, damit wir das Geigenspiel hören und uns bilden.

Kollatzsch arbeitet tagsüber in den Erden seiner Gärtnerei; seine Finger sind hornhäutig, und sie treffen die Töne nicht, die man erwartet, wenn man ein bestimmtes Lied im Auge hat. Zwischen den Tönen, aus deren Folge wir uns mit Hilfe der Gewohnheit unsere Lieder machen, hocken ganze Scharen anderer Töne, die drauf lauern, ihrerseits zur Sprache zu kommen; es ist Gemeindevorsteher Kollatzsch, der ihnen mit seinen ungehorsamen Fingern zu ihrem Klangleben verhilft, und der damit der Musik nahekommt, die man heute *modern* nennt. Man weiß nicht, ob er *Licht aus, Messer raus!* spielt oder sonsterwas, aber meine Mutter, die lange keine Geigenmusik gehört hat, kommt dem unzureichenden Spiel schwelgend entgegen. Sie fängt an mitzusingen; der Vater fällt mit der zweiten Stimme ein, und Karle Rakel knurrt mit einer Stimme, die er Baß nennt: *Petrus schließt den Himmel zu. / Alle Englein gehn zur Ruh* . . . singen sie, und wir Kinder, so meint die Mutter, kommen zu einem Kunstgenuß.

Dann singt der *Verteiler*-Chor: *Horch, die alten Eichen rauschen immer noch dasselbe Lied* . . .

Ich bin nicht der Ansicht von Herrn Johannes Gelbke, der den Text dieses Liedes gemacht hat, doch wie so oft sage ich es nicht. Weshalb soll ich mich auslachen lassen? Das Lied vom gleichbleibenden Rauschen der Eichen ist im Liederbuch des Gesangvereins abgedruckt, und für die Erwachsenen ist, wie ich beobachte, was gedruckt ist, gültiger als das, was ein Stift, wie ich einer bin, sich so denkt. Trotzdem bleibe ich dabei: Das Eichenrauschen hängt von der Windstärke und vom Wachstum ab, auch die Anzahl der Zweige, der Blätter und die Stellung des Laubes sorgen dafür, daß das Lied der Eichen sich nicht gleich bleibt; freilich muß man fein hinhören!

Kollatzschens Geige bringt Katzen mit Hundeschwänzen zur Welt, flüstere ich. Meine Schwester fängt an zu lachen. Wir müssen zu Bett, weil wir noch nicht begreifen, wie wichtig es ist, daß wir uns bilden.

Weshalb hat man der Tauern die Verteilung der Knappwaren nicht übertragen?

Sie war nicht schuverlässig, erklärt Schestawitscha, wir haben die Verteelung dennmals eenstimmig der Gaschtwirtin überstellt, aber die willsch nu nich mehr machen.

Meine Mutter ist nicht nur eine ausgezeichnete, sondern auch eine zuverlässige Frau! Aber die Knappwaren müssen aus der Kreisstadt herangeschafft werden, und Töppchenhändler Tinke hat nicht immer Zeit für uns. Heinrich, bedenke, sagt die Mutter, immer so mit uneegnem Fuhrwerk!

Der Vater muß ein Fuhrwerk anschaffen. Bubnerka bietet uns ihr Gespann zum Kauf an; sie braucht es nicht mehr. Es handelt sich um einen Pritschenwagen, bei uns in der Heide *Fleischerflitzer* genannt. In der Scherendeichsel des Flitzers geht eine Puppe von einem Rapphengst, ein Mittelpferdchen, zum Anbeißen.

Aber wie kann der Vater Wagen und Hengst von der Bubnerka kaufen? Sie ist unsere Konkurrenz und damit, leise Gott, unser Feind, weil meine Mutter im Laden auch Bier verkauft. Müller Sastupeit ist unser Feind, weil auch er Brot bäckt. Später kommen noch andere Feinde hinzu: ehemalige Kunden zum Beispiel, die ihre *Latte* bei uns nicht bezahlen und heimlich nach Dubraucke einkaufen gehen, und natürlich jene Dorfbewohner, die ihr Brot bei Sastupeit kaufen. Das *Feindbild* wird uns jeweils von unserer Mutter übermittelt.

In Grauschteen hatten wir keine Feinde. Die Leute gaben der Mutter für ihre Nähkunst gern überdrauf: Bißchen Quark, etwas Speck, überhaupt Quäntchen Zehrung.

Wer ein Pferd kaufen will, braucht seine Absicht nur laut werden zu lassen, selbst, wenn er sie im Traum ausspricht, erreicht sie die rechten Ohren. Mein Vater äußert seine Absicht im Laden. Er ist durchdrungen von der Ehre, für die Knappwaren-Verteilung ausersehen zu sein, und spricht wie ein Schreiber vom Landratsamt: Nun ist uns die Verteilung anheimgegeben, und es sind uns Pferd und Wagen nahegelegt.

Bereits in der Dämmerstunde desselben Tages erscheint der Gelegenheits-Pferdehändler Bleschka und stellt uns ein Pferd auf den Hof. Es ist ein Wallach; sein Leib ist gedunsen wie der einer Fröschin vor dem Laichen; die Anderthalbmeter-Großmutter kann über ihn wegsehen, so groß oder so klein ist er, und er schimmert grau-grün in der Abenddämmerung.

Vater und Bleschka handeln im dämmerigen Hof. Der Mondkahn fährt auf dem Dachfirst entlang. In der Erle am Teichgraben singt noch eine Amsel, und Fledermäuse huschen wie gefilmte Vögel über die blau-graue Abendleinwand. Bleschka, der Schönredner und Herausstreicher, hält den Wallach am Strick, und dem Pferdchen entweichen von unter dem Schweif knallende Gase. Der Wallach erschrickt vor sich selber, springt zur Seite, kommt mit dem Hinterteil an die Regentonne, und dort entweicht ihm wieder Abgas, und es klingt, als ob jemand in einen Kohlenschacht schießt. Mein Bruder Heinjak tauft das Pferdchen: *Tonnenpfürzer.* Die Mutter bittet ihn, es *Tonnenwind* zu nennen.

Vater kauft das Pferdchen. Die Folge: Hafer, Heu und Stroh, ein Pferdegeschirr und ein leichter Wagen, ein Kuhwagen, müssen her. Das alles liefert uns Bleschka nach und nach.

Vater und Mutter werden um *Verteilerwaren* nach Grodk. Sie fahren beim Großvater *An der Mühlen Numero eins* vorbei. Großvater, der alte Pferdekenner, sieht sich das

Pferdchen an. Das Mühlenwehr rauscht. Der Großvater mustert.

Na, Vater, was? fragt die Mutter. Der zieht dir nich die Hosen vom Ursch, sagt der Großvater. Der Vater ist beleidigt.

Ein Wunder, daß wir die Mutter gesund wiedersehen! Sie muß den beladenen Kuhwagen dreizehn Kilometer weit aus der Kreisstadt mitschieben, sie, mit ihren nicht sehr ausgezeichneten Beinen und den schmächtigen Handgelenken.

Sie hätt ja könn nebenher gehn und das Pferd peitschen, denn hätt ich kunnt schieben, entschuldigt sich der Vater.

Die Mutter und ein Pferd peitschen? Ein Pferd, das krank, das dämpfig ist? Na, he! Der Wallach schwitzt, seine Flanken gehen wie ein Schmiede-Blasbalg; die gefürchteten Dampfrinnen zeigen sich.

Der Vater wirft die schwerste Last vom Wagen, die Heringstonne. Er rollt sie in den Chausseegraben und deckt sie mit Gras zu. Das Pferd und die Mutter haben es etwas leichter.

Bei halber Nacht kommen die Eltern heim. Der Vater flucht und schwört, den Schönredner Bleschka zu zerreißen. Die Mutter fällt angekleidet ins Bett und schläft ein.

Am nächsten Tag fährt der Vater die Heringstonne holen. Aber die Heringe sind weg. In den Baumkronen hohler Wind. Fünfhundertdreizehn Heringe auf und davon!

Die Verteiler-Kommission erstattet Anzeige gegen Unbekannt, aber die Heringe bleiben verschollen; sie sind, samt Faß, im Lausitzer Heidemeer davongeschwommen.

Bleschka, den der Vater zerreißen will, ist nicht aufzufinden. *Tonnenpfürzer* sieht nach der Stadttour aus wie ein russischer Windhund, aber mir fängt er an zu gefallen. Er ist bequem zu besteigen, ist nicht kräftig genug, mich abzuwerfen. Er trägt mich im Schritt, wohin ich will, und ich laß ihn am Strick auf den Rainen der Gutsfelder grasen, bis der Gutsvogt kommt und uns beide vertreibt.

Meine Liebe zu den Pferden ist so alt wie ich; ich wurde mit ihr geboren. Im Gasthof der *Amerikanischen* in Grauschteen spannten die Pferdehändler aus. Ich mischte mich unter sie. Schon als Dreijährigem war mir ihr Händlerjargon geläufig. Ich stand mit einem Spielzeugschimmel von Kaninchengröße und einer kleinen Peitsche zwischen ihnen, machte mich an einen jovialen Roßschlächter heran und bat ihn, mit mir zu *taussen*, meinen *Ssimmel* gegen seinen kleinen *Sswarzen Walloch*.

Tauschen? fragte der Mann und sah lachend auf mich Zwerg-Pferdehändler hinunter.

Taussen, Kopp uff Kopp? sagte ich, und da hörte ich es zum ersten Male, das Gelächter der *Amerikanischen*, jenes von Hohn gefärbte große, eckige Lachen, das das Gesicht der Großmutter rot und blau färbte, wenn es sich in ihrer Kehle verkantete.

Wenn ich auf meiner Spielzeugkiste am Giebelfenster des Kottens stand, konnte ich ein Stück der Landstraße sehen, die von Grodk ins Schlesische führte, und hatte den Anger vor Augen, auf dem die Dorfstraße und die Landstraße einander begrüßten und einen Grasfleck miteinander zeugten. Ich konnte die Pferde beobachten, die Pferde aus dem Dorf und die Kutschpferde des Herrn von Wühlisch auf Lieskau, die Bauernpferde aus Schöneheede, die Müllerpferde, die Brauerpferde, die Trauerpferde und die Traber der Fleischer aus Muskau und Grodk.

Stiefgroßvater Jurischka fuhr einen alten Grauschimmel, der stets eine Weile lahmte, wenn er eingespannt wurde. Er hatte den Spat, und er hinkte aus dem Hof hinaus und – eben der Spat, und der Großvater ging neben dem Mistwagen her und hinkte aus Mitleid auch. Doch eines Tages wurde es ihm über, und er sagte: Ein Fohlen muß her! Da war der Tod im Großvater noch nicht ausgewachsen; erst zwei Jahre später war er groß genug und paßte dem Alten. Vielleicht war der Fohlenkauf ein Versuch des brummigen Schneider-Gastwirts, sich am Gewese eines Fohlens zu verjüngen, jedenfalls wurde er eines Tages mit meiner Tante Else auf den Pferdemarkt nach Choćebuz.

Ich stand viele, viele Stunden auf meiner Spielzeugkiste und sah die Landstraße hinunter, aber erst auf Mittag des zweiten Tages schälten sich Großvater und die Tante an der Landstraßen-Biegung aus dem Fernendunst, und zwischen ihnen trappelte ein graues eselähnliches Fohlen, und da war kein Halten, und ich rannte hinaus, und ich rannte den Fohlenkäufern entgegen.

Ich hörte nie auf, dem knurrigen Stiefgroßvater dankbar zu sein, weil er erspürte, was in mir vorging. Er überließ mir den Fohlenstrick, und ich durfte das übermüdete Fohlen in den Stall führen.

Das Kaltblüter-Fohlen wurde mein Gefährte. Ich war dabei, als man es mit Kreosot und Petroleum von seinen Läusen befreite; ich redete ihm zu, beruhigte es, als man ihm zum ersten Male die Hufe beschnitt. Ich durfte es striegeln, durfte es kardätschen, bis es so groß war, daß selbst meine gereckten Arme nicht mehr bis auf seinen Widerrist reichten; das Fohlen wuchs rascher als ich, sein Pfleger. Es wurde gegengebunden, und es trabte neben dem alten Grauschimmel aufs Feld, und ich durfte es dort auf dem Rain am Strick weiden lassen. Die Mutter fürchtete, es könnte mir dabei ein Unglück geschehen. Der Muttervater warnte: Wickle den Strick nicht um deine Hand! Der rotschimmelige Esel, sagte er und beleidigte mein Fohlen, könne was inn Kopp kriegen und losgehen und mich mitschleifen.

Seid ihr alle bissel varrickt, der kleene Kerrl und das große Pferrd! schimpfte die Anderthalbmeter-Großmutter. Sie spückelte und hexelte, damit mir nichts geschähe, und alle hatten was gegen mein Fohlen.

Eines Tages, als der Stiefgroßvater mit dem Grauschimmel pflügte, ließ ich mein Fohlen wie stets am Rain grasen, und es setzte beim Weitertreten seinen linken Vorderhuf auf meinen rechten Fuß. Ich unterdrückte den Schmerz. Die scharfen Hornkanten des Hufes drückten sich in den Rist meines Fußes. Sollte ich das Fohlen verklagen? Man würde es mir nie wieder anvertraun. Schließlich verlagerte das Tier für einen Augenblick sein ganzes Gewicht auf meinen Fuß und ging weiter. Der Schmerz steilte an; ich schrie trotzdem nicht. Es gab zwei blutende Einschnitte in meinen Fußrist. Ich bestreute die Wunden mit Sand von einem Maulwurfshügel, das hatte ich meinem Spielkameraden Jurij Sturuk abgeguckt. Niemand erfuhr, wo ich mir den Fuß verletzte. Ich log durch Verschweigen; ich unterlag meiner Pferdeliebe.

Der Pferdehändler Bleschka stellt sich ein. Die tätlichen Verhandlungen finden in der Backstube statt. Zwei unterdrückte Jähzorn-Ausbrüche sind bereits im Vater geschichtet: Der Zorn auf die Tauern, der Zorn auf den Müller, nun der Zorn auf den Pferdehändler, und jetzt platzt der Vater. Er geht geduckt auf den Händler los: Was hast du mir fürn Zossen hergetoan! Er packt den Händler, hebt ihn an, hebt ihn aus und hantiert mit ihm wie ein Steinsetzer mit einer Ramme.

Bezähme dir, Bäcker, tuk dir bezähmen! schreit Bleschka auf seinem *Höhenflug*. Jeder sak, daß der Wallach dämpfig war, warum du nicht?

Ein Hohn! Der Vater hebt Bleschka ein zweites Mal aus. Hör uff, brüllt der Händler, ich bring dir een anderes Pferd! Und er kommt auf die Steinfliesen vor der Fußgrube zu sitzen. Seine Jacke ist mit den mehligen Handabdrücken des Vaters bedeckt. Mich packt das Mitleid. Die Tränen spritzen. Ich halts nicht mehr aus, ich laufe davon.

Als Bleschka mit dem kleinen Wallach am Strick vom Hof geht, bin ich wieder ran. Das Pferdchen sieht sich nach mir um, als wolle es sich beklagen. Ich weiß noch nicht, daß Pferde nicht wie Hunde in Menschengesichtern lesen, und ich nicke dem Wallach Mut zu, und ich weine schon wieder.

Bleschka kommt mit einer Stute zurück; sie ist kräftiger und höher als der Wallach. Wie alt?

Na, wie alt? Das Konfirmanden-Alter hat sie schon hinter sich, heißts bei den Pferdehändlern. Aber gut Pferd, so sagen die Händler auch, ein Pferd mit auswechselbarem Kostüm: Im Winter trägts einen dunkelbraunen Bärenpelz; im Frühjahr lassen wir es scheren und haben einen Grauschimmel. Die alten, stumpfäugigen Dorfweiber, die ein Pferd schon nicht mehr vom anderen unterscheiden können, schlagen die Hände zusammen und hecheln: Seht eich, seht eich, den neien Bäcker, schon wieda hata een neies Pferd!

Der Vater lächelt; er hört es nicht ungern.

Man weiß, daß Menschen unter uns leben, die mit Hilfe

von Feldern und Wäldern, mit Hilfe von Burgen und Schlössern, mit Hilfe von Fabriken oder Parteien, auch mit List oder Gewalt, ihre Mitmenschen zu beherrschen versuchen. Meine Großtante Lidola herrscht durch ihr Dasein. Ihr Name ist Maika, soviel wie Maria. Sie ist eine von den Töchtern meines Urgroßvaters. Der hieß Christel Kattusch. Die Anderthalbmeter-Großmutter ist die jüngste, meine richtige Großmutter, die verstorbene Frau vom Muttervater, war die vierte, also, die mittelste, und Großtante Maika ist die älteste von den sieben Kattusch-Töchtern. Der Urgroßvater war Schneider und Holzhauer, war abergläubisch und klein. Seine sieben Töchter kamen wie Märchenmädchen zu ihm aus den Wäldern, die Großvater *die keenigliche Heede* nennt. Dennmals gabs Winter, wies heute keene mehr gibt, erzählt die Anderthalbmeter-Großmutter. Keene Hosen und keene Hanschken. Die Hände ham wir uns da gewärmt, wo sich die Beene treffen. Sie hockt nieder und deutet an, wo sie sich ihre Hände erwärmten, und wie sie sie in die Schenkelgruben steckten. Wenn der Mensch wo warm ist, merkt eich, denn am Gemächte!

Großtante Maika kam um achtzehnhundertundachtzig aus dem Kreis Hoyerswerda in den Kreis Grodk an die schlesische Grenze. Sie ist nicht verheiratet, aber sie hat einen Mann. Leute reden, Paulko Lidola hätte sie geraubt. Quatschchen, ich hoabe mir rauben lassen, sagt Maika.

Uff das, was die sagt, kannste deine Scheine baun, sagt der Großvater.

Paulko Lidola hat mit seinem Frauenraub Maika vor einem bewahrt, den sie hat heiraten sollen.

Ich hoabe den Schapprich nich hoaben gewollt. Wie sullt ich Paulko nich zu Danke sein, daß er mir mitnoahm, sagt Maika und führt freiwillig Paulkos Familiennamen.

An Großtante Maika ist alles rund; runder Kopf und rundes Gesicht, runde Brüste und runder Bauch, runde Waden und runde Zehen, selbst der Zopf auf dem Kopf wie ein Nest so rund. Mit Maika deutet das Leben an, daß es eigentlich vorhatte, den Menschen rund und kugelig zu machen, rund wie die Erde und rund wie die Sterne.

Aus Maikas Mund kommen Worte, die wie die Schwalben zwitschern, aber auch solche, die angefärbt sind vom blauen Lull-lull der Heidelerche und selten, aber zuweilen doch, harte Worte wie Rabengeknarr.

Boshafte Leute reden, Maika ist eine Hexe; die meisten sagen auf sie: *Kluge Frau.* Das ist bei uns in der Heide mehr Majestät als Frau Baronin zu Reitzenstein.

Ich habe eine Menge Märchen gelesen. Für mich ist Großtante Maika eine Heilige. Ihren Heiligenschein hat sie versteckt, vielleicht im Keller hinter den Pferdemöhren.

Maika gehört zu den wendischen Weisen. Gelehrte Leute und Besserwisser aus Grodk lachen und lästern über sie. Auf einmal kriegen sie die Gesichtsrose und kommen gebettelt: Maika, kannste mir helfen, Maika?

Über Maikas rundes Gesicht hüpft ein Lächeln, das wärmt wie die Sonne: Mach dir za Hause, du Tummkopp, alter, oder ich kumme dir mitn Besen, sagt Maika.

Und der Tummkopp purreit sich auf und davon, unterwegs verliert er die Rose, und er läßt fortan nichts mehr auf Maika kommen.

Man weiß nicht, nach welchen Regeln die wendischen Weisen wachsen. Bald taucht eine *Kluge Frau*, bald ein *Kluger Mann* auf. Keiner kann dir sagen, wie sie weise wurden, auch sie selber nicht; eines Tages ist die Weisheit in ihnen und bricht heraus.

Meine Eltern überlegen, was sie Maika als Gastgeschenk mitnehmen sollen. Es ist schwer, was zu treffen, was ihr gefällt. Die Anderthalbmeter-Großmutter, Maikas jüngste Schwester, nahm ihr eine rosengemusterte Schürze mit. Sie lief damit auf. In den bunten Lappen wickle dir selber, Lenka, sagte die Großtante, bei mir is Fastnacht lange vorbei.

Lidolas Hof liegt in einer Feldersenke. Die Senke ist mit Büschen und Bäumen ausgepolstert, nur der Schornstein des roten Backsteinhauses überragt das grüne Genist in der Flur, und wenn sich Rauch über ihm kräuselt, wissen Onkel Ernst und Tante Magy, daß Maika noch lebt. Und wir wissen, wenns aus dem Schornstein von Tante Magys Futterküche qualmt, daß sie daheim und am Leben ist. Wir sind mit der Verwandtschaft durch ein Rauchtelefon verbunden.

Was brauche ich Schornsteen, was brauche ich Rooch, sagt Großtante Maika, ich seh eich, wenn ich die Oogen zumach!

Die Eltern nähern sich dem Hof der Großtante, doch sie hören Getümmel und halten ein: Paulko Lidola ist mit einem Pferdetreck und seinen Knechten eingetroffen. Die Knechte sind Männer, die sich irgendwas zuschulden kommen ließen und dafür bestraft wurden. Nun wollen sie mit den Menschen, die selbstgerecht über sie zu Gericht saßen, nichts mehr zu tun haben. Sie rennen unrasiert umher, und manche riechen mehr nach Pferd als die Pferde.

Peitschen knallen, Treckhunde bellen, Pferde wiehern, schwere Flüche fliegen über die Felder. Der *Wilde Jäger* rast durch die Kronen der Obstbäume; ein Wirbelwind auf Pferden umtost das Anwesen von Großtante Maika. Pferde, die an den Rand des Wirbels geraten, werden hinausgetrieben, andere werden in ihn hineingerissen.

Meiner Mutter wirds unheimlich; sie will nicht in die wilde Gesellschaft; die Eltern kehren um.

Auf Maikas Hof gibts sonst außer einer Katze und einem Pferd keine Tiere, und das Pferd der Tante ist gewöhnlich ein Wechselpferd. Sobald Paulko getreckt kommt, um zwischen zwei Pferdemärkten zu pausieren, wird Roßtäuscherei betrieben, daß es die Hunde jammert. Die Großtante muß das Pferd, das sie während Paulkos Abwesenheit herauspflegte, hergeben, und es wird ihr aufs neue ein Tier hingetan, das kaum mehr laufen kann. Maika pflegt auch das ohne Murren heraus und bestellt mit ihm jeweils die Äcker rings um den Hof, baut Hafer, gelbe Möhren, Seradella und Buchweizen an; Hafer, Möhren und Seradella für die durchziehenden Pferdeherden und Buchweizen für sich zur Suppe, für Brei und für Sterz. Alles, was Maika sonst nötig hat, fällt ihr vom Himmel in die Küche, sagen die Heidebauern.

Die Großtante jätet Möhren. Hanka Pettke, eine Kossätenfrau, kommt über die Felder gehinkt: Maika, Maika, das Kreize tut mir seit Wochen weh, du mußt mir helfen!

Und gloobst du, daß ich dir helfen kann?

Maika, ich gloobe! Wär ich sonst hier?

Denn mache dir runder und wiete mit! sagt Maika.

Ich mit der Kreizkränke soll runderknien?

Also du gloobst nich, sagt Maika, und ihr Gesicht wird sonnenfinster.

Eine Weile ists still. Fliegen summen vorüber, und jede sagt was, und die Großtante lauscht auf den Flügelschlag der Schmetterlinge. Langsam läßt sich die Pettkinne auf die Knie und fängt an zu jäten. Die Großtante heißt sie dem Getier, das vorbeikommt, nachzublicken: Kommt eine Fliege, drehst du dir links; kommt ein Schmetterling, drehst du dir rechts!

Bremsen und Schmeißfliegen, Kohlweißlinge, auch Raupenscheußer genannt, ziehen vorüber. Die Pettkinne dreht sich und renkt sich beim Knien. Die Sonne steigt, und die Zeit vergeht, und Maika sagt: Nu erhebe dir!

Sie nimmt die Pettkinne mit in die Stube und reibt ihr das Kreuz mit Hundefett ein. Das Fett muß von am Hund sein, der am neunundzwanzigsten Februar geboren is, sagen die Heidebauern. Mir verrät Maika: Es ist Leinöl, Schnaps und der Sud von Kiefern-Maiwuchs.

Die Pettkinne probiert, sie dreht sich und bückt sich: Es geht mir schont besser!

Morgen wirschte renn wie ne Lerche, sagt Maika, und es wird wieder sonnig in ihrem Gesicht.

Laßt mich rasch eine Arie auf den Buchweizen singen, den Großtante Maika anbaut. Mein Großvater nennt ihn Heedekorn. Seit das Korn der Heide nicht mehr angebaut wird, hat meine Heimat einen Duft, eine Farbe und eine Welle, die mir Entzücken verschafften, verloren. Die vielen, vielen Bienen, die dem Buchweizen ihr Leben verdankten! Wo sind sie jetzt? Treiben sie als unruhige, unerlöste Wellchen außerhalb der Ebene umher, die wir die Wirklichkeit nennen? Wo sind die mit Buchweizen-Grütze gestopften Würste hin, die Grützwürste? Eine Fülle ergibt die andere; ein Mangel hängt vom anderen ab: Ich denke an den *Sterz*, an den gequollenen Buchweizen, den die Anderthalbmeter-Großmutter, mit Speckscheiben durchsetzt, im Ofenröhr buk.

Meine Eltern nehmen der Großtante Streichhölzer und

Pfeifentabak mit, den Pfeifentabak zu fünfzig Pfennig. Jawohl, ihr habt recht gehört, die Großtante raucht; sie raucht eine für eine Heilige ziemlich unheilige Baumelpfeife mit geschnitztem Holzkopf. Sie sitzt im Weggraben und sichelt Gras, und es steigt blauer Tabakrauch zwischen den dunkelgelben Rainfarnblüten auf, als ob im Chausseegraben eine warme Heilquelle aufgebrochen ist, und Maika muß passen, daß sie ihren Pfeifenkopf nicht mit absichelt.

Die Mutter packt ihr Gebringe aus. Die Großtante bedankt sich. Ich mache eich Kaffee, ganz frischen wär ich eich machen, sagt sie. Sie schüttet Roggenkörner in einen Tiegel, röstet sie vor den Augen der Mutter auf hellem Feuer und verbrennt sie halb. Die Mundwinkel der Mutter gehn verächtlich nach unten, nehmen die Form eines Sägebügels an. Die Mutter ist an *Kathreiners Malzkaffee* mit einem Schuß echter Kaffeebohnen aus Brasilien gewöhnt. Für Großtante Maika ist Brasilien der Acker hinterm Haus.

Der Vater sieht sich auf dem Hofe um; die Mutter benutzt seine Abwesenheit, um Tante Maika nach einem Mittel gegen ihre Umfall-Krąnkheit zu befragen. Es zog sich mir alles zusammen und mit eens, bumm! loag ich da, erzählt sie, doch sie verschweigt, daß es sie umschmiß, als die Tauern unzüchtig von sich und meinem Vater redete. Aber vor Maika kann niemand etwas verschweigen, sie weiß, was sie weiß, so oder so.

Ich woar nich bloß blaß, ich woar schon wie tot, verstärkt die Mutter.

Trotzdem, sagt Maika, ich kann dir nicht helfen.

Kannst mir nich helfen? Warum nich, warumchen?

Kraut gegen Eifersucht wächst in dir selber.

Ist die Mutter ein Gewächshaus? Was? fragt sie, was hast du, Maika, gesoagt? Die Mutter will anbändeln, doch mit eins fühlt sie sich wie aus Glas. Großtante Maika, die Hexe, hat sie durchschaut.

Der Vater kommt staunend zurück: Du hast ja unseren *Tonnenpfürzer* im Stall, sagt er.

Unsern *Tonnenwind*! sagt die Mutter belehrend. Er ist nich eirer, er is nich meiner, sagt Großtante Maika. Er kann nich dafür, daß er so kleen is. Sie kommt in Eifer, die Großtante: Hier hätte der Mensch gemodelt und ein Pferdchen herausgespielt, das nicht die Kraft hat, die die Bauern ihm abverlangen. Aber jetzt passe ich uff, sagt sie. Das Tierchen wird mir niemand mehr schinden!

Ein Zentimetermaß könnte ausweisen, wie das Gesicht meines Vaters länger wird.

Wir hoam den Wallach nich geschunden. Wir brauchten Woaren für unsern Loaden. Die Eltern knabbern an den harten Honigbroten, die ihnen die Großtante zum Roggenkaffee vorsetzt, doch alsbald geben sie vor, keine Zeit mehr zu haben. Sie brechen auf. Wir wärn noch geblieben, aber das Geschäft, sagt die Mutter.

Geschäft, Geschäft – was mußt ihr Geschäfte machen?

So? fragt die Mutter. Und was mußt du Pfeife roochen? Sie steckt der Großtante wie ein rechtelndes Schulmädchen die Zunge heraus.

Paß uff, daß dir der Lappen nich dicke wird! warnt die Tante. Back du deine Brote! sagt sie zum Vater, und du näh neie Blusen aus alte Röcke wie früher! sagt sie zur Mutter, denn braucht ihr niemand beim Ursche lecken, und die Leite wern kumm und wern eich brauchen!

Der Besuch bei der Großtante ist nicht nach dem Geschmack der Eltern ausgefallen. Mir rochs da ganzes wie dumpfiges Heu, sagt der Vater.

Mir roch es mehr so nach Knoblauchzehen, sagt die Mutter und steckt dem Vater die Zunge heraus: Sich moal, is se nich schon geschwolln?

Unsere Familie schlägt Wurzeln und wächst langsam in Bossdom ein. Auf den Herbst zu gibts keinen Winkel im Anwesen, in dem ich nicht hockte, aus dem ich mich nicht hinaus oder zu mir hin träumte.

Auf dem Mehlboden umwallen mich die Düfte von Roggenmehl, Kleie und Leinschrot. Sie nehmen mich mit sich und entdecken mir: Was heute Korn ist, ist morgen Mehl, und das Mehl wird Brot, und das Brot wird Kot, und schließlich wird, was ehemals Korn war, wieder in Roggenhalmen sein. Und das Heu, in dem ich auf dem Futterboden sitze, das gestern Gras hieß, wird morgen in der Raufe Futter und übermorgen Roßapfel heißen. Wo ich auch hinschau: Kreislauf und Kreislauf, und es schlüpft ein Etwas langsam oder rasch aus den Wörtern, mit denen ich es benime.

Das Taglicht sickert ins Heuboden-Dunkel. Schwarze Schmeißfliegen kriechen aus den Gebälkritzen und fliegen wie aus der Kirche entflohene Orgeltöne gegen die Glasziegel. Unsere Katze Thusnelda kommt, hascht sie, frißt sie und wird am nächsten Tage von dem Stoff am Leben erhalten, den ich tags zuvor *Schmeißfliegen* nannte. Ich ahne, daß nur die Zeit mir vorenthält, die Schmeißfliegen zu sehen, die aus der Katze entstehen werden.

Wunder über Wunder! Ich rede mit Hermann Wittling drüber und ärgere mich sogleich, daß ichs tat. Weeß doch jeder, daß Katzen Schmeeßfliegen fressen, sagt er.

Ich versuch mit der Mutter drüber zu reden. Keene Zeit, keene Zeit. Der Loaden, der Loaden! sagt sie.

Jedes Bossdomer Jahr hat seinen Frühling und seinen Sommer, seinen Herbst, seinen Winter und seine Zwischenjahreszeiten, den Vorfrühling, den Nachsommer, den Spätherbst und den Frühwinter, alsdann Weihnachten, Ostern und Pfingsten, Kirmes und Fastnacht, Geburtstage und Vereinsfeste. Ich kann sie nicht alle in meinem kleinen Theater aufführen und lasse nur die erscheinen, die sich mir stark genug eindrückten:

Ich sitze in der Winterdämmerung in der Fußgrube vor der Backofen-Mundtür und mache mir Märchen. Aus der Fußgrube führen fünf Steinstufen zur Backstube hinauf, und von dort steigt man über drei Steinstufen in die alte Backstube und schließlich über zwei weitere Stufen zur Küche oder zum Laden. Der Laden hockt auf einem Thron. Ist er ein König? Ist er ein Drache? Für die reisenden Kaufleute ist er eine anblühende Linde, in die sie einfallen wie Bienen und grüne Läuse.

Die Kaufleute erholen sich nach den Kriegs- und Hungerjahren am raschesten. Der Kriegsinvalide Bartasch und der Bergmann Handrik erholen sich überhaupt nicht. Bartasch verlor die rechte Hand und ein Stück Arm, und nichts wächst ihm nach. Man hat ihm dort, wo seine Hand war, einen eisernen Haken angebracht. Er übt sich im Besenbinden, aber soviel er sich auch müht, er schafft nicht mehr als drei Birkenbesen am Tage.

Bergmann Handrik hat einen Frosch im Magen. Wie ich am einschluckte, erzählt er, war er nochn Kunkatz, und eingeschluckt hoab ich am in Flandern, wie wir aus Pfützen hoabn mußt saufen.

Der Frosch hockt auf Handriks Magengrund und frißt ihm die besten Brocken weg. Deshalb geht mir nischt zu Gedeihe, sagt Handrik, wenn ich een Rollmops essen tu, denn streibt sich der Frosch, macht alle vier Beene breet, und mir wird schlecht.

Der arme Handrik! Bald stellte sich heraus, daß kein Frosch, sondern ein Krebs auf dem Grunde seines Magens lauerte.

Die reisenden Kaufleute nennen wir abgekürzt – die Reisenden. Der Reisende in Zuckerwaren läßt billige Bonbons einklimpern, verführerische Klümpchen kristallinen Zuckers, den Rüben aus der Magdeburger Börde sogen. Die Zuckerstücke werden in Gläsern aufbewahrt, stehen Glas an Glas wie ein bunter Sockel und lauern auf Begegnungen mit Kinderaugen. Die Schokoladentafeln hingegen leuchten wie Zierkacheln aus einem Glasschrank. Auf ihre Verpackungen sind bunte Kühe mit Eutern so dick wie Bergmannsrucksäcke gedruckt. Und neben den Schokoladentafeln lauern hinter den Kulissen aus gemalten Protzrosen Pralinen und suchen Begierden bei Bergmannsfrauen und Kleinbauernweibern zu wecken.

Die Reisenden verhandeln in der Regel mit meiner Mutter, nur der Reisende für Zuckerwaren, ausgerechnet der für Zuckerwaren, verhandelt aus triftigem Grunde mit meinem Vater. Dieser Reisende heißt Wagner und ist ein ehemaliger Feldwebel von den Zweiundfünfzigern, die vor dem Kriege in Cottbus kaserniert waren. Zu dieser besonderen Rasse, den Zweiundfünfzigern, gehörte auch mein Vater, der trotz sechsjähriger Soldatenzeit Gemeiner geblieben war. Nun aber mußte er nicht marsch, marsch zu seinem alten Feldwebel, sondern der Webel kommt zu ihm und behandelt ihn wie einen Menschen, fast wie seinesgleichen: Ja, wir alten Zweeunfuffzjer, wir warn Kerls, wat Heinrich?

Der Vater ist beeindruckt: Sein Feldwebel redet ihn mit bürgerlichem Vornamen an.

Wagner ist mit einem rotblonden Bärtchen ausgestattet, mit einem Kaiserbart im Zwergenformat, die Enden zu Spitzhörnchen gezwirbelt. Unterm Bart ein Maulwerk wie ein Maschinengewehr, das Maulwerk eines Feldwebels eben. Wenn er kommt, begrüßt er meine Mutter nur kurz und fragt: Wo is Heinrich, issa doch nich etwan krank? Er geht in die Backstube, sogar aufs Feld, wenn Vater dort ist, damit er zu seinem Auftrag kommt.

Zu jedem christlichen Fest schickt Wagner eine Gratulationskarte. Ich sehe noch die blaue Farbe seines Firmenstempels: Max Wagner, Vertreter, Cottbus, Schwalbenweg 2, und die Glückwünsche enden mit der Empfehlung: Halte mich stets zu Ihren Diensten.

Doa kann sich dein Schneider von Binnewiesen was abschneiden, stökert mein Vater die Mutter.

Einmal liefert Wagners Firma verklebte Zuckerstücke. Meine Mutter protestiert: Doa haste nu dein Woagner! Aber Wagner sorgt für die Rücknahme des verklebten Zuckerzeuges. Bei ihm hätte schon in der aktiven Dienstzeit jeder Kammerbulle umtauschen müssen, wenn einem seiner Männer die Mütze nicht paßte. Wars nich so, Heinrich? Wir alten Zweeunfuffzijer, wat?

Der Reisende in Lebensmitteln sorgt für stramme Reis- und Zuckersäcke, für Schmalz- und Margarinewürfel, Harzer Käse, Heringe und Rollmöpse, und der Reisende in Haushaltwaren zeichnet für den Zustrom von Waschmitteln, Schuhwichse, Fliegenfängern und Scheuersand verantwortlich.

Scheiersand? Wer ich weißen Sand in Loaden koofen? sagt Großtante Maika. Sie geht in die Heide und holt sich den Sand dort, wo er wächst, auf den Bruchfeldern der Grube *Felix*. Sie nimmt ihn sich, ehe ihn Leute, die sich Fabrikanten nennen, Tütenhersteller, Tütenbedrucker, Großhändler, reisende Kaufleute und Leute wie meine Mutter zu etwas machen, was man kaufen muß.

Aber das ist Maika eben, von der meine Mutter sagt: Sie mäk ja manches wissen, von was wir keene Oahnung hoaben, aber sie geht keen bißchen mit die Zeit.

Einige Bergmannsfrauen fangen an, von meiner Mutter verführt, *mit die Zeit* zu gehen. Sie bestehen auf dem Scheuersand Marke *Max und Moritz.* Sie haben keine Lust mehr, Sand aus der Heide zu holen, wenn er ihnen doch, rosarot abgepackt, über den Ladentisch geschoben wird, und was die eine hat, das will die andere haben, das übrige tut die Überredungskunst meiner Mutter: Scheiersand, Frau Pettkinne, sehn Se mal, hübsch verpackt und abgepfundet.

Andere rosarote Fortschrittlichkeiten lösen Für und Wider und Streit unter den Dorffrauen aus, zum Beispiel jene bunten Spitzen aus Papier zum Verzieren von Schrankborden. Was soll mir der bunte Scheuß? sagt das Mannweib Pauline, aber die Hendrischkinne sagt: Drum scheene!

Manchmal ist das Wider größer als das Für, doch meine Mutter ist beharrlich im Zureden: Se wern doch mit de Zeit wolln gehn, Frau Kraskinne.

Eine Weile halten sich Für und Wider in Sachen Zierspitzen die Waage, dann siegt das Für, und es springt für die Mutter eine kleine Verdienstquelle auf, hie eine und dort eine, und viele kleine Verdienstquellen vereinigen sich zu einem Flüßchen.

Zu den reisenden Kaufleuten, die ausschließlich mit meiner Mutter verhandeln, gehört der Reisende der Firma Otto Binnewies aus Halle, ein Herr Schneider. In der anblühenden Linde, die der Laden der Mutter ist, ist Schneider ein Lindenschwärmer. Die Reisenden kleinerer Firmen kommen mit dem Fahrrad oder mit dem Töff-Töff, Herr Schneider in Firma Otto Binnewies, Halle an der Saale, fährt in einem Auto vor, steigt aus, nimmt seine Musterkoffer, zupft an den Bügelfalten seiner gestreiften Hose und geht in den Laden.

Wir gehen abständig um Schneiders Auto herum. Erst wenn die Luft über der Autoschnauze aufhört zu zittern, werden unsere Kreise um die Maschinc enger und enger. Schließlich drücken wir unsere Nasen gegen die Frontscheibe und stellen fest: Gepolsterte Sitze! Herrn Schneiderns Ursch hat es gut.

Wir gehen von hinten in den Laden und sagen: Guten Tag! Am Ladentisch steht Jakubaschkinne; sie kauft Pfundchen Salz. Herr Schneider steht mit seinen Musterkoffern bescheiden in der Nähe der Ladentür und sagt: Ich möcht Se nich kestört ham, meine Dame.

Jakubaschkinne wischt sich mit dem Handrücken einen Tropfen von der Nase und bezahlt ihr Salz. Herr Schneider in Firma Otto Binnewies reißt ihr die Tür auf und verbeugt sich. Jakubaschkinne geht und denkt: Een Gehoabe hat der Kerl!

Herr Schneider ist ein schöner Mann. Die Mutter spricht hochgrodkisch mit ihm: Wolln sich Se nich setzen, Herr Schneider?

Herr Schneider und setzen, wenn eine Dame steht? Tanke, nein, tanke!

Herrn Schneiders Scheitel ist ein heller Linealstrich im dunklen Haar; sein Hut hängt an einer Metall-Klammer am linken Rockaufschlag. Herr Schneider hat seine Erfahrungen: Alle Dorfläden sind miteinander verwandt, sind klein und verkrümelt; er kann seinen Hut nicht auf Bratheringsdosen oder Käsekistchen ablegen. Swär ungelechen.

Herrn Schneiders Oberhemd ist weiß und gleißt, sein Schlips ist bunt und akkurat gebunden, und im Schlipsknoten steckt, wie ein Speiler im Rollmops, eine Goldnadel mit einer Perle. Schneiders gestreifte Hose wirkt stets wie frisch gebügelt, und seine Schuhe glänzen Reklame für *Urbin* und *Erdal.* Schneiders Hände sind blaß und schmal; seine Fingernägel sind poliert und ähneln gefrorenen Regentropfen. Herr Schneider reicht meiner Mutter die Hand, verbeugt sich und sagt: Gestatten, daß ich wieder mal neinsähe.

Ganz meinerseits, sagt die Mutter. Sie nestelt verlegen an ihrer Frisur, geht rasch in die alte Backstube und bindet die Schürze ab. Herr Schneider verwandelt die Mutter in ein junges Mädchen. Das fällt nicht nur mir auf.

Großvater, der Alleskönner, hat die Tür zur alten Backstube mit einem Bohrer und einer Stichsäge durchsichtig gemacht. Auf diese Weise können wir die Kunden sehen, ehe sie uns sehen, und sind eine Vorsehung. Steht die Frau Baronin steil und brüstig im Laden, so kann sie nicht sonsterwer bedienen, sondern die Mutter muß her. Ists der alte Metho, der um Kautabak kommt, wird die Anderthalbmeter-Großmutter vorgeschickt, wenn sie zu Besuch ist, weil sie am besten mit ihm fertig wird. Metho braucht Zeit für seinen Einkauf. Er fängt die einzelnen Groschen mit steifen Fingern in seinem großen Portemonnaie ein, und es geschieht, daß ihn dabei ein Hinterwind verläßt. Es knallt, und Metho sagt: Rrraus muß errr, errr zahlt keene Miete, und er schaut die Großmutter dabei selig wie ein Säugling an, der sich soeben entleerte. Die Anderthalbmeter-Großmutter spückelt und beschimpft Metho auf Sorbisch, nennt ihn Schweinebock und Drecksperling, und Metho wird sittsam und fragt, ob er husten darf.

Meinetwegen, sagt die Großmutter.

Und Metho hustet, und dabei entweicht ihm wieder ein Hinterwind, und die Großmutter sieht Metho an, und Metho die Großmutter, und er sagt: Was nu?

Eene Ploage mit den alten Batsch, sagt die Großmutter, wenn sie Metho drei Rollen Kautabak verkauft hat.

Mein Vater beobachtet durchs Guckloch die Mutter und Herrn Schneider in Firma Otto Binnewies. Die eifernde Sucht packt ihn, er stößt die Tür auf, formt seinen Tenor zum Baß um und sagt mit dem *Sound* eines Schmierenkomödianten: Guuten Tag! Was haben Se da wieder für Krimskrams, was?

Herr Schneider ist Anrempelungen gewohnt: Sockenhalter, sagt er, Sockenhalter habsch diesmal, Herr Matt.

Sockenhalter? Verwunderung packt den Vater, er schüttelt den Kopf; Mehlstäubchen springen ihm vom Schnurrbart und fliegen ins Weltall. Er weiß, Modemänner tragen neuerdings Sockenhalter, und er betrachtet die auf Pappkarten gespannten *Dinger* begehrlich. Herr Schneider bemerkts. Er schenkt dem Vater ein Paar Sockenhalter. Der Vater geht beglückt zum *Anpassen* der Sockenhalter nach hinten. Herr Schneider kann meine Mutter in Ruhe zum Einkaufen verführen. Er läßt Damenstrumpfbänder mit Rosenrüschen aus seinem Koffer erscheinen, und nun ründen sich die Augen der Mutter. Geschäftsgeist und Begier mischen sich in ihr. Sie denkt an die Pettkinne, die ausgezerrte Gummiringe von Einweckgläsern als Strumpfbänder trägt; sie erwägt, ob sich die Bergmannsfrauen wohl auf Rosenstrumpfbänder umstellen werden, und es fallen ihr glücklicherweise die Dorfmädchen ein, die im Nachbarort Friedensrain in den Glashütten arbeiten. Die werden sowas schon tragen, denkt sie, und dann denkt sie an sich, und daß auch sie sich sonntags so eine Rosenpracht oberhalb der Knie einpflanzen könnte, und sie bestellt drei Dutzend Rosenstrumpfbänder, ja, drei Dutzend Rosenstrumpfbänder, und verzierte Spängchen, Kämme, Haar- und Lockennadeln, und schon fragt Herr Schneider, wie es diesmal mit Horschleifen stehe.

Haarschleifen? Gewiß! Die Mutter hat erreicht, daß unter den Schulmädchen ein Haarschleifenwettbewerb ausbrach, daß die Bergmannstöchter ihre Mütter zwingen, Geld zu verplempern, und daß die Schulmädchen sonntags mit steifen Nacken einhergehen, weil sich große Schleifenschmetterlinge auf ihren Köpfen niederließen. Die Mutter bestellt neue Schmetterlinge, diesmal in schillernden Farben, in schanksierenden Farpen, wie Herr Schneider sagt.

Auch Selbstbinder bestellt die Mutter und geht mit ihnen gegen die unmodernen Schlipse zum Umschnallen los. Die Welt befindet sich in Vorwärtsbewechung, ermuntert Herr Schneider sie, und das meint meine Mutter auch. Sie will nicht, daß Bossdom modisch hinter Grodk zurücksteht.

Zeitchen drauf fängt die Mutter an, die Begierden der Schuljungen zu wecken: Sie kauft Zündplättchenpistolen ein und bringt die Hosenwetzer, die bisher mit ihren Flitzbögen zufrieden waren, dazu, ihren Eltern Geld für Pistolen und Zündplättchen aus den Tischkästen zu stehlen. Die Jungschützen legen zwei und drei Zündplättchen übereinander auf die kleinen Pistolenpfannen, und es kracht aus Büschen und Strohscheunen, und es knallt aus allen Dorfwinkeln, und auch unter den Pistolenbesitzern bricht ein Wettbewerb aus, ein Lärmwettbewerb.

Beim nächsten Einkauf bestellt meine Mutter, die Waffenhändlerin, geschäftsselig Repetierknallplättchen-Pistolen, in die man eine Rolle Zündplättchen einlegen kann, und nun breiten sich diese Nachfahren von Trommelrevolvern und Vorfahren von Maschinenpistolen im Dorf aus.

Aber meiner Mutter ist das immer noch nicht genug Fortschritt; als nächstes führt sie Knallkorkenpistolen ein. Die Herstellung von Lärm verteuert sich, die Preise für die vervollkommneten Kinderwaffen sind entsprechend höher, aber auch der Gewinst der Mutter je Pistole erhöht sich auf fünfzehn Prozent.

Uns, den Kindern der fortschrittsseligen Kaufmannsfrau Pauline Helene, geborene Kulka, genannt Lenchen, ist zu unserem Leidwesen oder zu unserem Glücke, ich weiß es nicht, nur erlaubt, die schwarz-lackierten Pistolen zu befingern, zu spannen und leer abzudrücken. Der Knalleffekt, bei dem Fünferstücke in der Luft zerbersten und als blauer Rauch davonfliegen, wird uns vorenthalten. Und so ists bei allen interessanten Dingen, die in Mutters Laden einziehen: Für uns sind sie nicht zu haben; zum Verkauf, nur zum Verkauf, heißt es. Wir sind auch später, als die Mutter ihre Verdienstmöglichkeiten mit Feuerwerkskörpern, sogenannten Schwärmern und Knallfröschen, steigert, vom *Fortschritt* ausgeschlossen.

Meinem Vater haben es die polierten Fingernägel des Herrn Schneider in Firma Otto Binnewies angetan. Wie kricht der die so blank? sagt er träumerisch beim Abendbrot.

Meine Mutter weiß Rat. In *Vobachs Modenzeitung für das deutsche Haus* steht in der Rubrik *Die sich pflegen sind anderen überlegen* zu lesen: Fingernägel poliere man tunlichst mit einem Stück Wildleder. Das hat zur Folge, daß wir unseren Vater sonntags, am Bartbinden-Vormittag, seine Fingernägel mit einem Fetzchen Fensterleder polieren sehen.

Der Vater, der Vater, eine Bartbinde trägt er, Sockenhalter hat er, seine Fingernägel poliert er! Will er der Mutter zeigen, daß auch er nicht ohne ist, oder will er anderen gefallen?

Er gibt die Polierversuche übrigens bald wieder auf, denn seine Nägel wollen und wollen nicht zu Glanze kommen. Unsereinem frißt der Sauerteeg das Glänzige hinfort, sagt er, das ist es, was es ist. Unsereins fuchtelt ebent nicht nur mit dem Bleistift wie gewisse Loite.

Für mich wird Herr Schneider in Firma Otto Binnewies aus anderen Gründen ein wichtiger Mann: An einem Sommertag, als wir hechelnd aus der Schule kommen, sitzt er abfahrbereit in seinem Auto vor der Ladentür, steckt den Kopf beim Autofenster heraus und fragt: Wollt ihr mitfohrn? Was soll ich dazu sagen? Ich lauf auf Barfußbeinen durch meinen Sommer, und manchmal wünsch ich mir, ein Schmetterling zu sein, und möchte leise aus dem geöffneten Schulfenster fliegen bis zu den weißen Weizenmehlwolken hin, bis Lehrer Rumposch mich nicht mehr sieht, bis mich sein Haselstock nicht mehr ängstigen kann. Ich möchte über dem Dorfteich schweben, möchte auf Baumwipfeln fußen, nach oben und nach unten sehen, möchte auf Blumen sitzen können, ohne sie zu zerdrücken. Ja, das alles möchte ich, und ich habe mir nie gewünscht, in einer blechernen Vierradkarre mit Gekrach und Gebalfer dahin zu klabastern und Hühner, Menschen und Hunde zu erschrecken, doch der Jubel, den meine Mitschüler über die Einladung von Herrn Schneider veranstalten, reißt mich mit. Ich will nicht der sein, der am nächsten Tage schweigen muß, wenn die anderen den Leuten erzählen, wie hoch und hehr sie im Auto dahinfuhren.

Heutigentags zeigen westliche Autofirmen im Televisor aus Reklamegründen gern, wie viele Personen in ihren Kraftwagen Platz hätten, wenn die Polizei es zuließe. Ich wurde nie gewahr, ob sie unseren Rekord zunichte machten; wir krochen damals zu elft in das Auto des Herrn Schneider und standen dicht bei dicht wie aufgestellte Zigarren in einer Blechbüchse. Aber Zigarren haben keine Knie und keine Hüftgelenke. Das Mobil zieht an wie ein heftiges Pferd, und die Zigarre, die ich bin, fällt um, und das Gerüttel und die Fahrgeschwindigkeit sorgen dafür, daß ich nicht wieder hochkomme, zumal Herr Schneider in Firma Otto Binnewies seinem Auto immer wieder hinterlistig einen Fußtritt versetzt. Das Auto macht Löwensprünge, und ich komme nicht wieder hoch.

Nach einer Weile sehe ich da unten in der Dunkelheit ein dünnes Metallrohr auf dem Autoboden entlangkriechen; es kommt von unterm Fahrersitz her, leistet sich eine hufeisenähnliche Krümmung und macht sich wieder zum Motor hin, und es geht Wärme von ihm her, und es ängstigt mich. Was das für ein Rohr war, werde ich erst viel später wissen. Es war die unausgereifte Heizung, das Jungtier der Autobeheizung von heute.

Je länger wir fahren, desto wärmer wird das Rohr, und ich fürchte, es wird explodieren, und ich schreie: Gleich wirds platzen!

Herr Schneider hört nur *platzen*. Er verlangsamt die Fahrt, hält an, steigt aus und prüft die Autoreifen. Die Reifen sind heil, aber die Rad-Achsen sind heiß. Herr Schneider hat sein Auto überladen. Er pfeift scharf und gell auf uns, macht eine entsprechende Handbewegung und sagt: Los, raus!

Und wir springen raus.

Ich komme wieder an die Oberwelt, und ich sehe, das Auto steht an der Dicken Linde, steht unter dem Lindenschirm aus Blättern und Zweigen. Von der Dicken Linde reden die Leute, daß sie tausend Jahre alt ist. Niemand zweifelt daran, denn die Dicke Linde ist ein Berg, ein Gebirge von einem Baum, und sie steht in der Felderweite und ist sichtbar von weither und nach weithin. Sie ist oft fotografiert worden, und sie wurde im Heimatkalender, sogar im Sorauer Wirtschaftskalender, abgedruckt und beschrieben, und Ernst Heiter, der Hausdichter des *Spremberger Anzeigers*, hat sie in unreinen Reimen gefeiert.

Der Weg von der Dorfmitte bis zur Dicken Linde ist zwei Kilometer lang und ist das Maß für unsere Dauerläufe. Für mich blieb er bis heute das Zwei-Kilometer-Maß, mit dem ich Entfernungen in der Ägäis, am Polarkreis, am Kasbek, in Paris, in den Rheinsberger Wäldern, in Karelien, in der Pußta, auf dem Pritschow bei Dollgow oder bei Kvareli in Kachetien ausmaß und ausmesse.

Bekannten, Verwandten und allen, die uns lieb sind, winken wir nach, wenn sie davongehen, bis sie hinter der Dicken Linde verschwunden sind.

Hinter der Dicken Linde geht die Bossdomer Welt zu Ende, und um Mitternacht steht dort die Weiße Frau, ein Schloßgespenst aus der Raubritterzeit. In den Schenken und in den Spinnstuben beschwört immer mal wieder einer oder eine, daß er oder sie sie gesehen hat, die Weiße Frau. Sie tritt mal mit Guttaten und mal mit Böstaten ans Licht, sie verhält sich wie ein Mensch. Nun hat sie uns und Herrn Schneider in Firma Otto Binnewies gerettet, hat mir einen Angstschrei eingegeben, der Herrn Schneider dazu brachte, das Auto anzuhalten, ehe das heiße Rohr explodierte. Ich spreche mit niemand über dieses Geheimnis.

Für meine Schulfreunde wird das Auto des Herrn Schneider am nächsten Tage zu etwas, was man heute *Weltraumrakete* nennt: Die Oogen ham ma getränt, sagt Ottchen Marunke, so issa mit uns lossepréscht, und Wittlings Hermann will vor lauter Gegenwind keine Luft gekriegt haben: Een Wunder, daß ich eich noch lebe, sagt er. Ich könnte nur berichten, wie verschieden schmutzig die Barfüße meiner Mitschüler waren und eben von diesem Rohr, und daß uns die Weiße Frau rettete; weiter könnte ich nichts berichten.

Onkel Stefan erzählt in seinen Briefen von den großen Öl- und Naphthaleitungen in Amerika. Meine ausgezeichnete Mutter sorgt dafür, daß auch wir ein Stückchen von der überseeischen Leitung abbekommen. Bisher verkaufte die Gastwirtin Bubnerka das Petroleum, aber sie ist lahm und wird immer zitteriger. Das kann doch keener mit ansehen, sagt die Mutter, wie Bubnerka um jeden Liter Petroleum in die Remise humpeln muß! Sie zieht, um Bubnerka nicht zu verletzen, den Verkauf von Petroleum vorsichtig auf sich. In der alten Backstube verschwindet einer der Sinnsprüche *Wo Brod — keine Not.* Es wird das Haltebrett für die Petroleumpumpe drüber gedübelt. Unter der Pumpe steht das blecherne Fünfhundert-Liter-Petroleumfaß. Tschumtroleum! Tschumtroleum! kräht Bruder Heinjak, als hätte man uns ein Faß Limonade in die alte Backstube gestellt.

Aber alsbald kommt der Gendarm. Das Petroleumfaß, sagt er, gehöre nicht in die alte Backstube, wo Sauergurken, Sauerkraut und Salzheringe in ihren Fässern drauf lauern, verkauft zu werden. Petroleumgeruch färbt ab. Den Gendarm hat die Bubnerka geschickt. Wer hätte das gedacht! Meine Mutter sorgte sich um sie, und das ist nun der Dank.

Stellmacher Schestawitscha wird bestellt. Wie ich soage, belehrt er die Mutter, esch wird immer gefährlicher uff die Welt. Dasch Petroleumfasch künnde exschplodieren, und keen Häring wär mehr was zu Nutze. Er zimmert im Giebelgärtchen ein Holzhäuschen mit aufklappbarem Dach; dahinein wird das Petroleumfaß gebracht und in die Erde eingelassen. Durch die Giebelwand des Ladenhauses stemmt Maurer Hanschko ein Loch. Durch das Loch wird die Steigleitung in die alte Backstube zur Petroleumpumpe geführt.

Ich höre das Seufzen der Petroleumpumpe, es geht mit durch mein Leben.

Meine Mutter versucht mit Hilfe des Petroleums, die Kunden zur Kauftreue zu erziehen. Wenn eine Bergmannsfrau alle Waren in Friedensrain oder in Dubrauke einkauft, aber ihre Kinder mit der stinkenden Petroleumkanne zu uns schickt, so heißt es: Petroleum ist alle, oder bösartig und direkt: Und wo habt ihr eires andere Zeig gekooft? Was kann der kleine Richardko Zischang dafür, wenn seine Mutter die Haushaltwaren in Friedensrain kauft, weil dort die eine oder die andere ein paar Pfennige billiger ist? Das wär ja noch schöner! Meine Mutter ist unerbittlich. Über untreue Kunden spricht sie am Familientisch wie über Aussätzige. Sie verlangt auch von uns, daß wir zu den Kindern von *Wackelkunden* kurz sind.

Das Petroleum wird in einem Tankfahrzeug geliefert, und das Tankfahrzeug wird von zwei Bierkutscherpferden gezogen. Den Pferden ist es gleich, ob sie eingesperrtes Bier oder Petroleum hinter sich herziehen, obgleich ein wenig von beiden Flüssigkeiten, die für die Pferde ungenießbar sind, abends in ihrem Stall erscheint, in der Stall-Lampe und im angetrunkenen Kutscher.

Petrol – steht mit fetten Buchstaben auf dem Tank geschrieben. Zwei aufgemalte Männer mit Adlernasen und Cowboyhüten schützen die Marke. Der Kutscher hängt eine Zwanzig-Liter-Kanne beim Ablaßhahn auf, wirft einen Hebel herum, und das Faß entläßt zwanzig Liter Petroleum, nicht mehr und nicht weniger. Bevor die Flüssigkeit den Eichstrich der Kanne erreicht, wird der Strahl aus dem Hahn dünner und dünner und zum Schluß – kein Tropfen mehr.

Der Kutscher hängt die nächste Kanne unter den Hahn, wirft den Hebel nach der anderen Seite herum, und wieder fließen zwanzig Liter Petroleum heraus, zwanzig Liter und nicht mehr. Der Tankwagen kann denken. Irrt der sich niemals, Großvater?

Was wird der sich irrn, sagt der Großvater, der hat doch an weiter nischt zu denken als an die zwanzig Liter.

Es muß schrecklich sein, immer zu denken: Zwanzig Liter, zwanzig Liter. Ich will mich lieber irren.

Auch der Petroleumkutscher hat eine Geiernase. Ein Netz von Hautgräben, ein kleiner Spreewald, durchzieht sein Gesicht. Für mich ist der Petroleumkutscher mit den Schutzmarken-Cowboys verwandt.

Nee, der heeßt Brando und stammt von Terppe, sagt der Großvater. Er kennt alle sorbischen Kutscher aus Grodk. Aber für mich bleibt der Petroleumkutscher, ob er Brando heißt oder nicht, mit den Cowboys verwandt. Er hat den großen Hut nur daheim gelassen und die wendische Kito-Mütze aufgesetzt, damit die Leute ihn nicht verhöhnen.

Ich habe mir mein eigenes Amerika erbaut, erbaut aus den Erzählungen der Vater-Mutter, aus den Erinnerungen von Tante Magy, aus den Empfindungen, die mir der amerikanische Schaukelstuhl der Großmutter vermittelte, aus Gerüchen, die die alten Schulbücher und die Briefe von Onkel Stefan ausströmen, und ich ordne Brando in mein Amerika ein, von dem ich niemand etwas erzähle. Ich lasse meine Träume wachsen, es sind Pilze im Heide-Moos, die erst groß genug sein müssen, um gefunden zu werden.

Meine Mutter meint, wir sollen *feine Kinder* werden. Bissel so wie Stadtkinder. Vor allem das *Deitsche* sollen wir besser reden lernen.

Warum solln wa nich reden wie alle, Mama?

Damit ihr besser furtkommt im Leben.

Ganzes und ganzes das Furtkommen! Wo sollen wir denn hinkommen, Mama?

Das werd ihr denn schon sehn!

Wir haben es gesehen, wirklich, oh je, oh ja.

Sagt nicht immer nee, wenn es nein heißt, sagt die Mutter. Sagt nicht kleene, wenn es klein heißt, sagt nicht Beene, wenn es sich um eire Beine handelt!

Wir sind gehorsam, für eine Weile wenigstens. Wir sagen nicht mehr Schnee, sondern Schnei, und wir sagen auch Chaussei, und die bommligen Blüten des Rotklees werden Kleiblüten. Meine Schwester kommt vom Spielen herein und sagt: Mama, Leihmanns Richard hat mir berotzt!

Es heeßt Lehmanns Richard, verbessert die Mutter.

Ich denke, es heißt nicht heeßt, sagt die Schwester.

Die ertappte Mutter geht drüber hinweg und sagt: Es heißt nicht berotzt, sondern es heißt: Lehmanns Richard hat mir mit Nasenschmutz beworfen. Rotzen ist ein dreckiges Wort, sagt sie, sie weiß nicht, daß auch der Herr Luther solche dreckigen Wörter benutzte. Doktor Martin Luther – die Mutter verehrt ihn, zumindest am Reformationstage im Oktober, verehrt ihn, weil der so mehr fürs Moderne war und sich nicht hat abhalten lassen, die liebe Katharina von Bora von ihren Nonnenleiden zu erlösen und zu heiraten.

Die Mutter ist nicht nur fürs Moderne, sie ist auch fürs Adrette. Sie exerziert mit meiner Schwester, wie sich eine adrette Frau die Schürzenbänder auf dem Rücken zu einem Schmetterling aufbindet, ohne in einen Spiegel zu sehen. Sie belehrt auch uns Jungen. Wenn wir uns eine Frau nehmen, sagt sie uns, sollen wir der nicht nur ins Gesicht sehen, sondern auch auf den Rücken und drauf achten, daß die Flügel ihres Schürzenband-Schmetterlings gleich lang und schön breitgezupft sind. Wenn das nicht is, denn laßt eich uff nischt ein, warnt sie uns.

Menschen, die ihre Tannenbaumkugeln mit Nußdrähten an die Baumzweige hängen, sind für meine Mutter geschmacklich unterbildet. Sie hängt Glaskugeln und Zuckerzeug an weißen Wollfäden auf.

Und Jungs, sagt sie, wenn ihr euch eene nehmt, achtet druff, daß se nähen kann, und wenn se soagt, se kann, dann beseht eich, was se genäht hat, ooch von hinten. Sind die Nähte von links hui pfui und ausgefranst, wird se eich ooch die Strümpe so stoppen, daß ihr hinkt, wenn ihr drin läuft. In Spremberg sagt man nicht *lauft.*

Unsere Mutter baut uns die Frauen zurecht, die wir einst nehmen sollen. Das Mädchenhaar darf nicht angeklatscht liegen und ranzig riechen, es muß locker sein und duften, und die Unterwäsche der Frauen muß sauber sein wie deren Sonntagsgewand.

Ja, wern se uns denn ihr Untergewand zeigen, Mama?

Se wern schon!

Meine ausgezeichnete Mutter senkt mir ein Vorurteil nach dem anderen in den Sinn, und dieses oder jenes ist sogar von Nutzen, zum Beispiel, daß ich niemand die Hand geben soll, von dem ich weiß, daß er sich die Nase mit Daumen und Zeigefinger schneuzt. Doch die meisten der Vorurteile gereichen mir nicht zum Segen. Sie brechen hervor, wenn ihnen Motive geliefert werden, und verführen mich zu Fehlurteilen über Mitmenschen, und erst in den Mannsjahren erkenne ich das und rotte die Vorurteile aus, und ich muß Langmut und ich muß Geduld und ich muß Willenskraft aufbringen, und ich rotte die Vorurteile aus.

Und dann die groben Ausdrücke! Die Mutter achtet darauf, daß wir sie nicht benutzen, daß wir keine groben Ausdrücke aus uns drücken, nicht rötzen und nicht förzen, aber sie hat gut reden, sie geht nicht mit uns in die Dorfschule, und sie läuft nicht auf, wie wir auflaufen, wenn wir dort von *Hinterwind, Nasenschmutz* und *körperlicher Vereinigung* reden.

Bei Gelegenheit, kündigt die Mutter an, wird sie uns Anstand beibringen und mit uns einüben, wie man sich in *vornehmen Kreisen* benimmt.

Bei Gelegenheit, das war für mich eine Redewendung mit der Bedeutung *irgendwann einmal*, vielleicht auch gar nicht. Aber die Mutter hatte es in diesem Falle eilig, und schon am nächsten Tag, da ich vom Spielen *Unter Eechen* hereinkomme, übt sie im Hofe unter dem Taubenschlag mit meiner Schwester und meinem Bruder Heinjak *Anständiges-Kind-Sein*. Sie hat die Ladenschürze abgetan, um vornehmer auszusehen, und hat ihren weißen Sonnenschirm bei sich, trägt den großen Strohhut aus ihrer Jungmädchenzeit und weiße Handschuhe, und sie schreitet damenhaft (bei uns sagt man, sie macht sich stolz) über den steinsandigen Hof dahin; sie meint, daß sie schreitet; sie weiß nicht, daß sie, ihrer Hühner-Augen wegen, hinkt. Die Dame, die meine Mutter zu sein glaubt, verliert, wie unabsichtlich, ihr Taschentuch und erwartet, daß meine Schwester oder mein Bruder es aufheben und es ihr zureichen. Aber Schwester und Bruder nehmen das Taschentuch nicht auf; sie haben gemerkt, daß die Mutter es absichtlich wegwarf. Die Mutter stützt sich enttäuscht auf ihren Sonnenschirm und erklärt, ein Kind müsse aufheben, was eine Dame verliert, und ein Kind, welches das Taschentuch aufgehoben habe, müsse es der Dame mit einem Knicks oder einem Diener hingeben.

Meine Schwester hebt das Taschentuch auf und bringt es der Mutter. Na? sagt die Mutter, na, ein Bittschön möcht ich hören! Meine Schwester lacht los, lacht und lacht, und es ist eine ihrer Gaben, daß sie so ausdauernd lachen kann, wie ein Kettenhund bellt.

Meine Mutter wütet sich, geht weiter und läßt ihren Schirm fallen, und da fängt mein Bruder an zu lachen; er denkt nicht dran, den Schirm aufzuheben. Die Mutter muß sich selber nach dem Schirm bücken, und es fällt ihr der Blumenhut vom Kopf, und da muß auch ich lachen, der ich dazukomme. Unsere Erziehung zu *vornehmen Kindern* wird abgebrochen. Meine Mutter geht wütend ins Haus.

Bisher traf ich keine Dame, der der Sonnenschirm entfiel, aber es ist ja möglich, daß weiße Sonnenschirme und blumenbepackte Strohhüte wieder in Mode kommen, dann werde ich den Sonnenschirm, der einer Dame entfallen sollte, aufheben, denn irgendwo muß ich gelernt haben, daß man das tut.

Es kriecht eine Raupe in meinem Vater umher. Im Kopfe? Im Herzen? Er geht hinter dem Rücken der Mutter auf das Anerbieten des Onkels ein und übernimmt den Morgen Pachtland von ihm und pachtet überdies dem Gutsherrn einen Morgen Feld am Rande einer Schonung ab. In der Schonung wimmelt es von Wildkaninchen. Für Wildschaden kommt der Gutsherr nicht auf, steht im Pachtvertrag. Der Vater will Landwirt werden, und daß er das, was er werden will, *Landwirt* nennt, wird begrinst. Für die Bossdomer kommen Landwirte nur in der Zeitung vor. Sie nennen sich *Pauern.* In Bossdom gibts nur *Kleenpauern*, im Nachbardorf Gulitzscha gibts *Großpauern.* Das behaupten jedenfalls die Bossdomer *Kleenpauern*, obwohl die *Pauern* von Gulitzscha knapp *Mittelpauern* sind, und der Vater nun Landwirt!

Sowas Gespreeztes! sagt Mannweib Pauline, die sich für eine Muster-Bossdomerin hält. Dabei stammt sie aus Gulitzscha. Wer een Weib aus Gulitzscha hat, braucht keen Hund, heißt es.

Tante Magy erzählt der Mutter, daß ihr Brüderchen, also mein Vater, früher auf den Feldern seines Stiefvaters Jurischka mehr so künstlerisch mitgearbeitet hat: Tut mal scheene wieten, sagte er zu seinen Schwestern, und damit ist bei uns *jäten* gemeint, tut wieten, und ich wer eich was vorsingen, sagte er, und er sang die Lieder der *Amerikanischen*: Sleep my Any, I don't know . . . und sowas.

Zum Pauern biste doch goar nich geschaffen, wie ich heere, sagt die Mutter zum Vater, weil sie fürchtet, sich eines Tages mit ihren *Hühneroogen*, Quecken hackend, auf dem Pachtland wiederzufinden. Das is mir nich gesungen geworden!

In meinem Vater rollt sich die Landwirtschaftsraupe vorübergehend zusammen. Er sucht zu ermitteln, wozu er geschaffen ist, wenn er nicht für die Landwirtschaft geschaffen sein soll. Wo kann ein Mensch erfahren, wozu er geschaffen ist? denkt er. Und er will und will *Landwirt* werden.

Meine Eltern übertreffen einander zuweilen beim unlogischen Denken und Handeln. Sie blieben je an einer Stelle ihres Wesens Kinder. Ein Glück, daß, wenn die Kinderei bei meiner Mutter ausbricht, sich beim Vater eine feste Logik einstellt, wie Menschen sie von sich verlangen, die glauben, *in die Welt zu passen;* vielleicht ists aber auch eine Wechselwirkung: Unlogisches Handeln vom Vater ruft Logik, wie man sie angeblich benötigt, um *bestehen* zu können, bei der Mutter hervor und umgekehrt.

Es ist noch Spätwinter, da bricht die Unlogik beim Vater aus: Ich kann das nich alles schaffen: Landwirtschaft und Bäckerei dazu!

Es ist doch in der Landwirtschaft noch nichts zu tun.

Doch, doch, mein Vater wacht nachts auf und pflügt und eggt schon, und morgens will er nicht aus dem Bett.

Du hast dir das Pauern in Kopp gesetzt, sagt die Mutter, nu mußte sehn, wie de fertich wirscht!

Wer ich ooch, sagt der Vater. Großvater und -mutter Kulka müssen von Spremberg her! (Mein Vater sagt nicht Grodk. Er ist Hochdeutscher!)

Da bricht auch bei meiner Mutter die Unlogik aus, und das, obwohl die des Vaters noch nicht verheilt ist: Bei Lichte besehen, sagt sie, die Stube von die Tauern steht leer. Die Anderthalbmeter-Großmutter könnte ihr zur Hand gehen, der Großvater könnt dies und das für sie bauwerken und reparieren, aber im großen und ganzen tut sie vor dem Vater so, als ob sie die Großeltern braucht, um die leere Stube der Tauern mit ihnen zu füllen.

Und Vater und Mutter fahren nach Grodk, um die Großeltern *einzukaufen.*

Vor dem uralten Haus *An der Mühlen Numero eins* hat Großvater, der Alles-Erprober, neben einer Linde ein Gärtchen angelegt, nicht größer als eine Speisekammer, und das Gärtchen ist auch eine zusätzliche Speisekammer. Die Alten holen aus ihr ihren *Sallat* und ihre Radieschen fürs sommerliche Abendbrot. (Salat mit einem L gibts bei uns nicht!)

Die Linde dunkelt den Laden und die Vorderstube ein, und Tag und Nacht rauscht das Mühlenwehr herüber und mischt sich in alles Reden und Tun.

Wenn ich nach sechzig Jahren auf der einzigen Steinstufe stehen werde, die von Großmutters Laden nach dem zweiten großen Kriege übrigblieb, werde ich die Obst- und Gemüsedüfte, den Geruch von Sauerkraut und sauren Gurken sogleich in der Nase haben, und das Geräusch des Mühlenwehrs wird in meinen Ohren sein. Aus meiner Erinnerung wird sich, wie aus unverfestigter Materie, alles wieder so vor mir aufbauen, wie es war, während für andere, die nur vorübergehen, nichts weiter da sein wird als die schon halb in der Erde versunkene Steinstufe von der Ladentreppe.

Die Großeltern haben uns nicht nötig, sie sind schon auf ihren Lebensabend eingerichtet. Großmutter pantoffelt von der Küche durch die dunkle Wohnstube in den Laden, wenn es klingelt. Die Ladenklingel hat Großvater aus einer Schlittenglocke und einem Streifen Stahlblech, den er zu einer Rundfeder bog, selber angefertigt. Die Schlittenglocke stammt aus der Zeit, da er Leibkutscher beim alten Stadtrat und Freimaurer Silber war. Der Kunde öffnet die Ladentür, die Ladentür stößt an die Schlittenschelle, der Stahlblech-Streifen spannt und entspannt sich und sorgt durch sein Federn dafür, daß der Kundenanstoß noch eine Weile erhalten bleibt und ein dahinschwindendes Nachgeschepper erzeugt, das noch da ist, wenn wir es nicht mehr hören.

Die Kunden der Großmutter sind Kleinbürger- und Arbeiterfrauen, Mühlen-Arbeiter und Leute aus *Keitzels Fahrradfabrik*. Wer kommt, der kommt, wer nicht kommt, läßt es bleiben! Meine Großmutter sagt nicht etwa: Was wünschen Sie? Sie sagt zu den Kleinbürgerfrauen: Na, komm Se ooch mal wieder? Die Arbeiterfrauen fragt sie: Was wolln Se denn heite kochen? Und mit den Arbeitern aus der Stadtmühle spricht sie Sorbisch, und sie redet sie mit du an, diese Zweit- und Drittsöhne sorbischer Bauern, die daheim von der Erbschaft ausgeschlossen sind und ihren Erwerb in der Kreisstadt suchen. Was willste, fragt sie, Bier, Priem oder rochert dir?

Das Ladengeschäft geht auf den Namen meiner Anderthalbmeter-Großmutter Magdalena Kulka, wie an der Ladentür zu lesen ist. Der Großvater führt die Oberaufsicht: Unbezoahlt geht ma nich een Radieschen ausn Loaden und angeschrieben wird nich!

Die Leute sagen, und später sagt es auch mein Vater: Der alte Kulka is een Gerissener. Gehts gut, dann gehts; rentiert sich der Loaden nich, macht nur die Großmutter Konkurs.

Hochsommer ist. Großvater füttert morgens seine Kaninchen mit Ladenabfällen, zieht den Handwagen aus der Remise, stellt seinen mit Leinwand überzogenen Pappkoffer hinein und ruft ins offene Küchenfenster: Nu foahr ich los, Alte, hörschte?

Und wenn er am Abend wiederkommt, ruft er beim Fenster hinein: Hat sich gelohnt heite, Alte, hörschte?

Im Koffer hat der Großvater Männerarbeitshemden, Weiberschürzen und Weiberleibchen, vor allem aber Muster von Tuchen und Stoffen. Die Stoffmuster sind mit dem oberen Rand auf weiße Pappkarten geklebt, ihren unteren Rand kann man zwischen Daumen und Zeigefinger nehmen und kann sie reiben, kann prüfen, ob sie knittern.

Das trau dir mal bei Hiebeln, sagt der Großvater zu seinen Kunden. (Hübel ist das größte Textiliengeschäft in Grodk!) Krieche mal in Hiebeln sein Schaufenster und rubbele an die Stoffe rum! Bei mir kannste.

Bei Hiebeln könn wa ooch, sagen die Bauern. Bei Hübel können sie sich die Stoffe am Ballen auf dem Ladentisch ansehen und sie herzenslustig prüfen. Aber Großvater läßt Kunden, die er im Auge hat, nicht zum Nachdenken kommen. Er machts wie manche Politiker: Reden mußte könn beim Handeln, denn kummste zu wase, ist sein Leitsatz. Wennde een neien Anzug brauchst, dann nimm am jetzt, noch sind se billig, sagt der Großvater. Er hat die Nachricht nicht von der Börse, doch sie stimmt. Er kann sich auf die Zeit verlassen, die, immer die Länge eines Menschenlebens zum Maßstab, dahinfließt und mit sich bringt, daß die Preise steigen.

Während des Handels guckt Großvater gehörig oder ungehörig umher. Er sieht einen Korb mit Fall-Obst im Bauernflur stehen: Den werd ihr doch nich so tumm sein und an die Gänse geben, sagt er. Die Bauern rechnen, so rasch sie können: Wenn sie die zwergligen Äpfel in die Gänse stecken, zahlen sie sich erst im Herbst nach dem Schlachten unauffällig aus, der Großvater aber verspricht, wenn die Häusler entsprechend zuzahlen, die minderen Äpfel vor ihren *sichtlichen Oogen* in eine Grobschürze oder in ein Weiberleibchen aus Barchent zu verwandeln. Da packen die Bauern zu. Die Zeiten, in denen sie Flachs in der eigenen Wirtschaft spannen und Leinen webten und Leibchen draus nähten, sind schon vorüber.

Großvater ist zwar stiller Teilhaber an Großmutters Laden und betätigt sich als Aufkäufer für ihn, doch sein Sklave ist er nicht. Wenn das *Heedekraut* blüht und das Leben aus allen Erdritzen lacht, zieht er sich die Jacke aus und legt sich ins Bienengesumm, summt selber ein bißchen, dichtet kleine Verschen oder rechnet aus, was er verdient hat oder verdienen wird oder auch, wie er ein Skatspiel, das er verlor, hätte gewinnen können.

Das mannigfaltige Leben, soweit es sich in seinem Kopfe abbildet, durchschauert und durchzieht ihn, er weiß nicht, daß das, was er treibt, Muße genannt wird. Er liegt so da, durchstreift die Welt und durchstreift sich, weil ihm danach ist.

Es gibt keine Notwendigkeit, die meine Großeltern zwingt, ihre Sache mit der meiner Eltern zu vermischen. Weiß der Deibel, was mithilft, wenn es dennoch geschieht. Bei der Anderthalbmeter-Großmutter ists vielleicht die Sehnsucht nach dem Dorf. Andere Klein-Geschäftsleute laden sie und den Großvater ein, an Sonntagnachmittagen mit in den *Schweizergarten* oder ins *Bergschlößchen* zu Kaffee und Plinsen und zum Skatspielen zu gehen. Großvater geht gern mit. Er spielt gut Skat, ist ein Skatmeister, ist selbstsicher, aber die Großmutter kann nicht so recht furt mit dem deitschen Maul. Sie sitzt zwischen den Stadtfrauen, und die Stadtfrauen machen sich stolz. Und ich sitze doa wie ne Null, die uff ne Eens wart, damit se ne Zehne wird, sagt die Anderthalbmeter-Großmutter. Soll sie sich vielleicht einen Hut mit Blumen aufsetzen und den breiten sorbischen Rock in die Lumpen schmeißen, damit sie so aussieht wie die Frau Zigarrenhändler Bommel? Doa müßt ich vor mir selber ausspukken.

Das sind die Umstände, die es der Großmutter leicht machen würden, wieder aufs Land zu ziehen. Ein anderes ists, daß sie ihren Sohn Phile, ihren Stolz, ihren Augapfel, einen von ihr ausgetragenen Menschen, kurzum ein Wunder, allein in der Stadt zurücklassen müßte.

Onkel Phile war, wie andere Männer seines Alters, im Kriege und hat all das Schreckliche erlebt, was die Männer seines Alters im Kriege erlebten, nur etwas schrecklicher. Alles, was Onkel Phile erlebt, vergrößert und vergröbert sich in ihm und wird manchmal so groß und grob, daß ers nur in Stotterportionen wiedergeben kann. Onkel Phile ist ein *Superman* jener Jahre, was die Maul-Größe betrifft. Und wehe, wenn wer seine Horror-Berichte in Gegenwart der Großmutter anzweifelt! Die Großmutter glaubt Onkel Phile alles; er ist ihr Zweiglein, er ist ihre grüne Hoffnung.

Großmutter und Großvater geben sich Mühe, Onkel Phile nach dem Weltkrieg, den wir später den Ersten Weltkrieg nennen werden, wieder in seinen erlernten Beruf hineinzubringen. Phile ist Glasfeinschleifer, und Großvater besorgt ihm bei seinen Handwagenfahrten als Handelsmann eine Feinschleiferstelle in den Glashütten von Haidemühl.

Phile tritt die Stelle zwei Wochen vor Weihnachten an. Er kommt in Haidemühl im Ledigenheim zu wohnen und ist nicht mehr alle Tage daheim bei der Großmutter. Die Großmutter jammert.

Es wird Weihnachten. Die Großeltern und Onkel Phile feiern es bei uns in Grauschteen. Am zweiten Feiertag soll Onkel Phile zu Fuß nach Haidemühl aufbrechen, damit er pünktlich in der Arbeit ist. Phile möchte lieber dort bleiben, wo wir alle sind, möchte Tannenbaumduft und Christstollen genießen. Er fängt an zu husten, steigert und stärkt seinen Husten und behauptet, es wäre ihm Glasstaub in die Lunge gedrungen.

Was man noch! sagt der Großvater. Onkel Phile hustet und hustet. Die Großmutter verteidigt ihn, Phile hat ihr gesagt, er hätte die Feinschleiferkrankheit.

Mir brachte der Weihnachtsmann einen kleinen Spazierstock, seine Zwinge und seine Spitze sind mit gleißendem Weißblech umhüllt, aber für mich ist das silberbeschlagen. Ich wer dir und Feinschleiferkrankheit! sagt der Großvater, nimmt das Stöckchen, geht auf Onkel Phile los, zieht ihm eins über den Rücken, und das Stöckchen zerbricht.

Der Onkel hört auf zu husten und fängt an zu heulen. Er will das Mitleid der Großmutter aufrufen. Die Großmutter heult um den Onkel. Ich heule um mein Stöckchen.

Weene nich, sagt der Großvater, ich beschaff dirn neies. Ich traue meinem Großvater allerhand zu, aber daß er mit seinem Handwagen bis in den Himmel fährt, um ein neues Stöckchen zu erbetteln, das nicht. War ja nischt wie Dreck, Kistenholz, sagt der Großvater.

Es war vom Weihnachtsmann, schluchze ich.

Ach so, sagt der Großvater.

Später ist vom Stöckchen nie mehr die Rede. Kinderspielzeuge sind der Mode unterworfen. Es war das letzte Weihnachten für Kinderspazierstöckchen, vorläufig. In meiner Erinnerung gibts eine Stelle, an der ein silberbeschlagenes Kinderspazierstöckchen liegt. Es liegt dort seit sechzig Jahren, und es liegt so beharrlich dort, weil es nie von einem anderen ersetzt wurde.

Onkel Phile wird das ewige Glasschleifen langweilig. Zeit vergeht, Licht verbrennt, alte Frau stirbt immer noch nich, sagt der Onkel, unsereens tut schleifen und schleifen und tut nischt erleben. Er sucht nach Gründen, die es ihm ermöglichen, seiner Arbeit zu entlaufen. Man mute ihm zu, Kristallvasen, so groß wie Bierfässer, mit diesen, seinen zwei Händen zu halten und zu beschleifen. Solln ma bloß moal die Muskeln versoagen, denn bin ich zerquetscht, sagt er zur Großmutter.

Daß sich die Leute nich schäm, sowas von son Jungen zu verlangen, sagt die Großmutter und steht dem Onkel auf ihren kleinen pantoffelten Füßen bei.

Diesmal geht der Großvater mit einer Waffe aus seiner Bierkutscherzeit, mit dem Ochsenziemer, auf den Onkel los.

Der Onkel flüchtet, noch ehe der Alte zuschlagen kann, zu seinen Riesenvasen nach Haidemühl.

Wo liegt Bossdom und wo Haidemühl! Vierzig Kilometer von Ort zu Ort. Wie soll Onkel Phile die an einem Wochenende belaufen? Das ist es, was es ist, und was die Großmutter zu bedenken hat, bevor sie verspricht, zu uns nach Bossdom zu ziehen. Großvater entscheidet sich *rischer.* (Bei uns sagt man nicht rascher!)

Das Leben lebt vom Wandel. Bereitet sich im Großvater ein älterer Großvater mit verminderten Kräften vor, der der Umwelt erst nach einiger Zeit sichtbar werden wird? Reizt ihn die Aussicht, mit seinen Krampf-Ader-Beinen nicht mehr über Land laufen zu müssen, sondern mit einem Fuhrwerk umherzufahren? Alles das ists wohl nicht. Die Sache ist: Mein Großvater liebt meine Mutter wie die Großmutter ihren Phile. Meine Mutter, das ist die Wiedergeburt von Großvaters erster Frau Hanne, von der er bis ans Ende seiner Tage träumt und erzählt, von dieser Hanne, die rote Bäckchen hatte und so lieb lächeln konnte, daß sich die mickrigsten Tiere wie von selber verkauften, als Großvater Ferkelhändler war, denn das war er auch.

Und meine Mutter, sie kann so butterweich bitten, wenn sie etwas erreichen will: Wie scheene wern wir Hand in Hand arbeiten, sagt sie.

Hand in Hand ist für mich so: Wir stehen in einer Zweierreihe am Schulgartenzaun, und jeder hält seinen Nebenmann bei der Hand. Der Lehrer geht, die Daumen in den Ärmellöchern seiner Weste, an der Reihe entlang und kontrolliert, ob das Oberleder unserer Holzpantoffel blank geputzt ist, und wenn es blank genug ist, klatscht er in die Hände, und ein unsichtbarer Damm vor dem Tor scheint zu bersten: Wir ergießen uns, Hand in Hand, in den Schulhof, aber schon auf der Schulhaustreppe wird das Hand-in-Hand-Gehen beschwerlich, und durch die schmale Tür gehts überhaupt nicht zu zweit, der Stärkere und Geschicktere von je zweien flitzt zuerst hindurch. Aus ists mit Hand in Hand; im Flur sind wir getrennte Leute.

Davon weiß der Großvater nichts; er geht nicht in unsere

Schule; er sagt den Eltern zu. Bedingungen stellt er nicht, die wird er später ausarbeiten, wie wir sehen werden.

Die Anderthalbmeter-Großmutter sagt noch nicht zu. Sie bittet sich, wie das in der großen Welt heißt, *Bedenkzeit* aus.

Nanu wirds scheene, sagt der Großvater, der gewohnt ist, daß seine Entschlüsse auch für die *Kleene Kräte*, die Anderthalbmeter-Großmutter, gelten.

Am Abend dieses Tages wendet sich die Großmutter an Gott und bittet den um Hilfe. Der Gott der Anderthalbmeter-Großmutter ist nicht der kirchliche Gott, von dem wir in der Schule reden; er ist aber auch nicht der alte slawische Gott des Großvaters, der oft zornige, selten gütige, aber verfressene Gott, der verlangt, daß man dem Hafer bei der Aussaat Hühnereier beimengt, damit er sie nachts auffressen kann, wenn wir Kinder sie ihm nicht vorher wegnehmen.

Großmutter hält ihren Gottesdienst zwischen Ladenschluß und Abendbrot in der Küche ab, in der Küche, wo Großvater Schwefelhölzchen für seine lange Tabakspfeife anfertigt. Es stinkt nach zerlassenem Schwefel wie in der Vorhölle. Großmutter öffnet risch ihren Himmel: Sie holt ihr abgegriffenes, zweisprachiges Gesangbuch her, das sie aus Groß Partwitz mitbrachte. Sie stammt aus Groß Partwitz, die kleine Hummel, dürfen wir nicht vergessen, und der Großvater, der lange Laban, stammt aus Klein Partwitz.

Aus tiefer Not schrei ich zu dir, singt die Großmutter. Sie singt grell und slawisch. Die Schalkartoffeln fürs Abendbrot quackern im Ofenröhr, und das Leuchtgas fährt mit leisem Rauschen in den Lampenstrumpf. Ein Bätzchen Ruß fällt von der Küchendecke und zeigt an, daß die Zeit für alles, was vergänglich ist, vergeht.

O Gott, erhör mein Rufen, singt die Großmutter, und ihr Gott scheint ein wahrer Gott zu sein, einer, der auch in einer dämmer-grauen Kleinstadtküche beim Höllengestank von Schwefel daheim ist: Großmutters Notruf wird erhört. Gott läßt zwar nicht die Großmutter, aber meine Mutter einen Einfall haben, und die Mutter teilt ihren Einfall der Großmutter brieflich mit: Onkel Phile kann in Friedensrain als

Feinglasschleifer anfangen. Der Waldweg von Bossdom nach Friedensrain ist fünf Kilometer lang, Onkel Phile kann ihn morgens und abends zu Fuß bewältigen; er kann bei uns in der Dachkammer wohnen, und die Großmutter kann ihn bei sich haben, ihn überwachen, hegen und pflegen, wie dennmals, als er ein Schuljunge war.

Als Onkel Phile noch ein Schuljunge war, trieb er sich in den Gassen und Straßen der Kleinstadt umher. Die Schularbeiten gehen ihm weniger gut, das Streichemachen geht ihm besser von der Hand. Er uriniert zum Beispiel gegen eine Hauswand und führt seine kleine Spritzpistole so, daß der nasse Fleck schön viereckig wird, alsdann ruft er nach der Anderthalbmeter-Großmutter, die damals mit Großvater noch in einer Mietwohnung haust. Die Großmutter steckt den Kopf aus dem Fenster: Was haste, Philko, was haste?

Mutter, Mutter, ich hoab een Plikat gepößt, verkündet Phile stolz.

Wenn Phile Hunger hat, ruft er zum Fenster hinauf: Mutter, tschmeiß ma eene Schniete runter! (Bei uns ist eine Schniete, was anderswo eine Schnitte, in Berlin eine Stulle und in Leipzig eine Bemme ist!) Mutter, Mutter, tschmeiß ma, tschmeiß ma! bettelt Phile, bis die Anderthalbmeter-Großmutter ihm ein eingewickeltes Butterbrot zum Fenster hinunter wirft. Der Großvater darf freilich nichts davon wissen.

Meine Mutter geht damals schon mit kleinen Knospen unter der Bluse umher. Sie mißt sich mit den Mädchen aus der Höheren Töchterschule. Sie kommt die Straße herunter, und Phile ruft aus einer Nische: Lene, Lene, mit die lanken Beene! Meine Mutter sieht sich wütend um. Phile zeigt ihr sein einziges Körperteil, das sauber und gewaschen ist, seine Zunge.

Mein Vater kanns kaum erwarten, daß die Großeltern zu uns ziehen. Das Pachtland ist verqueckt. Im März kann man schon was auf den Feldern tun!

Also, ziehen an einem vorfrühlingshaften Februartag die Großeltern bei uns ein. Wieder steht ein Möbelwagen vor unserm Haus, aber das ist nichts Neues mehr. Aus neu wird alt, ehe du dich einmal im Schlafe gewälzt hast. Neu wäre gewesen, wenn das Gemöbel der Großeltern durch die Luft geflogen gekommen wäre, wenn der Kleiderschrank sich mit ausgebreiteten Flügeltüren auf dem Hausdach niedergelassen hätte und der Küchenschrank vor dem Niedergehen noch einige Male um den Taubenschlag gekreist wäre.

Nun ist unsere Familie, Hanka und Phile mitgerechnet, zehn Personen stark. So zieht sie in den Frühling und in den Sommer. Nicht einmütig, nein, den Vater ziehts da- und ziehts dorthin, er möchte Bäcker, möchte auch Landwirt sein. Das Leben seines Stiefvaters Gottfried Jurischka, den er früher nicht hat leiden mögen, scheint ihm jetzt was für sich gehabt zu haben. Wer Federn sammelt, kann sich bald betten, war einer der Wahlsprüche des Stiefgroßvaters, doch was er mit den Federn auspolsterte, war sein Grab.

Auch die Mutter träumt insgeheim von etwas, was sie gern täte: Sie möchte gern nähen, nicht als Beruf, aber eben was nähen. Sie möchte was unter ihren Händen entstehen sehen. Sollte sich das nicht ermöglichen lassen, jetzt, da die Großeltern bei uns mitwirken? Die Mutter würde gern Ballkleider nähen, wie sie so Mode sind, überweiße Spitzenkleider aus Tüll, in denen Bräute umhergehen, als wären sie in Schaum gehüllt.

Laßt uns ein Weilchen beim Vorleben der ausgezeichneten Mutter verweilen, die als Bürgerschul-Mädchen die beste Stachelbeere der Klasse zeichnete und gern die Höhere Töchterschule besucht hätte, um eine *Höhere Tochter* zu werden. Aber konnte Großvater, der Bierkutscher, das Schulgeld aufbringen?

Also wird die Mutter mit zwölf Jahren Laufmädchen bei der alten Prinzipalin der Druckerei des *Spremberger Anzeigers.* Sie macht Botengänge für die alte Dame, kauft für sie ein und wäscht ihr in der Küche das Geschirr ab. Eines Tages schickt die Prinzipalin sie mit einer Kehrschaufel und einem Eimer auf die Straße um Pferdemist. Die prinzipalischen Rosenstöcke brauchen Dünger. In der Mutter sträubt sich alles, was sich in ihr sträuben kann: Was solln *die Leite denken*, wenn Lenchen zwischen den Fuhrwerken, hinter den Pferdeschwänzen, umherkrabbelt? *Mistbiene* wird man sie schimpfen.

Weinend flüchtet unsere Lenchen-Mutter zum Großvater. Großvater füllt ihr den Eimer mit Mist von seinen Bierkutscherpferden und trägt ihn selber bis in den Hausflur der Prinzipalin. Meine Mutter erhält eine Mark extra. So kummt man zu Gelde! sagt der Großvater.

Trotzdem geht die Mutter nicht mehr zur Prinzipalin aufwarten; es ist noch ein Nachschluchzen in ihr, und es ist die Zeit, in der sie den Aufsatz über *Des Lebens ungetrübte Freude* ... mit Auszeichnung schreibt.

Nach der Schulzeit lernt die Mutter Schneiderin, doch kaum hat sie die Lehre beendet, da will sie höher hinaus, will Putzmacherin werden, und da eine Putzmacherinnen-Lehrstelle in der Stadt nicht frei ist, lernt sie vorläufig bei der alten Paulischen, der Stadthexe, Totenkränze flechten und Rosen aus Seidenpapier und Blumendraht knispeln, und als sie das kann, will sie in die Welt. Die Welt ist für sie Berlin. Sie bewirbt sich auf dem modernen Gesindemarkt, auf eine im *Spremberger Anzeiger* ausgebotene Stellung, in Berlin-Schöneberg, und sie rechnet damit, einen schöneren Berg kennenzulernen als den Georgenberg in Spremberg.

Die Antwort aus Berlin heißt: Mutter Lenchen kann kommen, mal los, mal schnell! Berliner Tempo. Der Mutter ists, als schlüge sie einen Purzelbaum. (Den kann sie damals noch, sie will ja Seeltänzern werden!) Wie sie nach dem Purzelbaum wieder aufsteht, ist sie in Berlin auf dem Görlitzer Bahnhof, und es ist kein Mensch da, der sie kennt. Sie steht neben ihrem Gepäck, die Leute hasten vorüber, und kein Großvater kommt, um an den zweiten Henkel ihres Reisekorbs zu packen. Die Mutter setzt sich auf den Korb aus Weidenruten und fängt an zu weinen, weint, bis ein Weichenschmierer kommt und fragt: Wat issn mit dir, Kleene?

Die Mutter schluchzt, sie weeß nich, wolang es nach Scheeneberg geht.

Mutter Lenchen ist nicht etwa Dienstmädchen in Berlin-Schöneberg, nein, sie ist dort in Stellung gegangen, und die *gnädige Frau*, zu der sie in Stellung ging, betreibt eine Studentenpension. Schon am ersten Monatsende *vergißt* sie, der Mutter den Lohn zu zahlen.

Unter den Zimmerherren der *Gnädigen* gibts Studenten, die sichs nicht leisten können, einer Schlagenden Verbindung anzugehören. Sie bringen sich die unerläßlichen Studentenschmisse mit dem Rasiermesser bei. Meine Mutter und die Tochter der *Gnädigen* müssen dabei assistieren, und es geschieht, daß die Tochter der Gnädigen noch vor ihrer Konfirmation geschwängert wird. Meine Mutter erfährt es, wie sie uns später erzählt, aus einem Brief, den die Prinzipalin liegen läßt.

Man soll doch keene fremden Briefe lesen, Mama.

Was sollt ich machen, sagt die Mutter, der Brief lag so da, als ob er für mir bestimmt wäre.

Schließlich wird auch die Mutter von Studenten bedrängt und von der Prinzipalin ermuntert, zugänglicher zu sein. Die Mutter fängt an zu fürchten, daß sie eines Morgens geschwängert erwachen könnte. Sie ruft die Groschen in ihrem Geldtäschchen zusammen und fährt nach Spremberg zurück. Alles, aber das nicht! sagt sie später zu uns. Ich kannte keene Unterschiede, bis ich mit Papan bekannt geworden bin, versichert sie.

Und denn? Gings denn los mit die Unterschiede, Mama?

Keine Antwort. Strafende Blicke!

Später werden wir die Erzählungen der Mutter aus ihrer Dienstmädchenzeit *Schöneberger Geschichten* nennen. Ich wäre gern mal nach Schöneberg geworden, um mir die jungmädchenfeindliche Landschaft anzusehen, doch als ich junger Mann war, hatte ich kein Geld, hinzureisen, und als ich Geld hatte, lag Schöneberg im Ausland, und sie hatten dort eine Freiheitsglocke aufgehängt, als hätten sie eine bessere Freiheit als die, die man sich nimmt.

In der Kleinstadt und auf dem Dorfe wird man wertvoller, wenn einen fremde Sonne beschienen hat, wenn man mit *Schliff* zurückkommt. Auch auf meine Mutter traf das zu, obwohl die sechs Wochen Berlin ihr einziger Ausflug in die große Welt blieben. Was sich sonst noch an Weltverständnis in ihr anfand, gelangte über *Vobachs Modenzeitung fürs deutsche Haus* und durch eine Anzahl Bücher von unterschiedlicher Güte, vor allem durchs Leben in sie hinein.

Mutters sechswöchiges Fernsein plagte den Großvater. Die Sehnsucht nach seinem Lenchen machte ihn zum Trinker. Er trank sein tägliches Bierkutscher-Deputat, trank darüber hinaus und betrieb seinen Beruf als Trinker so gründlich, wie er all seine Berufe betrieb. Sein Bierwagen wurde unterwegs von Gendarmen angehalten, weil kein Kutscher auf ihm zu sehen war; Großvater lag hinten im Planwagen und schlief seinen Rausch aus, und er wurde das einzige Mal in seinem Leben auf einer Arbeitsstelle entlassen. Der tiefste Punkt in mein Leben, erzählte Großvater. Beim Umherliegen auf dem Bierwagen holte er sich zudem das Reißen. Er gab seinen Trinkerberuf auf. Die Episoden, die er uns später aus dieser Zeit erzählt, beginnen: Dennmoals, wie ich noch gesoffen hoabe ... Der Soffteibel sitzt in dir drinne und soagt: Een Hieb nimmste noch!

Nehm ich nich, soag ich.

Nimmste doch! soagt der Soffteibel.

Nehm ich nich! soag ich.

Doch!

Nich!

So gehts Weilchen hin und her, und uff eenmoal höre ichs von weiten soagen: Na, denn nehm ich ebent, und der das soagt, bin ich.

Auch von seinem Rheumatismus erzählt Großvater, als der ausgeheilt ist, wie von einem Beruf, in dem er sich versucht hat. Der Doktor verordnete ihm damals einen Tee, und den trank Großvater dreimal täglich, und den trank er auch noch, als er schon zur Arbeit in die Tuchfabrik ging. (Hilfsarbeiter in einer Tuchfabrik ist Großvaters nächster Beruf!) Großvater verlädt Stoffballen und arbeitet Zeitchen lang in einer Färberei. Der Rheuma-Tee geht mit durch sein Leben. Das Rezept dieses Lebenselixiers bewahrt er in einem Schub des Küchenschrankes auf und wehe, wenn die kleine Großmutter es einmal verkramt, dann heißt es sogleich: Das Weib will mir umbringen!

Großvater redet seinen Tee mit der Zeit zu einem Allheilmittel herauf. Der Tee besteht in der Hauptsache aus getrocknetem Isländischem Moos und schmeckt bitter. Man schüttelt sich nach dem Trinken, und das Schütteln elektrisiert den Körper, und die Drüsen, die ein wenig faul geworden sind, fangen in einem an, wieder eifriger zu arbeiten.

Sobald dem Großvater eine Erkältung im Halse hochklettert, heißt es: Den Tee mach mir, Alte! Allen Menschen, die ihm gefallen, empfiehlt Großvater seinen Tee. Meine Mutter muß ihn gegen ihre Krampfadern, die Anderthalbmeter-Großmutter unter seiner Aufsicht gegen Schwindelgefühle trinken. Großmutter macht sich beim Kochen heimlich Zukker in den Tee, doch wenn sie den Sud hernach zu rasch trinkt, schöpft Großvater Verdacht; er schmeckt ab und sagt: Wenn du den Tee mit Zucker beleidigen tust, wird er dir was scheußen und helfen!

Aus jeder Lebens-Ecke unserer Eltern und Großeltern drängen Geschichten heran; Geschichten aus der Jugend- und Kriegszeit des Vaters; Geschichten aus Großvaters Knechtszeit beim Förster-Ökonomen in Blunow; Geschichten aus der Jungmädchenzeit der Mutter. Wie soll ich sie alle bändigen und ordnen, damit sie wenigstens Kulissen in meinem kleinen Tautropfen-Welt-Theater abgeben!

Die ausgelernte Schneiderin Lenchen hätte sich gern *selbständig gemacht*. Sich selbständig machen, heißt in unserem Sinne nicht, daß einer anfängt, selbständig zu denken, sondern daß eins ein eigenes Geschäft aufmacht. Zum selbständigen Denken gehören Muße und Mut, zum Selbständigmachen gehört Geld. Geld ist im Haushalt des Sorbensohnes Matthäus Kulka damals nicht vorhanden. Außerdem drängt sich zum *Keingeld* ein junger Bäckergeselle in die Familie und ins Leben meiner Mutter, der später meinen Vater abgeben wird. Der Bäckergeselle verbiegt das Leben der Mutter mit der Brechstange, die man *Liebe* nennt, denn es schwebt alsbald mein Erscheinen in dieser Welt als Möglichkeit über dem jungen Paar.

Das Städtchen im Tale der Spree, in dem ich ein Weilchen später geboren werden muß, wird von den Deutschen

Spremberg (Spree am Berg), von den Sorben einfach Grodk, einfach Stadt, Stadt ohne Eigennamen, genannt, woraus zu ersehen ist, daß meine sorbischen Vorfahren Fußgänger waren, die nur diese eine Stadt kannten und nicht fürchten mußten, daß man die mit anderen Städten verwechseln könnte.

In Spremberg weben zu jener Zeit tausend und mehr Arbeiter an einem großen Tuch. Menschen in anderen Landesteilen, sogar in anderen Erdteilen schneiden sich gegen Bezahlung je ihr Stück ab, um sich darein zu kleiden. Das Stück, das sich die Engländer davon abschneiden, nennen sie *Manchester*, und sie tun so, als hätten sie es in ihrem Manchester hergestellt, und sie verkaufen es mit Aufpreis.

Von Menschen, die in Spremberg geboren werden müssen, kann man, ohne ein Prophet zu sein, voraussagen, daß sie von ihrem vierzehnten Lebensjahr an irgendwas und irgendwie mit der Herstellung von Tuchen zu tun haben werden.

Der Lausitzer Sand erzeugt Heidekraut. Vom Heidekraut ernähren sich bedürfnislose Schafe. Der Mensch nimmt den Schafen die Wolle ab. Sie kommt ihm wie gerufen. Er verspinnt und verwebt sie und bedeckt seine menschliche Blöße mit ihr, und das Spinnen und Weben artet in der Niederlausitz zur Tradition aus. Die Schafe verschwinden, weil die Heide aus ökonomischen Gründen mit bedürfnislosen Kiefern aufgeforstet wird, aber die Tradition des Spinnens und Webens hält sich an der Gegend fest. Soll man, verdammt, nicht auch Wolle herstellen können, ohne Schafe zu bemühen?

Holzwolle wohl?

Nein, Zellwolle! Wir haben nun mal die Tradition.

So oder ähnlich stehts im Heimatkalender geschrieben, und ich weiß auch nichts Besseres, außer, daß ich lang den Verdacht heg, die Erde schwört uns Menschen auf ihre Gegebenheiten ein. Die Manager unter uns behaupten freilich das Gegenteil, aber wir haben nicht Zeit, mit ihnen zu streiten, wir müssen zurück zu Lenchen.

Lenchen hat nun gelernt, Kränze und Papierrosen anzufertigen, mit denen die Überlebenden ihre Toten ehren, obgleich die Toten nichts von dieser Ehrung haben. Das scheint auch Mutter Lenchen zu gewahren, und sie wird ihrer Höhenflug-Versuche müde, fällt in den Sog der Tradition und geht in eine Tuchmacherei, in einen patriarchalischen Betrieb. Mehrmals guckt die Prinzipalin tagsüber in den Arbeitssaal und fragt: Seid ihr fleißig, Mädchens?

Wir sein fleißig! ist die Antwort.

Die *Mädchens* fertigen sogenannte *Geschirre* an, Grundgeflechte, die in anderen Tuchfabriken weiter bearbeitet werden. Die Geschirrmacher-*Mädchens* bilden sich ein, etwas *Besseres* zu sein als die Arbeiterinnen in den größeren Fabriken. Sie schlendern *sonntagsch* gekleidet zur Arbeit und tragen ihre Blechkännchen mit dem Ersatz-Kaffee in Papier gewickelt auf der Handfläche wie Blumenstöckchen, und wenn sie durch die Straßen spazieren, an deren Kanten (in Grodk *Schleisen* genannt!) die stinkende Färberjauche der Spree zurinnt, gehen sie nicht auf die Arbeit, sondern sie gehen ins Geschäft. Sie wollen, daß man sie für *deitsche Damens* hält, doch sie nennen sich halbsorbisch *Kumpankas.* Die Mutter ist eine Vollsorbin. Mit den Großeltern daheim muß sie Sorbisch sprechen, doch *außerhalbsch* versucht sie *deitsch* zu sein, ohne daß es ihr je ganz gelingt, und was ihr nicht gelang, hätte sie gern in uns verwirklicht gesehn. Es wäre ihr lieb gewesen, wenn wir uns etwas feiner und *deitscher* herumgetragen hätten, aber jeder Versuch der Mutter, städtische Kleinbürgerkinder aus uns zu machen, wird von den Dorfkindern, mit denen wirs zu tun haben, geahndet.

In Bossdom fragt man nicht, wenn man etwas nicht verstanden hat: Wie bitte? sondern: Was haste gesoagt? oder einfach: Wa? Einmal, als ich schon einige gelesene Bücher hinter mir hatte, fragte ich, als ich etwas nicht verstand, versuchsweise: Wie? Da lachten sie mich aus und bewarfen mich mit Roßäpfeln. Ich hatte gegen den örtlichen Sprachkodex verstoßen. In Bossdom gabs kein *Mich* und kein *Dich,* es gab in allen Fällen nur *mir* und *dir.* Noch heute wag ich in meinem Heimatdorf, wenn ich dort einkehre, nicht das leiseste

Mich zu verwenden, weil ich nicht will, daß man sich wegdreht und sagt: Der macht sich vielleicht stolz! Mit *den* kannste nich mehr reden!

Aber zurück, zurück zum Laden! Der Großvater verjüngt sich bei uns in Bossdom. Er ist, je wie es gebraucht wird, Kleinlandwirt, Kutscher, Verwalter, Hausmeister, und wenn das Wetter schlecht oder Not am Mann ist, hilft er in der Backstube. Eine ungewohnte Arbeit besieht er sich Zeitchen lang und sagt dann: Du, dir schaff ich! Und er besieht sich eine andere Arbeit und sagt: Und dir schaff ich ooch! Er schleppt Kohlen für den Backofen in die Fußgrube, versucht sich beim Brotaufwirken, stellt im blauen Kutscherschurz mit mehlverstaubter Brille die aufgewirkten Brote ins Regal, bestreicht sie mit Wasser und bewacht ihre Gare.

Morgens füttert und putzt er das Pferd, und die Anderthalbmeter-Großmutter facht mit Kienspänen ein Feuer im flachen Küchenherd an. Der Duft des brennenden Kiens ist der Weihrauchduft meiner Kindheit. Er ist verwandt mit dem Duft angesengter Fichtenzweige an Weihnachten.

Dicker Morgennebel steht auf dem Hof. Der Taubenschlag und die Scheune haben sich zu Wasserstaub zerlöst. Ich kann ermessen, wie jener Tag aussah, da es auf Erden noch keine Dinge gab, da alles in der Schwebe war, jener Tag, von dem in der Bibel die Rede ist.

Die Anderthalbmeter-Großmutter erwärmt den Gerstenkaffee vom Vorabend in einer Kasserolle, und sie gießt ihn in unsere Tassen, und sie gibt Milch dazu, und sie probiert das blonde Getränk mit kleinen Schlucken, und es erscheint ihr zu heiß für uns, und sie pustet in die Tasse hinein.

Meine Mutter ist gegen das Beblasen des Kaffees. Sie hat sich über die Gefährlichkeit von Bazillen belesen. Ich sehse richtig als kleene Kügelchen in eire Tassen reinfliegen! sagt sie und versucht, uns Ableger ihres Widerwillens einzupflanzen, aber wie kann das gelingen, wenn die Theoretikerin des von uns erwünschten Widerwillens morgens noch schläft, wenn sie das Leben der Praktikerin überläßt?

Ich sitze in meiner Arbeitsstube, schließe die Augen und

sehe die Großmutter als Kaffeeprüferin in der Bossdomer Küche stehen, die rechte Hand in die Hüfte gestemmt, in der linken Hand die Kaffeetasse, die roten Oberbäckchen aufgeblasen und weitläufig mit den Winden in den Feldern verwandt.

Wenn wir in der Schule sitzen und von Rumposch erfahren, daß drei Kartoffelsäcke und zwei Kartoffelsäcke soviel Kartoffelsäcke sind, wie wir Finger an einer Hand haben, versorgt die Anderthalbmeter-Großmutter das Schwein, die hornlose Ziege, nimmt der Mutter die Grob-Arbeiten ab, hockt auf dem Ofenbänkchen in der Küche und schält Kartoffeln. Die Ladenglocke wird von einem Kunden angestoßen und scheppert unwillig. Die Mutter schläft noch oder ist im Haus-Innern, pflegt die Stuben und wischt den Staub vom Vertiko. Die Anderthalbmeter-Großmutter wirft ihre Sackschürze beiseite, trippelt in den Laden und geht auf die Kundschaft los, wie früher in ihrem Laden in Grodk: Tak, was wolln Sen heite kochen?

Uns Kinder hätschelt und hudelt die Anderthalbmeter-Großmutter mit Hanka um die Wette, zudem fällt das segnende Lächeln der Mutter auf uns. Wir haben für eine Weile ein Paradies von einem Zuhause, und wir nehmen es als ein Muster mit in die verworreneren Zeiten, die unser warten, und ich werde viele, viele Lebensjahre brauchen, den Wieder-Eingang in dieses Paradies zu finden.

In der Forster Straße in Grodk betreibt ein gewisser Kaufmann Sterz, ein Mann mit blauer Nase, einen Warenhandel für die Landbevölkerung. Im Schaufenster des Geschäfts hängt ein Schild mit dem Hinweis: *Jeden Schmerz stillt dir Sterz.* Den Hinweis hat ein vom Cottbuser Korn inspirierter Gymnasial-Lehrer *gedichtet.*

Bis die Bauernfrauen eingekauft haben, stillen die Männer ihre Schmerzen in der Sterzschen Destille. Manchem Bauern gehen hernach auf der Rückfahrt die Pferde durch, nicht, weil auch die Fusel getrunken haben, sondern weil die Wirkung dieses Getränks, die im Kutscher zugange ist, durch heftige Bewegungen mit einem Peitschenstock und einem Lederriemen auf die Tiere übertragen wird. Unselige Kräfte sind in bezug auf das Material, von dem sie sich weiter leiten lassen, nicht wählerisch.

Das Landwarenhaus des blaunäsigen Herrn Sterz, auf das meine Mutter als junges Mädchen aus der Großelternwohnung hinsah, blieb ihr als Modell im Kopfe. Das erste Geschäft, mit dem sie versucht, es nachzubauen, ist Flaschenbier.

Wie die schwarzen Abendkäfer kriechen die Bergleute in der Heide aus den Kohlenschächten. Die Schächte sind, damit man sie voneinander unterscheiden kann, mit Menschennamen belegt. Es gibt einen *Franz*-Schacht, einen *Luise*-Schacht, einen *Auguste*- und einen *Marga*-Schacht. Das sind die Namen von Kindern und Enkeln der Grubenbesitzer. Die Grubenbesitzer heißen von Ponçet. Sie bilden eine Familien-Aktiengesellschaft, von Ponçetsche Erben. Von den Bergarbeitern hat nie einer die Luise gesehen, in deren Schacht er steigt.

Die Kohlengruben liegen zwei, drei Kilometer hinter Bossdom. Die eine heißt Grube *Felix*, die andere heißt Grube *Konrad*. Die Bergarbeiter aus den Dörfern ringsum müssen auf dem Nachhauseweg durch unser Dorf, und es begibt sich, daß sie allda das Begehren befällt, in der Schenke den Kohlenstaub aus ihren Kehlen zu spülen. Die Bergleute arbeiten drei Schichten. Wir nennen sie *Schichtler*. Für die Gastwirtin Bubnerka sind die *Schichtler* Bringeschuldner. Sie verschwendet wenig Gastwirtinnen-Freundlichkeit an sie, nein, sie zankt zuweilen mit ihnen, wenn sie ihr auf die frisch gescheuerten Dielen spucken.

Was für eine nachsichtige und unterhaltsame Frau ist meine Mutter dagegen! Bergmann Nakonz steht in der Laden-Ecke und hält die Bierflasche wie einen abgebrochenen Tambourstab vor der Brust. Na, war wohl heite wieder schwer, Herr Nakonz? fragt die Mutter. Ich staune bloß, wie Se acht Stunden lang zwischen die schwarzen, schweigsamen Kohlen aushalden tun!

Die *schwarzen, schweigsamen Kohlen* sind nicht in meiner Mutter gewachsen, sie hat sie sich aus einem Roman in den Kopf gelesen. Karle Nakonz fühlt sich bewundert. Er kommt am nächsten Tage wieder, und da hat meine Mutter einen Stuhl für ihn bereit: Setzen sich Se doch, Herr Nakonz, das Bier wird dadurch nich teirer! Karle Nakonz setzt sich und hats bequem, und er trinkt zwei Flaschen Bier.

Die Nakonzinne ist von der Freundlichkeit und den Zusprüchen meiner Mutter, die sie den Bergleuten angedeihen läßt, nicht erbaut, weil sich durch diese Freundlichkeit der Nachhauseweg ihres Mannes je Tag um eine Stunde verlängert: Sechs Stunden in der Woche, die Karle nicht in der Grube und nicht daheim verbringt. Die Nakonzinne muß ohne Hilfe die zwei, drei Morgen Acker und das Viehzeug bewalten, während ihr Mann den Unterrock mit der gehäkelten Kante, auf den sie aus ist, im Laden meiner Mutter in Flaschenbier verwandelt.

Bubnerka erinnert Wilmko Koall an seine drei Wochen alte *Latte*. Wenn wirschte bezoahln, Wilmko, wenn wirschte? Wilmko antwortet nicht. Er fühlt sich beleidigt und wird mit Bubnerka verquer. Am nächsten Tag beehrt er den Laden meiner Mutter. Ich muß ihm einen Stuhl holen. Ich bringe ihm den Stuhl, und es sitzen zwei Bergleute in Mutters Laden und trinken dieses bittere, düselig machende Wasser, Bier genannt. Die Freundlichkeit meiner Mutter befällt die Bergleute wie ein Bazillus.

Karle Nakonz hat sein Mützenschild bis an die Augenbrauen heruntergezogen. Er guckt im Laden umher, als wäre er noch nicht ganz aus dem Schacht heraus. Sein Nasenrükken ist dünn. Ich kann mir nicht vorstellen, wie da dicke Gerüche durchkommen.

Wilmko Koall hat ein rotes Gesicht, seine Nase liegt zwischen mohrrüben-roten Wangen, deshalb kann sie nicht anders und muß auch rot sein. Wenn die Bergleute miteinander reden, gestikulieren sie mit ihren geöffneten Bierflaschen. Die weißen Porzellanverschlüsse klappern gegen das dunkelgrüne Flaschenglas: Gestern hoab ich zwee Schattenforellen gepflanzt, sagt Nakonz.

Meen Se nicht Schattenmorellen, Herr Nakonz? mischt sich meine Mutter ins Gespräch.

Karle läßt sich die Korrektur gefallen, von meiner Mutter läßt er sie sich bieten.

Ich pflanze nischt mehr, sagt Wilmko, ganzes pflanzen und pflanzen und andere fressens; ich bin ja meest nich za Hause. Wilmko Koalls Weg zur Grube geht durch drei Dörfer; er muß meist dreimal einkehren und spülen.

Zeitchen vergeht, da kehrt auch Hansko Zitkowiak regelmäßig zum Biertrinken in Mutters Laden ein; den hat nun wieder Wilmko Koall mitgebracht, aber die Kundenfläche des Ladens ist zu klein, die Mutter kann keinen dritten Stuhl aufstellen. Sie bittet Großvater, den Deckel der Sauerkrauttonne zu einem Stuhlsitz mit Lehne umzubauen, und von da an heißts, wenn Sauerkraut-Kundschaft kommt: Würden sich Se moal erheben und mir ans Sauerkraut lassen, Herr Zitkowiak?

Erheben ist wieder kein Wort aus dem Kopfe meiner Mutter, es ist angelesen; bei uns heißts: Stehn Se moal uff!

Solange es Tag ist, schwirrt und summt der Geschäftsgeist meiner Mutter umher, erst spät am Abend sperrt sie ihn in den Laden und läßt ihre Seele ausfliegen. Sie füttert den blauen Seelenvogel, läßt ihn Buchstaben, Wörter und Sätze aus Büchern picken und läßt sich von ihm auf die Rückseite der Welt führen und hörts von dorther säuseln: Der Mensch lebt nicht von Brot allein.

Aber am nächsten Tag, wenn die Mutter sich spät am Morgen frisiert und den falschen Zopf aufsteckt, fängt der Geschäftsgeist wieder an, in ihr zu summen und zu surren, und sie denkt darüber nach, wie sie den Bierverzehr der Bergarbeiter im Laden steigern kann. Sie soll, flüstert ihr der Geschäftsgeist ein, den Bergleuten marinierte Heringe als Sakuska, als Zuspeise zum Bier, vorsetzen.

Beim Zubereiten der Mariniertunke breitet sich ein Mischduft im Hause aus. Der Essiggeruch herrscht darin vor, die anderen Zutaten treten beim Kochen abwechselnd mit dünner Stimme nach vorn: Mal riecht es zwiebelig, mal gewürzkörnig, mal lorbeerblätterig oder sauermilchig. Teile der von weit her angereisten Gewürze flüchten in Form von Düften ins Weltall, um zu berichten, daß sie sich Zeitchen in Bossdom und im Laden von Lenchen Matt, geborene Kulka, aufgehalten haben, und einen Morgen lang werden die bei uns sonst herrschenden Gebäcksgerüche in die äußersten Ekken unseres Anwesens gedrängt.

Wenn die grau-blaue Tunke abgekühlt ist, wird sie in eine große Schüssel gegossen, und Mutter legt die gesäuberten und vorgewässerten Heringe hinein. Die dunkelblauen Rükken der Fische schimmern durch die Essigmilch, und die Heringe bleiben zwei bis drei Tage im Keller stehen. Dann sind sie *reif* und werden zu fünfzehnt in ein rechteckiges weißes Steingut-Gefäß umgesiedelt und in den Laden gebracht. Das Steingut-Gefäß habe ich in Däben, dem Glasmacher-Ort in der Nachbarschaft, entdeckt. Ich erzähle der Mutter davon, und die Mutter kaufts in ihrem Herings-Eifer sogleich. Der Gefäßdeckel ist ein liegender blau-schwarzer Steingut-Hering. Gebn mer Se moal een sauren Hering! sagt Wilmko Koall, als er die marinierten Heringe im Laden entdeckt, und der Hering erweitert Wilmkos Bierdurst.

Großvater rechnet der Mutter vor, sie verkaufe die marinierten Heringe zu billig, sie müsse die Arbeitszeit, die sie zum Marinieren verbrauche, mit in die Heringe einkalkulieren, sonst *verbuttere* sie mit der Zuspeise den Gewinst, den ihr das Flaschenbier einbringt. Een Handelsmann muß rechnen könn, am besten in Koppe.

Die Mutter wehrt den Einspruch des Großvaters ab. Sie singt zur Zeit das Lied von den marinierten Heringen, der Großvater soll sie nicht unterbrechen! Die Mutter hat eine stille Freude, wenn sich die fremden Männer bei ihr festsetzen, statt zu ihren Frauen nach Hause zu gehen. Weibliches Triumphgefühl! Ist es eine Frucht des Geschäftsgeistes oder eine Feder von Mutters blauer Seele?

Freitags ist Lohntag. Die Bergarbeiter belohnen sich für ihre Wochen-Tüchtigkeit, trinken und fangen an, mit den Frauen, die einkaufen kommen, zu schäkern: Ach, die kleene dicke Martha, und wie die Oogchen wieder glänzen!

Die Frauen habens gern, wenn die Männer was zu ihrem Lobe sagen, aber die Männer lobsagen nicht immer: Hast jan blaues Ooge, Gustchen, sagen sie auch, hat dir dein Alter verkloppt? sagen sie.

Gustchen hat freilich mit ihrem Manne handgemengt, aber die Ehe ist ein Sakrament; Gustchen ist einkaufen gekommen und nicht, um über ihre Häuslichkeit Auskunft zu geben. Soll man hier ausgehorcht wern? fragt sie beleidigt zur Mutter hin. Die Mutter überschlägt rasch, woran sie mehr verdient, an Gustchens Wocheneinkäufen oder am Flaschenbierverzehr der Bergarbeiter, und sie kommt zu dem Schluß, daß Gustchen die Palme trägt, und sie sagt geistesgegenwärtig: Verzeihn Se, Frau Schestawitscha, Herr Nakonz hat heite Geburtstag, sagt sie.

Verzeihung ist ein großes Wort, ein städtisches Wort, ein Zeitungswort. In Bossdomer Redeweise übersetzt heißt es: Nu nehm Ses man nich goar so krumm! *Verzeihung* – Schestawitschinne fühlt sich geehrt wie an ihrem Hochzeitstage, und sie verzeiht, und sie sagt: Denn gratulier ich ooch! Karle Nakonz hat auf diese Weise das Jahr ein zweites Mal Geburtstag.

Frau Schestawitscha verläßt den Laden. Mit dem Türwind wird eine Fliege nach draußen gefächelt; sie überfliegt die sandige Dorfstraße, setzt sich auf ein Blatt der Esche am Grasgarten der Sastupeits, streicht sich mit dem dritten Hinterbein-Paar Bierdunst und Heringsgeruch vom feinbehaarten Leib und ernüchtert sich. Weilchen drauf stößt sie sich ab, wird ein summender Notenkopf und fliegt wieder zur Ladentür hin. Die Fliege ist süchtig. Der Harzer Käse hat es ihr angetan; er stinkt auf die Fliege ein und erzählt ihr, daß er einmal Quark war und von einer Kuh abstammt. Das interessiert die Fliege weniger, es ist die Vermehrungs-Sucht, die ihr den stinkenden Käse sympathisch macht; er soll ihrer Brut ein saftiger Rasen sein.

Der Flaschenbier-Verkauf ist der Mutter erlaubt, aber unerlaubt ist, daß die Bergleute das Bier im Laden aus den Flaschen heraus trinken. Mutter hat keine Ausschank-Genehmigung, amtlich *Konzession* genannt.

Ich trink, wo ich will – ohne Konstruktion, sagt Karle Nakonz, fuchtelt mit der Flasche und trinkt sein Bier im Laden.

Bubnerka zeigt die Mutter an, weil die Bergleute im Laden Bier trinken. Die Anzeige läuft bei Skatbruder Lehrer Rumposch ein. Rumposch kommt zu uns. Unterwegs verwandelt er sich in einen Amtsvorsteher, reckt die Brust heraus und verwandelt sich: Eine Anzeige, sagt er, und die Augen quellen ihm unter den Brauen auf. Eine Anzeige, das ist für meine Mutter, als würde ihr jemand sagen: Ihr habt Läuse. Sie fängt an zu zittern, und sie setzt ihre dritt-stärkste Waffe ein, sie fängt an zu weinen und führt den Amtsvorsteher in die Wohnstube. Es braucht niemand zu wissen, daß wir angezeigt sind, auch Hanka nicht.

In der Stube setzt meine Mutter ihre zweit-stärkste Waffe ein, den Ausspruch: Das ist mir nich gesungen geworden.

Der Vater wird gerufen, und meine Mutter setzt ihre stärkste Waffe ein: Sie fällt um und ist tot, jedenfalls für eine Weile, und Rumposch denkt, was er da angerichtet hat, und sagt versöhnlich zum Vater: In Ihrer Privatwohnung könn Se soviel Bier ausschenken, als Se wolln, und hier hinten, fügt er mit Augenzwinkern hinzu, könn Se sogar den Gendarm bewirten, falls der was zu bemängeln hat.

Da erwacht meine Mutter mit Geseufz, rappelt sich und holt Bier aus dem Keller, und Rumposch macht drei Flaschen leer und sagt: Was mich anbetrifft, ich hab keine Biertrinker im Laden vorgefunden. Er wird die Anzeige niederschlagen, sagt er.

Niederschlagen? Wie wird Rumposch das machen? Der Gutsvogt Buderitzsch hat seine Frau niedergeschlagen, sie mußte drei Tage im Bett liegen. Großvater schlug einen Hirschkäfer nieder, und der Käfer verlor eine seiner Zangen. Was bist du so niedergeschlagen? fragt die Mutter die Anderthalbmeter-Großmutter, die unredselig und schniefend im Hause umhergeht, weil Onkel Phile ohne Lohn heimkam. Schutzkans Paule hat Koynas Ernsten, den Klarinettenspieler, mit dem Paukenschlegel niedergeschlagen, weil der ihm die Frau abspenstig gemacht hat.

Wie sieht eine Anzeige überhaupt aus? Der Anzeigestock in der Schule ist aus Holz.

Ne Anzeige is nischt wien Fetzen Papier, sagt der Großvater.

Mutter schickt die Bergarbeiter fortan in die alte Backstube, wenn sie ihr Bier unter unserm Dache trinken wollen. Hier sitzt sichs ja ooch ganz scheene, nich woahr nich? sagt sie.

Die Bergleute drehen sich und lesen sich an unserer Spruchleiste satt: *Wo Brod – keine Not, wo Brod – keine Not,* und sie drehen sich und lesen.

Weilchen drauf sitzen sie gestaffelt, wie im Theater, auf der Mehlbodentreppe, einer sieht dem andern von hinten auf den Kopf, bis Wilmko Koall sagt: Nee, das will sich mir nich! Es kummt keen richtiges Gerede zustande. Er rutscht von der Treppe und späht durchs Guckloch in den Laden, und er sieht, daß Frauen im Laden sind, die da einkaufen, und ehe sichs die Mutter versieht, sind die Biertrinker wieder im Laden.

Eines Tages erscheint der Gendarm. Er stellt sein Fahrrad an unsere Hauswand. An der Querstange des Fahrrades hängt die Akten- und Buttertasche aus Segeltuch, und zwei Klammern am Fahrrad-Rahmen halten den Schleppsäbel. Der Gendarm entklammert sein Schwert, gürtet sich, legt seinen gelben Schäferhund Treff neben dem Fahrrad ab und schließt, damit er einwandfrei amtlich wirkt, die oberen Knöpfe seiner Uniformjacke, und er öffnet die Ladentür, und er öffnet sie weit, damit die Leute merken, mit ihm tritt der ganze Staat in den Laden.

Die Bergarbeiter haben Zeit, ihre Bierflaschen verschwinden zu lassen. Der Gendarm grüßt. Die Bergarbeiter danken, sehn auf den Säbel und zwinkern einander zu.

Na, was macht ihr hier so? fragt sie der Gendarm.

Bissel verpusten, sagt Willi Wossenk, und Karle Nakonz beißt in einen Brathering.

Was ists, worauf du sitzest? fragt der Landjäger Hänschen Zitkowiak.

Uffm Sauerkraut-Faß, sagt Hänschen.

Das ist Unhygiene! sagt der Gendarm.

Meine Mutter ruft, ehe es schlimmer wird, nach dem Vater, und dem Vater fällt der Wink ein, den ihm Rumposch gab: Er führt den grünen Menschen in die Wohnstube, und er fährt Bier auf, und sie trinken, und der Vater versucht, die Gedanken des Gendarmen vom Sauerkraut-Faß wegzuführen, und er redet vom heurigen Sommer, der es gut meint, aber gerade der Sommer liefert dem Gendarmen die Überleitung zu seinem Anliegen: Sommer, ja, sagt er, und die Hitze ist groß, sagt er, und leicht entfährt einem, der auf einer Krauttonne sitzt, ein Darmwind, und der richtet sich gegen das Lebensmittelgesetz.

Ja, sagt der Vater reuegewillt, da ham Se recht, und er läßt eine zweite Flasche Bier erscheinen, und der Gendarm trinkt, und der Vater wartet auf die Wirkung und ist gewillt, noch eine dritte dreinzugeben, aber da sagt der Gendarm: Ich komm gelegentlich zur Nachkontrolle, sagt er, und er geht in Frieden, und eines Tages kommt er zur Nachkontrolle, und wie er reinkommt, steht Hänschen Zitkowiak neben dem Krautfaß und knabbert an einer Zuckerstange, auf dem Bauch des Krautfasses aber steht mit Kreide geschrieben: *Kein Sitzplatz!*

Die Mutter kauft probeweise ein Dutzend Kutscherpeitschen ein. Was man noch? sagt der Vater. Er ist stets besorgt, die Mutter könnte auf den Waren, die sie auf Verdacht einkauft, sitzenbleiben. Der Vater ist mit der Mißfähigkeit ausgestattet, Widerwärtigkeiten, die noch nicht eingetreten sind, auszumalen. Er fürchtet, eines Tages könnte die Mutter auf den Einfall kommen, mit kleinen Affen zu handeln, und die Affen könnten herumsitzen, sich langweilen, den Laden verwüsten, ausbrechen, ins Freie gelangen, auf den Schornstein klettern und den Leuten ihren roten Hintern zeigen. Wer wäre verantwortlich, wer? – Der Vater.

Aber wer hat eigentlich etwas von Affen gesagt? Meine Mutter ließ ein Dutzend Peitschen kommen.

Bisher hat kein Bossdomer Kleinbauer je eine Peitsche gekauft. Man schnitzt sich einen Peitschenstiel aus Wacholder,

Birke oder Hasel, flicht aus drei Bindfadensträhnen einen *Riemen*, den man mit Öl tränkt und dann in Ruß, Moder oder Pech wälzt.

Die erste Peitsche kauft Mutter der Gelegenheits-Pferdehändler Bleschka ab; er hat nach der Sache mit dem Pferdchen *Tonnenpfürzer* noch etwas gutzumachen bei uns.

Die Peitschenstiele, die die Mutter einkaufte, sind von gelber, grüner oder roter Farbe, und zwei sind gescheckt.

Bleschka tritt vor die Ladentür und prüft die Peitschen auf Biegsamkeit und Knall-Effekt, und er kauft eine Peitsche mit gescheckttem Stiel, und alsbald kommen auch andere Kleinbauern ohne gekaufte Peitschenstiele nicht mehr aus. Die Mode isch anschtecklich, sagt Schestawitscha. Die Kleinbauern, die bei Birke oder Hasel als Peitschenstöcke bleiben, nennt Mutter die *Altmodschen*.

Es wird Zeit, daß ich verlautbare, weshalb wir die Vatermutter die – *Amerikanische* nennen. Sie wohnt jetzt in der hinteren Hälfte des Kottens in Grauschteen, aus dem wir auszogen. Die Stadt, in der die *Amerikanische* in die Welt rutschte, heißt Hamburg. Sie ist die Tochter des Schneidermeisters Lühr. Vielleicht kennt ihn jemand? Unser Vater fragt jeden, der mal in Hamburg war, ob er dort eine gewisse Familie Lühr kennengelernt hat.

Die Vatermutter wächst in Hamburg heran, lernt bei ihrer Mutter Weißnähen, und kaum ist sie fünfzehn Jahre alt, da ist schon der junge Großvater Josef heran, ein schwarzwäldischer Lehrersohn, der klaviert, flötet, bratscht, jodelt, Musikinstrumente anfertigt und sogar ein wenig komponiert. Sein Selbstvertrauen ist ungebrochen: Er will mit seiner Kunst nach Kanada auswandern, man wartet dort auf Leute, die *vorwärts* wollen.

Wenn ich vorwärts geh, komme ich dorthin, wo vorher vorwärts war, und sobald ich dort bin, liegt ein neuer Punkt vor mir, zu dem ich wieder vorwärts muß.

Alles Tummheet, sagt Großtante Maika, vorwärts ist reinwärts. Ich verstehe nicht und frage, aber die Großtante antwortet mir nicht mehr.

Großvater Josef mit dem kastanienbraunen Vollbart läßt sich vor seiner Überfahrt nach Kanada in Hamburg bei Schneidermeister Lühr noch einen Anzug nähen, um vornehm und nach der Mode gekleidet im Land seiner Sehnsucht erscheinen zu können. In der Wohnwerkstatt des Schneidermeisters Lühr aber treffen sich die mit Liebeshäkchen versehenen Blicke vom bärtigen Josef mit denen der fünfzehnjährigen Weißnäher-Lehrlingin Dorothea, und die fünfzehnjährige Großmutter Dorothea wird so rasch schwanger, daß sie Großvater Josef noch vor seiner Ausreise heiraten muß.

Großvater Josef reist nach Kanada und teilt Großmutter bereits im ersten Liebesbrief mit, er habe einen *Job* gefunden. Großmutter weiß nicht, ob *Job* ein Hund oder ein Pferd ist, aber das Wort fängt sogleich an, mächtig in unsere Familiensprache einzudringen, und später, wenn es meinen sorbischen Onkel Ernst erreicht, den Mann von Tante Magy, wird es zur Joppe geworden sein, und er wird zu meinem Vater sagen: Deine *Joppe* täte mir nich gefallen. Ich meene, een Tag wie den andern Brot backen!

Meine fünfzehnjährige Großmutter Dorothea trägt ihren kleinen Schwell-Leib umher und belehrt alle Hamburger, die sie fragen, was ihr Liebster *drüben* für eine Arbeit habe, ihr Liebster habe keine Arbeit, sondern einen *Job*. Aber viele Hamburger sind befahren und kennen sich in der Welt aus, und sie sagen: Ein Job *ist* doch eine Arbeit, sagen sie. Nein, ein *Job* ist ein *Job* ist ein *Job*, sagt meine fünfzehnjährige Großmutter. Es ist ausgeschlossen, daß sie diese kräftige Wortwiederholung einer gewissen Gertrude Stein aus Paris abgelernt haben konnte.

Aus dem zweiten Liebesbrief des Großvaters erfährt Dorothea, daß der *Job* meines Großvaters ein Aufseher-Posten in der Fabrik ist, in der Pianos hergestellt werden.

Und alsbald wird die fünfzehnjährige Großmutter Dorothea, die von der Körperliebe genascht hat, von der Sehnsucht heimgesucht, und ihr Mut wird schwer, sie wird schwermütig und fängt an, Tränen zu produzieren, zuerst heimlich, dann unheimlich, und sie weint, und es rinnen ihr die Tränen. Wenn sie schon verheiratet ist, sagt sie, will sie auch beim Großvater Josef in Kanada sein.

Großvater Josef schickt der minderjährigen Großmutter Dorothea Geld für die Überfahrt, und die Großmutter fährt über, und sie und Josef gründen in Kanada einen Hausstand, einen Stand, in dem die Hausfrau Dorothea stehen kann, aber was ist die schon für eine Hausfrau, sie, die soeben sechzehn Jahre alt wurde? Wenn der Großvater abends müde aus seiner Faktorei kommt, findet er statt eines Abendbrotes eine weinend wartende Dorothea vor, und er wird gewahr, daß er ein Kind heiratete, und je näher die Stunde kommt, in der sich Großmutter Dorothea verdoppeln soll, desto wehleidiger wird sie. Sie fürchtet, sie könnte beim Gebären sterben, ohne ihre Eltern wiedergesehen zu haben. Liebeserregung und Kinderzeugen gingen ihr hurtig von der Hand, aber vor dem Gebären fürchtet sie sich.

Großvater Josef richtet seiner Dorothea die Überfahrt nach Hamburg, und Großmutter Dorothea fährt über. Großvater Josef löst den Haushalt auf; es ist schon ein wenig amerikanische Sachlichkeit in sein romantisches Schwarzwalddenken eingedrungen.

Großmutter Dorothea gebiert in Hamburg einen Jungen mit kastanienbraunem Haar, das wird später unser Onkel Stefan sein, aber kaum wird sich Dorothea bewußt, daß sie nicht gestorben und nicht tot ist, da entbrennt sie wieder in Liebe zum Großvater Josef, und der schickt ihr *money* für die Überfahrt, und Dorothea fährt wieder über.

Money wird, neben Job und Faktorei, das dritte amerikanische Wort, das sich in unserer Familiensprache einnistet, um bis zur dritten Generation dort hocken zu bleiben. *Money* kommt auch bei meinem sorbischen Onkel an, doch er sagt *Muni*, und das ist eigentlich die Abkürzung von *Munition*, was tuts, sie sind ja verwandt – Geld und Munition.

Großmutter Dorothea und Großvater Josef gründen wieder einen Hausstand und versinken in tiefer Liebe zueinander, der wieder ein Knäblein entspringt, das zu gebären Dorothea wieder nach Hamburg zu den Eltern fährt.

Der Knabe, der geboren wird, heißt Franz; wir werden ihn

nie zu sehen kriegen, aber in Großmutter Dorotheas *Amerikanischen Erzählungen* wird er eine sagenhafte Figur, wird er das Jesusknäblein unserer Familie werden.

Ich sagte *Amerikanische Erzählungen*, weil die Großeltern nach der Geburt von Onkel Franz nach Nordamerika ziehen, wo sie sich in der Nähe von Washington niederlassen.

Onkel Franz war ein Wunderkind, erzählt uns die *Amerikanische*. Er kann mit fünf Jahren Klavier spielen und sucht sich mit seinen kleinen Fingern auf der Klaviatur Melodien zusammen, die noch nie jemand gehört hat, und Großvater Josef setzt sie in Noten. Aber als Onkel Franz fünf Jahre alt ist, wird er von einem amerikanischen Hund gebissen und stirbt an der Tollwut.

Was bliebt ihr nicht in Kanada, was mußtet ihr zu diesem tollwütigen Hund nach Amerika? fragen wir die Großmutter.

Der Großvater hätte bei Washington einen *bigeren Job* bekommen, belehrt uns die *Amerikanische*.

Die Kompositionen von Onkel Franz werden als Familienheiligtum in einer schwarzen Reisetruhe aufbewahrt, die mit Großmutter Dorothea noch vier Mal über den Atlantischen Ozean fährt. Später wandert die Truhe von Dachboden zu Dachboden, und nach dem Tode der *Amerikanischen* bezieht sie unseren Dachboden, und am Ende des Neununddreißiger Krieges werden die Kompositionen von Onkel Franz zusammen mit anderen zweitwichtigen Familiendokumenten von einem jähzornigen Frühlingswind über die Dorfstraße geweht. Aus einigen Notenblättern werden Zigaretten gedreht, und andere werden mit Kriegsmüll zusammen verbrannt.

Das vierte Mal fährt Großmutter Dorothea über den Ozean und zurück, um meinen Vater Heinrich in die Welt zu bringen. Großvater Josef aber arbeitet und arbeitet; er muß *money* verdienen, damit es die verzärtelte Dorothea verreisen kann. Er gibt neben seiner Arbeit in der Faktorei Klavierstunden und lehrt junge Damen Musik aus Klavieren zu tasten, und eine dieser Damen, eine rothaarige, kommt ihm zu nahe, oder er kommt ihr zu nahe, wer will es ihm verdenken, dem immer wieder alleinigen Großvater Josef?

Großmutter Dorothea reist also mit drei Kindern nach

Amerika zurück, mit Onkel Stefan, Tante Magy und meinem Vater Heinrich, Onkel Franz ist, wie ihr wißt, erbissen, und sie entdeckt, daß Großvater Josef der rothaarigen Piano-Lehrlingin mehr gibt als Klavierstunden, und sie macht ihm Szenen. Er hätte ihr, einer Fünfzehnjährigen, die Ehre geraubt, wirft sie ihm vor, ihr, einem unmündigen Kinde, während er immerhin schon mündig gewesen wäre und weiß Gott hätte verantwortungsvoller handeln müssen, wirft sie ihm auch vor, und er habe ihr die Ehre geraubt.

Ich erfahre das alles später von meiner Tante Magy.

Großvater Josef wird zwischen Einsicht, Reue, seiner Liebe zu den Kindern und der zu dem brennendroten Klavierschülerinnen-Geschöpf hin- und hergerissen, und er geht hin und kauft sich eine *pocket-gun* und zerschießt sich.

Wie im Film, sagen meine Söhne, wenn ich ihnen unsere *Amerikanische Tragödie* erzähle.

Wie im Film? Mag sein, daß meine Söhne recht haben; denn der Film lebt von Klischees, doch die Menschen liefern sie ihm, und er liefert sie den Menschen zurück. Ich erlebe es gerade an der Tochter eines Nachbarn, den ich nicht namentlich nennen will, sie lehnt im Dorf an der Kirchhofsmauer wie an einem Bartisch, und sie raucht Zigaretten aus langer Spitze, stößt den Qualm mit offenem Munde aus sich heraus und alles, wie sie es im Film sah, und sie erwartet, daß die Fremden, die in breiten Autos durchs Dorf fahren, sie *entdekken,* eben wie im Film! Und der Prophet sagt: Wenn ihr raus wollt aus dem Teufelskreis der Klischees, dann ändert euer Leben!

Auch die *pocket-gun,* das Selbstmordinstrument meines Großvaters, kriecht in den Familiensprachschatz, obgleich ich vermute, daß es diesen Begriff gar nicht gibt, sondern daß er von Großmutter Dorothea, die nur Pidgin-Englisch sprach, erfunden wurde.

Aber *pocket-gun* hin, *pocket-gun* her, die Lust, sich selber zu morden, steckte in der Erbmasse von Großvater Josef, und sie kam auf uns, und ich hatte gegen sie anzukämpfen, und ich rottete sie zwischen meinem dreißigsten und vierzigsten Lebensjahr aus, allwie ich die Vorurteile über Menschen, die mir meine Mutter einpflanzte, ausrottete, aber mein Bruder Tinko brachte sich um, nachdem sich zwei Tage zuvor sein Sohn Tinko umgebracht hatte.

So sonderbar ist schon meine Präexistenz, so tüchtig arbeiteten schon meine Vorfahren daran, aus meinem Vorleben ein Gestrick herzustellen, das zu entwirren mein Leben nicht ausreichen wird.

Ich bewundere manche meiner Lebensgenossen, die mit vorgeburtlicher Reinheit ins Dasein treten, in die Schule gehen, die Universität besuchen, alles, alles, ohne Anstoß zu erregen. Sie lösen willig und ohne zu zweifeln alle Aufgaben, die man ihnen stellt, haben nie Schwierigkeiten, werden Tugendwächter, beobachten zum Beispiel die Worte, die ich von mir gebe, und wenn sie eines finden, das jemandem mißfallen könnte, ersuchen sie mich, es zu verschlucken, und sie machen darauf aufmerksam. Ich aber, den seine Mutter in ein Gestrüpp vorgeburtlicher Irrtümer hineingebar, fahre fort, meine Lebenskraft zu verbrauchen, um dieses vorgeburtliche Gestrick zu entflechten, und doch höre ich nicht auf, selbst nachdem ich im Alter einige Erkenntnisse gewann, für manche meiner Zeitgenossen ein nutzloser Mitbewohner ihrer Welt zu sein.

Ich sagte es schon: Die Geschichte von der rothaarigen Klavierschülerin meines Großvaters weiß ich von meiner Tante Magy. Großmutter Dorothea erzählte die *Story* von Großvater Josefs Tod anders. Danach hatte Großvater drüben in Amerika einen deutschen Männergesangverein gegründet und wäre bei den Vereinsfesten als Schwarzwälder, der er war, alleinig als Jodler aufgetreten. Er hätte zuviel gejodelt, sich beim unausgesetzten Wechsel von tiefen und hohen Tönen übernommen und hätte sich dadurch ein ewiges Sodbrennen zugezogen, und das hätte er mit Whisky behandelt, und das wäre falsch gewesen; denn die Schmerzen hätten zugenommen, wären unerträglich geworden und dann eben die *pocket-gun.* Soweit also die *Amerikanische,* und ich bleibe dabei: Der Mensch hat so viele Schicksale, als es Mitmenschen gibt, die ihn beobachten. Schicksal ist nichts Zuverlässiges!

Das mußte erzählt sein, damit man versteht, wie Großmutter Dorothea zu dem wurde, was sie für uns Kinder darstellte, und weshalb sie die *Amerikanische* genannt wurde.

Um die Zeit, da die *Amerikanische* den hinteren Teil des Kottens in Grauschteen bewohnt, ist sie schon gelähmt und bewegt sich an zwei Stöcken mit kurzen, schlürfenden Schritten vorwärts, und um von ihrem Bett oder von ihrem Sitzplatz bis zum Stubenklosett hinter der Tür zu kommen, benötigt sie fünf Minuten Marschzeit. Wir Kinder kennen die *Amerikanische* nur mit dieser Gangart behaftet, und die Erwachsenen haben sich an die Lähme der Vatermutter gewöhnt. Von einem Arzt will sie sich nicht untersuchen lassen. Sie will nicht *bare*, nicht *naked*, also, geradezu nackt vor einem fremden Mann dastehen; sie will sich aber auch nicht von Großtante Maika versprechen lassen (bei uns heißt das so), weil Maika eine *Wendsche* ist, und alles *Wendsche* ist der Vatermutter zuwider, denn sie ist eine Amerikanerin, eine Hamburgerin zumindest. Was du dir uffbläst, sagt Großvater, woar dein zweeter Mann nich oochn wendscher Kito?

I kill you! sagt die *Amerikanische* wütend. Sie will nicht zu Großtante Maika. Maika ist eine Hexe. Mit Hexen will die *Amerikanische* nichts zu tun haben. Sie ist aufgeklärt: Hexen vollbringen ihre Wunder außerhalb der gottgewollten Welt-Ordnung, und die *Amerikanische* hält es mit Gott, der bei seinen Wundern den Instanzenweg einhält und sich mit dem Pastor abstimmt. Ich bin gläubig! sagt die *Amerikanische* bei jeder Gelegenheit. Sie befragt den Dorfpastor nach dem Grund ihrer Lähme. Der Dorfpastor sagt: Gott wird etwas damit meinen, liebe Frau. Horchen Sie hoch zu ihm. Die *Amerikanische* horcht hoch. Keine Nachricht von dort.

Die *Amerikanische* will zu uns nach Bossdom auf Besuch kommen. Zuerst ist es nur so ein Gesage, aber aus Sagereien und Wünschen entstehen langsam Tatsachen und Dinge. Jedes Mal, wenn der Vater die *Amerikanische* auf seiner *Viktoria* besuchen fährt, beschwört sie ihn, er soll sie uns besuchen lassen, und sie bohrt ihren Willen in den Vater und macht Geneigtheit in dem lebendig. Dieses Bohren heißt bei uns *pieren*, und es floß, glaube ich, aus dem Hamburgischen in unseren Familiensprachschatz ein. Wer viel piert, wird *Pierdeibel* genannt. Die *Amerikanische* bepiert mit ihrem Reisewunsch auch Tante Magy, und die bepiert meinen Onkel Ernst.

An einem Herbstsonntag spannen der Vater und Onkel Ernst ihre Pferde zusammen in Zetschens Kutsche. Onkel Ernst hat einen strammen Fuchswallach mit einer breiten Blesse, und wir sind bei unserm dritten Pferd, einer ausgedienten Fohlenstute mit einem Senkrücken. Der Gutsbesitzer von zwei Dörfer weiter hat sie an uns abgetan.

Zetschens Kutsche hat Dorfstellmacher Schestawitscha gemacht. Schestawitscha befaßt sich sonst nur mit Ackerwagen, über die Konstruktion der Kutsche mußte er lange nachdenken, deshalb wurde sie so hoch, und Schestawitscha mußte sie mit einer Treppe und einem Geländer ausstatten; sie gleicht einem kleinen Aussichtsturm, der durch Felder und Wälder gefahren wird.

Auf diese Kutsche wird die *Amerikanische* in ihrem Korbstuhl mit vielen bunten Kissen aus Wollresten hinaufgehoben. Tante Magy, die, wie wir, zur Begleitmannschaft gehört, will der *Amerikanischen* ein schwarzes Wollkopftuch gegen den Fahrtwind umbinden, doch die *Amerikanische* wird böse und stampft mit dem Stock. Wenn sie schon etwas gegen den Wind braucht, dann soll Tante Magy ihr den alten Hamburger Hut aus der Truhe holen, sie, die so weit in der Welt rumkam, wird nicht mit einem schwarzen Kopftuch einherfahren. Sie ist keine wendische Hanka.

Auf dem Kutschbock sitzt rechts Onkel Ernst, der Kutscher, und der Vater sitzt links von ihm. Der Fuchs vom Onkel ist sattelig eingespannt, und unsere Stute geht zur Hand. Auf einer der Seitenbänke neben dem Korbstuhl der *Amerikanischen* sitzt Tante Magy. Es ist alles, wie es sein muß, und Onkel Ernst knallt auch mit der Peitsche, wie es sich gehört, wenn man mit einer Kutsche und zwei Pferden unterwegs ist.

Für die *Amerikanische* ist es eine Jammerfahrt, und sie macht den drei anderen Insassen Vorwürfe, weil sie so schön gesund sind und nicht ermessen können, wie sehr der Eigensinn und die Härte der Feldsteine in den Wagengeleisen durch die Räderfelgen über die Achsen und schließlich durch die Korbstuhlbeine bis zur *Amerikanischen* hindringen. Jeder Stein im Wagengeleis setzt sich in der *Amerikanischen* in einen Vorschrei, dann in einen Ereignisschrei und schließlich in einen leichteren Nachschrei um.

Onkel Ernst stößt den Vater an. Die kann sich was hoaben, sagt er. (So sagt man, wenn bei uns jemand wehleidig tut.) Was soll der Vater drauf antworten? Er ist der leibliche Sohn der *Amerikanischen*, Onkel Ernst ist nur ihr Schwiegersohn, ist ihr leiblich entfernter und dadurch mit schmalerem Mitleid ausgestattet. Trotzdem versucht Onkel Ernst den Steinen auszuweichen, aber das ist in unserer Steinheide so unmöglich, als wollte man eine Treppe hinaufsteigen, ohne auf deren Stufen zu treten.

Wir wern die Alte umsetzen, mit dem Gesichte nach hinten, sagt Onkel Ernst, denn sieht se nich jeden Steen schont vorher und bebrällt am bloß zweemal.

Sie setzen die *Amerikanische* um, und nun sitzt sie mit dem Rücken zur Fahrtrichtung, und so fahren sie durchs Nachbardorf, wo die Dorfstraße Stein bei Stein ist und nur von Pfützenlöchern unterbrochen wird. Die Vatermutter läßt einen Schrei nach dem anderen aus sich heraus. Wenn man die Schreie auf ein Notenblatt zeichnen würde, bräuchte man nicht einen Taktstrich.

Nehmt Eich bissel zusamm! weist Onkel Ernst die *Amerikanische* zurecht, was solln die Leite denken?

Eich, eich! ahmt die *Amerikanische* den Onkel nach. Was soll das Eich! Ich bin keene Wendsche. Der Onkel soll sie entweder duzen oder siezen, und weshalb sollen die Leute nicht erfahren, wie sehr sie leidet? Diese Knochenkrankheit, von der niemand sagen kann, wie sie heißt und von wannen sie kommt, hebt die *Amerikanische* schließlich aus der Menge heraus, aus der Menge der gewöhnlichen Kranken.

Zweimal befiehlt die Vatermutter unterwegs zu halten. Die Männer müssen sie mit ihrem Korbstuhl vom Wagen heben und ins Gebüsch schleppen, dann müssen sie von dannen gehen und harren, bis sie auf hamburgisch ruft: Hol über!

Das dritte Haltmachen geht von der Hutnadel der Großmutter aus. Diese Hutnadel, sie weiß im allzu schütteren Haar nicht recht, was anfangen, und sie drückt sich gelangweilt in die Kopfhaut der Großmutter. Der Hut muß herunter! Tante Magy soll der *Amerikanischen* nun doch das schwarze Kopftuch umbinden, aber sie darf es ihr nicht sorbisch unterm Kinn knoten, sondern an der Seite überm Ohr, sie will spanisch aussehen, die *Amerikanische.*

Mit der Vatermutter fällt uns ein Mensch ins Haus, von dem wir nicht wissen, ob sein Wesen nach Pfeffer, Salz oder Zucker schmeckt, aber die Tage, die hinter Lehmanns Scheune aufgehen und hinter der Windmühle der Sastupeits untergehen, und von denen wir uns einbilden, daß sie, aneinandergereiht, die Zeit bilden, weisen uns, was für ein Wesen da zu uns kam: Die *Amerikanische* hat die Welt gesehen, hat den Atlantischen Ozean achtmal durchfurcht, ist Stürmen und Seeschlangen entgangen, wurde mit Negern und Indianern fertig und sitzt nun bei uns am Ende des Wohnzimmers bei offener Tür, damit sie beim Stricken, Häkeln oder Reden durch die Küche bis in die alte Backstube sehen und alles bewalten kann.

Der Vater hat beim Skatabend seine kleinen Spielsiege mit zuviel Bier befeiert, und es ist hoher Morgen, und er liegt noch im Bett, und er will nicht raus. Die *Amerikanische* sitzt auf ihrem Korbstuhlthron, ihre langen Stricknadeln, mit denen sie das Rückenteil einer Jacke anfertigt, klippern und klappern, und sie ruft zum Vater hinüber: *Henry, go on!*

Der Vater wälzt sich herum und kehrt ihr den Rücken zu.

Master must first out of bed in the morning, sagt die *Amerikanische* etwas lauter.

Mein Vater schnalzt und brummt etwas, was wir nicht verstehen, aber wir haben auch nicht verstanden, was unsere Großmutter gesagt hat. Es hieße, der Herr muß vorauf! erklärt sie uns, und es wäre ein Leitsatz der Amerikaner, mit dem sie vorwärts kämen und Geld machten.

Ich mische mich mundweise (warum immer nur naseweise?) ein: Der Herr muß vorauf, ist eine Geschichte aus unserem Schul-Lesebuch!

Shut your face! sagt die *Amerikanische.* Ich weiß, daß es eine Zurechtweisung ist, und daß ich den Mund halten soll. Diese Zurechtweisung hockt schon in unserem Familiensprachschatz, und bei meinem Onkel Ernst heißt sie: *Schätsche fätsch!*

Ich *schatte* also mein *face*, und mein Vater ist froh, daß Ruhe zum Schlafen wird.

Niemand im Dorf zeigte bisher das Bedürfnis, sich die Nasenlöcher mit grünem Tabakstaub vollzustopfen, aber meine Mutter befragt die Biertrinker im Laden. Karle Nakonz und Wilmko Krautzig sind bereit, es zu probieren, und die Mutter bestellt zwölf Päckchen Schnupftabak, und wieder hat sie Glück: Auch die Glasmacher- und Glasschleifer-Lehrlinge, die bei der Arbeit in Anwesenheit ihrer Meister nicht rauchen dürfen, stellen ihre Nasen auf den Verzehr von Tabak ein, auch einige Glasmachermeister mit tabakfressenden Nasen, süddeutsche Einwanderer kaufen Mutters Schnupftabak. Und da den Bergleuten vom Arzt immer wieder gesagt wird, sie mögen ihre mit Kohlenstaub versetzten Lungen nicht noch mit Tabakrauch belästigen, folgen einige dem Beispiel von Karle Nakonz und transportieren die Portion Nikotin, die sie nötig zu haben glauben, über die Nasenschleimhäute in ihr Blut.

Meine Mutter drängt die Schnallschlipse aus Bossdom und führt die sogenannten Selbstbinder ein. Die Selbstbinder aber binden sich leider doch nicht von selber. Den Bergleuten machts Mühe, mit ihren steifen Fingern aus den Seidenstreifen Schlipse herzustellen, andererseits aber ist ihnen von der Zeit und der Mode auferlegt, bei Vereinsfesten feingemacht vor der Bossdomer Weltöffentlichkeit zu erscheinen. Wieder greift meine Mutter helfend ein: Es sind Gebilde aus Zelluloid in den Handel gekommen, die aussehen wie weiße Libellen ohne Kopf. Auf diesen Zelluloid-Libellen kann man fern von Hals und Spiegel in voller Ruhe seine Sonntagskrawatte zurechtbinden, um sie nachher unter den

Umlegekragen des Sonntagshemdes zu schieben. Die weißen Zelluloid-Libellen sind eine Lebenserleichterung wie die Zähne von Nagorkas Ottchen, die er fern vom Munde mit Salz und Wasser reinigen kann.

Ein Fehlgeschäft werden die Pfennigzigaretten, die Mutter einkauft. Sie waren den jungen Gutsarbeitern zugedacht, aber die nennen diese Zigaretten Wald- und Wiesen-Nudeln, und sie lassen sich lieber *Knaster*, billigen Rippentabak, aus der Stadt mitbringen, den sie pfeifengerecht zuschneiden.

Mutters Pfennigzigaretten hüten den Laden, aber meinem sorbischen Großvater will nicht in den Kopf, daß etwas ungenutzt liegenbleiben und verkommen soll. Zigaretten sind sonst für ihn *Sargnägel*, doch jetzt macht er sich dran, die Wald- und Wiesenröllchen zu verbrauchen. Er steckt sie unter seinem silbergrauen Schnurrbart weit in den Mund und speichelt sie ein, und die Zigaretten färben sich braun. Onkel Phile schlägt sich heimlich auf die Schenkel, kichert, keckert und flüstert uns zu: Der roocht nich bloß, der frißt ooch gleich!

Die *Amerikanische* nimmt den Fehlgriff mit den Pfennigzigaretten zum Anlaß, ihre Schwiegertochter leise und von hinten her zu tadeln. Sie erzählt uns Kindern, sie hätte einst einen strebsamen Mann gekannt, aber der hätte eine Frau gehabt, die stets zuviel für die Wirtschaft eingekauft hätte, und das *Überdraufsche* wäre dann verkommen. Kurzum, die Frau hätte das schwer verdiente Geld ihres Mannes mit beiden Händen hinausgeschmissen. Eine von den moralisierenden Geschichten also, wie sie in den Schullesebüchern aller Zeiten stehen bis an der Welt Ende. Und wenn mit dem strebsamen Mann mein Vater gemeint war, so traf die Geschichte nicht, und wenn mit der Frau, die das Geld mit beiden Händen hinauswirft, meine Mutter gemeint war, so traf auch das nicht.

Wir erzählen die Geschichte unserer Mutter, und das sollen wir wohl auch. Meine Mutter wird blaß, aber sie weint nicht, und sie fällt nicht um, sie sagt nur: Das ist mir nicht gesungen geworden! Aber zur Großmutter sagt sie nichts hinüber, nein, sie läßt den Tadel der *Amerikanischen* in sich hineinfallen und läßt ihn sich verkapseln.

Wir Kinder fühlen, daß die *Amerikanische* kein Recht hat, hinterhältig zu tadeln.

Unsere Mutter verwaltet nicht nur den Laden, sie näht auch die Anzüge für uns Jungen, die Kleider für meine Schwester und für Hanka, benäht auch meine Anderthalbmeter-Großmutter. Die Mutter erträgt nicht, daß die Anziehsachen der Familie anderswo angefertigt oder im Geschäft gekauft werden, und all das Genähe, Gefummel und Gerüsch stellt sie abends nach Ladenschluß her. Dabei gibt es keinen geregelten Ladenschluß; Kunden, die bei Tage vergaßen einzukaufen, kommen durch die Haustür, und wenns um die einundzwanzigste Stunde ist, und meine Mutter schickt keinen Kunden unbedient weg.

Und erst ganz spät in der Nacht kommt die Mutter, wie ihr wißt, dazu, ihre Seele, den unersättlichen blauen Vogel, zu füttern. Andere Leute haben einen Gott, aber meine Mutter geht nicht in die Kirche, und ich höre sie nie beten oder Choräle singen. Gott kommt bei ihr nur in Redensarten vor: Gottchen nee, nu ist die Schmiedowa besoffen in Teich gefallen!

Ich weiß nicht, ob ich mir später eine Seele anschaffen werde oder einen Gott. Gott ist nicht so unersättlich wie eine Seele. Die Anderthalbmeter-Großmutter versorgt ihn, wie sie gerade so Lust und Zeit hat. Dann setzt sie sich abends hin, läßt die große Brille auf der kleinen Nase reiten, sieht ins Gesangbuch, singt zuerst sorbische und geht dann auf deutsche Kirchenlieder über, damit wir Kinder mitsingen helfen können: *Tochter Zion freie dir* . . . Der Lichtschein in der Petroleumlampe fällt auf die runden Brillengläser und wirft *Spiegelkätzchen* in Großmutters Augenhöhlen. Vielleicht sitzt der liebe Gott, den Großmutter kreischend anruft, in diesen *Spiegelkätzchen*.

Großvater arbeitet mit Gott und Teufel, mit Hü und Hott als Gespann zusammen. Er geht nicht in die Kirche. Was der Paster mir soagt, weeß ich alleene, sagt er. Großvater verkehrt direkt mit seinem Gott. Wenn er Hafer ausgesät hat, sagt er zu ihm: So, nu kannste druff regnen lassen! Und er guckt den Himmel ab, ob schon Wolken zu sehen sind.

Wenn der liebe Gott nicht tut, was Großvater will, übergeht er ihn und sagt: Der Deibel soll das Wetter holen! Oder er sagt: Der Deibel soll dir in den Schlunk scheußen! wenn er auf einen Menschen trifft, der geldgieriger ist als er selber. Gleichdrauf sagt er zu demselben Menschen: Paß man uff, der liebe Gott wird dir schon die Beene weghauen!

Gott und Teufel sind bei Großvater von derselben Firma, und sie arbeiten eng zusammen, sind austauschbar, sind Wolken und Wind, Sonne und Hitze, Regen und Schnee, Feuchte und Dürre. Die Nacht hat mir wieder son Deibelchen ins Ohr gepißt, sagt er, wenn er morgens merkt, daß sein Gehör nicht richtig funktioniert.

Der Vater hat keinen Gott, und wenn er eine Seele hat, dann nur eine kleine, die leicht satt zu kriegen ist.

Der Gott der *Amerikanischen* ist Maurermeister. Er erbaut. Sie bekommt wöchentlich Besuch vom Dorfpfarrer und beklagt sich bei dem: Immer muß sie im Korbstuhl oder im Bett hocken, und sie möchte gern umherlaufen und ihre Neugier befriedigen. Immer und immer im Korbstuhl, Herr Pastor, *so sitting in the chair,* das würde auch Ihnen nicht zusagen, Herr Pastor!

Der Herr prüft Sie, tröstet der Pastor und zieht ein Sonntagsblättchen aus der Tasche.

Die *Amerikanische* liest, was ihr der Herr über seine Druckerei in Berlin mitteilen läßt, und sie fühlt sich danach erbaut, und sie sagt, auch wir sollen das Sonntagsblättchen lesen und uns erbauen. Wir sind wohlerzogen, wir danken, aber wir lassen die Blättchen, wenns angeht, liegen. Der liebe Gott der *Amerikanischen*, der Erbauer, ist mit dem Gott von Lehrer Rumposch verwandt, er will uns belehren.

Meine Mutter hat in Grodk eine neue Schulmädchenfrisur entdeckt, und sie läßt sich von ihren Kumpankas zeigen, wie man sie anfertigt, damit sie auch meine Schwester damit ausstatten kann. Man teilt das Mädchenhaar rings um den Kopf in fünfzehn bis zwanzig Abteilungen, flicht aus jeder Abteilung ein Zöpfchen und vereinigt die Zöpfchen zu einem Kranz. Der Kranz kommt fünf Zentimeter über den kleinen Mädchen-Ohren zu liegen und wird so geflochten, daß sein Anfang und sein Ende nicht zu erkennen sind. Eine kunstvolle Frisur! Meine ausgezeichnete Mutter entwickelt sogleich die ihr eigene Akkuratesse bei der Anfertigung, und schon nach wenigen Tagen stellt sie fest, daß die Frauen, von denen sie die Frisur übernahm, sie viel zu *ungefällig* und zu stramm anfertigten; das Haar muß locker und duftig bleiben, die Püffchen müssen wie Locken aussehen!

Meine Schwester, die jetzt auch in die Schule geht, kann sich die kunstvolle Frisur nicht selber beibringen. Sie steht steif in der Nähe des Küchenschrankes, und ihr Haarvorrat ist in kleine Bündel aufgeteilt. Sie kann noch nicht lesen, aber sie muß schon Kirchen-Lieder-Texte lernen. Die Mutter übt sie beim Haarflechten mit ihr ein. Das Kirchengesangbuch liegt auf dem ausgezogenen Küchenschrankbrett, und meine Mutter schaut bald auf den Kopf meiner Schwester, bald ins Gesangbuch. Meine Schwester hat das Liedlernen schon satt: *Jesus, meine Zuversicht,* schluchzt sie, und *Mein Heiland ist am Leben.*

Mein Heiland ist im Leben, verbessert die Mutter.

Warum? fragt die Schwester und schnieft.

Die Ladenglocke läutet, die Mutter geht einen Kunden bedienen, meine Schwester bückt sich nach der Katze Thusnelda, und die Haarabteilungen auf ihrem Kopf verrutschen, sie fallen durcheinander.

Meine Mutter kommt zurück und schimpft mit der Schwester über die verlorene Arbeitsmühe. Die Schwester fängt von neuem an zu schluchzen und aufzusagen: *Lässet auch ein Haupt sein Glied, / welches etwas nach sich zieht . . .*

Welches *es nicht* nach sich zieht, verbessert die Mutter und klopft verzweifelt auf die herausgezogene Küchenschrankplatte, und ihr Ehering klirrt. Nochmal! befiehlt sie. *Welches es nicht nach sich zieht!* Ob die Mutter selber den Satz versteht?

Es ist der Gott von Lehrer Rumposch, für den die Kinder

testamentare Texte und verschnörkelte Kirchenlieder lernen müssen.

Ein Glück, daß die Schwester mit einem heiteren Wesen gesegnet ist und wieder lächelt, als ihr Haarkranz fertig ist, und daß sie auf den Kindergott hinhört, von dem der Dichter sagt, daß er alle Sterne am Himmel gezählet habe, und daß er auch die Schwester kennt und liebt, ob sie will oder nicht.

Mir ist, als hätt jeder Mensch seinen eigenen Gott. Für mich ist er jedenfalls ein größerer Junge, der im Schneidersitz auf einer weißen Wolke hockt und ein grünes Spitzhütchen trägt wie Kollowas Ewald. Ich habe um diese Zeit eigensinnige Vorstellungen von Dingen, die ich noch nicht gesehen habe. Eine Ratte stelle ich mir vor wie eine große auseinandergesprungene Wand-Uhr-Feder, die umherrattelt, und als ich die erste Ratte sehe, bin ich enttäuscht, weil sie nichts weiter ist als eine große Maus.

Meine Mutter hat keinen Gott, aber sie weiß, wie er aussieht: Er ist ein uralter Mann mit langem weißen Bart, der alles weiß und alles kann.

Alte Männer mit langen weißen Bärten gibt es mehr als einen. Es sind Bettelmänner, und als wir noch in Grauschteen an der Straße nach Schlesien wohnten, erschienen sie an der Kottentür und baten um Essen oder einen Zehrpfennig. Und so ein Bettelmann wie Gott kann wirklich alles, alles? frage ich die Mutter.

Wieso Bettelmann?

Bald darauf kommt ein ausgemergelter Wanderzirkus nach Grauschteen. Ein alter Mann mit einem Vollbart schleicht über ein gespanntes Seil dahin. Das ist also der liebe Gott, und gewiß kommt er zur Not auch ohne Draht aus und kann frei in der Luft umhergehen, der Alleskönner.

Ein bärtiger Alter, der auf Luft laufen kann, um möglichst rasch überall sein zu können, ein Alter, der, wenn er Hunger hat, betteln geht, das wird mein Gott nach jenem mit dem grünen Hütchen.

Der Raum zwischen dem Gesäß der *Amerikanischen* und den vielen Kissen, in denen sie sitzt wie eine träge Fliege im

Rosen-Innern, ist für uns Kinder voller Geheimnisse. Großmutter kann ächzend nach hinten greifen und kann zum Beispiel einen Ring erscheinen lassen, und das ist ihr Trauring, der ihr nicht mehr paßt. Der Ring ist dick und golden, und es ist der Name unseres Großvaters Josef hineingraviert. Die *Amerikanische* zeigt uns den Ring, um uns vorzuweisen, daß sie einmal rank und schlank war.

An anderen Tagen kann die Vatermutter aus dem geheimnisvollen Kissendunkel hinter ihrem Gesäß ein Beutelchen ziehen, dem sie gekrümmtes Frauenhaar entnimmt, und mit diesem Haar beweist sie uns, daß sie einst so lockig war, wie es Tante Magy unter ihrem Kopftuch ist, das sie tragen muß, weil sie eine Bäuerin geworden ist.

Vor allem bringt die *Amerikanische* uns *bit by bit* bei, daß sie reich ist: Sie belohnt uns mit einem Groschen, wenn wir ihr Wollknäuel, das immer und immer wieder aus ihrem Schoß flüchtet, zehnmal aufheben. Das Lohngeld zieht sie aus einem Lederbeutel mit einem Schnappschloß, den sie ebenfalls ständig mit siebenunddreißig Grad bebrütet.

Es ist uns Kindern untersagt, die Vatermutter, wenn sie es hören kann, *die Amerikanische* zu nennen. Auch die Großeltern und Onkel Phile nennen die Vatermutter, wenn die es hören kann, nicht gerade *die Amerikanische.* Von unserer ausgezeichneten Mutter wird uns anempfohlen, die Anderthalbmeter-Großmutter *die kleine Mutter* und die *Amerikanische die große Mutter* zu nennen. Wie die Staatspolitiker führen wir Familienpolitiker eine Sprachregelung ein, und wie die Staatspolitiker, so meinen auch wir Familienpolitiker, daß der einmal zuträglich und einmal abträglich Benannte vom Spiel vor und hinter den Kulissen nichts weiß.

Das Allerhöchste, was das Kissennest der *Amerikanischen* hergibt, ist das Sparkassenbuch. Sie läßt uns nicht hineinsehen, doch sie blättert vor unseren Augen in ihm und sagt: Hier steht eine Zahl und drei Nullen dahinter.

Tausend, sagen wir, und die *Amerikanische* beugt sich zu uns herunter und flüstert: Es kommt immer noch drauf an, welche Zahl vor den Nullen steht, und sie steckt das Sparkassenbuch wieder weg, und sie fragt uns: *What ar you thinking now?* Was denkt ihr, bin ich reich oder nicht? Wir bestätigen der *Amerikanischen*, daß sie reich ist, und sie ist stolz, daß wir sie für reich halten, und manchmal, wenn Besuch da ist, fragt sie uns plötzlich: Wer ist reich, liebe Kinder?

Die große Mutter ist reich, sagen wir und tun unsere Pflicht.

Für meine Großeltern hat die *Amerikanische* noch einen dritten Namen: *Die alte Jurschen*; denn Stiefgroßvater Gottfried hieß, wie wir wissen, Jurischka. Jurischka ist ein Name, der beim Aussprechen viel Arbeit macht. In unserer halbsorbischen Gegend ists nicht üblich, Arbeit aufs Sprechen zu verwenden. Keene Zeit, keene Zeit! Aus dem alten Jurischka wird der alte Jursch und seine Frau wird zur alten Jurschen. Die alte Jurschen hats mächtig mitm Gelde, sagt der Muttervater, obwohls auch er mächtig mit dem Gelde hat. Er möchte gern wissen, wie reich die alte Jurschen ist. Wenn bloß moal eener kinnde hinter ihren Ursch ins Spoarkassenbuch sehn, sagt er. Aber die *Amerikanische* sitzt in ihrem Sesselthron, bis sie zu Bett geht, und wenn sie im Bett liegt, läßt sie sich den Korbstuhl von meiner Mutter am Kopfende ihres Bettes aufstellen, und sie hält den Korbstuhl bei der Lehne gepackt, bis sie einschläft, und sie hält den Stuhl gepackt.

Seit sie da ist, zählt die *Amerikanische* allabendlich die im Laden erzielten Einnahmen. Sie will sich nützlich machen, sagt sie, und sie sortiert die Geldscheine, und sie rollt je zehn Groschen in Papier und macht Markstangen draus, und sie hält die Geldzählerei für die wichtigste Arbeit, die tagsüber im Hause getan wird, und am Abendbrottisch verkündet sie die Summe der Tageseinnahme und tut, als gäbe sie sie von ihrem Sparkassenkonto, damit der Laden und die Familie weiter existieren können.

Die *Amerikanische* hält Gericht über alle Familienmitglieder, betadelt das Fluchen meiner sorbischen Großeltern, rügt die Morgenträgheit meines Vaters, den geschäftlichen Leichtsinn meiner Mutter und die mangelnde Gottesfurcht ihrer Enkel. Ihre Enkel, über die sie Gericht hält, sind vorerst meine Schwester und ich; die kleinen Brüder Heinjak und Tinko brauchen Gott nicht zu fürchten, sie sind noch in seiner Hand.

Wann bin ich aus Gottes Hand herausgeschlüpft?

Und wer rügt die *Amerikanische* für ihre Versessenheit aufs Kartenspiel? Meine Mutter versucht es vorsichtig, aber die *Amerikanische* weiß sich herauszureden: Der Stiefgroßvater Jurischka hätte sie in diese Leidenschaft hineingestürzt. Er hätte auf den Feldern gearbeitet, und sie hätte hinter dem Tresen stehen müssen und wäre den Zudringlichkeiten der Pferde- und Fettvieh-Händler, der reisenden Kaufleute und Abenteurer, der Zigeuner und Immersäufer ausgesetzt gewesen; sie wäre gezwungen gewesen, die Gelüste der Männer zu neutralisieren. Das Kartenspiel wäre eine Berufskrankheit, die ihr zurückgeblieben wäre, ihre Stein-Staub-Lunge sozusagen.

Berufskrankheit hin, Berufskrankheit her, die *Amerikanische* ist eine bebende Spielerin, und auch der Packen Spielkarten steckt im Kissendepot hinter ihrem Gesäß. Es sind die alten speckig-blanken Karten aus ihrer Gastwirtinnenzeit; mehr als tausend Menschendaumen sind über die Blätter, über die Schellen-Dame und den Eichel-Ober hingestrichen und haben sie nach und nach mit Menschentalg lasiert. Und wirklich, wirklich, außer meiner Mutter hat niemand im Hause das Recht, die Spielsucht der *Amerikanischen* zu tadeln, denn auch meine sorbischen Großeltern, Onkel Phile und der Vater sind ihr verfallen. Eine Leidenschaft unter Leidenschaften wird zum Normalfall, und meine Mutter, die es für normal hält, Spielkarten zu meiden, wird in dieser Hinsicht für die übrigen Familienmitglieder zur unnormalen Person. Etwas muß der Mensch vom Leben doch hoaben! behaupten die Spieler.

Mein Großvater fing in seiner Bierkutscherzeit an, Karten zu spielen, und da er jeden seiner Berufe gründlich ausübte, nahm er sich vor, ein Immergewinner zu werden, und zog dabei meine Anderthalbmeter-Großmutter in die Spielleidenschaft hinein. Er übte mit ihr Offiziersskat und Sechsundsechzig mit Abheben, und er kräftigte sich durch diese Übungsspiele, und er ward unüberwindlich.

Da man beim Kartenspielen beide Hände benötigt, kaufte sich Großvater auf einer Nachlaßauktion eine Zigarrenspitze. Mit ihrer Hilfe konnte er die Zigarre beim Spielen im Munde behalten, und sie erlaubte ihm, ein wenig vom selbsthergestellten Zigarrenrauch abzurücken. Großvaters Zigarrenspitze hatte Seltenheitswert; in ihrer Mitte gabs ein Fensterchen von Stecknadelkopf-Größe, in das man hineinsehen und einen Turm aus eisernem Gestänge erblicken konnte, den Eiffelturm zu Paris nämlich. Für Großvater war das der Turm zu Babel, und es war auch für mich der Turm zu Babel; Großvaters Wort war für mich Gottes Wort. Und als ich im Jahre neunzehnhundertvierundfünfzig mit einem Manne namens Brecht unterm Eiffelturm in Paris stand und hinauf zur Turmspitze schielte, murmelte ich: Der Turm zu Babel also! Brecht, der nicht wissen konnte, daß ich mich an Großvaters Zigarrenspitze erinnerte, lachte keckernd, und ich erzählte ihm, wie mein Großvater vergeblich versuchte, ein deutscher Kleinbürger zu werden. Er hörte aufmerksam zu und sagte: An Notat, mach dirrr soforrrt an Notat!

Hier, das wars nun, das Notat!

Der Vater verfiel dem Kartenspiel bei den Soldaten, in seiner *aktiven Dienstzeit*, wie er den Militärdienst nannte, den er vor dem Kriege ableistete. Wenn der Vater hinter der dritten Flasche Bier ist, fängt er an, Geschichten aus seiner *aktiven Dienstzeit* und Geschichten aus dem *Schlamassel* zu erzählen. Mit Schlamassel ist der Krieg gemeint. Vater erzählt die Geschichten nicht uns Kindern, wir sind noch nicht kriegsverwendungsfähig, er erzählt sie Besuchern und Gästen, und wir sind akustische Nutznießer. Wir fangen mit unseren Ohrlöffeln Wellen ein, die nicht für uns bestimmt sind, aber gesprochene Worte haben nun mal die Eigenschaft, sich über die ganze Welt auszubreiten, ob wir sie hören oder nicht, und sie breiten sich aus.

Vater trinkt oft Bier, und wir hören seine Geschichten demzufolge oft, hören sie im Ofenwinkel und finden, daß sie ihre Wortfolge einhalten, und wir kennen schließlich ein jedes ihrer Worte, bevor es noch ausgesprochen ist. Ich weiß bis heute nicht, ob eine solche Erzähltreue eine Begabung für den Realismus darstellt oder einen Mangel an Phantasie kundtut.

Durch Vaters Geschichten aus der *aktiven Dienstzeit* geht ein Mann in unsere Familie ein, ein Soldatenfreund des Vaters, den wir nie gesehen haben, auch später nicht. Er heißt Müllers Polde. Es gibt allerdings ein Foto von diesem Polde, der wahrscheinlich Leopold hieß, und auf diesem Foto stehen der Vater und Polde in weißen Drillichanzügen nebeneinander, jeder einen Arm um die Schulter des andern gelegt, und diese Art der Umarmung mauserte sich für uns Kinder zu einer Geste tiefster Freundschaft heraus.

Sowohl der Vater als auch Polde haben auf diesem Foto eine halblange bayrische Pfeife im Mund, eine Jägerpfeife mit einem bemalten Porzellankopf, und gegen die Knie der beiden ist ein Plakat gelehnt, auf dem zu lesen ist: *Wer fern vom lieben Heimatland / zu Lötzen an der Grenze stand, / wer Deutschlands Grenze hat bewacht, / hat als Soldat was mitgemacht.*

Die beiden mit ihren Baumelpfeifen sehen nicht aus, als hätten sie besonders viel mitgemacht. Das Plakat gehörte zu den Utensilien des Fotografen in Lötzen, und es wurde allen *Aktiven* gegen die Knie gestellt, die sich dort *abnehmen* ließen. Ich verdächtige, sogar die Baumelpfeifen wurden geliefert, denn ich sah meinen Vater nie im Leben mit einer solchen Pfeife umhergehen. Und was der Vater als Soldat in Lötzen mitgemacht hatte, war, daß er Bursche bei einem General war, und es war ihm vergönnt, diesen General nackt in der Badewanne liegen zu sehen, und er war ausersehen, diesem General die Schnurrbartbinde umzutun, und er wurde privilegiert, den General nur einmal am Tage, und zwar am Morgen, zu grüßen, und es wurde ihm erlaubt, vor der Generalin nicht strammstehen zu müssen.

Auf dem ererbten Schreibsekretär in Bossdom steht die große Petroleumlampe, die Hauptlampe des Hauses, die mit dem goldenen Fuß und dem weißen Schirm. Ihr sanftes, manchmal goldgelbes, manchmal goldrotes Licht fließt in die

Geschichten ein, die uns Großvater, die *Amerikanische*, die Mutter, Hanka oder der Vater erzählen, und es ist noch jetzt in jenen Geschichten, wenn ich sie mir in der Dämmerung in meiner Arbeitsstube rekapituliere. Wenn ich sitze und zuschaue, wie sich der Tag mehr und mehr aus dem Geäst der Apfelbäume und Erlen hinter dem Bach herauszieht, taucht plötzlich Müllers Polde mit der flachen Rekrutenmütze vor mir auf; Müllers Polde, der als Begleiter des Vaters durch die Geschichten aus der *aktiven Dienstzeit* ging, ein Mann, von dem ich nicht weiß, ob er Mecklenburger, Hamburger oder Rheinländer war, ein Mann, der für mich ohne deutsche Kleinnationalität blieb, ein Mann, den ich nie sah, eine literarische Figur also, die so lange leben wird, wie ich lebe, und jetzt, da ich hier von ihr berichte, vielleicht noch ein bißchen länger.

Aber wo bin ich hingeraten mit meiner Erzählung? Ich war dabei, die Mannschaft unserer Familien-Skat-Runde in Bossdom zusammenzustellen, und es steht noch aus, daß ich Onkel Phile als Mitglied dieser Mannschaft benime und verlautbare: er hat das Skatspiel, vor allem das Betrügen dabei, schon als Glasschleiferlehrling erlernt. Onkel Phile, der ein ewiges Kind blieb und trotzdem Kinder zeugte, wurde von niemand, selbst von der Mutter nicht, außerordentlich ernst genommen, doch sobald ein Kartenspiel in Aussicht stand, reifte er zum Manne heran, jedenfalls fungierte er als vierter Mann beim Skat.

Es hängt ein Draht von der Stubendecke herab, und an ihm hängt eine Karbidlampe, eine ganz gewöhnliche Bergarbeiterlampe aus dem Schacht, denn das Licht für die Kartenspieler muß von oben kommen, es muß in die Kartensträuße hineinfallen, damit die Werte der Karten nicht verschwimmen. Am großen Schneidertisch, dem Erbstück von Großvater Jurischka, sitzen der Muttervater, die *Amerikanische*, die Anderthalbmeter-Großmutter und Onkel Phile, und das ist besonders an Sonnabenden so, wenn mein Vater seinen Skat in der Schenke spielt. Die Skater sind vom Spiel-Eifer durchglüht und hauen auf die Tischplatte, und der *Amerikanischen* tut kein Strumpf und keine Strickjacke weh. Meine Schwester ist die Kassenverwalterin der *Amerikanischen*; ich bin der Kassenverwalter des Muttervaters, die anderen Spieler regeln ihre Geschäfte eigenhändig.

Wenn die *Amerikanische* verloren hat, befiehlt sie meiner Schwester, wieviel Pfennige sie dem Gewinner über den Tisch zuzuschieben hat. Je länger sie spielt, desto blauroter wird sie im Gesicht, und sie verlangt, meine Mutter möge ihr einen Grünen (einen Pfefferminzlikör) oder einen Kümmel bringen.

Die Schnapsflaschen stehen in der alten Backstube in einem Schrank, der so groß ist, daß er einer Ziege zum Stall dienen könnte. Meine Mutter, die, wie wir wissen, keine Konzession hat, verkauft zuweilen heimlich Pfefferminz und Kümmel an die Bergarbeiter, wenn die biermüde sind, aber auch Leuten, die nicht biermüde sind, scheint der Kümmel zu schmecken, auch meiner Mutter. Einmal am Tage, in einer stillen Stunde, steigt sie die zwei Stufen zur alten Backstube hinunter, öffnet den Schrank, versteckt sich hinter den Schranktüren und kümmelt sich einen zu einem Käsebrot.

Nun also will die *Amerikanische* einen Kümmel, und die Mutter bringt ihn ihr. Die Mutter ist froh, wenn alle in der Stube am Tisch vom Kartenspiel wie mit einem Strick zusammengebunden dasitzen; die kleinen Brüder sind schon zuvor ins Bett, die Mutter ist allein in der Küche, sie macht sich aus der Vorbereitung des Sonntagsessens eine Abendvorfeier, ihre Hauptfeier hält sie, wie wir wissen, später, aufrecht im Bett sitzend und lesend, ab. Wasse bloß vom Kartenspieln hoaben! sagt die Mutter zu Hanka, und Hanka weiß es nicht.

Ich weiß, was man vom Kartenspiel hat. Wir lernen das Kartenspielen als Kassenverwalter nebenbei, lernen auch das Einmaleins und sind im Herunterrasseln des kleinen Einmaleins, mit dem Lehrer Rumposch uns in der Schule quält, nicht zu schlagen.

Meine Schwester und ich lernen die gängigen Kartenspiele beim Zusehen, ich, der Kassenverwalter des Muttervaters, spiele dessen Spiele wie ein Schatten mit: Das Kartenspiel ist wie eine warme Höhle, in die man sich verkriecht, wenn einen die Arbeit und die bösen Dinge des Lebens bedrängen. Man kriecht in das Spiel hinein und lebt dort zwischen den Däusern, Königen und Untern. Das Kartenspiel ist eine leidlich überschaubare Welt, die man bewältigen kann, wenn mans geschickt anstellt. Wenn ich bis zum Montag alle Strophen von dem langen Kirchenliede lernen soll, das da heißt: *Geh aus mein Herz und suche Freud* . . . verkrieche ich mich lieber ins Kartenspiel. In der Schule nennen wir dieses Lied *Herz mit Beene.* Gedichtet hat es ein gewisser Gerhardts Paule, und der war eine Zeitlang in Lübben Pastor und hat dort gepredigt, was das *Zeig gehalten hat.* Schestawitscha sagt: Er stand näher an unsch dranne wie andere deitsche Austichter. Lübben isch Schpreewald. Gerhardtsch Paule hat unsch gekannt.

Allwie die Deutschen es nicht allzu genau nehmen, wenn sie österreichische Dichter zu ihrem Eigentum erklären, so taten es in diesem Falle die Sorben. Aber bei Dichtern nimmt man es eben nicht so genau. Ob Chamisso oder sonstwer – wichtig ist, an welchem Ort ein Dichter wohnte. Dort wird er nach seinem Tode zu so etwas wie einer Ortswährung, und selbst, wenn er arm und nichtshabend starb, bekommt er sein Museum, in dem Sachen stehen, die er zu Lebzeiten nicht hatte.

Aber was zuviel ist, ist zuviel, und was zu lang ist, ist zu lang, und das Lied *Geh aus mein Herz und suche Freud* ist zu lang, und um es nicht schon am Sonnabend lernen zu müssen, tauche ich im Kartenspiel unter, und ich spüre die Last nicht mehr, die mir Lehrer Rumposch mit dem Befehl, das Lied zu lernen, auferlegte. Oder anders herum: Wenn mich das, was die Erwachsenen *Pflicht* nennen, am Sonnabend-Abend als Lernenmüssen bedrängt, verkrabbele ich mich im Kartenspiel, wusele zwischen Däusern und Königen umher, rechne Großvaters Gewinst aus und bin glücklich, kleinglücklich, scheinglücklich.

Wenn die *Amerikanische* ein Spiel verliert, behauptet sie, die Karten seien schlecht gemischt gewesen, und sie macht den anderen vor, wie man zu mischen hat. In Grodk hat sich mal ne Alte totgemischt, sagt Onkel Phile.

Die kleine Mutter fürchtet, Onkel Phile könnte die große Mutter mit solchen Redensarten beleidigen: Tuck nich so reden, Phile! sagt sie. Aber die *Amerikanische* sieht durch Onkel Phile hindurch, für sie ist nur das von Phile vorhanden, was von ihm zum Kartenspielen gebraucht wird: die linke Hand, die den Kartenstrauß hält, und die rechte Hand, die ausspielt.

Zuweilen schwebt ein Streit wie geruchloses Gas überm Tisch der Kartenspieler und wartet auf einen Zündfunken. Von ober her, von der grünlich weißen Flamme der Karbidlampe kommt der Zündfunke nicht, er kommt von unten, von den Spielern her. In den Friedensrainer Glashütten und Glasschleifereien tummeln sich Schwärme von Redensarten. Onkel Phile geht durch die Schwärme, und die Redensarten setzen sich auf ihn wie Graufliegen auf unsere Stute Lotte, wenn die durch den Wald geht, und wie Lotte einzelne Graufliegen mit in den Stall schleppt, um sie sich dort abzuschütteln, so schüttelt sich Phile die Redensarten daheim am Kartentisch ab: Wenn der Großvater seine Karten zu langsam in seinen Spielstrauß einsortiert, sagt Phile: Wenns heite nich wird, wirds morgen.

Wenn die *Amerikanische* zu hastig nach den Karten greift, die ihr der Mischer vorlegt, sagt Phile: Her damit, sagte die Magd zum Knecht uffm finsteren Heiboden!

Kartenspieler stecken stets in Erwartung zu gewinnen, und damit sie diese Erwartung nicht so aufbläht, damit ihnen nirgendwo eine Naht platzt, lassen sie Druck in Form von Wörtern ab und das am liebsten beim Ausspielen der Kartenblätter: Die ersten Pflaum sind madig! Grün scheußen die Gänse im Monat Mai! Ich steche, brummte die Biene und beging Selbstmord. Scheußt der Hund ins Feuerzeug, denkt der Bauer, es blitzt!

Ja, ja, wissen wir, sagt der Großvater, wissen wir alles, weil Phile seine aufgeschnappten Redewendungen während des Spieles mehr- bis vielmals wiederholt. Großvater ist gereizt. Er hat zum dritten Mal ein schlechtes Blatt bekommen. Phile schweigt für eine Weile. Das Streitgas über dem Tische entzündet sich noch nicht.

Durch die Wälder, die zwischen Bossdom und Friedensrain liegen, zieht sich die schlesisch-niederlausitzische Sprachgrenze; niemand hat sie je gesehen, niemand hat sie angepackt, aber sie ist da, und man stößt auf sie, sobald man im Walde auf den Friedensrainer Förster trifft, denn dann heißts: Loof mir ock nich durch die Schonung, du!

In Bossdom sagt man: Nimm man, nimm! In Friedensrain sagt man: Nimm ock, nimm! Loof ock, kumm ock, steh ock, geh ock!

Nicht alle Bossdomer, die in den Friedensrainer Glashütten arbeiten, verlieren das *Nur* und das *Man* in den Wäldern und bringen dafür das *Ock* mit, der anfällige Phile freilich sagt zum Großvater: Spiel ock endlich aus! Großvater hält zunächst den Kopf schief wie ein streitlustiger Hofhahn, dann aber fordert Phile Geld von mir, von Großvaters Kassenverwalter: Gib ock Geld, vier Pfennige gib ock!

Der Streitfunke springt auf, das Streitgas explodiert: Ock, ock, ock, äfft der Großvater. Wir sind hier keene Ocksen. Er springt auf und geht davon, er hat vier Spiele hintereinander verloren und hat einen Grund gefunden, den Kartentisch zu verlassen.

Manchmal geraten die Großmütter miteinander in Streit. Die Anderthalbmeter-Großmutter ist auf die Reinerhaltung des sorbisch-deutschen Kauderwelsch aus, sie ist die reinste Altphilologin. Was kraucht ihr auf die Leiter rum? weist uns der Vater zurecht. Das Wort *krauchen* gibt es bei uns nicht; der Vater hat es von reisenden Kaufleuten gehört; er will nicht der Ungebildetsten einer sein. *Krauchen?* Die Anderthalbmeter-Großmutter spuckt aus; das Wort ist für sie schlimmer als eine Schweinerei.

Die *Amerikanische* fordert von der Anderthalbmeter-Großmutter: Drei *Pfenng*!

Die Anderthalbmeter-Großmutter denkt nicht ans Auszahlen.

Die *Amerikanische* mahnt: Drei Pfenng krieg ich von dir! Pfenng kenn ich nicht, sagt die Anderthalbmeter-Großmutter.

Die *Amerikanische* wirft die Karten hin. Aus! Sie spielt

nicht mehr. Die Spieler trennen sich. Die sorbischen Großeltern sind sich einig bei der Reinerhaltung der halbdeutschen Sprache von Bossdom und Umgebung. Pfenng, Pfenng! räsoniert die Anderthalbmeter-Großmutter noch auf der Treppe. Was soll son Gerede? Hier ist keen Hamburg nich.

Nach einem Streit gehen sich die Kartenspieler in den ersten Tagen der nächsten Woche aus dem Wege, und wir sitzen, was die Sprachen anbetrifft, in einem kleinen Babylon. Großvater und die Anderthalbmeter-Großmutter schimpfen in ihrer Oberstube laut sorbisch. Die *Amerikanische* hört es, und weil es immer wieder heißt: *Die alte Jurschen, die alte Jurschen,* erkennt sie, daß die Alten in der Bodenstube sie beschimpfen, und sie sagt in ihrem Pidgin-Englisch: *Goht to de devil!* Und es ist ein Sprachgewirr in unserem Hause, wie in keinem anderen weit und breit. Die Mutter-Eltern sprechen sorbisch mit der Mutter, wenn die amerikanische Partei sie nicht verstehen soll. Die *Amerikanische,* Tante Magy und der Vater sprechen miteinander amerikanisch, wenn die Sorben sie nicht verstehen sollen, amerikanisch, oder das, was sie dafür halten. Wir Kinder wieseln zwischen den Fronten hin und her, schnappen dort ein Wort Sorbisch und dort ein Wort Amerikanisch auf und weben es in unser Bossdomer Kauderwelsch und sprechen eine Sprache, die es nur einmal auf der Welt gibt.

Sind Großvater und Onkel Phile verkracht, dann kommt der Onkel erst spät abends von seiner Arbeit aus Friedensrain, damit der Großvater ihn nicht zu sehen kriegt. Phile schlüpft rasch in seine Kammer.

Willste nich essen, Philko? fragt die besorgte Anderthalbmeter-Großmutter bei der Kammertür.

Nein, Phile will nicht essen, er hat in Friedensrain zu Abend gegessen.

Wirschte wieder dein ganzen Wochenlohn verfressen, sagt die Anderthalbmeter-Großmutter.

Keine Antwort.

Die ganze Woche kommt kein Spiel am Familienkartentisch zustande. Die Sorben in der Bodenstube können zur

Not miteinander Sechsundsechzig spielen, aber die *Amerikanische* hat niemand, der mit ihr spielt. Der Vater ist bitter auf sie, weil sie ihn alleweile mit ihrer Parole: Der Herr muß vorauf! im friedlichen Morgenschlaf stört, und er nennt seine Mutter, in Verbitterung, wie die Sorben: *Die alte Jurschen.* Er wird doch nicht mit der *alten Jurschen* zu zweit Sechsundsechzig spielen, sagt er. Das wär mir, als tät ich als Familienvater auf ihrem Schoße rumsitzen.

Die Anderthalbmeter-Großmutter ist leicht zu versöhnen. Die *Amerikanische* weiß das. Sie hat immer etwas zu lutschen in ihrem Korbstuhlnest verscharrt, und sie nennt das Zuckerige ihr *Aufgespartes.* Zum Beispiel eine Tüte bei siebenunddreißig Grad Menschentemperatur verschmolzener Bonbons oder ein Stückchen Schokolade, das sie aus dem Nähkasten zieht oder Pfefferminzplätzchen, die sie in einem besonderen Ledertäschchen aufbewahrt. Die Großmütter versöhnen sich beim Hineinlangen in die Bonbontüte. Sie schmatzen gemeinsam *Aufgespartes.*

Den Großvater zu versöhnen, dauert länger. Dein Pferd, sagt die *Amerikanische* zu ihm, glänzt ja, als hättest du es mit Schuhschmier eingewichst. Das Wort *Schuhschmier* ist hamburgisch. Es paßt dem Großvater nicht. Er antwortet nicht. Die kann lange reden, eh mir een Wort gefällt, sagt er zu mir, und er zerrt sich die Mütze ins Gesicht, und sein Mützenschild berührt die Brillenränder.

Um Donnerstag herum versucht es die *Amerikanische* wieder: Wie wär Henry bloß fertig geworden ohne dich in der Backstube und auf dem Felde, lautet die neue Versöhnungs-Parole.

Gun Morgen, antwortet der Großvater, denn es wird langsam Freitag.

Am Sonnabend-Morgen lobt die *Amerikanische* die vom Großvater ohne Kunstdünger gezogenen Kartoffeln. Sie wären so fix mehlig nach dem Kochen, meint sie, Kunstwerke von Kartoffeln.

Es ist fünf Minuten vor Sonnabend-Abend, das Spiel lockt, und die gemeinsame Leidenschaft treibt die fünf Familienmitglieder, auch meine Schwester und mich, die beiden Spielerschatten, zusammen; abends gegen neun Uhr glüht die Luft unter der Karbidlampe wieder vom Spiel-Eifer.

Später werde ich meine Beobachtungen, die ich am Familienkartentisch machte, auf die Völker Europas und der Welt ausdehnen, werde das Streitgas erkennen, das über ihnen schwebt, werde die Funken beobachten, die Explosionen auslösen, und danach werde ich sehen, wie die Leidenschaft zu leben, die Lebenslust, die Völker dazu bringt, sich nach einer gehabten Katastrophe wieder zu versöhnen, um sich später wieder zu verstreiten. Und ich werde sehen, daß sich die Häuptlinge der Völker nicht anders verhalten als meine Leute einst daheim. Trotzdem werde ich mich immer wieder bei der Hoffnung ertappen, daß einmal die Vernunft der Streitenden obsiegen und endgültig Frieden bleiben wird. Aber es wird kein Frieden. Es gibt, sehe ich, so viele Vernünfte, wie es Rassen und Klassen, Völker und Menschen gibt; das ist meine Erfahrung, aber niemand soll sie in Anspruch nehmen, der sie nicht selber machte.

Sonnabends nach dem Ladenschluß hallen Schreie durchs Haus: Meine Mutter wäscht die *Amerikanische*, und die hat sich angewöhnt, ihrer Umwelt schreiend beizubringen, daß ihr selbst das Gewaschenwerden ein einziger großer Schmerz ist, der sie aus der Menge der unverschämt schmerzlos Dahinlebenden heraushebt.

Wenn die Schreie alle raus sind und sich davongemacht haben, wird Platz in der Stube, und wir Kinder dürfen hinein. Die *Amerikanische* sitzt gewaschen in ihrem Kissennest und streckt meiner Mutter erst die eine, dann die andere Hand hin. Unsere Mutter säubert ihr die Fingernägel. Die Anderthalbmeter-Großmutter geht durch die Küche und verspritzt Säure wie eine gelbe Wiesen-Ameise: Amerikanische Moden, sagt sie. Zugoar für ihre Finger braucht se noch ne Moagd. Die Anderthalbmeter-Großmutter braucht keine Magd für ihre Finger, sie säubert sie mit einem spitzen Küchenmesser, und der Großvater pflegt seine starken Krallen mit dem Taschenmesser.

Die *Amerikanische* behauptet, sie kann sich ihre Fingernägel nicht selber säubern, ihre Hände sind übermüht vom Häkeln und Stricken, sie zittern.

Nischt wie Faulheet! spritzt die Anderthalbmeter-Großmutter.

Wenn meine Mutter den Sonntagsbraten betun muß, der schon auf dem Küchenherd herumzischelt und knallt, kanns geschehen, daß sie vergißt, der *Amerikanischen* nach dem Waschen die Fingernägel zu putzen. Dann greift die Vatermutter zur Diplomatie: Ob Tante Magy wohl bald wieder mal kommt? fragt sie uns Kinder beiläufig. Es wär an der Zeit, daß mir jemand die Fingernägel putzt, sagt sie, und sie sagt es so, daß meine Mutter es hören kann.

So soll sie man anfangen, sagt meine Mutter, und wieder fällt eine Beleidigung in sie hinein und verkapselt sich.

Bald bemerken wir, daß auch die *Amerikanische* Beleidigungen sammelt, sie braucht sie, sie will weg von uns, sie will über die Felder zu Tante Magy:

Wieder einmal findet der Vater nach einem Skatabend morgens nicht und nicht aus dem Bett. *Master mast go on!* piert die *Amerikanische.* Der Vater will nicht aus dem Traumland, in das ihn das am Vorabend getrunkene Bier hineingespült hat. Er knirscht mit den Zähnen, schnalzt, brummelt, dreht sich um und schläft weiter. Die *Amerikanische* piert weiter: Henry, der Wirt muß vorauf! Der Vater schnalzt sich wach, wird wild und sagt: Keen Wunder, daß sich Vater Josef ne Kugel durch den Kopf knallte!

Große Beleidigung! Die *Amerikanische* legt sie zu den schon gesammelten.

Es ist Ostersonnabend, im Laden stehen die Kundinnen Rock an Rock wie eingesackt auf der kleinen Wartefläche, die das Sauerkraut-Faß und die Biertrinker-Stühle vor dem Ladentisch freilassen. Osterzeit, Zeit der Patensemmeln und Pfefferkuchen! Jeder, der ein Patenkind hat, beschenkt es auf Ostern mit bunten Pfefferkuchen und Patensemmeln, die aussehen wie kleine Weihnachtsstollen. Eine sorbische Sitte: Jede Bauern- und Arbeiterfamilie, die etwas auf sich hält, hat mindestens zwanzig Patenkinder zu beschenken. Man wurde von Verwandten oder Bekannten gebeten, Kindspate zu sein, man hat am Taufstein gelobt, sich um seine Patenkinder zu kümmern, und auf Ostern fällt einem das ein, weil es auch den Nachbarn einfällt; man beschenkt seine Patenkinder, deckt den Mangel an Kümmerung, den man jahrsüber hat walten lassen, mit bunten Pfefferkuchen, Semmeln und bunten Batik-Eiern zu, und wer zeigen will, daß er sich geradezu übereifrig um seine Patenkinder kümmert, legt je noch ein Markstück drauf. Vierzehn Jahre lang hat man sich um so ein Patenkind zu sorgen, und bei der Konfirmation muß man sich mit einem größeren Geschenk um es kümmern, mit einem größeren Geschenk, das freilich nicht so groß ist wie ein Jugendweih-Geschenk späterer Zeiten. Die Mädchen bekommen damals am besten eine Halskette, die Jungen eine Taschenuhr oder deren Gegenwert – drei Mark und zwanzig. Dafür müssen sich die Patenkinder aber auch offiziell bedanken. Das Bedanken wird *Abdanken* genannt, und die Patenkinder bekunden damit, daß sie von ihren Paten nichts mehr erwarten; dem Paten aber sind längst neue Patenkinder zugewachsen; Freundschaften und Verwandtschaften nehmen nicht ab, und so lange man lebt, kann man gebeten werden, da oder dort Pate zu sein, und es hört nicht auf.

In der Backstube hetzen sie umher, daß man glauben muß, das Patenwesen ist eine teuflische, keine christliche Erfindung. Neben meinem Vater scharwerken Hanka, meine Schwester und der Großvater dort mit, während die Anderthalbmeter-Großmutter und ich der Mutter im Laden helfen. Wir zählen Patensemmeln und Pfefferkuchen in die Einkaufskörbe der Kundinnen, rempeln in der engen Gasse hinter dem Ladentisch gegeneinander, und meine Mutter möchte sechs Hände haben. Es gibt kein gemeinsames Mittagessen, kein Abendbrot für die Familie; jeder huscht für Augenblicke in die Küche, schneidet sich einen Kanten Brot und einen Zipfel Wurst herunter, stopft und kaut, als nähme er an einem Wettbewerb für Schnell-Esser teil.

Am Abend ist meine Mutter so müde, daß sie vergißt, die *Amerikanische* zu waschen und zu strählen. Ach, sie ist noch müder, sie räumt vor lauter Müdigkeit die Ladenkasse nicht aus!

Das Gebimmel der Ladenglocke war ohne Intervalle den ganzen Tag bis zum Kissenthron der *Amerikanischen* gedrungen und brachte deren Geldzählbegehren zum Glühen, und nun, da der Kasseninhalt nicht auf ihrem Schoße erscheint, fühlt sie sich hintergangen, ungewaschen und hintergangen. Sie nimmt sich die Zeit nicht, die Mutter auf dem Umwege über uns Kinder mit einer Lesebuchgeschichte zu belehren; sie spricht direkt aus, was ihr an dieser Welt und in diesem Hause nicht gefällt: Gewaschen wird man nicht, sagt sie pierig, das Geld kriegt man nicht zum Zählen; lieber läßt mans in der Ladenkasse, damit es die Einbrecher holen.

Meine Mutter hörts und setzt zuerst ihre drittstärkste Waffe ein, sie fängt an zu weinen, weint eine Weile, greift dann zur zweitstärksten Waffe und sagt: Das ist mir nicht gesungen geworden, unsereens weeß nich, was er zuerst machen soll, und andere sitzen breet doa und betoadeln eenen uff Oabend noch.

Beleidigung! Beleidigung! *Die Amerikanische* steckt sie mit hochrotem Kopf in ihre Sammlung, und damit sie rischer von uns fort kann, fängt sie an, Beleidigungen zu provozieren: Obwohl sie von der Felderwirtschaft nichts versteht und Hafer nicht von Roggen unterscheiden kann, fragt sie den Großvater: Hast du den Hafer schon ausgesät?

Nee, hoab ich nich, sagt der Großvater, der den Hafer längst ausgesät hat. Wulldest du mir etwa helfen?

Die Beleidigung ist fertig, die *Amerikanische* kassiert sie.

Die Familienkartenspieler sitzen in der Runde, man hört das Auftrumpfen, das Pfenniggeklimper, man hört die üblichen Redewendungen: Na, ich bin raus aus dem Schneider und sowas. Die Petroleumlampe wirft ihr Rembrandt-Licht auf die Szene, in der Backstube zirpen die Heimchen. Frieden, scheinbar tiefster Frieden, aber da legt die *Amerikanische* mit eins ihren Kartenstrauß aus der Hand und verlangt, daß neu gegeben wird, Onkel Phile hätte ihr in die Karten geguckt.

Hä, hä! macht der Onkel und schnorchelt. Natürlich hat er der *Amerikanischen* in die Karten geguckt.

Mußte deine Karten nich so dämlich halten, verteidigt die Anderthalbmeter-Großmutter ihren Liebling Phile.

Der *Amerikanischen* schießt die Röte ins Haupt. Was, tüdelig nennst du mich?

Nee, dämlich, sagt die Anderthalbmeter-Großmutter.

Aus! Die *Amerikanische* lehnt sich zurück, schließt die Augen und stößt einen Schrei aus, den ein Uneingeweihter für einen Todesschrei halten kann. Das Maß ist voll! sagt sie nach einer Weile zum Vater: Das Maß ist voll!

Woher weiß die Vatermutter, wie viele Beleidigungen in sie hineingehen?

Ich muß über die Felder und Tante Magy beordern. Tante Magy kommt. Wir Kinder müssen die Stube verlassen. Es findet – wie in der großen Politik – ein Gespräch unter vier Augen statt, nur, daß das Ergebnis in unserem Falle bekanntgegeben wird: Tante Magy bittet meine Eltern um Entschuldigung. Die *Amerikanische* hat beschlossen, uns zu verlassen und zu den Zetschs in die Feldmark hinauszuziehen. Nichts für ungut, sie ist die Tochter der *Amerikanischen*, sie muß ihr zu Willen sein.

Nimm se nur, immer nimm se! sagt der Vater, wir warn ihr lange genug zu Willen.

Onkel Ernst fährt mit seinem Bleßfuchs auf den Hof. Die *Amerikanische* soll verladen werden. Mein Vater und mein Großvater sind auf dem Felde, sie haben dort dringend zu tun. Onkel Ernst sagt: Sie wird schreien, mein Pferd wird scheien, wird mir durchgehen wolln, ich muß an die Leine bleiben!

Vier Weibspersonen, meine Mutter, die Anderthalbmeter-Großmutter, Tante Magy und Hanka verladen die *Amerikanische*, und die schreit, daß die Tauben verängstigt im Schlag verschwinden. Onkel Ernst ist es peinlich der Nachbarn wegen. Er hält die Leine stramm und wendet sich erst um, als die Jurschen verladen ist. Er sieht, daß sie wieder diesen hamburgischen Hut auf dem Kopfe hat. Das ist ihm noch peinlicher. Nie im Leben ist es vorgekommen, daß eine Frau mit einem Hut in seiner Wirtschaft Einkehr hielt. Die Nachbarn, die Nachbarn! Die Höfe der anderen Ausbauern liegen zwar kilometerweit vom Hofe des Onkels entfernt, aber es kann eins vorbeikommen, wenn die *Amerikanische* beim Onkel einzieht, und es kann aufkommen, daß Tante Magy keine echte *Pauersche* (Bäuerische) ist, sondern von einer Mutter mit Hut abstammt. Der Hut wird Eich uffm Felde wegfliegen, sagt der Onkel, bind Eich lieber gleichn Kopftuch um, Mutter!

Das Gesicht der *Amerikanischen* ist noch rot vom Schreien und nun wieder dieses *Eich* und *Ihr* und *Eich* und *Ihr,* sie könnte puterrot platzen, doch sie verschluckt, was sie sagen möchte, und setzt den Hut ab; sie wird Gast im Hause des Onkels sein, sie ist auf ihn angewiesen, sie muß sich schicken.

Der Schaukelstuhl wird verladen. Ihr entsinnt euch, daß er mit uns an jenem blauen Junitag in Bossdom ankam, dieser Stuhlschlitten, diese Quarkleiter. Die *Amerikanische* hatte ihn uns leihgegeben, aber jetzt haben die Erwachsenen im Hause Matt sie beleidigt; wir Kinder weniger, deshalb lädt sie uns mit weinerlicher Abschiedsstimme ein, *to visit* sie, und sie zeigt schluchzend auf den Schaukelstuhl, und sie lädt uns zum Schaukeln ein.

Für die Dinge, die der Mensch erschuf, ist er der Schöpfer, ist er Gott, der ihr Schicksal bestimmt. Der Mensch schlägt Holz, zerschneidet, hobelt, biegt, zieht, kocht, pflockt und leimt es und erschafft einen Schaukelstuhl, und er schickt ihn in die Welt. Den Schaukelstuhl, von dem wir reden, sah Großvater Josef, der jetzt in der Welt weilt, die hinter den Dingen liegt, in einem amerikanischen Laden, in einem *Shop,* und als der Großvater so vor dem Schaufenster stand und den Schaukelstuhl begehrlich ansah, erhielt der Stuhl von einem Verkäufer heimlich einen Tritt, und Großvater wars, als hätte ihm der Schaukelstuhl zugenickt. Großvater Josef sah wohl bereits seinen Sohn in diesem Stuhl schaukeln, und er nickte lächelnd zurück und nahm den Stuhl für den Ungeborenen mit.

Und es wurde wahr, was Großvater Josef vor dem Schaufenster der Möbelhandlung geträumt hatte: Sein Sohn Stefan schaukelte später in diesem Stuhl, und was Josef geträumt hatte, bewahrheitete sich. Vielleicht nennen wir unser geheimes Vorwissen von Wirklichkeiten, die sein werden, nur vorsichtshalber: *Träume,* weil es auch solche gibt, die sich nicht verwirklichen, weil sie einem ichvollen Begehren entsprossen sind.

Möglich, daß jenem Schaukelstuhl in Amerika hätte ein ruhiges, versonnenes Leben beschert werden können, aber er hatte nun einmal (auf Anstoß des Möbelverkäufers, wir wollen das nicht vergessen!) dem Großvater zugenickt, und in diesem ihm vom Verkäufer aufgezwungenen Zunicken lag der Same des Schaukelstuhl-Schicksals.

Achtmal reiste Großmutter Dorothea über den Atlantischen Ozean *abroad,* und der Schaukelstuhl war jedesmal dabei, und viermal trug die Großmutter, wie wir wissen, ein Kind, in ihrem Leibe verpackt, nach Hamburg, um es dort an den Tag zu bringen.

Was trieb den Erfinder des Schaukelstuhles einst zu seinem Werke? Trieb ihn die Erinnerung an die Bewegungen seiner Wiege, oder erinnerte er sich gar an die wiegende Lust, mit der ihn seine Eltern zeugten?

Später reiste der Schaukelstuhl von Hamburg ins Sorbenland, und er gehörte dort, neben einer Truhe, zu dem Gemöbel, das den Großvater Josef und das Wunderkind, den kleinen Onkel Franz, noch gekannt hatte, und er gab Großmutter Dorothea hin und wieder Anlaß, ihren Josefskindern von ihrem Vater zu erzählen, von ihrem Josef-Vater, der ganz anders war als der Stiefgroßvater Gottfried.

Das traurigste Leben führte der Schaukelstuhl, als sich Großmutter Dorothea und ihr zweiter Mann zu Gastwirtsleuten, wie sie meinten: emporgearbeitet hatten. Da stand er in einem Raum, der Schlafzimmer geheißen wurde, neben ewig unaufgeschüttelten Betten, in einem Raum, in dem es muffig und nach Schimmel roch, und er stand dort zugedeckt mit Geklüngel und mit Sachen, die man aus der Hand legt, um sie dann zu vergessen, und er war so zugeschüttet mit Aus-der-Hand-Gelegtem, daß selbst die Josefskinder der *Amerikanischen* ihn damals nicht mehr entdeckten. Mag sein, daß Vater Heinrich als Bäckerlehrling einen Seitenblick auf ihn warf, wenn er zu einem spärlichen Wochen-Ende heimkam. Mag sein, daß er rasch an die Geschichten vom Großvater Josef dachte, die mit diesem Schaukelstuhl zusammenhingen, aber lange hatte Lehrling Heinrich nicht Zeit, er mußte wieder in die Stadt und mußte sich das rote Haar schwarz färben, um sich rascher, wie er meinte, in die Sympathien der Mädchen, auf die er aus war, einzudrücken.

Seine schönste Lebenszeit verbrachte der Schaukelstuhl vielleicht, da er als *Leihgabe* bei uns in Bossdom verweilte. Da war er geachtet, da war er begehrt. Zänkereien und Kinderkriege brachen um ihn aus, und wir lernten durch ihn die Bedeutung des großen Uhrzeigers kennen: Fünf Minuten ich, fünf Minuten du. Schaukeln, schaukeln, sich wiegen und sich dabei zur tiefen Lebenslust hinträumen, aus der man entstanden war.

Als die *Amerikanische* bei uns eintraf, fing sie sogleich an, den Schaukelstuhl für sich arbeiten zu lassen: Wer ihr fleißig das Wollknäuel aufhob, durfte länger schaukeln als einer, der sich nicht oft genug gebückt hatte. Noch länger durfte der schaukeln, der sich von der *Amerikanischen* willig in den Laden schicken ließ, dort aufzuschnappen, was es Neues im Dorf gab. In den Zwischenzeiten lag das Strickzeug der Vatermutter mit vier gesträubten Nadeln auf dem Sitz des Schaukelstuhls und sperrte ihn.

Ich nahms dem Stuhl übel, daß er sich zum Diener der *Amerikanischen* machte und mich nur noch beglückte, wenn die es befahl. Ich tat ihm Unrecht, dem Schaukelstuhl, ging mir später auf; er konnte mit seinem kleinen, ach so kleinen Eigenwillen nicht gegen die Herrschsucht der *Amerikanischen* an.

Jedenfalls sehe ich damals den Schaukelstuhl ohne Bedauern davonfahren. Der Bleßfuchs zieht an, der Schaukelstuhl nickt mir zu, ich erwidere seinen Abschiedsgruß nicht.

Es stehen zwei dichte Linden vor dem sorbischen Ausbauernhaus des Onkels. Das Hausdach reicht tief herunter, und die Fenster sind klein. Das Anwesen hat den Felderwinden zu trotzen, es lugt winters und sommers wie unter einer Pelzmütze hervor. Die Stuben sind dunkel, die Betten sind klamm, und damit es die *Amerikanische* mitten im Sommer etwas warm hat, muß man die Fenster der Guten Stube öffnen. Ein paar neugierige Fliegen kommen herein, rüsseln ein wenig am sauren Quark, den die Vatermutter vom Mittag stehenließ, und fliegen wieder davon; es ist ihnen nicht sonniglich genug in der Stube.

Unbesonnt und trüb steht auch der Schaukelstuhl neben dem Kissenthron der *Amerikanischen*, sie muß ihn nicht mehr mit ihrem Strickzeug sperren, es kommt niemand. Tante Magy und Onkel Ernst und ihre Gehilfen, damals Knecht und Magd genannt, leben auf den Feldern unter Rebhühnern, Fasanen, Hasen und Wildkaninchen, und sie reißen an der Erde herum, lockern und überlisten sie, Samen und Knollen zu vervielfachen. Nur auf Mittag und Abend ziehen sie in die Futterküche mit den verräucherten Wänden ein, und jede ihrer Bewegungen löst einen satten Orgelton aus, den ein erschreckter Schwarm schwarzköpfiger Küchenfliegen beim Auffliegen auslöst.

Die nur noch halbwarmen Schalkartoffeln werden aus dem Ofenröhr gezogen und auf den Tisch geschüttet, eine Schüssel Quark wird dazugestellt, und es wird gemahlzeitet.

Tante Magy kann der *Amerikanischen* nicht zumuten, in der Futterküche mitzutun, weil der Onkel schmatzt und weil der Knecht sich während des Essens bald mit der linken, bald mit der rechten Daumenmaus die Unternase trocknet.

Die Tante gibt Butterkleckse auf einen Goldrandteller, tut ein Häuflein Quark in die Tellermitte, schneidet Zwiebeln klein, schält Kartoffeln und trägt der *Amerikanischen* die Mahlzeit in die Gute Stube, und die *Amerikanische* bittet Tante Magy, im Schaukelstuhl Platz zu nehmen und ihr beim Essen Gesellschaft zu leisten, doch Tante Magy entzieht sich. Himpein kannste Sonntag! würde der Onkel Ernst sagen, wenn er sie mitten im Arbeitstag schaukelnd anträfe (himpein heißt bei uns schaukeln!): Ich muß federn, Mutter, ich muß federn, sagt die Tante. (Eilen heißt federn!) Die Kühe brülln vor Hunger, und ich muß bissel was essen ooch.

Die *Amerikanische* sieht der Tante nach. Sie schüttelt sacht den Kopf. Die Tante merkt es nicht; nur ein Hund oder ein

Pferd würden es merken. Die Großmutter bedauert, daß sie Tante Magy in die Feld-Einsamkeit und an Onkel Ernst hingab. Der Onkel kam zweispännig vor die Gastwirtschaft *Zum Schweizerhof* in Grauschteen gefahren, roch reich und umbrummelte Tante Magy wie ein brünstiger Kaninchenrammler. Die Großeltern wußten damals nicht, wieviel Wind um das Anwesen der Zetsches wehte, und sie bewogen Tante Magy, von dem armen Glasmacher-Gesellen abzustehen, der bis dahin ihr *Schapprich* gewesen war.

Lehrer Rumposch dehnt sich aus, besonders nach vorn zu. Die Dorfleute fangen an, ihn den *dicken Rumposch* zu nennen. Dicker Rumposch ist nicht nur Lehrer, Schulleiter, Amtsvorsteher, stellvertretender Kantor, Mitglied des Gemeinderates, Dirigent des Gesangvereins, er ist mittlerweile auch Mitglied des Kreistages geworden, er ist eine Dorfmacht. Dicker Rumposch wird in seine Ämter ersaufen, sagt mein Großvater.

Die Rumposch-Familie ist international zusammengesetzt wie die unsere, nur seitenverkehrt: Bei den Rumposch ist er Sorbe, und sie, was die Rumposchen ist, ist, wie gesagt, eine brillenscheue Deutsche, eine Lehrerstochter aus Pardutz bei Choćebuz. Und damit Rumposch das nicht vergißt, hat seine Frau ihre Mutter, die Hauptlehrerswitwe Therese Schulz, geborene Schneeweiß, mit in die Ehe eingebracht. Die Schulzen erinnert Rumposch von Zeit zu Zeit daran, daß die Hauptlehrersfamilie dem bierseligen Junggesellen einen *Goldfisch* beigesellte. Sie schüttelt den Kopf, wenn sich Rumposch ihrer Tochter gegenüber unangemessen benimmt, wenn er zum Beispiel mittags aus der Schulstube geprellt kommt und fragt: Was gibts heute zu fressen? Wenn Rumposch abends lange aus war, schüttelt die Schneeweiß gleich morgens den Kopf.

Ich hab schließlich, verflucht, meine Ämter, sagt Rumposch. Seine Ämter bringen es mit sich, daß die Schulzen immer häufiger schüttelkopfen muß. Rumposch wird wild: Ja, hört denn das Kopfwackeln überhaupt nicht mehr auf!

Nein, hört nicht auf – ein leichter Schlaganfall ist über die geborene Schneeweiß gekommen. Rumposch glaubt es nicht. Das pausenlose Kopfschütteln beziehe sich auf seine Ämterpflege, behauptet er. Er kann es nicht mehr ertragen; er braucht seine Ruhe, wenn er mal daheim ist.

Die Hauptlehrerswitwe Therese Schulz, geborene Schneeweiß, muß aus dem Rumposch-Haus; sie wird beim Nachbarn, dem Kleinbauern und Waldarbeiter Nohkan in der Giebelstube einquartiert, und dort sitzt sie am geöffneten Fenster hinter den Pelargonien-Stöcken und schaut zu, wie wir in der Sandgrube spielen, und sie schüttelt den Kopf über uns, über Rumposch und alle Welt.

Unseren Unterricht beginnen wir mit einem Kirchenlied: *Geht nur hin und grabt mein Grab . . .*, danach falten wir die Hände, senken die Augdeckel, sehen auf die zerkerbten Bankpulte und beten: *Unsern Eingang segne Gott, / unsern Ausgang gleichermaßen . . .* Den Begriff *Nachsitzen* kennen wir nicht; bei uns heißt das *Drinnebleiben*. Eiren Esau hata heite drinnegelassen, kanns heißen. Otto Nagorkan wandelt deshalb unser Eingangsgebet ab: *Unsern Eingang segne Gott, / unsern Ausgang gleichermaßen, / Rumposch soll gesegnet sein, / tut er uns nich drinnelassen!*

Lehrer Rumposch hat heitere und finstere Tage. An einem heiteren Tag kann man ihn schon im Schulflur rufen hören: Kreizmiesekätzchen! Niemand weiß, was das bedeutet. Vielleicht hat Rumposch das Wort auf dem Seminar vom Lehrermeister gehört. Zur Kirschenzeit kanns vorkommen, daß er sich die Jackett-Taschen voll Kirschen stopft und in die Klasse kommt und fragt: Wer will?

Ich, ich, ich, wird gerufen; fast alle wollen. Rumposch geht auf den Jungen zu, der am lautesten ruft, weist dem die leere Hand vor und sagt: Mein Esel sein. Dann spaziert er weiter durch die Klasse und ruft wieder: Wer will? Ich, ich, ich, heißt es wieder. Rumposch bleibt vor einem Mädchen stehen und gibt ihm eine Kirsche. Willkür! An der Kirschenverteilung können wir erkennen, wen Rumposch gern hat – die Mädchen.

Ich beteilige mich nicht am Ich-Rufen. Rumposch kann sich dreist zu mir hinstellen, mich mit Gesten auffordern, ich rühre mich nicht, ich will keine Kirsche, ich will nicht sein Esel sein.

Wenn Rumposchs Schnurrbart herunterhängt, ein Hühnerschwanz im Regen, hat er nicht nur einen schlimmen, sondern einen schlimm schlimmen Tag. Aufstehn! befiehlt er dann, und wir müssen alle aufstehen. Die Bücher der Bibel! sagt er im Befehlston. Das heißt, wir sollen die Bücher des *Alten* und des *Neuen* Testaments aufsagen, rasch und ohne Umgucken. Die Bücher des Alten Testaments sind in vier Abteilungen zerlegt: Die Geschichtsbücher; die Lehrbücher; die Prophetischen Bücher und die Apokryphischen Bücher. Ich werde von Rumposchen mit den Prophetischen Büchern beauflagt, und schnurre sie herunter: Jesaja, Jeremia, Klagelieder Jeremias, Hesekiel, Daniel, Hosea, Joel, Amos, Obadja weiter und so weiter. Um besonders rasch mit den Propheten fertig zu werden, habe ich mir ausgedacht, die Doppelung von Jeremia und Klagelieder Jeremias einzusparen, und ich lasse es mit dem einfachen Jeremia bewenden und gehe sogleich auf Hesekiel, Daniel über, und ich verschaffe Rumposch eine Gelegenheit, seinen Zorn herauszulassen. Komm vor! sagt er drohend, und ich gehe vor. Die vorderste Bank ist der Richtblock. Die Jungen, die in dieser Bank sitzen, müssen zusammenrücken, damit ich, der Schächer, mich über das Pult legen kann. Es ist außerdem bei uns Sitte, daß wir uns die Hosen über dem Gesäß mit eigener Hand strammziehen, und ich tue auch das, um Rumposchen die Arbeit zu erleichtern. Fünfzehn Haselstock-Schläge sind die Taxe beim Versagen in Sachen Altes Testament. Für mich legt Rumposch noch zwei zu, weil ich ihn um die Klagelieder Jeremias betrügen wollte.

Ich versuche nie wieder, die Reihenfolge der Alten Propheten zu rationalisieren. Ihr könnt später in mein Grab hinunterrufen und mich befragen, und ich werde euch die Namen der alten Moosbärte ohne Mangel und Makel heraufrufen. Bisher hat sie mir außer Rumposch niemand wieder abverlangt.

Auf diese Weise lernten wir die christlichen Gebote und die sogenannten Bitten mit ihren Erklärungen von Luther, viele Lieder aus dem Kirchengesangbuch und Gedichte aus dem Lesebuch; ja wohl, auch die deutschen Dichter lehrte uns Rumposch mit Hilfe eines Haselstockes lieben.

Manche meiner Mitschüler wurden durch diese Schulmethode hart, und sie jammerten nicht, wenn sie zwanzig Hiebe hinnehmen mußten, und sie wurden hart-urschig, das Hinterteil von Sastupeits Alfredko zum Beispiel wurde so hart wie die Seele unseres Lehrers.

Niemand beschwerte sich über Rumposch. Unsere Väter sangen am Abend unter seiner Leitung, in diesem Falle *Stabführung* genannt: *Drauß ist alles so prächtig, / und es wird mir so wohl, / wenn im Garten bedächtig / ein Sträußele ich hol . . .*

Meine Söhne lächeln fein, wenn ich ihnen von meinen Alten Propheten erzähle, aber wenn ich mich erkundige, was sie auswendig zu lernen haben, erfahre ich, daß auch sie mit Lernereien gepeinigt werden, die ihnen das Leben nie abverlangen wird, und ich breche in die *Klagelieder Jeremias* aus.

Je mehr Ämter Rumposch übernimmt, desto häufiger *arbeitet* er nachmittags außer dem Hause, und an manchen seiner unsichtbaren Werkstücke muß er bis in die Nacht hinein arbeiten. Das Leben ist nicht so einfach, wie ihr denkt! Die Rumposchen muß von Monat zu Monat mehr Mühe aufwenden, ihren Herrn Schulleiter morgens zum Aufstehen zu bewegen. Er soll wenigstens in die Schulstube gehen.

Rumposch kommt krank und zerschunden zu uns in die Klasse und befiehlt mit zerkratzter Stimme: Singen!

Wir singen: *Wer weiß, wie nahe mir mein Ende, / hin geht die Zeit, her kommt der Tod . . .*

Rumposch hält sich die Ohren zu; unser greller Gesang schmerzt ihn, die Haare tun ihm weh.

Ich habe gesehen, wie ein arbeitsloser Artist im Laden meiner Mutter gegen zwei Semmeln ein dünnes Bierglas, ein sogenanntes Schnittglas, zerpfiff. Der Artist suchte eine Weile pfiffelnd nach dem Ton, den das Glas nicht ertragen konnte, und als er ihn gefunden hatte, pfiff er ihn so scharf heraus, daß das Glas zersprang. Vielleicht fürchtet Rumposch, daß ihm unser Gesang die Schädeldecke sprengt. Er gibt uns ein Zeichen, und wir beten: *Wie fröhlich bin ich aufgewacht, / wie sanft hab ich geschlafen die Nacht ...*

Rumposch besteigt sein *Schulbett.* Das ist die Schreibplatte der vorderen Jungen-Bank, die Schreibplatte der *Richtbank.* Der Lehrer streckt seine Beine aus und lehnt sich mit dem Rücken gegen die Wand, und für uns fängt eine Schulstunde an, die nicht auf dem Stundenplan steht; sie heißt: *Erzählen, was es Neies gibt.* Oben anfangen! befiehlt Rumposch, bevor er die Augen zumacht.

Der Klassenerste und die Klassenerste übernehmen ihr Wächter-Amt vorn bei der Wandtafel.

Tinkes Onkel (wir nennen alle Männer und Frauen im Dorf Onkel und Tante) Tinkes Onkel hat wieder Wasser in die Beene, berichtet Kurte Zampa.

Alter Nagorkan hat sich bei Holzhacken een Fingerglied abehauen, berichtet Michauks Else.

Rumposch schläft. Er hört nichts mehr. Auf den Fensterbrettern lachen die roten Blütenbälle der Geranien, und aus den Sternblüten der Myrthen strömt leiser Speckduft, und wo er auf den Bierdunst trifft, der in groben Wellen von Rumposch ausgeht, weicht er nach oben aus. In der Mitte der Schulstube aber läßt er sich wieder nach unten. Wer eine gute Nase hat, kann eine Weile am Leben des Myrthenduftes teilnehmen.

Der Klassenerste und die Klassenerste sind verpflichtet, jeden, der keine *gescheide Neiigkeet* liefert, an die Wandtafel zu schreiben.

Petkinne hat beim Gartenumgroaben een silbernes Fünfmarksticke gefunden, berichtet Sastupeits Gustav.

Es gibt nicht so viele Dorfneuigkeiten, daß sie für vierzig Schulkinder reichen. Die unplanmäßige Stunde *Erzählen was es Neies gibt* wirkt befördernd auf unsere Phantasie. Es kommt drauf an, ob die Klassen-Ersten als *Neiigkeet* anerkennen, was wir ersinnen. Nowkas Richard berichtet, sein Großvater habe vor Nächten die *Weiße Frau* an der *Dicken Linde* gesehen. Sastupeits Richard erzählt, in der Karfreitag-Nacht habe Jesus am Dornstrauch auf dem Mühlberg gejammert, weil sie ihm die Dornenkrone aufsetzten. Zwei Lügen, aber die erste liegt jenem Bereiche, das Wahrscheinlichkeit genannt wird, näher. Die *Weiße Frau* ist eine Bossdomer Einwohnerin, Jesus nicht. Sastupeits Richards Name wird an die Tafel geschrieben. Bestrafung nach dem Erwachen von Rumposch. Er erzieht uns im Schlafe zum realistischen Lügen.

Wenn ein Besuch des Schulrates in Aussicht steht, werden Wachen aufgestellt. Die Wachen verstecken sich draußen hinter Bäumen und üben Messerwerfen.

Vom Nachbardorf Gulitzscha kommt eine Chaussee dritter Ordnung. Sie krümmt sich vor Widerwillen, sie will nicht nach Bossdom. Wenn die Schulrats-Kutsche über diese Chaussee hinkt, ruft der Wachtposten: Der Schulrat is schont balde bei Dicke Linde!

Kreizmiesekätzchen! Rumposch springt vom Kathederthron, knöpft seine Lüsterjacke zu, streicht sich über den Schnurrbart und fängt an zu lehren. Er lehrt langsam und laut, damit seine Worte beim geöffneten Fenster hinausfliegen und den Schulrat geneigt stimmen: Wohin begibt sich Christus in jener bewußten Nacht?

Er geht in Seemans Garten, sagt Paule Nagorkan. An normalen Tagen wäre er für diese Antwort verprügelt worden, aber da sich der Schulrat nähert, erklärt ihm Rumposch geduldig, Gethsemane wäre nicht der Name des damaligen Gartenbesitzers.

Ein anderes Mal kommt der Schulrat übermächtig ungelegen. Die Rumposchen fuhr für zwei, drei Tage in ihr Heimatdorf, um sich bei ihrer Schwester auszuklagen. In dieser Zeit verwaltet die kleine Klugens Martha, ihr kennt sie, das Hauswesen und die beiden Lehrerstöchter.

Der Schulrat hat sich nicht vorangemeldet. Er kommt in die Schulstube, und wir spielen dort Haschen und hüpfen über die Bankpulte. Der *Hohe Herr* geht durch die Brandung unseres Lärms und setzt sich ans Katheder, und wir erkennen ihn, und wir werden zu Stoffpuppen mit Sägespänen im Leib.

Euer Lehrer? Wo ist er? fragt der Schulrat.

Keine Antwort. Klugens Martha hat Rumposchen mehrmals geweckt, wahrscheinlich zu leise und nicht stichelig genug. Sie fürchtet Rumposchen; sie ist bei ihm in die Schule gegangen, und sie hat nicht vergessen, wie sie ihm die flachen Hände hinhalten mußte, damit er mit dem Haselstock draufschlagen konnte.

Rumposch hat am Abend zuvor wieder geprüft, ob die Bierbrauereien in Görlitz und Choćebuz noch anständig arbeiten. Klugens Martha kriegt ihn nicht hoch.

Euer Lehrer? Wo ist er? fragt der Schulrat ungeduldig.

Der drimmeit (schlummert) noch, sagt der Klassenerste.

Der Schulrat versteht nicht.

Der tut noch schnarchen, sagt Otto Nagorkan.

Jemand soll Rumposch wecken gehen. Richard, der Bruder von Klugens Martha, muß in die Höhle. Er ist Ziegenfütterer bei Lehrers und kennt sich aus: Der Schulrat, der Schulrat! brällt er im Flur und rennt in Rumposchens Schlafstube. Der Schulrat will wissen, was für eine Stunde wir hätten haben sollen.

Riligionsstunde!

Hausaufgaben?

Ja, rumhorchen, ob sie za Hause bei uns vom *lieben Gott* reden.

Ja, und was reden sie? Der Schulrat zeigt auf den langen Jakubitz.

Gott verdammich, sagt unse Voater.

Der Schulrat beißt sich auf die Unterlippe. Die Mutter? Wie spricht die Mutter von Gott?

Wo ist der gottverfluchte Junge wieder hinnerannt.

Der Alarmruf von Klugens Richard wirkt, als ob ein vierzölliger Nagel von unten durch die Bettmatratze in den Lehrerleib führe. Rumposch liegt, gottlob, angekleidet im Bett, allerdings hängt sein Schlips beim Westenausschnitt heraus, sein Haar ist zerrauft, Hose und Jacke sind zerknittert. Rumposch gleicht einem Handwerksburschen, der im Heuhaufen nächtigte.

Der Schulrat tut, als sähe er den eintretenden Lehrer nicht. Weiter! sagt er und zeigt auf Wilmko Starus. Was sagt man bei euch daheim von Gott?

Gott gib eene Kuh, bloß keen Strick dazu.

Der Schulrat lacht. Rumposch schiebt seinen Schlips in den Westenausschnitt, feuchtet sich die Handflächen mit der Zunge und bringt seine Frisur in Ordnung.

Ah, wen haben wir denn da? fragt der Schulrat. Wir lachen. Der Schulrat geht mit dem Lehrer in den Flur, von dort in die Lehrerwohnung und weiter bis in die Gute Stube, wo das Klavier steht. Wir lauschen. Wir wollen wissen, was für eine Strafe dem Lehrer wird. Vielleicht legt ihn der Schulrat übers Klavier und schmiert ihm zwanzig über. Wir erfahren es nie.

Ob wendsch, ob deitsch, die Obrigkeeten sind sich eenig, sagt Großvater.

Einmal in der Woche wird vom Gesangverein her Singestunde in der Schule abgehalten. Rumposch und einige seiner Sänger würden lieber in der Schenke probsingen, aber die Rumposchen und die Frauen von der *evangelischen Frauenhülfe* sind dagegen. In Schenke ersaufen die Lieder in Bier, sagt Mannweib Pauline.

Einige Sangesbrüder gehn nach der Singestunde doch in die Schenke. Manchmal nehmen sie den Lehrer in ihre Mitte, schirmen ihn ab, und die brillenscheue Frau Lehrer weiß nicht, wie ihr Schulleiter davonkam.

Ich weiß stets, welches neue Lied im Gesangverein probiert wird. Mein Vater gibt sich bei guter Laune vor dem Backofen Nachhilfestunden. Er wackelt beim Singen mit dem Kopf, weil er, aus Eitelkeit, mit seiner Baritonstimme Tenor singt und sich anstrengen muß: *Wo ein kleins Hüttle steht, ist ein kleins Gütle ...*

Hüttle, Gütle, wenn ich son Gesinge und Gesoage schon häre, sagt meine Anderthalbmeter-Großmutter und spuckt aus.

Wenn die Tenor- oder Baß-Männer nicht an der Reihe sind, *Hüttle* und *Gütle* zu üben, rauchen sie. In der Schulstube gibts keine Aschenbecher, aber es gibt in unseren zerrillten Holzbänken viereckige Vertiefungen, in deren Mitte in einem Rundloch an jedem Bankplatz ein Tintenbecherchen hängt. In die Ecken der Bankvertiefungen geben die

Sänger ihre Tabak-Asche, und wir haben am nächsten Tag das Saubermachen.

Ich will meine Tintenfaß-Umrandung säubern und ziehe das Tintenfaß heraus; Tinte schwappt und rinnt über mein Bankpult. Gleich wird der Lehrer hereinkommen, und ich bin in großer Not, und ich nehme die Löschblätter aus meinen Schreibheften, aber ich werde mit ihnen der Tinte nicht Herr, und ich nehme in meiner Furcht mein Taschentuch, doch die Haupt-Verschwätzerin, die Petze Walli Nagorkan, beobachtet mich und sagt: Ei, das soag ich Rumposchen!

Ich fange an zu zittern, und ich bitte die Klatsche, mich um Christi willen nicht zu verschwatzen; ja, um Christi willen, sage ich, das habe ich dem Doktor Martin Luther abgelernt. Aber die Walli Nagorkan peinigt mich, sie wird es doch sagen, erklärt sie, und ich bitte immer ärmlicher, und sie fordert Bongse von mir (Zuckerstücke, die im *hochdeutschen Französisch* Bonbons genannt werden). Ich verspreche ihr in meiner Not Zuckerstücke und gerate mit dem Versprechen in noch schlimmere Not: Es ist mir nicht gestattet, unerlaubt Zuckerstücke zu nehmen; ich muß die Mutter fragen, und auch dann darf ich niemals mehr als ein Zuckerstück nehmen, niemals zwei, nein.

Ich frage die Mutter am nächsten Morgen, bevor ich in die Schule gehe, ob ich mir *einen Bongs* nehmen darf. Meinswegen, sagt die Mutter, und ich nehme mir ein Zuckerstück, eines und nicht mehr, wie es bei uns Sitte ist.

Weshalb sage ich der Mutter nicht, daß ich mehrere Zukkerstücke für Nagorkans Walli benötige? Es wird, fühl ich, der Mutter nicht recht sein, daß ich Tinte verkippte, sie will, daß ich ein Musterschüler bin, auch mein Vater will das; Vater und Mutter sind Mitglieder von Rumposchens Skat-Verein.

Nagorkans Walli ist mit einem Zuckerstück nicht zufrieden, sie wird mich doch bei Rumposchen verklagen, sagt sie.

Ich versprech, daß ich ihr am nächsten Tag mehr *Bongse* mitbringen werde, doch auch am nächsten Tag bringe ich ihr nur das eine erlaubte Zuckerstück, und wieder sagt sie, sie wird mich verklagen, und sie ängstigt mich, sie wird mich verklagen, und so gehts drei, vier Tage lang. In meinem geschorenen Schädel spielen sich Kämpfe ab. Die Furcht vor Prügeln mit dem Haselstock drängt mich, unerlaubt eine Handvoll Zuckerstücke aus dem Glas im Laden zu grapschen, andererseits erlaubt mir das, was die Erwachsenen *Gewissen* nennen, nicht, die Mutter zu belügen und zu bestehlen. Ich wachse, ohne es zu wissen: Am sechsten Tage bin ich bereit, die Stockhiebe hinzunehmen und die Erpressungen abzuschütteln. Sie umkreist mich am nächsten Tag, und sie droht und droht, diese Walli, dieses Mädchentier, aber ich halte stand, und ich warte den ganzen Schulvormittag drauf, daß sie mich verpetzt, warte auch den nächsten Tag noch, aber sie sagt es Rumposchen nicht, sie sagt es niemals; trotzdem sehe ich sie nie mehr an, und ich rede sie nicht an, und wenn sie mich anredet, antworte ich nicht. Auch später beim Dorftanz, wie begehrt die schöne und stabile Walli auch sein mag, und wie sehr andere Burschen sich auch um sie reißen, für mich ist sie nicht da, und wenn ich sie morgen sehen sollte, wird sie für mich ebensowenig da sein, vermute ich.

Aber kaum ist die Furcht vor Rumposchens Haselstock-Schlägen besiegt, da fällt eine andere Furcht und wieder eine in mein Leben, und ich muß noch viele besiegen, und erst um mein sechzigstes Lebensjahr besiege ich die Ursache aller Furchtsamkeiten, die Furcht vor dem Tode, mit deren Hilfe mich Mitmenschen, die vorgaben und vorgeben, mich *führen* zu müssen, immer wieder nötigten, Verbrechen und Untaten gutzuheißen.

Und nach und nach fädelt sich die Arbeit in mein Leben. Erst ist sie dünn wie ein Spinnfaden, dann wird sie dicker und deutlicher. Kannst schon bissel was arbeiten, heißt es, gieß der Katze Thusnelda Milch in den Napf!

Ich tue es.

Jeden Morgen wasche ich mich und ziehe mich an, aber das ist in den Augen der Erwachsenen keine Arbeit, nicht einmal meine Schularbeiten sind für sie Arbeit, auch daß ich in die Schule gehe, ist keine Arbeit, es ist *neizeitlich*, es ist üblich. Großvater und sein Bruder Hansko gingen die meiste Zeit nicht in die Schule. Sie halfen schon als Jungen in der

Kleinlandwirtschaft ihrer Eltern mit, und wenn es im Winter zu kalt war und der Schnee zu hoch lag, gingen sie auch nicht in die Schule. In jener Zeit müssen die Märchen entstanden sein, die uns Hanka aus einem grünen Buch vorliest. Wer bringt das *Neizeitliche* unter die Menschen? Wer prüft, ob es was taugt? Wer verhindert, wenn es nichts taugt, daß es *üblich* wird?

Manches, was ich tue, wird nur von der Mutter und der Großmutter als *Arbeit* anerkannt; manches nur vom Vater und vom Großvater. Als ich acht Jahre alt bin, bediene ich die Teigteilmaschine in der Backstube. Das ist eine Arbeit, die vom Vater anerkannt wird. Ich zerstanze Teigklumpen mit Hilfe eines Hebelsystems in jeweils dreißig kleinere Teigstücke, kippe sie aus einer Metallschale auf die Beute, schiebe sie dem Vater handgerecht zu, und der Vater formt Semmeln draus, weiße weiche Teigsemmeln, die auf Bretter gelegt werden, damit sie dort wachsen (garen, sagen die Bäkker). Hernach werden sie in den Ofen geschoben und erstarren in der Hitze, sie werden gebacken, heißt es.

Jeden Freitag und jeden Sonnabend arbeite ich nach der Schule als Teigpresser. Manchmal gehts über meine Kraft. Meine Mutter kommt und sieht mir eine Weile zu: Schwere Arbeit, sagt sie, ich hätte schont wegen meine Hühneroogen nich Stand genug, den Teeg zu pressen! Sie sieht mich mitleidig an. Ich sehe weg. Wir sehen aneinander vorbei, damit wir nicht anfangen zu heulen; das würde den Vater aufbringen.

Leute reden: Lieber beim Deibel in die Hölle, als beim Bäcker vorm Ofen. Bäcker sind stets in Rage. Sie laufen mit der *Gare* um die Wette, mit der Vermehrung von Hefe- und Sauerteig-Bakterien. Die kleinen Bakterien, die biologischen Hilfsarbeiter, lassen sichs gutgehen, kichern, vermehren sich, leben wohl und treiben den großen Menschen mit der weißen Schürze in der Backstube umher, daß der schweißgebadet die Pantoffeln verliert.

Von meinen Brüdern Heinjak und Tinko sagt mein Vater, sie wären *seine Urlauber*. Er hat sie in Urlaubswochen gezeugt. Nach dem Zeugen rannte er wieder in den Krieg und schützte uns, vor allem aber wohl den Kaiser, vor dem russischen Zaren und dem französischen Präsidenten. Wir Deutschen werden stets von jemandem bedroht. Der Arierkönig Adolf fühlte sich vom Präsidenten des kleinen tschechischen Volkes, dann vom Bundeskanzler Österreichs bedroht, und so gings weiter, und heute fühlen sich die einen Deutschen von den anderen Deutschen bedroht.

Meine Mutter saß in ihrer Schwangerschaft da und wand sich: Die Wände hätt ich hochgehen könn vor Kuchenappetit, erzählt sie, keen Kuchen nirgends.

Großvater, der Alleskönner, schliff eine Kaffeemühle zurecht, auf der man Roggenkörner zu Schrot zerkleinern konnte. Das Roggen-Schrot mischte meine Mutter mit Zukker und nahm es eßlöffelweis zu sich, sobald mein embryonaler Bruder Heinjak telefonierte: Kuchen muß her!

Nun ist der Krieg zu Ende. Aus meiner Mutter schreits weiter nach Kuchen. Sie kann ihr Verlangen nicht mehr Leuten zuschieben, die da kommen sollen. Sie gibt ihrer Gier ein neues verharmlosendes Motiv: Ich eß nu moal gerne Kuchen! Was will ich machen? sagt sie.

Am Sonnabend, wenn das Gerenne in der Backstube nachläßt, stellt Mutter die Zutaten für *ihren* Kuchen zusammen. Mein Vater macht den Teig. Die Mutter wacht, daß er nicht mit anderen Teigen verwechselt wird. Der Kuchenteig muß eine Weile garen. Wenn der Vater die Teigklumpen zu Teiglaken ausrollt und auf gefettete Bleche drückt, ist die Mutter wieder heran. Sie belegt *ihre* Kuchen. Der Belag ist wichtig; er verleiht dem Kuchen seine Güte und seinen Namen: Bienenstich, Quark-, Zucker-, Streusel- oder Obstkuchen. Die Mutter zeichnet *ihre* Kuchen mit der halbierten Schale eines Hühner-Eis, damit sie auch im Backofen nicht mit anderen verwechselt werden. Die *Hausmarke* meiner Mutter kommt angebräunt aus dem Backofen. Sie gleicht farblich dem Kopf einer holländischen Tonpfeife, wenn die richtig eingeraucht ist.

Die Mutter saftet den Kuchen mit einer Mischung aus Fett, Ei und Zucker. Mein Vater tadelt das, und zwar auf eine Weise, die man auf dem Theater *beiseite* nennt: Der Loaden kann vollgerammelt stehn, sagt er, aber sie muß her und ihrem Kuchen die letzte Ölung geben! Hätt ich doch kunnt machen! Die Mutter trampelt beim *Ölen* des Kuchens hin und her und schluckt voreiligen Speichel; sie giert nach einem Kosthappen; der Kuchen soll auskühlen.

Der Teig für Mutters Kuchen wird nicht mit Wasser angemacht wie die Kuchenteige für den Laden, er wird mit Milch angemacht. Die Milch liefern die Kühe von Tante Magy draußen in den Feldern. Die Verbindung zwischen den Kuh-Eutern und Mutters Kuchen muß ich mit einer blaugrauen Drei-Liter-Kanne herstellen. Die Mutter jagt mich über die Felder; in der Kuchen-Hinsicht ist sie unerbittlich.

Trotz ihrer Eigenschaft, die man später *Modebewußtsein* nennen wird, trotz ihrer Schwärmereien für rosa-roten Fortschritt lebt meine Mutter außer der Zeit, außerhalb der Uhrzeit. Es kommt ihr nicht drauf an, ob sie morgens um sieben oder um acht Uhr aufsteht. Wenn sie zu spät aufsteht, schiebt sie die Schuld ihrer *unersättlichen Seele* zu: Ich hoab wieder lesen und lesen müssen!

Soagen wir um achte; neine wirds von alleene! heißts, wenn die Mutter sich mit jemand verabredet.

Der lässige Umgang mit der Zeit wurde mir nicht eingeerbt. Mir wurde der Respekt vor der Zeit eingeboren, vom Muttervater her. Der sorbische Großvater kontrolliert mit der Uhr, wie viele Pilze er in wieviel Minuten findet, und wie viele Misthäufchen er in einer Stunde auf dem Felde spreetet. (Bei uns wird der Mist nicht ausgestreut. Wie das Wort *spreeten,* dieses wahrscheinlich englische Lehnwort, zu uns in die halbdeutsche Niederlausitz gelangte, mögen die Engel wissen.)

Lange Zeit meines Lebens bildete ich mir auf meinen strengen Umgang mit der Zeit was ein, weil mich die Leute dafür lobten. Sie beneideten mich ob meiner *Gabe*, allzeit was *Rechtes* mit der Zeit anzufangen, doch mit den Jahren merkte ich, daß mir der Muttervater mit seinem Respekt vor der Zeit einen Fluch vererbte, und ich machte mich auf, meine Ehrfurcht vor der Fiktion Zeit in einem regelrechten Feldzug zu besiegen, setzte mich viertelstundenlang nieder, tat nichts, dachte nicht einmal und versuchte, die Unruhe, die der Respekt vor der Zeit in mein Leben brachte, zu verwandeln. Noch kann ich nicht vermelden, daß ich aus diesem Feldzug als Sieger hervorging.

Lauf und hol Kuchenmilch bei Tante Magy! sagt die Mutter. Ich bin noch vor dem Schul-Unterricht und sehe rasch auf den Regulator. Der Regulator zerhackt mit seinem Perpendikel die Zeit in hörbare Teilchen. Es ist gleich neun Uhr, und um zehn Uhr muß ich in der Schulstube hocken. Wir haben nur diese eine Schulstube und werden in Abteilungen unterrichtet. Um zehn Uhr ist meine Abteilung an der Reihe.

Ich präg mir die Zeigerstellung ein, reiß sie mit den Augen vom Zifferblatt, laß sie in mich hineinfallen und renne los: Wenn ich ruhig bin, geht der Uhrzeiger in mir normal vorwärts; wenn ich aufgeregt bin, geht er rascher.

Es gibt Fuhrwerkswege vom Dorf zu den Ausbauernhäusern; sie versuchen, gerade und amtlich zu verlaufen, und es gibt Trampelpfade; Knechte und Mägde, die einander auf den Ausbauernhöfen besuchen, Weiber, die ins Dorf zum Einkaufen gehen, und Kerle wie ich, die nach Milch preschen müssen, haben sie ausgetreten, Verkehrs-Äderchen, die je nach der Jahreszeit und dem Bodenzustand den gutsherrlichen Feldern eingeprägt werden, Straßen menschlicher Ameisen. Sie ziehen sich durch Getreide- oder Kleefelder, schlagen Bögen um Kartoffelfelder, weil die mit ihren Furchen den eilenden Füßen nicht wohlwollen, doch sie verfolgen dabei stets ihren Auftrag, den kürzesten Weg zwischen Menschenbehausungen herzustellen.

Es kann geschehen, daß so ein Weglein von heute auf morgen von einem pflügenden Ochsenkutscher aus der Landschaft gestrichen wird, und daß die Füße der Eilenden gezwungen sind, sich ein neues Wegchen durch die Felder zu tasten.

Wenn ein Pfad, der die Woche zuvor noch durch ein Lupinenfeld, durch Welten goldgelber Düfte, führte, von einem Ochsenpflug weggerillt und nicht mehr da ist, bricht ein heulendes Klagen aus mir. Ich renne am Rande des frischgeakkerten Feldstückes entlang, bis ich auf einen anderen Notsteig stoße, und bin erst wieder froh, wenn der mir zuraunt: Nur immer hier geradeaus! Du kannst dich auf mich verlassen! Ich bin ein Weglein, das Tante Magy, Onkel Ernst und ihre Dienstboten anlegten, um schnell zu euch in den Laden zu kommen. Und ich treib meine Barfüße an, das Quentchen verlorener Zeit, das mir der Umweg aufzwang, wettzumachen. Meine blau-graue Milchkanne schlägt mit blechernem Gebämmel gegen die Kleeblüten und formt das friedliche Gesumm der Bienen zu einem protestvollen Sirren um; selbst das Summen der bedachtsamen Hummeln wird temperamentvoller.

Ächzend falle ich in Tante Magys Futterküche ein: Tante Magy, die Kuchenmilch, bitte, gun Tag ooch.

Junge, sagt die Tante, ich hoab noch gor nich moal geschleidert. Auf Hochdeutsch heißt das, meine Tante hat die Milch noch nicht durch die Zentrifuge rotieren lassen. Die Milch ist noch nicht entrahmt.

Onkel Ernst sitzt am Tisch in der Futterküche und führt mit einem spitzen Messer Krieg gegen die Fliegen. Er hat befohlen, daß nur entrahmte Milch den Hof verläßt. Die Sahne wird benötigt. Es wird Butter draus gemacht. Butterpfunde sind den Ausbauern, was den Staatsführern Devisen sind. Die Butter wird in den Glasmacher-Orten verkauft. Fürs Buttergeld werden Salz und Pfeffer, Zucker und Ausgehzigarren, Strümpfe und Vorhemdchen gekauft. Der Onkel treibt *Devisenschiebung* mit Butter: Er kauft ungesalzte Margarine, das Pfund per dreißig Pfennig, mischt sie unter die Kuhbutter, fährt sie mit dem Bleßfuchs in die Glasmacher-Orte und verkauft sie als *prima, prima Bauernbutter.*

Wenn der Onkel nicht da ist, gibt mir Tante Magy unentrahmte Milch und läßt zuweilen sogar ein Butterstück hineinplumpsen: Ein Geschenk für uns Kinder! Aber ich muß es schleppen. Die Tante handelt nach einer Vorschrift auf dem christlichen Abreiß-Kalender: *Wer da gibt, dem wird gegeben!*

Ich weiß nicht, von wem die Tante etwas für die Butterstücke bekommt, sie wird es schon wissen, jetzt sagt sie erst einmal: Junge, ich hoabe noch nich moal geschleidert!

Ich bin in Not und Eile. Ich würde gern wissen, wie weit es der große Zeiger auf Tante Magys Regulator gebracht hat. Geh rüber bei große Muttern, sagt Tante Magy, und sich uff die Zeit! Großmutter grämt sich sowieso, daß keener von eich kommt.

Ich renne zum Wohnhaus, zur Großmutter in die Gute Stube und begrüße sie rasch. Ich will nicht zu ihr. Ich will zum Regulator. Er hat ein schwarzes Gehäuse mit Leichenwagen-Verzierungen. Ich stelle fest, ich habe noch Zeit und ahne nicht, daß die Groß-Zeiger von unserem und Tante Magys Regulator uneins sind. Für Zetschens in ihrer Felderweite ist die Zeit noch unwichtiger als für meine Mutter, es kommt ihnen keine Kundschaft über den Hals; sie lesen die Zeit am Hungergebrüll ihrer Tiere ab.

Die *Amerikanische* gibt mir zwei zusammengeklebte Bonbons von ihrem *Aufgesparten.* Ich soll ihr erzählen, was es Neues bei uns daheim gibt. Setz dich in den Schaukelstuhl! Ich tue es nicht. Ich bin mit dem Schaukelstuhl verzweit.

Ich erzähle: Unser Misthaufen im Hofe ist reif zum Abfahren. Unsere Glucke führt die Hühnchen nicht mehr und legt schon wieder. Das Zickel unserer hornlosen Ziege kriegt *doch* Hörner. Ich erzähle und lutsche.

Die *Amerikanische* will wissen, wer jetzt das Geld aus der Abendkasse bündelt und rollt; ob der Vater früh noch so lange schläft; ob mal jemand von ihr redet, ob die Mutter traurig ist, weil sie, die *Amerikanische*, von uns weg und zu Tante Magy gezogen ist, und ob sie in Bossdom am Sonnabend noch Karten spielen.

Ich lutsche und sage, was ich weiß, und was ich nicht weiß, sage ich nicht. Zum Schluß will die Großmutter wissen, ob ich morgens und abends brav bete. Morgens bete ich in der Schule. Wozu noch zu Hause? Am Ende wird der liebe Gott noch wilde, wenn man ihn ganzes anbetet.

Die *Amerikanische* sieht hoch zur Stubendecke. Die Stubendecke ist für sie in der dunklen Bauernstube der Himmel: Gott sorgt für alle, sagt sie, ob sie zu ihm beten oder nicht, aber für die, die eifrig bitten, sorgt er besser!

Ich trete von einem Fuß auf den anderen. Meine Füße proben fürs Gerenne, in das ich gleich werde hineinspringen müssen.

Auf der Bank in der Futterküche steht meine Milchkanne mit der Magermilch. Wasser, das bläulich-weiß schimmert, weil es durch die Kühe ging. Im Hause der Tante gibts kein Papier. Eine Zeitung wird nicht gehalten. Zu teier, sagt der Onkel. Er kann nicht lesen. Ich ziehe Packpapier aus der Hosentasche und klemme den Kannendeckel mit Hilfe des Papiers fest in den Kannenhals; auch beim heißesten Gepresch soll mir kein Tränlein Milch entschlüpfen!

Ich renne und rede mit dem großen Regulator-Zeiger daheim: Lieber Zeiger, sei so gut und loofe langsamer; ich wer mir ooch bei dir abfinden!

Durch die Unterhaltung mit dem Zeiger verlangsamt sich mein Lauf. Ich lege wieder zu. In der Erdkundestunde haben wir durchgenommen: Verspätete Wattenläufer müssen rennen, damit die Gezeiten sie nicht überholen. Ich muß die Zeit überholen.

Daheim packt mich der Schreck. Der große Zeiger unseres Regulators geht schon auf die elfte Stunde los. Ich fühle die Haselstock-Hiebe auf meinem Hinterteil schon lichterloh brennen.

Ich renne zur Schule. In meinem Tornister poltert es, als hätte er eine Darmkolik hinter sich. Vorfreude macht lachen; Vorschmerz macht heulen. Der Propagandasatz der *Amerikanischen* fällt mir ein: . . . für die, die eifrig zu ihm beten, sorgt er besser! Ich bete: Lieber Gott, wenn de irgendwie kannst, hilf mir!

Der Schulunterricht hat noch nicht begonnen; es geht auf halb elf zu, der Unterricht begann noch nicht. Meine Mitschüler hocken in der Sandgrube, graben Löcher und werfen Steinchen nach Spatzen. Der Herr Baron, der Vorsteher des Gutsbezirks, ist auf amtlichem Besuch bei Rumposchen, dem Amtsvorsteher. Gott hat mir geholfen.

Es kann vorkommen, daß mir der Gutsvogt den Trampelpfad durch die Herrschaftsfelder verstellt; es kann vorkommen, daß ich Tante Magy erst vom Nachbarhof holen muß, damit sie mir die Milch gibt; es kann vorkommen, daß ich nach Regenfällen im Erd-Brei ausrutsche und stürze und die Milchkanne mit ausgerauften Gräsern säubern muß; alles Gründe, die mich hindern, rechtzeitig in der Schule zu sein. Mutters Mißverhältnis zur Uhrzeit, ihre Kuchengier und Rumposchens Sadismus peitschen und jagen mich, aber ich suche und finde die Schuld für mein Zuspätkommen bei mir: Ich bin nicht rasch genug gelaufen. Ich passe noch nicht in die Welt der Erwachsenen, ich muß hineingeprügelt werden.

Eine merkwürdige Strecke Kindheit! Für die Mutter habe ich gearbeitet, wenn ich Kuchenmilch heranschleppe; für den Vater habe ich gearbeitet, wenn ich die Teigpresse bediente. Für Großvater bin ich *een ganzer Kerl*, wenn ich ihm am Monatsanfang die Altersrente aus Gulitzscha von der Post hole, nur die Anderthalbmeter-Großmutter verlangt keine Arbeit von mir. Wenn Onkel Phile nicht in der Nähe ist, bin ich es, über den sie ihre Liebe ausgießt. Wenn ich winters aus der Schule komme und in Holzpantoffeln durch den hohen Schnee gewatet bin, zieht sie mir die wollenen Strümpfe herunter und *brüht mir die Beene* in heißem Wasser. Sie kann so wohltuend sorbisch barmen und liebt uns, die Enkel, auf ihre Art, und wie wir heranwachsen, wird uns ihre *Liebe* oftmals lästig. Sie bewacht uns und überrascht uns mehr als zu oft bei kleinen Untaten, die wir heimlich begehen. Wir werfen den Hauklotz um, legen ein Seitenbrett des Ackerwagens drüber und haben eine Wippe. Wippe und Schaukel sind Teilchen des Menschentraums, sich von der Erde wegzuheben, zu fliegen. Ein Traum, der dem Menschen im Kleide seiner Saurier-Vorfahren und im Fell der fliegenden Säugetiere einmal Wirklichkeit war, und der ihm als *fliegender Teppich* aus Metall wieder Wirklichkeit wurde. Die Anderthalbmeter-Großmutter läßt ihn uns nicht austräumen. Wir wippen, sie steht daneben und redet auf uns ein: Ihr werd eich die Beene einklemm; ihr werd eich das Kreize verstauchen; das Woagenbrett werd ihr zerbrechen! Und sie redet, bis wir abstehen. Der Traum ist uns vergällt.

Sonntag-Nachmittag, Dorfstille, Dorfeinsamkeit. Drei oder vier meiner Schulfreunde sind bei mir, zwei oder drei

Mädchen sind bei meiner Schwester. Wir Jungen hocken auf dem Heuboden, beraten, was wir spielen könnten. Einer, dem eine Lesebuchgeschichte im Kopf herumspukt, meint, wir sollten einen Elfenreigen tanzen. Vielleicht steckt wieder der Traum vom Fliegen dahinter. Elfen sind nackt, wissen wir aus dem Lesebuch. Wir ziehen uns aus, steigen die Leiter hinunter und tanzen unter dem Schuppen und singen: *Lustig ist das Zigeunerleben.*

Die Mädchen kommen. Sie heben ihre Sonntagsschürzen auf und verstecken ihre Gesichter dahinter. Sie ertragen wohl unsere Nacktheit nicht: Ihr seid Schweine, sagt eines.

Die Anderthalbmeter-Großmutter kommt und spückelt: Nu muß ichs woll doch Voatern soagen, er soll eich mit die Brotschosse verhaun.

Die *Elfen* stieben auseinander, klettern wieder auf den Heuboden und freuen sich: Sie haben den Mädchen Pein verursacht; vielleicht eine süße Pein.

Meine Schwester ist bis zu ihrem dreizehnten Lebensjahr mehr Junge als ich. Sie klettert auf den Sauerkirschbaum; ich bin noch sehr unten im Geäst, sie ist schon oben bei den dunkelsten Kirschen. Sie kann den Hof überblicken und ruft mir zu: Detektiv Kaschwalla kummt! Die Anderthalbmeter-Großmutter ist gemeint, und schon hören wir ihr Geschimpf: Wirschte dir vom Kirschboom machen, als Mädel, was de bist!

Das ist die Geburtsstunde von *Detektiv Kaschwalla.* Ich habe um diese Zeit noch keinen Detektiv-Roman gelesen, ich kenne das Wort Detektiv nicht. Meine Schwester hat es im Laden gehört. Alles bei uns kommt aus dem Laden!

Mit dreizehn Jahren wachsen meiner Schwester kleine Brüste. Aus ists mit ihren verrückten Jungenspielen. Sie tut, als wäre sie nie in der Spitze von Zetschens Süßkirschenbaum gesessen, als hätte sie dort nie geschaukelt und mich und meine kleineren Brüder mit den süßesten Kirschen versorgt. Mit dreizehn Jahren schreit sie bei der geringsten Gefahr: Huch oder jeminee! Sie wird eine Frau, sie wird *schwaches Geschlecht.*

Winter ists wieder, und der Großvater stutzt einen abgelegten Flegel der Anderthalbmeter-Großmutter für mich. Er bringt mir das Flegeldreschen bei. Flegeldreschen ist in unseren Kossäten- und Bergarbeiterdörfern Wintermode. Die Äkker sind verschneit; der Brennholzvorrat ist gerichtet, man hat Zeit, den Hafer aus seinen Rispen und den Roggen aus seinen Ähren zu klopfen.

Früher Wintermorgen. Der Schnee quietscht unter den Sohlen der Holzpantoffeln; die Stallaterne hängt über uns am Tennenbalken; Abgase umzittern ihren Kopf, blaßgelbes Geflämm franst kleine Räume aus der Finsternis, läßt sie schummerig erscheinen und das Haferstroh golden gegenleuchten.

Schon um vier Uhr morgens fängt in allen Scheunen dorfauf, dorfab das Flegeldreschen an: Klipp, klapp, klipp-klapp, heißts, wo nur zwei Leute dreschen; klipp-klapp-klupp, wo es drei sind; klipp-klapp-klupp-klopp, wo es vier, klipp-klapp-klupp-klopp-klepp, wo es fünf Leute sind.

Großvater breitet Hafergarben auf der Tenne aus. Er zeigt mir, wie sich der Kolben des Flegels, während ich ihn zum Schlagen aufhebe, in seinem Ledergelenk drehen muß, und er zeigt mir, mit welchem Nachdruck die Schläge auf die stumpfe Seite der Garben niederzugehen haben, und wie gemächlich ich den Flegelkolben seinem Eigengewicht überlassen darf, wenn ich die Rispen der Garben bearbeite. Dort harren die reifen Körner aufs Herausflitzen.

Die Anderthalbmeter-Großmutter kommt gähnend aus dem Haus. Ihre Röcke riechen nach Holzrauch. Es wird eine kleine Dreschprobe zu dritt abgehalten: Klipp-klapp-klupp, klipp-klapp-klupp. Der Großvater lobt mich: Hörschte, Alte, der Jungatzko kann schon Takt halden!

Nun bin ich ein Drescher. Gewiß flüchten unter den Schlägen meines kleinen Flegels nicht so viele Roggen- und Haferkörner aus ihren Ähren und Rispen wie bei den Erwachsenen, aber Großvater nennt mich einen *dichtigen Drescher.*

Das Lob facht meinen Ehrgeiz an. Ich will den Menschen, die sich die Erwachsenen nennen, gefallen. Die Gefallsucht schlief in mir. Die Erwachsenen weckten sie. Kam sie mit mir zur Welt?

Ich wünsche, die oder die möchten mich hier in der Scheunen-Schummerigkeit aufs Getreide losdreschen sehen. Nein, nicht meine Schulkameraden; die stehen gleich mir in den Morgenstunden in den väterlichen Scheunen und dreschen. Ich denke an Martka, die Freundin meiner Schwester, an die Mutter und an Hanka. Sie dürften mich schon ein wenig bewundern. Aber wer soll früh um fünfe schon was bewundern!

Wenigstens schaut mir unsere Katze Thusnelda zu. Sie sitzt mit unter den Leib gezogenen Pfoten auf dem Kornboden und sieht aus wie eine Dorf-Alte, die sich neugierig aus dem Fenster ihrer Bodenstube das Leben auf der Dorfstraße beguckt. Mit eins aber springt sie auf die Tenne nieder. Sie zerbricht mit ihrem Sprung unseren Flegelgesang; wir haben eine Maus aus den Getreidegarben gedroschen.

Also hat auch Thusnelda mich nicht bewundert! Ich muß mich an den Morgen-Mond halten. Er läßt sich zwischen den Ästen der sieben Eichen herunter. Ob er mich bestaunt, weiß ich nicht. Jedenfalls ist er nicht auf Mäuse aus.

Als die *Amerikanische* noch bei uns in Bossdom war und uns das Schaukeln im amerikanischen Stuhl zuteilte, sagte sie einmal: Seid froh im Herrn; er ist bei euch bis an der Welt Ende! Das war aus dem evangelischen Sonntagsblatt.

Lobt froh den Herrn, ihr jugendlichen Chöre! antwortete ich, und das war der Anfang eines Kirchenliedes. Die *Amerikanische* war glücklich. Es schien ihr gelungen zu sein, das, was sie im Sonntagsblatt gelesen hatte, auf mich, den Jungwähler in Christo, zu übertragen. Ich meinerseits war erfreut, so rasch auf den Schaukelstuhl zu kommen. Es ward uns beiden geholfen.

Jetzt sitzt die *Amerikanische* in der dunklen Ausbauern-Stube. Es ist niemand zur Hand, dessen Gottnähe sie ausmessen kann. Der Schaukelstuhl steht ungenutzt da. Aber eines Tages erbarmt sich Gott der *Amerikanischen* und befiehlt: Mach Freude! So erzählt sie es uns jedenfalls. Der Herr hätte sie beauftragt.

Sie bepiert die Tante um Lumpen. Die Tante kriecht noch vor dem Abendmelken auf den Boden und rafft dort rüchige Stoff-Abfälle zusammen. Die *Amerikanische* näht daraus in drei Tagen eine Tischdecke. Sie breitet sie aus und verharrt in Vorfreude: Die Tante wird kommen, die Decke bewundern und eine Weile länger als sonst verweilen. Die Lumpen-Tischdecke gehört zur Familie zweck- und nutzloser Dinge, die manche Frauen heutigentags nach der Anleitung *Schöne Dinge selbst gemacht* in die Welt setzen.

Auch ich bekomme mit den Tischdecken der *Amerikanischen* zu tun. Ich soll, sagt die Tante, *just for a moment,* zur *Amerikanischen.* Ich gehorche. Es endet damit, daß ich am nächsten Sonnabend ein Bündel Lumpen von Bossdom zur Großmutter schleppe, und daß die eine Tischdecke für meine Mutter herauspaspeliert.

Meine Mutter besieht sich die Decke. Der Klunker ist nach dem Rat des Herrn und nicht nach einem Schnitt-Muster-Bogen aus *Vobachs Modenzeitung fürs deutsche Haus* gemacht. Mutter besieht die Decke von vorn und von hinten, und legt sie, Anwiderung im Gesicht, ins unterste Fach ihrer Kommode. Wenn die Großmutter uns mal wieder besuchen sollte, wird Mutter *das Gekröse* aufdecken, sagt sie.

Die Einsamkeit der *Amerikanischen* wird dichter und grauer. Tante Magy soll die Ausbauernfrauen in der Runde auffordern, ihr Lumpen zu bringen. Die *Amerikanische* versucht, zu Unterhaltungen zu kommen, doch es ist, als ob sie versuchen würde, Novembernebel in einer Kerzenflamme zu verbrennen: Die Bauernfrauen bringen ihre Lumpen, sitzen ein halbes Stündchen und gehen wieder. Wir hoaben zu tune, sagen sie. (Bei uns sagt man nicht zu tun.) Sie kommen die Decken abholen, füllen die Stube mit Staunen und Wundern. Als Entgelt für die Decke lassen sie sich ein Weilchen von der *Amerikanischen* ausfragen. Dann gehen sie und werden nie wieder gesehen. Alle haben zu tune, zu tune.

Die *Amerikanische* hat Gottes Ratschlag mißbraucht. Sie hat die Lumpendecken nicht genäht, um anderen Freude zu machen, sondern um sich mit Unterhaltung zu versorgen. Sie verzagt. Sie will weg, sagt sie zur Tante. Sie will wieder nach

Grauschteen in ihren Kotten. Sie hat Heimweh, und sie sehnt sich nach der Liebe ihrer zweiten Tochter, nach der Liebe unserer Stief-Tante Elise, der Tochter, die sie mit Großvater Jurischka gezeugt hat. Sie möchte mit dem Grauschteener Pastor von Gott reden. Pastor Büchsel ist bescheiden und geht in Holzsandalen umher.

Meine Eltern werden zum Abtransport der Großmutter nicht bemüht. Kein Aufsehen, Kinder! Tante Magy und Onkel Ernst ist der Auszug der *Amerikanischen* peinlich.

Der Schaukelstuhl bleibt bei Tante Magy. Sie kennt ihn am besten; sie ist dreimal mit ihm nach Amerika und zurück gefahren. Wer weiß, ob die Tante den Schaukelstuhl nicht als Wiedergutmachung bekommt. Die *Amerikanische* wird vom Gewissen gebissen, weil sie Tante Magy dennmals an Onkel Ernst verkuppelte.

Onkel Ernst fordert auf seinen Butter-Touren lose Glasmacherweiber auf, ihn zu besuchen. Die Weiber kommen; eine nach der anderen: Wollt ihr Kirschens, wollt ihr Pflaums, fragt er sie. Himpein könnt ihr ooch, sagt er, wir hoaben amerikanischen Schaukelstuhl. Der Onkel bringt die losen Weiber, eines nach dem anderen, in die Gute Stube zum Schaukeln. Meine Tante behackt draußen in der Felderferne Runkelrüben.

Wieder ists März, und es ist warm und küselig. Wirbelwinde machen sich trichterförmige Kleider aus losem Erdreich und vergilbten Baumblättern. In die Wirbelwinde sitzen kleene Deibelchens. Sie befucken und besegnen die Felder, erklärt Großvater.

Ich passe und lauere, ich will ein Teufelchen tätig sehn. Ich sehe keines. Später werde ich wissen, daß auch die Indianer Mexikos behaupten, in den Winden säßen Geister. Wie kommts, daß der Aberglaube meiner sorbischen Väter mit dem der mexikanischen Indianer verwandt ist? Alle Menschen der Erde sind miteinander verwandt.

Meine Vor-Väter haben mit den Geistern in den Winden nicht allzu schlecht gelebt. In Bossdom trieben diese Geister die Windmühle und lieferten Mehl, Schrot, Graupen und

Grütze fürs ganze Dorf. Im Nachbardorf Gulitzscha setzten sie ein Windrad in Bewegung und bewässerten die herrschaftliche Gärtnerei. Abergläubische! schimpfen wir unsere Vorfahren und glauben, daß uns Atomraketen Frieden bescheren.

Märzenstaub – viel Gras und Laub, heißt eine Bauernregel. Großvater zeigt auf einen Wirbelwind. Der Wirbelwind saust in seinem Sandkleid über die Wiese. Achte druff, sagt Großvater, was für een Gras zu Joahre uff die Wiese, groade uff *die* Wiese sein wird!

Im März wird der Misthaufen im Hofe gewaltsam vergrößert. Der Pferde-, der Schweine- und der Ziegenstall werden ausgemistet. Kaninchenmist und Taubendreck kommen hinzu. Wir wollen unsere Äcker gut füttern; sie sollen uns etwas herausstemmen aus ihren Erden.

Ich wachse in eine neue Arbeit hinein. Schon im vergangenen Herbst saß ich auf der Unterlage des Ackerwagens zwischen dem linksseitigen Vorder- und dem linksseitigen Hinterrad und ließ meine Beine baumeln. Neben mir saß der Großvater, ließ seine Beine baumeln und unterwies mich im Kutschieren.

Ich weiß sehr bald, was zu tun ist, wenn die Stute nach einem Sonntag übermütig durchzugehen versucht. Großvater belehrt und beschwört mich in seiner säuselnd sorbischen Art: Ich darf die Zügel nie schleifen lassen; ich darf mich, wenn ich aufrecht auf der Wagenunterlage stehe, weder im Trab noch im Galopp an den Zügeln festhalten; ich darf das Pferd nicht im Maul reißen; ich darf das nicht, ich muß das.

Ich egge die Saat ein; Großvater ist dabei. Ich hebe mit dem Krimmer die Nester der Quecken aus; Großvater ist dabei, ist dabei. Ich wer dir ausheeßen, wie mans macht, sagt er und wird nicht müde, mich sanft zu belehren. Brechen während der Arbeit Streitigkeiten zwischen mir und der Stute aus, sagt er: Wenn sich Pferd und Kutscher verzween, is immer der Kutscher schuld, weil er was verlangen tut, was das Pferd nich gelernt hat. Andererseits hat die Stute dies und das beim Großvater gelernt, wovon ich nichts weiß, und sie bringt es mir bei. Das Wunder der zwei Möglichkeiten zieht sich durch die Welt und unser Leben.

Nun soll ich allein kutschieren, soll Mist fahren. Mein Vater belädt den Ackerwagen Numero eins. Ich spanne an und fahre. Auf dem Felde erwartet mich Großvater: Sich mal an, sagt er, wie scheene das schon geht! Er erkundigt sich, ob die Stute unterwegs scheute, ob sie anhalten, ob sie sich am jungen Gras laben wollte?

Nichts dergleichen! Die Stute ging ihren Gang. Ich trieb sie an oder hielt sie zurück. Hier steht ein Kutscher.

Der Großvater lehrt mich, wie man die Mistfuhre Häufchen bei Häufchen in gleichen Abständen und schnurgerade in der Reihe auf dem Felde verteilt. Weshalb diese exerzierenden Misthaufen? Stille Übereinkunft unter den Kossäten, Wettbewerb in Akkuratesse. Gekrümmte Misthaufenzeilen ernten sogar Spott bei Großmüttern, die zuweilen Weisheit ausstrahlen. Daheim bei dir darf der Hof-Misthaufen bis an die Hausschwelle reichen, macht nichts! Hauptsache, die Häufchen auf dem Felde marschieren auf wie die *Schützen von Heierschwerde.*

Mein Vater fürchtet unausgesetzt, die Kossäten, zwischen die er sich als Bäcker mischte, könnten ihn hinterrücks belächeln, deshalb lauscht und paßt er, ob er nicht mit dem Frühjahrs-Ausmisten oder der Hafer-Aussaat zu spät dran ist.

Der Großvater hats nicht nötig, anderen auf die Finger zu sehen. Er befragt die Äcker, das Wetter, Winde und Wolken nach den günstigsten Feld-Arbeits-Terminen. Die anderen sollen sich nach ihm richten, zum Deibel, er hat beim Förster-Ökonomen in Blunow gelernt!

Wenn ich mit dem leeren Wagen in den Hof fahre, hat der Vater den Ackerwagen Numero zwei mit Mist beladen. Ich sehn mich nach einem Lob von ihm, doch er ist nicht des Lobes, sondern der Wut voll. Das Wuchten mit dem zähen Langstroh-Mist ist ihm schon über. Er sieht mich, den neuen Kutscher, nicht. Für ihn ist selbstverständlich, daß unsere Katze Thusnelda Mäuse fängt; für ihn ist selbstverständlich, daß ich Mist mit Wechselwagen fahre.

Auf der Pflaumen-Allee kommen mir Barons entgegen. Ich

erkenns an der Gerecktheit und dem herausgestemmten Busen der Frau, daß es Barons sind. Sie sind unterwegs, lassen sich von den Heidelerchen bedudeln und bewundern durch Brillen mit dunklen Gläsern das Vorrücken des Frühlings. Weshalb dunkle Brillengläser? Jahrs zuvor gabs eine Sonnenfinsternis, und Lehrer Rumposch ließ uns durch eine berußte Glasscheibe in die Sonne sehn. Die Sonne war rot, und an ihrem linken Rand war die Finsternis, die Krankheit, mit der die Sonne rang, als schwarzer Fleck zu sehen. Mich gruselte. Es wehte kühl, und es ging keine Kraft von der Sonne aus. Ich würde krank werden, wenn ich lange durch eine berußte Scheibe auf die Sonne sehen müßte. Wollen Barons sich absichtlich die Kränke zuziehen?

Ich grüße mit dem Peitschenstiel. Ich bin ein Kutscher! Ich umfahre Barons, als ob sie Bäume mit dunklen Brillen wären.

So fange ich an, ein richtiger Mann zu werden. Es geht Mistgeruch von mir aus. Ich muß mich auf Abend unter der Pumpe waschen, wie ein Mann eben, der mit Mist zu tun hatte.

Es will und will sich mir nich, sagt die Mutter beim Abendbrot, der Junge is noch zu kleene zum Fuhrwerken.

Es macht am aber Freede, sagt der Großvater.

Andere Leite sagen ooch, erwidert die Mutter, er is noch zu kleene.

Die Baronsche ist bei der Mutter vorstellig geworden. Die Baronsche is jetzt woll deine Freindschaft, Mama?

Um Gotteswillen, laß das niemand hören! Die Frau Baronin hätte sich ihr freundlich zugeneigt, belehrt mich die Mutter. Zugeneigt – das hat sie wieder aus einem Hedwig-Roman.

Die Baronsche erzählt der Mutter hin und wieder, wenn der Laden kundenleer ist, aus ihrer Jungmädchenzeit. Sie ist in einem Pensionat in Jena erzogen worden, sagt sie. Die dortigen Studenten hätten sie verehrt, sagt sie auch, aber sie hätte sich nicht mit ihnen abgeben dürfen, weil die nicht *comme il faut* gewesen wären.

Was ist Kommelpfot, Mama?

Blaues Blut, antwortet die Mutter.

Von Studenten kann auch die Mutter ein Lied singen. Sie erzählt der Baronschen ihre Schöneberger Geschichten.

So plaudern sie: Die Baronsche von oben herab, die Mutter von unten herauf, und die Mutter läßt dabei den Wischlappen über den Ladentisch flitzen.

Die Baronsche hat Augen wie ein Sperber. Sie erspäht die Berliner Pfannkuchen im Schragen und will wissen, ob die redlich mit Marmelade gefüllt sind. Die Mutter meint, die Baronin will Pfannkuchen kaufen. Nicht von was, die Baronin will nur ein Sprüchlein loswerden: *Das Leben ist ein Pfannekuchen, / die Marmelad des Glückes Bild, / jedoch ich muß dem Schicksal fluchen, / der meine, der war ungefüllt,* rezitiert sie.

Die Mutter giert nach Unalltäglichkeiten. Sie füttert das Sprüchlein ihrer unersättlichen Seele ein. Ich höre es bis zu ihrem Tode von ihr, wenn auf Familienfeiern Berliner Pfannkuchen gegessen werden: *Das Leben ist ein Pfannekuchen . . .*, dann eine Kunstpause und dann der Satz: Das hoab ich von die Frau Baron doamoals.

Die Baronsche beschäftigt außer einem Haus- und einem Stubenmädchen auch eine Kochkiste.

Kochkiste? Das würde mir mal interessieren, Frau Baron, sagt die Mutter.

Die Baronin könnte die Mutter einladen. Aber wie das standesgemäß bewerkstelligen? Sie kann die Bäckersfrau einerseits nicht durch den Herrschafts-Eingang kommen lassen, empfangen und begrüßen, und sie kann sie andererseits nicht wie Dienstpersonal und Bettelleute durch den Hintereingang in die Küche zur Kochkistenbesichtigung führen lassen, deshalb übermittelt sie der Mutter die Kochkiste geistig, und die Mutter versucht, die Geisterkiste ins Hirn meines Großvaters zu transportieren.

Kochen ohne Feier? sagt der Großvater, wem willste das erzähln?

Die Anderthalbmeter-Großmutter mischt sich ein: Ich schieb ja die Schoalkartoffeln ooch ins Bette, wenn se angekocht sind.

Bette, Bette, äfft der Großvater, im Bette is ooch warm.

Die Kochkisten-Idee bleibt unverwirklicht in mittlerer Höhe über unserem Hause hängen. Aber an jenem Abend, an dem es um meine Kutscherzukunft geht, greift Großvater nach ihr: Die Baronsche, sagt er, was versteht die schon von Mistfoahrn, die mit ihre Kiste, was ohne Feier kochen soll!

Das Machtwort ist gesprochen. Ich bleibe Kutscher.

Meine Laufbahn als Ladendiener fängt leiser an. Wenn die Ladenklingel scheppert, heißts: Geh moal schnell bedien, ich kämm mir groade die Hoare; renn moal vor, ich wische groade Stoob; geh moal vor, vielleicht will er bloß was eenzelnes, wenna mehr will, rufste mir! Er, das ist der Kunde, was eenzelnes ist ein Hering oder ein Würfel Margarine, ein Pfund Zucker oder ein Pfund Reis. Noch häufiger heißts morgens, bevor ich in die Schule muß: Geh moal vor, ich bin noch im Hemde.

In der alten Backstube liegt neben der Heringstonne nur noch ein kleines Stück Papier. Es reicht nicht, einen ausgestreckten Hering hineinzuwickeln. Ich biege den Hering, damit er ins Papier paßt, und es wird mir von hinterrücks eine Ohrfeige. Mein Vater steht barfuß und hemdig hinter mir. Die Begebenheit endet mit einer Grundsatz-Erklärung am Bett der aus dem Schlaf gerissenen Mutter: Es hört mir uff, daß der Junge im Loaden bedient!

Mein Leben wäre um viele Erfahrungen ärmer, wenn diese Erklärung etwas bewirkt hätte. Sie zerschellte an der Morgenträgheit der Eltern. Sie finden so schwer aus dem Bett, wie wir wissen; die Mutter ihrer Seele wegen, und der Vater? Hat er nicht in seiner Lehrzeit immer *als erster mußt uffstehn?* Wozu ist er selbständig geworden?

Ich werde nach und nach ein unentbehrlicher Verkäufer: Salz dreißig, Zucker vierzig, Hering zehn, Essig zwanzig, Petroleum dreißig, Margarine fünfzig, Mehl fünfundzwanzig – immer sind Pfennige gemeint. Die Preise hocken in meinem Hirn neben Kirchenliedern, Bibelbüchern und Lesebuch-Geschichten: *Wer weiß, wie nahe mir mein Ende* . . . oder *Die Schwalbe fliegt über den Erie-See* . . . und sowas. Außerdem hocken und hecken Kartenspiele in meinem Hirn, das große und das kleine Einmaleins, auch Märchen, und alles, was ich von Pferden, vom Kutschieren und von Haustieren weiß.

Ich schütte Mehl in die Leinensäckchen der Kundinnen. Manche Säckchen duften frisch und nach Sonne, manche riechen dumpf und stockig. Ich vergleiche die Beschaffenheit der Mehlsäckchen mit der Kleidung der Frauen und weiß recht bald, welche von ihnen sich vor dem Einkaufengehen nur eine saubere Schürze über den fleckigen Rock banden.

Das laß niemanden hören! sagt die Mutter. Alles unsere Kundschaft. Ich sehe, was ich sehe, aber Mutters Laden macht mich zum Parteigänger, ich soll nur sehen, was dem Geschäft nicht schadet. Diese Nötigung verfolgt mich mein Leben lang: Andere verlangen von mir, daß ich sehe, was sie wünschen.

Ich weiß, welche Frauen nur das kaufen, was sie sich zu kaufen vornahmen, und ich kenne die Frauen, deren Augen von Ware zu Ware wandern, deren Wünsche erst im Laden geboren werden. Sie sind die Lieblingskundinnen meiner Mutter. Sie kann ihnen Ladenhüter präsentieren: Eene schmale, kleene Hoarschleefe noch mitnehmen, Frau Noakinne?

Und wie die Frauen mit dem Geld umgehen! Die eine zieht es Stück für Stück aus der Tiefe ihrer Rocktasche; die andere hats in Papier eingewickelt, andere kommen mit Portemonnaies, die den Charakter ihrer Herumträgerinnen angenommen haben: Eines ist zerfledert und stumpf, ein anderes ist blank von den vielen Seufzern, die über es hingingen. Die Schliwine greift weder in die Rocktasche noch in ein Portemonnaie. Sie wartet, wenn noch andere Kunden im Laden sind, bis ich aufschaue, dann gibt sie mir einen Wink und weist auf das dicke Kontobuch. Ich übe Takt, schreibe die Schuldsumme auf ein Zettelchen und lege es unauffällig ins dicke Kontobuch. Eine Empfehlung meiner Mutter: Kundendienst!

Koalinne hingegen macht das Anschreibenlassen nicht zum Geheimnis: Mein Alter hat wieder sehre gesoffen, sehre, und wir hoaben Dachsteener mußt bezoahln, rechtfertigt sie sich vor mir, vor einem Menschlein, auf dessen Hinterteil eine Stunde später Rumposch seinen Haselstock tanzen lassen wird.

Ich weiß nicht, daß man es so nennt, aber ich mache Charakterstudien, beobachte und beobachte. Das Ladendienern ist eine Lust für mich.

Großvater stachelt meinen Ehrgeiz an: Kannste das Pferd schon alleene uffschirrn oder kannste noch nicht?

Hanka, der ich die gefüllten Kohlenkörbe zur Fußgrube vor dem Backofen schleppen helfe, belohnt mich im dunklen Schuppen mit Küssen. Du wirscht dem Vater immer ähnlicher!

Könntest du mir nicht mal drei Flaschen Bier aus dem Keller holen? fragt die Mutter. Ich hole das Bier. Könntest du nicht zu Gärtner Kollatzsch gehn und Sallat holen? Ich hole Salat. Könntest du nicht mal nachsehen, ob die Kartoffeln schon gar sind? Ich sehe nach. Nur wenn die Mutter mich beim Lesen vorfindet, stört sie mich nicht. Das soll gesagt sein, damit das große Muß, mit dem sie mich am Wochen-Ende nach Kuhmilch jagt, gemildert wird.

Der Vater übermittelt mir seine Wünsche militärisch: Esau, pressen komm! Er schickt einen scharfen Pfiff hinterdrein. Vater, der Novemberrevolutionär, ist nie Gefreiter geworden; vielleicht befördert er sich heimlich, wenn er mir Befehle erteilt.

So wächst das Pflichtbewußtsein in mir heran. Welche Vorfahrenlinie hat es mir eingeboren, die sorbische oder die der Schwarzwaldbauern? Das Pflichtgefühl erwacht am Morgen mit mir, rekelt sich, blinzelt und wird sogleich von den Erwachsenen in Anspruch genommen.

Wem mache ich eine Freude, wenn ich morgens in die Schule gehe? Rumposch hält es für selbstverständlich, daß ich auf meinem Platz sitze. Niemals sagt er: Schön, daß du wieder da bist!

Ich fache mein Pflichtbewußtsein sogar selber an und erfülle Erwachsenenwünsche, bevor sie ausgesprochen wurden. Ich greife sonnabends, noch bevor mich die Mutter aufgefordert hat, nach der Milchkanne. Ich will Zeit gewinnen. Unterwegs fange ich an zu beten: Sieh zu, lieber Gott, daß Tante Magy die Milch schont geschleidert hat! Ich werfe mich nach den Ratschlägen der Bibel in die Arme des Herrn und bete auf dem Weg zur Tante wie ein Pilger auf der Wallfahrt: Lieber Gott, mach, daß die Tante schont gemolken hat!

Und wirklich, Gott erhört mich: Magy, mach dir heite rischer ans Füttern und Melken, sagt Gott zur Tante, der Junge ängstigt sich. Du weeßt, daß er von Rumposchen den Ursch voll kriegt, wenn er zu späte kommt!

Da die Tante fromm ist und sich jeden Morgen ihre Tageslosung vom christlichen Kalender abreißt, ist sie *able*, Gottes wortlose Hinweise zu deuten, und sie federt bei der Arbeit, und wie ich hinkomme, hat sie schon gemolken und *geschleidert*.

Lieber Gott, scheen Dank ooch, bete ich auf dem Heimweg.

Noch zweimal ist mir Gott auf diese Weise behilflich, und ich bilde mir ein, *lieb Kind* bei ihm zu sein, aber dann *läuft ihm eine Laus über die Leber*, und er läßt mich wieder mit hängender Zunge über die Felder preschen. Vielleicht ist er unzufrieden mit meinem blanken Dankeschön; vielleicht muß ich ihm ein Opfer bringen wie die Leute im Alten Testament: Die Mutter schenkt mir ein Zuckerstück. Ich gebe es unangeknabbert und unbeleckt an meine Schwester weiter. Die Schwester meint, ich habe mich überfressen. Ich kann ihr nicht erkären, daß ich etwas *Gottgefälliges* getan habe. Sie schenkt mir ihren postgelben Bleistift. Ich nehme ihn.

Gott zeigt mir, daß ihm das mißfiel. Er bremst meine Tante. Sie verspätet sich, ich verspäte mich und kriege meine Tracht von Rumposchen.

Gott verlangt eine ganze Menge von einem, der sich mit ihm eingelassen und Gefälligkeiten von ihm angenommen hat. Ich fange an, in die Kirche zu gehen, besonders nach Sonnabenden, an denen es haarscharf an Rumposchens Haselstock-Hieben vorbeiging.

Ich werde immer unselbständiger, ich werde gotteskrank. Ich bete vor dem Schulgang zwanzig bis dreißig Mal: Lieber Gott, mach, daß ich heite bei *So nimm denn meine Hände* nich steckenbleibe. Jawohl, ich bitte Gott, daß er mir kein Bein stellen möge, wenn ich ein Lied zu seinem Lobe aufsage. Ich sage das Lied in der Schule auf: *So nimm denn meine Hände / Und führe mich / Bis an mein selig Ende / Und ewiglich. / Ich kann allein nicht stehen, / Ich armes Kind . . .*

So ist es: Ich kann nicht mehr alleine stehen, und ich fange an zu heulen, und Rumposch denkt, ich heule, weil ich das Lied nicht weiter kann. Gnädig zieht er mir nur drei Hiebe mit dem Haselstock über die flache Hand.

Und meine Gotteskrankheit wird schlimmer. Ich gehe umher und plappere und verlange von Gott, er möge sich in die Essenkocherei meiner Mutter einmischen: Lieber Gott, mach, daß es heite keene Steckrüben gibt! Lieber Gott, mach, daß Großvater die Stute noch nich eingespannt hat, damit ichs machen kann. Lieber Gott, mach, daß der kleene Kirschboom, den ich gepflanzt hoab, anwächst. Lieber Gott, lieber Gott, lieber Gott!

In meiner Not fällt mir Großtante Maika ein. Ich geh mir lassen versprechen, wie es bei uns in der Heide heißt.

Der Mai-Nachmittag zittert noch vom großen Sonnenfest. Die Feldlerchen füttern das, was sie mit ihrem Gesang aus sich herausgelockt haben, ihre Jungen. Am Sonnabend beim Milchholen habe ich nie Zeit, jetzt gucke ich in die Nester. Wie sollen aus diesen nackten Schreihälsen schön-trillernde Lerchen werden, die aufsteigen, singen und weitersteigen, bis man sie nicht mehr sieht? Zwei Jahre zuvor dachte ich noch, der Himmel singt. Vielleicht singt er auch, nur ich bin aus meiner Märchenzeit herausgewachsen. Ich habe schon Holzpantoffel-Nummer fünfundzwanzig.

Um Großtante Maikas Gehöft blühen die Obstbäume; die Apfelbäume laut; die Pflaumenbäume leise. Die Pferdekoppel ist ein grüner Teppich mit gelben Tupfen aus Löwenzahnblüten. Großtante Maika sitzt auf dem Findling unterm blühenden Kastanienbaum. Sie hält ihre pummeligen Hände, die Handflächen nach oben, im Schoß. Um Tante Magy herum rauscht es vor Getu; um Großtante Maika herum ists still. Sie läßt sich nicht plagen. Das wenige, was sie zum Leben braucht, bringen ihr die Leute fürs Hexen. So wie ich bin, bin ich aus meine Mutter gefoahrn. Woar die valleicht eene Hexe? sagt Maika. Ihr Gesicht ist rund und rot, ihre Augen sind rund und blau. Sie hat ihr Kopftuch abgebunden und sitzt im weiß paspelierten Häubchen, freut sich und fragt mich, was ich will.

Ich bin, Tante Maika, krank. Vielleicht hab ich mich, statt mit Gott, mit dem Deibel eingelassen. Meine Mutter hat mir von einem Doktor erzählt, der sich mit dem Deibel abgegeben hat. Am Ende packt der Deibel ooch mir und ab nach Leipzig in een Keller zum Saufen. Kinndest du mir, Tante, nich bissel helfen?

Großtante Maika sagt, sie kann mir nur helfen, wenn ich ihr helfe.

Beim Helfen helfen?

Der Gott von Rumposchen sei ein Gespenst, sagt Maika.

Ich verstehe nicht.

Die Tante sieht mich an.

Ich versinke in ihren blauen, runden Augen, und mir ists mit eins, als stäke ich in einer zerbrechlichen Kruste. Ein Weilchen, und ich spür, wie die Kruste zerknackt. Es wird mir leichter. So muß einem Küken sein, wenn es aus seiner eingeschalten Welt in die größere hineinbricht. Horche nach reinzu bissel ooch, nich immerzu nach raußen! höre ich die Tante sagen.

Wie eine Schwalbenfeder schwebe ich nach Hause. Unterwegs nehme ich mir vor, nicht mehr zu beten. Ich will nicht, daß mich wieder eine Kruste einschließt.

Ich hör die Mahnung der Großtante: Horche nach reinzu bissel ooch! Es ist schwer. Alles um mich her lockt nach raus zu.

Wieder ists Sonnabend. Wieder bin ich beim Magermilchholen spät dran. Die Angst packt mich. Meine Gebetsmühle will losrattern. Ich höre die Mahnung: Horche nach reinzu bissel ooch! Ich lausche. Zeitchen vergeht. Nimm dirn Beispiel an Sastupeits Alfredko, heißts. Ein harter Ratschlag, aber es gelingt mir, die Furcht vor Rumposchens Hieben niederzuhalten. Ich mache mich harturschig.

Die Düfte der Obstbaumblüten sind auf Weltreise gegangen. Die Blütenblätter fallen zur Erde, grüne Knötchen bleiben an ihrer Stelle zurück und fangen an zu wachsen. Meine Gotteskrankheit verwandelt sich in die Zählsucht: Ein Schwarm Stare fliegt auf; es flirrt und schlurrt. Ich muß wissen, wie viele Stare es sind. Ich werde unruhig, wenn ich es nicht fertig bringe, die Stare zu zählen, bevor sie entschwinden. Die Hühner der Sastupeiterei grasen unter den Eichen; ein pickendes, sich verschiebendes Gesprenkel in der Schattenkühle. Für mich verwandeln sie sich in eine Aufgabe: Ich muß sie zählen, bevor ich ruhig weitergehen kann. Ich muß zählen, wie viele Teller auf dem Abendbrot-Tisch stehen: Neunzehn kleine und große Teller. Nach einer Weile zähle ich sie schon wieder. Ich zähle die Stufen der Bodentreppe und in der Großeltern-Stube die Stuhl-Beine. Die Zählsucht verläßt mich erst in der Dunkelheit, kurz vor dem Einschlafen.

Ich offenbare mich der Mutter: Ich muß immer alles zählen, Mama.

Da kannste dir doch freien, sagt sie und beglückwünscht mich zu einer Gabe, die sie nicht hat.

Auch der Großvater sieht in meiner Zählsucht eine heranwachsende Stärke: Nischt Schlimmeres fürn Menschen, wie ohne Rechnen und Zählen drufflosleben!

Ich gehe wieder zur Großtante. Maika sitzt hinter den Körben im Bienenhaus. *Kleenvögel*, nennt sie ihre Bienen. Großvögel, Stare und Spatzen, schleppen ihr Süße in Form von Kirschen davon, und die *Kleenvögel* schleppen die Süße in Form von Honig wieder nach Hause.

Ich muß ganzes zähln, Tante Maika, zähln und zähln!

Geschäftskrankheet, sagt Maika im Rabenton. Sie machen dir verrickt mit ihrem Geschäfte. Tante Maika gibt mir eine Scheibe Honig und sagt spöttisch: Een Honig, zwee Honige, eene Süße, zwee Süßen, drei Süßen ... Wieder zerplatzt eine Umkrustung, fühl ich. Ich leck mir Honig satt.

Die Zählsucht drängt mich, die Tassen auf dem Abendbrot-Tisch zu zählen. Mach dir furt, Geschäftsgespenst! sag ich laut zu ihr.

Was is? fragt die Mutter.

Ich schweige.

Großvater setzt sich zu Tisch. Es drängt mich, die Knöpfe an seiner Weste zu zählen. Mach dir furt, Geschäftsgespenst!

Was haste? fragt der Großvater.

Eine Weile später gelingts mir, die Stubendielen abzutun, die gezählt sein wollen.

Der Junge wird uns krank! sagt die Mutter in der Küche zum Großvater.

Ich werde nicht krank. Ich werde gesund.

Laßt mich ein wenig von unseren Tischen erzählen: Sie wurden durch ihren Umgang mit Menschen zu Möbel-Persönlichkeiten. Da war der zerrädelte Schneidertisch. Stiefgroßvater Jurischka vermachte ihn uns. Damals war er an Wochentagen stets mit zugeschnittenen Kleiderteilen und Schneiderwerkzeugen bedeckt. Am Sonntag zeigte er mir sein unverstelltes Gesicht. Die Falten in diesem Gesicht hatten den Schneiderfleiß des Stiefgroßvaters und den Fleiß der Mutter und ihrer Gehilfinnen zur Ursache. Ein glühendes Plätt-Eisen hatte ihm einen Brandfleck hinterlassen. Die Maserung der Tischplatte glich dem wasserumspülten Ufer des Dorfteiches.

Das Gesicht des Küchentisches hielt meine Mutter dem Leben durch eine Wachstuchdecke fern. Da ließ das Leben seine Wirkungen eben an dieser Decke aus. Es drang in sie ein, zerbröckelte langsam die Glanzfolie und fraß die Ornamente heraus, fraß zum Beispiel eine dunkelblaue Blüte und überließ es den grünen Ranken, nunmehr mit einem schwarzgrauen Leinewandfleck fertig zu werden.

Die Fürsorge meiner Mutter für den Küchentisch bewirkte, daß er noch heute in meinem Elternhause lebt. Er zwinkert mir von hinter der jetzigen Wachstuch-Decke aus einem grauen Augenloch zu: Da sind wir noch, wir beide, und drüben in der Stube sitzt der einundneunzigjährige Vater, und auch der ist noch da.

Das Ziertischchen mit den Garnrollenbeinchen durfte, solange meine Mutter lebte, bis auf wenige Tage im Jahr, nichts als ein Kästchen aus Pappe tragen, das, mit Gold-Ornamenten geschmückt, uns weiszumachen versuchte, es käme aus Tausendundeinernacht. Im Kästchen lagen auf blauen Seidenkissen zwei leere Parfumflaschen, die uns auf lichtblauen Etiketten das Wort *Chypre* entgegenhielten. Die fremdländische Flüssigkeit, die sie einst enthielten, war längst von dannen, aber es war noch ein Nachduft im Kästchen, der nebenbei bekanntgab, daß auch Glas porös ist, besonders die aufgerauhten Glasstöpsel bewahrten den Chypre-Duft als blaue Erinnerung:

Es gehörte damals zu meinen Heimlichkeiten, den goldbordürten Karton zu öffnen, eines der Fläschchen aus seiner seidengepolsterten Nische zu heben und zu schwelgen. Heutige Kinder wandern per Film oder Fernsehen in fremde Länder. Ich tat es damals ohne komplizierte Apparate mit meiner mir angeborenen Nase. Chypre-Duft war das erste, was ich von Frankreich zu wissen bekam. Später, als ich in der Zeitung etwas über den Friedensvertrag von Versailles las, waren Versailles und auch der Friede für mich mit dem Wohlduft von Chypre umgeben. Alle Abbildungen von französischen Bauwerken, alle französischen Landschaften in Mutters *Modenzeitung fürs deutsche Haus* strömten einen leisen Duft von Chypre aus, und ich träumte davon, dereinst nach Frankreich zu fahren, um mich am Chypre-Duft zu sättigen.

Träume, Träume, denn ich ahnte nicht, daß man mich in ein Land hineingeboren hatte, in dem es einem normalerweise nur erlaubt ist, in Kriegszeiten zum Brandschatzen und Morden nach Frankreich zu gehen, und in Friedenszeiten wurde es einem nicht erlaubt, weil die Leute, die Erlaubnisse erteilen, besorgt waren, man könne sich dort mit einer politischen Krankheit anstecken. Ja, ich fand mich in ein merkwürdiges Land hineingeboren, aber einmal gelang es mir, wie ich schon erzählte, unter den Flügeln eines Mannes, der in der zweiten Nachkriegszeit, zumindest in Europa, ein *großer Dichter* genannt wurde, nach Frankreich zu kommen.

Es begegneten mir dort vielerlei Düfte, doch ich mußte lange nach dem Chypre-Duft suchen. Ich traf ihn in den Champs-Élysées nicht, und ich stieß auch in Notre-Dame nicht auf ihn, nur einmal erlebte ich ihn rasch, viel zu rasch, weil ich von einer nachdrängenden Menschenmenge weiter geschubst wurde. Das war vor dem kleinen Halbporträt einer Frau hinter Glas – dem Bildnis der *Mona Lisa.* Aber wie konnte es sein, daß gerade dieses Bild den Duft von Chypre ausstrahlte? Ich verdächtige, der Duft kam aus mir; ich vermute, die Duftpartikel, die einst der Flasche auf dem Ziertisch der Mutter entströmten, hatten Keime in mir hinterlassen, die vor der *Mona Lisa* für einen Augenblick aufblühten.

Wenn meine Mutter das Chypre-Geschenk berührte, seufzte sie im Hedwig-Stil: Ein blauer Traum!

Wer hats dir geschenkt, Mama?

Eener, der mir gerne hutte, den ich hoab aber nich genomm.

Warum haste nich, Mama?

Wenn ich am genomm hätte, wärt ihr jetzt nich doa.

War der von der Mutter verschmähte Liebhaber ein Franzose gewesen? Franzosen trugen für mich rote Hosen und ovale Schirmmützen. Ich war ein Kriegskind, wurde jedenfalls zwei Jahre nach meiner Geburt in, von einer kaiserlichen Hoheit angefertigte, Kriegszeiten gestoßen.

Später erfuhr ich, daß Mutters verschmähter Liebhaber einer meiner Paten-Onkel war. (Ich hatte sieben Taufpaten!) Noch später, als ich schon das war, was man einen *reifen Mann* nennt (ich kann nicht garantieren, daß ich es je im landläufigen Sinne sein werde, aber wozu das überall erzählen), jedenfalls, als ich schon einige Bücher geschrieben hatte, setzte sichs meine Mutter in den Kopf, ihren verschmähten Liebhaber noch einmal zu sehen. Er hieß Wilmko Prittko und lebte als Fleischermeister in einem Dorfe bei Heierschwerde.

Die Mutter war, wie immer, schlecht zu Fuß, eigentlich noch schlechter, und sie bleibt im Auto hocken, als wir vorm Hause des Wilmko Prittko halten. Ich muß hinein und Bescheid sagen: Onkel Prittko, draußen sitzt Kulkas Lenchen. Es ist mir nicht wohl dabei. Wenn mich eine aufsuchen gekommen wäre, die mich einst verschmähte, hätte ich ihr, falls ich Fleischermeister gewesen wäre, hundert Gramm von meiner billigsten Wurst als Gruß hinausgeschickt. Aber weshalb nicht Unsinniges für seine Mutter tun, die manches Unsinnige für einen getan hat?

Fleischermeister, die sich genötigt sehen, während der Arbeitszeit vor die Kundschaft zu treten, heben den rechten Zipfel ihrer blutbefleckten Schlächterschürze an und machen ihn am linken Schürzenband in der Hüftgegend fest, damit ein unschuldig weißes Schürzen-Dreieck oben erscheint. So tritt Wilmko Prittko vor das Hoftor. Er sieht meine körperlich breitgelaufene Mutter im Fond des Autos sitzen, und er sieht, daß sie ihm, gnädig wie eine Herrscherin, zuwinkt. Die Herrscherpose der Mutter wird freilich von vorauszuempfindenden Schmerzen diktiert, die ihr werden würden, wenn sie sich von den Autopolstern erhöbe. Trotzdem will ich nicht verreden, daß der Mutter diese Pose recht war. Weiß ich, wie hoch ins Alter hinein die Eitelkeit bei einer Frau noch eine kleine Geige spielt? Vielleicht spielte die Mutter auch eine Rolle aus einem der Hedwig-Romane nach.

Vor dem Auto steht ein rotgesichtiger, aufgequollener Mann, auch er eine Karikatur auf den jungen, forschen, weltumreißenden Fleischergesellen von dennmals. Aber wer glaubt gern an sein Äußeres? Meine Mutter hält sich in diesem Augenblick noch für eine milchgesichtige, schlanke Schneidermamsell, die *eegentlich Seeltänzern* hat werden wollen.

Enttäuschung also auf beiden Seiten. Mutter verschweigt die ihre vornehm. Wilmko Prittko, seines Zeichens Stifter des Chypre-Parfums, der täglich in Rinder- und Schweineställen sein muß, um das Gewicht von Mastbullen und Schlachtsauen zu taxieren, ist enttäuscht vom Übergewicht meiner Mutter: Mensch, hast du zugenumm, Lenka, platzt er heraus.

Die zierliche *Seeltänzerinnen-Hand* meiner Mutter ändert mitten im Zuwinken ihren Ausdruck, wird älter, wird faltiger und fällt ihr in den Schoß, und als ihr Wilmko Prittko seine vom Schweineabbrühen gequollene Fleischerhand in den Wagenfond reicht, übersieht die Mutter sie. Wilmko stutzt und weicht zurück: Mensch, nimm mirsch nich übel, sagt er, ich kann mir nich uffhalden, ich hoab Wurst im Kessel, die platzt mir!

In den Polstern des Autos platzte indes der Traum meiner Mutter. Sie hob ihre Hände abwehrend: Ich hoabe dir nich störn wolln, ich weeß ja, wies is, wenn eens zu tune hat.

Der versuchte Besuch bei Wilmko Prittko brachte es mit sich, daß ich, der damals wohl Fünfzigjährige, einen Mann kennenlernte, der in meiner Kindheit stets mit aufgezählt wurde, wenn von meinen sieben Paten die Rede war. Mein Vater schüttelte alle Male unwillig den Kopf, wenn Wilmkos Name bei der Aufzählung meiner Paten fiel: Was is das schon fürn Poate, was? Hat er sich een eenziges Moal nach den Jungen befroagt? sagte er. Schuld an Prittkos Paten-Säumigkeit war meine Mutter. Sie hatte Wilmko zum Trost für die Verschmähung zu meinem Paten-Onkel gemacht. Ich muß vielleicht froh sein, daß ich nicht Wilmko heiße, aber ich darf auch froh drüber sein, daß mir dieser Paten-Onkel die Bekanntschaft mit dem traumfördernden Duft von Chypre vermittelte.

Laßt mich noch etwas über einen Tisch sagen, den meine Mutter anfertigen ließ, da wir schon in Bossdom wohnten. Als sie Stellmacher Schestawitscha bat, diesen Tisch *ins Leben zu rufen*, hatte sie eigentlich an ein *Tischchen* gedacht, aber alles, was Schestawitscha anfertigte, schien er nach Modellen aus der Saurierzeit zu machen, und so stand auch dieses Tischchen auf Jungelefanten-Beinen, und es war zartgestochen, wenn meine Mutter dieses Gemöbel *Geburtstagstischchen* nannte, weil bei unseren Kindergeburtstagen in der Mitte seiner Platte ein mit Zuckerguß glasierter Kranzkuchen lag, der die gebackene Jahreszahl umkränzte, die ein Geburtstagskind erreicht hatte. Auf jeder Tisch-Ecke stand ein Blumenstrauß. Was waren das damals für Sträuße! Sträuße wie kleine Baumkronen, bunte Sträucher! Nelken, Rosen, Vergißmeinichten, Goldlack und Reseda. Seit Goldlack und Reseda nicht mehr *modern* sind, habe ich nie wieder richtig Geburtstag gehabt. Diese Düfte, die mir da entgegenkamen und mich sanft verwandelten, wenn ich am Geburtstagsmorgen in die Gute Stube durfte! Düfte und Farben machten den großen Ankleidespiegel und die Fensterscheiben flimmern, bis mir die Pralinenpackung und das Fünfzigpfennigstück von Tante Magy vorlaut entgegensprangen. Dann machten sich Hammer und Zange, die Geschenke des Großvaters, bemerkbar, und unter der Tischplatte lauerten in einem Fach die neue Schiefertafel und ein Büchlein über erfolgreiche Kaninchenzucht auf ihr Entdecktwerden.

Zu Weihnachten stand auf dem Geburtstagstisch alljährlich der Lichterbaum, und einmal zum Geburtstag der Mutter im Februar wurde der Tisch zum Träger einer merkwürdigen Apparatur, von der noch die Rede sein wird.

Von meinem Vater hieß es: Er trägt gern was vor. Trug er also etwas nach vorn, was sonst hinten bei ihm saß? Troag moal vor, Heini, tuk! bittet meine Tante bei der Kirmesfeier. Der Vater winkt unbescheiden ab: Meine Stickchene kennt ihr ja schont alle, sagt er und stellt sich schon auf, stellt sich in *Posentur.* Er hat als Bäckergeselle diesem und jenem Kleinstadtkomiker was abgelauscht, und im *Schlamassel* war er mit einem Puppenspieler zusammen. Mensch, konnte der dir vortragen, ween und lachen haste kunnt.

Mein Vater singt gequetscht. Er ahmt Puppenspieler Gasmann nach; er ist Gasmanns Papagei: *Nu willisch eusch eenmoal was erzähln, himtarata, himtarata, / wies bei uns za Hause tut aussehn, himtarata, himtarata . . .*

Die Anderthalbmeter-Großmutter retiriert. Sie spuckt aus: Willisch, willisch, wenn ich das schon häre!

Sobald der Vater den Hand-Applaus und die Lobsprüche von Verwandten und Bekannten eingeerntet hat, braucht ihn niemand mehr anzustiften. Er fühlt sich erhoben, er fühlt sich Vortragskünstler: *Heutzutach die Automorbile / saussen hin, da kreuz, da quer, / und auch Luftbarllons so vüle / saussen in die Luft umhör,* singt er.

Meine Mutter wird rege. Sie hat herausgefunden, daß mein Vater auf die junge Frau des Zigarrenmachers Eindruck machen will, und die Eifersucht durcheifert sie. Sie will der Rivalin zu verstehen geben, daß der, der da vorträgt und singt, so goldig nicht ist, nicht alle Stunden, nicht alle Tage.

Sie kann nicht dulden, daß der Vater Zuneigungen vergibt, die ihr gehören, denn sie erträgt auch die Stunden und die Tage, an denen dieser Couplet-Sänger zanksüchtig, jähzornig, ungerecht, kurzum, unliebenswürdig ist, und sie fällt ihm in den Text, versieht ihn sozusagen mit Rot-Strichen: Fehler fünf, Schrift drei, Ausdruck sieben: Es heißt nicht ssaußen, verbessert sie, es heeßt sausen.

Bei den Zuhörern macht sich die Mutter mit ihrer Ausstellung unbeliebt. Die Gäste wollen keine Lach-Gelegenheit versäumen. Witze wachsen nicht so üppig auf der Lebensstraße.

Mein Vater stimmt die zweite Strophe an: *Hans und Grete möchen sich leiden* ... Und wieder stößt meine Mutter zu: Es heeßt mögen! Und da rügt sogar die friedfertige Tante Magy durch ein unwilliges Kopfschütteln die Unart meiner Mutter.

Brauchste goar nich so schüttelkoppen, sagt die Mutter, hättste man heite früh hörn solln, was er zu mir gesoagt hat, wie er uffstehn sollte. Meine Mutter verläßt die Stube. Schoade, sagt die Tante, die gemietliche Kirmesfeier *is over.*

Der Bossdomer Gesangverein führt den Namen *Liedertafel.* Tausend und mehr Gesangvereine im *heiligen deutschen Reich* nennen sich *Liedertafel,* wie heutigentags tausend und mehr landwirtschaftliche Einrichtungen den Namen *Rotes Banner* führen. Phantasielosigkeit und Nachahmungstrieb sind amtlich sanktionierte Seuchen.

Der Kautabak wird bei uns in Bossdom *Stift* genannt. Gun Tach, gäbn merse een Stift, ist eine Einkaufsformel, die ich täglich höre. Daraus folgere ich, daß beim Stiftungsfest des Gesangvereins der Kautabak auf Tellern serviert wird. Meine Mutter lacht mich aus: Krumme Phantasie! sagt sie.

Lehrer Rumposch trägt zu festlichen Gelegenheiten einen Cutaway; das ist laut *Duden* ein Herrenschoßrock mit abgerundeten Vorder-Ecken. Ganz wahr, sagt Tante Magy, *cut away* – schneid hinweg. So ein Cutaway steckt meinem Vater im Kopf. Er nennt das Ding trotz seiner Kleinkenntnisse im Amerikanischen: Kut-awei und bepiert und bepiert meine Mutter: Als Bäckermeester müßt ich schont een Kutawei hoaben.

Meinswegen, sagt die Mutter endlich.

Lehrer Rumposch ließ seinen Cutaway bei einem Schneider in Grodk anfertigen. Mein Vater ist gezwungen, seinen Kut-awei bei einem Dorfschneider, bei einem Brotkunden, in Auftrag zu geben. Mach mir moal son Kut-awei, du weeßt schon, sagt er zum Schneider.

Der Schneider tut, als wüßte er Bescheid. Er will den Auftrag nicht fahrenlassen. Er wird bar bezahlt, weiß er, auf einen Ruck.

Der, die, das Cutaway wird angeliefert. Der große Ankleidespiegel zwischen den Fenstern in der Guten Stube hat noch nie einen Mann in einem Cutaway in sich gehabt. Der Vater besieht sich lärmlos im Spiegel, dann dreht er sich, dann macht er Polka-Schritte, dann ruft er die Mutter: Seh ich nich aus wien Mistkäfer, der nich abfliegen kann?

Bissel zu breet die Fletten! Die Mutter erbietet sich, dem Vater die Flügel zu stutzen.

Also, Stiftungsfest! Diesmal ist die Mutter dafür, daß der Vater *vorträgt*, denn auch sie wird sich auf der Bühne präsentieren. Nicht direkt. Der Vater benötigt zum Vortragen eines seiner Couplets eine überlange, bunte Weste. Meine ausgezeichnete Mutter, die schon als Jungschneiderin Maskenkostüme genäht hat, fädelt die Weste in zwei Nächten zurecht und ist auf diese Weise am *Vortragen* beteiligt. Außerdem will sie, daß der Vater, bevor er zu singen anfängt, seinen Zylinder auf *künstlerische* Art abnehmen soll. Sie hat das einem *echten Künstler* in einem Kleinstadt-Varieté abgeguckt: Der Zylinder muß sich beim Abnehmen zweimal überschlagen, in Bauchhöhe aber wird er vom Vortragenden abgefangen. Wennde das schaffst, haste die Leite schon uff deine Seite, eh de anfängst zu singen, feuert die Mutter an und setzt sich den Zylinderhut auf ihr hochgestecktes Haar, nimmt ihn ab, läßt ihn sich zweimal überschlagen und fängt ihn. Sie hat das geübt, sie hat ja, wie wir wissen, *Seeltänzern* werden wollen.

Mein Vater versucht die Zylinder-Hut-Abnahme, es gelingt ihm nicht. Meine Mutter genießt ihre akrobatische Überlegenheit. Wieder läßt sie den Zylinder von ihrem Haarnest mit zwei Überschlägen herunterkollern und fängt ihn. Der Vater wird unwillig. Am besten, du gehst uff die Bühne und machstes, sagt er, aber schließlich gelingts ihm, den sich überschlagenden Zylinder wenigstens nach einem Salto zu fangen. So gehts ooch!

Dann sind sie mitten im Stiftungsfest, die Bossdomer. Die Lieder für dreistimmigen Männerchor sind verklungen. Sie haben sich durch die Fensterritze einen Weg ins Weite gesucht und sind vielleicht schon in der Kreisstadt Grodk, auch wenn sie dort niemand hört. Man hat noch keine elektronischen Apparate, um die gesungenen Lieder des Gesangvereins *Liedertafel Bossdom* überall hörbar zu machen.

Die Solosänger sind an der Reihe: Karle Duschko, Haupttenor des Gesangvereins, sitzt mit geschwärztem Gesicht auf einem Stein, den man aus der Heide heranschleppte. Duschkos Hände sind ungeschwärzt, aber mit einer Kuhkette zusammen gebunden. Karle singt halb bossdomsch, halb hochdeutsch das Lied eines Negersklaven: *Ich hoab keen Heimatland, ich hoab keen Mutterhaus, keen Heimatland, keen Mutterhaus, ich hoab keen Heimatland* ... Duschko singt das Lied hoch und zirpend wie ein Grillenbock. Die Dorffrauen weinen, schluchzen schließlich und wischen sich die Tränen mit Schürzen- und Kopftuch-Zipfeln, selbst die gesottenen Bergleute setzen Begräbnisgesichter auf und zermahlen ihre Schluchzer zwischen den Backenzähnen.

Alles atmet auf, als mein Vater aus den Kulissen tritt. Er nennt die Bossdomer geneichtes Publikum, nimmt den Zylinder ab, läßt ihn sich überschlagen, verpaßt ihn, und der Zylinder kollert über die Bretter, die die Welt bedeuten sollen. Meine Mutter zischelt unwillig: Da hat man nu geübt mit am und geübt! Aber der Vater singt schon: *O Mensch, hast du ne Weste an, du bist doch sonst so bong, / die sitzt ja nich, die paßt ja nich, die hat ja keen Fassong* ... Nun wissen die Zuschauer, weshalb der Vater diese lange Weste anhat. Das Lied hat mehrere Strophen, und bei jeder Strophe steigert sich das Gelächter der Leute. Mein Vater fühlt sich bestätigt: *Der Zufall wollde, daß ich jrad heut morjen zur Beerdjung ward . . .*, singt er weiter. Meine Anderthalbmeter-Großmutter verläßt spuckend den Saal. Wollde, wollde, wenn ich das schon häre!

Der Vater aber bekommt viel Applaus. Die Bossdomer hungern nach *Kunst.* Die Mutter ist versöhnt. Sie vereinnahmt einen Teil vom Applaus für sich, sie ist die Garderobiere des Vortragenden.

Lehrer Rumposch hat wieder einmal mit Alkohol versetzte Flüssigkeiten durch sich hindurchgeleitet. Am Morgen verlassen ihn die Alkoholpartikelchen. Wenn alles still ist, hört man sie durch die Schulstube sirren. Ehe nicht alle Tikelchen aus Rumposchen heraus sind, kränkelt er. Er hat einen Kater, wie es heißt und wieder mal keine Lust, uns angeschimmelten Dorfkindern Lichter aufzustecken. Er setzt sich auf das Pult der ersten Bank, lehnt sich gegen die Wand und brummt: Erzählen, was es Neues gibt!

Bäckersch Esau kann een neies Lied, petzt Nagorkans Walli, diese Untergehilfin des Deibels.

Vorkomm! Singen! lallt Rumposch.

Ich habe vor dem Unterricht meinen Mitschülern in der Sandgrube eines der Couplets meines Vaters gesungen. Meine Mitschüler nahmen es beifällig auf, denn ich kann alle Gesten des Vaters nachäffen, kann die gesungenen Worte mit Handbewegungen unterstreichen, kann den Kopf genießerisch nach hinten werfen, bedeutungsvoll mit den Augen zwinkern und den Text in einer Weise aussprechen, die mein Vater für vornehm hält. Vor Rumposchen aber unterlasse ich das alles. Ich halte die Hände verschränkt auf dem Rücken, wie es uns beim Singen abverlangt wird, und ich singe breit und halbsorbisch, als ob das Couplet ein Choral wäre: *Ich lese gern die Zeidung, / tas is sehr inderessant, / besonters die Annoncen, / trinn find man allehand. / He himple, himple he!*

Später werde ich wissen, daß jede Strophe des Couplets den Text von zwei einander widersprechenden Anzeigen enthält und dadurch zweideutig wird: *Eine Schwieger-*

mudder / drägt ein schwarzen Rock, / aufm Bauch ne Warze, / hörd auf den Namen Flock. / He himple, himple he!

Meine Mitschüler sind in der Unschuld wie ich. Sie lachen nicht über die zweideutigen Texte; sie lachen über das Himple-He, und sie fangen an mitzusingen.

Schluß! befiehlt Rumposch. Er will schlafen.

Ich hoab in die Schule ganz alleene mußt singen, erzähle ich der Mutter.

Was haste gesungen?

Himple, he!

Wie kannste sowas vorm Lehrer singen?

Die Mutter führt mich halb empört, halb belustigt dem Vater vor. Ich singe wieder mit auf dem Rücken verschränkten Armen. Der Junge kummt nach mir, sagt der Vater, bloß, daß am die gefälligen Bewegungen fehlen.

Ich fühle mich herausgefordert und singe das Couplet mit Gestik und Augenzwinkereien. Ich bin ein Zweitdruck meines Erzeugers.

Soll man das für möglich halten? sagt der Vater und ist mindestens zwei Stunden stolz auf mich.

Zetschens Ernste kann keen Geld uff Heifchen liegen sehn, sagt mein Großvater. Andere Aus- und Mitbauern des Onkels sagen von ihm: Manchmal hat er bald wien kleen Klaps!

Sobald der Onkel eine größere Geldsumme für ein verkauftes Stück Vieh in die Hände kriegt, leistet er sich Merkwürdigkeiten. Er läßt von einem durchreisenden Mann, der sich als Kunstmaler ausgibt, sein Gehöft mit Wind und Weite abmalen. Die Tante muß sich vors Tor stellen, und er stellt sich an den Bienenstand. Auf dem gemalten Bild sind beide nicht zu erkennen. Der Onkel muß jedem Betrachter erklären: Das Bild ist kunstgemoalt, und das doa, was bei die Bienen steht, bin ich.

Onkel und Tante leben einsam in ihrem Ausbauerngehöft. Die meisten Tage des Jahres summt, pfeift, weht, bellt oder brüllt der Felderwind in ihre Einsamkeit hinein. Wer kanns dem Onkel verdenken, daß er sich für das Geld, das ihm ein

Mastbulle einbrachte, einen Unterhaltungsapparat anschafft, ein Trichtergrammophon, einen Phonographen, eine Sprechmaschine, wie wir auf der Heide sagen.

Onkel und Tante Magy schleppen die Sprechmaschine Anfang Februar im Waschkorb über die verschneiten Felder, sie haben ihr eine bunte Pferdedecke übergeworfen, und sie schleppen sie zu uns, um den Geburtstag meiner Mutter mit Musik und Unterhaltung zu besprenkeln.

In der warmen Geburtstagsstube wird der verwandelte Mastbull aus seinem Korb gehoben. Wir staunen. Das Geburtstagstischchen wird abgeräumt: Alpenveilchen und Azaleen müssen verschwinden, und die Geburtstagsgeschenke werden aufs Vertiko gepackt, wo sie sich, wie wir wissen, in den Spiegeln verdreifachen.

Onkel Ernst – die zerlutschte Ausgehzigarre im Mund – stülpt den Grammophontrichter in die Halterung, richtet die Mündung der Musikkanone auf die Tischgesellschaft, setzt eine Grammophonnadel in die Verschraubung am Unterbauch der Membrane, und der Trichter entläßt einen grauen Ton, ein Räuspern.

Ich bestarre den Trichter und entdecke das Bemühen des Sprechmaschinen-Fabrikanten, mit dieser Blechtüte die bunt schillernde Blüte einer Gartenblume, einer Trichterwinde nämlich, nachzubilden, doch dort, wo sich am Trichter die zu dick aufgetragene Farbe löst, zerstört das silbern blinkende Weißblech-Fleisch die Illusion.

Der Onkel schiebt mir die Platten hin: Such moal was Hipsches raus! Der Onkel hat seine Brille vergessen, er hat sie stets vergessen, wenns drauf ankommt; er kann nicht lesen.

Ich blättere den Plattenstoß auf: *Heinzelmännchens Wachparade, Petersburger Schlittenfahrt,* einige Couplets, eine Lach-, eine Jodler-, eine Walzerplatte und schließlich das Modernste, ein Jimmy. Ich lege die Wachparade der Heinzelmännchen auf. Der Onkel erklärt mir, wie man den Hemmschuh am Plattenteller löst, und wie man die Nadel aufsetzt: Dadazu mußte viel Gefiel hoaben, erklärt er. Es kracht, kratzt und faucht, dann kommen die ersten Töne, die nach Musik riechen. Die Heinzelmännchen marschieren ein. Die Geburtstagsgäste hören auf mit Essen, verrenken sich die Hälse und sehn in den Trichterschlund, wo die Töne aus dem Nichts entstehen. Die Eltern, die Großeltern, sie starren, wie die Kinder Israel in das Dunkel des Dornbusches gestarrt haben mögen, als dennmals die Stimme des Herrn durch den Grammophontrichter Moses zu ihnen hindrang.

Mein Onkel Phile dreht sich auf seinem Stuhl herum, packt die Stuhllehne und macht sich beritten; er hebt und senkt sein Gesäß wie beim Englischen Trab. Die Anderthalbmeter-Großmutter fällt ihm in die Zügel; sie fürchtet, der Onkel könnte mit seinem Ritt durch die Geburtstagsstube den Großvater aufbringen, doch der bemerkt das Gehampel des Onkels nicht. Er ist mit einer Erfindung beschäftigt; er erwägt, was für Töne entstehen könnten, wenn man eine dünne Holzplatte auf die Sprechmaschine legen und abspielen würde. Waldhornmusik? Windrauschen? Jahrhundertmusik?

Der Marsch ist zu Ende. Stille in der Stube. Die Musik hat die Gäste still gemacht. Draußen musiziert der Frost. Meine Geschwister müssen zu Bett. Ich darf bleiben. Der Onkel hat mir die Betreuung des Grammophons übertragen. Er wünscht jetzt die Lachplatte zu hören:

Zwei Männer- und eine Frauenstimme verflechten sich zu einem *Schnaderhüpferl*. Mitten im Hüpferl fängt die Frau an zu lachen. Sie lacht so herausfordernd, daß auch die Männer mit Singen aufhören und zu lachen anfangen, dann fängt mein Onkel Phile an zu lachen. Husten steckt in ein, zwei Tagen an, Lachen in Sekündchen. Tante Magy keckert los, sie hört die Lachplatte nicht zum ersten Male: Chä, chä, chä, *what a fun!* Sie schlägt sich auf die Schenkel. Meine Mutter lacht glucksend, wenn man sie nicht sähe, könnte man meinen, sie weint. Die Anderthalbmeter-Großmutter lacht, als ob sie die erste Silbe von China sagen will: Chi, chi, chi! Onkel Ernst brummelt wie ein Hund, der sich genüßlich flöht. Zuletzt lachen alle, nur ich nicht. Ich muß lachen, wenn sich die Jungen unserer Katze Thusnelda balgen, und ich habe sehre gelacht, wie Schrockoschens Alfred zur Fastnacht, als

Bär verkleidet, betrunken auf unsere Linde kroch und oben in einer Astgabel einschlief. Aber jetzt muß ich nicht lachen. Lache ich nicht, weil mich eine Maschine dazu anreizen will, die einmal ein angriffslustiger Mastbulle gewesen ist?

Die Geburtstagsgäste wischen sich die Lachtränen aus den Augen. Onkel Ernst weist an, ich möge die Couplet-Platte auflegen; Kuplett, sagt er.

Mein Vater gießt sich das fünfte Glas Cottbuser Korn ein. Er ist unruhig. Das Couplet wird hörbar. Ich kann durch den Trichter hindurch erkennen, daß der Mann, der es singt, dick und fett ist, daß seine Augen hervorquellen, daß seine Stirnadern anschwellen: *Wenn dich ne Frau zu Tode bitt,* singt der Mann, *Ich mach gern jede Mode mit / ich brauch, drum zeige dich bereit / zu jeder Zeit ein neues Kleid / und sagst du denn: Na so ä Quark / hier hast du himtra fünfzig Mark / nun kauf dirn Kleid und kauf dirn Hut / was meinen Sie, wie wohl das tut ...*

Das ist die zahmste Strophe des Couplets. Ich werde mich hüten, andere auch nur anzudeuten. Ein Geburtstagsgast nach dem andern rückt an den Grammophontrichter heran, keiner will die zweideutigen Botschaften des fetten Sängers im Trichterschlund versäumen: *Was meinen Sie, wie wohl das tut ...*

Nur einer rückt vom Grammophon ab. Mein Vater. Am Kücheneingang steht Hanka. Sie wartet darauf, den Kartoffelsalat auftragen zu können. Vater sieht sie an: Ich kinnde een Lied singen, das hoaben die alle noch nich gehört.

Der fette Grammophonsänger hat meinen Vater entthront, aber alsbald muß der Schellack-Besinger aufhören, weil die Platte es ihm vorschreibt, und da fängt mein Vater leise an zu singen: *Wer weiß, was ich für Kummer trag! / wer weiß, was ich muß leiden: / Mein Schatz, den ich so gerne hab, / der will jetzt von mir scheiden. / Und scheidet er so weit von mir, / so wünsch ich ihm viel Gutes; / wo ich ihn seh, wo ich ihn hör, / schwimmt mir mein Herz im Blute. / Wenn von Papier der Himmel wär / und jeder Stern ein Schreiber, / und jeder Schreiber hätt tausend Händ, / nie schriebn sie unsere Lieb zu End.*

Ein merkwürdiger Geburtstagsabschluß! Es geht nicht nur um die verletzte Eitelkeit des Coupletsängers, der mein Vater ist, sondern von nun an kann Beethovens Musik bis in die letzte Holzfällerhütte vordringen, während der Holzfäller es verlernen wird, sich selber etwas zu singen.

Onkel Ernst hat getrunken. Er fühlt sich nicht sicher genug auf den Beinen, um die wertvolle Sprechmaschine unfallfrei über die verschneiten Felder nach Hause zu führen; er läßt sie bei uns, er wird sie morgen abholen kommen. *Morgen* ist bei den Zetsches ein Tag viele Wochen später, sie haben zu tune, immer zu tune.

Meine Schwester und ich schleichen in der Abenddämmerung in die Gute Stube und machen uns ein Konzert. Das gelingt an drei Abenden, dann überrascht uns der Vater. Habt ihr Onkel Ernsten gefragt, ob ihr dürft? Und überhaupt die Couplets, sie sind nischt für eich, sagt er.

Der Eingriff des Vaters kommt zu spät, ich kann die Grammophon-Couplets schon auswendig, sie sind in mir eingeschichtet und liegen friedlich neben den Couplets des Vaters.

Und die Grammophone werden modern, immer mehr von ihnen kommen in die Dörfer und erklettern die Kommoden.

Mein Vater wird kaum noch aufgefordert, *etwas vorzutragen.* Er verlegt sich aufs Erzählen. Bei seinen Erzählungen trägt er Sorge, daß er als ein Mann drinsteht, den die Gästin, auf die er ein Auge hat, bewundern muß. Er erzählt von seiner *aktiven Dienstzeit* als Bursche bei jenem um und um echten General, und wie das Küchen- und das Stubenmädchen der Frau Generalin ihn um die Wette verwöhnten.

Ja, ja, wissen wa, unterbricht ihn die Mutter. Mein Vater erzählt rasch von der Dackelhündin der Generalin, die er heimlich von einem Mopsrüden belegen ließ, so daß die Hündin drei *Kröten* zur Welt brachte. Er erzählt aus dem *Schlamassel*, und wie er das Fieberthermometer zwischen den Fingern rieb und sich wolhynisches Fieber anfertigte, das ihm zu einem Heimat-Urlaub verhalf.

Wissen wa, wissen wa alles, mischt sich die Mutter wieder ein und denkt vielleicht daran, wie mein Vater im wolhynischen Nachfieber meinen Bruder Heinjak zeugte.

Ein Glück, daß es noch die Vereinsfeste gibt! Da kann man kein Grammophon auf die Bühne stellen, da will man was sehen: Eine rotgeschminkte Nase, einen zu knappen Hut oder Vaters bunte Weste.

Die Zeit geht hin, und die Menschen messen ihr Hingehen auf verschiedenste Weisen; der eine am Ergrauen seiner Haare, der andere am Ausfallen seiner Zähne und die Fix-Niedlichen messen sie an dem, was sie *Fortschritt* nennen: Die Trichtergrammophone verschwinden und werden von unbetrichterten abgelöst, Rundfunkapparate erklimmen die Konsole in den Kleinbauernstuben, Volksempfänger, Befehlsausgeber; sentimentale Lieder und Mordlieder wimmern und krachen aus den Lautsprechern, das Lied vom Heideblümlein Erika, das Lied von den zitternden, morschen Knochen.

Verwandte und Bekannte sterben, die einen auf dem Felde, die andern im Felde. Tante Magy stirbt, Onkel Ernst stirbt, Onkel Phile stirbt und schließlich die Mutter. Niemand fordert den Vater mehr auf, etwas vorzutragen, etwas nach vorn zu tragen, was hinten in ihm ist, nur ich, sein ältester Sohn, versuche es noch einmal. Der Vater ist fünfundachtzig Jahre alt, und ich stelle hinterhältig ein Tonbandgerät auf. Weshalb will ich die Couplets, die der Vater einst vortrug, herüberretten? Weshalb will ich sie noch eine Weile aufheben? Es gibt ein Wort dafür, das zur Zeit in aller Munde ist, ein Modewort. Das Wort heißt *Nostalgie* und erklärt ebensowenig etwas wie Instinkt, Unterbewußtsein oder vegetative Störung.

Die Couplets sind schon so weit hinten im Vater, sind schon fast aus ihm hinausgedrängt. Es strengt ihn an, die zweideutelnden mit Gesangstönen garnierten Reimereien wieder nach vorn zu bringen. Er strengt sich an wie die Medien in spiritistischen Sitzungen, die halbabgestorbenen Couplets wieder zu materialisieren und ins Hörbare zurückzuholen.

Die Tonbänder weisen mich, als wir sie später abhören, als den Souffleur des Vaters aus. Ich, der sie damals unerlaubterweise einfing, trug die Couplets mit mir umher, trug sie durch Länder und über Meere und brachte sie, wie sich zeigte, wohlverwahrt heim, und sie liegen auch jetzt weiterverwahrt in mir neben Goethe- und Rilke-Gedichten, neben den Gedichten einer Dichterin, die ich liebe, und neben Hesse-Gedichten. Niemand wird herausfinden, weshalb das so ist, niemand, der nach Sinn und Nutzen fragt.

Meine Zeit geht damals hin, weil ich *wachse.* Als ich noch nicht hier war, noch nicht in dieser Familie lebte, hatte ich nichts mit der Zeit zu tun. In der Bibel lese ich, daß ich bereits neun Monde im Mutterleib verbracht habe, bevor ich hier erschien. Neun Monde – und wo war ich vorher?

Eire Voater hat dir im Säckchen rumgetroagen, sagt Franze Buderitzsch.

Aber auch dort gabs für mich keine Zeit. Und wenn ich tot bin, wird es wieder keine Zeit für mich geben.

Wenn du tot bist, löft die Zeit alleene weiter, sagt der Großvater.

Aber ich spüre sie nicht.

Aber du hast welche, sagt der Großvater. Große Philosophie, Heidephilosophie. Ich denke weiter über die Zeit nach, und sie ist und bleibt mir ein Rätsel.

Die Zeit bringt den Fortschritt mit sich, sagt Herr Schneider in Firma Otto Binnewies zur Mutter.

Mein Onkel Ernst kann nicht lesen, wie findet er heraus, was fortschrittlich ist?

Soll das vielleicht Fortschritt sein, wenn eener ausn Trichter singt, als ob ihm jemand in die Kehle geschössen hätte? sagt Großvater über die Sprechmaschine.

Um die Erntezeit setzt mein Onkel Ernst seine Umgebung in neues Erstaunen: Er schafft einen Göpel und eine Dreschmaschine an und setzt auf seinem Ausbauernhof das Flegeldreschen außer Kraft. Die Dreschmaschine tuts meinem Vater an. Er knetet seinen Teig zwar mit den Händen und beschäftigt keine Maschine, aber die Dreschmaschine des Onkels tut und tut es ihm an. Er möchte auch unser Getreide bei Onkel Ernst ausdreschen, und der tiefe Grund für sein Begehren ist, wir zerschlagen ihm mit unserem Flegeldreschen im Winter morgens die beste Schlafenszeit. Und eben jene Schlafenszeit, um die mein Vater so besorgt ist, ist vielleicht die Ursache dafür, daß er es nie zu einer Knetmaschine bringt.

Wenn alle Zustände Segmente von Ursachenkreisen sind, so wimmelts in der Welt von solchen Kreisen und das innerhalb eines umfassenderen Kreises.

Onkel Ernst ist einverstanden. Er wird auch unser Getreide durch seine Maschine zausen. Es ist ihm sogar sehr recht, denn zum Betreiben des Göpels ist ein Zweispann Pferde nötig. Das Segment eines anderen Ursachenkreises wird sichtbar. Der Vater leiht Onkel Ernst unsere Stute und mich mit dazu. Ich muß nach dem Schulunterricht zum Göpeln auf den Ausbauernhof. Erst soll das Verwandtschaftsgetreide ausgedroschen werden, dann ist unser Getreide an der Reihe, und ich muß hin zu den Zetschens, und ich werde mit unserer Senkrücken-Stute zusammen der Dreschmaschine zum Verbrauch vorgeworfen, aber es ist mir nicht unlieb. Erhaben reite ich durch die Felder. Ich bin keine Ameise mehr, die durchs Kleefeld hastet. Die Stute ist willig, in ihrer Jugend hat sie der Gutsherr zu Blöschdorf geritten. Ich reite freilich ohne Sattel. Unterwegs versuche ich zu traben. Das heraustretende Rückgrat der alten Stute macht, daß ich wie auf einer Stange reite, und ich reite mich beim Traben wund, und nach dem Absitzen kann ich kaum ein Bein vor das andere setzen.

Onkel Ernst behandelt seine Dreschmaschine behutsamer, als er Tante Magy behandelt. Er knöpft ihr die hölzerne Jacke auf und zeigt mir die metallene Welle, über die die Ähren gepeitscht werden, und er erklärt mir das Göpelwerk: Dicke Zahnräder, die ineinandergreifen, hocken unter einem mit Teerpappe beschlagenen Schutzdach, und es trieft schwarze Wagenschmiere von ihnen.

Ich spanne die Pferde an die dicke Deichsel des Göpelwerks und warte auf das Zeichen zum Anfahren. Die Pferde schnauben, stampfen und schlagen mit den Schwänzen nach den Fliegen.

Die strohbedeckte Scheune des Onkels hat zwei Tore. Eines führt zum Grasgarten hinaus, wo ich am Göpel stehe, das andere geht auf den Hof hin. Das Tor zu mir hin bleibt geschlossen, damit der Wind, der sich viele Namen gefallen lassen muß und den man in diesem Falle Durchzug nennt, die Spreu nicht in den Garten hinausweht. Man braucht die Spreu, man überbrüht sie und füttert sie den Schweinen. Ich kann die Drescher an der Maschine in der Scheune nicht sehen.

Der Onkel pfeift auf zwei Fingern. Das verabredete Zeichen. Ich treibe die Pferde an, der Onkel wirft drinnen in der Scheune die erste Garbe ein, die Pferde bekommen es schwerer, sie müssen trotzdem im gleichmäßigen Tempo gehen. Was das gleichmäßige Tempo ist, soll ich bestimmen, ich muß es in mir aufsuchen und auf es passen, damit es sich nicht wieder verkriecht, und ich muß es mit dem Langzügel und der Peitsche auf die Pferde übertragen.

Nun drischt es da drinnen hinter dem verschlossenen Tor. Das Dreschen hat sich verselbständigt, ist zu einem Herrscher geworden, der bedient sein will. Drei Frauen und zwei Männer bedienen es.

Hinten, wo das grobe und das geringe Korn und die Spreu die Maschine verlassen, hantiert August Reep. Er ist Knecht bei den Zetsches, und böse Leute reden, er habe eine Kuh des Onkels zur Frau. August steht im Getreidestaub, der aus der Dreschmaschine wölkt. Er ist der Negersklave meines Onkels.

Mein Göpel und ich sind durch eine eiserne Antriebswelle mit der Dreschmaschine verbunden. Alles was hinter dem verschlossenen Scheunentor geschieht, könnte nicht geschehen, wenn ich nicht wäre. Ich bin eine wichtige Person, die wichtigste Person eigentlich.

Der Onkel pfeift zweimal. Ich fahre zu langsam. Das Tempo ist mir entkommen. Ich vergaß, die Pferde gehörig anzutreiben. Ich treibe sie an. Sie denken nicht gut von mir, hingegen werden die Ähren bislang, da ich nicht genug Kraft hinüberschickte, sie auszudreschen, gut von mir gedacht haben. Gewißlich werden sie gut von mir gedacht haben; sie hatten was anderes mit ihren Körnern vor, sie hätten sie lieber den großen Herbstwinden anvertraut, damit die sie über die Äcker wehen und damit noch im Vorwinter hätten aus den Körnern junge Roggenpflanzen entstehen können. Es ist mir peinlich, daß wir Menschen den Körnern nicht erlauben, sich zu vermehren, wie sie möchten, weil sie uns Brot liefern sollen.

So und ähnlich denk ich mich ins Weite, nicht aus Faulheit oder Langweile, sondern damit ich das Brennen nicht spüre, das dort stattfindet, wo sich meine Schenkel zum Gesäß vereinigen. Ich habe mir einen *Wolf* geritten, wie man bei uns auf der Heide sagt. Je mehr ich beim Rundentraben schwitze, desto eifriger beißt mich der *Wolf*, er beißt mich bei jedem Schritt, und ich fürchte, daß ichs nicht bis Abend durchhalt unterm beißenden *Wolf* im staubigen Hufschlag hinter den Pferden.

Jetzt zerschneidet der *Fingerpfiff* des Onkels die dicke Sommerluft drei Mal. Anhalten! Pause! Die Tante kommt mit Kannen und Körben aus der Futterküche. Trinken: Gerstenkaffee oder Essigwasser mit Zucker. Essen: Butter- oder Pflaumenmusbrote.

Es schmatzt und gluckst in allen Scheunenecken. Ich setze mich auf einen kühlen Stein unter dem Holunderbusch. Die Kühle beruhigt meinen *Wolf*. Später werde ich wissen, daß er hernach um so wilder beißt. Ich suche mir im Werkzeugschuppen ein langes Stück Bindfaden und verlängere damit die Schnur meiner Peitsche. Ich habe mir etwas ausgedacht.

Der Onkel stellt die Dreschmannschaft um. Nunmehr steigt er selber in den lichtlosen Bansen und nimmt die Witwe Tainsko mit.

Ich bringe die Pferde wieder in gleichmäßigen Gang und setze mich auf das Göpeldach. Das ists, was ich mir ausdachte. Ich kann die Pferde mit einer langen Peitschenschnur auch vom Göpeldach her antreiben. Ich wähne, meinem *Wolf* einen Maulkorb angelegt zu haben.

Weiter, immer weiter in den Spätnachmittag hinein! Mein Göpel knurrt, die Maschine summt, und allemal, wenn ihr

Anna Schwietzka das Maul stopft, fetzt und zischt es, die eiserne Welle hat die Garbe gepackt.

Von Zeit zu Zeit lassen die Pferde ihre goldgelben Äpfel in den Hufschlag fallen, einmal die Stute, einmal der Fuchswallach, die Roßäpfel glänzen und ähneln frisch enthülsten Kastanien im Herbst, doch schon bei der nächsten Runde trampeln die Pferde drauf, und weg ist aller Glitz und Glanz. Ich zähle die Runden, die die Pferde brauchen, bis nichts mehr von ihren frischen Äpfeln zu sehen ist. So vergeht die Zeit.

Zwei Bachstelzenhähne tragen einen Zwist aus und raufen sich, daß die Federn fliegen, sie kollern taumelig, schlagen mit den Flügeln und purzeln vom Strohdach der Scheune in den Holunderbusch hinein. Ich lange mit der Peitschenschnur hin und bringe sie auseinander. Ich könnte sogar einem Deibelchen eins mit meiner langen Peitschenschnur verabreichen, falls eins, in einen Wirbelwind gehüllt, vorüberkäme. So vergeht die Zeit.

Ein Schmetterling ist da, ein Kohlweißling. Wo kommt er her? Fiel er vom Himmel? Ist er soeben aus Luft und Sonnenschein entstanden?

Aus der Scheune kommen hintereinander zwei grelle Schreie, ein großes Weimern folgt ihnen. Ich halte die Pferde an. Ist Anna Schwietzka mit der Hand in die eiserne Maschinenwelle gekommen? Eine Weibsstimme schreit: Er hat sie gestochen, der Eber, der!

Ich renn um den Scheunengiebel in den Hof. Die Frauen schreien durcheinander: Er hat sie gestochen, er hat sie gestochen!

Hat der Onkel Minka Tainsko mit der Fudergabel gestochen? Der Onkel und Minka sind im dunklen Bansen. Einige Frauen fangen an zu lachen, andere schütteln die Köpfe oder bedauern meine Tante. Tante Magy geht demütig umher und bietet Feierabend. Auch ich soll ausspannen und nach Hause werden.

Ich setz mich nicht wieder rittlings auf meine rippige Stute; ich setz mich auf sie wie auf eine Bank, ich reite, wie die Weiber reiten. Wir haben heimlich zugesehen, wie Herrschafts jüngste Tochter Puppa im Damensitz reiten lernte.

Der Inspektor hat es ihr beigebracht. Mir hats mein *Wolf* beigebracht.

Schon fertig? fragt die Mutter daheim.

Aufgehört! Onkel Ernst hat Minka Tainsko gestochen.

Sag sowas nich!

Meine Mutter läßt nicht zu, daß ich am nächsten Tage wieder zum Dreschen zu den Zetsches werde. Das is ja Sodom und Gomorrha!

Ich bin froh, daß ich nicht wieder zum Dreschen muß. Mein *Wolf* gibt noch keinen Frieden. Über Sodom und Gomorrha habe ich in der Bibel gelesen, aber ich habe nie gewußt, daß es so nahe bei Bossdom liegt.

Ein paar Tage später kommt Onkel Ernst mich wieder ausleihen, und ich muß mit ihm gehn, und kein Widerspruch von meiner Mutter. Jetzt soll unser Getreide ausgedroschen werden.

Anna Schwietzka, die Magd von Onkel Ernst, nimmt mich beiseite und erklärt mir: Onkel Ernste hat sich mir veruntreit. Er hat mit Minka Tainsko geliebstert, nu weeßte es. Ich tu, als ob ich es verstünde, und lese noch einmal in der Bibel über Sodom und Gomorrha, und ich stelle fest, daß wir im Unterricht nur ein halbes Kapitel von Sodom und Gomorrha durchgenommen haben, und jetzt erfahre ich, daß der Mann namens Lot, den der liebe Gott aus den sündigen Städten Sodom und Gomorrha rettete, später von seinen zwei Töchtern bestohlen wurde. Sie stahlen ihrem Vater Lot zwei Nächte lang Samen, aber es steht nicht geschrieben, ob Rübensamen oder Grassamen, und ich konnte nicht herausfinden, was die Geschichte mit der Stecherei bei den Zetsches zu tun haben sollte.

Großvater will nichts vom Maschinendreschen hören. Er kommt auf den Dreschplatz und kontrolliert die ausgedroschenen Ähren; mindestens ein Drittel der reifen Getreidekörner gehn mit dem Stroh in die Viehstreu, rechnet er aus, gehn in den Mist. Sünde, sagt er zur Mutter, Gottchen wird eich stroafen. Meine Mutter zeigt sich nicht beeindruckt.

Acht Tage nach dem Maschinendreschen bringt Großvater der Mutter eine Handvoll Mist in den Laden. Auf dem

Mist keimen Roggenkörner. Nicht ein Sämchen von Verwunderung bei der Mutter.

Aber der Großvater läßt nicht nach mit dem, was man in unseren Tagen *Überzeugungsarbeit* nennt, und so kommts, daß wir in den Wintertagen wieder mit dem Flegel dreschen: Großvater, die Anderthalbmeter-Großmutter und ich. Der alte Dreschverein tagt wieder.

Es gibt eine Redensart: Sie dreschen leeres Stroh. Die Redensart ist unstimmig. Stroh ist immer leer, sollte es sein. Wir drei Drescher aber dreschen wirklich Stroh. Die erste Hälfte von unserem geernteten Stroh ist zwar verfüttert, aber dem Großvater schwebt so etwas wie eine *Hochrechnung* vor. Er will die Eltern der Liederlichkeit überführen. Er hat ihnen das Geld zur Geschäftsgründung nicht vorgeschossen, damit sie es in Form von Getreidekörnern auf den Mist werfen.

Eegensinniger wendscher Hund, knurrt mein Vater und wirft sich morgens im Bett herum, kann man denn nie mehr zu sein Schloafe kumm!

Ich höre das erste Mal, daß mein Vater den Großvater einen *Hund* nennt und sogar mit Rassenangabe.

Wir dreschen indes weiter und erfüllen die Morgen mit Flegelgeräuschen, und das Klopfen und Klappern der Flegel erzeugt Spannung, und die Spannung hängt mehrere Tage über unserer Familie. Meine Mutter steht zwischen dem Vater und dem Großvater und muß Obacht geben, daß sie weder unter den Flegel noch in die Maschine gerät, aber das Zerschlagen der Morgenstille ist auch ihr ein Greuel.

Der Erfolg unseres Nachdreschens ist ein halber Sack Körner. Großvater weist das Ergebnis seines Eigensinns der Mutter vor. Die Mutter tut, als ob sie staune. Der Vater schaut von der Seite her auf den Halbsack und sagt: Das soll woll nun was heeßen, wie?

Und von da an hängen unsere Dreschflegel in der Scheune über den Bansenbalken, hölzerne Peitschen außer Dienst. Sporen von Schimmelpilzen setzen sich in die Gelenkleder und bilden dort alsbald einen graugrünen Rasen, und der Schimmelrasen blüht und trägt wieder Samen, und mit diesem Samen fliegen Teilchen des Dreschflegelleders davon.

Vorbei ists auch mit dem Duft, der sich ergab, wenn der Dunst der Petroleumlampe und die Winterfrostluft sich mischten; vorbei das Klappern und Pochen der Flegel, aber es geht in meine Erinnerung ein und bleibt dort hocken. Nur in meiner Erinnerung steht noch geschrieben, wie es war, wenn die Anderthalbmeter-Großmutter ans Küchenfenster klopfte, und wie wir mit dem Großvater hineingingen in die Küche und den warmen Gerstenkaffee tranken und unseren verdammt ehrlichen Hunger mit Brot und Brat-Ei zudeckten, und wie der werdende Tag mit seiner grauen Zunge von außen die Fensterscheiben beleckte, und wie das Brennen in meinen Handflächen war, Brennen vom stundenlangen Halten des Flegelstiels, und wie die Spatzen verschlafen tschilpten, wenn wir sie so früh mit unserem Dreschgetöse weckten.

Ja, ich trage das als Erinnerung mit mir umher, bis auch die von dem Schimmel Gedächtnisschwund langsam aufgelöst wird.

Der Mensch begnügt sich nicht mit seinem Leben. Es sitzt Habsucht in ihm. Er will Dinge, sogar Menschen besitzen. Der eene hat ne kleene, der andre hat ne große Hoabsucht. Ne große Hoabsucht is nich kleene zu kriegen, aber ne kleene Hoabsucht kann großgefüttert wern, sagt Großtante Maika.

Sitzt auch in mir eine Habsucht? Ich fange mich an zu belauern. Ich fahre mit dem Großvater in die Stadtmühle nach Grodk. Nebenan auf dem kleinen Hofe des Postschaffners Andersch hocken Silberkaninchen in Buchten. Ich begucke sie. Ihr silbergeflimmertes Fell tuts mir an. Daheim habe ich zwei scheckige Dorfkaninchen. Ein Silberkaninchen dazu wäre schon recht. Postschaffner Andersch ist glücklich, daß mir seine Kaninchen gefallen. Er macht sie wer weiß wie wertvoll und bringt meine Habsucht zum Glühen. Er bürstet die Kohlblätter, bevor er sie in die Boxen wirft: Echte Französische Silber gehn dir druff, wenn sie ne Raupe mitfressen. Echte Französische Silber – das gibt den Ausschlag. Meine Habsucht verwandelt sich in eine süßredende Bettlerin und geht den Großvater an, und der Großvater kauft mir ein Silberkarnickel.

Wenn ich still bin und reinwärts sehe, wie es mich Großtante Maika lehrte, finde ich keine Habsucht in mir. Sie kommt von draußen und wird mir von verschiedenen Dingen und Menschen eingetragen, und ich erzähle es deshalb, weil mir vom Großvater eine noch größere Habsucht als meine nach dem Silberkarnickel eingetan wird:

Tante Magy kriegt keine Kinder. Leute reden: Sie hat sich vertoan, hat schweres Zeig mußt schleppen. Die Gutsarbeiterin Kowalski hebt sich einen Zentner Roggen aus dem Stand auf die Schulter und hat drei Kinder. Muß Tante Magy sich also Zweizentner-Säcke auf die Schulter gehoben haben.

Onkel Ernst prügelt die Tante; besonders, wenn er wieder moal reingefallen is, reden Leute!

Wohinein ist der Onkel gefallen?

Er hat wieder eene dicke gemacht, sagt der Großvater. Die Anderthalbmeter-Großmutter droht ihm mit der Faust. Der Großvater duckt sich: Ernste, der Proahlhans, hat wieder moal seine Nächsten geliebt, wo die Beene am dicksten sind. Ein Hagel von Faustschlägen saust auf seine Mütze hernieder.

Tante Magy kriegt keine Kinder, aber Onkel Ernst kriegt immer mal wieder eins. Dieses Jahr sogar zwei. Eines von der Kriegerwitwe Tainsko, ein anderes von Anna Schwietzka, der Magd.

Der Onkel sucht nach jungen Männern, die nicht den Mut haben, auf Mädchen loszugehen und zu sagen: Mensch, ich liebe dir! Onkel Ernst findet für Anna Schwietzka einen linkischen Glasmacher und für die Kriegerwitwe Tainsko einen alleinigen Bergmann. Er stellt den Männern in Aussicht, er wird ihnen bei der Gründung eines Hausstandes behilflich sein. Er verkauft einen kastrierten Zucht-Eber und einen Mastbullen. Es muß wieder reener Tisch werden, sagt er zu Tante Magy, und die muß zwei Zettel schreiben, auf denen zu lesen steht, daß der Glasmacher und der Bergmann sich für abgefunden betrachten. Die Männer unterschreiben. Der

Glasmacher wird in der Hütte gehänselt: Bequeme Heirat, nich mal die Kinder mußte dir selber machen. Aber dem Glasmacher geht es vor allem um Anna Schwietzka. Die Zeit vergeht, und es denkt kein Mensch mehr dran, daß unter dem Familiennamen des Glasmachers ein kleiner Onkel Ernste aufwächst.

Es wird Abend. Die Besen, die die kahlen Pflaumenbäume auf den Feldern sind, fegen den letzten Streifen Abendrot hinter den Horizont. Tante Magy kommt in Holzpantoffeln über die Felder. Sie hält den Kopf schief, ihr eines Auge tränt, das andere ist zugeschwollen, ihre Barchentjacke ist zerrissen, ihr Kopftuch ist zerfledert.

Magy, wie siehste bloß aus, siehste? fragt die Mutter. Bin bißchen ausgerutscht, uffs Ooge gefallen, sagt die Tante. Notlügen zugunsten von Onkel Ernst scheint ihr der liebe Gott, mit dem sie befreundet ist, zu erlauben. Sie kauft ein Pfund Margarine und etwas amerikanisches Schweineschmalz zum Auslassen, Brotschmiere eben, weil Onkel Ernst alle Kuhbutter im Kutschwagen zu den Glasmacherfrauen nach Däben brachte und verkaufte oder verschenkte.

Meine Mutter bewirtet Tante Magy, aber die Tante hat keine Ruhe. Sie ißt im Stehen und schlürft ihren Malzkaffee im Stehen, sie hat zu tune, sie muß nach Hause, sie bindet ihre Schürze ab, formt sie zum Beutel, steckt ihre Einkäufe hinein und wirft den Schürzenbeutel über die Schulter. Sie setzt zum Gehen an, kehrt wieder um und wendet sich an die Mutter: Wenn de mir bloß kinndest eens von deine Kinder abgeben, Lenchen.

Die Mutter will die Tante nicht hart abweisen. Ich wüßte nich, welches Kind ich dir geben sullde, sagt sie.

Tante Magy möchte meine Schwester haben, die ist ihr am meisten zugetan. Die kleene Magy gib mir, sagt die Tante, du hast ja immer noch die drei Jungs.

Eben, sagt die Mutter, drei Jungs und keen Mädel mehr.

Na, denn gib mirn Jungn, sagt die Tante.

Meine Mutter weicht wieder zurück: Den Großen brauch ich zur Arbeit schont, und die andern sind noch zu kleene fier dir.

Na, dann gib ma ebent doch die kleene Magy, bettelt die Tante weiter.

Meine Mutter antwortet nicht mehr. Tante Magy nimmts für eine leise Zustimmung. Sie stolpert durch die Felder auf den Ausbauernhof zurück. Ein Kind in ihrer Nähe würde ihre Umwelt verändern, träumt sie. Sie stellt sich vor, wie sie das Kind an sich drücken würde, wenn Onkel Ernst ihr Grobheiten zufügen will. Der liebe Gott möge ihr die selbstsüchtige Träumerei verzeihen, und es ist ihr, als ob ihr lieber Gott zwischen den Sternen hervorlugt und ihr zunickt.

Eines Tages will meine Schwester wirklich mit zu den Zetschens auf den Ausbauernhof. Meine Mutter ist beleidigt. Sie packt ein Bündelchen Kleider zusammen, und die Schwester geht mit der Tante. Ich habe keine Schwester mehr. Aber noch ehe ich recht drüber trauern kann, bringt uns die Tante ihr Mündel zurück. Die Schwester fällt der Mutter weinend um den Hals, und Tante Magy steht hilflos daneben.

Es gab kein Kinderbett bei den Zetschens, die Schwester mußte zwischen Onkel und Tante schlafen, und die Betten waren feucht, und die Küsse von Onkel Ernst waren stachelig; es gab nur Pflaumenmusbrot und Pflaumenmusbrot zu essen, fünfzig Dinge, die für meine Schwester bei den Zetschens nicht so waren, wie sie hätten sein sollen.

Ja, ja, so ist das, sagt die Mutter, und man kann ihr den Stolz über ihren Sieg ansehen.

So kommts, daß Zetsches noch immer keinen Erben haben. Wissen möcht ich doch, sagt der Großvater zu mir, wer moal das ganze Zeig erben wird.

Erben, vermachen, testamentieren, das sind große Vorgänge bei uns auf der Heide. Wenn die Hühnchen aus dem Ei kriechen, bringen sie noch für zwei, drei Tage Verpflegung in einem Dottersack mit. Für die Menschen ist die Erbschaft so ein Dottersack, obgleich sie seiner nicht bedürfen.

Und Großvater wiederholt und wiederholt es: Wissen möcht ich doch moal, wer bei die Zetsches alles erben wird.

Großvaters Wort ist für mich Gottes Wort. Leise fängts an, in mir zu wirken. Ich halte mir vor, was es an Gutem für mich gäbe, wenn ich zu den Zetsches zöge: Da sind die drei Süßkirschenbäume im Feldgarten! Ich könnte mich wochenlang mit Kirschen stopfen, könnte die Geschwister einladen, wenn ich der junge Wirt bei Zetsches wäre. Wollt ihr ne Handvoll Honig hoaben ooch, könnt ihr, könnt ihr, aber verderbt eich nich den Magen! Ich könnte die Sprechmaschine laufen lassen und mir Lieder und Musik anhören. Ich könnte meine Karnickel mit dem Kuhgras füttern, das Onkel Ernst von der Wiese hereinholt. Jetzt muß ich es an den Wegrändern zusammenrupfen. Ich könnte auf Zetsches Waldwiese am Teich sitzen und aufpassen, wann die Kunkatze (so nennt man bei uns die Kaulquappen) ihre Schwänze verlieren und könnte meinen Freund Hermann Wittling einladen, und wir könnten uns das Pferd in den Göpel spannen und Karussell fahren, bis uns kotzert. Ich merke kaum, wie die Habgier, die mir Großvater eintat, anwächst.

Lehrer Rumposch hat sich etwas Neues ausgedacht; eine Turnstunde nämlich. Er läßt von Stellmacher Schestawitscha *Unter Eechen* Turngeräte aufbauen. Das eine Gerät besteht aus vier Pfosten, dick wie Elefantenbeine. Je zwei Pfosten sind mit einer gehobelten Stange verbunden. Das ganze sieht aus wie ein Bachbrücken-Geländer, aber Rumposch nennt es *Barren.* Ein anderes Gerät ist ein vier Meter hoher Galgen, an dem ein Tau baumelt. Am Tau sollen wir hoch; wenn wir oben sind, sollen wir mit der Hand an den Querbalken schlagen und uns wieder herunterlassen. In der Schule lernt man was, heißt es. Was hat man gelernt, wenn man am Tau hochgeklettert ist?

Die meisten meiner Schulkameraden klettern wie die Katzen am Strick empor, ich aber falle ab, wenn ich mich einen Meter hoch geschuftet habe.

Noch mal! befiehlt Rumposch.

Ich schinde mich wieder einen Meter in die Höhe und falle ab.

Nochmal und nochmal!

In meinen Handflächen brennts wie Feuer. Jedes Mal, wenn ich herunterfalle, lachen meine Klassenkameraden mich aus. Das alles geschieht *Unter Eechen*, vor unserm Hause. Ich wünsche, meine Anderthalbmeter-Großmutter käme und würde vor Rumposch ausspucken. Aber Rumposch ist Rumposch, Amtsvorsteher, Orgelspieler, Dirigent, Kreistagsabgeordneter. Was ist meine Anderthalbmeter-Großmutter dagegen?

Und doch wird hinter dem Bretterzaun, der unseren Hof von der Dorf-Aue trennt, an meinem Schicksal gearbeitet. Ich falle zum fünften Mal vom Seil, da schreit unser Hofhahn, als bekäme er den Kopf abgehackt. Gleich drauf wirft ihn Großvater über den Hofzaun und brüllt: Elender Deibel, vollgefressener! Mußt du dir immer an die Kleen vergreifen?

Lehrer Rumposch erspitzt, daß er gemeint ist. Er beendet die Turnstunde.

Am Abendbrottisch macht die Mutter dem Großvater Vorhaltungen, er habe Lehrer Rumposch beleidigt.

Was man noch, sagt der Großvater. Ich wer doch dem Hoahn meine Meenung sagen könn.

Kannste dir nich höcher am Stricke hochziehn und bißchen Willen zeigen? sagt die Mutter zu mir. Sie hält es also mit Rumposch.

Der Vater legt sich auf die Dielen und zeigt mir, wie ich die Beine beim Kletterschluß kreuzen muß. Auch er ist also auf Rumposchens Seite.

An diesem Abend beschließe ich vor dem Einschlafen, daß ich zu Zetsches hinmachen werde. Ich werde in Gulitzscha in die Schule gehen. Dort geht es gemütlicher zu, wie Leute reden, dort hält der alte Saritz Schule ab. Er hat einen Vollbart und schlägt die Kinder nicht, er denkt sich aus, wie schön es sein wird, wenn er in Pension geht. Macht, was ihr wollt, aber seid bißchen stille, sagt er.

Ich gebe meinen Auswanderungsplan bekannt. Großvater lobt mich: Rischer kannste nie zu wase kumm! Er verspricht mir, daß er später zu mir hin werden wird, wenn ich Hauswirt bei den Zetsches bin. Großvater rechnet mit einem langen Leben. (Er hat sich nicht verrechnet, er wurde einundneunzig Jahre alt.)

Ich solls versuchen bei Zetsches, sagt die Mutter, aber ich

soll nachher nicht *angekloagt komm, wenn die Betten doa zu feichte sind.*

Ich werde mir ausbedingen, bei Zetsches in der Guten Stube auf dem Sofa zu schlafen, schon weil in der Guten Stube das Grammophon steht.

Zetsches Wirtschaft wern andere erben als du, sagt der Vater und denkt an die außerehelichen Kinder von Onkel Ernst.

Großvater und die Anderthalbmeter-Großmutter helfen mir, die Kaninchenkiste heben und stellen sie schräg in den Handwagenkasten. Die Silberhäsin rutscht gegen das Drahtgitter, ihre sieben Jungen hinterdrein. Die Anderthalbmeter-Großmutter klagt den Großvater an: Was haste den Jungn eingesagt, was haste ihn verrückt gemacht mit die Erbschaft! Der Großvater antwortet nicht, er bindet meine Kaninchenkiste mit einem Strick fest.

Ich trecke den Schwarzen Weg hinunter. Den Weg nennen wir so, weil wir auf ihm unsere Backofen-Asche auskippen. Ich seh mich nicht um, ich weiß, weshalb nicht. Ich sehe ein Wildkaninchen sich im Grasgraben hinducken. Vielleicht ein Bock, der meine Sie riecht. (Eine Kaninchenhäsin wird bei uns auf der Heide eine Sie genannt.) Vielleicht ist der Wildkaninchenbock so rammelig, daß ich ihn einfangen kann. Aber der Bock bleibt nicht sitzen. Kein Schade. Die Hauptsache, ich konnte in der Zeit, in der ich auf ihn paßte, nicht an zu Hause denken. Alsdann mache ich mich auf etwas anderes gespannt: Gleich werde ich an der Brombeerhecke sein; daneben blühen die wilden Malven, auch die sollen mir mein Zuhause vergessen helfen.

So komme ich auf die Straße nach Gulitzscha. Wir sagen Straße, aber sie ist ein Weg wie alle andern Wege ringsum, zerfahren und zerfurcht von den Vierzöllern der Kohlenkutscher. Wenn mein Handwagen rechts oder links in eine Vierzöllerspur rutscht, hat meine Kaninchenkiste übergroße Lust, herunterzupurzeln, und es kommt eine Stelle, die so abschüssig ist, daß ich die Deichsel loslassen und mich rasch gegen den Handwagen und die Kiste werfen muß, damit sie nicht umkippen.

Ich sehe mich um. Ein bißchen rechne ich auf die Hilfe der Weißen Frau. Ich bin in der Nähe der Dicken Linde. Beim Umherschauen sehe ich unser Haus, mein Zuhause, in der Felderferne flimmern, höre die Warnungen der Mutter und sehe die Tränen auf den Bäckchen der Anderthalbmeter-Großmutter, doch bevor ich mich ganz der Wehmut hingeben kann, höre ich den Großvater sagen: Rischer kannste nie zu wase kumm.

Wie lange werde ich noch Kraft haben, den Wagen am Umkippen zu hindern? Der Boden der Kaninchenkiste ist glitschig vom versottenen Kaninchen-Urin. Meine Hände färben sich rostrot ein. Ich stehe heimatlos in der Welt, keine Eltern mehr, kein Zuhause mehr. Es fällt mir ein, die Zetsches wissen noch gar nicht, daß ich für dauernd zu ihnen hinwerden werde. Werden sie mich auf dem Sofa in der Guten Stube schlafen lassen? Und wenn Onkel Ernst mich küssen will? Was wird meine Schwester sagen, wenn sie vom Spielen nach Hause kommt, und ich bin nicht mehr daheim? Und meine kleinen Brüder? Sie werden mich nicht mehr erkennen, wenn ich später auf Besuch kommen sollte, und ich werde sie nicht mehr zurechtweisen dürfen, denn ich bin nur noch Besuch, ich heimatloser armer Junge!

Wilmko Janko, ein junger Bergarbeiter aus Gulitzscha, kommt des Wegs. Was weenste, Esau, was weenste? Wilmko Janko hat einen Stiernacken. Leute nennen ihn: Jankos Bullchen.

Jankos Bullchen wirft sein Fahrrad in den Weggraben. Mein Handwagen hat sich fast um sich selber gedreht. Wohin willste überhaupt, nach Bossdom oder nach Gulitzscha? fragt Bullchen. Der Versucher, den ich in der Religionsstunde kennenlernte, flüstert mir zu: Sag, nach Bossdom! Aber ich ermanne mich und sage: Zu Zetsches will ich, uff Ausbau, ich will ganz und gar da hin werden.

Haben se dir als eegen angenomm?

Ja, ham se woll, sage ich ausweichend.

Na, Glück zu! Jankos Bullchen sieht mir eine Weile nach.

Wenn ich umkehren wollte, ich könnte es nicht. Bullchen

treibt mich mit seinen Nachblicken zu den Zetsches in den Ausbau.

Ich fahre bei Zetsches in den Hof ein. Tante Magy spült den Melkeimer am Ziehbrunnen aus. Tante Magy, ich wer bei eich werden!

Das kannste, sagt die Tante ratlos. Onkel Ernst ist nicht daheim.

Tante Magy und Reeps August, der Knecht, tragen die Kaninchenkiste in eine lichtlose Ecke des Kuhstalles. Die armen Karnickel! Aber ich kann mich jetzt nicht mit ihnen befassen, ich bin selber ein armer heimatloser Mensch. Jetzt wer ich mein anderes Zeig holen, sage ich zur Tante, und abmelden in die Schule muß ich mir ooch noch.

Auf dem Gesicht der Tante ein kleines Lächeln.

Ich renne heimzu, stelle den Handwagen ab, schleiche mich von hinten ins Haus und bin froh, daß mich niemand sieht. Ich tappe treppauf in die Kinderstube und lege mich dort unter mein Bett. So machen es, wie ich weiß, die Hunde, wenn sie etwas ausgefressen haben.

Unterm Bette heule ich mich satt. Dann schlafe ich ein, die Strapazen meiner Auswanderung waren groß.

Ich erwache in der Dunkelheit. Unten in der Küche klappert die Mutter mit Tellern. Sie werden unten gleich zu Abend essen. Das Selbstmitleid will mich wieder packen. Sie werden Abendbrot essen und nicht daran denken, daß oben unterm Bett ein hungriger Auswanderer liegt.

Verstaubt und beflockt mit Mulm krieche ich hervor, mache mich hinunter und bin bereit, jedweden Spott zu ertragen. Aber niemand sagt etwas. Auf meinem Brotbrett, dem aus Holz gesägten Schwein, liegen zwei mit Rührei bepflasterte Brote; über meiner Henkeltasse schwebt der bitterliche Duft des warmen Gerstenkaffees. Ich setze mich, wie an allen Abenden, die bisher vergangen sind, an meinen Platz und esse los. Unsere Leute reden vom Bierkutscher, dem die Pferde durchgegangen sind. Nur ein paar Stunden war ich weg, da haben die anderen etwas erlebt, was ich nicht erlebt habe. Ich bin schon ein Fremder.

Auch Tante Magy, die den nächsten Tag zum Einkaufen

kommt, spricht nicht von meiner Auswanderung. Erst nach Monaten fragt sie: Willste nich mal deine Karnickel besuchen kumm? Tante Magy hat die Kaninchenkiste geöffnet. Die Tiere laufen frei im Kuhstall umher und fressen das Gras, das die Kühe aus den Raufen fallen lassen und *vertoppeln.*

Ich gehe vorläufig nicht zu den Zetsches. Es ist mir zu gefährlich.

Aber auf Weihnachten wird Tante Magy krank. Leute sagen, sie hat die Kopfgrippe. Sie will uns noch einmal sehen, bevor sie stirbt, und sie hat ausdrücklich gesagt, daß sie auch mich noch einmal sehen möchte.

Die Tante liegt im Bett, ihr Zopf hängt ihr über die Schulter; ihr Gesicht ist voller Grinde, die abplatzen. Sie freut sich über uns, und wie sie mich sieht, fängt sie an zu weinen.

Ich mach mich davon und sehe rasch in den Kuhstall: Keine Kaninchen mehr. Reeps August erzählt mir: Sie haben geheckt und geheckt, und sie haben Löcher in die Erde des Kuhstalls gegraben. Eine Kuh trat in ein solches Loch und brach sich ein Bein. Onkel Ernst warf die Mistgabel nach den Kaninchen und spießte sie eines nach dem anderen auf.

Damit endet die Geschichte meiner ersten Auswanderung, aber aus jeder Geschichte ergibt sich eine andere, weil unser Leben nach einem Plan verläuft, nach einer Linie, die sich uns verborgen hält; sie verläuft von oben nach unten, falls man meint, oben und unten gäbe es wirklich. Es ist eine gezackte Linie. Die Zacken entstehen, wenn wir selbstherrlich in unser Leben eingreifen und meinen, wir hätten seinen Verlauf korrigiert. Das Leben läßt sich unsere Eingriffe geschmeidig geschehen und geht dann wieder auf seine Linie zurück. Das hat mir Großtante Maika erklärt, als ich in die Stadtschule ging. Ich glaubte es, aber es kam eine Zeit, da glaubte ich es nicht mehr, und es kam wieder eine Zeit, da wurde mirs zur Erkenntnis und zur wirklichen Wirklichkeit.

Die Tauern, die schon tot ist, ist noch in meine Lebenslinie eingeflochten. Sie hat, wie wir wissen, das Gartenland verkauft, das zu unserem Anwesen gehörte. In normalen Jahren aßen wir uns an Süßkirschen und gelben Süßpflaumen, den

Spillingen, bei den Zetsches satt. Aber in meinem Auswanderungsjahr will sichs mir nicht, dort im Ausbauernhof auf den Kirschbäumen zu erscheinen. Ich bin auf den großen Sauerkirschbaum in Bossdom angewiesen. Er gehört uns auch nicht; er steht außerhalb des Hofzaunes im Gutsbezirk. Großvater schichtet jährlich unter dem Sauerkirschbaum unseren Reisighaufen auf und legt dort allherbstlich die Mieten für Kartoffeln und Wasserrüben an.

Der Gutsvogt bringt uns ein Schreiben des Gutsherrn, in dem er den Vater drauf hinweist, daß der für die Überwinterung seiner Knollenfrüchte unrechtmäßig gutsherrliches Land benutzt. Bloße Formsache, flüstert der Vogt meinem Vater zu und kriegt eine Handvoll Zigarren für die intime Mitteilung. Auf den Sauerkirschbaum weist der Gutsherr nicht hin, deshalb nennen wir ihn *unseren Sauerkirschbaum.* Er ist unser einziger Obstbaum und ist eine Persönlichkeit für uns Kinder. Großvater behauptet, wir verfügen mit halbem Recht über den *sauren Boom*, die Hälfte seiner Krone wird von unserer Hofluft ernährt.

Die Kirschen sind erst halbreif, aber ich esse mich voll. Mein Schlund ist rauh vom sauren Saft. Ich kriege Magenschmerzen und gehe in die Küche: Hanka, mir tut der Bauch weh. Arznei- und Tinkturflaschen stehen im verglasten Oberteil des Küchenschrankes. Hanka gibt mir Baldriantropfen heraus. Nimm gleich Schluckchen aus der Flasche; ich hoabe zu tune. Ich nehme einen kleinen Hieb aus dem braunen Fläschchen, und sogleich brennts mir inwendig, als hätte ich glühendes Blei geschluckt. Ich krächze und speie, und es entstehen Schreie in mir, und ich speie sie mit aus. Die Anderthalbmeter-Großmutter kommt gerannt und stößt Hanka zur Seite. Meine Mutter kommt aus dem Laden, mein Vater aus der Backstube. Mit einmal haben alle Zeit. Ich habe sie ihnen verschafft. Die Anderthalbmeter-Großmutter, Detektiv Kaschwalla, kommt drauf, was mir geschehen ist: Jeko, Priembeeze hat er gesoffen!

Priembeize? Meine Mutter hat Kautabak in Mengen eingekauft. In Mengen ist er billiger, der Verdienst an ihm ist einträglicher. Aber der Kautabakverbrauch in Bossdom steigt nicht an. Ein junger Bergmann gewöhnt sich das Tabakkauen an, ein alter Kautabakkunde stirbt dafür weg. Kautabaksröllchen, die lange lagern, werden grau und unansehnlich. Die Firma Hannewacker aus Hannover liefert Kautabaksbeize. Die Beize wird mit Wasser verdünnt, und in den Sud werden die unansehnlich gewordenen Kautabakrollen gelegt. Sie quellen wieder auf, werden fett, glänzend und seidig. Von mir kann man solches nicht behaupten.

Hanka heult und küßt mich ab. Ich soll nicht sterben. Man hilft mir Milch ein, Milch und immer mehr Milch. Ich breche die Milch als braunes Gewässer aus, breche und breche, und das Brennen im Bauch läßt etwas nach. Ich breche wieder, diesmal rote Klumpen. Die Därme! schreit die Anderthalbmeter-Großmutter und fängt an zu beten. Aber es ist nicht mein Gedärm, was ich von mir gebe, es ist das geklumpte Fleisch der unreifen Sauerkirschen.

Ich liege im Bett. Es wird mir Essen gebracht; ich breche es wieder aus. Zwei Tage lang esse ich nichts, dann versuche ichs wieder, und Zwieback und Lindenblütentee bleiben in mir.

Man holt keinen Arzt, man bringt mich nicht einmal zu Großtante Maika. Es kann Stroafe druff stehen, wird im Familienrat geflüstert. Die Kautabaksbeize hätte nicht neben den Baldriantropfen stehen dürfen.

Da liege ich nun in der Stube der Großeltern, ein Held, der seine Mutter vor dem Gefängnis gerettet hat. Und die Mutter, sie hat nur Zeit für mich, wenn die Ladentürglocke zwischen dem Kunden, der gegangen ist, und dem Kunden, der kommt, fünf Minuten ungeschüttelt dahängt. Der Loaden, der Loaden!

Auch die Anderthalbmeter-Großmutter hälts nicht lange an meinem Krankenbett aus. Sie ist nicht der Ladenglocke, sie ist ihrer Neugier untertan. Die Leute reden halb verächtlich, halb verwundert von der Neugier meiner Anderthalbmeter-Großmutter: Die paßt uff wien Luchs; die kannste nischt vormachen; nischt gibts nich, was die nich weeß, heißt es, und Großvater sagt von ihr: Won Hundn Schwanz hebt, is se dabei.

Mal wird die Neugier gelobt, mal wird sie getadelt. So ists auch mit der Frechheit: Der eine sagt vom anderen: Mensch, ein frecher Hund ist das! Der andere sagt bewundernd vom einen: Der läßt sich die Butter nicht vom Brote nehmen! Und wenn einer lustig ist, kanns heißen: Leite, über den kann man sich was einlachen! Und ein anderer sagt über denselben Menschen: Der nimmt ja überhaupt nischt ernst. Alle Sagereien haben zwei Gesichter. Ich bin zufrieden mit meinem Gedenke und liege ganz still und rühre mich nicht.

Ist dir wieder schlecht, Jungatzko? fragt der Großvater.

Mir ist nicht schlecht, Großvater.

Kannste mir was zu Gefalle tun?

Kann ich.

Der Großvater gräbt in der Kammer nebenan einen dunkelgrünen Pappkarton aus. Steht dieser grüne Pappkarton nicht noch heute in einer der Bodenkammern meines Elternhauses? Aber nein doch, er wird, wie aller Hausrat, in den ersten Nachkriegstagen neunzehnhundertfünfundvierzig ins Wandern gekommen sein. Was tuts, in der Kammer, die ich bin, die vollgestopft ist mit Erinnerungen, ist er dennoch vorhanden.

In dem grünen Karton sind bunte Postkarten, *Liebeskarten,* wie wir sie in der Heide nennen. Ein Restposten aus der Zeit, da Großvater Handelsmann war. Mein Vater, der die Waren nach dem Kriege in einem geflochtenen Korb durch die Dörfer und zu den Kunden *schürgte,* war ein Rumgeher. Mein Großvater wird in seiner Gewerbegenehmigung, die noch im Familienarchiv liegt, *Handelsmann* genannt. In der besagten Genehmigung wird in einer Spalte gefragt: Wie wird die Ware befördert? Mit Tinte ist dahinter geschrieben: Mit Handwagen. An bürokratischem Feingefühl hats den Staatsverwaltern nie gefehlt, an Mitgefühl immer.

Die *Liebeskarten* sind auf der Rückseite im Briefmarkenfach mit einer Zehn aus leisen Bleistiftstrichen beschriftet. Das heißt, die Karten sind ausgezeichnet, sie kosten je zehn Pfennig! Das Auszeichnen der Waren ist gewerbepolizeilich vorgeschrieben. Wenn eine Kiste Kurzwaren von der Firma

Otto Binnewies aus Halle eintrifft, steht die Mutter die halbe Nacht, dividiert und zeichnet Waren aus. Schlipsnadeln und Broschen lassen sich schlecht auszeichnen, da nimmt die Mutter zehn oder zwanzig Pfennig mehr, unter der Hand natürlich.

Großvaters *Liebeskarten* aus der Vorkriegszeit sind zu billig ausgezeichnet: Alles is nachm Kriege teirer geworn, und *Liebeskarten* ganz und goar, behauptet er. Ich soll die alten Preise von den Karten radieren und dafür einen neuen Preis hinsetzen: Fünfzehn Pfennige. Das ist für mich eine Arbeit von mehreren Stunden. Sie macht mich hungrig. Ich esse mein erstes Wurstbrot, und das Wurstbrot bleibt in mir.

Ich sehe mir die Vorderseite der *Liebeskarten* an: Ein Liebespaar sitzt im Grünen, sie im gelben Kleid mit rotem Hut, er im grauen Anzug, Bügelfalten, und hinter ihnen im Baum hockt ein kleiner Junge mit Gänseflügeln. Der Junge ist mit einem Köcher bekleidet, in der Hand hält er Pfeil und Flitzbogen. Ein Rowdy wohl, der das Liebespaar erschießen will. Ich lese den eingedruckten Kartentext: *Ich weiß ein schönes Plätzchen / in trauter Heimlichkeit, / bin da mit meinem Schätzchen / geborgen jederzeit. / Leis dringet durch die Bäume / der Vöglein süßer Ton, / im Reich der Liebesträume / ist Amor Schutzpatron.*

Der Bräutigam auf der Karte irrt sich, wenn er denkt, der Junge im Baum wird mit Schußpatronen auf die Liebesleute schießen; er wird mit einem Pfeil auf sie schießen.

Wann wird Großvater die verteuerten *Liebeskarten* verkaufen? Er weiß es nicht. Ich kumm ja nich mehr unter junge Leite, sagt er. Ich soll die *Liebeskarten* später verkaufen, wenn ich ein junger Leut bin.

Bin ich in der Schule vielleicht nicht unter jungen Leuten? Ich muß federn, daß der Priemsaft aus mir rauskommt, damit ich wieder in die Schule kann.

Ich nehme ein Päckchen *Liebeskarten* mit in die Schule und zeige sie meinen Mitschülern. Die Mädchen kommen herbeigerannt und tuscheln miteinander und können sich nicht sattsehen an den schönen Liebespaaren.

Am nächsten Tag läuft das Geschäft an. Im Nu ist mein Päckchen *Liebeskarten* verkauft. Der Großvater lobt mich. Ich soll ihm für jede *Liebeskarte* zehn Pfennig zahlen; fünf Pfennig sind meine. Vielleicht wirschte Handelsmann, sagt der Großvater und schneidet schon wieder einen neuen Lebensweg für mich zu.

Am nächsten Tage kaufen meine Mitschüler für ihre älteren Geschwister ein, die sich schon mit der Liebe beschäftigen. Ich scheine in eine *Marktlücke*, wie man heute sagt, hineingestoßen zu sein. Das Drucken von bunten *Liebeskarten* scheint nach dem verlorenen Krieg noch nicht angelaufen zu sein, während die Liebe schon wieder auf vollen Touren läuft.

Lehrer Rumposch hat einen halbblauen Tag. Er starrt uns an und weiß nicht recht, wozu er uns verwenden soll. Soll er uns das Wort Gottes nachplappern, soll er uns rechnen oder singen lassen? Unschlüssig greift er nach der Bibel des Klassenersten, blättert drin und stößt auf eine bunte *Liebeskarte*: Ein Liebespaar nach einem Spaziergang. Die Dame sitzt erschöpft, aber nicht ramponiert auf einer Bank unter einer Linde, ihr Liebster steht neben ihr, hält ihre Hand und erklärt ihr das Vorgefallene: *Nun bist Du mein, Du Menschenblüte / In kaum erschlossener Maienpracht / Oh, daß Dich mir ein Gott behüte / In rauher Stürme dunkler Nacht! /*

Rumposch besieht sich die Karte von hinten: *Carte postale*, liest er, und er stößt auf die Fünfzehn, die ich mit Bleistift ins Markenfach geschrieben habe. Rumposch sieht den Klassenersten an. Der Klassenerste heißt um diese Zeit Fritzko Worreschk; er ist ein Lehrerliebling, dem schon verziehen ist, ehe er noch etwas Unrechtes getan hat. Rumposch vermutet, die *Liebeskarte* gehört den Worreschk-Eltern, oder ein Geschwister von Fritzko hat sie als Lesezeichen in die Bibel gelegt. Rumposch steckt die Karte zurück und klappt das heilige Buch zu, doch er weiß noch immer nicht, womit er uns beschäftigen soll. Er greift sich eine Bibel von einem anderen Bankpult, blättert und stößt wieder auf eine *Liebeskarte*: Zwei Liebesleute sitzen in einem Kahn. Sie mit zarter Rüschenbluse, Brosche, das Haar hochgesteckt und gedoppt. Er fein vorgestoßen mit Bartbindenschnurrbart. Das Ruder des Kahns ist nicht dicker als ein Besenstiel, unterm Kahn hellblaue Wellchen und ein gekrümmter Weidenbaum am Ufer, in der Ferne eine Bergkette, am Himmel eine weiße Scheibe: *Bei des Mondes Schimmer / auf der Wellen Flimmer / fahren wir im leichten Kahn / träumend hin auf stiller Bahn; / in der weiten Ferne / leuchten hell die Sterne; / blinken friedlich himmelwärts / und erfreuen unser Herz.*

Nach den Sternen kann man auf der Karte lange suchen, keine zu sehen. Rumposch legt auch diese Karte in die Bibel zurück und geht zielstrebig von Bank zu Bank: In den meisten Bibeln eine *Liebeskarte.* Woher die Dinger? fragt Rumposch. Nagorkans Walli, die Hauptpetze, springt auf und gibt Bescheid: Bäckersch Esau vakooft se bei Pause.

Ich muß meinen Tornister ausschütten, muß meine Bücher ausschütteln. Nirgendwo eine *Liebeskarte,* auch in meiner Bibel nicht. Ich bin ausverkauft. Großvaters grüner Karton ist leer.

Rumposch will wissen, woher ich die Karten hatte. Ich schweige, ich muß stark denken, muß meine Unweinerlichkeit einschalten: Unter fünfundzwanzig Haselstock-Hieben werde ich nicht davonkommen. Ich muß Gefühllosigkeit in meinen Ursch transportieren. Ich habe es mir eingeübt.

Es tritt ein Umstand ein, der meine Bestrafung beiseite schiebt und zu besagen scheint: Versorgen wir die logische Lebenslinie dieses Burschen mit einem Knick, lassen wir nicht direkt Wirkung auf Ursache folgen!

Eine Tote rettet mich vor den mir zustehenden Hieben. Amtsvorsteher Rumposch wird angefordert und muß sich um die Tote kümmern gehen. Es ist die Vogtsfrau Buderitzsch, die kleine blasse Vogtsfrau mit dem schmalen Nasenrücken. Sie lag morgens im Bett und rührte sich nicht mehr. Am Abend buk sie Plinsen für die Kinder Lenka und Franze, morgens lag sie tot da, und der erkaltete Plinsenduft umwehte ihre Leiche.

Leute reden: Umgebracht ham se se.

Wer hat sie umgebracht?

Das wird schon rauskumm.

Mit was denn umgebracht?

Ooch das wird rauskumm, wenn man das Gift gefunden hat.

Der Gutsvogt Buderitzsch hat ein Verhältnis mit der Meukinne, einer hübschen flinken Kriegerwitwe.

Leute reden: Buderitzsch harmniert (harmoniert) schont lange mit die Meukinne.

Die Meukinne, reden Leute, soll die Männer so von unten herauf ansehen und zu Fall bringen. Buderitzsch und die Meukinne haben geliebstert, man hat sie im Strohschober erwischt, auch auf dem Heuboden der Gutsscheune. Die kleine Frau Buderitzsch hat sich mächtig einärgern müssen. Schwach war sie immer, aber die Schande hat sie ganz vom Fleische gebracht.

Die Buderitzschen muß geöffnet (obduziert) werden. Am Nachmittag des nächsten Tages wird die Buderitzschen geöffnet. Es wird in der Doppelkate hinter dem Teich bewerkstelligt. Doktor Hinkendorf aus Däben und Kreisarzt Steffen aus Grodk, den sie auch Sanitätsrat nennen, werden die Buderitzschen öffnen. Beide kommen im Auto nach Bossdom, jeder von einer anderen Seite. Die Autos summen und brummen. Die Dorfbewohner schwärmen heran und lagern sich auf der Aue unter dem Hügelchen, auf dem die Doppelkate steht: Männer, Frauen und Kinder, sogar die fünfundneunzigjährige Schäzikinne kommt am Stock, läßt sich ins Gras plumpsen und weimert: Wern se se woll den Bauch uffschneiden oder was? Jemand zischt, die alte Schäzikinne soll nicht so laut reden. Die alte Schäzikinne ist selber nahe genug am Tod, sie läßt sich nicht niederzischen. Hoffentlich zerschneiden se se nich das Sterbehemde, weimert sie und stößt mit ihrem Gehstock in einen Maulwurfshaufen, und nach einer Weile fängt sie an zu singen: *Wer weiß, wie nahe mir mein Ende . . .*

Lenka und Franze, die beiden jüngsten Kinder der Toten, sitzen unter den Zuschauern.

Was ist mit eire Mutter? fragt Pauline, das Mannweib, flüsternd den kleinen Franze.

Schloafen tut se, sagt Franze.

Andere Frauen schimpfen mit Mannweib Pauline, sie soll das arme Kind nicht ausfragen.

Aus dem Schornstein der Kate steigt grau-blauer Reisigrauch.

Jetzt machen se Wasser heeß, die Doktersch wern sich wolln waschen, wird geflüstert. Alles starrt zur Kate hin.

Zeugen bei der Leichenöffnung sind Amtsvorsteher Rumposch und Gemeindevorsteher Kollatzsch. Der Baron, der Gutsbezirks-Vorsteher, ist nicht erschienen; er hätte von Amts wegen in der Stadt zu tun, ließ er sagen. Der alte Dorn, ein deutschrussischer Ochsenkutscher, ein Mitbewohner der Kate, bedient die Ärzte. Er kommt heraus, holt Wasser am Ziehbrunnen. Jemand ruft ihm etwas zu. Der alte Dorn schüttelt den Kopf. Noch hoabn se se nich uffgeschnitten, heißt es. Es wird ganz still. Alle wollen die Leiche seufzen hören. Jemand will wissen, daß Leichen seufzen, wenn sie aufgeschnitten werden. Das Gerede wird mir zu gruselig. Ich suche mir einen anderen Platz in der Zuschauermenge.

Der Glashüttenmaurer Krautzschik aus Gulitzscha kommt von der Arbeit aus Friedensrain. Er sieht die Bossdomer lagern, wirft seinen Rucksack ab und setzt sich dazu. Leichenöffnung? sagt er, da schneiden se überalln Stückchen ab und das nehm se denn mit und tuns untersuchen. Grausiges Gerede. Wieder muß ich mich verlagern.

Der Gastwirt bringt einen Kasten Bier auf der Schulter geschleppt. Die Männer werden rege. Der alte Dorn kommt wieder aus der Kate und schüttet blutiges Wasser aus einer grau emaillierten Waschschüssel auf den Misthaufen. Da halte ich es nicht mehr aus. Ich renne nach Hause und verkrieche mich auf dem Heuboden und denke dort über das Jüngste Gericht nach. Es wird in fürderen Zeiten abgehalten werden, hat uns Rumposch gesagt. Fürdere Zeiten sind Zeiten, die noch nicht ran sind, noch lange nicht ran. Wenn das Heimchen, das die Buderitzschen war, in den Himmel werden und vor Gott hintreten wird, wird der erkennen, daß sie nicht schuldig ist. Wer wird sich auch den Bauch selber aufschneiden. Also, wird Gott Sanitätsrat Steffen und Doktor

Hinkendorf aus Däben vor sich hintreten lassen: Warum habt ihr sie aufgeschnitten?

Weil wir das Gift gesucht haben.

Dann wird sich der liebe Gott den Vogt Buderitzsch und die kleene Meukinne kommen lassen und sie fragen: Habt ihr geliebstert?

Die beiden werden nicht abstreiten. Es hat keinen Zweck zu lügen; vor dem Jüngsten Gericht steht man wie aus Glas gemacht. Ja, heimlich geliebstert im Strohschober und auf dem Heuboden, werden Buderitzsch und die Meukinne sagen.

Ich weiß ein schönes Plätzchen / in trauter Heimlichkeit, / bin da mit meinem Schätzchen / geborgen jederzeit . . .

Hoffentlich wird Buderitzsch beim Jüngsten Gericht keine *Liebeskarten* bei sich haben, sonst wird Gott noch mir die Schuld am Tod der Buderitzschen zuschieben.

Zwei Tage vergehen, ich schleiche umher und esse kaum. Endlich wird bekanntgegeben, die Buderitzschen ist nicht vergiftet worden; sie kann begraben werden wie andere Leichen. Im *Spremberger Anzeiger* steht, die Buderitzschen ist auf Gottes unerforschlichen Ratschluß gestorben, aber Leute reden, sie ist aus Gram gestorben, Gram ist unsichtbares Gift.

Alle Leute, die bei der Öffnung der kleinen Vogtsfrau auf dem Anger umherlagen, kommen zum Begräbnis. Stellmacher Schestawitscha sagt: Esch ischt eine rare Leiche.

Buderitzschens Franze freut sich, weil die Frauen ihn über den Kopf streichen. Sie sagen ihm: *Armer Junge* und nicht *verfluchter Lümmel* wie sonst.

Die Weiber wollen auskundschaften, ob Vogt Buderitzsch am Grabe richtig *weent oder bloß so tut.* Manche hoffen, es wird was passieren beim Begraben der sonderbaren Leiche.

Ich bin ganz vorn im Begräbniszug, weil unsere Stute eines der Leichenwagenpferde ist. Sie trägt einen schwarzen Samtmantel. Der Mantel bedeckt sogar ihren Kopf und die Ohren, nur ihr Schweif steht hinten heraus, und für die Augen sind im Samtmantel zwei Löcher ausgeschnitten. Großvater führt unsere Stute. Auf der anderen Seite geht

Töppchenhändler Tinke und führt sein verkleidetes Pferd am Zaum. Die Stute tut, als kennte sie mich nicht, aber sie kann sich verstellen, wie sie will, ich erkenne sie an ihren Hufen.

Vogt Buderitzsch weint. Alle Männer weinen, wenn ihnen die Frauen sterben. Der Vogt tritt an die offene Grabgrube, wirft drei Hände voll gelben Sand auf den Sargdeckel und sagt: Ich kumme dir bald noach, Mutter. Da ertönt ein Schrei. Er kommt von der kleinen Meukinne. Sie hielt sich unter der überhängenden Krone eines Fliederbaumes versteckt. Nun läuft sie weg, und die Begräbnisleute fangen an zu singen.

Leute reden: Das Leben geht weiter. Bald nach dem Begräbnis der Buderitzschen kriegt Petritzschens Frieda einen Jungen. Sie nennt ihn Hendrik. Hendrik hat noch nie jemand in Bossdom geheißen, nur ein Rumgeher, der eine Zeitlang regelmäßig ins Dorf kam, sich dann aber nicht mehr blicken ließ.

Zeitchen vergeht, und der kleinen Meukinne fliegt beim Holzhacken ein Splitter ins rechte Auge. Man bringt sie ins Krankenhaus und operiert, aber wie sie wieder nach Hause kommt, ist ihr rechtes Auge blind, und sie muß sich nach rechts drehen, wenn sie mit dem linken Auge die rechte Hälfte ihrer Küche sehen will, und auf dem Hofe ergehts ihr nicht anders, sie muß sich nach rechts und nach rechts drehen und muß sich die Welt aus zwei Hälften zusammensetzen, und dabei überanstrengt sie ihr linkes Auge, und auch das erblindet.

Sündschuld! sagen die Dorfweiber.

Bei Vereinsfesten tanzen auch ältere und verheiratete Dorfbewohner im Saale der Bubnerka. Die Meukinne kann nicht mehr allein zum Tanze gehen. Führt mir unter Fenster! bittet sie uns. *Unter Fenster* – das heißt auf der Heide: Man sieht den Tanzereien im Saale von außen durch die Fenster zu. *Unter Fenster* stehen die größeren Schulkinder, obwohl Rumposch zupackt, wenn ers erfährt. *Unter Fenster* stehen aber auch die Frauen, die keinen Mann mehr haben, oder jene, die zu spät mit dem Abfüttern des Viehes fertig wurden und sich nicht erst lange waschen und *umkleeden* wollen. Männer stehn nicht *unter Fenster,* sie stehn *hinter Theke.*

Nun also die blinde Meukinne: Führt mir *unter Fenster!* Wir dürfen nich *unter Fenster,* Tante Meukinne, der Lehrer wills nich hoaben.

Nächstenliebe, sagt Meukinne. Wir führen sie *unter Fenster.*

Das Licht fällt Meukinne auf die geschlossenen Augendekkel. Is das moal scheene helle im Soale, sagt sie. Mit wem tanzt dass Buderitzschens Onkel?

Buderitzschens Onkel tanzt noch goar nich, sagen wir, der sauft sich erscht een an. (Wundert euch nicht über das funktionslos anmutende Dass, mit dem wir auf der Heide unsere Fragesätze belasten. Wer kummt dass doa? Wo wohnt dass die Hexe? – Ob je geklärt werden wird, weshalb die Niederlausitzer Halbsorben so sprechen?)

Zeitchen drauf fragt Meukinne wieder: Mit wem tanzt dass Buderitzschens Onkel?

Mit Schwarze Hanne tanzt er, sagen wir. Schwarze Hanne ist Ochsenkutscherin auf dem Gute. Sie ist nicht schön, sie ist nicht häßlich, hat schwarze Haare, hat braune Augen und kann drei Männer an einem Abend lieben, wie Leite reden!

Nu weeß ich genung, sagt Meukinne und will nach Hause. Nu weeß ich genung!

Wir führen Meukinne nach Hause. Sie pischpert mit Franze Buderitzsch. (Flüstern heißt bei uns pischpern.)

Rumposch ist vom Vereinsfest mächtig mitgenommen. Die Sangesbrüder haben ihn in Schnaps eingelegt. Sein Kater setzt ihm zu, aber den kann er nicht schlagen. Er sucht, modern ausgedrückt, nach einem *stuntman*: Wer war gestern *unter Fenster*? fragt er.

Walli Nagorkan nennt unsere Namen. Woher weiß sie sie? War sie selber *unter Fenster*? Rumposch fragt sie nicht. Er schont seine Angeberin.

Wir hoaben blinde Meukinne aus Nächstenliebe *unter Fenster* geführt, sagen wir.

Rumposch läßt sich auf diese Entschuldigung nicht ein. Er holt den Haselstock aus dem Kartenschrank, da sagt Franze

Buderitzsch: Meukinns Tante wird sich bei Ihn abfinden, hat se gesoagt. Sie solln moal hinkomm bei se!

Es verschlägt Rumposch die Sprache. Wir sind gerettet.

Wir fahren mit Rumposchen nach Görlitz, damit wir gebildet werden sollen. Wossengs Otto, ein Glasschleiferlehrling, der zu seiner Schulzeit auch in Görlitz gebildet geworden ist, rät uns, ungültige Eisengroschen aus der Kriegszeit mitzunehmen. Die Eisengroschen, hat er gesagt, passen in Görlitz noch in die Automaten. Wir fahren mit schweren Hosentaschen nach Görlitz, und dort ist ein Automat, bei dem man nach dem Einwurf eines Groschens (ob es ein falscher oder ein richtiger Groschen ist, ist dem Automaten gleich) durch ein Loch gucken und an der Seite kurbeln muß, damit man einen Reiter auf sich zukommen und alsbald vom Pferd fallen sieht, und das Pferd läuft ohne Reiter auf einen zu, und man erschrickt, und alles fängt wieder von vorn an, und Rumposch erklärt, das ist der Anfang vom Kino. Na, Himmelherrn!

An diesen Apparat in Görlitz muß ich denken, wenn ich durch das Loch luge, das Großvater mit der Stichsäge der Tür beibrachte, die von der alten Backstube in den Laden führt, und wenn ich heimlich zusehe, wie sich die Baronsche und meine Mutter gebildet unterhalten, und wie die Baronsche viele hohe Worte aus ihrem prallen Busen pumpt: Eine Zeit schiebt sich vor die andere, sagt die Baronsche. Eine Zeit deckt die andere zu. Denken Sie doch, Frau Matt, wie sich die graue Revolutionszeit vor die gleißende Kaiserzeit schob!

Meine Mutter versteht höflicherweise nicht recht. Wie meinen, Frau Baronin?

Ich meine, ein Ereignis löscht das andere aus.

Ja, ja, ja, brülle ich hinter meinem Guckloch. Meine Mutter öffnet die Tür, aber ich bin schon in der Backstube. Meine Begeisterung hat mich fortgerissen. Ich bin froh, daß die *Öffnung* der Buderitzschen meinen Handel mit *Liebeskarten* ausgelöscht hat. Niemand denkt mehr dran, nur Großvater fragt mich, was ich mit dem Gewinst anfangen werde, mit dem *Reibach.* Ein richtiger Handelsmann kauft mit dem Gewinst neue Waren ein und macht neuen Gewinst, bis er Millionär ist, sagt er.

Ich bin überzeugt, daß mein Großvater Millionär ist, und ich nehme mir vor, auch ein Millionär zu werden, doch es ist nicht immer gleich Gelegenheit. Die Gelegenheiten strömen auf dem Flusse der Zeit zu uns her, hat die Baronsche zur Mutter gesagt.

Nun kommt erst einmal das Kinderfest auf dem Flusse der Zeit herangeströmt. Es ist eine Bestimmung ausgegeben worden, man soll Kinderfeste feiern. Leute reden, die Bestimmung kommt von der Regierung. Das Kinderfest wird gemacht, damit wir mehr Lust kriegen, in die Schule zu gehen und Rumposchen unsern Ursch hinzuhalten, sagt Franze Buderitzsch.

Beim Kinderfest werden von den Mädels Sackhüpfen und Hahnschlagen betrieben, und wir Jungen schießen auf einen hölzernen Vogel. Der Vogel ist am oberen Ende einer Stange befestigt, ist struppig wie ein Gansgeier und verunziert den blauen Himmel über dem Mühlberg. Stellmacher Schestawitscha hat den Vogel angefertigt: Schiescht, schiescht, ruft er uns zu, ihr schollt gude Scholdaten wern!

Für das Kinderfest werden die Bossdomer Geschäftsleute mit einer indirekten Steuer belegt: Fleischer Lehnigk muß zwei Holzmulden voll Warme (so heißt bei uns auf der Heide die Bockwurst), die Gastwirtin Bubnerka mehrere Kasten bunter Brauselimonade, meine Mutter drei bis vier Blechtrommeln voll Zuckerstücke stiften.

Der Mühlberg ist eine Brache. Rumposch schreitet stolz und schnurrbärtig über sie hin, er trägt eine Bonbondose wie eine Sämulde vor dem Bauch und streut Zuckerstücke zwischen Schafschwingel und Heidekraut. Die Kinder folgen ihm und balgen sich um die Zuckerstücke. Auf dem Kinderfest sollen sich die Kinder amüsieren, hieß es, aber wer sich amüsiert, das sind die Erwachsenen, sie lachen, wenn wir uns balgen.

Rumposch hat mit uns einen Reigen eingeübt: *Auf, ihr Turner frisch und frei, / holt den Wanderstab herbei . . .*

Unser Reigenlied hat viele Strophen: Für den Reigentanz

kriegt jedes Mädchen von Rumposchen einen Jungen zum Gebrauch, und jeder Junge kriegt ein Mädchen, und das Mädchen, das er kriegt, das muß er behalten, mit dem muß er tanzen, ob er es leiden kann oder nicht.

Meine Reigendame ist Minna Hendrischko. Sie sieht aus wie das Weibchen des kleinen Taubenhabichts und gehört nicht zu den Mädchen, die ich für schön halte, aber sie hat blitzende graue Augen und rote Oberbäckchen, ähnlich wie meine Anderthalbmeter-Großmutter. Es ist nicht so, daß ich Minna Hendrischko ganz und gar nicht leiden kann; sie gibt mir manchmal, wenn wir uns begegnen, einen Schubs und sagt: Na du?

Großvater, der uns auf dem Schulwege beobachtet, sagt zu meiner Mutter: Was die Hendrischkos is, die is schont ganz scheene reif.

Ich habe eine reife Reigendame. Sie schwitzt bei den Händen und trägt stets ein zusammengefaltetes Taschentuch in einer ihrer Fäuste, und sie reibt damit ihre Hände trocken, bevor sie sie mir zum Reigentanz hergibt.

Wir bauen Brücken aus unseren gereckten Armen, haken einander ein, schmieden ein Rad, flechten einen Kranz und machen Windmühlenflügel aus uns, und wir singen dazu und gehen im Kiebitzgang, und zum Schluß machen wir uns paarig und tanzen zu zweit. Minna drückt mich fest an sich, und das erregt mich, und ich fange an zu zittern, und Minna flüstert: Was biste so schei? Bist wohl doch noch zu kleene. Minnas Geflüster geht wie ein Bazillus in mir um.

Freilich hat meine Mutter die Zuckerstücke nicht für nichts und nein von Rumposchen ins Heidekraut werfen lassen. Am Abend des Kinderfestes sollen wir, heißt es, mit Lampions durchs Dorf marschieren. Meine Mutter sieht sich nicht ungern gezwungen, ihrem Ladengeschäft eine Abteilung Lampions anzugliedern. Die Bestellung der Lampions überträgt sie mir: Du wirst ja wissen, was die Kinder so wolln, sagt sie und gibt mir einen Katalog der Firma *Krone und Co. in Berlin-Südwest 58, Vertrieb von Fest- und Scherzartikeln aller Art.* Ich bestelle Lampions, die aussehen wie unreife Stachelbeeren, solche, die aussehen wie grinsende Vollmonde, auch solche, die brütenden Hühnern ähneln, und für mich bestelle ich einen Lampion, dunkelblau und gelb am Rand, von der Form einer Stiefmütterchenblüte.

Im Katalog der Firma *Krone und Co.* werden auch andere Artikel angeboten. Sie sind auf den Katalogseiten abgezeichnet, und unter jedem Artikel steht die Beschreibung. Es gibt Papp-, Kolben- und Habichtsnasen, grobe Ohrlöffel, mit denen man wackeln kann wie ein Esel, künstliche Leberflecke, Warzen mit je drei borstigen Haaren. *Täuschend echt,* steht in der Beschreibung, *täuschend echt und erfolgversprechend, falls Sie vorhaben, ihre Umgebung das Gruseln zu lehren.*

Meine Aufmerksamkeit gilt den angebotenen Englischen Schnurrbärten. *Besonders kleidsam,* steht in der Beschreibung. Leider ists nicht möglich, bei Krone und Co. in Berlin-Südwest *ein* Stück von einem Artikel zu bestellen; man muß höher rangehen. Ich bestelle ein Vierteldutzend Englische Bärte.

Die Lampions kommen an, und auch die Englischen Bärte kommen.

Was ist denn das? fragt meine Mutter.

Ich sage ihr, ich will einmal ausproben, wie ich mit Bart aussehe. Das versteht sie. Aber wozu gleich drei Bärte? Sie legt mir nahe, die überlichen Bärte meinen Brüdern zu geben. Ich gebe gern, wenn ich mehr habe, als ich brauche, aber die Bärte? Mein Bruder Tinko ist vierjährig und hat erst vor kurzem seinen *Nuckel* abgelegt. Wie wird er aussehen mit einem Englischen Bart in seinem ewig beleidigten Gesicht? Ich beschließe, die Bärte meiner Brüder aufzuheben, bis sie sie in Ehren werden tragen können.

In der Dämmerung marschieren wir ins Dorf, in die Gastwirtschaft. Marschmusik fertigen drei Musikanten an: *Turner, auf zum Streite, tretet in die Bahn!* und *Auf, Sozialisten, schließt die Reihen!* spielen die Musikanten, und wir marschieren. Nokans Alfredko ist Preisträger; er hat dem Gansgeier den Kopf abgeschossen. Alfredko trägt eine Schärpe aus Eichenblättern; neben ihm marschiert die Siegerin im Hahnschlagen Bertchen Hansko, und auch die trägt eine Schärpe aus Eichenblättern.

Im Gasthaussaal steht eine Kaffeetafel. Wir treten zum Kuchenempfang an, und wir stopfen Kuchen, und wir schlürfen Kaffee, bis nichts mehr da ist als die Kaffeeflecke auf den Tischtüchern.

Die Tafel wird hinfortgeräumt, und es wird getanzt. Zuerst tanzen der Geierabschießer und die Hahnschlägerin mit ihren Eichenschärpen einen Ehrentanz, dann bekommt Lehrer Rumposch einen Ehrentanz, dann die Kaufleute, die gestiftet haben, und Pauline Lehnigk, die die Schule fegt und den Ofen im Winter anfeuert, und schließlich tanzen wir, die übrigen; wir schieben uns und schleifen auf der Parkettfläche umher, packen uns, halten uns aneinander fest, damit wir nicht hinschlagen, wenn unsere Tanzdrehungen zu flott werden.

Die Musikanten spielen: *Es murmeln die Wellen, es säuselt der Wind* ... Das Lied haben wir auch in der Schule gesungen. Im Liederbuch war zu lesen, es stammt aus einer Oper.

Was ist eine Oper, Mama?

Ein Theaterstück, wo sie ganzes singen. Reden is nich erloobt! Meine Mutter hat noch keine Oper gehört, aber es soll sehr schön sein, hat sie gelesen.

Es murmeln die Wellen, es säuselt der Wind ... Unsere Musiker spielen es als Walzer. Hermann Petruschka, den die Dorfleute den Zwölf-Ender nennen, weil er Militärmusiker war, spielt Tenorhorn. Er hält den Kleinfinger seiner linken Hand abgespreizt, als ob er *vornehm* aus einer Tasse tränke.

Die Töne des Tenorhorns stimmen mich traurig. Mir ist, als ob die ganze Luft um Hermann Petruschka herum traurig wird, wenn er sie mit den Tönen aus seinem Tenorhorn beschickt. Ich denke wehmütig an die vergangenen Wochen, in denen wir den Reigentanz einübten. Mir ist etwas geschehen, als mich Minna Hendrischko beim Reigentanz zum ersten Male berührte. Es war etwas anderes als Hankas Küsse daheim unterm Kohlenschuppen. Es ist etwas Fremdes, etwas, was mich beunruhigt und gierig macht, immer wieder davon zu haben. Es ist wie der Durst und das große Trinken im Sommer, und der Durst treibt mich auf einmal über den Saal:

Ich gehe auf die Mädchen zu, die dasitzen und auf Tänzer warten, aber ich bin es nicht selber, der dort hinübergeht, es hockt wer in mir, der wieder erleben will, was er beim Reigentanze erlebt hat, und der macht vor Minna Hendrischko eine linkische Verbeugung.

Sie kommt unwillig, sie hat auf einen Vierzehnjährigen gelauert, auf einen von denen, die nächste Ostern die Schule verlassen, auf Fritzko Staros.

... wir gleiten hinunter das Ufer entlang ...

Ich spüre Minnas warmen Körper. Daß ein Mädchen durch seine Kleider hindurch so glühen kann! Aber wir gleiten nicht allzu lange das Ufer entlang; ich kann meine Füße nicht flink genug im Walzertakt setzen und werde Minna zur Plage; sie will links herum, ich will rechts herum tanzen, und Minna reißt mich und preßt mich und sagt: Schoade, daß du nich bissel älter bist schon. Und dazu die traurigen Töne des Tenorhorns.

Alles wäre nicht so gekommen, wie es gekommen ist, wenn Minna nicht gesagt hätte, daß ich zu jung bin, alles wäre anders gekommen, und niemand hätte mir mit der Erziehungsanstalt drohen müssen. Ach, man bildet sich manchmal ein, den Punkt zu kennen, an dem eine Strecke vertanen Lebens begann!

Mir fällt mein Englischer Bart von *Krone und Co. Berlin-Südwest* ein, und ich gehe heim, ihn zu holen, und ich verschaffe mir vor dem großen Ankleidespiegel in der Guten Stube noch einmal Gewißheit: Er ältert mich, der Englische Bart. Bis zum Saal trage ich ihn in der Hosentasche, dann setze ich ihn auf. Oder sagt man, ich setze ihn an?

Die Musikanten spielen einen Rheinländer: *Ein Maler mit dem Pinsel ohne Haar, / ist das nicht sonderbar?* ... Ich gehe wunderschön gealtert auf Minna Hendrischko los, und ich mache meine Verbeugung und alles, wie es sein muß. Minna sieht mich an, und sie dreht sich sogleich wieder ab, zeigt mir ihr warmes Rückenteil, und sie sagt beleidigt über die Schulter: Heite is Kinderfest und keene Fastnacht!

Sie weiß kein bißchen, daß sie es ist, die mir den Bart unter die Nase getrieben hat. Hermann Petruschkas Tenorhorn redet traurig auf mich ein. Da kommt Kroligs Mariechen und sagt: Mensch, du bist so schön verrückt! Sie packt mich und tanzt Rheinländer mit mir, einmal offen, einmal geschlossen! Mariechen ist die Adoptivtochter des Gastwirts vom Bossdomer Vorwerk, ein wildes Mädchen, eine Tollkirsche, die beizeiten weiß, wie es beim Tanzen und in den Schenken zugeht, weil sie im Saale ihres Adoptivvaters die geleerten Gläser zusammenschleppt. Sie lehrt mich die Geheimnisse des Rheinländers, und sie sagt mir, ich müßte mehr hüpfen beim offenen Tanzen. Ich bin gehorsam und mache, was sie sagt; ich bin ihr dankbar, weil sie mich abfing. Was wäre aus mir geworden, wenn ich hätte ohne Tanzdame bärtig über den Saal und zurück in meine Ecke gehen müssen! Die Demütigung hätte mich hingeschmissen:

Ein Töpfer mit ner Kelle ohne Lehm, / der sollte sich was schäm . . ., offener Part des Rheinländers, zierliche Schrittchen, dann packen wir uns wieder! Mariechen bewundert meinen Englischen Bart, besieht mich von der Seite und sagt: Was son Besoffnen nich alles einfällt!

Aber das ertrage ich nicht, ich lasse sie los und renne auf den seitlichen Saalausgang zu, durch den die laue Luft der Sommernacht in den Saal weht.

Aber das, was Schicksal genannt wird, hat seine Netze gespannt, es fängt mich ein, es braucht mich für ein neues Experiment: Draußen an den Schneebeerensträuchern stehen Leidenskollegen von mir: Die Glasmacherlehrlinge, die den Grenzstreifen zwischen dem Kinder- und dem Erwachsenenalter bewohnen. Sie können sich nicht herablassen, auf einem Kinderfest zu tanzen, und auf einen Tanz der Erwachsenen dürfen sie nicht, weil sie noch nicht sechzehn Jahre alt sind; der Gendarm würde sie aus den Armen ihrer Tänzerinnen holen und blamieren. Sie haben sich zu einem kleinen Verein zusammengeschlossen, in dem sie gemeinsam befluchen, daß sie nicht schon bissel älter sind, und ich komme ihnen wie einst der Engel den Hirten. Sie umringen mich, und ein jeglicher will meinen Englischen Bart anprobieren, und Koalls Ottchen sagt, begeistert von der Verälterung, die ihm der Bart einbringt: Mensch, verkoof ihn mir!

Koalls Ottchen ist gleich achtzehn Jahre alt, er könnte schon in den Saal und sich dumm und dröge tanzen, doch er benötigt meinen Bart aus einem anderen Grund: Er hat schon ein Mädel, es heißt Martchen Mattik und wird, ihrer kurzen Beine wegen, die Abgehackte genannt, aber zum Ausgleich hat Martchen eine hohe Stirn, war in der Schule die Beste im Rechnen und hat in der Handarbeitslehre zweimal beim Wettstricken gewonnen.

Koalls Mama ist an der Schwindsucht gestorben. Koalls Papa säuft seit der Zeit. Es sind noch drei kleine Schwestern da. Koalls Papa hätte wieder heiraten müssen. Aber welche Kriegerwitwe will einen Säufer? Ottchen muß sich um die drei *Kräten* von Schwestern kümmern. Er hat als Glasmacher nicht ausgelernt, er ist früh in die Kohlengrube gegangen, weil er dort mehr verdient und seinen Schwestern was zukommen lassen kann, aber in der Grube muß er auch Spätschicht arbeiten. Er kann sich nicht drauf verlassen, daß der Vater die kleinen Schwestern zu Bett bringt. Ottchen will und muß, so schnell wie möglich, Mattiks Martchen heiraten, und er ist zu Mattiks Papa hingeworden: Kann ich eire Martchen heiraten oder nich?

Noch nich, hat Mattiks Papa gesagt, bist noch zu nackicht unter die Noase!

Ottchen bedrängt mich und setzt mir zu: Verkoof mir den Boart! Was willste für ihn hoaben?

Ich höre meinen Großvater sagen: Een Handelsmann muß rechnen könn, am besten im Koppe! Der Englische Bart kostet zwölf Mark achtundvierzig durch zwölf:

Eenszwanzig mußte schon geben, wenn man das Porto mitrechnet! sage ich, und Ottchen greift in die Tasche: Hier haste zwee Mark, und nu sei zufrieden! Fort ist er.

Ich komme mir schlecht vor; ich hätte Ottchen sagen müssen, daß man sich wohl selber für älter hält, wenn man den Englischen Bart ansetzt, aber die anderen halten einen nicht für älter.

Die Glasmacherlehrlinge bestürmen mich: Mensch, haste nich noch son Ding? Ich laufe heim und hole die beiden anderen Bärte, den Rest vom Vierteldutzend, und ich kriege für jeden ohne Zucken und Mucken zwei Mark, und ich nehme noch Bartbestellungen für eine Woche später auf.

Sehr geehrter Herr Krone, Berlin-Südwest, schreibe ich, *schicken Sie mir Dutzend einhalb ihrer gern gekauften Bärte, auch Dutzend einviertel Fensterklirrer. Hochachtungsvoll Esau Matt.*

Damit ist es getan, ich habe meine eigene Firma gegründet. Leitender Direktor ohne Gehalt ist mein Großvater. War aus mir kein Hoferbe zu machen, dann vielleicht ein tüchtiger Handelsmann.

Herr Krone aus Berlin schickt mir weitere sechs Englische Bärte und dreimal Fensterklirrer. Er schreibt mich mit *Sie* an und nennt mich *Hochwohlgeboren.* Ist das nicht bißchen zuviel? Ich fühle mich verscheußert, aber Großvater sagt: Das is so Mode in die Geschäftswelt, das mußte aushalden, und er lobt mich und ist stolz auf mich.

Die zweite Sendung Englischer Bärte stößt mich, heutig ausgedrückt, auf die Notwendigkeit, Marktforschung zu treiben, denn der sechste Englische Bart will nicht von mir fort, und ich selber habe keine Verwendung mehr für ihn. Am liebsten wäre mir, ich müßte ihn nicht mehr sehen. Ich weiche meiner Reigendame Minna Hendrischko in der Schule noch immer aus. Aber da kommt mein Onkel Phile und erlöst mich von meinem Ladenhüter. Er will aussehen wie der Detektiv Harald Harst, von dem in Heften aus schreckgrauem Papier und schreiend bunten Umschlägen die Rede ist. Onkel Phile liest sie in seiner Dachkammer und versteckt sie, wenn er sie gelesen hat, unter den Balken, damit Großvater sie nicht findet. Ein Teil unseres Hausdaches ruht schon auf Detektivgeschichten. Wenn Onkel Phile mit Englischem Bart zur Arbeit geht, weiß man, er hat wieder ein solches Heft gelesen.

Aber nun sind Fensterklirrer der große Schlager, polierte Stahlplättchen, jedes halb so groß wie eine Spielkarte, und zehn Stück zusammengebündelt geben einen Fensterklirrer ab.

Einmal in der Woche kommen die Dorfmädchen zur Spinnstube zusammen, doch sie spinnen nicht mehr, wie es ihre Mütter noch taten; sie stricken Strümpfe und Jacken, häkeln Deckchen, tratschen und singen. Wenn es nächtiger wird, dürfen auch die heiratsfähigen Burschen in die Spinnstube, jene, die schon ohne Englische Ansteckbärte auskommen.

Jede Woche findet die Spinnstube im Elternhause eines anderen Mädchens statt. An jenem Abend, von dem ich rede, wird sie bei Rogenzens Minchen, also im Kossätenhause von Karlko Rogenz, abgehalten, und sie läuft zunächst ab, wie es sich gehört: Die Mädchen stricken, sticken, häkeln, singen und erzählen, *was es Neies gibt*: Kriegerwitwe Tainsko aus Gulitzscha, was jetzt die Paulkon is, gibt sich mit drei Kerlen uff eenmoal ab, wird gepischpert.

Kinndest du das beweisen?

Was erzählt wird, kann man weitererzählen.

Kinndest du das vorm Gerichte beweisen?

Ich erzähle ja, Mensch, bloß, was andere erzählen.

Wolln wa lieber singen!

Und sie singen: *Ein Bauersmädchen ging zur Stadt, / die Äpfels zu verkaufen hat, / dilla-dilla-dilla-hopp, dilla-dilla-hopp / Ein reicher Herr gegangen kam, / drei Äpfels aus der Schürze nahm, / dilla-dilla-dilla-hopp, dilla-hopp, dilla-hopp.*

Die alten Rogenzens sind schon zu Bette, heißt es. Aber im Bette liegt nur die Hausfrau Martka. Karlko, der Hausherr, kniet und sieht durchs Schlüsselloch in die Spinnstube: Jetzt singen se, sagt er leise nach hinten zur Frau im Bett.

Ich bin nich toob, kommts unwillig aus dem Bette.

Ach nein, die Äpfels mag ich nicht, / die sind mir viel zu säuerlicht, / dilla-dilla-dilla-hopp, dilla-hopp, dilla-hopp.

Jetzt drängen die heiratsfähigen Burschen in die Spinnstube. Sie hatten sich draußen in der Laube versammelt, hatten dort eine Weile zusammen gehockt, geraucht und gewitzelt, nun wollen sie die Weibsen necken und nachsehen, ob sie in die Freundlichkeit von einem hineinpassen.

Die Burschen sind rein, sagt Karlko Rogenz am Schlüsselloch.

Mit welchen tut die unsre scheene? will die Rogenzen im Bette wissen.

Keine Antwort.

Ich hoab da was gefroagt.

Endlich Nachricht aus der Schlüssellochgegend: Matuschens Heinko hat die unsre den Strickstrumpf weggerissen und hatn halb uffgereefelt.

Die Rogenzen zufrieden in ihrem Bette: Denn wird ja was werden aus die beeden.

Mir is engal, sagt Karlko am Schlüsselloch.

In diesem Augenblick klirrt es auf dem Hofe, klirrt es allüberall, und es hört sich an, als ob das Küchen- und das Speisekammerfenster und die Fenster am Nordgiebel eingeschlagen worden wären.

Die Burschen und Karlko machen hinaus, die Mädchen bleiben geduckt in der Stube.

Die Altburschen suchen im Hof und im Garten. Nirgendwo Täter, aber auch Fenster sind nirgendwo eingeschlagen. Es scheecht ja bei eich, sagt Finkos Maxe.

Kinnde ja ooch een Erdbeben gewesen sein, sagt Karlko Rogenz und rudert; sein Haus soll nicht in Verruf kommen. Am Ende wird noch erzählt, bei Rogenzens niste der Plohn, der Drache.

Spuk oder Erdbeben, Zweifler werden niedergeredet, es sind zu viele, die die Merkwürdigkeit miterlebten. Ein Stern zwinkert dem Mond zu; in den Sträuchern kichert Gott Schabernack.

Schwarze Hanne hat sich eine Stube in der Gutsarbeiterkate auf dem Hügel gemietet. Eltern und Geschwister seien ihr im Wege, sagt sie. Sie will am Abend ungestört sein.

Es ist Sonnabend, und bei Hanne brennt noch Licht; sie verhandelt mit dem alten Rako, einem pensionierten Grubenaufseher, dürr und knochenfromm. Den Dorffrauen barmt alter Rako vor, es wäre keen Leben nich mehr, seit seine Frau tot ist, er sei willens, sich einen Strick zu nehmen.

Unterm Fenster stehen drei Glasmacherlehrlinge auf einem Sägebock und lugen durch einen Vorhangspalt in die Hanne-Stube: Dürrer Rako ist nicht der und jener; andere Männer in seinem Alter sind *auf Rente*, er ist *in Pension*. Schwarze Hanne kann hinlangen, kann sich teuer machen.

Braut und Bräutchen (so heißt bei uns der Bräutigam) werden sich handelseinig, fangen sich an auszuziehen und löschen das Licht.

Wispern und Pischpern unter dem Fenster, dann klirrt es, als ob Fensterscheiben zerspringen. Wieder ein unausgereiftes Erdbeben in Bossdom.

Die Glasmacherlehrlinge machen sich nicht die Mühe wegzurennen; sie sammeln ihre metallenen Fensterklirrer gleich wieder ein und rechnen nicht mit der Schamlosigkeit der Schwarzen Hanne, die Hämerlinge, die Unbesohlten. Hanne kommt nackt aus dem Haus und packt zwei von den Erdbebenveranstaltern: Macht eich ehrlich, sonst zeig ich eich an beim Schundarm! Sie nimmt ihnen die Klirrer weg. Es bleibt den Lehrlingen nichts übrig, als Lösegeld zu zahlen.

Das Erdbebengeheimnis ist dahin, mein Geschäft mit Fensterklirrern ist dahin. Ich muß auf andere Artikel ausweichen. Ein Glück, daß soeben Brillen mit schwarzem Horngestell anfangen, mächtig Mode zu werden. In Grodk werden sie schon auf der Straße spazierengetragen, und Leute, die ihre Nickelbrille für das Maß aller Brillen halten, drehen sich nach den Hornbrillenträgern um: Hornbrillen und Jimmy-Schuhe! Die Welt wird amerikanisch untergehen.

Im Katalog der Firma *Krone und Co., Berlin-Südwest,* sind solche Brillen mit schwarzem Horngestell angepriesen, Harald-Lloyd-Brillen mit Neutral-Gläsern.

Harald Lloyd ist ein amerikanischer Film-Komiker, er ist auch in Deutschland bis in die Orte hinein bekannt, in denen ein Kino spielt. Im Glasmacher-Ort Däben spielt eines, und die Glasmacherlehrlinge kennen Harald Loyd und seine Brille. Ich kenne Harald Lloyd aus *Vobachs Modenzeitung für das Deutsche Haus.* Rechts: Generalfeldmarschall von Hindenburg auf dem Spaziergang im Park seines Gutes Neudeck. Links: Harald Lloyd, der amerikanische Kino-Star in dem Film *Der Kavalier im Himmelreich.* Man sieht den guten Harald samt dunkler Hornbrille in gefahrvoller Situation aus dem Fenster eines Wolkenkratzers hängen. Es ist nicht zu vermeiden, daß er mit seinen Mätzchen zum komischen Helden der Glasmacherlehrlinge und meines Onkels Phile wird.

Amerika ist für uns nach dem Krieg das Land der Moden und Muster, bis alles, was von dort kommt, für *artfremd* erklärt wird, und dann wird alles *arisch* und deutscher Tanz und deutscher Mord in allen Sälen, schließlich wieder ein Weltkrieg, und wieder wird Amerika das Land der Moden und Muster, links-elbisch und rechts-elbisch.

Harald Lloyd ist damals der neue Typ des Komikers, des Komikers mit der Intelligenzbrille. Man hat Chaplin, und man hat Pat und Patachon, Typen von der Straße, denen geradezu Abträgliches geschehen muß, aber nun den Intellektuellen, dem im Zeitalter von *Wissen ist Macht* Abnormes widerfährt.

Harald-Lloyd-Brille, unentbehrlich für jeden Filmfreund, steht im Katalog der Firma *Krone und Co.* Ich bestelle Dutzend einhalb und bin sie schon am ersten Sonntag nach dem Einkauf los und bin für die sechs fünfzehnjährigen Intellektuellen auf dem Bossdomer Dorfanger verantwortlich. Sie stehen umher, sehen aus und warten, es möge jemand erkennen, daß sie alle Harald Lloyds sind, aber die Bossdomer Kossäten gehen nicht nach Däben ins Kino, und sie erkennen die junge Intelligenz nicht. Leider gibt es in Bossdom keinen Wolkenkratzer, bei dem man sich in hundert Meter Höhe an einem Sims festklammern kann, weil man in intellektueller Zerstreutheit zu einem Fenster hinausging, das man für eine Tür hielt. Wenn wenigstens ein paar Autos die Dorfstraße hinuntergerast kämen, die einen auf ihre Kühler nähmen, weil man zeitunglesend in den sandigen Wagengeleisen spazierenging.

So kommts, daß unsere sechs Intellektuellen am Spätnachmittag ins Nachbardorf Gulitzscha spazieren und dort als Harald Lloyds die Dorfstraße bepromenieren, und die Intelligenz-Brillen regen die Großbauernsöhne in Gulitzscha auf. Sie werden demnächst tapfere Arier sein, und die Intelligenz-Brillen wirken auf sie, als ob ihnen die Glasmacherlehrlinge den Vogel zeigen würden, und aus der Schlacht, die sich entspinnt, geht nur noch eine der Harald-Lloyd-Brillen heil hervor; zwei gehen zu Bruch, und zwei werden requiriert und erscheinen nicht mehr in Bossdom.

Walli Nagorkan verklatscht mich bei Rumposchen: Ich verkaufe Bärte, Brillen, auch Spuk an die Glasmacherlehrlinge, sagt sie. Aber Rumposch ist nicht geneigt, er zürnt den Staren. In unserem Lesebuch steht, die *Stare sind liebwerte Frühlingsboten.* Rumposch hält uns an, das *liebwerte* mit süßer Stimme zu lesen. Er selbst sieht die Stare durch den Nebel der Nützlichkeit, für ihn sind sie pfeifende und fauchende Ausgeburten der Vogelwelt, weil sie fast unabwehrbar immer und immer wieder in seine Süßkirschen einfallen. Er hat Rock und Bluse seiner Schwiegermutter Therese Schulze, geborene Schneeweiß, in den Baum gehängt, aber die Stare zeigten keine Schwiegermutterfurcht. Was bleibt übrig: Eine Schrotladung! Er geht in seine Wohnung, kommt mit dem geladenen Tesching wieder, stellt es neben sich hin, befiehlt dem Klassenersten, auf die Stare zu passen, setzt sich aufs vordere Bankpult und lehnt sich mit dem Rücken an die Wand und zerquetscht eine unflinke Fliege. Er hat eine heiße Nacht hinter sich, wir sollen erzählen, was es Neues gibt. Es gibt nicht so viel Neues, wie wir benötigen, um Rumposch im gleichmäßigen Schlummer zu erhalten, und wenn es anderswo eine Schule der Empfindsamen oder Geistreichen gegeben hat, in Bossdom gibts eine Schule der Lügner.

In unsere Lügengeschichten hinein braust und schlurrt es, und der Kirschbaum sitzt voll jener lieblichen Frühlingsboten: Die Stare, Herr Lehrer, die Stare!

Rumposch greift in seinem Gedösel nach dem ungesicherten Tesching, streift den Abzug, der Schrotschuß geht los und fetzt in die Ecke links vom Katheder, Knall und Schall zittern in unseren Ohren nach, die Luft ist voll Kalkstaub, Rumposch ist blaß, aus dem Flintenlauf raucht es, aus unseren Hirnen steigen Erwägungen.

Rumposch jagt uns hinaus. Wir sollen Schnitzeljagd spielen. Die Mädchen rupfen und zupfen Papier, dann rennen sie in die Wälder. Zeitchen drauf rennen wir Jungen hinterher. Wir kommen vor Schulschluß nicht wieder.

Rumposch lauscht umher, ob wir was ausgeplaudert haben. Natürlich haben wir ausgeplaudert. Zeig mir einen Sack voll Schwalben, aus dem es nicht zwitschert! Unsere Eltern wissen von der verunglückten Starenjagd, aber wer wird sich mit Rumposch anlegen, mit Rumposch, dem Kreistagsabgeordneten und Amtsvorsteher?

Kannste nich moal Scheintod-Pistolen kumm lassen? fragt mich Nagorkans Ottchen. Die Glasmacherlehrlinge wollen Rache an den Schlägern aus Gulitzscha nehmen. Im *Sorauer Wirtschaftskalender* zeigt eine Firma an, daß sie mit Scheintod-Pistolen handelt: *Schützen Sie sich gegen die feindliche Umwelt! Machen Sie Ihre Gegner mit unserer unschädlichen Scheintod-Pistole kampfunfähig!*

Der Preis für die Scheintod-Pistole ist mir zu hoch. Mein Betriebskapital würde nicht ausreichen, ein Vierteldutzend zu kaufen. Im Katalog der Firma *Krone und Compagnon, Berlin-Südwest,* sind Stinkbomben angepriesen: *Original Stinkbomben, unauffällig und von größter Wirkung.* Auf den im Katalog abgebildeten Stinkbomben-Schachteln ist ein Stinktier zu sehen, das einem Vagabunden in Angriffsstellung gegenübersteht, den Schweif hoch, das After in Front.

Stinkbomben sind billiger als Scheintod-Pistolen. Ich bestelle Stinkbomben. Zwei Mark und achtunddreißig pro Dutzend; bei sofortiger Kasse zwei Prozent Skonto. Großvater erklärt mir, was Skonto bedeutet. Ich mache davon Gebrauch. Großvater lobt mich: So kummt man zu Gelde!

Die Post bringt mir ein Paket eingesperrten Gestank aus Berlin. Die Stinkbomben-Schachteln sind mit Sägespänen gefüllt, und zwischen den Spänen nisten erbsgroße Glasphiolen. Sie enthalten eine dunkelbraune Flüssigkeit. Ich zerschmettere eine Phiole im Schweinestall, dort stinkt es sowieso, aber der Schweinestallgeruch ist ein Wohlduft gegen die Stinkwolken, die der zertrümmerten Glasphiole entsteigen. Ich muß um die Gesundheit unserer Schweine fürchten.

Ich erfahre nicht, wie der Rachefeldzug der Glasmacherlehrlinge im Nachbardorf Gulitzscha verlief. Ich vermute, er verlief nicht zugunsten, von einem Sieg hätte ich erfahren. Dafür erfahre ich von den Frauen im Laden: Bei Lehnigks hats Sonnabend nach dem Scheiern mächtig gestunken. Es hat da gestunken und dort gestunken, und gleich wirds auch mir stinken, mächtig stinken.

Es gibt Schülerbücher und Lehrerbücher. In einem Lehrerbuch sind die Aufgaben, die wir zu bewältigen haben, fertig ausgerechnet, aus einem Lehrerbuch für Diktate zum Beispiel kann man ersehen, in welchen Fällen das Daß, das uns Schwierigkeiten macht, mit einem sogenannten Schluß-S oder mit einem S-Z geschrieben werden muß.

Die Lehrerstöchter gehen beim eigenen Vater in die Schule. Das erscheint mir so merkwürdig, wie wenn meine Schwester und ich bei uns im Laden einkaufen gehen würden. Wenn ihr Vater in Amtsgeschäften nach Grodk fährt, erschnüffeln die Lehrerstöchter, welches Diktat an der Reihe ist. Sie schreiben es aus dem Lehrerbuch ab und versorgen ihre Kumpankas mit der Abschrift, und auch die schreiben sich die Abschrift ab und haben null Fehler im Diktat.

Wenns mir nicht allzu rühmlich wäre, müßte ich einfügen, daß ich auf das Diktatheft des Lehrers verzichten kann, aber einige meiner Kameraden hätten die Vorsorge der Lehrerstöchter gleichermaßen nötig. Sie lecken den Lehrerstöchtern aber nicht den Ursch oder fangen ein Verhältnis mit ihnen an und spieln Murmeln mit ihnen, um in den Genuß ihrer Vorsorge zu kommen. Das Weib sei dem Manne untertan! steht in der Bibel. Also heißt es: Das Diktat, was dran ist, gebt uns, los!

Die Lehrerstöchter wollen, daß man sie bittet. Rüpeln verweigern sie ihre Hilfe.

Ihr sollt euch wundern! sagt Franze Buderitzsch. Er hat seinem großen Bruder eine jener gläsernen Rachebomben gestohlen und legt sie *Unter Eechen* so hin, daß sich die ältere der Lehrerstöchter draufsetzen muß, wenn sie sich zum Kamuschkein lagert. (Kamuschkein wird mit fünf runden Steinchen, oder zivilisiert, mit fünf Murmeln gespielt.)

Zeitchen vergeht, da sagen die Kumpankas der Lehrerstochter: Mensch, tust du stinken; du mußt dir eingeschössen hoaben! und sie rücken von ihrer Kamuschkei-Kumpanka ab und beenden das Spiel. Die Lehrerstochter geht weinend von dannen und stinkt daheim weiter. Es gibt viel Betrübnis und Wäscherei im Lehrerhause, bis die braune Flüssigkeit in Form von Gas aus den Röcken der Tochter geflohen ist.

Von allen Ungeheuerlichkeiten, die sich in letzter Zeit in Bossdom zutrugen, führen die Spuren zu mir. Rumposch vernimmt mich ohne Haselstock. Ich wundere mich. Der Lehrer lüftet das Geheimnis der *unterernährten Bossdomer Erdbeben,* stößt durchs Gestrüpp der Englischen Bärte zu den Harald-Lloyd-Brillen vor und verweilt bei den Stinkbomben. Meine Mitschüler hören zu. Ich verschaffe ihnen mit meinen Versuchen, in den Welthandel einzudringen, einen schulfreien Tag.

Und weshalb das alles? fragt Rumposch.

Weil ich mir einüben muß uff Handelsmann, antworte ich.

Das Verhör endet, als ich auf meinen Großvater zu reden komme, auf den Entzünder meines Tuns, auf den geheimen Direktor meiner Firma.

Rumposch lebt in geheimer Feindschaft mit meinem Großvater; er hat den Schimpf nicht vergessen, den ihm mein Muttervater antat, als der während der Turnstunde unsern Hahn über den Hofzaun warf.

Großvater seinerseits pflegt geheime Feindschaft mit Rumposch, weil der meinen Vater mit seinen Skat- und Saufabenden zum Lotterleben verführt. Der Muttervater kann nicht ohne Arg zusehen, wie mein Vater Geld verbringt. Im Tischkasten liegt der *Sorauer Wirtschaftskalender,* da hinein schreibt Großvater, wann mein Vater von den Skat- und Sauf-Abenden kommt: Wieder erscht viertel Viere, steht da. Und einen andern Tag: Bis um zweeä hoaben se wieder geteebst. Großvater zeigt mir die Eintragungen. Es kinnde sein, daß es moal hart uff hart kummt, sagt er.

Meine Verfehlungen geben Rumposch Gelegenheit, meinen Großvater vorzuladen. Vergeßt nicht, daß der Lehrer Amtsvorsteher ist.

Großvater geht zu Rumposch in die Amtsstube. Er spricht Sorbisch mit ihm und duzt ihn. Das hat bisher kein Mensch in Bossdom gewagt: Was willste von mir?

So und so, Fensterklirrer, Stinkbomben, Handelsmann. Im

Aktenregal spielen sich Leitz-Ordner auf, diese Stützen und Zuträger von Amt und Macht.

Wenn de weiter nischt willst, sagt Großvater zu Rumposch. Ich dachte, du willst wissen, ob erloobt is, mit Tesching in Schule rumschießen. Das, muß ich soagen, is nich erloobt; es kinnde dir die Stellung kosten. Hättste ja könn een Kind erschießen, na!

Rumposch würde meinen Großvater am liebsten hinauswerfen, aber es stehen ihm keine Machtmittel dafür zur Verfügung. Das Leben schafft glücklicherweise immer wieder Konstellationen, die jene, die Machtmißbrauch treiben, machtlos machen.

Rumposch redet beim nächsten Skatabend auf meinen Vater ein: Er sei der für mich verantwortliche Erziehungsberechtigte. Mein Vater wendet sich an meine Mutter und macht sie zur Erziehungsberechtigten. Sie soll, Schockschwerenot, dem Großvater die Meinung sagen. Meine Mutter willigt ein. Mein Handel mit Scherzartikeln ist auch ihr nicht paßrecht. Ich bin zwar Fleisch von ihrem Fleische, aber mit dem Übel der Konkurrenz gespicktes Fleisch.

Großvater hört sich die Vorwürfe der Mutter an und sagt: Was wullt ihr von den Jungn, der macht seine Geschäfte ohne een Untätchen geborgtes Geld.

Es geht doch, Vater, drum, daß er nicht verdorben wird, sagt meine Mutter.

So? Dann müsse auch meine Mutter verdorben sein; wuchs nicht auch sie unter Großvaters Obhut auf? Der Großvater wird laut. Ein Sperling fliegt vor Schreck aus dem Weinstock! Spielt eich nich uff, sonst werd ihr mir Zinsen zoahln, fürs Geld, was ich eich geborgt hoab. Mein Vater tritt aus der Backstubentür: Denn wirschte dein Essen ooch bei uns bezoahln müssen! brüllt er.

Das wer ich, brüllt der Großvater zurück, wenn du mir meine Arbeit bezoahlst!

Blitz und Donner! *Erster Hauskrach im Hause Matt,* meldet die *Bossdomer Morgenpost.* Wir Kinder verkriechen uns und halten uns die Ohren zu wie beim Gewitter.

Mein Großvater steigt treppan in die Großelternstube

und rumort dort weiter. Die Anderthalbmeter-Großmutter redet zum Guten. Mich packt die Mutter und schüttelt mich: Wenn se dir denn in die Erziehungsanstalt bringen wern, könn wa dir nich retten!

Goldene Mutterworte. Sie fahren ein und explodieren in mir. Meine Phantasie prescht los wie ein arabisches Feuerpferd. Ich habe Geschichten im *Sorauer Wirtschaftskalender* vom Leben und Treiben in den Erziehungsanstalten gelesen. Die Kinder gehen dort in Drillichanzügen mit geschorenen Köpfen umher. Die kleinen Ponykleckse auf dem Vorderkopf, wie wir sie tragen, sind in der Erziehungsanstalt nicht erlaubt. Alle Spiele werden dort beaufsichtigt. Wir müssen in der Schule unsere Hände gefaltet auf dem Bankpult halten; in der Erziehungsanstalt müssen sie mit auf dem Rücken verschränkten Armen in den Bänken hocken. Gott weiß, wie oft ihnen die Arme absterben!

Nun stehe ich vor dem Tor einer solchen Erziehungsanstalt. Meine Eltern haben meine Erziehung nicht geschafft; ich bin ihnen aus der Verantwortung gerutscht. (Wäre ich nicht auf den Sauerkirschbaum gekrochen, um halbreife Kirschen zu stopfen, hätte ich keine Priemtabakbeize trinken müssen, wäre ich auch nicht bettlägerig geworden und in den Handel mit Liebeskarten und Scherzartikeln hineingefallen. Schuld an allem ist die Tauern; sie hat uns den Obstgarten wegverkauft. Leute reden, die Tauern ist tot, die Auswurftierchen haben ihre Lunge aufgefressen, sie hat ihre Strafe. Über Tote soll man nicht schlecht reden, heißt es.) Ein Wirbelwind fegt über den Hof. Ich laß mich von ihm packen und bewirbeln. Ich muß ein anderes Leben anfangen. Ich werde nicht mehr mit Scherzartikeln handeln.

Sei nich tumm! Gib jetzt nich uff; bist geschäftlich so scheene im Gange, sagt Großvater. Er hat gut reden, er muß nicht in die Erziehungsanstalt. Diesmal höre ich nicht auf ihn.

Ich miste die Tauben aus, füttere den Hund und die Katze, hole die Eier von den Hühnernestern, bürste die Ziege mit einem abgenutzten Rutenbesen, alle sollen sehen, daß ich ein nützlicher Junge bin, den man nicht in die Erziehungsanstalt bringt.

Meine Eltern sind, dem Laden zuliebe, in allen Vereinen, die es in Bossdom gibt. Meine Mutter ist zum Beispiel im Frauenverein, auch *Königin-Luise-Bund* genannt. Sie verkauft dort bei den monatlichen Vereinsversammlungen Blechkuchen, und meine Anderthalbmeter-Großmutter hilft ihr dabei. Die Bubnerka, die ihrer Gastwirtschaft zuliebe im Frauenverein ist, verkauft den Kaffee. Die Kossäten melken Kühe; die Geschäftsleute melken Vereine; die Ameisen melken Blattläuse!

Der Frauenverein wird von der Pastorsfrau aus Gulitzscha geleitet. Wir Bossdomer haben keinen Pastor, weil wir keine Kirche haben, wir sind mehr so Heiden, wir sind alle Sozialdemokraten.

Frau Pastor liest im Frauenverein christliche Propagandageschichten vor und berät die Frauen, die es nötig haben, bei der Herstellung eines harmonischen Familienlebens: Zweimal Beilager in der Woche hat Doktor Martin Luther den evangelischen Christen anempfohlen. Sagen Sie es Ihren Männern! verkündet sie.

Meine Mutter tut die Sorgen, die sie sich um mich macht, der Pastorsfrau Kockosch auf den Kuchenteller. Frau Pastor tröstet sie: Es ist bei mir noch nicht Honig und Wachs verloren, sagt sie, vielleicht, sagt sie, ist meine Intelligenz im Spiele; sie wird in Rumposchens Drei-Klassen-Schule nicht gehörig aufgetunkt und hat mich auf die Scherzartikel geschmissen. Sie wird mal sehen, deutet die Pastorn an, was sich machen läßt, und sie wird mit ihrem Manne, Pastor Kockosch (zu deutsch Pfifferling) reden, und sie wird auch mit dem Herrn Wendlandt, dem Gutsbesitzer, sprechen, kurzum, sie wird erkunden, ob man mich nicht in die Privatschule in Gulitzscha aufnehmen kann.

Die Privatschule in Gulitzscha wird von Fräulein Sägebock abgehalten. Fräulein Sägebock ist eine mittelalte Jungfer. Sie wohnt im Pfarrhaus und hat einen dressierten Schäferhund. Der Hund hat ein Steh-Ohr und ein Hänge-Ohr und ist trotzdem echt, wie Leute reden.

Fräulein Sägebock stellt ihr Fahrrad vor unserer Ladentür ab und sagt zum Hund: Platz! Der Hund setzt sich auf seinen

Ursch und bewacht das Fahrrad, obwohl es niemand stehlen will.

Fräulein Sägebock ist blaurot im Gesicht, aber kernig. Sie is mächtig im Safte, sagt mein Großvater. Die Sägebocken kauft bei meiner Mutter im Laden ein Viertelpfund Kaffee. Meine einzige Leidenschaft, sagt sie. Bei der Gastwirtin Bubnerka kauft die Sägebocken einen Viertelliter Schnaps, läßt ihn in eine Vierkantflasche füllen und sagt: Meine einzige Leidenschaft. Auch das Dressieren von Schäferhunden ist Fräulein Sägebocks einzige Leidenschaft. Der Hund heißt Saba vom Eschengrund, aber unsere Bossdomer Leute werden sich doch nicht die Zunge zerbrechen, sie nennen ihn *Hafer.* Die Sägebocken ihr *Hafer.*

In die Privatschule, die Fräulein Sägebock abhält, gehen zwei Töchter des Gutsbesitzers Wendlandt, die beiden Söhne des Pfarrers Kockosch, der Sohn des Fleischermeisters Schinko und der Sohn des Großbauern und Gelegenheits-Pferdehändlers Bleschko.

Ich soll noch nicht wissen, daß ich vielleicht auf die Privatschule nach Gulitzscha werden soll, aber meine Anderthalbmeter-Großmutter hat das Gespräch von Mutter und Frau Pastor abgehört. Sie teilt es Großvater, der schon ein bißchen schwer hört, lautstark mit und läßt außer acht, daß ich zuhöre.

Die Sägebocken? fragt Großvater, die is mächtig im Safte.

Ich weiß nicht, ob es mir in der Sägebock-Schule gefallen wird. Sie machen sich dort wer weiß wie stolz. Holzpantoffel sind bei ihnen nicht Mode; sie gehen alle in Lederschuhen. Was mir Appetit auf die Schule machen könnte, wäre die jüngste Tochter des Gutsbesitzers Wendlandt. Sie wird Puppa genannt und ist für meine damaligen Augen ein schönes Mädchen, geradezu eine Fee, die mehr im Himmel als auf Erden wohnt. Puppa reitet zuweilen in Begleitung ihrer größeren Schwester auf einem Pony durch Bossdom. Die Herrschaftstöchter dunsten Parfüm aus, und wir stehen an der Dorfstraße und begaffen sie, aber sie bemerken uns nicht; für sie sind wir Ahornbäume mit Rotznasen.

Unter die Reithosen sind se nackicht wie wir, sagt Franze

Buderitzsch. Ich liebe seine Art, von Wendlandts Puppa zu reden, nicht. In meiner Brust bohrt etwas. Ehrgeiz oder Verliebtheit, ich weiß es nicht. Aber mir wäre wohl, wenn Wendlandts Puppa anhalten und sich mit mir ein wenig über Pferdepflege unterhalten würde.

Puppa ist so alt wie ich. Man hat ihr die Haare heruntergeschnitten. Sie trägt einen Pagenkopf. Das ist jetzt Mode, sagt meine Mutter; sie weiß es aus *Vobachs Modenzeitung.* Puppa ist zart im Gesicht, nirgendwo eine Warze, kein bißchen rot in der Fratze wie unsere Schulmädchen. Aus meinem Unterleib flüstert mir ein Teufelchen zu: Ein schönes Mädchen wird ja woll auch eine schöne Seele haben, nich wahr, nich!

Wenn ich in die Sägebock-Schule werde, werden wir uns mit Puppa vielleicht in ein Gespräch verstricken. Warum reitest du dein Scheckpony auf Kandare? werde ich sie fragen.

Weshalb soll ich es nicht auf Kandare reiten?

Ich fürchte, Puppa verletzt zu haben. Natürlich sollst du auf Kandare reiten, es geziemt sich, sage ich rasch, aber wenn du wieder einmal in unser Dorf geritten kommst, könnte ich dir einige Hummel-Nester zeigen, die besten Hummel-Nester weit und breit, vor allen Dingen gelbärschige Hummeln, richtige Honig-Hummeln, verstehst du?

Puppa versteht nicht, aber sie ist bereit, sich von mir in der Hummelzucht unterweisen zu lassen, und sie bestaunt mich, weil ich in die Hummel-Nester greife, ohne gestochen zu werden. Sie erschauert.

Meine Eltern sind von der Ehre angetan, die ihnen widerfahren könnte, wenn man mich, ihren Sohn, in die Privatschule von Fräulein Sägebock aufnähme. Aber die Ehre ist erst unterwegs.

Meine Mutter fürchtet, wir geben für das Geschäft des Pastors schlechte Kunden ab: Wir sollten uns bißchen mehr in die Kirche sehen lassen, sagt sie.

An einem der nächsten Sonntage gehen wir zu dritt auf die Besichte. Gehn wa besehen, oder gehn wa uns besehn lassen? fragt der Vater.

Beedes, sagt die Mutter.

Kleine Zänkereien und Stänkereien beim Ankleiden.

Mein Vater opfert sich. Er, der Sozialdemokrat, war seit seiner Hochzeit nicht mehr in der Kirche, und wenn er nun schon hingeht, will er dort standesgemäß erscheinen: Er will seinen Cut anziehen und einen Hut aufsetzen. Meine Mutter sagt, er soll seinen Gehrock anziehen und seinen Zylinder aufsetzen. Nein, mein Vater will nicht aussehen wie ein Bauer, der zum Begräbnis geht.

Mach, waste willst! Die Mutter zieht sich das vierte Mal an. Keen Kleed paßt mir mehr, sagt sie vorwurfsvoll, als ob die Kleider verabsäumt hätten, sich mit ihr zusammen zu weiten.

Mich stattet die Mutter mit dem Konfirmationshemd und dem schwarzen Schnallenschlips von Onkel Phile aus. Ich soll den Blick des Pastors erfreuen und ihn geneigt machen, mich in die Sägebock-Schule aufzunehmen.

Wir gehen hintereinander: Mein Vater sieht aus wie ein dunkler Holzkäfer mit Hut, meine Mutter wie eine behäbige Hummel, die hinkt, und ich wie ein unterernährter Heuhüpfer mit Kellnerschlips. Vor uns und hinter uns schlendern, trippeln oder hinken die Bossdomer Kossätenweiber in die Kirche. Sie wundern sich über uns und unsere Ungewöhnlichkeit. Der Vater fängt an auszuschreiten und tut, als ob er nicht zu uns gehöre. Kurz vor dem Dorfeingang von Gulitzscha wartet er, lehnt sich an eine Telegrafenstange und sucht mit dem blauen Rauch einer Zigarette die Aufregung und das Zittern, die sein abtrünniges Vorhaben in ihm veranstaltet, zu dämpfen.

Ich sitze zwischen den Eltern im Gestühl. In der Kirche ist es kühl und still, und man schlottert vor Frömmigkeit. Draußen ist es warm und lärmig, man jagt Schmetterlinge und nimmt Fasanennester aus, und man glüht vor Sünde.

Gutsbesitzer Wendlandts ersparen sich die Liturgie und das Hin- und Hergesinge. Sie erscheinen kurz vor der Predigt zu dritt in ihrer Herrschaftsabteilung: Er, sie und die Tochter Puppa.

Pastor Kockosch klettert auf die Kanzel. Er schaut umher wie ein Jäger auf dem Hochsitz und wundert sich über die seltene Kundschaft, die wir für ihn sind.

Für mich ist durch das Erscheinen von Wendlandts Puppa für Unterhaltung gesorgt. Sie trägt ein kariertes Mäntelchen und ein weißes Leinenhütchen mit links hochgeschlagener Krempe und hat weder O- noch X-Stelzen, sondern gerade Beine wie die gezeichneten Mädchen in Mutters Modenzeitung.

Die Worte des Herrn gehen durch den kleinen Pastor Kokkosch hindurch und fallen auf uns nieder. Wendlandts Puppa kann man nicht bescheinigen, daß sie mit gesenktem Blick dasitzt und den Worten des Herrn lauscht. Sie sieht neugierig auf uns Dörfler herunter: Manchmal ist mir, als schaue sie auf mich etwas länger drauf als auf all die anderen. Vielleicht gefällt ihr mein hellfuchsiges Haar, und sie wünscht sich ein Reitpony von der Farbe. Ich fühle mich geehrt. Wenn sie aus der Herrschaftsempore auf uns niedersingt, klingt ihre Stimme, wie die des Verkündigungs-Engels geklungen haben muß.

Mir wird so warm, wenn ich bedenke, daß ich demnächst mit diesem Edelwesen, Puppa genannt, zusammen in der Sägebock-Schule sitzen werde, vielleicht gar neben ihr, und sie fragt mich in ihrer holden Engelsprache, ob ich ihr mit einem Löschblatt aushelfen kann, und ich helfe, und sie gibt mir das Löschblatt zurück, und ich nehme es keinesfalls: Bei uns kummts uff een Löschblatt nich an, wir hoamn Loaden! werde ich sagen und großtun und ihr zu verstehen geben, daß sie nicht in irgendwelche Tiefen hinabsteigt, wenn sie mit mir eine dicke Freundschaft anfängt.

Pastor Kockosch, wir nennen ihn Kockoschchen, kleiner Pfifferling, lehrt von der Kanzel, daß die Gläubigen die Bibeltexte nicht in jedem Falle wortwörtlich zu nehmen hätten. Der Sauerteig zum Beispiel, von dessen Gärwirkung im Evangelium die Rede ist, sei das sich im Menschen ausbreitende Wort Gottes. Das Wort *Sauerteig* läßt meinen Vater, den Bäcker, aufhorchen, doch er winkt sogleich ab; der Sauerteig als Gleichnis interessiert ihn nicht. Die Mutter weist ihn pischpernd zurecht. Ich erfahre, daß Pharisäer keine Pariser, sondern Besserwisser sind, Leute, die meinen, ohne Gott auskommen zu können. Kockoschchen hat die

Bossdomer Sozialdemokraten im Auge. Meintwegen. Ich sitze da und bin sinnlich, ich sinne darüber nach, wie ich Wendlandts Puppa auf mich aufmerksam machen könnte. Ich zupfe mit beiden Händen auffällig an meinem Schlips, und dabei fällt mir das Gesangbuch vom Schoß, und es fällt auf den kalten gekachelten Kirchenboden. Alle Kirchgänger in meiner Umgebung sehen mit verzerrten Gesichtern auf mich, auch Wendlandts Puppa schaut auf mich herunter. Ich erröte, ducke mich und schlage die Augen nieder.

Mein Vater will am nächsten Sonntag nicht wieder mit in die Kirche und gut Wetter machen und den Pastor ansingen, damit ich in die Sägebock-Schule kann. Laßt mir zufrieden! sagt er und will nichts mehr hören von den Jungfrauen, die ihrem Bräutigam mit der Öllampe entgegengehen.

Versündige dir nicht! warnt ihn die Mutter. Sie will weiter mit mir in die Kirche, nicht nur, um gut Wetter zu machen, sondern auch ihrer unersättlichen Seele zuliebe.

Die Krähe ist unersättlich, sagt der Großvater.

Soll die Seele meiner Mutter aussehen wie eine Krähe? Niemals. Sie wird bunt sein wie eine Blaurake, denk ich mir, einer von den Vögeln, die im Spätsommer auf den abgeernteten Kornfeldern nach Heuhüpfern haschen.

Am nächsten Sonntag gehe ich mit der Mutter allein in die Kirche. Wir kommen langsam voran. Die Dorfweiber mit den schwarzen Kopftüchern überholen uns. Meine Hühneroogen, meine Hühneroogen! barmt die Mutter.

Diesmal predigt Pastor Kockoschchen über das Ehebrechen. Danach wird man schneller zum Ehebrecher als zum Einbrecher. Einbrecher wird man, hat mir Großvater erklärt, wenn man ein Türschloß aufbricht oder sonstwie in ein verschlossenes Haus eindringt. Ehebrecher wird man, erklärt Pastor Kockosch, wenn man das Eheweib eines anderen nur ansieht, ihrer zu begehren, auch wenn man als Verheirateter ein junges Mädchen ansieht, das noch keinen Schapprich hat, ist man ein Ehebrecher.

Na, mir kann weniger passieren; ich bin nicht verheiratet, und Wendlandts Puppa ist auch nicht verheiratet, ich kann ihrer begehren, ob sie es weiß oder nicht. Lieber wäre mir freilich, sie wüßte es. Diesmal gefällt sie mir noch besser. Sie trägt ein Strohhütchen, einen kleinen Schober Kunstblumen obendrauf, und sie treibt ihre Blicke auf die Weide, und ich bin eine Blume auf dieser Weide; Puppa sieht mich an, lächelt fein und bedeutet mir, ich soll mein Gesangbuch wieder fallen lassen. Ich lasse es fallen; es klatscht in die verschiedenen Möglichkeiten des Ehebruchs hinein, die Pastor Kokkosch durchnimmt. Meine Mutter sieht mich unmütig an, aber Wendlandts Puppa nickt mir aus der Herrschaftsloge ermunternd zu. Ich bin also ihr Geschmack. Es kann losgehen mit der dicken Freundschaft! Der Kirchgang fängt an, mir Freude zu machen.

Aber nun will meine Mutter nicht mehr mit mir gehen. Ihre Hühneroogen, ihre Hühneroogen! Elternlos werde ich nicht mehr unten im Kirchengestühl sitzen dürfen, sondern werde hinauf auf den zweiten Chor müssen, wo die Bengels hingehören, aber ich werde dort oben mein kariertes Taschentuch ziehen und werde mich kräftig schneuzen, damit mich Puppa entdeckt und ihre Freude hat.

Endlich kommt der himmelblaue Sonntag heran, aber keine Puppa in der Kirche. Es sind Kartoffelferien, Vier-Wochen-Ferien, unsere längsten Ferien. Leute reden: Gutsbesitzer Wendlandts sind ins Bad gereist. Dort müssen sie sich, wie man hört, alle Tage baden und säubern. Wir baden nur sonnabends in der Küche in einem großen Holzzuber. Hanka füllt ihn mit Warmwasser. Wir Kinder baden alle im selben Wasser; die Erwachsenen baden bei halber Nacht, wenn wir schlafen. Unten in der Küche die Eltern und Hanka; oben in der Bodenstube die Großeltern.

Ich warte auf das Ende der Kartoffelferien, denn ich sehne mich das erste Mal nach einem Weibe, ihrer zu begehren, und beschließe, es Puppa in einem Gedicht mitzuteilen: *Schöner als Rose und Veilchen / oder der Weihnachtsbaum / ist mir dein liebliches Mäulchen / wenn es mir anlacht im Traum . . .*

Ein fix und fertiges Gedicht ist aus meinem Kopf geklettert. Ich bestaune mich selber. Das Gedicht wird mir wichtiger als Wendlandts Puppa. Soll sie dreist noch in ihrem Badeort bleiben, vielleicht gelingt mir inzwischen ein zweites Gedicht.

Aber alles wird hinfällig: Zuerst wird die Versammlung des Frauenvereins abgesagt. Frau Pastor Kockosch ist nicht in der Lage. Das hätt se konnt bissel rischer wissen, tadelt meine Mutter. Nu bleibe ich uff meinen Kuchen sitzen. Sie verspürt große Lust, die Zusammenkunft selber zu bestreiten: Könnte sie nicht gut eine Geschichte aus einem ihrer Bücher vorlesen oder ein Gespräch über moderne Blusen mit Stäbchenkragen vom Zaune brechen?

Die Anderthalbmeter-Großmutter warnt: Tuk dir lieber nich an was Pastorsches vergreifen!

Ein Mensch verschwand aus der Kirchengemeinde: *Abgängig unbekannten Aufenthalts unter Zurücklassung eines rassereinen Hundes,* formuliert Amtsvorsteher Rumposch den Verlust von Fräulein Sägebock.

Doa hats wohl Stunk gegeben? fragt mein Vater.

Differenzen, sagt Rumposch.

Frau Pastor Kockosch ist blaß. Sie schweigt und versagt sich. Pastor Kockosch ist auf Dienstreise. Die Sonntagspredigt hält Rumposch.

Die Dorffrauen stecken sich hinter Peluschkas Bertka. Sie ist bei Pastors in Diensten und ist doppelt so dick und doppelt so eifersüchtig wie Frau Pastor Kockosch: Ich kinnde eichs ja soagen, spricht sie zu den neugierigen Dorffrauen, aber ihr erzählts am Ende weiter.

Ich picke keen Wörtchen, sagt die Kriegerwitwe Tainsko, jetzige Frau Paulko. Hoabe ich was davon erzählt, daß Zetsches Ernste mir beim Dreschen in Bansen gestochen hat?

Bertka sagts nur zu gern; sie ist schon aufgeblasen vom vielen Verschweigen. Die Sache ist die: Der Pastor und die Sägebocken habens getrieben.

Die Tainsko hält sich die Hände vor den Mund: Du versündigst dir, Bertka!

Aber Bertka versündigt sich nicht: Ich hoab mußt die Pastern uffangen, sonst wär se lang hingeschloagen, wie sie die beeden zusammen im Bette erwischt hat!

Wieso Bertka nahe und gleich bei der Hand war, wird nicht gefragt.

Die Geschichte vom verruchten Fräulein Sägebock zieht wie ein Gestank aus Wörtern durch die Häuser. Meine Mutter sieht sich genötigt, den für die Frauenvereinsversammlung gebackenen Kuchen mit einigen Gewaltmahlzeiten selber aufzuessen. Sie verzeiht der Frau Pastor ihre verspätete Absage: Die arme Frau Pastorn, jammert sie, das ist ihr nicht gesungen geworden im Rheinland, wo sie geboren geworden is!

Frau Pastor ist eine Arme, Fräulein Sägebock eine Verruchte und Pastor Kockosch ein Verführer. Unterm Talar isch oochn Paschta auschgestattet wien Mann, sagt Schestawitscha.

Wer ein Weib ansieht, ihrer zu begehren ... Und wer als Verheirateter nachts in die Stube eines unbemannten Weibes schleicht, bringt Leute wie mich um die Gelegenheit, neben Wendlandts Puppa zu sitzen. Was soll nun aus mir und meinem Gedicht werden?

Die Privatschule in Gulitzscha wird aufgelöst. Der Fleischersohn und der Bauernsohn müssen in die Dorfschule zurück. Dort werden sie erst einmal richtig verprügelt. Die Söhne des Pastors bringt man in ein Internat nach Choćebuz. Wendlandts Töchter werden in einem Mädchenpensionat eingestallt. Ade, Puppa mit dem karierten Mantel, du weißt nichts von mir, und ich weiß so viel von dir!

Fräulein Sägebocks Schäferhund macht sich auf die Suche nach seiner Herrin. Er fängt an, in den Wäldern zu wildern und Rehe zu reißen, und eines Tages wird er vom schweinsblonden Hilfsförster der Wendlandts erschossen, und eines Tages kommt auch der Pastor von seiner Dienstreise zurück.

In Bossdom gibt es eine neue und eine alte Schmiede. Das Baujahr der alten Schmiede ist schon im Vergangenen verschwunden. Sie soll um sechzehnhundert erbaut worden sein. Nun steht sie ungenützt, umgrenzt von ihren schwarzen Wänden, ein Raum aus Ruß und Finsternis. Der letzte Schmied, der in ihr noch Eisenschuhe für Pferde anfertigte, ist schon ein ganzes Zeitchen tot. Er hieß Koall. Leute reden, er wäre der geschickteste und stärkste Hufschmied im Lausitzer Ländchen gewesen und wäre mit den unerziehbarsten Schlägern, sogar mit Zigeunerpferden, fertiggeworden. Das klingt wie eine Sage. Er brauchte nie einen zweiten Mann, der die Pferde aufhielt, das heißt, der ihm die Pferdebeine zum Bearbeiten präsentierte. Er klemmte das jeweils zu bearbeitende Pferdebein rittlings zwischen seinen Schenkeln ein, schnitt aus und setzte das Eisen auf. Diese Methode, wird erzählt, hätte alter Koall aus Dänemark mitgebracht, und vor dem Vierzehner Krieg wäre er als einziger Bossdomer Mensch im Ausland gewesen.

Aber dann war da dieser Pferderüpel vom Spediteur Füllse aus Grodk, dem kein Kutscher, kein Mensch überhaupt, an die Hinterhand kommen durfte.

Den bringt mir moal! sagte Schmied Koall, und sie brachten ihm das Ardenner-Pferd, ein Tier von den Ausmaßen einer kleinen Scheune. Alter Koall gab dem Ardenner eins mit der Beschlagzange zwischen die Ohren und packte im gleichen Augenblick eines von dessen säulenstarken Hinterbeinen, klemmte es sich rittlings zwischen die Schenkel und fing an auszuschneiden. Eine Weile gings gut, aber dann kam der Ardenner zu sich, hob den alten Koall aus und warf ihn gegen die verrußte Schmiededecke. Klack! machte es. Beim alten Koall zersprang etwas im Kopf, und dann lag er unten zwischen den Hornspänen und war tot.

Seitdem ist die alte Schmiede geschlossen. Wenn trotzdem drinnen einmal auf den Amboß geschlagen wird, rennen wir sogleich hin. Es ist so schwarz und so gruselig dort, wie in einer Höhle von Urmenschen. Überall Staub und Spinnweben, und die Werkzeuge sind von Rost überzogen, sie verfaulen wie altes Holz im Walde, nur langsamer. Wir hoffen, einmal den alten märchenhaften Schmied Koall in der Schmiede anzutreffen, den die Erzählungen der Dorfleute unsterblich gemacht haben, aber wir treffen stets nur einen Koall-Enkel, der eine Fahrradfelge zurechtbiegt oder gekrümmte Nägel gerade klopft.

Die Frau vom Schmied Koall wird *alte Schmiedowa* genannt. Sie trinkt heimlich Schnaps. Im Dorf sagt man: Sie säuft sehre. Die Tochter und der Schwiegersohn ärgern sich über die versoffene Schmiedowa.

Um Bossdom herum wächst das Heidekraut so üppig wie anderwärts das Gras, und wenn es im Saft steht, fahren die Großmütter in die Heide und schneiden es als Viehfutter.

Die alte Schmiedowa fährt mit ihrer Leiterkarre hinaus. Bei der Bubnerka macht sie Station, läßt sich ein Viertelchen Cottbuser Korn in ihre Flachflasche gießen und versenkt sie in ihrer Rocktasche aus rotem Fries.

Während des Heidekrautsichelns trinkt Schmiedowa ein Schlückchen und wieder ein Schlückchen, bis sie die Sichel nicht mehr schärfen kann, weil der Wetzstein und das Sichelblatt sich nicht mehr treffen. Die Schmiedowa rastet ab, legt sich auf den Bauch, damit ihr die Bienen, die auf Alkohol aus sind, nicht in den Mund kriechen. Die Schmiedowa schläft, der Sommertag geht eine Weile über sie hinweg, geht ohne sie weiter.

Nach dem Schlummerchen trinkt Schmiedowa den Rest aus ihrem Fläschchen und fängt an zu federn. (So heißt es nun einmal auf der Heide, wenn wir uns beeilen.) Schmiedowa sieht zu, daß sie die Karre rasch voll kriegt. Zu Hause schreit die Kuh nach Futter.

Auf dem Heimweg, wenn die Neige *Cottbuser* in der Schmiedowa zu wirken anfängt, versucht sich die vollgehuckte Leiterkarre selbständig zu machen, und die Schmiedowa, das Karrband über der Schulter, rennt der Karre nach, damit die ihr nicht in einer falschen Richtung davonläuft. Das Karrenrad zeichnet für uns in den Wegsand, wie betrunken die Schmiedowa ist. Für alle Fälle hat die Alte an die letzte Sprosse der Karrenleiter einen Strick gebunden, und sobald sie vom Mühlberg ins Dorf kommt, sieht sie sich nach einem von uns Jungen um: Tukt mir helfen, Jungchens! lallt sie.

Wir helfen der Schmiedowa gern, packen nach dem Strick und ziehen die Karre und die Alte geradewegs nach Hause, und die Schmiedowa singt uns zur Belohnung unanständige

Liedchen vor: *Bin der Scherenschleifer Babel / schleif die Mädchen unterm Nabel ...*

Wenn wir die Schmiedowa daheim durchs Hoftor gezogen haben, legt sie die Hand ans schwarze Kopftuch, grüßt militärisch und sagt: Gottes Dank und Kaisers Lohn, und manchmal zieht sie aus der Tiefe ihrer Rocktasche ein angegrautes Pfefferminzplätzchen: Friß und kühl dir das Maul!

Ein Mensch, der nicht gegen eine besondere Lust, wie die Trunksucht, angeht, versinkt in ihr. Auch die Schmiedowa versinkt. Sie steigert die Schnapsmenge auf ihren Ausfahrten allmählich auf zwei Viertelchen, steckt in jede Rocktasche eines, und wenn sie einem bei der Heimfahrt den Strick zuschmeißt, wie der Ballonfahrer dem Erdenwanderer den Anker zuwirft, so muß der tüchtig bei Kräften sein, wenn er die Alte mit ihrer Heidekrautkarre, ohne große Wellenlinien in den Sommersand zu zeichnen, zur alten Schmiede hinschuften will.

Die alte Schmiedowa verwandelt Mut in Schnaps. Alles Geld, das sie vertrinkt, hat einst der alte Koall verdient, weil er mutig an die schlimmsten Pferde heranging. Der Schnaps aber verwandelt die Schmiedowa.

Die Tochter der Alten ist dunkelbraun und jammerig; ihr Schwiegersohn, ein Glasmacher, ist dürr und habgierig. Tochter und Schwiegersohn fürchten, die Schmiedowa wird alle Ersparnisse des alten Koall vertrinken. Sie wollen Schmiedowa entmündigen lassen.

Doktor Czibulka muß die Alte untersuchen. Czibulka ist Arztgeselle bei Doktor Hiebendorf in Däben und besorgt den Außenhandel für den Großdoktor. Doktor Czibulka trinkt selber bissel viel. Es ist vorgekommen, daß er in ein Schlachtfest geriet, sein Fahrrad in Bossdom vergaß und ohnrädig in Däben erschien.

Czibulka trifft Schmiedowa im angeheiterten Zustand an, aber auch er hat ein paar Schlückchen gehoben. Die Schmiedowa soll ihn anhauchen, sagt er, aber wer selber stinkt, riecht keinen andern stinken.

Krakeelt sie, belästigt sie Leute? fragt Czibulka die Angehörigen.

Die Angehörigen müssen verneinen.

Wirft sie die Erbschaft wie Vogelfutter zum Fenster hinaus?

Auch das nicht. Aber kürzlich ist sie mit ihrer Leiterkarre in den Teich hinein geschludert, ist Weilchen dringeblieben, hat sich untergetaucht und abgekühlt.

Freilich mußt ich tauchen, wenn ich mir wullde abkühlen, antwortet Schmiedowa.

Mitsamt die Kleeder haste dir untergetaucht, tadelt die Tochter.

Sullde ich mir nackich machen? Was wär denn gewesen?

Es gibt keinen Grund, Schmiedowa zu entmündigen. Sie versorgt die Kuh, sie versorgt das Kleinvieh, sie arbeitet, was man nicht von jeder Ausgedingerin sagen kann.

Ist ein Schnitter, der heißt Tod, / hat Gewalt vom höchsten Gott, / heut wetzt er das Messer, / es schneid schon viel besser, / hüt dich, kleins Blümelein . . ., geht ein altes Lied. Wer weiß, von woher es auf uns kam!

Der Tod wetzt sein Messer auch für die Schmiedowa. Eines Tages kommt sie nicht mehr zurück aus der Heide. Man findet sie dort. Ihre Karre ist halb bepackt. Schmiedowa liegt auf dem Bauch im Heidekraut und ist gestorben.

Wieder Gerüchte im Dorf: Ham se se am Ende nich umgebracht, weil se tat die Erbschaft versaufen?

Doktor Czibulka untersucht die Tote. Er spricht mit Amtsvorsteher Rumposch. Sie kommen überein: Die Schmiedowa ist an Herzschlag gestorben. Man kann nicht alle Leichen in Bossdom öffnen lassen. Wie sähe das aus? Rumposchens Amtsbezirk kommt in Verruf.

Tochter und Schwiegersohn der Schmiedowa sind einverstanden. Keene Scherereien nich! Sie wollen an die Erbschaft und sie genießen.

Das erste Begräbnis nach dem Ehebruchsurlaub von Pastor Kockoschchen. Leute und Leute wie Blaufliegen auf dem Kuhdreck. Alle Weibsen des Kirchspiels umlagern das Grab der Schmiedowa. Sie wollen sehn, ob Pastor Kockoschchen zerknirscht und reuig von seiner Pilgerfahrt kam.

In die Kirchenkanzel hat sich Pastor Kockoschchen ein

kleines Podium einbauen lassen, damit das Wort Gottes, wenn es dem Pastoren-Munde entweicht, nicht gegen die Kanzelbrüstung knallt. Einmal entfernten rüpelige Konfirmanden den Pfarreruntersatz aus der Kanzel. Pastor Kokkosch zeigte keinerlei Verlegenheit. Er ging wieder nach unten, stellte sich auf die Altarstufen und schleuderte das Wort Gottes statt von oben nach unten, von unten nach oben auf den zweiten Chor, wo die Missetäter saßen, und er fand sie heraus und setzte durch, daß die Konfirmation von Willi Nickel und Hansko Mielke um ein Jahr verschoben wurde. Sie durften erst als Glasmacherlehrlinge zum Tische des Herrn, aber sie hatten keine Lust mehr, an diesem Tische zu speisen und sich konfirmieren zu lassen. Die Eltern redeten und redeten auf sie ein: Ein Unkonfirmierter wäre kein richtiger Mensch und bekäme spätestens bei seiner Hochzeit Schwierigkeiten. Nickel und Mielke ließen sich beschwatzen und erschienen mit zurückgebliebenen Konfirmationsanzügen, aus denen Arme und Füße um einen Dezimeter herausragten, am besagten Herrentisch.

Zu Begräbnissen kann Pastor Kockosch seinen hölzernen Untersatz nicht mitschleppen, deshalb müssen ihm die Grabgräber jeweils ein Sandhäufchen anwerfen. Wenn sie es vergessen, müssen sie mitten in der schönen Andacht, die sich schon breitgemacht hat, nach vorn und die Andacht zerschaufeln, und sie ernten Gemurr.

Kockosch steigt auf das Sandhäufchen am Grabe der Schmiedowa. Sein Blick ist keck auf die Trauergemeinde gerichtet. Alle Kleingewachsenen blicken keck, auch meine Anderthalbmeter-Großmutter: Irrt euch nicht, ich bin auch wer! Sobald unser Zwerghahn früh von der Stange fliegt, geht er keck und herausfordernd umher und reizt den großen Italienerhahn. Der Italienerhahn nimmt den Zwerghahn her und zaust und schurigelt ihn ab. Der Zwerghahn geht mit blutenden Kammlappen drei Schritte davon, dreht sich um und macht schon wieder auf keck.

Na, mäg! (Möge es sein!) Aber Pfarrer Kockosch is een Mensch, es muß doch Schamgefühl im Menschen sein. Mitnichten, Kockosch ist unterwegs gewesen, um der Sägebokken eine neue Stellung zu suchen. Vorher ist er beim Superintendenten in Grodk gewesen und hat berichtet, *daß er verführt ist geworden* und nur halbschuldig. Der Superdent musch am wohl vergeben hoam, sagt Schestawitscha.

Pastor Kockosch ist Berufs-Kirchenfunktionär, solchen Leiten wern die Sünden uff allen Gebieten vergeben, wenn se nur die reene Lehre nich anzutasten versuchen, sagt Schinkels Erich, der Vorsitzende unseres Ortsvereins. Er sagt es vielleicht aus Neid, weil er nur ehrenamtlicher Funktionär ist.

Tatsächlich, Pfarrer Kockoschchen kratzt sich mit der Grabrede für die Schmiedowa ideologisch wieder beim Superintendenten ein. Es gäbe Leute, sagt er, die da behaupten, der Mensch werde in die Grabgrube gesenkt, verwese dort und werde von Würmern gefressen, und solche Leute würden das Himmelreich leugnen, in das der Mensch nach dem Tode einführe. Freilich, jene Verruchten kämen wirklich nicht in den Himmel und müßten den Würmern dankbar sein, wenn die ein Einsehen mit ihnen hätten.

Dann holt Pfarrer Kockosch aus einem anderen Futteral seiner Seele sanftere Töne. Er spricht von der blühenden Honigheide. Es gäbe selten jemand, der auf einem schöneren Bette in den Tod hinüber-geschlummert wäre als Schmiedowa, auf dem violetten Bette der Blütenheide. Pastor Kokkosch kommt ins Schwärmen und stürzt sich in eine niedere Art von Poesie, mit deren Hilfe er der Gemeinde zu erklären versucht: Seht, o seht, auch ich bin Mensch und Mann!

Statt zu bereien, predigt er, wie scheene das Heedekraut blühn tut. Das Gemächte müßt man ihm wegmetzeln, grollt Mannweib Pauline.

Leute reden, Pauline *reitet ihren Mann uff Kandare.* Ihr Mann ist der Sohn von Schestawitscha und hat bei seinem Vater Stellmacher gelernt. Aber der Lohn, den ihm der Vater zahlte, war Pauline zu gering. Sie trieb Fritzko in die Grube. Wenn er von der Arbeit kommt, muß er sich die Stiefel auf dem Hofe ausziehen; er darf nur strümpflich in die Oberstube. Kaum hat Fritzko gegessen, jagt ihn Pauline in die väterliche Werkstatt: Zwee Woagendeichseln wirschte noch machen! Wehe, wenn Fritzko nicht tut, was Pauline will. Einmal ist er mit anderen Bergleuten bei der Bubnerka hocken geblieben und kam angeheitert nach Hause, da drosch Pauline ihn durch, noch ehe er den Rucksack ablegen konnte.

Keene zwee Ochsen ziehn mir mehr in die Kirche, sagt Pauline nach dem Begräbnis der Schmiedowa. Begroaben laß ich mir von Kockoschchen ooch nich, solln se mir uffn Mist schmeißen!

Mit dem Begräbnis der alten Schmiedowa endete Paulines Zugehörigkeit zur Gemeinde der Gläubigen, und für mich endete die Hoffnung auf den Besuch der privaten Sägebock-Schule. Wer weiß, was für ein *hoches Tier* ich heute wäre, wenn es geklappt hätte mit dieser Schule. Vielleicht hätte ich einen schönen Posten im Leben, wie man in Bossdom sagt. Vielleicht wär ich als Portier ins Cottbuser Krankenhaus geworden und hätte mit Schlips und Kroagen im Glaskasten kunnt sitzen. Vielleicht wär ich ooch ganz was Hoches und Schulrat in Berlin geworn, doa kummt nich jeder hin, du.

Etwas Außerordentliches soll geschehen: Elektrischer Strom soll nach Bossdom gebracht werden. Petroleum bringen sie, wie wir wissen, in einem Tankwagen, Spiritus in Flaschen; der elektrische Strom wird ins Dorf geleitet. Er liegt schon in der Nähe auf Lauer. Hinterm Dorf in der Heide steht das Maschinenhaus der Grube *Felix*. Der Schornstein des Maschinenhauses ragt wie ein dicker, gelber Stiel aus den grünen Borsten der Wälder. Dort wird der Strom für die Grube *Felix* angefertigt.

Die Maschine, die den elektrischen Strom erzeugt, nennen die Bossdomer *Dynamor*; ich als belesener Mensch weiß, daß sie *Dynamo* heißt, aber ich hüte mich, das ihr von den Bossdomern verliehene R am Ende abzuschneiden. Man würde sogleich behaupten, ich mache mich stolz.

Ein, zwei Kilometer läuft die Stromleitung durch den Wald, dann macht sie sich hinaus auf den Weg, den die Glasmacher austrampelten. Die Leitung besteht aus vier Drähten. Kurz vor dem Dorfe bei der Feldscheune verabschieden sich zwei Drähte und gehen auf eigenen Stangen zum auffrisierten Guts-Schafstall. Dort wohnt Obersteiger Meiche.

Die andere Leitung macht sich um die Windmühle herum zum Ziegenberg hin. Der Ziegenberg heißt, wie er heißt, weil alle vier Bergmannsfamilien, die dort in einem langgestreckten Grubenhaus wohnen, sich Ziegen halten. Auf dem Ziegenberg wohnt auch mein Freund Hermann Wittling mit seinem Vater und seinen Brüdern. Die Mutter ist ihnen weggestorben.

Die vier Bergmannsfamilien auf dem Ziegenberg erhalten je eine elektrische Lampe in der Küche, auch Brennstelle genannt. In der Stube und in der Schlafkammer müssen sich die vom Ziegenberg weiter mit Petroleum- und Kerzenlicht behelfen, aber sie fühlen sich trotzdem herausgehoben.

Der Mensch hat die Wahl, in der Wirklichkeit oder in der Einbildung zu leben. Am liebsten lebt er in der Einbildung. Auch die vom Ziegenberg leben in der Einbildung, als Aktivisten, wie man in späteren Zeiten sagen wird, ausgezeichnet worden zu sein, in Wirklichkeit wars dem Obersteiger peinlich, als einziger in Bossdom mit seiner Familie in einem elektrisch erleuchteten Palast zu hocken. Leute reden: Er hat zugoar uffm Scheußhaus eene Brennstelle.

Der Obersteiger heißt Meuche, aber die Bossdomer nennen ihn Meiche, weil er sich selber so nennt, er ist ein Sachse. Um jene Zeit sind die Leute in Deutschland noch nicht so durcheinandergewirbelt wie nach dem zweiten Weltkrieg. Ein Sachse gilt noch was, wenn er in eine andere Gegend kommt. Obersteiger Meiche ist in Bossdom eine weiße Krähe. Die Bossdomer hören seinen Dialekt gern. Die Grubenarbeiter schmunzeln, wenn er sie im Schachte ausschimpft: Gott verpippich, ihr habt je widdr geene Blende uff dr Garbidlambe.

Mir Sachsen sind eenchermaßen fichelant, sagt Meiche. Er wählt nicht, wie die meisten Bossdomer, sozialdemokratisch, auch nicht deutschnational, er wählt Zentrum, obwohl er keinen Krümel katholisch ist. Bissel andersch was wie die andern mecht mr schon sein, sagt Meiche. Das ist seine *Fichelanz.*

Auch ich nutznieße vom elektrischen Strom. Mein Freund Hermann und ich bemühen das elektrische Licht sogar am Tage, wenn Vater Wittling und Hermanns Brüder auf der Arbeit sind. Wir verhängen die Küchenfenster mit Decken, spielen Abend und erproben, wie klein die Dinge sein dürfen, die man bei elektrischer Beleuchtung noch erkennen kann. Wir holen uns Heuhüpfer in die Küche und lassen sie auf dem Fußboden los. Sie sind so genau zu erkennen, als ob es kleine Elefanten wären. Wir versuchen es mit Hühnerflöhen. Das ist etwas schwieriger, trotzdem erkennen wir, daß sie unter den Küchenschrank hüpfen. Sollen sie sehen, wie sie wieder zu ihren Hühnern kommen! Ich probiere aus, ob man in allen Ecken der Küche Zeitung lesen kann. Man kann. Wir nehmen die Decken von den Fenstern: Die Leuchtkraft des elektrischen Lichtes wird so dünn, wie wenn man einen Löffel Himbeersaft in einen Eimer Wasser gibt.

Der Mensch braucht zwei Beine, der elektrische Strom braucht zwei Drähte für sein Fortkommen. Alle fünfzig Meter muß sich der Strom draußen in der Heide ausruhen. Er ruht sich an den *Insulatoren* aus. Wir sagen *Insulatoren.* Unter einer Insel kann man sich was vorstellen. Fragen räkeln sich in uns: Weshalb muß der Draht auf Tellerporzellan hokken, weshalb kann man ihn nicht um den Mast wickeln? Keine Antwort. Die Monteure, die die Leitung zogen, sind wieder weg. Keiner verfällt darauf, Lehrer Rumposch zu fragen. Das wär eine Zucht, wenn die Schulkinder anfangen wollten, den Lehrer zu befragen.

Großvater sagt, wenn man ein Taschenmesser an die elektrische Freileitung heranbrächte, würde der Strom einen hinwegschleudern, hätte ihm einer erzählt. Ich kinnde freilich mit mein Taschenmesser ran an den Strom, weil es mit Hirschhorngriffe insuliert is, hat mir der gesoagt, der mir das gesoagt hat.

Tante Maika behauptet, der elektrische Strom sei Leben. Ich widerspreche: Leben ist das, was man sieht, was sich bewegt, was fortläuft, hin- und hergeht und wächst.

Das wären Äußerungen des Lebens, behauptet Tante Maika.

Is ooch Leben in die Steena (Steine)?

Ooch in die Steena wäre Leben, aber das sähen nur die mit den tausendjährigen Augen.

Hast du die tausendjährigen Oogen, Tante Maika?

Die Großtante klapst mir den Hinterkopf. Ich bekomme keine Antwort mehr.

Die Rätsel, die mir Maika aufgibt, lege ich in meinem Gedankenkeller etwas beiseite, aber manchmal hole ich sie hervor. Viele Jahre später erkenne ich das Leben in den Steinen.

In der Dämmerung, in der Stunde, die dic Franzosen die Stunde zwischen Hund und Wolf nennen, sitze ich angealterter Lebensdurchwanderer heute zuweilen in meiner Arbeitsstube und versuche an nichts, aber auch an nichts zu denken. Ich wehre mich aber auch nicht, wenn es aus mir drinnen zu denken anfängt, wenn das kleine Südost-Fenster meinen Blick auf sich zieht, das Südost-Fenster, vor dem die Buntnessel steht, jene Pflanze mit pfingstrosenroten Blättern, die Brecht und ich uns vor Jahrzehnten aus Belgien mitbrachten. Weshalb ist es immer wieder dieses Südost-Fenster meiner Arbeitsstube, durch das meine Gedanken mich zu meinem Heimatdorf Bossdom hinziehen? Ich sehe auf dem Atlas nach, lege den Zeigefinger auf das Pünktchen der Landkarte, das Rheinsberg heißt, und lege den anderen Zeigefinger auf den Punkt, der Grodk oder Spremberg heißt, und das Rätsel ist gelöst: Das Südost-Fenster weist nach Bossdom. Ich lasse mich willig von meinen Gedanken fortführen, erinnere mich an den Ziegenberg, an meinen Schulfreund Hermann, der mein Freund blieb, bis in die Jugend hinein, bis er sich ein Mädchen nahm. Und ich denke an Großtante Maika: Bis heute hat mir niemand tiefgründiger erklären können als sie, was der Elektrostrom ist.

Die Ziegenberg-Familien sind in Bossdom nicht alteingesessen. Als wir, die Matts, ins Dorf zogen, waren sie freilich schon da. Die vom Ziegenberg kommen aus der Gegend von Landsberg an der Warthe, sprechen Landsberger Platt und bringen allerlei merkwürdige Worte mit. In Bossdom sagt man: Ich hoabe nich gehoabt. Die vom Ziegenberg sagen: Ick häbbe nich gehäbbt. Das klingt nicht stolzmacherisch. Die Bossdomer lassen die Worte hingehen. Es gibt sogar Landsberger Worte, die wie Grashüpfer vom Ziegenberg ins Dorf springen. Zum Beispiel die liebevolle Anrede: Du Dutzkopp, du!

Ich stelle mir vor, wie die Landsberger Familien nach Bossdom gekommen sind: Sie machen eines Tages einen Pfingstausflug bis nach Bossdom, hocken auf dem Ziegenberg nieder und frühstücken unter dem großen Wildbirnenbaum, und es gefällt ihnen, und sie sagen: Hier bleiben wir!

Ich weiß nichts von den Werbern, die die Grubenbesitzersfamilie mit dem französischen Namen von Ponçet nach Osten schickte, um Bergarbeiter für den Braunkohlentiefbau anzuwerben. Mit den Bossdomer Kossäten und Kleinbauern war damals noch nichts anzufangen. Sie bearbeiteten die Erde, aber sie wollten keineswegs tief in sie hinein und sich das Wasser abgraben.

Bei den Wittlings gibts sechs Söhne und eine Tochter. Hermann, mein Freund, streitet mit mir. Er behauptet, daß auch er eine Mutter gehabt habe, aber wenn er mir sagen soll, wie sie ausgesehen hat, weiß ers nicht. Ich war noch zu kleene, Mensch!

Das will mir nicht in den Kopf: Wenn man eine Mutter gehabt hat, muß man sie auch kennen, und wenn man noch so *kleene war, wie sie wegkam.*

Als wir in Bossdom einziehen, sind nur vier der Wittling-Kinder zu Hause: Zwei Söhne sind noch in der Gefangenschaft, der dritte, der schon unterwegs war, blieb in Magdeburg. Dort hatte ein durch und durch feines Mädchen die Arme ausgebreitet und ließ ihn nicht weitergehen. Ich soll ihn heiraten, verlangt er, schrieb das Mädchen an Wittlings Vater.

Die Wittling-Tochter ist nach Berlin in Stellung geworden und kam nicht zurück. Sie ist dort auf einen gestoßen, der sie nicht mehr losgelassen hat. Na, mäg!

Wittlings Willi erzählt uns von seinen Erlebnissen in der Gefangenschaft: Wenn sie dort straffällig wurden, erzählt er, hätte man sie unter einer Dachrinne festgebunden, die ein kleines Loch gehabt hätte, und man hätte ihnen Tropfen nach Tropfen auf den geschorenen Kopf fallen lassen, es wäre die härteste Strafe gewesen, die sich einer ausdenken kann. Und wenns nicht geregnet hat?

Willi stutzt. Denn habense Wasser in die Rinne gegossen!

Wir sehen nicht ein, daß Wassertropfen hart sein sollen. Willi bohrt ein kleines Loch in die Regenrinne des Vorbaus. Wer will, kann sich festbinden lassen. Wittlings Adolf will. Willi fesselt seinen Bruder mit einer Heuleine, stellt ihn unters Rinnenloch und gießt Wasser ein. Es tropft aus der Rinne auf Adolfs Kopf.

Je langsamer, desto schrecklicher, erklärt Willi. Du denkst, jetzt kommt ein Tropfen, aber er kommt noch nicht, schließlich kommt er doch: Plumps! Für einen Auswärtigen wären die Wasserspiele am Vorbau der Wittlings schwer zu erklären gewesen. Für uns aber nimmt die französische Gefangenen-Marter die Form eines Wettspiels an. Ich bleibe Zuschauer. Ich will herausbekommen, was auf die Gefesselten so gräßlich wirkt, das langsame Tropfen oder die Erzählungen, mit denen Willi die Marter untermalt: Wassertroppen könn dir Löcher in Steena bohrn, erklärt er. Manche von uns hoam een kleenes Loch in Kopp gehabt, wenn man se abgebunden hat. Spätestens bei dieser Aussicht schreit der Gefesselte unter Wittlings Regenrinne: Bind mir ab! Entfetzelt mir!

Der Wittling-Sohn Otto kommt aus englischer Gefangenschaft. Er bringt keine Foltermethoden mit, aber die Kunst, große Löcher in Strümpfen so zuzustopfen, als wären sie zugestrickt. Meine stets fortschreitende Mutter lädt Otto zu Kaffee und Kuchen ein, füttert ihn ab und bittet ihn, ihr die Kunst des Löcherzustrickens beizubringen. Otto hat die Kunst, Strumpflöcher auf so gediegene Art aus der Welt zu schaffen, von einem englischen Sergeanten gelernt, der einen Soldaten zur Geliebten oder zur Ehefrau hatte.

Otto Wittlings linke Hand hält den Stopfpilz; die rechte Hand führt zitternd die Nadel. Ottos Handzittern kommt vom Rauchen englischer Zigaretten. Sie sind mit Opium getränkt, wenn ihr wißt, was das ist.

Die geschickten Seeltänzerinnen-Hände meiner Mutter versuchen sich in der Kunststopferei. Sie schenkt Otto noch einmal Kaffee ein und will mehr über die Männer-Ehe des englischen Sergeanten wissen. Otto kann nicht dienen, er weiß nicht, wie es die beiden miteinander hielten, nur, daß sie eingehakt wie Mann und Frau durchs Lager gingen.

Gefangenschafts-Erlebnisse! Allzulange können sich Willi und Otto nicht mit ihnen dick tun. Wer sich Brot aus dem Schranke nimmt, muß sorgen, daß auch welches reinkommt, ein ehernes Gesetz in Bossdom. Willi ist Bäcker und Otto ist Glasmacher. Beide bleiben beim Vater wohnen und kriechen zur Arbeit in die Kohlenschächte der Grube *Felix.* Ein unbeweibter Vater, fünf unbeweibte Söhne! Vater Wittling wäscht, kocht, versorgt Ziegen und Hühner und liegt täglich acht Stunden vor Kohle im Schacht. Die Söhne müssen sich in allen Haus-Arbeiten versuchen. Freilich ist einer nicht so geschickt wie der andere. Se mötens moaken. Ne Frau häbbich nich mehr, sagt Vater Wittling, wat sull warn?

Vater Wittling ist ein untersetzter, etwas gebeugter Mann. Alles, was er tut, tut er bedächtig. Tun und Denken sind bei ihm nicht gespalten. Der Wolfshunger seiner Söhne nötigt ihn, seinen Haupteinkauf bei uns im Laden mit einer Tragekiepe zu machen. Die Frauen treten zur Seite, wenn er einkaufen kommt. Sie bewundern ihn, sie bedauern ihn. Die kleine, zahnlose, etwas flatterige Kriegerwitwe Böttcherka sagt: Beween kinnde ich den Mann. Tu allem itt er alleene.

Es kommt ein Brief vom Wittling-Sohn Paul aus Magdeburg. Geschrieben hat ihn Pauls Frau Frieda in gotischen Buchstaben. Er liegt auf dem Küchenschrank. Ich, Hermanns Freundschaft, muß ihn lesen: Paul, der Sattler, läßt durch seine Frau fragen, ob er nach Hause kommen könnte, er hat Heimweh, außerdem langweilt ihn die Arbeit beim Meister: Immer nur Treibriemen und Treibriemen für die Magdeburger Fabriken flicken. Er möchte Pferdegeschirre anfertigen, alte Sofas aufpolstern, und in der Gefangenschaft habe er gelernt, *Schäselongs* zu machen. Ich habe das große Los gezogen, lieber Vater, Frieda hat etwas auf der Kante, schreibt Frieda von sich, ich habe mir Sattlerzeug konnt kaufen, schreibt sie von Paul, und ich könnte mich in Bossdom selbständig machen.

Weshalb soll Paul nicht kommen und sich selbständig machen? Alle Brüder sind dafür, Vater Wittling schon lange. Wo sechs Mannsen hausen, wird wohl ein siebenter noch unterkommen, zumal er eine Frau mitbringt, die am Ende das Familienleben mit dem dünnen Goldrand versieht, den es haben muß.

Paul und Frieda kommen. Paul ist klein und geduckt und ähnelt dem Vater; die Fremde hat ihn schon ziemlich abgescheuert. Seine Sattler-Werkstatt richtet er in der Wittling-Küche ein. Wenn man zu den Wittlings reinkommt, geht man am Waschständer und dann am Handtuchhalter vorbei und krach, ist man in der Sattlerei. In der Küche roch es früher die meiste Zeit nach gekochten Kartoffeln. Jetzt macht sich dort ein Mischgeruch von Kernleder und Pferdeschweiß breit.

Nun diese Frieda: Sie hat schwarzes Haar und ein bleiches Gesicht; sie ist schwarz und weiß, kann man sagen, und spricht nicht wie die Bossdomer. Sie spricht jerade so, wie ses jelernt hat.

Frieda behauptet, sie könne nicht in Holzpantoffeln laufen: Ich habbe das nicht jemußt, sagt sie. Frieda ißt kein Leinöl zu Pellkartoffeln, sie mag es nicht einmal riechen. Vater Wittling hält den Kopf schief und schüttelt ihn ganz leise. Pellkartoffeln und Leinöl sind ein Haupt- und Fest-Essen im Lande Bossdom.

Frieda ist *schenant*, gibt sie bekannt. Sie will mit Paul allein in einer Stube schlafen, und sie bringt das Schlafsystem der Wittlings durcheinander: Ihretwegen müssen jetzt vier Wittling-Männer in der Stube und zwei in der Küche schlafen. Frieda und Paul schlafen in der hinteren Stube mit der Aussicht auf den heidekraut-bewachsenen Mühlberg.

Früher wars still bei den Wittlings, jetzt geht dort wie ein Dauerregen die Beredsamkeit um. Frieda nimmt Vater Wittling diese und jene Hausarbeit ab, dafür aber muß er sich Friedas Gerede anhören, das unaufhörliche unzufriedene Gerede. Was die sechs Wittlings früher in einer Woche nicht zusammenredeten, schafft Frieda an einem Tage: Die Küche ist ihr zu klein, die Sattlereikunden schleppen ihr zuviel Dreck in die Wohnung, ihre Stube hat keine elektrische Brennstelle, der Leinölgeruch verursacht ihr Kopfschmerzen, die Ziegen sind ihr zu eigensinnig, die Hühner legen zu wenig, und die Wittling-Jungen sind ihr zu faul.

Wittlings Willi wird nach Choćebuz zum Augenarzt. Seine Augen vertragen die Arbeit im Braunkohlentiefbau nicht. Auf dem Bahnhof trifft er einen Magdeburger. Denn kennste wohl ooch unsre Frieda? fragt ihn Willi. Der Magdeburger macht sich einen Spaß: Ach, die, na da . . ., sagt er. Weiter sagt der Magdeburger nichts. Willi genügts. Er kann sich denken, was hinter dieser kargen Charakterisierung steckt. Die Wittling-Jungen nennen ihre Schwägerin Frieda jetzt: Das Magdeburger Maul. Was kann die Stadt Magdeburg für den Redefluß dieser Frieda?

Kein Familienleben mit kleinem Goldrand. Die Wittling-Jungen heiraten sich weg. Willi nimmt sich eine ältere Ausbauerntochter von drei Dörfern weiter und zieht zu ihr.

Otto nimmt sich ein Mädchen mit *kleinem Anhang* und bezieht mit seiner Familie eine Grubenwohnung auf dem Bossdomer Vorwerk. Dem dritten Wittling-Sohn Reinhold wird von meinem Onkel Ernst Zetsch eine angebrauchte, mit Geld eingefaßte Magd vermacht.

Frieda bleibt schwarzhaarig und bleich. Mit dem Zuwachs roter Wangen ist bei ihr nicht zu rechnen. Sie ist nicht uneben, sie ist nicht so, daß man rasch wegsehen muß, wenn man auf sie hingeguckt hat; ihre Zähne sind vor allem weiß und ansehnlich, die Tasten eines Kinderklaviers, Friedas Lächeln aber endet meist mit einem Knurren: Is ja schöne, daß de ooch weddrr mal gommst, sagt sie, wenn ich meinen Freund Hermann zum Spielen abhole, bleckt die Klavierzähne, läßt sie verschwinden und knurrt: Jleich jehste raus und machst dir de Holzpantoffeln von de Beene. Bei den Wittlings werden meine Holzpantoffeln zu Kummerhölzern.

Laßt mich rasch eine kleine Arie auf meine Holzpantoffeln singen: Ich bewege mich sicher auf ihnen durchs Leben, schlittere mit ihnen, spiele Fußball mit ihnen. Ich renne in Holzpantoffeln mit meinen Kameraden um die Wette, ich bin geübt, die Hölzer während des Rennens nach hinten zu werfen und meine Verfolger zu erschrecken, aber diese Art, über meine Holzpantoffel zu verfügen, mag meine Mutter nicht. Ich soll ein anständiger Mensch sein und nicht auf Strümpfen laufen, aber Wittlings Frieda verlangt es von mir.

Ich gehe nicht mehr zu den Wittlings. Ich pfeife draußen nach Hermann.

Im Sommer dürfen sich die Wittling-Männer nun nicht mehr im kleinen Holzwännchen in der Küche waschen. Sie müssen es draußen unterm Birnbaum tun, auch Vater Wittling, der doch hier einmal zu Hause war. Leute reden: Frieda wird ihre Männer noch auf die Bäume treiben.

Als Frieda ihr Wesen noch nicht bei den Wittlings ausgebreitet hatte, saß ich manche Stunde bei Vater Wittling, sah zu, wie er Ziegenbutter machte, wie er stopfte, wie er plättete, und beim Kartoffelschälen half ich ihm. Ich tat es gern; es war so still in der Küche. Bei uns daheim schlugen die Unruhe, die von der Backstube ausging, und die, die vom Laden ausging, in der alten Backstube zusammen und drohten mich in unserer Küche manchmal zu überfluten, und ich mußte den Kopf hochhalten, um nicht in Tumult zu ertrinken. Ach, wie still dagegen in Wittlings Küche, diese schöne Ruhe!

Manchmal erzählte Vater Wittling mir von seiner Landsberger Heimat, von einem Dorf, das Wuttchendorf geheißen haben soll. Dort lebte ein starker Mann, der den Witwen Baumstämme aus dem Walde in die Höfe schleppte. Gegen ihn hat sich keiner aufzumucken getraut, weder der Gutsvogt noch der Inspektor, nicht einmal der Gendarm.

Auch Großvater erzählt von einem starken Manne, der in seinem Heimatdorfe Klein Partwitz gewohnt und Schliwin geheißen hat. Niemand durfte sich in der Dorfschenke prügeln, wenn er in der Nähe war. Er hat die Händelnden wie Heusäcke je in eine Hand genommen und nach draußen getragen.

In jeder Landschaft, die ich durchwanderte, gabs in den Erzählungen der Bewohner einen starken Mann, und je länger er tot war, desto stärker war er gewesen. Die Träume der kleinen Leute versammelten sich in einer solchen Figur.

Ich erfuhr aber auch in jeder Landschaft von Klugen Männern und Klugen Frauen. Sie erraten, an welcher Krankheit du leidest und heilen dich, und sie haben Rat. Ich erzählte euch schon von meiner Großtante Maika, mit der ich noch die Luft teilte, die damals über Bossdom und die Ausbauten hinstrich.

Es ist aus mit meinen stillen Stunden bei Wittlings Vater. Wenn ich ihn auf der Straße oder vor dem Laden treffe, kanns geschehen, daß er mir zuzwinkert und flüstert: Das hebb ik mi all nicht so dacht. Und er tut mir leid, er ist mein Freundesvater.

Zeitchen vergeht, und Wittlings Vater fängt an, nach Schichtschluß bei der Bubnerka einzukehren und sich einen anzutrinken. Er will den Schwung, den ihm Bier und Schnaps verschaffen, benutzen, um seiner Schwiegertochter die Magdeburger Mucken auszutreiben. Er schwankt heimwärts: Hebb ick dat all nu verdient? Hebb ick nich! Oder hebb ick doch? Er hebt seinen rechten Arm, winkelt ihn an und speit Priemtabaksaft durch den Armwinkel in den Sand.

Fünfzig Meter vor dem Vierfamilienhaus ruht Vater Wittling unterm Wildbirnenbaum ab. Er sammelt seine Kräfte für den Angriff, aber während des Abruhens macht sein Verbündeter, der Alkohol, sich davon. Ausreden beschleichen ihn: Wenn er auf die Magdeburger Mucken losgeht, triffts seinen Sohn Paul.

Der Jammer ist in Wittlings Häuslichkeit gekrochen. Die meisten Dorfleute bedauern Vater Wittling, sind auf seiner Seite und meiden die messerscharfe Frieda.

Wieder ein Tag: Vater Wittling geht die Dorfstraße hinunter und spuckt durch den Armwinkel: Hebb ick dat nu all verdient? Mit eins ist die Böttcherka neben ihm, die kleine Huschelige mit dem fleckigen Kopftuch. Sie tröstet Vater Wittling und nimmt ihn mit sich aufs Vorwerk in ihr strohgedecktes sorbisches Blockhaus. Niemand sieht Vater Wittlings *Entführung*. Am Abend aber gibts Alarm in Bossdom: Vater Wittling ist verschwunden. Mein Freund Hermann weint. Sein älterer Bruder Adolf röhrt: Unse Voata, unse Voata, er woar das letzte, was wa hutten!

Die große Grubensirene gibt ein Ton-Gestotter von sich. Feueralarm kann man nicht geben, und das Verschwinden eines etwas angesäuselten Mannes ist im Alarmplan nicht vorgesehen. Erst am nächsten Morgen, eine Viertelstunde nach Schichtbeginn, wird der Alarm eingestellt. Vater Wittling ist da, er ist auf der Schicht.

Ob Selbstbetrüger es wahrhaben wollen oder nicht, es war ein göttliches Gesetz, das Vater Wittlings Auszug aus Bossdom bewirkte, das göttliche Gesetz der Dialektik: Die messerscharfe Frieda biß den alten Wittling aus dem Haus, behaupten mitleidige Dorffrauen.

Ein Bock is der Alte, seinen Urschkitzel will er noch hamm, behauptet die messerscharfe Frieda. Dies traf zu, und das traf zu.

Alsdann stänkert die messerscharfe Frieda die Wittling-Söhne Hermann und Adolf aus dem Haus. Sie schnüren ihre Bündelchen und gehen zum Vater aufs Vorwerk. Frieda plustert sich, das Nest gehört ihr allein, sie kann Eier legen und sie ausbrüten, aber sie legt keine Eier.

Zwischen Bossdom und seinem Vorwerk liegt die Fasanerie, der Unterschlupf für die Fasanen des Gutsherrn. Bald fliegen traurige Geschichten durch diese Fasanerie: Die Böttcherka, heißt es, spannt, wenn Vater Wittling auf Nachmittagsschicht ist, Hermann und Adolf in den Pflug und ackert mit ihnen hinterm Blockhaus. Böttcherka, die Kutscherin, treibt an: Lot, man lot, die Tonne geht gleich unter!

Die Jungen sind arbeitswillig, schürgen und schürgen, aber auf Abend ist wenig Hafer in ihrer Krippe. Adolf und Hermann beklagen sich beim Vater. Vater Wittling hält bedächtig den Kopf schief und bekommt traurige Augen. Auf die Nacht aber blitzen sie wieder, diese Augen, noch stecken er und die oberzahnlose Böttcherka im Kunsthonig-Mond.

So kommts, daß die Wittling-Jungen, diesmal heimlich, ihr Bündelchen packen. Eines Abends erscheinen sie in Bossdom. Adolf bei seiner Tante, der Schwester seiner Mutter, Frau Brennecke. Die Brenneckes sind mit den Wittlings aus der Landsberger Gegend gekommen und sind selber mit vier Söhnen und zwei Töchtern gesegnet. Tante Brennecke sieht Adolf prüfend an, sie hat schon einen kleinen Schlaganfall hinter sich, bei Aufregungen gerät ihr der Kopf aus der Kontrolle und wackelt leise. Adolf hält es in seinem Falle für eine Zustimmung und schlüpft bei den Brenneckes unter.

Hermann klopft bei *uns* an. Ich bin seine Freundschaft. Er gehört fast zum Hause. Meine Mutter nimmt ihn fürs erste auf. Ein bißchen besorgt ist sie schon: Die Böttcherka ist Kundin, Vater Wittling ist Kunde, auch die messerscharfe Frieda ist Kundin bei uns. Die Aufnahme von Flüchtlingen muß nach allen Seiten hin *abgeklärt* werden, wie es heutzutage heißt.

Zeitchen vergeht, da bleibt Vater Wittling eines Tages nach der Schicht in Bossdom. Er geht grubenschwarz mit dem Rucksack und der baumelnden Grubenlampe dran, eine Wohnung zu suchen. Gemeindevorsteher Kollatzsch ist ihm behilflich. Die Bossdomer sehen mehr mitleidig als taktvoll über Vater Wittlings kurze Verpaarung mit der Böttcherka hinweg. Sie erscheint ihnen wie eine Geschichte, die gedruckt in der Zeitung stand, die nichts mit dem Leben zu tun hat.

Was Vater Wittling braucht, ist eine leere Stube für sich und die beiden Söhne, es ist aber nicht leicht, eine leere Stube zu finden; in Bossdom herrscht Vielkinderei.

Schließlich findet sich der Kossät Ernste Starus bereit, die Wittlings aufzunehmen. Vielleicht greifen die nach Feierabend ein wenig in die knarrenden Räder seiner Kossäten-Wirtschaft. Ernste Starus Frau Guste ist klägerig und gestrig: Unse schöne himmelblaue Schloafstube! klagt sie, wir hoaben drinne geschloafen wie in Himmel, nu wern die Wittlings ne Kochmaschine reinsetzen und alles verreechern. Der schnellsprechende Ernste weist seine Frau zurecht: Tuk nich jammern, sagt er, ooch du kannst moal in Not geroaten!

Mitleidige Dorffrauen schleppen Hausrat für Vater Wittling zusammen. Von meiner geschäftsbedachten Mutter kriegen die Wittlings ein vom Großvater gezimmertes Regal, auch Brot und Salz für den neuen Hausstand. Vater Wittling sagt: Hebb ick dat nu verdient, oder hebb ick nich?

Ich greife vor und erzähle die Wittling-Geschichte zu Ende: Wittlings Paule kummt uff keen grün Zweig, reden die Leute. Die Erwachsenen verständigen sich zuweilen mit unverständigen Symbolen. Was soll Wittlings Paule auf einem grünen Zweig? Wer was vom Klettern versteht, weiß, daß man dabei die stärkeren Äste benutzt und nicht vorn die grünen Zweige.

Zeitchen drauf drücken die Leute sich deutlicher aus: Die messerscharfe Frieda kehre die Kundschaft aus der Küche, heißt es. Soll man *Tuchlatschen* mitnehmen, wenn man eine Einspännerleine oder einen Strang flicken lassen will? Daran denk ich, wenn ich heutzutage bei Leuten zu Gast geladen werde, bei denen ich mir wie ein Mohammedaner im Flur die Schuhe ausziehen muß. So Leute haben mit meinem Besuch nicht mehr zu rechnen.

Wenn man fortgeht, einen Ort für immer verläßt, gibt man wenigstens drei, vier Leuten, manchmal sogar solchen, die man nie hat leiden mögen, die Hand. Wenn man nichts dergleichen tut, heißts, man sei verschwunden. Paul und Frieda Wittling bedienen sich dieser Art, davonzugehen. Paul nahm sein Handwerkszeug mit, sonst ließen sie alles an seinem Platze, bis auf Vater Wittlings mittelgroßen Spiegel. Den nahm Frieda mit. In ihm betrachtete sie sich täglich und ließ sich von ihm beraten: Für Bossdom biste zu adrett, Frieda, hatte ihr der Spiegel die letzte Zeit immer wieder gesagt. Du mußt wieder nach Magdeburg und an die Elbe, Frieda! Und sie sind wieder nach Magdeburg geworden, Wittlings Paul und seine messerscharfe Frieda. An allen christlichen Feiertagen schicken sie Ansichtskarten von dort, mit dem Dom, mit der Keksfabrik oder mit der Elbe drauf. Die Ansichtskarten bringen ein bißchen Ferne nach Bossdom, und auf ihre Rückseite hat Paule mühsam gekritzelt: Ich lebe. Es grützt euch Paul.

Vater Wittling zieht mit seinen Söhnen wieder auf den Ziegenberg. Guste Starus zieht mit ihrem Ernste wieder in die *schöne himmelblaue Schloafstube.*

Das Leben hat Vater Wittling wieder da hingebracht, wo er hingehört, sagt Großtante Maika.

Wie kann das Leben wissen, wo ein Mensch hingehört?

Das wirschte schon noch gewoahr wern, sagt Maika. Meine Gegenfrage bleibt unbeantwortet.

Onkel Phile schleift in der Friedensrainer Glasschleiferei jene gläsernen Pfropfen, die Stöpsel genannt werden. Stöpsel schließen und schmücken Salatöl- und Essigflaschen und sind in Berlin, auch in Magdeburg modern. Onkel Phile hat schon viele, viele tausend Glasstöpsel geschliffen, sie füllen Waggons. Phile ist kein schlechter Arbeiter, zuweilen ist er sogar tüchtig, aber neben der Arbeit braucht er Kurzweil. Wenn ihm bei der Arbeit keine Kurzweil wird, fertigt er sie sich gesondert an.

Kiefern, die unser Heideförster dicht bei dicht in Reihen anpflanzen läßt, schießen hoch, bekommen gerade Stämme, und man kann Bretter aus ihnen schneiden, aus denen man hinwiederum Schränke, Tische, aber auch Särge machen kann. Die in Reihen gepflanzten, hochgetriebenen Kiefern sind nützlich, heißt es, aber es gibt auch Kiefern auf der Heide, die auf einer Stelle, wo gerade kein Heidekraut wächst, aus Flugsamen aufgingen. Sie sind von klein auf ungeschützt, der Sonne, den Wettern, den Winden, kurzum, dem Leben ausgesetzt, und ihre Stämme werden knorrig, sind verbogen, sind das, was eine Kiefer ist, wenn der Mensch nicht in ihr Leben eingreift, sind schön in ihrem Urwuchs und ihrer Knorrigkeit. Für die Kossäten und die Förster aber sind sie geradezu Dreck und werden *Böcke* genannt. Die Bock-Kiefern wissen nicht, daß sie den Nützlichkeitsvorstellungen der Menschen nicht entsprechen. Sie werden jedenfalls nicht gefällt, zersägt und zu Schränken und Särgen verarbeitet, sondern stehen als Wahrzeichen in der Heide und werden älter als die Dorfbewohner, die mit ihnen zugleich ins sichtbare Leben traten.

Kiefernböcke unter den Menschen werden Sonderlinge genannt. *Sonderlinge zieren das Leben,* hat jemand gesagt; ein Kossät oder ein trockener Holzhändler kann das nicht gewesen sein. Es war Gorki. Wir verdächtigen, daß er es sagte, weil er selber ein Sonderling war.

Mein Onkel Phile *ziert* also das Leben, ist ein Mensch, an dem, wer will, seine Freude haben kann, und die haben vor allem wir Kinder an ihm: Onkel Phile kauft einem vertrunkenen Güterboden-Arbeiter in Friedensrain die Eisenbahnermütze ab. Wozu braucht Onkel Phile eine Eisenbahnermütze? Seine Erklärung: Im Nachbardorf Gulitzscha gibt es zwei Beamte mit Dienstmützen, in Bossdom gibt es keinen. Großvater schüttelt hilflos den Kopf. Er hat Onkel Philes Erziehung aufgegeben.

Wir Kinder verstehn Onkel Phile. Auch wir verkleiden uns gern, setzen die Pleffaua, die Schirmmütze des Großvaters, auf oder gehn mit Großvaters unangefeuerter Langpfeife auf der Dorfstraße einher. Für uns wird Onkel Phile mit der Eisenbahnermütze zu einem Mittleren Helden, einer literarischen Spezies, die ein Literaturtheoretiker unseres Ländchens in den Fünfziger Jahren erfinden wird.

Eines Tages stellt sich Onkel Phile mit der Eisenbahnermütze zwischen Friedensrain und Tschernitz auf die Eisenbahnschienen, hält einen Personenzug an, steigt ein und fährt nach Weißwasser, schreibt uns von dort eine Ansichtskarte und fährt mit dem nächsten Zug nach Friedensrain zurück und ist stolz über die Verblüffung, die er mit diesem Unternehmen erzielt.

Man wird ihn wegen Amtsanmaßung belangen, sagt der Vater.

Das wern wa erscht sehn, ob die ihn belangen könn, sagt Großvater, dem Philes Streich merkwürdigerweise gefällt, weil er sich gegen den Preußengeist richtet. Er würde, so sagt er, vor Gericht beweisen, daß die Eisenbahnbeamten den Zug vor einer blanken Eisenbahnermütze hätten halten lassen.

Aber es kam nichts nach. Onkel Phile wurde nicht belangt. Er stand unter den Fittichen des Schutzengels, der die Kinderstreiche bewacht. Obgleich es nicht mehr lange gut geht mit Onkel Phile in Bossdom. Er ist starker Raucher und war schon in seinen Schuljungen-Tagen ein berüchtigter Stummelsammler in Grodk. Der liebe Gott roocht ooch, behauptet Phile, woher kumm sonst die Wolken, hä? Jetzt, da Phile, amtlich betrachtet, zu den Erwachsenen zählt, ist er Oberraucher.

Mutters Laden hat, wie ich schon beschrieb, eine offizielle, eine wachsame Ladentür von der Straße her, die die Ladenbesucher mit grellem Geläut von oben in den Kopf beißt. Er hat aber auch eine stille Seitentür vom Flur her. Ein Kunde, der den leeren Laden betritt, kann nie wissen, ob der Verkäufer durch die Tür mit dem Guckloch oder durch die Seitentür eintreten wird.

Die Anderthalbmeter-Großmutter, Detektiv Kaschwalla, nutzt, wenn sie sich als Verkäuferin betätigt, in der Regel die Seitentür. Sobald die Ladenglocke zubeißt, wirft sie weg, was sie gerade in den Händen hat, und rutscht, mehr als sie läuft, die Treppe hinunter, reißt die Seitentür auf und sagt: Ach, komm Se ooch mal wieder? Was wolln Se denn heite kochen?

Durch diese Seitentür beginnt Onkel Philes Auszug aus Bossdom; er benutzt sie, um unentgeltlich Zigaretten einzukaufen. Meine Mutter ist beglückt vom guten Zigarettengeschäft. Eine Buchführung kennt sie nicht. In der Zeit, wo ich das alles uffschreibe, kann ich lieber was nähen, ist ihr Wahlspruch, und sie bleibt ihm ihr Leben lang, bis zur *Selbstvernichtung,* treu.

Onkel Phile eröffnete den ersten Selbstbedienungsladen in Deutschland. Seine Rauchsucht nahm wöchentlich zu, er rauchte, daß die Fliegen von den Wänden und die Vögel von den Ästen fielen, und hielt in der Friedensrainer Glashütte seine Kameraden frei: Kannste ruhig roochen, unse Lene hatn Loaden!

Das Gerücht von der Zigarettenfreigebigkeit des Onkels dringt alsbald nach Bossdom, dringt in die Ohren meines Vaters. Er verzichtet für einen Tag auf den Morgenlangschlaf, steht früh, als Onkel Phile das Haus verläßt, am Guckloch, sieht, wie sich der Onkel die Hosentaschen mit Zigarettenpäckchen stopft und reißt die Tür auf: Was haste doa genumm?

Die Zinsen, antwortet Phile, der Schnell-Lügner, den niemand leicht in Verlegenheit bringen kann.

Zinsen – das ist das Zündhütchen für einen neuen Familienkrach. Onkel Phile gehört zu den Menschen, die besonders gut hören, was sie nicht hören sollen. Er kennt Großvaters Räsoniererei über seine Zinsen.

Ich werd euch was mit Zinsen! sagt der jähzornige Vater und will Phile eine Ohrfeige hinlangen, doch der entwischt ihm und schreit nach seiner Mutter. Die Anderthalbmeter-Großmutter kommt die Treppe heruntergerutscht, um ihren Phile aus Seenot zu retten, und sie schießt sogleich stachlige Worte auf meinen Vater ab, er solle sich was schämen, sich an einem Jungen zu vergreifen und sowas alles. (Onkel Phile war damals vierundzwanzig Jahre alt.) Mein Vater läßt nicht ab, Phile einzufangen. Die Anderthalbmeter-Großmutter ruft den Großvater zu Hilfe. Der Großvater kommt im blauen Kutscherschurz aus der Küche, wo er leise vor sich hingefrühstückt hat. Noch ragt ihm ein Stück Quarkbrot aus dem Mundwinkel.

Zinsen, Zinsen, schreit mein Vater, ihr freßt sie jeden Tag dreimoal uff.

Großvater speit den Rest seines Quarkbrotes auf die Ladenfliesen: Das wirschte bereien. Wir treffen uns vor Gerichte wieder, sagt er.

Der Tumult reißt meine Mutter aus lieblichem Morgenschlaf. Sie kommt in der Nachtjacke, eigenhaarig, das heißt, ohne falschen Zopf, und fängt schon in der Küche an zu jammern, nimmt gewissermaßen Jammer-Anlauf.

Gewure und Geschrei. Beleidigungen zucken wie Blitze aus schwarzen Wolken. Alle sind erregt, nur Onkel Phile nicht. Er steht wie ein Teufelchen zwischen den Fronten und mißt die Wucht der Beleidigungen: Das woar wieder een Brocken!

Onkel Phile muß die Zigarettenpäckchen aussacken. Geklaut! brüllt der Vater.

Genumm, schwächt die Anderthalbmeter-Großmutter ab.

Hätt er mir nich kunnt froagen? sagt die Mutter. Niemand antwortet ihr.

Es kommt zum *Friedensvertrag,* der den Keim des nächsten Familienkriegs schon in sich trägt: Meine Mutter will nicht mehr mit einem Bruder, der seine Schwester bestiehlt, unter einem Dach wohnen.

Die Anderthalbmeter-Großmutter fährt verhalten beleidigt mit Onkel Phile von Däben über Weißwasser nach

Grodk; in europäische Dimensionen übertragen: Von Dresden über Rostock nach Berlin. In Grodk wird Onkel Phile in einem der kleinen mittelalterlichen Häuser am Ende der Friedrichstraße, bei Mühlenkutscher Stopra, als Schlafbursche untergebracht. Die Stopras sind alte sorbische Kutscher-Bekannte der Kulkas. Sie werden ein Auge auf Onkel Phile haben. Die Frage ist, ob Onkel Phile ein fremdes Auge auf sich duldet. Die Anderthalbmeter-Großmutter hofft jedenfalls auf baldige Besserung ihres Sohnes; nur wenige Mütter in der Welt halten es anders.

Onkel Phile ist wieder in Grodk, in der Stadt, in die er hineingehört. Dort wurde er geboren, dort wuchs er auf, und die Lücke, die dort entstand, als man ihn in die Glasschleiferlehre jagte, hatte sich noch nicht geschlossen.

Auch für mich ist der Onkel kein Ladendieb. Ich seh ihn so, wie die Anderthalbmeter-Großmutter: Er gehört zur Familie, er hat sich was aus dem Laden genommen, ohne zu fragen, er hat *bißchen was* Unerlaubtes getan.

Ich lernte Onkel Phile während des Krieges in Grauschteen kennen, als er noch Lehrling war. Später kam er als Soldat zu uns auf Urlaub und war nicht nur ein *Mittlerer,* sondern ein ganz und garer Held für mich; er hatte, wie er uns erzählte, die Franzosen dutzendweis gefangengenommen.

Während seines Urlaubs war der Onkel mein Bettnachbar in der Bodenstube. Es war die Zeit der Apfelreife, und Großvater, damals der Pächter einer Apfelbaum-Allee, hatte auf dem Hausboden unseres Kottens ein Zwischenlager eingerichtet. Unser Häuschen duftete nach reifenden Äpfeln, und unser Weg in die Bodenstube war mit Ketten aus reifenden Goldparmänen gesäumt. Die Parmänen lagen auf goldgelbem Haferstroh und riefen uns zu: Beißt in uns! Befreit unsere reifen Kerne! Onkel Phile, der mit mir im Kinderland lebte, erhörte die Hilfeschreie und stopfte seine Soldatenmütze voll Parmänen. Auf unserem Lager aßen wir um die Wette. In unserer Gier knabberten wir nur einmal um jeden Apfel herum und warfen die großen Griebse auf die Dielen. Der Onkel ließ mich beim Wettessen weit zurück. Schließlich schliefen wir ein, doch schon beim Morgengrauen holte Phile neue Äpfel, und wir aßen weiter, und wir machten überdies Wettwerfen mit den Griebsen, warfen sie bis unter die kleinen Fenster der Giebelwand. Die Dielen der Bodenstube waren alsbald mit Apfelgriebsen bedeckt. Es schien ein Rattenheer durchs Stübchen gezogen zu sein. Onkel Phile bestaunte uns: Doa hoam wan Ding gedreht! Doch während ich noch mit dem Onkel lachte, fing ich an zu bedenken, was meine Mutter zu unserem Rattennest sagen würde und fing an, ihren Zorn zu fürchten.

Die Landstraße nach Schlesien, die an unserem Kotten vorüberführte, war eine grob gepflasterte Straße; jedes Jahr wurde sie mit kiesigem Sand überstreut, um das Gerappel der Wagenräder zu dämpfen. Am Rande des Straßenabschnitts Grauschteen-Scheenheede hockten im Frühling in regelmäßigen Abständen gelbe Sandhaufen.

Der Mann, der den gelben Sand über die Straße verteilte, hieß Scholtan. Morgens, wenn wir in der kleinen Schlafstube des Kottens erwachten, hörten wir die rhythmischen Schaufelgeräusche von Chausseearbeiter Scholtan. Wenn Scholtan mit seiner Schaufel in den Haufen fuhr, krächzte der Sand, und wenn er ihn von der Schaufel auf die Straße breitete, wisperte er.

Die Mutter zog uns an, und wir gingen auf die Straße. Scholtan freute sich, wenn wir ihn freundlich begrüßten, und füllte unsere Spiel-Eimer, ohne daß wir ihn bitten mußten, mit Sand, und wir rannten damit in unseren Hof und spielten dort Onkel Scholtan und streuten unsere Straßen, die kleinen Fußsteige, die kreuz und quer über den grasbewachsenen Hof führten. Es war etwas Feierliches an unserer Arbeit. Die große Hoflinde schickte zudem den Duft ihrer Blüten hernieder. Wir flogen mit den leeren Eimerchen wieder zu Onkel Scholtan und mit gefüllten Eimerchen wieder zum Hof, und wir waren froh, und da wars, daß mir das Faß mit der hellgelben Ofenasche in die Augen kam, und ich wurde zum Erfinder einer Ersatz-Straßenstreu, und wie den meisten Erfindern von Ersatzstoffen erschien mir mein gefundener Ersatzstoff schöner in der Farbe und weicher und leichter und ausgiebiger als der Stoff, den er zu ersetzen hatte, der Sand, zumal er sogar den Rasen neben dem Fußsteig noch mit einfärbte, und ich schwelgte im Erfinderglück.

Leider wurde mein *Verbesserungsvorschlag* nicht gewürdigt. Wir waren unserer Erfindung so still und verbissen hingegeben, so verdächtig verfallen, daß meine Mutter nach uns sehen kam, und als sie uns sah, wurde sie wütend, so wütend, daß nach meiner heutigen Meinung mein Bruder Heinjak, den sie in sich trug, etwas von dem Exzeß gespürt haben muß.

Schimpfend entkleidete uns die Mutter im kleinen Flur des Kottens, machte uns nackend, wie es bei uns heißt. Nur gut, daß der milde Lindenduft nicht in den kleinen Flur drang, sonst hätte er sich mit dem Gezeter meiner Mutter und den Vorbereitungen zu unserer Exekution verbunden und wäre als potenzierter Mißduft mit mir durchs Leben gegangen.

Als wir nackend und leise wimmernd im Flur standen, ging meine Mutter in die Küche und holte die *Rute* vom Küchenschrank, ein Bündel Birkenruten, das mit einem blauen Seidenbändchen zusammengebunden war. Vielleicht empfand ich damals zum ersten Mal, wie dicht kleinbürgerlicher Ordnungs- und Schönheitssinn und Roheit nebeneinander liegen. Meine Schwester und ich wurden mit diesen blaugebänderten Birkenzweigen von oben bis unten durchgeklopft.

Später im Leben, als ich eine Weile in Finnland lebte, ging ich mit meinem finnischen Hausherrn und dessen Söhnen in die Sauna und wurde von ihnen aus gesundheitlichen Gründen mit einem Birkenrutenbündel durchgeklopft. Arbeitete meine Mutter damals mit dem Birkenruten-Bündel an unserer charakterlichen Gesundung? Wohl nicht, denn es hing ein wutrotes, etwas verzerrtes Muttergesicht über der Prozedur. Es war eine fremde Person, eine, die uns nicht wohlwollte, die uns drosch, eine Person, die mit unserer gütigen Mutter nichts zu tun hatte.

An dieses *Birkenrutenfest* dachte ich, als ich über den mit Apfelgriebsen besäten Fußboden unserer kleinen Schlafstube hinsah. Ich war neugierig, ob meine Mutter mich zusammen mit meinem Onkel Phile nackend machen und verprügeln würde, und gewahrte meine Lust zum Experimentieren, der ich mein Leben lang frönte, jene Lust, mich selber beim Experimentieren als Einsatz zu verwenden.

Meine Mutter bemerkte unsere Apfelgriebs-Wiese erst am Nachmittag, aber sie fuhr nicht in Wut. Sie begnügte sich mit einer Drohung, die dem Onkel galt: Voatern wer ichs soagn, soll er dir übern Tisch legen!

Die Nachricht von unserer *Apfelraserei* kam nie beim Großvater an. Meine Mutter war nicht gehässig. Obwohl meine Mittäterschaft nicht in Betracht gezogen wurde, fühlte ich mich bestraft, als meine Mutter drauf drang, daß mein *Mittlerer* Kriegsheld und *Franzosenbezwinger* am Spätnachmittag nach Grodk zurückmarschieren mußte.

An dieser Apfelgeschichte will ich zeigen, daß mich auch Onkel Philes Abgang aus Bossdom insgeheim schmerzte. Er war der, der für Außergewöhnlichkeiten im sogenannten normalen Leben sorgte. Was er tat, war nicht bestimmten Zwecken unterworfen, deshalb winkten wir ihm lange nach, als er, seine Siebensachen in der Tragekiepe, neben der Großmutter hinter dem Mühlberg verschwand: Kumm bald wieder, Onkel Phile, riefen wir, kumm bald wieder!

Nach Onkel Philes Abgang gibt mein Großvater bekannt, daß er jetzt Rentier spielen würde, Rentier, *was ich schont lange sein kunnde.* Meine Mutter wäre ihm beim Familienkrach in den Rücken gefallen, sagt er, sie hätte meinem Vater beigestanden, weil sie gesagt hat: Bißchen viel Zinsen, wenn eener doa is, den den ganzen Tag roochert.

Es zeigt sich, daß der Vater falsch gehandelt hat, als er die Großeltern aus ihrem Leben in Grodk herausriß und in sein und unser Leben hineinbettelte. Aber der Mißstand kann sich nicht offenbaren, noch ist kein Wahrnehmer da.

Großvater zieht seinen Sonntagsanzug an, setzt einen Hut auf und nimmt den Spazierstock her, mit dem er früher in Grodk mit den Skatbrüdern in den *Schweizergarten* ging. Er spaziert über die Felder, bleibt an unserem Feld stehen, wo der Vater mit einem Stundenlöhner arbeitet, den er bezahlen und mit Bier ernähren muß. Im Frühherbst geht der Großvater in die Pilze, bringt ganze Berge von ihnen heim. Die Anderthalbmeter-Großmutter muß sie sauer einlegen, Grünlinge, Grünlinge, immer mehr Grünlinge, bis keine mehr zu finden sind.

Alsdann zieht Großvater den Paletot mit dem Samtkragen an, den er auf einer Nachlaßauktion kaufte, aber noch nie getragen hat. Er setzt seine Spaziergänge fort, stochert auf unserem Feld hie und da eine Wasserrübe aus der Erde, die dringeblieben ist, und beweist der Mutter, mit der Erwartung, daß sie es dem Vater hinreibt, daß die Ernte nicht ordentlich eingebracht wurde.

Meine Anderthalbmeter-Großmutter ist ein geselliges Weiblein. Sie nennt alles, was sie sieht und was sie sich denkt, beim Namen. Wenn sie es einmal nicht tut, weiß man, daß sie krank ist oder krank wird. Auch sie soll streiken. Ihr Streik wird vom Großvater überwacht, aber wenn der auf seinen Rentiergängen ist, wird die Großmutter zur Streikbrecherin. Sie wieselt durch unsere Küche, und meine Mutter verhilft ihr zum Streikbrechen. Sie stellt ihr ungeschälte Kartoffeln auf die Bodentreppe, die Anderthalbmeter-Großmutter holt sie sich, setzt sich auf die Ofenbank und schält sie, während Großvater am Stubentisch mit Zahlen spielt und Rechengymnastik treibt. Kartoffeln sind Kartoffeln, aber wenn Großmutter sie geschält hat, sind es wieder die unsrigen, und ich hole sie von der Treppe ab.

Das alles läßt sich ertragen, aber wenn die Großmutter sich zur Kundin macht, wenn sie in den Laden kommt, um einzukaufen, wirds mir schwer. Großmutter geht nicht durch die offizielle Ladentür, das will sich ihr vor den Leuten nicht: Leite quatschen schont so genung. Sie benutzt die Tür, die vom Hausflur in den Laden führt, die Seitentür, die porta Onkili Philii, wie ich sie für mich nenne, nachdem ich mir aus dem *Doktorbuch,* das im Vertiko zwischen den sauberen Wischtüchern versteckt liegt, ein wenig Lateinisch beigebracht habe.

Wenn die Anderthalbmeter-Großmutter durch die Seitentür in den Laden tritt, hat sie Großvaters Spazierstock bei sich und setzt mit ihm das Türgeläut in Gang. Ich gehe als *forscher Verkäufer* nach vorn und frage, noch ehe ich recht im Laden bin: Was wünschen Sie, bitte? Und da steht meine Anderthalbmeter-Großmutter mit gesenktem Blick wie später, wenn sie im Gasthaussaal auf der Altweiberbank sitzt und verfolgt, mit welchem Dorfmädchen ich bevorzugt tanze. Der gesenkte Blick besagt: Kannste ruhig tanzen, mit welche de willst, ich sehe nischt. Jetzt im Laden sagt sie leise unterm gesenkten Blick: Zwee Häringe gib ma! Da breche ich, der Enkel, unter der Last der Güte, die ich in meinem bisherigen Leben von diesem Weiblein erfuhr, zusammen und sage: Nimm dir doch, kleene Mutter; nimm dir, was de willst! Und ich gehe weinend nach hinten und schicke meine Mutter nach vorn, damit sie notiert.

Neuerdings gibt es im großen Schuldnerbuch auch eine Seite mit dem Namen *Kulka.* Diese Seite wird von meinem Vater kontrolliert. Der Vater, der sonst den Umgang mit Zahlen wie das Frühaufstehen möglichst vermeidet, diese Schuldbuch-Seite der Kulka-Leute kontrolliert er, während der Großvater in der Bodenstube immer wieder die dem Vater geliehenen Gelder und deren Zins-Summen ausrechnet und zusammenscharrt.

Aber das Schlimmste und das Peinlichste sind nach dem Zerwürfnis mit den Großeltern die Morgen, weil weder die Mutter noch der Vater gern aus dem Bett wollen: Heini, geh moal kucken, doa ruckelt schon jemand bei die Haustiere! sagt die Mutter.

Wieso ich?

Weil ich mir die Krampfoadern noch beschmiern muß.

Laß doch die Alte uffmachen gehn! sagt der Vater.

Der Großmutter ists peinlich, wenn die Kunden ausgesperrt bleiben. Sie zieht die Ladenjalousie auf und fertigt den Morgenkunden ab.

Zeitchen vergeht, und die Mutter übernimmt den Laden und sagt: Heini, steh uff, die Leite kumm schon nach Brote.

Wieso? Gestern woar doch noch Brot doa. Der Vater rollt sich wieder ins Deckbett: Solln die Alten Brot backen, wenn se Zinsen hoaben wolln!

Der Vater wurde von der Unlogik gebeutelt. Wars nicht gar eine Krankheit des Kopfes? Ich muß mich wundern, daß mir in dieser Hinsicht kein Erbteil aufgebürdet wurde. Manchmal, wenn die Mutter ihn starrsinnig weckt und weckt, steht der Vater überhaupt nicht auf, und wir Kinder zittern, wenn wir sehen, wie die Brotkunden zur Konkurrenz, in die Sastupeiterei, gehen und die Unlogik aus meinem Vater heraus brüllt: Da hastes – ins Gesichte freindlich und drieben bei den das Brot koofen!

Wir Kinder scharren wie Küken im Großelternbereich und im Elternbereich umher. Für uns sind die Zäune der Zerwürfnisse so gut wie nicht vorhanden. Die Eltern machen uns um diese Zeit noch nicht zu Parteigängern, doch der Großvater versucht, uns gegen seinen Hauptklassengegner, den Vater, einzunehmen. Er spricht vom Mattschen Heinrich, spricht über den Vater wie von einem fremden Menschen mit uns: Hat der Mattsche Heinrich heite woll die Ställe mit Hankan ausgemistet?

Hat er, antworten wir.

Hat sich Hanka woll wieder die Röcke dabei hochgebunden?

Wir wissen es nicht. Wir können nicht dienen.

Gut, daß es auch anderwärts im Dorfe Ereignisse gibt, die uns von der zerbröckelnden Familienharmonie daheim ablenken: Leute reden: Hermann Petruschka hat sich die Pulsadern aufgeschnitten! Das Ereignis führt uns auf den Ziegenberg zurück. Wir stehen wieder vor dem langen Ziegenberggebäude mit den vier Eingängen. Nach vorn heraus, also nach Süden zu, wohnen die Wittlings und die Brenneckes. Bei ihnen sind die Familienmütter Schwestern. Frau Wittling ist, wie wir wissen, schon gestorben, und Frau Brennecke wackelt der Kopf schon leise. Ich tröste meinen Freund Hermann, der seine Mutter nicht gesehen hat: Eens kannste wissen, sage ich ihm, wenn die Brennecken ihre Schwester is, wird deine Mutter ooch mitn Koppe gewackelt hoaben.

Hermann streitet es beleidigt ab.

Doch, doch, sage ich, Geschwister sehen sich immer bißchen ähnlich: Ich hoab rote Hoare, mein Bruder Heinjak und meine Schwester Marga ooch.

Auf der Nordseite des langen Ziegenberg-Hauses wohnen zweimal Petruschkas. Bei ihnen sind die Männer August und Hermann Brüder. So lange August, der ältere Bruder, keinen Alkohol getrunken hat, merkt man ihm nicht an, daß er Sozialdemokrat ist. Aber wenn er einen *geschnasselt* hat, wie sein Bruder Hermann sagt, ist er nicht nur selber rot wie ein kollernder Puter, sondern er versucht auch, seine Umgebung zu röten. Daheim im Landsbergischen war August Petruschka Gutsarbeiter und verlebte seinen Arbeitstag über der Erde; nun ist er Grubenarbeiter und verlebt ihn unter der Erde, und die Bossdomer Gutsarbeiter sind für ihn Kulis. Unter der Erde habe sich sein Klassenbewußtsein entzündet, behauptet August, wohlgemerkt, wenn er getrunken hat. Wenn er nüchtern ist, grüßt er den Baron wie alle anderen Bossdomer. Er zieht nicht gerade die Mütze, aber er neigt sich beim Grüßen ein wenig nach vorn. Gehässige Gutsarbeiter behaupten, es entrutsche August eine verkümmerte Verbeugung: Morgen, Herr Baron, sagt August.

Guten Morgen, Herrrääää, sagt der Baron und weiß nicht, wie August heißt.

Unter Alkohol bekommen Augusts Utopien Auftrieb, werden zu entfesselten Luftballons. Mitmenschen, die diesen Ballons nicht zu folgen gewillt sind, beschimpft und beleidigt August, wie das alle Sektierer zu tun pflegen. Aber den Baron grüßte. Haste nich gestern zugoar den Hut vor ihm gezogen? hänselt Paule Nagorkan, der selber nicht nüchtern ist.

Du Dutzkopp, antwortet August, erstens hebb ick joar keen Hut.

Der Baron ist nicht der Besitzer des Bossdomer Gutes. Der Gutsbesitzer Wendlandt wohnt, wie wir wissen, mit der Gnädigen und seinen Töchtern im Nachbardorf Gulitzscha. Stellmacher Schestawitscha, der Deutsch-Nationale, behauptet, der Baron wäre im Kriege Major gewesen und lebe von einer Pension. Schestawitscha, der nie Soldat war, aber im Kriege die Bossdomer Jugendwehr kommandierte, grüßt den Baron militärisch. Er kommt August Petruschka zu Hilfe. Weshalb soll der den Herrn Baron nicht grüßen, der Herr Baron ist Pensionist und kein Ausbeuter.

Und erstens hebb ick keen Hut nich, beharrt August. Aber Paule Nagorkan treibt August weiter in die Enge, und August gehen die Argumente aus, und er rettet sich in ein herausforderndes Singen: *Auf Sozialisten, schließt die Reihen!...* singt er und marschiert im Zickzack nach Hause.

August Petruschkas Frau heißt Auguste. Leute reden: Die beiden haben sich aus Freude über ihre gleichlautenden Vornamen geheiratet. Auguste Petruschka ist eine gütige Frau, sie hört etwas schwer und fängt die Worte, die andere sagen, mit dem Munde ein. Wenn sie ihren Mund schließt, kriegt sie manches böse Wort ihrer Mitmenschen nicht zu hören. Auch gut!

August Petruschkas, wie wir sie zur Unterscheidung von Hermann Petruschkas nennen, haben drei Söhne und eine Tochter. Die Bergmannsfamilien vom Ziegenberg versorgen die Welt mit zwanzig jungen Menschen, und bald kommen noch Enkel dazu.

Ich liege mit Franze Buderitzsch bäuchlings auf dem Mühlberg im Heidekraut. Über die Mühlbergkuppe zieht sich durchs Heidekraut, wie ein ausrasierter Scheitel, ein sandiger Fußsteig. Die Ziegenbergleute, die in den Glashütten von Friedensrain oder in der Grube *Felix* arbeiten, haben ihn ausgetreten. Auf diesem Weg kommt Petruschkas Frieda, ein hohlwangiges Mädchen mit adrett gedrehtem Dutt, bedächtigen Schrittes von der Arbeit. Sie ist müde, sage ich.

Nee, die wird bald auspacken, sagt Franze Buderitzsch. Franze ist ein Jahr jünger als ich, aber er hat einen Blick für so etwas. Den Blick hat er sich im Gutsstall beim Beobachten der Kühe angeeignet.

Und tatsächlich, noch in der gleichen Nacht bekommt Petruschkas Frieda einen Sohn. Sie nennt ihn Sascha. Er wird später ein berühmter Kaninchenzüchter und ist *weit über die Grenzen seines Heimatkreises hinaus bekannt,* wie man in der Züchter-Zeitung lesen kann.

Und wer ist der Vater von Sascha? Petruschkas Frieda

weiß es nicht. Es hängt sehr vom Zufall ab, was für einen Vater oder ob man überhaupt einen kriegt.

August Petruschkas jüngster Sohn heißt Paul. Er ist sechs Jahre älter als ich und geht schon *bei die Großen,* das heißt, er gehört zu den Schulkindern, die über zehn Jahre alt sind und morgens zuerst und vor uns in den Klassenraum der Schule einziehen, um ihn mit Zwiebelgeruch, Leinölduft, dem Geruch abgewetzter Hosen und dem Geruch von Leberwurstbroten zu füllen und zu sättigen, so daß wir, die wir nachher einziehen, eine halbe Stunde bei offenen Fenstern sitzen müssen, um einigermaßen leben zu können.

Petruschkas Paul hat ein mächtiges Maltalent. Wir bewundern es. Paule malt die Rosen von Geburtstagskarten ab, und sobald du die Zeichnung einer Landschaft Zeitchen in seiner Nähe liegen läßt, hat er sie abgemalt, sogar ausgetuscht, wenn sein Vater August nicht in der Nähe ist. Der Vater ist gegen Tuschfarben; Tuschfarben laufen ins Geld.

Wenn die andern Konfirmanden auf dem Kirchenchor während der Predigt Karten spielen, malt Paule Petruschka eines der Kirchenfenster ab. Wenn du diese Abmalung auf dem Küchentisch bei Petruschkas siehst, brauchst du nicht mehr in die Kirche zu gehen.

Jeden einigermaßen sauberen Papierbogen, den wir irgendwo auftreiben, bringen wir zu Paule Petruschka, und der grapscht das Papier, und ehe du dir vor Staunen den Kopf gekratzt hast, hat er dir auf das gebrachte Papier eine Klatschmohnblüte gemalt. Seine Malereien beschneidet Paule so, daß sie in eine Zigarrenkiste passen. Er hat schon mehrere Zigarrenkisten voll solcher Zeichnungen, sie enthalten unter anderem die Duplikate aller Geburtstagskarten, die je in Bossdom eintrafen.

Nachdem Paule das Kirchenfenster gemalt und durchstudiert hat, entwickelt er eine neue Technik: Er versieht jede Blüte und jeden Grashalm mit einem schwarzen Rand aus Tusche. Das ist die *heilige Moalweise,* erklärt er. Paule hat die *heilige Moalweise* etwas abgewandelt, etwas verbehutsamt. Die Kirchenfenstermalermeister, erklärt er, hätten noch keine Herrschaft über die schwarzen Striche gehabt, sie ließen sie rücksichtslos über *die Leiber der biblischen Geschichte* laufen. Lehrer Heier, der später in Bossdom als zweiter Lehrer einzieht, wird von Paule Petruschka sagen, er wäre weniger Maler als Kunsttheoretiker, aber wir wissen nicht, was das ist, wir brauchen so etwas nicht.

Die größte künstlerische Leistung, die Paule Petruschka an den Tag legt, wurde bis heute noch von keinem Bossdomer Maltalent übertroffen: Er malt das Abzeichen des *Arbeiter-Radfahrerbundes Solidarität* in Überlebensgröße auf ein Stück Leinwand, rahmt es mit Eichenzweigen und Eichelfrüchten ein, und meine Mutter macht sich herbei und stickt Pauls Malerei an vielen Winterabenden aus. Sie spart nicht mit Goldgarn beim Sticken des Vereinsabzeichens, und sie spart nicht mit grünem Garn beim Aussticken der Eichelfrüchte, und den Ortsnamen *Bossdom* und die Jahreszahl neunzehnhundertundfünfundzwanzig stickt sie in Silbergarn. Damit ersparen die beiden, vor allem Paule, der Entwerfer und Abzeichner, dem Radfahrerverein die Ausgaben für ein Banner.

Am Tage der Bannerweihe trete ich als Überjugendlicher mit dreizehn Jahren dem *Arbeiter-Radfahrerbund Solidarität* bei. Das Bossdomer Banner wird auch später nicht geändert, als der Bund sich den Titel *Rad- und Kraftfahrerbund* zulegt. Wir in Bossdom bleiben Radfahrer, und das von Paule entworfene und von meiner Mutter ausgestickte Banner überdauert unter dem Dachsparren unseres Mehlbodens die Arierzeit und den großen Krieg, und es hängt heute im Aufgang zu meiner Arbeitsstube und sorgt dafür, daß ich die Zeit nicht vergesse, in der ich Ortsgruppenschriftführer des *Radfahrervereins Solidarität* war und mich darin übte, unsere naturalistischen Zusammenkünfte im Protokoll etwas künstlerisch zu überhöhen.

Meine erste Amtshandlung als Jungschriftführer im *Arbeiter-Radfahrerbund,* kurz *Radfahrerverein* genannt, ist das Verfassen von zwei Dankschreiben. Ehe ich sie in die Welt schicke, mache ich mich mit dem Protokolldeutsch vertraut. Ich lese das dicke Protokollbuch von vorn bis hinten durch. Das erste Dankschreiben geht an meine Mutter. Ich danke ihr *namens des Vereins für die großzügige und unermüdliche Ausstickung der Bannerentwerfung* von Paule Petruschka.

Meine Mutter hätte lieber ein Schreiben vom Vorstand gehabt, und ich muß ihr erst erklären, daß ich als Schriftführer zum Vorstand gehöre, aber die Mutter fühlt sich trotzdem nicht zufriedengestellt.

Das zweite Dankschreiben erhält Paule Petruschka. Er liest es sich durch und lacht. Er hat eine merkwürdige Art zu lachen, er steckt die Zunge zwischen die Vorderzähne, und es entsteht ein Zischen, wie ich es einmal von einer großen Echse hörte, die auf dem Jahrmarkt in Grodk zu besichtigen war.

Nun aber muß ich euch endlich von Hermann Petruschka und seinen durchschnittenen Pulsadern erzählen. Verzeiht, wenn ich euch drauf warten ließ, ich hatte vielleicht einen kleinen Grund dafür.

August Petruschka latscht seinen Weg durchs Leben. Wenn er nichts zu arbeiten hat, pendeln und schlackern seine Arme umher wie die Arme von Zelluloidpuppen, deren Gelenkgummi alterte und sich dehnte.

Hermann Petruschka aber geht gerade und zusammengehalten, ob in Schuhen oder in Holzpantoffeln, er geht wie im Paradeschritt durchs Dorf. Sein Bart ist gut gebürstet und gezwirbelt, seine Hosen und seine Jacke sind stets sauber gewaschen und geflickt, das Oberleder seiner Holzpantoffeln ist blankgeputzt, die blaue Mütze mit dem Lacklederschild sitzt ihm gerade und ausgerichtet zu Kopfe. Hermann ist langgedienter Militärmusiker, ein musischer Militarist. Er schied zusammen mit dem Kaiser aus der Armee des Deutschen Reiches aus. Der Kaiser ging nach Holland, und Hermann ging nach Landsberg. Zuerst wollte es ihm nicht in den Kopf, daß er seinen eingesogenen Atem nicht mehr weithin hörbar und poetisch durch sein Tenorhorn, sondern bei irgendeiner Arbeit tonlos von sich geben sollte. Er war Junggeselle, aber sein gezwirbelter Schnurrbart und sein beherrschter Gang ließen ihn, wenn man die durch das ewige Marschblasen etwas hervorgequollenen Augen nicht in Betracht zog, als einen schönen Mann erscheinen, den alsbald eine Kriegerwitwe einfing. Die Kriegerwitwe war nicht viel größer als meine Anderthalbmeter-Großmutter und wurde in Bossdom die *kleene Petruschkan* genannt. Sie hielt sich was drauf zugute, daß sie dem schönen Mann nicht an den Hals springen mußte, sondern daß er sich zu ihr setzte, als ihre Beziehungen mit ihm ihren Anfang nahmen.

Die kleine Petruschkan hatte zwei Töchter und zog mit denen und Hermann als fertige Familie in Bossdom ein. Hermann ging, wie sein Bruder August, im Tiefbau der Grube *Felix* arbeiten. Zuerst fiel ihm die Arbeit schwer, doch dann packte er sie, und sein Bruder August bekehrte ihn zum Sozialdemokraten: Verlaß dir auf Eberten, nich uffn Kaiser, Dutzkopp!

Hermann Petruschka wurde ein wichtiges Mitglied unserer Bossdomer Musikkapelle. Kapellmeister konnte und wollte er nicht werden; das war Gärtner Kollatzsch, von dem ich euch schon erzählte. Unsere Dorfmusiker spielten zum Tanzen und zum Marschieren auf, zum Reigenfahren der Radfahrer und zur letzten Fahrt von Bossdomer Einwohnern in die Grabgrube. Das Repertoire der Dorfkapelle stand fest. Wenn jedoch die Melodie eines Operettenschlagers unaufhaltsam von Berlin über Grodk nach Bossdom geweht wurde, verlangte das junge Volk sie auch von unserer Dorfkapelle zu hören. Nun gut, *Bandleader* Kollatzsch schrieb die Noten bei einem Mitglied der Spremberger Stadtkapelle heimlich ab und setzte eine Übungsstunde an.

Wenn zwei junge Leute im Dorf anfingen, einander zu gefallen, hieß das, *sie kroamen mitnander.* Für *das Kroamen* gabs vorgeschriebene Tage, den Sonntag und den Mittwoch. Wenn ein Verliebter am Mittwoch zu seiner Geliebten ging, hieß es: Er geht die Woche teeln. Gehste heite nich die Woche teeln? konnte ein Verliebter am Mittwochabend gefragt werden, und wenn er hilflos die Schultern hob und wehmütig wegsah, wußte man, sein Verhältnis mit der, mit der er *kroamte,* war gestört oder war zu Ende.

Das Jahr, in dem Zetlackens Ewald mit seiner Frieda aus Dubrauke zu *kroamen* anfing, saß er manchen Abend auf der Bank im Hausgärtchen und spielte auf seiner Klarinette. Er blies seine Sehnsucht durch das schwarze Holzrohr mit den vernickelten Klappen. Auf dem obersten Ende des Ziehbrunnen-Schwengels saß der Amselhahn und fühlte sich angeregt und sang mit. Aber dann heiratete Zetlackens Ewald seine Frieda, das erste Kind kam, und die Klarinette wurde nur noch sonntags zum Tanzmusikmachen und Geldverdienen aus ihrem Etui geholt. Zetlackens Ewald und der Amselhahn, wie verwandt sie waren! Es war Brut da, die versorgt werden mußte. Die Sehnsuchtsgesänge verstummten.

Wie anders bei Petruschkas Hermann, ihm verstummen die Sehnsuchtsgesänge nicht. Er spielt auf seinem Tenorhorn, sommers am Waldrand, winters in der Hinterstube bei Kerzenlicht. Ihm verzeiht man, daß er sich nicht an Ortsüblichkeiten hält, nach der Schicht nicht im Ziegenstall hantiert, nicht im Garten oder auf dem Äckerchen unter dem Mühlberg herumkratzt, nicht in die Pilze oder zum Reisigbündeln in den Wald geht, er überzeugt die Bossdomer mit Tenorhorn-Musik von seinem Anderssein.

Wenn er sich nach der Schicht gewaschen hat, geht Hermann in einem bereits ins Graublaue verwaschenen Arbeitsanzug mit feingestopften Strümpfen in blankgeputzten Holzpantinen ins Gasthaus oder zu uns in den Laden und kauft sich seine zwei täglichen Zigarren. Dann geht er heim und putzt sein Tenorhorn mit der Hingabe, mit der eine kinderlose Frau täglich ihren Küchenherd putzt. Für Hermann ist das Tenorhorn eine instrumentale Kostbarkeit, und für die kleine Petruschkan ist Hermann eine männliche Kostbarkeit. Sie macht sich zu seiner Sklavin, sie will es, sie, mit ihrer Kartoffelnase und dem geblümten Kopftuch, mit ihrem zähen, vertrockneten Halb-Zwerginnen-Leib. Es ist nicht zu erkennen, aus welchem Leibeswinkel heraus die kleine Petruschkan Liebe erzeugt; ihr wißt, welche ich meine, die Nachtliebe. Die kleine Petruschkan arbeitet als Tagelöhnerin auf dem Gute und ist dort eine der fleißigsten Arbeiterinnen; sie geht zu Hofe — wie das bei uns heißt.

Wenn dir in der Dämmerung auf der Dorfstraße ein Stroh- oder Heuhaufen, Spreusack oder eine Bürde Rübenkraut auf Beinen begegnet, so kannst du wissen, daß es die kleine Petruschkan ist. Es kommt dich die Lust an, sie mit den kleinen polypenartigen Tierchen im Dorfteich zu vergleichen, deren Leib in einem Rindenstücklein oder im Schaft eines verwesenden Grashalm-Teilchens steckt.

Was die kleine Petruschkan abends von den Gutsfeldern heimbuckelt, gehört nicht zu ihrem Deputat. Wir nennen, was sie buckelt, wenn sie in der Dämmerung an unserer Haustür vorüberschlurrt – *Mopsware.* Viele von uns *mopsen,* auch Leute, die nicht *zu Hofe* gehn, *mopsen* auf den Gutsfeldern, auch ich *mopse* dort Rotklee und Luzerne für meine Kaninchen. Solche *Mopsereien* sind auf der Heide nicht *Vergehen gegen fremdes Eigentum,* selbst Vogt Buderitzsch macht keinen Diebstahl aus *Mopsereien,* wenn man ihm mit einer Zigarre oder einer Rolle Kautabak entgegenkommt.

Hermann Petruschka, dessen Finger einst in weißen Handschuhen die Klappen seines Tenorhorns bedienten, läßt sich nicht dazu herab, einen Einkaufskorb über den Unterarm zu hängen und einkaufen zu gehen. Nein, er macht auch jetzt keinen Unsoldaten aus sich, deshalb macht die kleine Petruschkan ihre Einkäufe fürs Haus um die Mittagszeit, denn unser Laden wird mittags nicht geschlossen, es liegt dort stets jemand von uns auf Kundenlauer.

Die kleine Petruschkan geht in den Laden und bleibt nach dem Glockenscheppern an der Eingangstür stehen, und das soll besagen, sie hat nicht vor, ihr Deputat bei uns in irgendeiner Weise aufzubessern. Sie gehört zu den Menschen, die allzu gern und allzu häufig von ihrer Ehrlichkeit reden. Sie deckt eine schwache Stelle ihres Wesens mit Worten zu. Wenn nach dem ersten Glockenscheppern nicht sogleich jemand zum Bedienen erscheint, öffnet die kleine Petruschkan die Ladentür ein zweites Mal und schließt sie wieder, öffnet sie nochmals und schließt sie wieder, sie beschäftigt ihre Hände, damit die nicht auf dumme Gedanken kommen.

Hermann Petruschkas haben zwei Töchter. Sie heißen Hannchen und Hertchen Brasin. Die Eltern Petruschka – die Töchter Brasin, eine Merkwürdigkeit für mich, und es braucht seine Zeit, bis ich begreife, daß Hermann Petruschka der Stiefvater der Brasin-Mädchen ist, und daß ich den Brasin-Vater nie werde zu sehen kriegen. Um diese Zeit erfüllts mich mit Unbehagen, wenn ich Geschichten wittere, die sich fern von mir und ohne mein Mitwissen abgespielt haben müssen. Ich bin verlockt, mir die ausstehenden Geschichten zu erfinden. Ich erfinde auch die Geschichte, in der die Brasin-Mädchen ihren richtigen Vater verlieren und sich einen neuen finden, aber ich will euch jetzt nicht mit dieser erfundenen Vorgeschichte belästigen.

Hertchen Brasin geht in Stellung, wie das bei uns heißt, nach Forschte an der Neiße. Hannchen beendet die Dorfschule und geht nach Friedensrain, um dort zu erlernen, was sie können muß, um eine Glasbeschauerin, modern gesagt, eine Gütekontrolleurin zu sein.

Ich bemerke, noch immer kann ich nicht auf Hermann Petruschkas Puls-Ader-Schnitt kommen, wieder muß ich noch etwas anderes voraus erzählen.

Großvater bleibt bis über den Frühlingsanfang hinaus mit meinen Eltern zerworfen. Das Zerwürfnis zwischen meiner Mutter und der Anderthalbmeter-Großmutter besteht, wie wir wissen, und wie wir es aus der *großen Politik* kennen, nur für die Öffentlichkeit. Die Öffentlichkeit sind in unserem Familienfalle mein Großvater und zur Hälfte mein Vater. Dem Großvater darf nicht bemerkbar werden, daß die Anderthalbmeter-Großmutter zusammen mit der Kulka-Wäsche auch unsere Wäsche auswäscht, und er darf nicht mitkriegen, daß die Anderthalbmeter-Großmutter beim wöchentlichen Wischen der Bodentreppe unseren Flur und unsere Küche mitwischt.

Der Frühling kommt hoch, und Großvater beschließt, sich wieder selbständig zu machen. Er kommt um eine Gewerbegenehmigung ein, läßt sich behördlich umformen und wieder zum Handelsmann machen. Die Anderthalbmeter-Großmutter, bestimmt er, soll als Tagelöhnerin *zu Hofe* gehen. Er wird meine Eltern schon kirren, sagt er.

Der Anderthalbmeter-Großmutter kommt der Befehl des Großvaters gelegen. Das Lauern auf heimliche Gelegenheitsarbeiten bei der Mutter wird ihr langweilig, sie, die *kleene*

Kräte, ist ein geselliges Weib, voll Mitteilungsdrang und voll Neugier auf das Leben anderer Leute.

Mit meiner Schwester zusammen nehme ich oft an der Hofe-Arbeit der Großmutter teil. Ich liebe es, im Weibergegirr auf Knien übers Feld zu kriechen und den schwarzen Erdgeruch einzuatmen. Großmutter hackt die Sträucher heraus, und wir lesen die Kartoffeln in den Viertelzentner-Korb aus Weidenruten, und wenn er gefüllt ist, helfen wir ihn zum Sammelwagen schleppen. Im Frühling beim Queckenhacken greife ich wie ein Beschwörer in die freigehackten Nester der Schlangenwurzeln und bin stolz, wenn ich sie unverletzt herausbringe, weil jedes Schlangenglied, das in der Erde bleibt, neue Schlangen zeugt. Ich stehe mit den Fasanenhähnen auf du und du, und Wehmut überfällt mich, wenn im Herbst bei der Kartoffel-Ernte der Rote Milan seine Abschiedskreise über dem scharrenden Weibervölkchen dreht.

Unterm letzten Kartoffelstrauch sitzt der *Kokott,* ein sorbischer Zwerg, ein Feldgeist, der nun keinen Unterschlupf mehr hat und flüchtet, und wem es gelingt, ihm eine Weidenkiepe überzustülpen, wird belohnt. Es gelingt uns nie, den *Kokott* zu fangen, er ist so flink, daß man ihn nicht sieht, aber belohnt werden wir von der Großmutter für unsere Fangmühen doch: Ein Zuckerstück, zwei Rosinchen — wie es die rote Friesrocktasche hergibt.

Die Kolonne der Hofe-Frauen ist für Bossdom das, was man in antiken Tragödien den Chor nennt. Ein Weiberhaufe, der alles, was sich im Dorfe und in den Nachbardörfern tut, durchnimmt, auseinanderrupft und untermalt. Das kleinste Vergehen einer Gutsarbeiterin, eines Viehknechtes oder einer Kuhmagd, aber auch lobenswerte Taten werden im Chor der Gutsarbeiterinnen in voller Größe, und als wären es Ereignisse der Weltgeschichte, durchgesungen. Weshalb auch nicht?

Die Liebeleien ringsum, wie müde oder wie forsch sie auch sein mögen, werden zum Heimat- oder zum Boulevard-Stück ausgearbeitet. Von da her gesehen, sind die Stunden in der Schule, in denen uns Lehrer Rumposch erzählen läßt, was es

Neues gibt, eine Vorbereitung auf unser Bossdomer Leben, sozusagen *polytechnischer Unterricht.*

Im Chor der Hofegängerinnen werden die Solopartien stets mit dem Satz eingeleitet: *Leite reden:* ... und es wird darauf geachtet, daß die Geschehnisse nicht als vollendete Tatsachen, sondern als Möglichkeiten wiedergegeben werden. Für etwas, was wie eine Tatsache erzählt wird, kann man belangt werden, wenn sich herausstellt, daß die Erzählung nicht der Wahrheit entspricht. Den Abstand zwischen der Tatsache und der Möglichkeit stellt man mit den Wörtern: *Soll woll* ... her, zum Beispiel: Leite reden, Mannweib Pauline soll woll ihrem Auguste nich mal mehr ne Mark von seinem Lohne für Zigarren lassen. Leite reden: Lehrer Rumposch soll sich woll von seinem zugeloofenen Hunde Mäuschen früh die Beene belecken lassen. Leite reden: Alter Kupko und Klauschkinne sollens mächtig treiben. Sie soll am woll schont den Hausschlüssel gegeben hoaben.

Wer für eine Tugend oder eine Untugend im Chor der Hofegängerinnen durchgesungen worden ist, muß ein Zeitchen lang mit Lob oder Tadel umhergehen.

Gleichzeitig ist der Chor der Hofegängerinnen eine Jury für unabgehaltene Wettbewerbe. Die Hofeweiber bestimmen, wer das schönste Mädchen, die treueste Ehefrau, der solideste und der schönste Ehemann ist. In dem Jahr, von dem ich rede, trägt Hermann Petruschka die Palme als schönster Ehemann davon. Der kleinen Petruschkan schießt vor Freude und Stolz das Blut zu Kopfe. Sie schiebt ihr geblümtes Kopftuch in den Nacken und sieht selber ein bißchen wie schön aus, als sie sagt: Desterwegen sind alle so varrickt nach mein schön Mann. Aber mit diesem Gesage richtet die Petruschkan für die Hofegängerinnen ein Rätsel auf. Waren da andere Dorfweiber auf Hermann Petruschka aus?

Hermann weiß nicht, daß ihn die Hofegängerinnen vorübergehend zum schönsten Mann des Dorfes machten. Es ist wieder Frühling, und er zieht mit seinem Tenorhorn aus der Hinterstube auf die Bank am Waldrand. Horcht, Petruschkans Hermann spielt schont draußen, sagen die Dorfleute.

Kein Heutiger aus der Zeit der Rundfunk- und Fernsehapparate, der Plattenspieler und Kassettenrecorder kann sich vorstellen, was Hermann Petruschkas Tenorhorn-Konzerte für uns bedeuteten: *Treue Liebe bis zum Grabe / schwör ich dir mit Herz und Hand* ... Hermann spielt die *Stückchinne* (wie man bei uns sagt), die er früher als erster Tenorhornbläser in öffentlichen Militärkonzerten spielte, denn *Stückchinne* mit so hohen Schwierigkeitsgraden werden ihm in der Dorfkapelle nicht abverlangt. Er spielt zum Beispiel *Die Post im Walde* und die Ouvertüre zu *Cavalleria Rusticana,* aber auch die Ouvertüre zu *Dichter und Bauer: Du hast mein Weib verführt, du nur allein* ...

Der Wald hinter Hermann Petruschkas Bank wiederholt das Aufjauchzen und das Klagen des Tenorhorns. Ich traf später in meinem Leben nie wieder auf einen Wald, der ein so gutes Echo hatte wie der Wald im Norden von Bossdom. Er stand auf einem Resonanzboden, unter ihm war die Erde hohl, von Tiefbauschächten durchzogen.

Wenn von Papier der Himmel wär / und jeder Stern ein Schreiber / und jeder Schreiber hätt tausend Händ, / nie schrieben sie unsere Lieb zu End ..., spielt Hermann. Ich hoffe, daß er mich nicht sieht. Ich sitze unterm Wildbirnenbaum vorm langgestreckten Ziegenberghaus und lausche, und es tun sich Länder in mir auf, die ich nie gesehen habe, in die ich aber reisen werde, sobald ich erwachsen bin. Der volle Mond kommt hinterm Wald hervor, der Nordstern funkelt, und ich sehe den Abend persönlich. Er tritt aus dem Wald und lädt mich ein, in seiner blauen Vorhalle Platz zu nehmen. Ich entschuldige mich bei ihm, ich müsse fortreisen in eine Stadt, erkläre ich ihm, in der es eine Schule für *Höhere Töchter* gibt, dort hätte ich mit einem Mädchen, das Puppa heißt, etwas zu bereinigen, und ich will diesem Mädchen sagen, daß ich noch ganz andere Dinge für es tun könnte, als mein Gesangbuch vom Schoß auf die Kirchenfliesen fallen zu lassen.

Ich bin nicht der einzige im Dorf, der bei den Tönen von Hermanns Tenorhorn den Anfang des Frühlings feiert. Auch die Lehrerschwiegermutter Therese Schulze, geborene

Schneeweiß, steckt ihren Witwenkopf zum Fenster ihrer Oberstube hinaus und hat Träume, die nur sie und niemand sonst in Bossdom kennt.

Und wer weiß, welche Empfindungen unter dem großen Strohbund auf Beinen umgehen, das aus der Gutsscheune auf den Ziegenberg kriecht. Das Strohbund, das als Herz die kleine Petruschkan in sich trägt.

Auch meine Mutter steht im Vorgärtchen neben dem eingegrabenen Petroleumfaß und lauscht auf die Tenorhorntöne hin und summt sie mit. Sie ist der einzige Mensch in Bossdom, der den Charakterstücken und Opernauszügen, die Petruschkas Hermann spielt, einen Namen aufdrücken kann. Sie war in ihrer Jungmädchenzeit eine eifrige Besucherin der Platzkonzerte in Grodk. An Sonntagvormittagen nahm die Stadtkapelle, mit dem Stadtmusikdirektor Emil Zerpka an der Spitze, wie es heute heißen würde, am Kandelaber in der Mitte des Marktplatzes Aufstellung. Die Milchhändler belieferten die Stadteinwohner mit frischer Milch, die Gemüsehändler mit frischem Gemüse, die Stadtmusikanten mit frischer Musik. Die Bürger umkreisten Musik und Kapelle, führten ihre neuesten Kleider an die Luft und am Neid ihrer Mitbürger vorbei. Die Kleinbürger und die Arbeiter standen abseits und nahmen mit der durch den Abstand etwas verdünnten Musik vorlieb. Mein Großvater wurde nicht müde, zwei Tatsachen bei diesen Platzkonzerten zu bestaunen. Die erste war: Der Sohn des Musikdirektors, schon vierzig Jahre alt, war noch immer nicht richtig bei sich. Wenn seine Mama nicht aufpaßte, mischte er sich zwischen die spielenden Kinder, bettelte sie an und spielte mit ihnen Fangen oder Kreiseln, obwohl er in der Stadtkapelle als vollwertiger Produktionsarbeiter mitwirkte und alle dort vorkommenden Instrumente spielte.

Die andere Tatsache, die meinem Großvater Erstaunen abnötigte, war ein Neger, der sich das Menschenfressen ab- und das Klarinettenspiel in der Stadtkapelle bei Musikdirektor Zerpka angewöhnt hatte. Den Neger, einen Waisenknaben, hatte sich Stadtmusikdirektor Zerpka als herrenloses Gut aus dem Krieg siebzig/einundsiebzig mitgebracht. Der

Schwarze, erzählt Großvater, er kunnde dir Klarinette spieln wien richtiger Mensch.

Meine Mutter, von der wir wissen, daß sie schon ab und zu auf der Stadtpromenade mit den Höheren Töchtern ein Stechen hatte, ging eingehakt mit ihren Kumpankas zwischen den um den Marktplatz rotierenden Bürgern einher. Sie wäre nicht meine Mutter gewesen, wenn sie sich bei dieser Gelegenheit nicht die Überschriften der *Stückchen,* die die Stadtkapelle spielte, von den Notenblättern heruntergeguckt hätte. Eines der meistgespielten *Stückchen* hatte Stadtmusikdirektor Zerpka selber komponiert. Es hieß *Die Lebensuhr.* Man hörte es darin klopfen, hacken und tacken wie eine Häcksel-Maschine. Dieses Geräusch fertigte Hänschen Zerpka, der kindische Sohn, mit dem Trommelstock auf dem Trommelrand an und lutschte dabei einen Himbeerbonbon.

Ich habe *Die Lebensuhr* des Stadtmusikdirektors Emil Zerpka nie gehört. Sie wurde in einem Lande aufgeführt, das nur die Erwachsenen kannten. Später, als die *Lebensuhr* für mich eine gewisse Bedeutung hätte haben können, wurde sie schon nicht mehr gespielt; ich sah sie nur noch auf Papier. Meine Mutter hat zur Hochzeit vom Onkel Stefan eine Schatulle gekriegt, die der an langen kanadischen Winterabenden mit dem Schnitzmesser bastelte. In dieser Schatulle hob sie mancherlei auf, was ihr *heilig* war: Unsere Kleinkinder-Armbändchen, die Liebespostkarten, die sie als junges Mädchen bekam, die Borste eines Stachelschweins, die ihr ein Verehrer geschickt hatte, der ihretwegen nach Afrika ausgewandert war, schließlich auch jenes Notenblatt, das zu Punkten erstarrte Musikstück *Die Lebensuhr.* Es war mit einer Widmung versehen: *Bedenke, daß sie abläuft!* Ein vom Musikdirektor unten hingekritzelter Pfeil verwies auf den Titel *Die Lebensuhr,* und ganz unten hatte er seinen Namen hingeschrieben. Wir wußten damals noch nicht, daß man die Unterschrift auch Autogramm nennen kann.

Aber zurück zum einsamen Tenorhornbläser Hermann Petruschka! Ein anderer Frühlingsabend, einer von den schon hundert Mal beschriebenen. Die Tenorhorntöne schweben vom Ziegenberg herunter und wellen an den Gartenzäunen entlang. Ich stehe im Vorgärtchen neben der Mutter. Sie lauscht Zeitchen und bestimmt dann das Musikstück, aus dem die Töne stammen; sie betreibt das Benennen der *Piecen* wie das Bestimmen von Schmetterlingen oder Wegeblumen; für sie scheint eine Melodie ohne Titel nicht lebensfähig zu sein, und daß sie zu jeder Melodie den Titel weiß, erhebt sie für mich über alle Frauen in Bossdom: Jetzt, jetzt, sagt sie und stößt mich an: *Die Leonoren-Ouvertüre!* Die Mutter singt mit und hat sich sogar einen eigenen Text zu der Melodie gedichtet: *Oh, Leonore, erhör mein Flehn / oh, Leonore, darfst nicht gehn . . .*

Meine Mutter dichtet gern ein bißchen. Am liebsten ists ihr, wenn schon was da ist, was sie weiterdichten, an das sie was anstricken kann. *Vergiß nicht in aller Plage / unsre Jungmädchentage,* schreibt sie ihrer Freundin, Mina Baltin, zum Geburtstag, und mir schreibt sie auch zum Geburtstag: *Ob groß, ob klein, / mein lieber Junge sollst du sein!*

Die *Dichtungen* der Mutter bringen mich in Verlegenheit, weil die *Ausgezeichnete* unmißverständlich erkennen läßt, daß ihr Lob erwünscht ist, und wenn das Lob nicht kommt, hilft sie nach: Is mir das nich gut gelungen? Ganz hipsch schon, wenn mans richtig nimmt, nich wahr nich? Ob sie Lob für eine Bluse einfordert, die sie genäht hat, oder für einen Rock, den sie plissierte, oder für ein *Gedicht,* sie tut es mit sich ähnelnden Sätzen: Ganz scheene eegentlich, nich wahr nich?

Heute, da es zu spät ist, glaube ich Sucht und Sehnen der Mutter besser zu erkennen. Das Lob war knapp bei uns auf der Heide. Die Menschen in meiner halbsorbischen Heimat kargten damit. Wer mehr davon haben wollte, als gegeben wurde, mußte sich ein bißchen *kümmern.*

Mir ist nicht wichtig, ob Hermann Petruschkas Melodien aus einer Opern-Ouvertüre oder Teile einer Operette sind, besonders, nachdem sich ein Ringeltäuber ins Konzert mischt, dessen Geglucks und Gerucks zwischen den Tenorhorntönen bewirkt, daß auch ich aufschluchze.

Und der Ringeltäuber, er sehnte sich nach seiner Taube, und Hermann Petruschka, wonach sehnte der sich? Sehnte er sich nach dem wandelnden Strohbund, das eine Weile unterm Wildbirnenbaum abrastete?

Antwort auf diese Frage bekomme ich an jenem Tage, an dem Anna Koalik begraben wird. Ich sehe, daß es nötig wird, ehe ich von Hermanns Puls-Ader-Schnitt rede, erst noch zu erklären, wer Anna Koalik war:

Es gab zweimal in meinem Leben Witwen über Witwen, und das war, als ich sechs Jahre und als ich dreiunddreißig Jahre alt war, und es wäre mir lieb, wenn ichs nicht noch einmal erleben müßte. Es ist so traurig, mannlose Weiber umhergehen zu sehen; es ist so traurig, Weiber racksend für ihre vaterlosen Kinder sorgen zu sehen, und es ist traurig, die Kämpfe mit ansehen zu müssen, die je zwei bis drei Witwen um denselben Mann ausfechten. Und Schuld an diesen Tragödien sind Männer, immer wieder Männer, die sich zu Volksführern aufschwingen, die vom Frieden reden, aber Kriege veranstalten, weil sie von der Herrschsucht besessen sind.

Koaliks Anna ist eine dürre Kriegerwitwe. Sie trägt Männerschuhe, deren Schäfte ihr bis an die Waden gehen, aber die Waden sind so mager, daß zwei von ihnen in einen Schuhschaft passen. Dort, wo sich Annas Wangen nach außen wölben müßten, ist rechts und links eine Delle. Weiter oben in der dürren Gesichtslandschaft stehen zwei leuchtende Augen von der Farbe dunkelbraunen Bierflaschenglases. Annas Tochter Bertchen hat, was ihrer Mutter Anna fehlt: Ihr Gesicht ist so ebenmäßig wie das der Maria auf dem Glasfenster in der Kirche, dazu trägt sie die Augen einer Liebeshexe, und ich warte drauf, daß sie kleine Löcher in die Seiten ihres Schul-Lesebuchs brennt, wenn sie darin liest.

Es gibt in Bossdom einige Frauen, die auf der Grube arbeiten, die die Büroräume des Inspektors und des Obersteigers und die Aufseherstube säubern oder die Waschkauen der Männer in Ordnung halten, doch nur eine Frau, die mit Männern zusammen auf den Kippen arbeitet und Zigaretten Marke *Süße Mädels,* zu drei Pfennig das Stück, raucht, und das ist Koaliks Anna. Die Mannsarbeit auf der Kippe fiel ihr zuerst nicht leicht, und die Männer redeten ihr dann und wann einen Schluck Schnaps auf, wenn sie nach dem Frühstück noch eine Weile im Heidekraut hockten, ein Schluck Schnaps hin und wieder ergäbe Mannskraft, redeten die Männer.

Anna und drei Männer ebnen den gelben Abraum-Sand, den eine kleine puffende Grubenlokomotive in Kipploren heranbringt. Einer von den drei Beiarbeitern Annas heißt Paule Nagorkan, ein beschlagener Kerl, der Lehrer hätte werden wollen, wenn es ihm ausgegangen wäre. Es ging ihm nicht aus. Welcher Kossät in Bossdom konnte seinen Sohn Lehrer werden lassen?

Paule war fleißig in der Schule, lernte und lernte, vor allem auswendig, immer wieder sagte man ihm: Aus dir wird maln Lehrer, paß uff! Nichts wurde. Paule mußte in die Grube wie andere Bossdomer. Nirgendwo Aussicht, das, was er auswendig gelernt hat, zum Broterwerb zu verwenden. Niemand da, der Paule gesagt hätte, daß Wissen kein Mittel ist, Macht über Mitmenschen zu erhalten, wie geredet wird, sondern, daß es ein Glückbringer sein kann, wenn man es still für sich und zur eigenen Freude benutzt und vermehrt.

Es fiel Paule auch nicht ein, als sein Vater starb und ihm die Kossätenstelle vererbte, auf diese Stelle zu verzichten, sie zu verkaufen und Bossdom zu verlassen, und also machte er sich zum Mitschuldigen der Verhältnisse, denen er lebenslänglich die Schuld an seiner Lage zuschob.

Nachdem Paules Frau den dritten Sohn, einen kantigen Bochatz, geboren hatte, bekam sie die Auszehrung und machte sich langsam ans Sterben. Paule fing an zu trinken, erst mäßig, dann unmäßig, und in der Zeit, von der wir reden, trinkt er mittelmäßig. Er kennt das *Realienbuch* auswendig. Dieses *Realienbuch* von *Kahnmeyer und Schulze,* es sollte drei oder vier Bossdomer Generationen fähig machen, die Welt *wissenschaftlich* zu betrachten! Sein Geschichtsteil begann all so: *Dieses Land hatte vor etwa zweitausend Jahren ein anderes Aussehen als heute* . . . Ein paar Seiten weiter geht es auf das spezielle Gebiet der preußischen Geschichte über, die immer mal wieder, auch jetzt bei uns, *modern* wird. Unter dem Kapitel: *Fürsorge für Kunst und Wissenschaft* wird dem sogenannten Großen Kurfürsten im Realienbuch nachgerühmt: *Friedrich I. ließ seinem Vater von dem Bildhauer Schlüter auf der Langen Brücke ein Reiterdenkmal errichten* ... In der Abteilung Tierkunde heißt es: *Durch Hände-, Kopfbildung und Körperform erinnert der Orang-Utan an den Menschen. Betrachtet man ihn aber genauer, so erkennt man den Unterschied zwischen Affen und Menschen* ...

Im Kapitel *Himmelskunde* fesselt mich, den Zehnjährigen, der Satz: *Wenn er* (der Polarstern) *heute verschwände, so würde sich der Schiffer noch über zweiundvierzig Jahre lang nach ihm richten können; erst nach dieser Zeit würde sein letzter Lichtstrahl die Erde erreichen* ... *Wir erblicken am Sternenhimmel stets nur die Vergangenheit, niemals die Gegenwart* ...

Dieser Satz zwischen naivem Geschwätz tut mirs an, läßt mir keine Ruhe und beschäftigt später noch den Sechzigjährigen.

Dieses Realienbuch nun, nie wird es Bossdom wieder erleben, kann Paule Nagorkan von vorn bis hinten auswendig. Er könnte den Inhalt jederzeit auf einer Bühne vortragen, aber wer würde so lange zuhören? Aber wenn ein Mensch mit dem Naturell eines Paule Nagorkan was weiß, möchte er andere wissend machen, deshalb läßt er von Zeit zu Zeit *Kostbarkeiten* aus seinem Gedächtnisspeicher heraus, besonders, wenn er sich in der Stimmung befindet, die Alter Cottbuser Korn in ihm erzeugt. In dieser Stimmung wird er belehrsam, selbst wenn er nur die Gastwirtin Bubnerka als Zuhörerin hat, und es ist daran zu erkennen, daß Paule zwar ein Belehrer ist, niemals aber hätte ein guter Lehrer werden können, von dem man mit Fug verlangen kann, daß er Pädagoge ist. Belehrer hat die Welt bis auf den heutigen Tag mehr als Motten, Pädagogen aber, die das, was man sie gelehrt hat, und das, was sie sich anlasen, mit persönlichem Duft und angeräuchert vom Feuer eigener Gedanken an die Umwelt weitergeben, sind rar.

Paule Nagorkan ist keine Schönheit, sein Gesicht ist zerfältelt, sein Blick ist stechend. Mit diesem Blick sticht er in die Bubnerka hinein und sagt: *In Oranienburg gründete sie ein Waisenhaus für zwölf Knaben und zwölf Mädchen, sechzehn-*

hundertsiebenundsechzig starb sie, neununddreißig Jahre alt. Hast du Oahnung, von wem ich rede?

Bubnerka sieht gleichgültig auf die dreikantigen Kümmelgläser im Schragen.

Hast keene Oahnung, ich sehe, sagt Paule, also horche: *Der Kurfürst vermählte sich zum zweiten Male mit Dorothea von Lüneburg.* Nu weeßte, von wem ich rede, vom Großen Kurfürsten rede ich. Paule Nagorkan rezitiert weiter: *Befinden wir uns auf freiem Felde, so erscheint uns der Himmel als eine hohle Halbkugel, die sich senkrecht über uns in dem Scheitelpunkt oder Zenit am höchsten erhebt ...*

Was du nich alles weeßt! Bubnerka tut, als ob sie staunt.

Und noch mehr weeß ich, sagt Paule Nagorkan: *Die Schlüsselblume blüht sehr früh; denn ihr ausdauernder mit langen Nebenwurzeln besetzter Wurzelstock hat bereits im vorigen Sommer Nahrung aufgespeichert ...*

Unter uns Bossdomer Schuljungen gibts einen Nachrichtendienst. Er hat weder was mit der Post noch mit der Feuerwehr zu tun. Wenn was Außergewöhnliches geschieht, rennen wir, daß uns der Staub aus den Hosen fliegt, und benachrichtigen einander: Zigeiner liegen an Schulheede, kann es heißen oder: Puppenspieler sind gekumm oder: Een neier Grubenkessel is schon bei Dicke Linde, zehn Pferde ziehn am.

An dem Tage, von dem ich rede, heißt es: Nagorkans Paule liegt anesoffen im Groaben bei Denkmal und heeßt die Leite aus (ausheeßen sagen wir auf der Heide für ausschimpfen oder anekeln). Rasch wie Spatzen am frischen Pferdedreck sind wir am Kriegerdenkmal. Nagorkans Paule *heeßt* soeben den alten Dorn *aus.* Alter Dorn ist ein Bessarabiendeutscher und arbeitet auf dem Gute als Ochsenkutscher. Er trägt sommers und winters eine schwarze Lammfellmütze. Die Mütze ist für uns ein Kalender; an ihren Schaf-Woll-Löckchen kann man die Jahreszeiten ablesen. Im Frühling sind sie voll Blütenstaub, im Sommer von Getreidegrannen durchspießt, im Herbst mit blitzenden Perlchen aus niedergegangenem Nebel besetzt, na, und im Winter, das könnt ihr euch selber denken!

Man hat den alten Dorn nie einen Brief schreiben oder eine Zeitung lesen sehen; seine aufgeschlagenen Bücher sind die Felder: Jetzt hocken die Feldlerchen auf Eiern, heißts zum Beispiel im Buch der Felder. Der alte Dorn pflügt vorsichtig um die Feldlerchennester herum. Heuer wird ein Mäusejahr, liest alter Dorn im Felderbuch und behält recht. Die Bergarbeiter, die vom heurigen Mäusegewimmel erst unter Vermischtes im *Spremberger Anzeiger* lesen, als es eine Tatsache ist, fragen sich: Wie kann alter Dorn sowas wissen, wenn er goar nie Zeitung lesen tut?

Paule Nagorkan sitzt halb und liegt halb im Graben beim Kriegerdenkmal und hat sich seinen Rucksack mit der Grubenlampe als Genickstütze untergeschoben. Eigentlich will er abruhn, ein bißchen schlafen, aber es kommt immerzu jemand vorbei, den er belehren muß. Nun belehrt er den alten Dorn: *Am Kaspischen Meere breitet sich eine unfruchtbare Salzsteppe aus, in der nur kleine Horden von Kirgisen und Kalmükken nomadisieren ...*

Aber ich bin ein Teutscher! protestiert alter Dorn leise.

Unterbrich mir nich, sagt Paule, es steht weiter geschrieben: *Auch an vierhunderttausend deutsche Kolonisten haben sich in Südrußland angesiedelt* ... Warum biste nich doa geblieben?

Alter Dorn schüttelt den Kopf und geht weiter, weil wir heran sind und Nagorkans Paule von ihm ablenken.

Wenn woar die Völkerschlacht bei Leipzig?

Wir stutzen.

Bläh, bläh, keener weeß es, sagt Paule. *Napoleon sah sich jetzt genötigt, Dresden zu verlassen und seine Heere in der Ebene um Leipzig zum Entscheidungskampfe zu sammeln. Am sechzehnten Oktober begann der Kampf bei dem Dorfe Wachau ...*

Paule schmäht uns, weil wir es nicht wissen, und läßt uns nicht aus: Wißt ihr, was Wasser is?

Wir lachen. Wasser is naß, sagen wir, is im Brunnen, im Teich, Regen is ooch Wasser.

Alles Geblabbere, sagt Paule.

Wasser ist eine Flüssigkeit, sage ich und bin stolz auf

meine gelehrte Wendung, aber Paule gibt sich auch mit meiner Erklärung nicht zufrieden. Er erkennt nur die Definition an, die im Realienbuche steht, und zwar wortwörtlich, wie er sie gelernt hat.

Ich stieß im Leben noch oft auf Belehrer, die sich keinen Zentimeter vom eingelernten Büchertext hinwegwagten, und am peinlichsten war mir das, da ich mich als mannbarer Mann auf Erwachsenenschulen in Sachen Ideologie in solcher Weise belehren lassen sollte. Peinlich! Peinlich!

Das Wasser findet sich in allen drei Zusammenhangsformen in der Natur, der Tierkörper besteht zu etwa sieben Zehnteln, der Pflanzenkörper oft bis zu neun Zehnteln und darüber aus Wasser . . ., belehrt uns Paule und schließt eine Befragung über Kaiser Wilhelm II. an: *Des Kaisers erste Sorge war, den Frieden zu erhalten* . . . Und wie hat Wilhelm das gemacht?

Wir glotzen.

Wißta wieder nich: *Wer den Frieden will, bereite sich zum Kriege,* hat er gesoagt, der Wilhelm.

Und zum Kriege is ja denn ooch gekumm, sagt Wittlings Hermann.

Die vorlaute Bemerkung bringt Paule in Wallung. Er setzt sich auf, seine Stimme wird zänkisch: *Um alle Angelegenheiten des Landes bekümmert er sich als Landesvater, überall wo Not ist, möchte er sie lindern, mit eigenen Augen sucht er sich von den Zuständen der verschiedenen Landesteile zu überzeugen, daher macht er häufig Reisen . . .*

Und nu is er ganz und goar fortgereest, sagt Wittlings Hermann.

Zuviel für Paule. Das stand nicht im Realienbuch. Er springt auf, will uns ans Leder. Verfluchte Kräten, schimpft er, sich übern alten Mann lustig machen, den Lehrer wär ichs soagen!

In der Schule versuchen wir uns am nächsten Tag zu wehren: Nagorkans Onkel war angesoffen, sagt Sastupeits Gustav. Er ist der erste, der sich über das Bankpult legen muß, dann kommen wir, die anderen, und werden über *den Bock* gezogen. Rumposch erklärt, es sei unumgänglich, daß sich ein Mann von Zeit zu Zeit einen antrinke, damit sei das

Vierte Gebot: *Du sollst Vater und Mutter ehren ...* keinesfalls außer Kraft gesetzt.

Ich erzählte schon: Koaliks Anna, Nagorkans Paule und zwei Bergleute aus Klein Kölzig arbeiten miteinander auf den Tagebaukippen. Die Namen der beiden Klein Kölziger weiß ich nicht mehr. Sie spielen in der Geschichte, die ich zu erzählen habe, nur kleine Rollen. Mag sein, daß sie in Klein Kölzig größere Rollen spielten. Darüber müßte einer erzählen, der in Klein Kölzig lebte, das damals noch zum Kreis Sorau gehörte. Vielleicht gibt es so einen.

Wenn Anna auch Männerschuhe trägt, deren Schäfte sie mit ihren Waden nicht ausfüllt, so ist sie doch ein Weib. In welchem Weibe verbirgt sich nicht der Wunsch, bis ins Alter und länger, als wir Männer es wahrhaben wollen, von einem Manne umarmt, von einem Manne in Brunst oder Inbrunst anerkannt zu werden? Eine gewisse Lust, sie hört nicht auf, wenn der angeheiratete Mann in Flandern aus dem Leben herausgeschossen wurde.

Und wie stehts bei Nagorkans Paule? Daheim ein lungenkrankes Weib, auf das er hausväterliche Rücksicht nehmen muß, und auf der Kippe Koaliks Anna, zwei gegengeschlechtliche Menschen arbeiten nebeneinander, schaufeln gelbe Sandhaufen auseinander, glätten das verzerrte Gesicht der Erde wieder. Vielleicht denken sie nicht gerade an die Erde bei ihrer Arbeit, sondern an den Obersteiger, der sie kontrolliert, und der denkt wieder an den Inspektor und der an den Grubenherrn von Ponçet, der mit gutem Gewissen behaupten können möchte, daß er die Erde, der er die Kohlen entklauben ließ, im ordnungsgemäßen Zustand zurückläßt.

Die vier Kippen-Arbeiter liegen in der Frühstückspause im Heidekraut, und jene Vögel, denen der Mensch den Namen Heidelerchen gab, sind am Himmel und verstreuen ihre liebestollen Balztöne über der zerwühlten Gruben-Welt, Balztöne, wie sie auch der liebestollste Klarinettist nicht von sich geben kann, weil da immer noch das Instrument zwischen ihm und dem ist, was er gern ausdrücken möchte.

Bei uns auf der Heide spricht man Wörter wie *Liebe* und *lieben, Seele* und *Gefühl, Trauer* und *Schmerz* nicht aus. Und wenn wer traurig ist, so sagt er: Ween kinnde ich. Und wenn sich wer beleidigt fühlt, sagt er: Das hat mir gelangt! Und wenn wer unter seelischen Schmerzen leidet, heißt es: Ich bin reene koppvarrickt. Und wenn wer über seine Gefühle spricht, sagt er: Mir is nich richtig in Hosen. So kommts, daß unsere vier Kippen-Arbeiter, auf die die Liebeslieder der Heidelerchen rieseln, was sie über Liebe zu sagen haben, in Witzchen über die Mechanik des Geschlechtsverkehrs, in *Sau-Igeleien*, verpacken. Anna Koalik muß mithalten, zumindest unzimperlich im Anhören sein. Wäre sie es nicht, würde man nicht aufhören, sie mit schlimmen Witzeleien zu belästigen. Der Mensch weidet sich nur allzu gern und triumphiert, wenn er eine Schwäche im Wesen seines Mitmenschen entdeckt.

An einem solchen Frühlingstage rezitiert Nagorkans Paule, unangewärmt vom Alkohol, auf dem Heimweg für Anna Koalik aus seinem Realienbuch-Repertoire. Anlaß gibt Koaliks Anna, weil sie nachdenklich vor sich hinfragt: Wissen würde ich gerne, was die Kaisersche jetzt so in Holland machen mag.

Da fliegt der Stöpsel aus dem Wissenfaß, das Paule Nagorkan nun einmal ist: *Armen Gutes zu tun, war schon früh ihre Lust, und in die niedrigste Hütte ging sie, um Kranken Trost und Hilfe zu bringen. Aus echt deutschem Stamm entsprossen, ist sie eine wahrhaft deutsche Hausfrau geworden*, rezitiert Paule und fügt hinzu: Und das isse ooch geblieben, das hoaben die Kaiserweiber so an sich. *Weihnachten siebzehnhundertunddreiundneunzig fand die Vermählung Friedrich Wilhelms III. statt. Luise wurde eine Landesmutter, wie sie selten gefunden wird. Wohltun war ihre größte Freude. Am liebsten weilte sie in Paretz, einem Dörfchen bei Potsdam, wo sie mit ihrem Gemahl ein einfaches ländliches Leben führte ...*

Koaliks Anna bleibt stehen. Sie muß stehen bleiben, weil sie Paule Nagorkan bewundern muß: Das weeßt du alles! sagt sie, du hättst ja leichte Lehrer wern könn.

Paule freut sich, seine Karbidlampe am Rucksack hüpft: Siehe, eine Frau, die erspürt, was in ihm steckt! Er versinkt im hintergründigen Dunkel von Annas Augen.

Von da an geht zwischen den beiden alles so hin und her,

wie es zwischen Liebesleuten in der ersten Zeit ihrer Liebe hin und her geht. Wir kennen es, dieses Brausen, das von irgendwoher hinter der Welt kommt; ich muß nicht erst davon erzählen, ich kann meine Erzählung an der Stelle fortsetzen, an der es für uns heißt: Koaliks Bertchen is nich in Schule, ihre Mama is gestorben!

Was hat se denn gehoabt?

Gekippt soll se hoaben, sagt Franze Buderitzsch, der Bescheidwisser in Angelegenheiten tierischer und menschlicher Fortpflanzung.

Isse uff die Kippe im Sande versunken und erstickt?

Der Tod von Anna Koalik macht die Erwachsenen miteinander wispern: Sie bedrohen sich flüsternd: Soage das nich! Kannst vorn Staatsanwalt kumm! Aber die Verbreitung von Geheimnissen ist nicht auf Worte angewiesen, sie bedient sich der Menschenmienen und Menschengesten. Und als das Geheimnis zu uns in die Kinderwelt kommt, gibts viel zu denken für mich: Es steht also in der Macht der Erwachsenen, kleine Menschen in die Welt zu locken, ihnen aber auch, wenn sie sie plötzlich nicht mehr wollen, entgegenzutreten, ihnen den Weg in die Welt zu versperren, und wenn die kleinen Menschen nicht gehorchen und trotzdem weiter ins Dasein hineinstrampeln wollen, kanns geschehen, daß man handgreiflich gegen sie wird.

Da es in Bossdom keine Kirche gibt, haben wir damals auch noch keinen eigenen Friedhof. Wir sind ein Völkchen voll Armseligkeit. Große rote Fressen habt ihr! höhnen die zweispännigen Bauern aus Gulitzscha, aber wenn ihr tot seid, kommt ihr angekrochen und wollt uff unser Gemeendeland eier Grabloch hoaben!

Und ihr? Ihr laßt eich den Leichenwoagen von die toten Bossdomer gut bezoahln, halten wir den Bauern aus Gulitzscha entgegen.

Am Tage von Anna Koaliks Begräbnis eilt Brenneckes Tante mit heftig wackelndem Kopf vom Ziegenberg in die Schulstube, ihre großen Zähne werden sichtbar, und sie schreit: Petruschkas Hermann hat sich die Pulsadern durchgeschnitten!

Sogleich wird die Schule angehalten, und Rumposch verwandelt sich vor unseren Augen in einen Amtsvorsteher. Raus! sagt er zu uns, und das bedeutet, wir haben unbegrenzt Pause.

Rumposch setzt seinen Strohhut auf und geht ohne Jacke, nur mit der umgeschnallten Gürtelweste, auf den Ziegenberg. Wir lagern uns unter dem Wildbirnenbaum. Er ist um diese Jahreszeit ein Blumenstrauß, den ein Riese abgestellt hat. Franze Buderitzsch erklärt, das Blut spritze wie aus einem Springborn, wenn sich wer die Pulsadern durchschneidet. Wer weiß, wo ers aufschnappte! Von uns hat noch niemand einen Brunnen gesehen, der umhersprang.

Es wird nach dem Hilfsarzt telefoniert. Nach einer Stunde kommt Doktor Czibulka; sein Fahrrad ist wieder einmal eigenwillig und versucht, dem Ziegenberg auszuweichen.

Zeitchen später geht Czibulka wieder, geht an uns vorüber und sagt: Alles in Ordnung! Wir müssen wieder in die Schulstube, und Rumposch erklärt uns die dreifache Aufgabe des Blutes.

Von der Tatsache, daß Menschen hie und da ihr Blut eigenmächtig in den Weltenraum steigen lassen, um mit ihrem Liebeskummer fertig zu werden, erzählt er uns nichts, aber eben das ist soeben auf dem Ziegenberg der Fall gewesen.

Hermann Petruschka spielt außer dem Tenorhorn auch Querflöte. Die Ziegenberg-Jungen prahlen, Hermann könne alle Instrumente der Welt spielen, und das ist fast die Wahrheit. Wenn einer der Dorfmusikanten wegen Übertrunkenheit auf der Bühne umfällt, nimmt Hermann dessen Instrument, ob es nun der Kontrabaß, die zweite Geige oder die Klarinette ist, er spielt drauf. Er könne auch Klavier spielen, behaupten die Ziegenberg-Jungen. Den Beweis kann Hermann nicht antreten. Die drei Klaviere in Bossdom sind heilige Kühe; eines steht im Schloß beim Baron, das andere bei Obersteiger Meiche und das dritte bei Lehrer Rumposch.

Die Worte *genial* und *talentiert* gibt es damals in Bossdom nicht, und es gibt sie dort auch heute nicht, es sind mehr so Wörter aus der Umgangssprache der Engel. Bei uns sagt man, wenn sich wer als talentiert erweist: Es ist ihm eingeboren.

Hermann spielte seiner jüngsten Tochter Hannchen, als die noch ein Schulmädchen war, etwas auf der Querflöte vor, wenn das Hannchen bekümmert war oder sich wehgetan hatte. Es durfte sich auf Hermanns Schoß setzen und an dessen Brust lehnen. Aber Hannchen ist herangewachsen, ist mannbar geworden und hält an der Gewohnheit fest, sich bei Kümmernissen auf den Schoß ihres Stiefvaters zu flüchten. Sie ist schon so bei sechzehn Jahre alt, und die kleine Petruschkan kommt als Knackholzbündel nach Hause und findet sie auf dem Schoße des flötespielenden Hermann hocken. Das will sich der kleinen Petruschkan nicht. Sie ist der Meinung, nach Hannchens Konfirmation habe die Schoßhockerei aufgehört. Sie verbietet ihrer Tochter, sich fernerhin ihre Schmerzen mit Flötenspiel stillen zu lassen, zaust ihren Hermann aus, läßt erkennen, daß sie eifersüchtig ist und entschlüsselt ihre rätselhafte Andeutung in der Kolonne der Hofeweiber: Desterwegen sind se ooch alle so nach mein scheen Mann!

Aber ein Mädchen im Alter von sechzehn Jahren möchte nun einmal gern auf dem Schoße eines Mannes sitzen, und Hannchen findet sich einen, der es ihr gewährt, der ihre Sehnsuchtsschmerzen mit Flüstertönen stillt. Dieser Mann, ein Fläschchenmacher aus Friedensrain, steht eines Abends unterm Wildbirnenbaum, und Hannchen läuft zu ihm, und sie verschwinden mitsammen im Walde.

Hermann Petruschka, der sich das ansehen muß, der nicht bedenkt, daß er dieses Hannchen, seine Stieftochter, von Gesetzes wegen nicht lieben darf, obwohl er das Mädchen nicht gezeugt hat, Hermann, der überhaupt nichts bedenkt, weil Denken und Lieben wenig miteinander zu tun haben, sich zuweilen gar feind sind, geht am anderen Morgen, da die Ziegenberg-Männer auf der Schicht sind und die kleine Petruschkan zu Hofe ist, und schärft am Rande eines tönernen Brottopfes ein Küchenmesser und schneidet zu, und als er zweimal zugeschnitten hat, wirds ihm unheimlich, und er geht hinaus, schreit wohl auch, rennt in den Ziegenstall und verkriecht sich dort zum Sterben.

Es ist ein kräftiger Schrei, den Hermann Petruschka ausstößt; Auguste Petruschka, seine Schwägerin, die in der Küche der Nachbarwohnung Wäsche flickt, fängt diesen Schrei mit dem Munde auf, eilt in den Ziegenstall, sieht den ausblutenden Hermann, stolpert in ihre Küche zurück, zerreißt ein zerschlissenes Arbeitshemd und bindet ihrem Schwager die angeschnittenen Adern straff ab. Sie, die Schwerhörige, die oft auf Ahnungen angewiesen ist, fühlt, was in Hermann umgeht, und ist sanft zu ihm, und Hermanns Kopfverwirrnis schwindet, er wird nüchtern, er wird dankbar gegen das Leben, das ihm geblieben ist. Det vageß ick dir nich, sagt er leise zu seiner Schwägerin. Auguste reißt den Mund ganz weit auf und versteht trotzdem nicht. Ja, ja, sagt sie, und das sagt sie immer, wenn sie etwas nicht versteht.

Ein Mensch, der still und für sich allein stirbt, der nicht mehr in Worte schachtelte, was er fühlte, als er sich auf den Weg machte, hinterläßt seine Anverwandten rätselnd; niemand kennt seine letzten Wünsche. So wars auch bei Koaliks Anna. Sie stirbt still in ihrem Witwenbett. Niemand weiß, ob sie Nagorkans Paule, das wandelnde Realienbuch, verflucht oder gesegnet hat. Ihr Sparbuch, das zwischen Wäschestükken gefunden wird, weist aus, daß sie Vorsorge für die Tochter getroffen hat.

Der Trauerzug ist lang, obwohl Anna Koalik weder in Bossdom noch sonstwo Verwandte hat. Tochter Bertchen steht schwarz gekleidet zwischen den Wirtsleuten, bei denen Koaliks Anna einwohnte. Wolkenloser Himmel, die Fliederhecke am Kirchhof steht in Blüte, und der starke Duft, der aus den kleinen Blütentrichtern strömt, verzaubert Trauer, Sarg und Grab. Der A-Ton aus der Stimmpfeife von Lehrer Rumposch dringt durch die duftende Stille, und sogleich zerschmettern wir sie mit unserm Chorgesang: *Wo findet die Seele die Heimat, die Ruh ...*

Pfarrer Kockosch steigt auf den vorbereiteten Sandhaufen. Die Begräbnisteilnehmer sind neugierig, wie er den Fall beurteilen wird. Die alten Betweiber und Kanzelschwalben meinen, Kockosch müßte in seiner Grabrede durchscheinen lassen, daß der von Gott in die Welt gesandte Mensch sich nicht ohne Erlaubnis aus ihr entfernen dürfe.

Pastor Kockosch denkt an die Sägebocken. Hätte nicht auch die in einen ähnlichen Zustand geraten können wie Anna Koalik? Hätte er seiner Familie ein Sägebock-Kind hinzufügen können? Den Pastor schüttelts unter seinem Talar, der lose Sand unter seinen kleinen Schuhen fängt sich an zu bewegen, der erste Satz der Grabrede heißt: Man weiß nicht, was man sagen soll ... Kann sich ein Pfarrer einen solchen Grabreden-Anfang leisten? Doch, Pfarrer Kockosch ja, denn nun wird die Grabrede sammetweich. Er sieht zur Fliederhecke hinüber: Wir sind wie die Blüten des Flieders, sagt er, unsere Seele ist wie deren Duft. Der Fliederduft steigt auf gen Himmel, und jedes Blütentrichterlein und jede Dolde ist mit dem Himmel verbunden, und also ist auch unsere Seele, die einem Dufte gleichet, dem Himmel verbunden, und wer da in Frommheit lebet, fühlet es.

Pfarrer Kockosch läßt sich über den Witwenstand vernehmen: Ein schwerer Stand, in dem ein Weib leicht fehlen kann. Wir Menschen haben kein Recht, darüber zu richten ...

Der zuppt sich an die eegene Noase, sagt alte Krolicken zur alten Starussen. Beide sind mit der poetischen Rede des Pastors unzufrieden. Sie sind mit nichts zufrieden außer mit sich selber.

In der Friedhofslinde singt der Star, in der Fliederhecke der Buchfink, doch ich bin traurig, weil das blasse Bertchen in die Fremde wird ziehen müssen, zu entfernten Verwandten ihres toten Vaters. Nagorkans Paul, dieses wandelnde, ewig stänkernde Realienbuch, weint und weint, als begrübe man seine Frau. Die Dorfkapelle spielt: *Jesus, meine Zuversicht ...*, das Begräbnislied, das durch meine Kindheit und meine Jugend geht, und die Begräbnisleute wenden sich vom Pfarrer ab und Hermann Petruschka zu. Dort steht er und spielt sozusagen für zwei, die Ärmel seiner Jacke sind zurückgerutscht, man sieht die Binden über seinen Handgelenken und das Blut, das durch die Binden gedrungen ist. Es geht kein Quentchen Traurigkeit mehr in mich hinein, ich laufe über vor Traurigkeit und renne nach Bossdom. Am Eichbusch bei der Dicken Linde werfe ich mich zwischen die blühenden Wild-Stiefmütterchen und heule mich aus.

Nagorkans Paule trinkt sich in der Schenke einen an und traktiert die Begräbnisleute: Wißta, warum Treuenbrietzen so heeßt, wie es heeßt? *Nur einige Städte, darunter Frankfurt, Belitz und Briezen, seitdem Treuenbrietzen genannt, blieben Ludwig treu* ... Wißta nich, weil ihr geschloafen hoabt in Schule. Ich rede von dreizehnhundertachtundvierzig, vom falschen Waldemar.

Koaliks Bertchen erscheint nicht mehr in der Schule. Ein Mann mit einem dreiräderigen Auto wäre gekommen, heißt es, und hätte sie abgeholt. Ob Bertchen draußen in den Städten etwas Höheres (wie wir sagen) geworden ist? Wenn ich in meiner Wanderzeit illustrierte Zeitungen durchblätterte, wähnte ich sie bisweilen gefunden zu haben, aber dann war sie es doch nicht. Mehrmals glaubte ich, sie im Straßengetümmel einer Stadt entdeckt zu haben, und wieder war sie es nicht. Gewiß ist sie etwas *Höheres* geworden; die Schönheit hatte sie dazu.

Alle Jahre, wenn der Fliederduft, wie jetzt eben, aus der Hecke vor dem Haus in meine Arbeitsstube dringt, denke ich an Anna Koalik, auch an die durchbluteten Pulsverbände Hermann Petruschkas, der an jenem Tage seiner Liebe zur Stieftochter Hannchen das Grablied blies. Und an noch etwas muß ich denken, wenn die Erinnerung an Hermann Petruschka mit dem Fliederduft in meine Stube kommt: Ich muß dran denken, daß Hermann und ich merkwürdigerweise die beiden einzigen Menschen aus Bossdom waren, die die Arier in ihre *Schutzhaft* nahmen. Hermann war, wie sich zeigte, ein konsequenterer Sozialdemokrat als sein Bruder August, der die Menschen mit *roten Reden* attackierte.

Nichts bleibt, wie es ist. Wir beobachten schlecht und bemerken Zerfall und Vergehen von Menschen, Dingen und Zuständen erst, wenn sie sichtbar werden: Unsere Äcker müssen bestellt werden. Der Vater liegt mit den Feldarbeiten hinter den Kleinbauern und Kossäten zurück. Sein Ehrgeiz sticht ihn.

An unserer zwanzigjährigen Stute meißelt das Alter, Hüftknochen und Rippen treten hervor. Beim Pflügen bleibt sie in der Feldmitte stehen, um Kraft aufzuschöpfen. In meinem Vater knirscht die Wut: Een neies Pferd muß her! räsoniert er. Ich muß uffn Pferdemarkt werden!

Und wer bäckt? fragt die Mutter.

Solln die backen, die mir in die Lage gebracht hoaben, sagt der Vater in seiner surrealistischen Art. Er haut mit der Faust auf den Tisch, Tassen und Teller scheppern abscheulich, und die Wellen des väterlichen Faustschlags dringen mir in die Seele, die es nicht gibt, wie es heißt, dringen also bis ins Nichts in mir vor.

Mein Vater wird zu Markte. Er sitzt beim Gelegenheitspferdehändler Bleschka auf. Die Stute hat er nackt, also ohne Geschirr, an die Händlerkutsche gebunden.

Vom Pferdemarkt erzähle ich nichts. Wir kommen später noch hin, denn auch ich werde dort meine Vorstellungen geben.

Mein Vater bringt einen Wallach von der Bräune nicht ganz reifer Kastanien nach Hause, ein Pferd mit schwarzer Locken-Mähne, ein Pferd mit einem Schweif, der herabfällt wie ein schwarzer Wasserfall. Wideristhöhe: Ein Meter und fünfzig, eine Puppe von Pferd, wie es in der Händlersprache heißt. Der Wallach ist, wie am Morgen die Stute, uneingeschirrt an die Händlerkutsche gebunden. Mein Vater frißt sein neues, schönes Pferd, wie man so sagt, mit den Augen. Doa soll der alte Kulka moal staun, sagt er zum Gelegenheitspferdehändler Bleschka. Bleschka sagt nichts.

Vater und Bleschka feiern ihre *gesegnete Heimkehr* ausgiebig mit Flaschenbier. Ihre damalige *Reiberei*, versichern sie einander, soll für immer aus der Welt sein. Kleine Leute glauben so gern an das *Für-Immer*, obwohl ihr nächster Zwist schon auf der Lauer liegt.

Ich schwärme in der Großelternstube vom neuen Wallach. Großvater hat ihn längst besichtigt. Er lag als freischaffender Rentner in der Heide und wartete die Rückkehr meines Vaters ab. Er sagt, wie Bleschka, nicht, was er vom Wallach hält.

Mein Vater verflucht am nächsten Tag das Backen. Er kanns nicht erwarten, sein neues Pferd einzuspannen. Diese verdammte Brotfresserei! Diese Freßgier! Man hat zu nischt Zeit, wenn man ganzes backen und backen muß!

Am Nachmittag macht der Vater eine Probefahrt aufs Feld hinaus. Er will die Gängigkeit des Wallachs auf dem Acker erproben. Ich darf mit, ich muß mit, ich will mit und fühle mich auf die Treppenstufe der Erwachsenen gehoben, als mein Vater mich unterwegs freundschaftlich ins Vertrauen zieht: Gloobste, jetzt ham wa das scheenste Pferd von Bossdom.

Wir fahren die Pflaumen-Allee hinunter: Wassa forn Schritt hat! sagt mein Vater und hört nicht auf, mit mir wie mit einem Erwachsenen zu reden. Er setzt den Wallach in Trab: Strengt den überhaupt nich an, stellt er fest. Bis nach Spremberg wern wa so traben mit den. Er versucht den Wallach in Galopp zu bringen, und im Galopp sieht der Wallach wie die Pferde unter den Königen und Kaisern im Realienbuch aus, so herrlich und verklärt!

Wir pflügen für die Haferaussaat. Der Wallach macht Runde um Runde: Das is was andres! jubelts aus dem Vater.

Das Leben liebts nicht besonders, wenn wir es mit unsern Plänen und Plänchen in seinem Dahinziehen zu beeinträchtigen versuchen. Oft kümmerts sich nicht um unsere Wünschlein, aber wir halten sie ihm beharrlich entgegen. Den Mut dazu fertigen wir uns von Zeit zu Zeit aus geheimen Kräften in unserm Innern an.

Wie zum Hohn bleibt der Wallach mitten in der Pflugzeile stehen. Vater sieht sich nach mir um. Jetzt scheints ihm unangenehm zu sein, daß ich bei ihm bin. Er geht mit großmütigen Gebärden und Entschuldigungen um den Wallach herum, legt seine Hand unters Kummetkissen und tastet den Pferdeleib ab: Am Ende drückt am das Geschirr, sagt er.

Der Wallach steht eine Minute, zwei Minuten, drei Minuten. Vater zupft ungeduldig an der Leine. Der Wallach rührt sich nicht. Der Vater schwippt mit der Peitsche. Der Wallach rührt sich nicht. Vater läßt den Peitschenriemen in der Luft über den Ohren des Pferdes kreisen. Der Wallach rührt sich nicht. Der Vater gibt dem Tier einen sanften Peitschenschlag auf die Kruppe. Der Wallach rührt sich nicht. Der Vater legt zu, läßt den Peitschenriemen zwei, drei Mal und immer stärker und immer wieder an die Sprunggelenke und auf die Schweifrübe des Tieres klatschen. Der Wallach rührt sich nicht. Das isn Ding! sagt der Vater.

Ich geh nach vorn und packe den Wallach beim Zügel. Ich ziehe, und der Vater treibt. Der Wallach rührt sich nicht. Das isn Ding! wiederholt der Vater.

Nachsichtig nutzen wir die Pause, die uns der Wallach anbefiehlt, und essen stehend unsere Vesperbrote aus dem Papier. Brotbrocken nimmt mir der Wallach ab, doch er rührt sich nicht. Wir legen unser Brotpapier zusammen. Der Wallach spitzt die Ohren, zieht an, und es geht los. Wir pflügen das Feldstück im Dauerlauf zu Ende, fahren im Zockeltrab nach Hause, und beim Vater steigen die Aktien des Wallachs wieder.

Ein Pferd, das man nicht ab Stall und direkt vom Vorbesitzer kauft, ist in der Regel ein in Pferdeleder gebundenes Rätselbuch. Wir hatten während meiner Kindheit einige solcher Rätselbücher. Manches Rätsel lösten wir durch Zufall, manches nie. Auch dieser geschnickte braune Wallach wurde für uns zu einem Rätselbuch: Der Vater fährt mit ihm zur fünf Kilometer entfernten Brikettfabrik. Er holt Kohlen für die Bäckerei. An den Pressenrinnen tummeln sich die Kohlenkutscher der Umgebung. Sie bestaunen und beloben Vaters Wallach, und der genießt es. Er gehört zu den Menschen, die glauben, man hebe sich durch einen karierten Anzug, einen raffiniert gekniffften Hut, durch einen scharfen Schäferhund oder, wie in unserem Falle, durch ein schönes Pferd aus der Menge heraus, man ist was Besonderes, man stellt bei Menschen, die von ebenso flacher Eitelkeit besessen sind, etwas dar.

Es gibt zwei Wege von der Brikettfabrik nach Bossdom, den Sandweg durch die Heide und die Pflasterstraße, die die Heide umgeht und den Heimweg um eine Stunde verlängert. Mit so einem Staatspferd brauche er nicht auf der gepflasterten Straße herumfahren und Zeit verplempern, raten die

Kutscher dem Vater, mit dem Prachtstück von einem Pferd könne er gleich quer durch. Sollte der Vater sich lumpen lassen?

Der Wallach stampft so unangestrengt durch den Mahlsand, als hätte er ein Handwägelchen hinter sich herzuziehen. Vater kann sich den Heusack unterlegen und beim Fuder aufsitzen. Wo gabs das bei unseren früheren Pferden? Schade, daß niemand in der Nähe ist, zu dem sich der Vater in dieser Hinsicht auslassen kann. Immer wenn man Leute braucht, sind sie nicht da. Er ist fröhlich, er singt eines seiner Couplets: *Es ist noch zu verkaufen ein altes Kanapee, / gleich zu übergeben mitsamt den baren Flöhn . . .*

Auf einmal bleibt der Wallach stehen. Vater zieht seine Fröhlichkeit ein: Soll er doch ne Weile! sagt er zum Selbsttrost.

Der Wallach steht und steht. Na, diesmal wissen wir, was hilft, denkt der Vater. Er steigt vom Wagen und knistert mit dem leeren Papier seines Vesperbrotes. Der Wallach wendet den Kopf. Er erwartet etwas Freßbares, aber es ist nichts im Papier, und der Wallach versinkt wieder in seiner Meditationsübung. Vielleicht will er mit Namen angeredet werden, denkt der Vater, doch er hat sich auf dem Pferdemarkt nicht nach dem Namen des neuen Pferdes erkundigt, und bei uns heißt es noch nicht. Unsere Haustiere erhalten ihre Namen nach den Eigenschaften, die sie an den Tag legen. Unsere Ziege nennen wir nach dem Namen ihrer Vorbesitzerin, *die alte Senkeln.*

Wallach werden sie ihn wohl nicht gerade gerufen haben, vielleicht Brauner, denkt der Vater. Er versucht es damit – keine Regung, keine Reaktion. Vater geht die gängigen Pferdenamen durch: Fritz, Hans, Springer, Derby, und auf einmal, er weiß selber nicht, wie ihm das einkommt, nennt er den Wallach *Mudel.* Der Wallach spielt mit den Ohren; vielleicht lacht er über den Namen, jedenfalls prescht er los. Mein Vater muß rennen, damit er sein Fuhrwerk einholt, er muß sich abstrampeln, ehe er die Leine wieder in die Hand kriegt und aufsitzen kann.

In diesem forschen Tempo, das sich der Wallach in der Heide ausdachte, kommt der Vater mit seiner Kohlenfuhre in den Hof geprellt und hat noch soviel Schwung, daß er den Taubenschlag zweimal umkreisen muß.

Leider hat der Vater mit dem Namen *Mudel* ebensowenig wie mit dem Knistern von Brotpapier die Kraft entdeckt, die den Wallach in Bewegung setzt. Es bleibt unberechenbar, wann das Tier seine Pausen einlegt und wie lange sie dauern. Als der Vater herausgefunden zu haben glaubt, der Wallach nähme zehn Minuten Pause, um dann von selber wieder loszumachen, muß er einen Tag später feststellen, daß das Tier noch nach einer Viertelstunde am Fleck steht, während es sich bei der nächsten Pause schon nach drei Minuten wieder in Gang setzt.

Der Vater fängt an, schlecht zu schlafen, ein ungewöhnlicher Zustand bei seinem Naturell. Eines nachts kommt ihm der Gedanke, es könnte sich bei unserem Wallach um ein Zirkuspferd handeln, das auf Musik reagiert.

Und nun kommt etwas, was ich vielleicht nicht erzählen sollte, ein Familiengeheimnis, Bossdomer Leute aus jener Zeit, die noch leben, werden die Gelegenheit benutzen, das Gelächter, das ihnen damals vorenthalten wurde, nachzuholen. Aber da ich mich entschlossen habe, so gut wie nichts zu beschönigen, muß ichs wohl erzählen: Mein Vater bepischpert (beflüstert) sich mit Petruschkas Hermann, und sie fahren gemeinsam mit dem Wallach davon. Im Heusack stecken einige Flaschen Bier und Hermanns Tenorhorn im schwarzen Stoff-Futteral. Die Experimentatoren fahren zur Brikettfabrik, laden dort Kohle und fahren zurück. Vater sagt zu Hermann: Jetzt kannste dein Horn langsam auspacken! Aber der Wallach denkt nicht daran, dort stehenzubleiben, wo er das vorige Mal stehenblieb. Es genügt am schon, wenn er die Trompete sieht, sagt mein Vater hoffnungsvoll.

Als drei Viertel des Weges geschafft sind, bleibt der Wallach trotz des blinkenden Tenorhorns stehen. Vater und Hermann sehn in die Runde, um festzustellen, ob sie für ihr Vorhaben *allein* genug sind.

Jetzt tuk spielen! sagt der Vater.

Hermann spielt die Ouvertüre zur *Leichten Kavallerie.* Der Wallach scheint die Musik zu genießen, doch er rührt sich nicht. Hermann versucht es mit dem Militärmarsch *Alte Kameraden.* Es rührt sich nichts. Hermann packt sein Tenorhorn ein. Der Wallach geht los. Mein Vater sieht Hermann hilflos an: Nu soag du was!

Was soll Hermann sagen? Er verschlingt zwei Flaschen Bier.

Mein Vater wird richtig krank, er ißt nicht mehr recht, pfeift seinen Hauptschlager nicht mehr, der da heißt: *Das haben die Mädchen so gerne ...*

Berede dir doch moal mit Voatern! rät die Mutter, Voater weeß doch besser Bescheed mit Pferde.

Mein Vater verdreht die Augen.

Dem Vater fällt ein, daß der verknitterte Händler von über der Neiße, von dem er den Wallach kaufte, immer und immer wieder betont hat: Ich verkoofe ohne Garantie! Jeder Kenner weiß, daß bei einem solchen Hinweis an einem käuflichen Pferd etwas nicht in Ordnung ist, aber der Gelegenheitspferdehändler Bleschka, mit dem Vater zu Markte gefahren war, hatte ermuntert: Was willste, Heinrich, sagte er, was kann son scheenes Pferd schon Schlimmes hoaben? Siehst doch selber: Vier gesunde Beene und eene Brust so breet wie ne ausgezogene Ziehharmonika.

Oh, der Hund! stöhnt der Vater und wälzt sich schlaflos im Bett.

Die Experimente des Vaters mit dem Wallach, mit dieser *Puppe* von einem Pferd, sind erschöpft. Meine Mutter greift ein. Sie fleht den Großvater an: Sei doch nich so, Voater, du weeßt doch Bescheed mit sone verpfuschte Pferde!

Freilich weiß der Großvater Bescheid, er wußte von Anfang an Bescheid, aber er läßt die Mutter erst eine Weile bitten und sühlt sich in der Genugtuung, daß er doch gebraucht wird, und er läßt meine Mutter schließlich ein Zipfelchen von dem, was er weiß, sehen und sagt: Een Pferd mit Dummkoller hat er gekooft, dein schlauer Heinrich.

Ich gloobe, Voater wird dir helfen, sagt die Mutter zum Vater.

Der Vater knirscht mit den Zähnen.

Das *Gipfeltreffen* findet am nächsten Nachmittag auf dem

Hofe statt. Die *Herrscher* nähern sich einander grußlos. Meine Mutter fungiert als Chefdolmetscherin. Sie nimmt die Anweisungen des Großvaters entgegen und geht hinüber zum Vater, der am Stall steht: Er wird sich Lehnigks Schwarzen holn, übermittelt die Mutter dem Vater, du sollst mit dem Wallach hinter am herfoahrn!

So geschiehts. Als Dolmetscher für unterwegs fahre ich mit.

Nu wern wa ja sehn! sagt der Großvater zu mir, aber ich brauche es nicht zu dolmetschen.

Wir fahren durch die Heide zur Brikettfabrik. Lehnigks Schwarzer ist eine Pferde-Persönlichkeit. Dann und wann macht er sich selbständig und prescht durch die Dorfstraßen, und die Leute ducken sich: Lehnigks Schwarzer is wieder moal los! Nur von der jungen Schwiegertochter läßt sich Lehnigks Schwarzer willig an der blanken Mähne in den Stall führen.

Unterwegs sagt Großvater noch einiges, was ich auch nicht übermitteln muß: Da denkt er, was fürn großer Mann er is, dabei kann er nich moaln Pferd koofen, sagt er zum Beispiel.

Großvater lädt seinen Wagen voll Briketts, und Vater lädt seinen Wagen voll Briketts. Auf dem Rückweg hält der Muttervater ab und zu an. Er will ausprobieren, ob der Wallach nach der Pause weitergehen wird. Der Wallach geht jedes Mal weiter. Vater winkt mich zu sich und sagt: Da kunnten wa doch die Pferde zusammenspannen.

Ich übermittele den Vorschlag. Der Großvater sagt: Der Mattsche Heindrich soll nich schont wieder wer weeß wie schlau sein!

Wir kommen ohne Zwischenfälle nach Hause und laden die Kohlen ab. Jetzt foahrn wa pliehn! befiehlt der Großvater. Ich übermittle, daß wir pflügen fahren werden.

Auch die Pflugprobe besteht der Wallach. Wir gehen mit Lehnigks Schwarzem leer in der Furche voraus, der Wallach kommt hinterher, Runde um Runde, ohne einmal stehenzubleiben, ohne über sein Verhältnis zur Welt nachzudenken.

Daheim auf dem Hofe tritt der Vater zu uns hin und sagt zum Großvater: Schaff mir das Pferd vom Halse!

Der Großvater kostet den Triumph aus und sagt: Gekooft is balde, verkooft is nich so balde! Großvater macht sich rar.

Du wirscht schon schaffen, sagt der Vater.

Wenn ich als Dolmetscher und Beobachter des Treffens der beiden Herrscher hätte ein Kommuniqué herausgeben sollen, so hätte es darin unter anderem heißen müssen: *Die Herrscher der befreundeten Staaten gelangten zu einer beiderseitig nützlichen Übereinkunft* . . .

Eine Bedingung, die Großvater stellt: Ich soll mit auf den Pferdemarkt, ich soll den Pferdehandel rechtzeitig erlernen und in dieser Hinsicht vor Schaden geschützt durchs Leben gehen.

Was alles hätte ich im Leben versäumt, wenn mein Vater damals nicht den dummkollerigen Wallach gekauft hätte! Von vorn erkennt man schwer, daß das Schlechte, was auf einen zukommt, ein Gutes im Gefolge hat!

Großvater sieht im Kalender nach: Der nächste Pferdemarkt ist in Muskau, in Niederschlesien also.

Wie war es doch schwer, sich gleich nach Mitternacht aus dem festen traumlosen Jungenschlaf zu schälen, und was für eine Freude durchfuhr einen gleich danach, wenn man sich bewußt wurde, weshalb man so früh aufzustehen hatte. Man ging mit dem Licht in der Hand aus der Stube und weckte die Treppe, den Hausflur, die Küche und all die Dinge, die genauso fest schliefen, wie man selber es getan hatte. Und der Duft des verbrannten Petroleums, der aus der Wagenlampe strömte, erzählte einem im Hofe schon ein wenig von der Romantik der nächtlichen Reise, die man als einziger Junge des Dorfes unternehmen würde. Man hört die Strangketten der Pferde und die Kette des eisernen Hemmschuhs klirren, der unterm Wagen hängt, und man bewundert die Pferde, die nicht wissen, wozu sie so früh aus dem Stall müssen, und doch willig sind und vorangehen. Der Duft von Großvaters brennender Zigarre ist ein Eckchen Großelternstube, das mit auf die Reise geht, in das man sich kuscheln kann. Die Pferdetritte verwandeln sich vom Dumpfen ins Fröhliche, wenn wir die Wege wechseln, die Sandheide verlassen und auf die alte gepflasterte Handelsstraße hinauskommen, und immer mehr orangene Lichter, die an den Fuhrwerken anderer Pferdemänner hängen, kommen aus den Seitenwegen auf die gepflasterte Straße, reihen sich vor uns oder hinter uns ein, und die Peitschen knallen, und die Rufe der Pferdelenker hallen und machen aus der Nacht einen durchlärmten dunklen Tag, bis sich endlich das Morgenlicht über den Waldwipfeln hochfächert, als wäre es für uns angefertigt, für uns alle, die wir mit unseren Fuhrwerken und Pferden unterwegs und bestrebt sind, rechtzeitig in Muskau zu sein, damit der Markt nicht ausgekauft ist, bevor wir dort sind.

Wir fahren durch die schmalen Straßen der Kleinstadt; das Hufgeklapper unserer Pferde wirft sich gegen die Hauswände und kommt zurück zu uns. Wir sind in der Stadt des Fürsten Pückler, der einst mit sechs weißen Hirschen in Berlin Unter den Linden spazierenfuhr, der einst um eine Wette im Vierergespann ohne Weg und Steg in die berüchtigte Teufelsschlucht vor Muskau fuhr.

Wir nähern uns dem Viehmarkt, und die Sonne kommt hoch, und die Feuerchen neben den vielen Wohnwagen der Zigeuner werden blaßrot, farblos und grau, und zuletzt zeigt nur noch der blaue Rauch, der sich emporkringelt, daß sie da waren.

Das Gewieher der Pferde steigt in den Morgenhimmel, wird vom Wind gepackt und in die Stadt hineingeweht. Die Pferde werden abgeschirrt, getränkt und gefüttert. Makler kommen, umschleichen unsere Pferde und versuchen mich auszuhorchen. Sie können nichts mit mir anfangen; ich sehe mir das Leben in den Zigeunerlagern an und kann mich nicht losreißen. Ich möchte zu jedem Zigeunermädchen, das mir zuwinkt, hinrennen, aber der Großvater hält mich fest.

Wir sitzen auf Bänken und essen von Tischen aus Buchenbrettern unser Mitgebrachtes. Die Männer gehen an die Schankbude und trinken ihren Schnaps, und auch ich muß meinen ersten Schnaps trinken. Der Großvater will, daß ich mich aufwärme. Der Schnaps ist wie ein flüssiges Feuerchen und fängt an, in meinem Blute umzugehen.

Ich vergaß zu erwähnen, daß wir uns für die Marktfahrt Lehnigks Schwarzen ausliehen. Er zog unseren Wagen nach

Muskau, der braune Wallach ging unaufgeschirrt hinten. Mit ihm als Fahrpferd wären wir erst zu Mittag auf dem Markte gewesen.

Großvater bestimmt: Jeder von uns hat beim Pferdeverkauf eine Rolle zu spielen. Das Handeln und Verhandeln übernimmt er, und während er mit einem ernstzunehmenden Käufer feilscht, soll mein Vater kommen und wie ein Fremder nach dem Preis des schönen Wallachs fragen und die Brieftasche ziehen. Ich soll weder meinen Vater noch meinen Großvater kennen, aber auf einen heimlichen Wink, mit Lehnigks Schwarzem an der Hand, *zufällig* vorüberkommen.

Unser Wallach, die Puppe, die Kastanie, ist schon von Maklern und Kauflustigen umlagert. Großvater tätschelt ihn, gibt ihm Hartbrot zu fressen und spielt die Rolle des Besitzers. Ein Kauflustiger packt den Wallach-Schweif und zerrt an ihm.

Gib dir keene Mühe, der hebt keen Been, sagt Großvater.

Was soll der Kriepel kosten?

Großvater hebt die Hand, alle Finger gen Himmel gereckt, fünfhundert Mark.

Bist verrückt, Alter! sagt der Kauflustige.

Wenn du weeßt, daß ich varrickt bin, was quatschte mir an? sagt Großvater.

Ein anderer Mann kommt, ein Bauer, ein Kossät, der ein tüchtiges Pferd für die Frühjahrsarbeit nötig hat. Er geht um unseren Wallach herum. Prima Pferdchen, sagt er, aber es zieht am Ende nich.

So isses, sagt Großvater, wir hams uffn Woagen geloaden und hergezogen. Händler und Politiker dürfen nicht erschrecken, wenn sie in ihren Redereien die Wahrheit streifen, sie müssen unerschrocken weiter und durch. Acht Lauscher, Makler und Probierer fertigt Großvater in ähnlicher Weise ab, dann kommt der Mann, auf den er gewartet hat, der Zigeunerkönig. An seinem Wagen blinkt und blitzt alles, und von den Geschirren seiner Pferde blinkt und blitzt es in gleicher Weise zurück. Leute reden: Silber, schieres Silber, versilbertes Gold gar, damits nicht so auffällt.

Ich verschaffe mir einen Blick in den Wagen: Auf einer Matratze liegt eine grauhaarige Alte; ihre Gesichtshaut ist braun und faltig, ihr Kopftuch ist tomatenrot, sie raucht eine langgestielte Pfeife, schwere goldene Ringe ziehen ihre Ohrläppchen herunter. Leute reden: Das ist die Königsmutter, die den großen Goldschatz unter der Matratze bewacht.

Der Zigeunerkönig trägt eine hartkarierte Jacke, und unter der Jacke eine weiße, eine sehr weiße Weste. Seinen Schmerbauch umspannt eine goldene Kette, an der goldenen Bauchkette hängen ein silberner Kompaß, eine versilberte Flintenkugel, ein vergoldeter Eberzahn und ein silbernes Glöckchen.

Jeder Mensch, dem der Zigeunerkönig so bunt und klingelig daherkommt, sieht ihm zunächst nicht ins Gesicht, sondern auf den Bauch. Das Königsgesicht mit dem schwarzen Hängebart ist zur Hälfte von der breiten Krempe eines Czikos-Hutes überschattet. Die hellen Hosen des Königs sind mit Fettflecken verziert, ihre Beinlinge stecken in Schäften von weinroten Stiefeln.

Der Zigeunerkönig legt meinem Großvater den rechten Arm um die Schultern: Werrrden wirrr machen ein fein Handeeel, Vatterrr, wirrrschte mirrr verrrkaufen den Pferdel hauruck, und schonnn Schluß!

Neben dem Zigeunerkönig erscheint das bronzefarbene Gesicht eines Mädchens. Es sieht mich mit feucht-schwarzen Augen an, ich fange an zu zittern, mein Mund tut sich vor Staunen auf: Vor mir steht die braune Prinzessin aus meinem Märchenbuch: *Und als der Bauernbursche ihrer ansichtig wurde, fiel er in Liebe zu ihr und beschloß, mächtiger als der König zu werden. Und er sann und sann nach mächtigen Worten, um mit ihnen den König zu besiegen . . .*

Der Zigeunerkönig fragt meinen Großvater flüsternd nach dem Preis des Wallachs. Der Großvater hebt abermals die Hand und zeigt fünf Finger, fünfhundert Mark.

Vatterrr, Ihrrr seid doch ein Mensch! sagt der Zigeunerkönig, wie könnt Ihrrr machen so viechischen Preis? Er weist auf seine Tochter: Wirst du nicht wollen, Vatterrr, daß ich müssen ihr Bettel verkaufen, und sie muß liegen auf Stein und Errrden.

Und das schöne Zigeunermädchen wird sehr traurig. Es nimmt seinen Vater bei der Hand und zieht ihn mit sich fort: Vier-fünf! ruft mein Großvater dem König nach: Vierhundertundfünfzig Mark. Der Zigeunerkönig tut, als hätte er es nicht gehört.

Vier! ruft der Großvater übereilig. Der Zigeunerkönig bleibt stehen, formt seine Hand zur Muschel, hält sie ans Ohr und schüttelt den Kopf, daß sein großer Hut auf dem Kopfe wackelt.

Drei-fünf, Blutsauger! ruft der Großvater. Sollst moal zum vernünftigen Pferd kumm. Hoab een Einsehen mit dir selber!

Der Zigeunerkönig kommt langsam zurück. Auf seinem Schmerbauch glitzert das Geschmeide, aber ich sehe lieber auf die Tochter, die an seinem Arme hängt, auf die leuchtende Tochter, die Prinzessin aus Tausendundeinernacht. Oh, was ich für sie tun würde! Oh, was ich ihr schenken würde, wenn sie mich fragen würde, ob ich ihr Freund sein möchte. Nur, mein Kleiner oder mein Dicker dürfte sie nicht zu mir sagen. Das kann ich nicht vertragen, denn ich bin nicht dick, ich leide eher ein wenig an der Auszehrung, wie Großvater behauptet. Wenn sie *lieber Freund* zu mir sagen würde, würde ich ihr die weiße Kornblume schenken, die ich letzten Sommer fand, oder die Zwillingsheckenrose, die ich zwischen den Seiten von Onkel Stefans amerikanischer Schulfibel preßte.

Leider — das Zigeunermädchen geht, einer verspielten Katze gleich, auf meinen Großvater zu und zwirbelt dem mit beiden Händen die Bart-Enden, und auch Großvater bleibt von der Schönheit des Zigeunermädchens nicht unberührt; er läßt den Preis für den Wallach nach und setzt ihn auf dreihundert Mark herunter und gibt meinem Vater das verabredete Zeichen. Mein Vater kommt heran und zieht seine Brieftasche. Der Zigeunerkönig drängt meinen Vater mit vollem Gewicht aus der Szene. Ich höre die Zähne des Vaters knirschen. Es ist nicht nach seinem Geschmack, sich als Bäckermeister von einem Zigeuner zur Seite drängen zu lassen. Der

Vater hat vergessen, daß er eine Rolle im Verkaufstheater spielt, und verflucht die Stunde, da er diesen Wallach kaufte.

Meinem Großvater zeigt die Verdrängung des Vaters an, daß der Zigeunerkönig den Wallach kaufen wird, sobald der Handel bei dem Preis angelangt ist, der dem König gefällt, und er schickt sich an, diesen Preis herauszufinden, und senkt ihn vorsichtig nur noch um Fünfundzwanzig-Mark-Beträge.

Endlich ist der Preis genug herunten, und der Zigeunerkönig will den Wallach angespannt im Wagen sehen, und ich habe meine Rolle zu spielen.

Großvater spannt den Wallach ein, nimmt seine Mütze ab und krault sich den Hinterkopf. Mein Zeichen! Aber ich habe nur Augen für das Zigeunermädchen. Ich bin traurig, weil ich noch keinen grauen Schnurrbart unter meiner Nase und nichts dergleichen als Anziehungspunkt für ein so schönes Mädchen habe.

Großvater krault sich schon zum dritten Male den Hinterkopf und ruft ungehalten: He, Jungatzko, was machst du, was machste? Und ich bemerke endlich, daß ich auf der Bühne bin und spielen muß, und ich fahre mit Lehnigks Schwarzem an, aber wie ich mich umgucke, sehe ich vier Zigeunerburschen in die Speichen von Großvaters Fuhrwerk greifen und es auf der Stelle festhalten. Starkes Husten vom Großvater. Wieder ein vorbesprochenes Zeichen, und ich lege im Tempo zu, der Wallach will hinter Lehnigks Schwarzem her und ist von den vier Zigeunerburschen nicht mehr aufzuhalten, und sie springen gleichzeitig zurück.

Wir machen eine Runde um den Markt; mal im Schritt, mal im Trab, ein Stück sogar im Galopp, und alles auf Hustezeichen des Großvaters. Der Wallach absolviert willig alle Gangarten nach den Anweisungen von Lehnigks Schwarzem.

Es ist ausgemacht, daß ich mich nach der Beendigung der Probefahrt mit meinem Schwarzen anderswohin stellen soll, aber ich bin so neugierig auf das Zigeunermädchen und halte beim Großvater an. Jungatzko, was machst du, was machste!

Der Zigeunerkönig erfaßt die Situation, nimmt den Großvater beim Ärmel und sagt: Eine ungehorsame Enkel, Vatterrr. Aber ich werrrde Eich sagen letzterrr Prrreis, zweihundertundfünfzig Mark. Schlag ein!

Dreihundert, beharrt der Großvater.

Der Zigeunerkönig wird anzüglich: Zu hoche Preis für Pferrrd mit Dummkoller. Zwingst du mich gehn zu Polizei, Vaterrr!

Es war so, und es ist so: Der Dummkoller ist eine Krankheit, auf die ein Pferdeverkäufer aufmerksam zu machen hat, wenn er sich nicht strafbar machen will, aber mein Großvater weiß, daß der Zigeunerkönig die Polizei nicht holen wird. Es ist ewige Feindschaft gesät zwischen Polizei und Zigeunern, und kein Zigeuner erwartet, daß ihm sein Feind Schutz gewährt oder zu seinem Recht verhilft.

Und Großvater weiß, daß der Zigeunerkönig den Wallach kaufen wird, nur billig muß er sein, damit sich das Geschäft lohnt, das der mit dem erstandenen Pferd machen will, denn in zwei, drei Tagen wird der Wallach, nicht vom König, sondern von einem anderen Zigeuner, für einen hohen Preis an einen anderen, aber ahnungslosen Käufer gebracht werden, und der Zigeuner wird den Käufer keineswegs auf den Dummkoller des Wallachs aufmerksam machen. Zigeuner verkaufen und verschwinden.

Aber nun hat der Zigeunerkönig meinem Großvater erst einmal mit der Polizei gedroht, und Großvater pariert: Läßt mir ja nich ausreden, Zigeunerfritze. Freilich verkoof ich den Wallach ohne Garantie, zweehundert, mein allerletztes Wort. Und da schlägt der Zigeuner ein. Der Wallach ist verkauft. Zwei Abgefeimte waren aufeinander getroffen. Es war ein Wetthandel. Mein Großvater wurde Sieger: Mein Vater hatte den Wallach für hundertundfünfzig Mark gekauft.

An die Kreatur, die trotz ihres Hirnfehlers äußerlich schön war, dachte niemand. Pferde mit Dummkoller wechseln monatlich zwei bis dreimal den Besitzer. Man trifft sie auf den Pferdemärkten im Umkreis immer wieder an, und wer bereits mit ihnen zu tun hatte, macht einen Bogen um sie oder nimmt am neuerlichen Verkauf teil wie an einer Theatervorstellung.

Wenn mein Sohn mich fragen würde: Erkanntest du damals, daß dein Großvater ein abgefeimter Händler war? müßte ich ihm antworten: Nein, ich erkannte es damals nicht. Großvater war gut zu mir, und mein Gefühl versperrte mir die Sicht auf den wirklichen Großvater.

Nach dem Verkauf des kollerigen Wallachs bricht bei uns der Pferdehandel aus. Der Vater kassiert die fünfzig Mark Gewinst, er anerkennt die Überlegenheit des Großvaters im Pferdehandel. Eine Zeitlang sieht er zu seinem Schwiegervater auf und gibt gar am Familientisch bekannt, daß er sich entschlossen habe, Großvater den Pferdehandel abzulernen.

Großvater betreibt nunmehr den Handel mit Pferden, da er ihn nicht mit eigenem Gelde bestreiten muß, wie einen Sport. Er überläßt jeglichen Gewinst dem Vater, und es sikkert den Sommer und den Herbst über Harmonie durch alle Ritzen in unser Haus, und der ehemalige Postkarten- und Kleinkramhändler Esau wird vom Großvater zum Pferdehändler, Roßtäuscher und Naturreiter ausgebildet. Wir wechseln unsere Pferde, wie Großvater seine Krampfaderbinden, fast monatlich. Pferdehändler Kulka, sein Lehrling Heindrich Matt und Unterlehrling Esau fehlen auf keinem Pferdemarkt der Umgebung. Wir fahren nach Choćebuz, nach Forschte, nach Muskau, nach Guben und sind nächte- und tagelang unterwegs. Der Vater vernachlässigt die Bäckerei, Großvater die Landwirtschaft und ich die Schule. Meine Mutter, die Anderthalbmeter-Großmutter und Hanka, die Vertreterinnen der Basis, sind nicht gut auf uns zu sprechen. Lehrer Rumposch läßt mit sich reden. Es fehlen auch die Söhne anderer Kleinbauern und Kossäten, wenn es in ihren Landwirtschaften mit der Arbeit hoch hergeht. Die Hauptsache, die Väter vergessen nicht, sich gelegentlich mit Freibier für die wohlwollende Freistellung ihrer Hilfskräfte erkenntlich zu zeigen.

Um diese Zeit stehen in der Regel zwei Pferde bei uns im Stall. Eines, das wir ausfüttern, und eines, das schon ausgefüttert ist. Wenn wir ein ausgefüttertes Pferd verkaufen, durchsucht Großvater sogleich den Markt, bis er das Pferd findet, das er braucht: Ein junges, zu früh *übermühtes* Pferd, dessen Vorbesitzer an Futter gespart hat, aber es muß gut gestellt sein und gute Gänge haben. Das füttern wir uff, sagt Großvater.

Es geht auf den Pferdemärkten nicht mehr ohne mich. Ich muß die Pferde, die wir verkaufen, vorreiten, damit Großvater zum Interessenten sagen kann: Doa siehste, jeder Schuljunge kann mit den Tiere umgehn!

Ich reite die Pferde ohne Sattel, ohne Woilach, ich reite sie *nackt*, nur mit dem Zaumzeug; ich reite, wie es mir Großvater beibrachte. Er war bei den Ulanen in Züllichau, allerdings nur drei Tage, dann schickte man ihn, seiner Krampfadern wegen, nach Hause, und er mußte nie mehr zu den Soldaten, mußte nicht in den Krieg. Herrliche Zeiten ohne motorisierte Schützeneinheiten, in denen heute dafür gesorgt wird, daß auch Leute mit Krampfadern zu ihrem Militärdienst kommen!

Die Krampfadern meines Großvaters haben Geschichte. Wer Lust hat, sie sich anzuhören, der höre, wer keine Lust hat, der blättere um.

Wie ich mir den Soff abgeschüttelt hutte, koam ne andere Ploage uff mir los: die offenen Beene, erzählt Großvater. Seine Krampfadern platzten, als er in der Tuchfabrik arbeitete. Er versuchte dies, er versuchte das, aber die Adern wollten sich nicht wieder ganz schließen, es verblieben offene Stellen, entzündete Kraterringe, und es gingen stechende Schmerzen von ihnen aus. Der Arzt war ratlos. Und doa bin ich bei Maikan, was meine Schwägerin is, hingeworden, sagt Großvater.

Tante Maikas Ordinationszimmer war die ehemalige Mägdekammer im Ausbauernanwesen der Lidolas. Obwohl Maika die *Herrin* des Anwesens war, blieb sie in der Mägdekammer wohnen. Es gab da einen alten Polstersessel, den die Großtante jeden Winter frisch mit Sackleinen bezog. In diesen Sessel mußte sich Großvater kuschen und seine entblößten Beine ausgestreckt auf ein Bänkchen legen, und Maika ließ aus einer Schöpfkelle aus Halbmeter-Höhe andächtig frisches Brunnenwasser in Großvaters kleine Wunden-Krater rinnen.

Sie hätte ihm die Beine *betauft*, erzählt Großvater, bis

nicht ein Krümchen Wasser mehr im Eimer gewesen wäre, und das sollte er nun morgens und abends daheim in der gleichen Weise betreiben. Großvater glaubte nicht an Erfolg. Das woar mir goar zu eenfach, sagte er. Da nahm Großtante Maika die Anderthalbmeter-Großmutter, ihre jüngste Schwester, in die Pflicht und hieß die mit dem großen *Austulöffel* abends und morgens den reinen Bergquell spielen, der dem Großvater wirklich Heilung brachte.

Großvater kaufte zum Danke ein Bündel Rippentabak, zerkleinerte ihn mit dem *Nicker*, steckte ihn in seinen alten Tabaksbeutel und schickte ihn Maika mit der Post zu: Soll se roochen wie ne kleene Lokomotive!

Von dieser Zeit an umwickelte Großvater seine Beine von den Knöcheln bis unter die Knie straff mit weißen Binden und ging keinen Schritt mehr unumwickelt, und das *Beeneumwickeln* wurde zur heiligen Zeremonie und für uns Kinder ein Schauspiel. Am Anfang der Binde gabs eine Schlaufe, in die steckte Großvater den Fuß, und dann wickelte er straff und unerbittlich.

Gutsvögte und Gutsinspektoren, die ihre Soldatenzeit nicht vergessen konnten, marschierten mit grauen Wickelgamaschen inspizierend über die Felder. Wir hätten gern gesehen, wenn auch Großvater seine Beinbinden über die Hosen gewickelt hätte und mit weißen Wickelgamaschen umhergelaufen wäre.

Großvaters *Beenbinden* nahmen viel Platz in seinen Gesprächen mit der Anderthalbmeter-Großmutter ein. Außer dem Rat, bitteren Tee aus Isländischem Moos zu trinken, gab Großvater jetzt Menschen, denen er freundlich gesinnt war, überdrauf die Empfehlung, Krampfaderbinden zu tragen, ganz besonders meiner Mutter gab er sie, aber die weigerte sich, weil sie sowieso morgens erst spät aus dem Bett fand. Denn noch Binden wickeln ooch? Nee! Großvater drohte mit Zeit und Schicksal: Wart man, wart, wenn dir die Oadern wern uffspringen!

Nein, die Mutter ließ sich nicht für die *Beenbinden-Sekte* anwerben, und Großvater, der unangehörte Prophet, stieg traurig treppauf. Allabendlich, wenn er sich zu Bette legte, rollte er seine *Beenbinden* säuberlich auf und legte sie auf einen Stuhl neben seinem Bett: Früh sind die Beene am dünnsten, erklärte er, und wenn de gleich mit de Binde uff se losgehst, bleiben se den ganzen Tag dünne, und die Krampfoadern könn sich nich mausig machen!

Obwohl Großvater über viele Paare *Beenbinden* verfügte, hieß es am Sonnabend: Die Beenbinden wasch mir aus, Alte, hörschte!

Ganzes, ganzes, seine Beenbinden! seufzte die geplagte Anderthalbmeter-Großmutter.

Es gehörte zum Sonntag, daß Großvaters *Beenbinden* unterm Schuppen auf der Leine im leisen Wind einen *Pas de deux* tanzten und sich ineinander verschlangen und wieder lösten, und wenn es windstill war, bewegten sich nur ihre Bänder und erzählten Geschichten, und ich saß auf dem Hauklotz und hörte ihnen zu.

Während seines dreitägigen Aufenthalts bei den Züllichauer Ulanen konnte Großvater unmöglich gelernt haben, was er mir vom Reiten beibrachte. Da wird wohl wieder seine Ausbildung beim Förster in Blunow eine Rolle gespielt haben. Jedenfalls erklärt er mir das Leichttraben, und wie man die Schenkel an den Pferdeleib preßt, und wie man sich taktmäßig aus dem Sattel hebt, um die Trabstöße abzufangen. Rechtsgalopp und Linksgalopp kennt Großvater nicht: Wenn das Pferd in Galopp reinspringt, mußte dir mitm Ursche einrichten, sagt er, und er weiß auch nicht, wie man ein Pferd an den Zügel stellt, für ihn ist die Hauptsache, daß ich mich weich auf dem Pferderücken halte und nicht herunterfalle, und ich setze meine Ehre drein, nicht herunterzufallen. Und ich krieche dem Pferd, das wir jeweils zum Verkauf anbieten, unter dem Bauch durch, pack seinen Schweif und zerre daran und blas ihm zuletzt meinen Atem in die Nüstern, und Großvater sagt zum Käufer: Doa kannste sehn, beißen tut er ooch nich!

Wenn Großvater über den Pferdemarkt geht, um unser nächstes Pferd auszusuchen, muß ich dabei sein. Wir sehen zwanzig, dreißig Pferden in die Mäuler, und Großvater lehrt mich, das Pferdealter an den Zähnen der Tiere abzulesen.

Die Schneidezähne junger Pferde weisen in der Mitte dunkle Kerne auf, die von den Pferdemännern Bohnen oder Kunden genannt werden. Mit zunehmendem Alter nutzen sich die Zähne ab, und die Kunden schwinden, bis sie nur noch die Größe eines Stecknadelkopfes haben und sich ganz verlieren.

Einmal verjüngt Großvater eine Stute und brennt ihr mit einem glühenden Nagel neue Kunden ein. Ich muß dabei helfen. Schon beim Heranführen des glühenden Nagels ans Maul scheut die Stute und sträubt sich, und Vater und ich haben viel Kraft und Gewalt nötig, die Stute um einige Jahre zu verjüngen. Und Großvater verkauft die Stute günstig, und der Vater streicht hundert Mark Verdienst ein und triumphiert, und ich, sagt der Großvater, soll stolz sein, weil ich etwas gelernt habe, von dem meine Schulkameraden keine Ahnung hätten, und er hebt mich in den Stand eines Erwachsenen, ich soll den Kleen-Kräten in der Schule nichts vom Kunden-Einbrennen erzählen. Auch von anderen Roßtäuscher-Machereien, die ich vom Großvater erlerne, soll ich nichts erzählen, zum Beispiel, wie man weiße Haare aus den *Gesichtern* alter Pferde entfernt. Ich muß sie entweder mit einem Nopp-Eisen, einer Pinzette, einzeln auszupfen oder mit brauner oder schwarzer Ausziehtusche einfärben. Beide Verfahren nehmen viel Zeit in Anspruch; das Ausnoppen ist die sichere Methode; die eingefärbten Haare sind für nichts, wenn der Markttag ein Regentag ist.

Und es gab andere Tricks, um Pferde gängig zu machen, und ich lernte in *meiner Pferdehändlerzeit* auch die, und ich half gern, weil ich neugierig war, aber ich verwendete sie später nie. Obwohl ichs im Leben immer wieder mit Pferden zu tun hatte und seit dreißig Jahren Pferde züchte und es wohl tun werde, bis ich sterbe, ich werde die vom Großvater erlernten Täuschereien nicht anwenden; andererseits ist es freilich bisher noch keinem Schläuling gelungen, mir ein *frisiertes* Pferd unterzuschieben; schließlich habe ich gelernt, daß man die Zeit, durch die eine Kreatur hindurchging, die sie altern machte, nicht durch Verjüngungsmanipulationen ungewesen machen kann.

Es gibt andere Tätigkeiten, die ich von meinem Großvater

lernte, Tätigkeiten, die ich in späteren Jahren keine Lust mehr hatte, auszuführen, doch sie wurden mir von anderen Leuten abverlangt. Da war das Verschneiden von Obstbäumen und Weinstöcken, das Kastrieren von Ebern und Kaninchenböcken, selbst als ich schon einige Bücher geschrieben hatte und Mitglied der Akademie der Künste war, kam mir, als ich mein Heimatdorf besuchte, ein zum Genossenschaftsbauern verwandelter Kossät entgegen, schlug sich auf den Schenkel und sagte: Das paßt, wir hoaben groade een Wurf Ferkel zu kastriern!

Es kann kein Fremder aus dem Mitteldorf kommen, an unserm Haus vorübergehen und dem andern Dorf-Ende zustreben oder umgekehrt, ohne daß ihn Detektiv Kaschwalla ins Visier bekommt. Die Wächterin auf der Zinne preßt ihre *Sechsergurke*, wie Großvater die Nase seiner kleinen Frau nennt, gegen die Fensterscheiben und läßt drei Fragen, immer die gleichen Fragen, nach hinten in die Stube fliegen: Wer is ooch das? Wo will ooch der hin? Was wird der man wolln?

Eine dicke Frau in dunkler Schwesterntracht, eine große Ledertasche am Arm, kommt aus dem Mitteldorf. Zugoar ihre weiße Haube hat se schwarz abgedeckt, stellt die Anderthalbmeter-Großmutter fest. Wer is ooch das? Wo will ooch die hin? Was wird die man wolln?

Großvater sitzt auf dem Bänkchen vor dem Stubenofen und rechnet den letzten Pferdehandel durch.

Sowas Dickes und Breetes von eene Barmherzige Schwester! Die Großmutter geht hinunter, um meiner Mutter von der Erscheinung zu berichten.

Die schwarze, die wie geteert aussehende Barmherzige Schwester watschelt weiter. Detektiv Kaschwalla stellt sich in die Straßenmitte, in die sandigen Wagengeleise, um die Absichten der schwarzen Fremden zu erkunden.

Die Schwester geht zu Rumposchen, zum Amtsvorsteher. Vielleicht will se in Schenke was loslassen, am Ende goar Theater spielen, sagt die Großmutter, denn Puppenspieler, Kleinzirkusse und Filmvorführer müssen sich, ehe sie auftreten, für einen Taler einen Erlaubnisstempel holen. Einigermaßen weiß die Großmutter nun schon, was die *schwarze Henne* in Bossdom will.

Es dauert noch drei Tage, bis die Dorfbewohner erfahren, daß die schwarze Schwester, nun setzt euch mal erst, einen Monat lang jede Woche drei Vorstellungen geben wird. Eintritt frei, und eingeladen sind nur die Frauen. Es geht ein Zettel von Haus zu Haus, ein Zirkular: Gun Tag, ich bring den Zettel! Auf dem Zettel, der die schwarze Schwester ankündigt, steht, daß sie etwas Soziales aufführen wird. In der Regierung hat sich jemand ausgedacht, das Leben auf dem Dorfe zu reformieren, besonders das Leben der Frauen, und daß zu diesem Behufe Unmengen von schwarzen Schwestern mit schwarzen Handtaschen das Land überfluten.

Die Bossdomer Reform-Schwester heißt Augustine, ein Name, der den Bossdomern nicht aus dem Maul will, deshalb nennt sie eine Parte von Weibern *Guste* und eine andere Parte *Tine.*

Jetzt wirds scheene, sagt mein Großvater, die Weiber fangen an, in Schenke zu renn und sich zu besaufen.

Großvater irrt. Es wird nichts ausgeschenkt und nichts verschenkt in der Schenke, und die Dorffrauen rennen doch vollzählig zur schwarzen Schwester Guste, sogar das Mannweib Pauline.

Großvater hat nicht übel Lust, einmal nachsehen zu gehen, was die *kleene Kräte* in der Schenke treibt.

Glaubts oder glaubts nicht, die Frauen lernen in der Schenke Säuglinge neumodisch windeln und ernähren. In Bossdom gabs bis dahin einzelne Frauen, die ihre Kinder bis zu anderthalb Jahren stillten, in einem Fall sogar bis zum vierten Lebensjahr. Ich hätte es nicht gewußt, aber der *vierjährige Säugling* forderte seine Mutter bei uns im Laden auf, ihn zu versorgen, weil ihn das Einkaufen langweilte: Mutter, gib mir, gib mir, Mutter!

Und die Mutter gab ihm.

Ein solches ist Raubbau! verkündet die schwarze Schwester, es vertrüge sich nicht mit der Frauenreformation, die der soziale Gesetzgeber im Auge habe.

Meine Mutter hat sich bereits in der Stille mit Hilfe von *Vobachs Modenzeitung fürs Deutsche Haus* mit dem modernen Wickeln von Säuglingen bekanntgemacht. Ihre Fortgeschrittenheit wird von der schwarzen Schwester alsbald erkannt. Sie ernennt meine Mutter zu ihrer Assistentin. Das möchte schon sein.

Meine Anderthalbmeter-Großmutter lernt das Reformbewindeln der Kinder in der Aussicht, daß ihr Onkel Phile eines Tages einen Enkel in die Stube geschleppt bringt, dessen Mutter in einer Damenkneipe beschäftigt ist und nichts von Kindspflege versteht. Das Mannweib Pauline nimmt den Kurs als eine Abwechselung hin, als eine wochenlange Weiberfastnacht.

Denkt aber nicht, daß die schwarze Schwester den Dorffrauen nur beibringt, wie man Kleinkinder mit Möhrensaft und in Wasser aufgelöster Trockenmilch ernährt, nein, sie bringt ihnen auch Ökonomie für den Haushalt bei, und es ist wieder die Rede von jener Kochkiste, die noch immer als unverwirklichtes Projekt in unserem Hause umherschwebt. Sie hat keine Aussicht, sich niederzulassen. Sobald meine Mutter ein Wörtchen über sie verliert und den Großvater auffordernd ansieht, heißt es: Du, mit deine Kiste ohne Feier!

Die schwarze Schwester Auguste aber wird vom Fortschritt vorwärts getrieben. Nun lehrt sie die Dorffrauen, wie man Kleinkinder fortschrittlich beschäftigt. Bisher nahmen die Kossätenfrauen ihre Kleinkinder mit aufs Feld und ließen sie auf Rainen und in Ackerfurchen mit Mistkäfern spielen, ließen sie Feldmäuse fangen und Wettspringen mit Heuhüpfern veranstalten, wobei sie sich so gut wie möglich beschmutzten.

Aus mit diesen veralteten Methoden! Jetzt sollten die Bauern- und Bergarbeitermütter, nicht zuletzt zur eigenen Entwicklung, mit den Kindern Liedchen und Ballspiele einstudieren.

Als der Kursus der schwarzen Schwester an diesem Punkt der Mütterentwicklung angekommen ist, hält es uns Kinder abends nicht mehr daheim. Wir machen uns *unter Fenster* und lugen in den Saal. Es wird ein Erlebnis für lange: Wir sehen die alte Tainsko, das Mannweib Pauline, meine Anderthalbmeter-Großmutter, Kubaschkinne mit der roten Nase und Hendrischkinne mit der Frauenglatze Kreisspielchen machen: *Zeigt her eure Füßchen, / zeigt her eure Schuh . . .*

Meine Mutter, die Assistentin der schwarzen Schwester, dispensiert sich vom Kreisspielen ihrer Hühneraugen wegen; dafür singt sie trillernd im Sitzen: *Aschenputtel ging zum Königsball, / war die schönste von den Mädchen all . . .*

Es ist daran gedacht, daß die Dorfweiber die Liederlein und die Märchentänzchen ihren Kindern übermitteln. Aber wie denn, aber wann denn? Wir hoam zu tune! Wir hoam zu tune! Meiner Mutter wird von ihren Hühneroogen verwehrt, die Tänzchen an uns weiterzureichen. Der Anderthalbmeter-Großmutter wollte sich das *deitsche Gesinge* nicht von der Zunge. Welche Umständlichkeit: *Tanzte mit dem Prinzen, immer, immerzu / und verlor ihren goldenen Schuh . . .* Könn se doch gleich singen, daß die Moagd barfuß getanzt hat. Aschenputtel, Aschenputtel, wenn ich das schon heere!

Aber die schwarze Schwester Guste hat ihren sozialen Auftrag. Sie läßt nicht nach, in hohen Schnürstiefeln plattbeinig-anmutig, platsch, platsch, Tänzchen vorzuführen. Die Dorfweiber verbrauchen die Belustigung für sich, und wir, die wir indirekt gemeint sind, müssen für uns selber sorgen. Wir schleppen, was wir gesehen und gehört haben, mit in die Schule, und die Liedchen und die Tänzchen werden, sozusagen illegal, Schlager in unserer Kinderwelt.

Inzwischen fährt die schwarze Schwester Auguste fort, den Dorffrauen mit Hilfe einer säuglingsgroßen Nacktpuppe aus Zelluloid, mit einem *Nackatz*, wie wir auf der Heide sagen, die rechte Behandlung von Säuglingen beizubringen. Nach allem, was Schwester Auguste an diesem Nackatz, der nicht strampelt, nicht penkelt und nicht brällt, demonstriert, haben unsere Mütter bisher in der Säuglingspflege Fehler, viele Fehler gemacht. Demnach müßten wir verkrüppelt einhergehen. Hatten unsere Mütter vielleicht, wenn sie uns aus der Wiege hoben, unseren Nacken mit der linken Hand abgestützt? Haben sie uns mit der rechten Hand für unser Kreuzbein und unsern Ursch eine flache Fläche angeboten?

Ähnlich wars mit unserer Ernährung. Eigentlich hätten wir skrofulös und mit rachitischen Krummbeinen umherlaufen müssen, denn statt Karotin zu uns zu nehmen, ziehen wir Möhren aus dem Acker und fressen sie halb sandig auf der Stelle, und wir vertilgen die Blätter vom Sauerampfer am Wegrand, statt Vitamin-C zu schlucken.

Die schwarze Schwester mit Schnürstiefeln und schwarzer Groß-Ledertasche hat nie bei einem Mann geschlafen, aber sie klärt die Dorffrauen über die Hygiene im ehelichen Geschlechtsverkehr auf. Sie hat nie ein Kind geboren, nie eins gewindelt, sondern hat, was sie bewährten Müttern an Theorie übermittelt, an einem Modellsäugling, an einem Nackatz, erlernt. Sie berät die Frauen in Sachen *harmonisches Familienleben* und hat selber keine Familie. Sie läßt uns Kinder von draußen durchs Fenster lugen und verkehrt indirekt über unsere Mütter mit uns. Sie fürchtet sich vor dem Leben. Sie wird für mich zu einem Symbol, und wenn ich heute die Auslassungen mancher politisch beflissenen Literaturtheoretiker lese, muß ich an die schwarze Schwester Auguste mit den Schnürstiefeln denken, die in ihrer großen Ledertasche das Leben in Form eines Kunststoff-Nackatzes umhertrug.

Und siehe, der Abgang der schwarzen Schwester aus Bossdom ist keineswegs von schwärmerischen Zustimmungen der Dorffrauen umkränzt, denn als sich die schwarze Theoretikerin doch ein wenig in der Praxis versucht, richtet sie Unheil an: Sie kommt mit einem feingezinkten Kamm, einem Läusekamm, zu uns in die Schule, ohne Rumposch, ohne die Eltern von ihrem Besuch verständigt zu haben, und überprüft uns auf saubere Ohren, Hälse und Haare. Rumposch verläßt die Schulstube und macht Pause. Die schwarze Schwester findet bei den meisten Kindern schmutzige Haarböden vor, bei Mädchen wie bei Jungen, und sie findet auch Läuse bei Mädchen und Jungen, und bei einem Jungen sogar einen Grashüpfer, den sie in ihrer Statistik als eine Besonderheit verzeichnet. Sie weiß nicht, daß Nakonzens Richard in der Schulpause Kopfstand auf dem grünen Grasfleck oberhalb der Sandgrube gemacht hat und daß ein Grashüpfer nicht zur Gattung *Ungeziefer* gehört.

Mit dieser Such-Aktion handelt sich die schwarze Schwester also zuletzt den Unmut der Dorfmütter ein: Wenn bei ihren Kindern schon mal schmutziger Haarboden oder Läuse stattfinden, hätten sie das zu gegebener Zeit schon selber entdeckt; dazu brauchen sie nicht eine hergelaufene plattbeinige Trulle!

Bei meiner Schwester und bei mir fand die Reformerin Auguste nichts auf den Köpfen, trotzdem sagte meine Mutter: Die reene Heemtücke! Wenigstens mir hätte se kunnt een Wink geben, ich woar ihre Assistentin, ich meene!

So zog sie ruhmlos fort, die Theorie auf Beinen, und es war nicht zu erkennen, ob irgendwelche Samen, die sie ausgestreut hatte, aufgingen, bis auf die Liedchen freilich, die wir *unter Fenster* aufgeschnappt hatten; sie blieben in uns bis auf den heutigen Tag: *Dornröschen, schlafe hundert Jahr, hundert Jahr, hundert Jahr ...*

Es kommt ein Gesage ins Dorf, und das wird dichter und dichter, und eines Abends kommt mein Vater aus der Übungsstunde des Gesangvereins und sagt: Es is woahr, wir wern unsre Petroleum- und Karbidlampen bald uffn Mist schmeißen könn. Wir wern elektrisch wern!

Einige Wochen später geht ein forscher Mann durchs Dorf. Seine Waden sind in Wickelgamaschen gerollt, er wird von Gemeindevorsteher Kollatzsch und Stellmacher Schestawitscha begleitet. In Abständen weist der Mann auf eine Stelle am Wegrand, und Schestawitscha schlägt dort je ein Pfählchen ein. Wo solch ein Pfählchen steht, wird später ein Lichtmast eingepflanzt, ein Ausruheplatz für die Drähte, durch die der Strom in die Häuser und in die Lampen schwirren wird.

Hinter Grodk auf der andern Kreisseite ist die Stromfabrik, das Kraftwerk Troattendorf. Wir sagen nur *Troattendorf*. In Troattendorf hat der Blitz eingeschloagen! Jeder weiß, daß damit das Kraftwerk gemeint ist.

Troattendorf hat Berlin beleichtet, und uns hoam se lassen bei Petroleum sitzen, sagt Schestawitscha. Neue, moderne Töne von Schestawitscha. Der kummt noch zu sich, konstatiert Erich Schinko, der optimistisch basiert ist. Er hofft, die paar Bossdomer Deutsch-Nationalen eines Tages noch in den sozialdemokratischen Ortsverein aufnehmen zu können.

Aber noch ehe wir *elektrisch werden*, bricht in Bossdom der Goldrausch aus: Jedes männliche Mitglied der Dorfgemeinde hat an einer der angezeichneten Stellen ein Loch für das Einsetzen eines Lichtmastes zu graben. In der Dorfmitte steht das Kriegerdenkmal. Es ist aus Findlingen und Feldsteinen. Unsere Felder boten sie der Gemeindeverwaltung an. Das Denkmal kam uns billig, auch seine Inschrift: *Unseren tapferen Toten.* Ein Toter ist tot und nicht tapfer. Niemand will verstehen, weshalb ich die Inschrift beanstande, selbst meine Mutter nicht, die sich dann und wann die Mühe macht, meinen verzwackten Gedanken zu folgen. Das heeßt aber überall in die Welt so, ooch im *Spremberger Anzeiger.* Du wirst es nicht ändern, sagt sie, und es gelingt mir, dem Weltverbesserer, nicht, die Welt zu verbessern, gestern nicht und heute nicht, denn irgendwelche Leute brauchen für ihr Leben immer diese *tapferen Toten.*

Kaum haben sich die Bossdomer mit der modernen Technik eingelassen, da befiehlt sie schon: Ich brauche einen Mast neben dem Kriegerdenkmal! Was gehen mich eure *tapferen Toten* an?

Lehnigks Max stößt beim Ausheben des Mastloches am Kriegerdenkmal auf eine Gold-Ader. Das nimmt ihn so hin, daß sich ihm die Haare sträuben. Er wirft die Gold-Ader sogleich wieder zu, rennt nach Hause und läßt sich von seiner Frau einige Mehlsäckchen geben, rennt zurück, gräbt wieder auf, füllt die Mehlsäckchen mit golddurchsetztem Sand, läßt sie aber im Loch liegen und wirft alles zu. Erst in der Nacht, als der Kauz in den Kastanien vor dem Gutshof schreit, holt er die gefüllten Säckchen.

Ach, der kleine Mann, er versteht nicht zu schweigen, wenn er das Geheimnis entdeckt, wie man reich wird, und seine Unverschwiegenheit ists, die ihn wieder in die Armut zurückstößt.

Lehnigks Maxe geht in die Schenke, trinkt sich einen an, tut mächtig geschwollen, redet und redet, bis ihm in der Volltrunkenheit das Geheimnis mitsamt seiner Zahnprothese aus dem Munde fällt.

Am nächsten Tage verschafft sich Maxens Sohn Gottlieb Einblick in das Gold-Geheimnis. Er war aufgewacht, als der Vater randalierend heimkam und sein Goldgräbergeheimnis seiner Nächstin, der Mutter, anvertraute.

Als Lehnigks Maxe am nächsten Nachmittag auf der Schicht ist, führt sein Sohn Gottlieb mich, seinen *unverbrüchlichen Freund*, an die Gold-Ader. Ich erbitte mir von der Mutter eine Spitztüte aus dem Laden und fülle sie mit sanddurchsetztem Gold oder mit golddurchsetztem Sand. Ich bin so bescheiden, weil ich wähne, die mit Gold gefüllte Spitztüte wird mir fürs Leben reichen, selbst wenn es lang sein sollte.

Mit meiner Spitztüte voll Goldkörnern raube ich meinem Großvater die Nachtruhe. Habt ihr etwas anderes erwartet? Großvater will nach Mitternacht zur Fundstelle, und das ist nicht eines seiner gescheitesten Vorhaben: Es entwickelt sich besonders in den nächsten zwei Nächten in der Nähe des *Goldloches* am Kriegerdenkmal ein Kommen, ein Gehen, ein Umherhuschen, ein Gekratze und Gegrabbele. Ein Dorfbewohner versteckt sich vor dem anderen. Sobald einer aus dem Loch kriecht und heimschleicht, kommt ein anderer aus dem Nachtdunkel, kriecht ins Loch und füllt sich seine Säckchen und Taschen. Am Kriegerdenkmal findet eine Massenversammlung von einzelnen statt.

In der zweiten Nacht stoßen Amtsvorsteher Rumposch und Gemeindevorsteher Kollatzsch vor dem *Goldloch* zusammen. Rumposch erklärt, er habe nur einmal nachsehen wollen, was hier am Loch getrieben werde, denn falls das mit dem Gold eine ernsthafte Sache wäre, müßte mans staatlicherseits sichern. Gemeindevorsteher Kollatzsch, der mit der ledernen Einkaufstasche seiner Frau ausgestattet ist, stimmt Rumposch zu.

Die Bossdomer Goldgräberträume zerstört Obersteiger *Meiche* sanft und sächsisch: Ich lach mer schecksch, sagt er, alles Gatzenkold, was sie sich heeme schleppen. Niemand wird bestreiten, daß *Gatzenkold* sanfter klingt als *Katzengold*.

Was immer man über Katzengold sagen mag, es ist

schwer, sogar im Lexikon von Meyer, schwer zu finden. Unter dem Stichwort *Katzengold* steht: Gelb gefärbter Biotit, und unter Biotit steht: siehe *Glimmer* und unter dem Stichwort *Glimmer* steht: Biotit, weit verbreitet als wesentlicher oder akzessorischer Gemengeteil vieler Eruptivgesteine. Fundorte: Ural, Nordamerika, Ostindien, Kanada, Lenagebiete. Von Bossdom keine Rede.

Jetzt kommt eine Zeit, in der wir nur noch zur Schule gehen, um dort gewesen zu sein. Wir sind uns selber überlassen, müssen lange Gedichte und Kirchenlieder lernen, und da sie nicht abgehört werden, hören wir auf mit dem Lernen. Rumposch ist im Dorf unterwegs, er wird von seiner Funktion als Amtsvorsteher aufgebraucht. Jeden Tag geschieht im Dorf etwas, was vorher nie geschehen ist. Das hängt mit dem Elektrischwerden zusammen.

Langholzfuhrleute bringen geschorene Baumstämme, die Lichtmaste, ins Dorf. Wir begutachten die Lichtmaste. Hätten se se nich kunnt aus unsere Heede holen? fragt einer, und da die Lichtmaste eingebrannte Zahlen und geheimnisvolle Zeichen tragen, behauptet ein anderer: Die Bööme ham se in Fabrik gemacht.

Wir benutzen die liegenden Lichtmaste mit ihren geteerten Füßen, um uns auf ihnen im *Seiltanz* zu üben.

Und schon geschieht wieder etwas Neues: Eine Fuhre Isolatoren kommt an. Wir nennen sie immer noch *Insulatoren.* Sie werden ins Spritzenhaus gebracht und eingeschlossen. In den nächsten Tagen folgen Blechrohre, isolierte Kupferdrähte, Schalterknöpfe und anderes Installationsmaterial. Aber wir geben diesem komplizierten fremden Wort nicht die Ehre. Für uns heißt es *Stallationsmaterial.* Und wieder muß ich sagen: Einen Stall kennt jeder.

Nachträglich verschafft mir die Ankunft dieses Fremdwortes in Bossdom, die ich miterlebte, einen schmalen Einblick in die Entstehung der halbsorbischen Sprache, mit der ich aufwuchs: Sie sträubt sich, Fremdworte aufzunehmen, oder sie ebnet sie ein, sie anerkennt keine Worte, die sich auf noch unbekannte Dinge oder gar auf Abstraktes beziehen, und sie modelt sie, bis sie in etwa ein bekanntes Ding bezeichnen. Wenn die Mischsprache von Polnisch und Deutsch Wasserpolnisch genannt wird, so muß ich gestehen, daß ich in meiner Jugend wasserwendisch sprach, aber wer kann sich, bevor er in die Welt fährt, den Sprachraum aussuchen, der sein Zuhause wird?

Bossdom wird von Neuigkeiten überschwemmt, und Lehrer Rumposch wird Vorsitzender der Licht- und Kraftgenossenschaft Bossdom e. V. Er muß aufpassen, daß alles gut verschlossen aufbewahrt wird, und das ist gut so, denn Hermann Wittling und ich sind schon lange drauf aus, einen Lichtschalter auseinanderzunehmen, weil wir wissen wollen, wie er den Strom zerschneidet und wieder zusammenstückelt.

Dann kommen die Monteure. Sie benötigen Kost- und Schlafstellen im Dorf. Es gibt Innen- und Außenmonteure. Meine Mutter nimmt einen Innenmonteur in Kost und Logis. Ich bin unzufrieden mit der Entscheidung. Außenmonteure sind aufregender; sie versehen ihre Füße mit eisernen Krallen und erklimmen die glatten Lichtmaste. Es gibt um diese Zeit in Bossdom kaum einen Jungen, der nicht Außenmonteur werden will. Alle gieren nach Steig-Eisen. Sie wollen mit ihnen die glatten Stämme der Hochwaldkiefern besteigen, in Krähen- und Eichhörnchen-Nester sehen und die Brut der Hühnerhabichte ausnehmen.

Bei Müller Sastupeit ist ein Außenmonteur stationiert, der graue Paul. Er geht ungewaschen umher, ist liederlich und verwahrt seine Steig-Eisen nicht so, wie er soll. Der graue Paule fährt auf Sonntagsurlaub, Sastupeits Alfred holt die Krallenfüße von der Tenne, schnallt sie sich an die Füße und lernt heimlich damit laufen. Das ist nicht leicht; selbst bei den Monteuren verhakeln sich manchmal die Eisenkrallen, wenn sie nicht breitbeinig genug mit ihnen gehen. Das Klettern mit den Steig-Eisen bringt sich Alfredko an einem Sauerkirschbaum hinter dem Schuppen bei. Wohlausgebildet erscheint er am nächsten Sonntag-Nachmittag bei uns auf der Dorf-Aue. Er hat sich den Sicherheitsgürtel vom grauen Paul umgetan und watschelt mit seinen Eisenbeinen auf uns zu. Wir bejubeln ihn. Alfredkos *Premiere* findet am bereits eingegrabenen Lichtmast links von unserem Laden statt: Alfredko legt die Strickschlaufe des Sicherheitsgürtels um den Mast, klinkt ein, krallt das rechte Steig-Eisen in den Mast und zieht das linke nach. Alles geht gut, alles geht wunderbar. Wir, das heißt Lehnigks Gottlieb, Matts Esau, Matts Heinjak und lahme Hanschkos Erich sind überzeugt, daß nun alle Krähennester in der Umgebung uns Jungen gehören. Auf Pfingsten werden wir die Jungkrähen, die sich zum Ausfliegen zurechtmachen, aus den Nestern holen, werden sie aufatzen und zähmen. Auf unseren Höfen werden mehr zahme Krähen umherspazieren als Hühner, doch die gezähmten Krähen werden sich von den Hühnern abzeichnen durch ihre deutsche Sprache. Sie werden: Jakob, Jakob! rufen und sich selbst beim Namen nennen, und wenn es einigermaßen angeht, wollen wir ihnen auch noch Rufnamen wie Rumposch, Rumposch beibringen.

Kann eines unserer Spiele in der Nähe des Hofes stattfinden, ohne daß wir dabei in das Visier von Detektiv Kaschwalla geraten? Eigentlich sind wir immer in ihrem Visier, doch wir sind uns dessen nicht immer bewußt, weil die *kleene Kräte* nur in Aktion tritt, wenn unsere Spiele nach ihrer Meinung gefährlich werden.

Alfredko hat den Mast bis zu halber Höhe erklommen und schwärmt von der schönen Aussicht. Er kann den Wasserturm auf dem Bahnhof in Choćebuz sehen, sagt er.

Wir wollen wissen, ob er nicht auch die Lokomotiven auf dem Bahnhof sehen kann.

Nein, Alfredko sieht keine Lokomotiven, dafür sieht er etwas anderes, was unter Dampf steht – meine Anderthalbmeter-Großmutter. Sie spuckt dreimal ihren Schreck ab. Das ist bei uns auf der Heide üblich. Wer es verabsäumt, muß damit rechnen, eines Tages in Schreck-Krämpfe zu verfallen. Mit dem Abspucken des Schreckwassers spuckt die Anderthalbmeter-Großmutter Worte und Sätze aus: Ihr seid wohl nich gescheide, was? Ihr wullt eich wohl Hals und Genicke brechen? Dem Lehrer wär ichs melden!

Alfredko haut seine Eisenkrallen noch zweimal in den Mast, um seine Fernsicht zu steigern.

Verfluchter Lümmel, schimpft die Anderthalbmeter-Großmutter, ich hole die Säge und säge dir ab!

Alfredko ist, wie wir wissen, nicht der Ängstlichen einer. Er fürchtet die Stockschläge von Rumposch nicht mehr, er hat den Schmerz besiegt, er steigt weiter himmelan und haut herausfordernd eine Kralle nach der anderen ins Holz.

Detektiv Kaschwalla zockelt davon und erscheint ein Weilchen später mit Großvaters Bügelsäge, aber da verschwindet Alfredko schon mit den geschulterten Steig-Eisen hinter der Lehmkaupe der Sastupeiterei, und mit ihm verschwinden unsere Aussichten, die Hühnerhöfe mit gezähmten Krähen zu bevölkern.

Die Monteure schleppen neue Sitten und Gewohnheiten ins Dorf. Bei uns in der Heide stellen die Fleischer freitags, also zum Lohntag, Zehn-Pfennig-Würste her. Die Würste sind mit Buchweizengrütze und geringem Schweinefett gefüllt, und man nennt sie Grützwürste. Die Monteure erklären, sie wären nicht nach Bossdom gekommen, um mit Spreu oder Haferspelzen gefüllte Schweinedärme zu schlingen. Sie verlangen vom Ortsfleischer am Freitag die Herstellung von Semmel-Leberwurst. So kommt diese Wurst-Art in unser Dorf, und sie verläßt es nicht wieder, auch nicht, als die Monteure später abziehen.

Von der Bubnerka verlangen die Monteure Bohnenkaffee und Kuchen. In Bossdom bricht eine Revolution auf gastronomischem Gebiet aus. Den gewünschten Kaffee schenkt die Bubnerka aus ihrer abgeschabten Familienkaffeekanne aus. Aber was mit dem Kuchen? Soll sie ihn bei uns, bei der Konkurrenz, kaufen? Nimmermehr! Bubnerka bäckt allwöchentlich zum Lohntag *abgeriebenen Napfkuchen* und schimpft beim Rühren: Alles wegen die dämlichen Mongteure!

Auch mit dem einfachen *Schafskopfspiel* sind die Monteure nicht zufrieden. Ihretwegen muß jetzt *Doppelkopf* gespielt werden, und sie verderben die Bergleute und die Kossäten mit dem Doppelkopfspiel.

Lehrer Rumposch ist der Ansicht, die Monteure bringen Kultur nach Bossdom, weil sie die veraltete Methode, Billard mit Kegeln zu spielen, ablehnen. Sie spielen allein mit den Elfenbeinkugeln.

Kann man annehmen, daß Rumposch weiß, was Kultur ist? Was hat es mit Kultur zu tun, wenn die Monteure ihr Bier nicht aus Gläsern mit Henkeln trinken, sondern verlangen, daß Bubnerka sogenannte Schnittgläser ohne Henkel anschafft?

Schließlich bringen die Monteure noch eine andere Sitte mit, die Sitte der Vergewaltigung. Vergewaltigen? Ich kenne gewaltigen Hunger und gewaltigen Durst. Wenn ich tüchtig esse und tüchtig trinke, vergewaltige ich dann den Hunger und den Durst? Franze Buderitzsch, die zuständige Instanz für meine sexuelle Aufklärung, weiß es auch nicht genau: Ich globe, es ist etwas mit Mädels hinschmeißen, sagt er.

Leute reden: Auf dem Vorwerk sind zwei Schulmädchen von Monteuren vergewaltigt worden. Ihre Namen werden genannt. Ich aber werde sie nicht nennen. Sie leben noch, und es möchte ihnen nicht recht sein, an ihre wilde Jugend erinnert zu werden. Mag sein, sie haben den Vorfall schon vergessen und zeihen mich mit meinem Elefantengedächtnis der Lügnerei.

Lehrer Rumposch, der Amtsvorsteher, verschließt zunächst seine Ohren vor dem Gesage. Er ist gut Freund mit den Monteuren, er trinkt mit ihnen, er spielt mit ihnen Karten, sie bringen ihm neue Spielerkniffe und das Ex-Trinken bei. Bei uns hieß es bisher: Er trinkt eene Flasche uff een Zug aus. Die Monteure nennen das – Ex-Trinken. Das Ex-Trinken gefällt Lehrer Rumposch, es hört sich so vornehm und studiert an.

Schließlich geht Mannweib Pauline auf Rumposch los: Der Pastor fuckt die Sägebocken, und der Lehrer deckt Schweinereien!

Rumposch kann nicht mehr ausweichen, er befragt aber nicht die Monteure, sondern die beiden Mädchen, von denen die Rede ist. Er verhört sie in unserer Gegenwart. Es geht eine geheimnisvolle Verruchtheit von den Mädchen aus. Rumposch befragt sie und befragt. Es stellt sich heraus: Die Mädchen waren spätabends noch *unter Schenkenfenster.* Sie hätten sich mit den Monteuren verabredet gehabt. Die Monteure hätten ein bißchen mit ihnen *gehen* wollen. Es wäre später und später geworden, und die Mädchen hätten ans Schenkenfenster geklopft, und die Monteure wären hinausgekommen und mit ihnen spazierengegangen.

Und dann, und dann, ereifert sich Rumposch.

Denn ham wa uns bissel abkissen lassen, sagen die Mädchen.

Rumposch immer eifriger: Und dann, und dann?

Einem der Mädchen, das Erna heißt, scheint schon alles gleich zu sein, es sagt: Denn ham se sich über uns geschmissen ...

Aus der Mädchenabteilung kommen tiefe Seufzer, und auch wir Jungen legen unsere Seufzer dazu.

Am nächsten Tag holt der Gendarm die beiden Monteure aus dem Vorwerk ab. Es findet eine Gerichtsverhandlung unter Ausschluß der Öffentlichkeit statt, aber wir sind begnadet, wir wissen schon alles.

Die Monteure werden verurteilt. Man nennt sie jetzt Sittlichkeitsverbrecher; sie gehören zu einer anderen Art von Menschen.

Da sind wir mit Herrn Schneider, der bei uns die Weißblechrohre an die Wände nagelt und die Brennstellen anlegt, besser bedient. Herr Schneider is een Mensch, wie man sich ihn wünscht, sagt meine Mutter. Sie ist angetan von ihm, noch mehr angetan als von Herrn Schneider in Firma Otto Binnewies. Herr Monteur Schneider hat eine so behutsame Art!

Mein Vater wird eifersüchtig: Du mit deinem Herrn Mongteur Schneider!

Herr Schneider ist dem Haushalt und der ganzen Familie dienlich, gibt die Mutter zu bedenken. Er benutzt die Gipsreste aus seinem Gummibecher allemal, um Schadstellen in den Wänden zu verschmieren, überall macht er die Wände und die Decken glatt und schön.

Und nu sieht alles gescheckt aus, bemängelt der Vater.

Meine Mutter tut leis beleidigt. Sie rechtfertigt sich vor der Anderthalbmeter-Großmutter, der Vater sei ohne Grund eifersüchtig, wenn sie etwas für Herrn Schneider übrig hätte, so wäre das eine *plantonische* Liebe, und die nähme niemand etwas weg.

Meine Mutter hatte oft *plantonische* Lieben, die niemand etwas wegnahmen; sie waren vielleicht die Poesie, die ihr aus ihrem Ladenleben erwuchs.

Ich denke an die Schauspielertruppe: Sie kommt ins Dorf ohne Zigeuner-, ohne Zirkuswagen. Ihre Truhen läßt sie von Privatfuhrleuten von Dorf zu Dorf transportieren. Endlich mal kein Marionetten-Theater für Kinder, sondern richtiges Theater für Erwachsene wie in Grodk! Die Kultur ist explodiert. Die Bossdomer fühlen sich verpflichtet, ins Theater zu gehen, besonders die oberen Zehntausend, als da sind: Die Mitglieder des Skatklubs, die Schneidersfrau, die Lehrersfrau und meine Mutter, die Bäckersfrau, und all deren Männer. Sogar die geizige Obersteigersfrau *Meiche* und ihr Mann machen sich auf, um sich im Theater sehen zu lassen. Die Baronsche und ihr Mann fehlen. Wie Leute reden, halten gesundheitliche Gründe Barons ab, am Theaterereignis von Bossdom teilzunehmen. Der Baron verträgt nich, wenn geroocht wird!

Zweimal wöchentlich macht Herr Baron einen Ausritt. Er reitet durch die Wälder und durch die Fasanerie, um die ihm vom Arzt verordneten Mengen Koniferenduft einzuatmen. Wenn er aus den dürren Wäldern an unserem Ende wieder ins Dorf kommt, verfehlt er nicht, sein Pferd bei uns an der Ladentür zu zügeln. In den Laden einzutreten, hält er für ungesund. Er bleibt einigermaßen steif auf dem Pferd sitzen, zieht den rechten Fuß aus dem Steigbügel, tritt auf die Klinke der Ladentür, und die Tür springt auf und setzt die Glocke in Bewegung. Die Glocke zeigt an, daß niemand im Laden ist, aber der Baron draußen auf dem Pferd sitzt. Meine Mutter sieht durch die Scheibengardinen hindurch das Pferd und den unteren Teil des Barons vor der Ladentür. Sie weiß Bescheid und geht mit zwei Zigaretten und einer Schachtel Streichhölzern hinaus.

Der Baron beugt sich ein wenig vom Pferd und nimmt die Zigaretten in Empfang. Eine steckt er in den Mund, die andere in die linke, äußere Brusttasche seines Reitrockes. Er beugt sich nieder, läßt sich von meiner Mutter die Zigarette anzünden, nimmt einen tiefen Zug, stößt den Zigarettenrauch in zwei getrennten Strähnen aus den Naslöchern; der zweisträhnige Rauch, der aus der Nase des Barons fährt, ähnelt den Dampfstrahlen, die Karikaturisten aus den Naslöchern feuriger Bullen fahren lassen.

Der Baron ist nicht feurig, er ist asthmatisch. Er lebt in einer anderen Welt, behauptet meine Mutter. In welcher Welt der Herr Baron lebt, weiß sie nicht zu sagen. Der Baron ist meiner Mutter kein Mann für *plantonische* Liebeszwecke, obwohl er jedesmal drauf dringt, daß sie bei ihm stehen bleibt, so lange er raucht. Er füttert sie mit seinem sich ewig gleichenden Gerede: Das Rauchen ist mir ärztlich verboten. Sagen Sie um Gottes-Himmels-Willen meiner Frau nicht, daß ich hier rauchte. Er nimmt wieder vier bis fünf Züge, atmet durch und fragt meine Mutter: Hören Sie, wie es pfeift?

Wahrhaftig, Herr Baron, sagt die Mutter.

Der Baron wirft erschauernd seine halbaufgerauchte Zigarette auf den Erdboden und bittet meine Mutter, die Glut auszutreten.

So verlaufen die Gastspiele (oder sind es Schauspiele?) des Herrn Barons vor unserer Ladentür. Die Vorstellung der Theatergruppe geht unter Glockenläuten und bengalischer Beleuchtung vor sich. Wir, Franze Buderitzsch, Alfred Sastupeit und lahme Hanschkos Erich sind *unter Fenster*. Die Fenster sind mit Tischdecken verhängt, aber die Glasmacherlehrlinge, die sich altersmäßig noch nicht zu sehr von uns entfernt haben, kennen unsere Leiden und versorgen uns mit Gucklöchern. Eine Weile können wir an der Theater-Herrlichkeit teilnehmen, aber dann kommt Rumposch heraus und vertreibt uns, weil es auf der Bühne um ein uneheliches Kind geht, das drei Väter hat. Rumposch, der uns vor Wochen in den Hergang von Sittlichkeitsverbrechen einweihte, fürchtet, ein uneheliches Kind könne uns verderben.

Meine Mutter kommt am nächsten Tage beseligt vom Bedienen aus dem Laden: Groade war der hier, was den Haupthelden gespielt hat.

Was hat er gewullt? fragt meine Anderthalbmeter-Großmutter.

Drei Harzer Käse. Ich hoab am viere gegeben, weil er so scheene gespielt hat gestern.

Bei unserer Mutter ist wieder eine *plantonische* Liebe am Werke. Eine Weile später kommt die Diva in den Laden. Sie wünscht rosa Seidenband für ihre Theaterfrisur. Meine Mutter ist gerecht gegen ihre geheime Nebenbuhlerin; sie schenkt ihr einen Viertelmeter rosa Seidenband und lobt sie: Mein Gott, wie scheene Sie gestern gestorben sind! Das wer ich mein Leben nich vergessen ...

Die kulturellen Ereignisse nehmen in diesem Jahr kein Ende. Im Spätherbst kommt ein Zauberer ins Dorf. Ein Zauberer? Ich kenne Zauberer nur aus Märchen und will mit den Eltern in die Vorstellung. Du kannst nicht mit, sagt die Mutter, die wern dort, wie man hört, eene Dame zersägen.

Denn sind se Mörder, Mama.

Man denkt, sie zersägen die Dame, aber sie zersägen sie nich, sagt die Mutter.

Wenn se se nich zersägen, kann ich doch mitgehn.

Meine Mutter, hilflos: Du mußt dir nich soviel Gedanken machen!

Wieviel Gedanken darf ich mir machen?

Meine Mutter wird blaß. Ich fürchte, sie wird umfallen wie stets, wenn sie nicht mehr aus und ein weiß. Ich mache mir im stillen doch Gedanken:

Mama, darf ich mirn Bonbon nehmen?

Nimm dir einen!

Mama, darf ich mir einen Gedanken machen?

Mach dir einen!

Die Mutter erzählt von der Zauberschau. Eine Dame is nicht zersägt geworden, sagt die Mutter. Die Frau, die den Zauberer bediente, ihm die Tücher und die Ringe zureichte, wäre schnippisch zu dem Herrn Zauberer gewesen, obwohl sie nicht einmal seine Frau, sondern nur seine Partnerin gewesen wäre. Partnerinnen, erfahren wir, sind nur so Weiberstücke. Manche leben gar unverheiratet mit einem Mann zusammen. Der Zauberer war anziehend. Augen wie schwarzer Kaffee, lockiges Haar, weiße Zähne und ein flottes Bärtchen. In meiner Mutter geht wieder die *plantonische* Liebe um. Über Lehrer Rumposch hat sie sich ganz scheene *einärgern müssen.* Der Zauberer hat leere Papierblättchen verteilt, auf die die Leute einen Satz schreiben sollten. Die Zettel wurden gefaltet und von der Partnerin in einem Hut eingesammelt. Der Zauberer hat die Zettel Stück für Stück an die Stirn gelegt und durch das Papier hindurch hellgesehen. Das hat ihn angestrengt, aber er hat haargenau herausbekommen, was auf dem Zettel stand. Lehrer Rumposch hat auf seinen Zettel geschrieben: Du alter Esel! Rumposch ist ein richtiger Raudi, sagt die Mutter. Wenn sie einen Zettel zu packen gekriegt hätte, hätte sie Schöneres draufgeschrieben: Ich liebe dich! hätte sie draufgeschrieben.

Es folgt Vaters klassischer Faustschlag auf den Tisch. Das Geschirr klirrt, die Karbidlampenflamme flackert. Die Begeisterung ist in der Mutter oder die Mutter ist in der Begeisterung durchgebrannt.

Der Vater soll nicht so auftrumpfen! Vielleicht ist er in Fällen, die wir noch nicht kennen, über die *plantonische* Liebe hinausgegangen, vielleicht aber ist er andererseits deshalb über sie hinausgegangen, weil er immerzu die *plantonischen* Lieben meiner Mutter mit ansehen muß, jetzt nun wieder die Hinwendung zu diesem Innenmonteur Schneider, der so behutsam mit Menschen, Wänden und den Wünschen meiner Mutter umgeht und so klangvoll schlesisch spricht: Leben Se ock wohl, Frau Matten, sagt er zum Abschied, wir wern uns wull im Labn nie wiedersahn.

Die Mutter ist nahe am Weinen, aber der Vater versperrts ihr mit einem rüpligen Schlußwort: Man hat schon manchen im Leben gewullt nich wiedersehn, und denn hat man doch.

Alle Monteure, bis auf einen, ziehen ab. Der eine hat sich in Gulitzscha verheiratet. Er bleibt da, er wird den Elektrostrom begrüßen, wenn der ankommt. Ich bin gespannt auf diesen Augenblick und denke an Feierlichkeiten, an Musik, und erwarte, daß die Kapelle Kollatzsch zur Begrüßung des

Stromes am Kriegerdenkmal einen Choral spielen wird: *Licht, das in die Welt gekommen* ... oder sowas.

Aber der Strom kommt ganz unfeierlich ins Dorf. Zuerst taucht er in Gesprächen in der Schule auf: Strom ist doa, heißt es, bei uns is schon welcher gewesen.

Ich komme aus der Schule, da ist der Strom auch bei uns. Der Monteur, der sich in Gulitzscha verheiratet hat, dreht die erste Glühbirne ein und unterweist meinen Vater in dieser Kunst. Mein Vater wird ein wichtiger Mensch, er genießt es. Ich muß ihm die Stehleiter halten, wir ziehen von Raum zu Raum, und jedes Mal, wenn eine Elektrobirne aufglüht, lobt sich der Vater: Nie hätt ich gedacht, daß ich mir so schnell ins Elektrische reinfitzen wer!

Und damit sind wir elektrisch geworden, die einen mehr, die anderen weniger. Bei uns gibts Brennstellen in allen Räumen und Ställen, nur im Kohlenschuppen und auf dem Herzhäuschen nicht, und weshalb das Herzhäuschen nicht beleuchtet wurde, kann der zweiundneunzigjährige Vater noch heute nicht erklären, wenn ich ihn besuche. Die Weißblechrohre aber, die damals von Monteur Schneider verlegt wurden, sind noch da, sogar ein oder zwei der alten Drehschalter scheinen mir noch zuzuzwinkern: Weeßte noch?

Manche Leute im Dorf lassen sich nur wenige Brennstellen legen. Brennstellen kosten Geld, für jede muß bei der monatlichen Stromverbrauchsabrechnung gezahlt werden. Es gibt Leute, die nur in der Küche und in der Guten Stube eine Brennstelle haben; in allen anderen Räumen gehen sie nach wie vor mit Petroleum- und Karbidlicht um. Sie behandeln das elektrische Licht wie eine Zuspeise, wie Kompott oder Pudding. Zur Kirmes und zur Fastnacht wird das Elektrische in der Guten Stube eingeschaltet, damit die Gäste nicht sagen können: Ihr geht wohl nich mit die Mode?

Wie begeistert waren mein Freund Hermann und ich, als die Wittlings auf dem Ziegenberg elektrisch wurden! Wie *erleuchtet* erschienen sie uns damals, und wie ärmlich erscheinen sie jetzt mit der einen Brennstelle, mit der stockenden Strom-Zufuhr von der Grube, mit diesem unkräftigen rostgelben Licht, das oft flackert und manchmal stundenlang ausbleibt! Es treibt mich, über etwas nachzusinnen, was damals Verhältnismäßigkeit und heute Relativität heißt: Als wir von Grauschteen nach Bossdom ziehen, muß die Mutter ihr Plätt-Eisen noch mit glühenden Kohlen füllen, und sie muß es belauern, es abprüfen, muß ihren Zeigefinger bespeicheln, ihn an die Gleitfläche der Plätte bringen und an der Art des Zischens erkennen, ob sie mit dem Bügel-Eisen schon auf die Wäsche losgehen kann.

Alsdann kommt als frisch frisierter Fortschritt der Plättbolzen auf. Er wird im Herdloch glühend gemacht und in die Plätte eingeschoben, und Mutter triumphiert: Gottseidank, daß die Manscherei mit die Kohle uffhört!

Eine Woche, nachdem wir elektrisch geworden sind, schafft sich die Mutter ein elektrisches Plätt-Eisen an und triumphiert wieder: Gottseidank, daß ich ma nich mehr mit dem verrußten Plättbolzen abgeben muß!

Mein Vater wirft die Karbidlampe weg, die er als Backofenbeleuchtung benutzte. Sie funktionierte oftmals in entscheidenden Augenblicken nicht, und das Feingebäck verbrannte. Nun schaltet er die elektrische Backofenlampe ein, und die dunklen Ecken des Backofen-Innern, in die bisher nie ein Lichtstrahl drang, erschrecken. Der Vater kann die halbgebackenen Waren mit der Ofenschosse von einem Platz zum anderen jagen wie der Dompteur seine Tiger im hell erleuchteten Zirkus.

Lehrer Rumposch geht umher, als ob er höchstpersönlich den Elektrostrom erfunden hat, obwohl der Strom so alt ist wie die Welt und sich von Ewigkeiten her den Menschen in Gewitterblitzen darbot und darbot, bis sie es endlich fertig brachten, ihn zu bändigen und für ihre Zwecke zu nutzen.

Rumposch hat von allen Bossdomern den größten Vorteil vom Elektrischwerden. Er erwirbt, wie ich schon sagte, eine neue Funktion, es ist wohl die siebente, die er innehat, und er geht von Haus zu Haus und liest monatlich den Zählerstand ab und rechnet aus, was die Leute für den verbrauchten Elektrostrom zu zahlen haben. Dafür wird hinwiederum er bezahlt, und dieses Extrageld verwandelt er später in ein Auto,

Marke Dixi, in dem vier Personen kauern können. Aber das ist später, und ich will nicht vorgreifen. Jetzt geht Rumposch erst einmal umher und lobt den Fortschritt, ohne zu ahnen, daß auch der eine Minusseite hat.

Jene Bossdomer Büdner und Kossäten, die die Licht- und Kraftgenossenschaft gründeten, kaufen einen starken Elektromotor und eine große Dreschmaschine. Damit ists nicht nur mit dem Flegel-, sondern auch mit dem Göpeldreschen zu Ende. Die Dreschmaschine von Onkel Ernst wird in die Holundersträucher hinter der Scheune geschoben und verwest dort. Die Zahnräder des Göpels kauft, das Pfund zu zwei Pfennig, die Lumpen- und Alt-Eisen-Händlerin Marie Raak in Grodk.

Von jetzt an kann in Bossdom niemand mehr sein Getreide dreschen, wann es ihm behagt. Er erhält vom *Licht- und Kraft-Genossenschaftsvorsitzenden* Rumposch einen Termin. Die Zeit der stelzigen Genossenschaftsnamen und der Termine beginnt. Termine sind verkapselte Befehle: Du hast an dem und dem Tage, zu der und der Stunde bereit zu sein, und wenn du es nicht bist, wird dir nicht werden, was du wünschest!

In der Sastupeiterei werden nur das Wohnhaus und die Backstube elektrisch gemacht. Der Müllergroßvater, der mit der Tolstoi-Kappe und dem sorbischen Kaftan, verfügt, daß Ställe und Scheune unelektrisch bleiben. Blitz kann einschloagen und Scheine brennt ab; Blitz kann einschloagen und Schweine sind tot, sagt er.

Und was is mit die Leite, wenn der Blitz ins Wohnhaus schlägt? fragt die Jungefrau.

Leite brauchen die Schweine; Schweine brauchen die Leite nich, antwortet ihr der Alte.

Die Windmühle auf dem heidekrautbewachsenen Hügel wird nicht elektrisch. Wir wern doch nich Gottes Goabe, den Wind, ausschloagen, am ungenutzt verbloasen lassen und beim Lehrer das Elektrische bezoahln gehn. Der Ausspruch hat was Prophetisches. Nach sechzig Jahren wird der Fortschritt, der der elektrische Strom war, seine Minusseite zeigen, und die *Windrad-Pioniere* werden den Ausspruch des alten Sastupeit-Müllers, allerdings ohne Gott zu bemühen, wiederholen.

Der alte Müller kommt aus dem Ursorbischen und ist von der anderen Kreisseite nach Bossdom zugezogen. Er kommt aus Sabrodt. Das strohgedeckte Müllerhaus und die Windmühle hat er gekauft. Den Dorfnamen Sabrodt kennt im Kreise Grodk jedes Kind. Dort lebte einstmals ein Tiger, der Geflügel und Zickel riß und einmal sogar ein Fohlen aufgebrochen haben soll. Einige Leute hatten ihn huschen, aber niemals richtig gesehen. Man sah nur den Schaden, den er stiftete. Dem Tiger selbst begegnete man am häufigsten in Artikeln, die im *Spremberger Anzeiger* über ihn geschrieben wurden.

Man setzte eine Treibjagd an; es war schon ein kleiner Krieg. Gendarmen, Förster und Militär marschierten auf. Der alte Müller nahm als Treiber an diesem Krieg teil. Er hätte eigentlich eine Kriegsauszeichnung bekommen müssen, weil er zu denen gehörte, die den Tiger aufbrachten und vor die Flinten der Soldaten trieben.

Und als der Tiger endlich tot dalag, sah man, daß es ein Wolf war, ein aus Polen zugewanderter Wolf. In allen Zeitungen, bis nach Berlin hin, machte man sich über den Tiger von Sabrodt lustig. Wir im Kreise Grodk blieben ernst, stopften den falschen Tiger aus und stellten ihn ins Schloß-Museum. Dort sah ich ihn. Was aus ihm wurde, weiß ich nicht, vielleicht trugen ihn die Motten fort, vielleicht der letzte große Krieg, vielleicht steht er noch heute dort. Ich muß einmal hinfahren und nachsehen.

Der Tiger von Sabrodt wirft einen Schatten auf die leuchtende Figur, die mein Großvater für mich ist, wenn die Müllerjungen erzählen, wie ihr Großvater an der Schlacht um den Tiger von Sabrodt teilnahm, aber da ist nichts zu machen, der Müllergroßvater ist älter als mein Großvater.

Großvater hat wenig Vorteile vom Elektrischwerden; es ist nichts Neues für ihn. In Grodk, *An der Mühlen Numero eins*, hatte er in der Küche, neben der Gasbeleuchtung, schon *Elektrisches*, das benutzte er nur, um es beim Gasanzünden hell zu haben, weil Gas billiger war als *Elektro*. Vom *Elektri-*

schen in Bossdom behauptet Großvater, es *versaue* ihm die Dunkelstunden. Dunkelstunden gehören zu Großvaters Leben. Er sitzt auf dem Bänkchen am Stubenofen und kühlt sich dort im Sommer das Kreuz und wärmt es sich im Winter und *simseliert* dabei. *Das Simselieren* leitet er allemal mit dem Motto ein: Ich muß mir Weile von drinne besehn! Er schließt die Augen, schläft aber nicht.

Manchmal setzen wir uns vor dem *simselierenden* Großvater auf die Dielen, und er erzählt uns aus der Zeit, in der die *keenigliche Heede bei Heierschwerde noch keen Ende hutte*, von der Zeit, in der er als Schuljunge im Herbst aus Pferdeschweif Haarschlingen, Sprenkel, bastelte und Drosseln fing; von der Zeit, in der der Hausdrachen vom *Klugen Mann* aus Klein Partwitz bei der Feueresse ein- und ausfuhr.

Die Geschichten aus alten Zeiten, die uns Großvater erzählt, erwärmen uns oder machen uns erschauern.

Lehrer Rumposch sagt, die Zeit, in der wir jetzt leben, wäre besser als die, von der uns Großvater erzähle. Wir müßten zum Beispiel nicht mehr warten, bis uns die Bienen Honig eintrügen, sondern könnten jederzeit Kunsthonig im Laden kaufen. Unsere Zeit sei auch besser, weil wir sogar noch in der Dämmerung bei elektrischem Licht unsere Schularbeiten machen könnten. So, so! aber gerade in der Dämmerung erzählte uns sonst Großvater die schönen Erwärmungs- und Schauergeschichten. Wir verließen uns auf unser Gefühl: Die Zeiten, von denen uns Großvater erzählte, waren schöner als die unsere. Es war die Poesie, die die Großvater-Geschichten verschönte, entdeckte ich später, aber noch später entdeckte ich, daß die Poesie nicht nur in Geschichten aus abgelagerten Zeiten, sondern auch in der Jetztzeit steckt, in der Zeit, in der man lebt, und daß es nur darauf ankommt, sie im Jetzt zu entdecken.

Mich beschäftigt der Elektrozähler: Sobald eine Brennstelle eingeschaltet wird, fängt das Rad im Innern des Zählers an zu kreisen, und je mehr Brennstellen angeknipst sind, desto schneller kreist das Rad. Es erscheint mir ungerecht, daß wir die Elektrokraft, mit der der Zähler betrieben wird, damit er Lehrer Rumposch verrät, wieviel Elektrostrom wir verbraucht haben, mitbezahlen müssen.

Mach dir nich soviel Gedanken, Junge!

Ich mach mir ja bloß den eenen, Mama.

Laßt uns noch einmal in die Sastupeiterei hinübersehen: Der alte Müller, der aus dem Tigerland Sabrodt kam und die Bossdomer Windmühle übernahm und in das sorbische Blockhaus am Fuße des Mühlenhügels zog, lebte noch vom Wind, allein vom Wind. Der Wind lieferte ihm die Kraft, aus entsprechenden Körnern Roggen-, auch Weizenmehl, Hafergequetsch und Buchweizengrütze, Schrot und Kleie herzustellen. Die Bauern aus den Dörfern ringsum brachten Getreide und holten Mehl ab, und es war ein Hinfahren und Herfahren, ein Kommen und Gehen, und auch dieses Kommen und Gehen war, wenn mans richtig ansah, ein Werk des Windes.

Der Sohn des alten Müllers, den wir den jungen Müller nennen, obwohl auch er schon an fünfzig Jahre alt sein muß, versorgte die Welt mit fünf Söhnen. Die fünf Müllersöhne waren mit den Einnahmen, zu denen die Windkraft dem Müller verhalf, allein nicht mehr satt zu kriegen; also erwarb der einige Äckerchen, hielt sich Vieh, ließ sich einen Backofen und eine Backstube drum herum bauen, verkaufte Brot an die Menschheit und wurde dem gegenüberwohnenden Bäcker, unserem Vorgänger, eine Konkurrenz, und es ward Feindschaft gesät zwischen dem Bäckerhause und dem Müllerhause. Der Bäcker nannte seine Konkurrenz einen ungelernten *Pfuschbäcker*, und jenen Dorfleuten, die zum Müller-Bäcker um Brot gingen, empfahl er, statt die breitgelaufenen Brote des Müllerbäckers zu kaufen, sich lieber Plinsen zu backen. In diese vorgefertigte Feindschaft fuhren wir, die Nachfolger des Tauer-Bäckers, ein.

Alle Nachkommen drüben in der Sastupeiterei, wurde uns bedeutet, sind mit dem Bazillus der Konkurrenz verseucht. Wir sollen nicht mit den Müllerjungen spielen, sollen keinerlei Gemeinschaft mit ihnen haben. Wenn se eich ins Gesichte rein ooch noch so freindlich sind, wurde uns gesagt, ihre Alten sind hinter unse Kunden her.

Meine Eltern haben sich in eine Ideologie verbissen, haben sich tief verbissen, sind Sektierer geworden, und ihr Laden ist ihr *Allah.*

Wir Kinder anerkennen weder Konkurrenz noch Klassenfeindschaft; die Sastupeit-Söhne sind unsere Nachbarskinder, sind Menschenkinder.

Der vierte der Müllersöhne ist so alt wie meine Schwester. Ehe er zur Schule gebracht werden muß, lebt er die meiste Zeit auf Bäumen. Im Müllergarten, einem Grasgarten, stehn windschiefe Apfelbäume. In ihren Kronen verlebt Alfredko seine Eichhörnchen-Vorschulzeit. Am Ende des Grasgartens, mehr auf uns zu, gibts einen kleinen grasbewachsenen Lehmhügel, niemand weiß, wie er dort hingekommen ist. Wir spielen gern auf ihm und lassen uns purzelbäumig von ihm herunterrollen. Die Mädchen kamuschkein auf ihm, und wir schleichen uns an und stürmen die Burg der Kamuschkei-Weiber. Der Lehmhügel heißt *Müllersch Kaupe,* neben der Kaupe stehen zwei alte Eschen. In den Eschenkronen hockt Müllers Alfredko und beobachtet uns, und wir wissen nichts davon. Weilchen später läßt sich Alfredko mit schrillem Schrei aus den unteren Eschen-Ästen neben uns niederfallen, rennt krummbeinig davon und schlüpft in das Kellerfenster der Müllerei.

Wenn wir Alfredko, bevor er uns überfällt, in den Baumkronen entdecken, reden wir freundlich hinauf zu ihm und laden ihn ein, herunterzukommen; wir haben ihn noch nie aus der Nähe gesehen, wir sind neugierig auf ihn. Vielleicht hat er Krallen an Händen und Füßen wie die Eichhörnchen; er bewegt sich in den Bäumen so sicher wie wir auf der Straße, er springt sogar von Baum zu Baum: Kumm man, kumm, Alfredko, tuk mit uns spielen, locken wir, und allmählich gewöhnt sich Alfredko an uns und versucht, mit den Mädchen zu kamuschkein, aber da wird drüben in der Müllerei das Fenster der Großelternstube aufgerissen. Der Kopf des Propheten erscheint, und aus seinem Munde kommt ein Schwall Schimpfwörter. Alfredko verschwindet, wie stets, mit dem Schrei eines zornigen Meerschweinchens im Kellerfenster der Müllerei.

Und doch verwebt sich Alfredkos Leben langsam, langsam mit unserem Leben, mit dem Leben der Konkurrenzkinder. Alfredko und meine Schwester müssen in die Schule. Meine Schwester geht bereitwillig dorthin; sie ist neugierig. Erstaunt läßt sie es am ersten Schultage geschehen, daß Franze Buderitzsch den Zeigefinger ins Tintenfaß taucht und ihr wilde Ornamente auf die Schürze malt, und sie hebt die Hand und teilt dem Lehrer mit, daß Buderitzschens Franze *schont mit Tinte schreiben kann.*

Müllers Alfredko geht nicht freiwillig in die Schule. Sein Bruder Gustav muß ihn auf dem Rücken durch die Sandgrube schleppen, die zwischen der Schule und der Müllerei liegt. Rumposch setzt Alfredko zwischen die Einjahrsschüler und verriegelt beide Türen der Schulstube.

Zeitchen vergeht, und Rumposch schreibt etwas an die Wandtafel und hat uns den Rücken zugekehrt, da entwischt uns Alfredko, kratzt und beißt, hüpft über die Bänke und springt beim geöffneten Fenster hinaus.

Müllers Gustav wird es leid, seinen jüngsten Bruder Tag für Tag aus einem Versteck herauszuzerren und in die Schule zu schleppen. Er versteckt sich selber. Die arme Müllermutter muß Alfredko aus dem Streu-Schober graben oder mit Zuckerstücken von den Bäumen locken, und sie lädt sich ihn auf den Rücken und schleppt ihn in die Schule. Die Müllermutter hat ein längliches Muttermal am Kinn; ihr Gesicht ist von Leid durchwühlt.

Die Müllerjungen gehn nicht mit einem Ranzen zur Schule wie wir. In Sabrodt, wo der alte Müller herkommt, sind solche *Scheuß-Tornister* nicht Mode. Die Müllerjungen packen Lesebuch, Gesangbuch, Bibel und den Federkasten auf die Schiefertafel, stemmen die gegen die rechte Hüfte und ziehen, rechtsseitig eingeknickt, durch die Sandgrube zur Schule. Schulbücher auf diese Weise zu tragen hat seinen Vorteil: Müllers Gustav hat die Bibel als Wurfgeschoß zur Hand, wenn er unterwegs angegriffen oder belästigt wird.

Die traurige Müllermutter hat schon an Alfredko genug zu schleppen. Ich renne ihr entgegen, nehme ihr Alfredkos

Schiefertafel mit dem Lerngeschirr ab und helfe, Alfredko, den kühnen Baumbewohner, zum Schulsklaven zu machen.

Rumposch behandelt den Fall Alfredko wie Fahnenflucht.

In einem Buch über Hundeabrichtung las ich: Wenn sich ein Hund für einige Zeit davonmacht und doch freiwillig zu seinem Herrn zurückkehrt, so prügele der ihn nicht, weil der Hund sonst meint (es gibt auch Hunde-Meinungen), er wird für seine freiwillige Rückkehr bestraft.

Aber Rumposch hats nicht mit Hundeabrichtung, er hats mit Pädagogik zu tun, deshalb prügelt er Alfred nach jedem Ausreißversuch mit dem Haselstock und beweist ihm, wie angenehm der Aufenthalt in der Schule ist, und Alfredko wird prügelfest und lederhart.

Meine unerlaubte Freundschaft mit Alfredko schließt mir die alte Windmühle auf. Es heißt, sie sei um siebzehnhundertundfünfzig zusammen mit dem Gutshaus, das wir Schloß nennen, erbaut worden.

Für den alten Müller, ihr wißt schon, für den mit der Tolstoi-Kappe, ist jeder Wind eine Persönlichkeit. Der kleine Wind heißt bei ihm *Furzlau*, der mittelstarke Wind heißt *Bullenpuste*, der Sturm heißt *Gottes-Odem*. Der alte Müller redet respektvoll und ehrfürchtig vom Sturm, damit der ihm nicht die Mühle wegreißt.

Im übrigen lebt der alte Müller schon als Ausgedinger. Er arbeitet nicht mehr, er kommandiert, weist zurecht, bevormundet und krakeelt. Sein Sohn, der Mittelmüller, hat die Äcker zu bestellen, den Teig zu kneten, hat anderweitig zu tun und mißachtet die Kraft der Winde *Furzlau* und *Bullenpuste*, sie sind ihm zu gering, er liefert ihnen die Mühle nicht aus. Der alte Müller weist seinen Sohn zurecht: Een Windmüller zieht jeden Weibsfurz zu Roate!

Der Mittelmüller unterweist seinen Sohn Otto, der schon aus der Schule ist und in Grodk hätte Bäcker lernen sollen, in der Bedienung der Mühle. Otto soll die Kleinwinde ausnutzen.

Wenn wir uns der Windmühle näherten, als der junge Müller noch droben saß, den wir jetzt den Mittelmüller nennen, ging sogleich ein Fensterchen auf. Ein bemehlter

Mannskopf erschien wie der Kuckuck am Uhrtürchen und rief: Macht, daß ihr furtkummt!

Aber nun ist Otto auf der Windmühle, päppelt sie mit Kleinwinden und hat es gern, wenn wir ihn besuchen und beim Müllern bewundern. Otto trägt beim Schärfen der Mühlsteine die Brille seiner Großmutter zum Schutz gegen die abspringenden Steinteilchen. Durch die Brille sieht Otto alles verschwommen. Lieber een breetgeschloagener Daumen wien raußes Ooge, sagt Otto und haut mit dem schweren Hammer auf den Stechbeitel.

Früh, ganz morgens, wenns noch grau *Unter Eechen* ist, reißt der *weiße Gott* sein breites Maul auf und pustet die Erde an. Die Erde ist auf dem Rocke des weißen Gottes ein Staubkorn. Der weiße Gott bläst es hinfort, und fertig ist der Wind. Der alte Müller, der wie mein Großvater mit Gott und Teufel als Gespann arbeitet, verflucht den weißen Gott, wenn der ein paar Tage verabsäumt, die Staubkörner von seinem Rocke zu blasen: Was spoarste mit deine Puste, was? Der Deibel soll dir holn!

An einem grauen Tag, in den eigentlich Wind hineingehörte, hat sich der weiße Gott etwas vertrödelt. Vielleicht war er am Abend zuvor etwas betrunken, oder er machte auf der anderen Erdseite erst bissel Wind für die Afrikaner. Er schickt jedenfalls erst am Nachmittag seinen Hilfswind *Bullenpuste.*

Wir gehen sogleich auf die Windmühle. Otto löst das dicke Bremsseil, und *Bullenpuste* treibt die vier starren Mühlenflügel um ihre Achse. In der Mühle dreht sich die große Welle, ein hölzernes Zahnrad überträgt ihre Drehungen auf ein zweites Zahnrad, die Mühle bebt, und wir beben mit. Später erlebte ich ein solches Beben, als ich auf Schiffen fuhr, doch mir schien, das Beben der Windmühle war erschütternder, wie manches, was man in der Kindheit und zum ersten Male erlebt.

Im Müllerkämmerchen hingegen umgibt uns ein Brausen, das dem des Mühlenwehrs neben der einstigen Stadtwohnung der Großeltern ähnelt. Im Kämmerchen sind die Wohlgerüche der Getreidearten versammelt, und es gibt dort eine mit leeren Getreidesäcken gepolsterte Liegestatt. Neben der Liegestatt steht ein Kanonenöfchen. An einem Deckenbalken hängt eine Stallaterne, in einem Schränkchen an der Wand steht ein Krug mit klarem Trinkwasser, und daneben liegt eines von den breitgelaufenen Müllerbroten. Alles was zu meinem Glück gehört, scheint im Müllerkämmerchen versammelt zu sein. Ich räkele mich probeweise auf der Liegestatt und lese beim spärlichen Licht, das durchs Kammerfensterchen fällt, die Bäcker- und Konditorzeitung. Otto hält sie unter leeren Getreidesäcken versteckt. Er hält die Zeitung heimlich, weil er doch Bäcker hätte werden sollen, und er liest das Fachblatt mit Inbrunst, und seine Träume umkreisen die Backöfen in fernen Städten.

In der Herbstzeit gibts die besten Winde. Es wird zeitig dunkel. Wir zünden die Stallaterne an und machen uns ein Feuerchen im kleinen Eisenofen. Otto ist um sieben Jahre älter als ich, doch er zieht mich ins Vertrauen: Wenn er einmal die, auf die ers abgesehen hat, ins Müllerkämmerchen bekäme, würde er sie vergewaltigen. Wie Gott in Frankreich würde ers mit ihr treiben.

Manchmal vergeß ich die Uhren und die Zeit, und Hanka muß mich von der Mühle holen. Die Abendbrotzeit ist schon vorüber, ich muß allein essen wie ein Aussätziger, und die Wurst auf meinen Broten ist mit dem scharfen Mostrich der Mutterschelte bestrichen.

Wie gern würde ich einmal auf der Mühle übernachten und die Schleiereulen beobachten, die dort nisten; wie gern eine Nacht lang auf der Müllerpritsche liegen und träumen, daß sich die Mühle erhebt, davonfliegt und im Negerlande niedergeht, und wie die Neger gelaufen kommen und staunen; sie haben noch nie eine Windmühle gesehen.

Ich bettle, die Mutter möge mir eine Übernachtung auf der Windmühle erlauben. Sie erlaubt es nicht. Ich würde am nächsten Morgen unausgeruht sein und in der Schule einschlafen. Weshalb soll ich in der Schule nicht schlafen? Ich kenne sie doch auswendig. Von allem, was in der Schule geschah, kann ich noch heute stundenlang erzählen, aber ich kann euch nicht erzählen, wie eine Nacht durch eine arbeitende Windmühle geht. Ich hätte beharrlicher sein sollen. Jedes Erlebnis verlangt einen bestimmten Zeitpunkt, seinen tiefsten Eindruck auf uns zu machen. Der rechte Zeitpunkt, eine Nacht auf der Mühle zu verbringen, waren für mich jene Kindheitstage, in denen es mich danach verlangte.

Noch auf andere Art bestimmt die Windmühle unsere Spiele: In der Maikäferzeit zum Beispiel. Die Maikäfer kommen in der Dämmerzeit aus den umliegenden Birkenwäldern georgelt. Sie halten die Windmühle wohl für einen großen Baum mit dunklem Laub, denn sie fliegen mit Sehnsucht und Wucht gegen das Mühlengehäuse, und es wird ihnen wirr in den gehörnten Köpfen, und sie klappen die Flügel ein und fallen in den Heidesand neben der Mühle. Wir packen zu und grapschen und füllen Zigarrenkisten und Einweckgläser mit ihnen und werden bei den Großmüttern, die daheim die Hühner zu versorgen haben, zu angesehenen Persönlichkeiten. Den Hühnern ist die Maikäferzeit, was uns die Kirmeszeit ist, sie fressen, fressen, und wir essen ihre Eier, und niemals finden wir in einem Eidotter ein Maikäferbein.

Auf unserer Sandheide gibt es nur wenige dürre Wiesen, deshalb pachten unsere Väter im Frühjahr Wiesen im Spreetal und ernten dort das Heu für unser Vieh. Unser Vater pachtet alljährlich Wiesen in Neuhausen zwischen Grodk und Choćebuz.

Der Mittelmüller hat sich die Müllermutter mit dem traurigen Gesicht aus einem Dorf geholt, das Jethe heißt. Es liegt in der Neiße-Gegend, und die Müllermutter brachte mit anderem Heiratsgut eine Wiese an der Neiße ein. Wir wollen nicht hoffen, daß der Mittelmüller die Müllermutter dieser Wiese wegen heiratete.

Alljährlich im Juni ziehn die Bossdomer Kossäten und Häusler zum Heumachen an die Flüsse. Man hört die schrillen Schimpftöne der Mütter nicht, man hört das Gezeter der Väter nicht. Manche Kossäten kommen auch abends nicht heim. Sie übernachten in den Heuschobern und zeugen, angeregt vom Heuduft, neue Nichtsnutze von Kindern.

In der Sastupeiterei ists in der Heuzeit nicht so still wie in anderen Häusern. Der alte Müller, der schwer hört, und die alte Müllerin, deren Mundwerk sich selbständig gemacht hat und leise vor sich hinredet, tragen in der Kellerküche Meinungsverschiedenheiten aus.

Von Jessen bin ich, von Jessen, ja, murmelt die weißhaarige Müllerin. In Jessen woarn immer scheene Kartoffeln.

Ja, kleene Kartoffeln, richtiges Dreckzeig, erwidert der alte Müller.

Wie willste das wissen, du bist von Sabrodt, sagt die Alte beleidigt.

In Sabrodt, doa woar der Tiger von Sabrodt, antwortet der alte Müller.

Und doch woarn scheene Kartoffeln in Jessen, behauptet die Alte. Das Gespräch steigert sich zum Streit, doch es rührt sich nicht von der Stelle, bis die Alte beim Bohnenschnippern einschläft. Da geht der Alte in die Baukammer und tischlert an seinem Sarg. Er hat sein Leben lang alles Hölzerne selber angefertigt, sogar die Holzpantoffeln für die ganze Familie, da wird er wohl Geld für seinen Sarg ausgeben, was?

In dieser stillen Heuzeit gehört die Windmühle uns ganz. Da Otto backen muß, betreut Richard, der zweitälteste Müllersohn, die Windmühle. Richard geht das letzte Jahr in die Schule. Auch er läßt sich gern von uns bewundern, wenn er Mühlenwirt ist. Er will seinen Bruder Otto ausstechen und uns etwas zeigen, was wir noch nie gesehen haben, deshalb hält er die Mühle an und verlangt, wir sollen ihn an einem Flügel der Mühle festbinden. Wir binden ihn fest, noch fester. Alfredko muß auf die Mühle und das Bremsseil langsam lösen, aber er hat die Kraft noch nicht, das Seil langsam genug zu lösen, es entrutscht ihm. Die Mühle kommt in Schwung, kommt sehr rasch in Schwung, und der festgebundene Richard fängt an zu schreien, und uns allen wird ängstlich zumute. Richard schreit allemal, wenn er unten ist: Halt mir an, halt mir an, mir kotzert, mir kotzert! Wir möchten uns am liebsten verstecken. Am Müllerfensterchen erscheint das verschwitzte Gesicht von Alfredko: Holt unse Otton! ruft er uns zu. Holt schnell unse Otton!

Otto springt aus dem Brotteig und bringt die Mühle mit weißen Boxhandschuhen aus Teig zum Stehen.

Wie oft hab ich davon geträumt, daß ich mich mit ausgebreiteten Armen vogel- oder engelähnlich in die Luft erhöbe; wie oft habe ich mir gewünscht, eine Weile oben zu sein, dort oben, wo einem niemand etwas anhaben kann, wo einen die Haselstock-Schläge von Rumposch und die Elternschelte nicht, nicht einmal Hunger und Durst erreichen, wo man einzig damit beschäftigt ist, alles, was man in der Weite sieht, in sich hineinzureißen, um es nach der Rückkehr drunten den anderen erzählen zu können und deren Sehnsüchte anzutreiben. Aber nun hatte ich gesehen, daß Richard, als er ganz *oben* war, auf dem Kopf stand, daß er Aussicht und Weite nicht genießen konnte, und daß sein Höhenflug in Gejammer endete. Wir hätten ihn kopfunter an die Mühlenflette binden müssen, damit er hätte können oben zu Genüssen kommen. Ach, was war alles zu bedenken, bevor man auf Höhenflug ging! Und wer will sich kopfunter festbinden lassen, damit er oben eine schöne Aussicht hat?

Und dann kam eine Nacht, eine stürmische Herbstnacht, und der Mittelmüller war selber auf der Mühle, und der Sturm kam und stemmte sich mit Kopf und Schultern gegen die Mühle, und er brach ihr zwei Flügel ab. Die Flügel segelten an hundert Meter und gingen auf der Heide nieder. Das war Gottes Odem. Der Mittelmüller betete. Später berichtete er, es wäre ein Zittern durch die Mühle gegangen, ein Knakken und Krachen, und es hätte einen Sog nach himmelan gegeben, ein Vaterunser lang.

Am nächsten Tag ists friedlich, blauer Herbstdunst liegt über dem Land, die Stare ziehen in Schwärmen über die Heide, und die Bossdomer Einwohner gehn sich die davongeflogenen Windmühlenflügel ansehen, nur einige ganz Alte bleiben daheim, sie haben das schon erlebt. Das woar, sagen sie, wie der andre Kaiser noch woar, nich der jetzige; es war noch nicht bis zu ihnen gedrungen, daß es gar keinen Kaiser mehr gab.

Lehrer Rumposch macht Schulausflug mit uns, zweihundert Meter weit zum Mühlberg. Er versucht uns an den davongeflogenen Mühlenflügeln die Macht der Zentrifugalkraft zu erklären. Wie aller Nachteil auf der Welt, so hat also auch das Davonfliegen der Mühlenflügel seinen Vorteil. Rumposch wäre wohl sonst nie darauf verfallen, die Zentrifugalkraft abzuhandeln. Von nun an kann ich, sobald ich irgendwo in der Welt auf die Wirkung dieser Kraft stoße, bedeutsam den Kopf wiegen und sagen: Ja, ja, die Zentrifugalkraft! und die Leute mit meiner Allgemeinbildung in Erstaunen versetzen.

Die davongeflogenen Windmühlenflügel bringen das Bossdomer Geschäftsleben in Unordnung. Die Mühlenbauer wollen die Flügel erst nach dem Winter erneuern. Es gibt in Bossdom keinen Raum, der so groß ist, daß man neue Windmühlenflügel in ihm herstellen könnte, nicht einmal die Feldscheune der Grube *Felix* würde ausreichen, und die Mühlenbauer haben keine Lust, im Schnee an den Windmühlenflügeln zu klauben.

Der alte Müller schlägt die Oberzähne in seinen Kinnbart, reißt danach den Mund auf und schreit: Bloß noch Scheußer uff die Welt! Er hat seine Windmühlenfletten früher mit zwei, drei Hilfskräften selber geschustert.

Doamals woarn andere Zeiten, wird ihm geantwortet.

Man schobs schon damals auf die Zeiten, obwohls doch die Menschen sind, die sich geändert haben.

Die Windmühle wird also den Winter lang und das halbe Frühjahr umherstehen, ohne Einnahmen zu bringen. Der Mittelmüller glaubt, das nicht aushalten zu können. Er ist zwar längst aus dem Gröbsten heraus und nährt sich, seine Söhne und die Alten, aber er leidet nunmehr an Übersparsamkeit, auch Geiz genannt. Er fährt nie ohne einen besonderen Eimer, den er unter dem Wagen hängen hat, mit dem Fuhrwerk umher. Sobald sein Pferd unterwegs mistet, hält er an und schaufelt den Mist ein. Son Pferd schmeißt alles rum, wenn unsereens es nich zusammenhält, sagt er.

Die Müllersöhne sagen, wenn sie von ihren Eltern sprechen: Die Unsen. Die Mutter ist die Unse, der Vater – der Unse. Der Unse, sagt Müllers Gustav, wird sich krumm machen, wenn er stirbt, damit der Sarg kurz und nich so teier is.

Gustav ist aus der Art geschlagen. Er ist nicht in der Backstube, nicht auf der Mühle, nicht in der Landwirtschaft zu gebrauchen. Der alte Müller und der Mittelmüller hämmern mit Worten auf ihm herum. Gustav soll dem alten Müller helfen, Obstbäume pflanzen. Gustav guckt dabei in die Luft und pfeift sich eins. Wenn de wirscht hier nich uffpassen, sagt der alte Müller, wirschte mit dem Ränzel über den Mühlberg traben wie jene da! Er zeigt auf die Bergarbeiter, die zur Schicht gehen.

Gustav ist das gleich. Sein Sinn steht nach Musik. Er wünscht sich eine Mandoline. Sein Vater hat drei Zigarrenkisten voll Geldscheine im Kleiderschrank stehen, oben im Fach, in dem der Kirchhut des Alten liegt. Son ein Haufen Geld, sagt Gustav, aber soage den Unsen, er soll dir ne Mandoline koofen! Der weeß erscht goar nich, was das is.

Dem Mittelmüller genügen die drei Zigarrenkisten voll Geld nicht. Er beschließt, den Geldausfall, den die verunglückte Mühle verursacht, heutig ausgedrückt, durch höheren *Produktionsausstoß* in der Backstube zu steigern. Er wird mit seinem schwarzen Wallach Brot in die umliegenden Dörfer fahren. Der Wallach ist langbeinig, hat hinten den Spat und hinkt nach dem Anspannen mindestens solange, bis er aus dem Dorf hinaus ist.

Die Kleinbauern, die Ausbauern und Kossäten ringsum auf der Heide backen ihr Brot selber in kleinen Backöfen aus Feldsteinen. Um Zeit und Feuerung zu sparen, stopfen die Kossäten-Weiber den Backofen voll Brot. Eine Bäcke muß drei, vier Wochen reichen. Oft ist das Brot, das sie in Steintöpfen aufheben, zuletzt verschimmelt, und Bäckerbrot, das ins Haus gebracht wird, ist ihnen ein Leckerbissen.

Siehe, der *Service*, den sich der Mittelmüller ausdachte, hat Erfolg. Der Müller-Otto muß jetzt dreimal am Tage Brot backen. Der Mittelmüller fährt das Brot aus. Unsere Kundschaft aus den umliegenden Dörfern und den drei Vorwerken bleibt aus. Wolln Se denn goar keen Brot mehr bei uns nehm, Frau Kowalski, erinnert die Mutter sanft.

Ja, wenn Se sich kinnten uffmachen und es uns bringen, ist die Antwort.

Keen richtiger Bäcker nich und verseicht die ganze Gegend mit seine breetgeloofenen Brote! knurrt mein Vater.

Geheimer Familienrat. Meine Mutter macht eine Schulmädchenrechnung: Wenn auch wir Brot ausfahren, werden wir unsere alte Kundschaft, der das Brotschleppen nicht mehr ansteht, zurückgewinnen, und da unser Brot besser ist als das vom Mittelmüller, werden wir auch dessen Kundschaft erobern.

Mein Vater denkt nach. Wenn er nachdenkt, pfeift er durch die Zähne. Meine Mutter kanns nicht leiden: Wenn alle Leite son Krach machen würden, wenn se mal bissel denken!

Mein Vater stellt Bedingungen: Wenn er (er setzt voraus, daß die Geschäftserweiterung glückt) dreimal am Tage Brot zu backen hat, muß ein Geselle her! Die Mutter lehnt einen Gesellen ab. Der Vater fordert: Denn muß Hanka mehr bei mir in die Backstube und um mir rum sein!

Die Mutter ist einverstanden. Sie wird meine Schwester zur Hausarbeit heranziehen: Ich meene, Stoobwischen wird das Mädel woll könn!

Großvater und ich gehen dreimal wöchentlich auf Brotausfahrt. Kooft Bäckerbrot, Leite! Kooft keen breetgeloofenes Müllerbrot!

Wir gewinnen unsere Brotkunden auf den drei Vorwerken zurück und wir gaunern der Konkurrenz einige Kunden ab, besonders, wenn wir anschreiben und nicht auf Bezahlung drängen. Meine Eltern glauben, einen Sieg über den Mittelmüller errungen zu haben.

Das is nich scheene von unse Nachbarschleite, sagt der Mittelmüller. Er fing doch nur an mit Broten umherzuwandern, weil ihm die Zentrifugalkraft für einige Zeit die Einnahmen aus der Windmühle zunichte machte.

Was muß er mit seine breeten Brote uff Reesen gehn, der mit seine drei Zigarrenkisten voll Geldscheine, sagt meine Mutter. Die Sage vom *Schatz* des Mittelmüllers ist bereits aus der Kinderwelt in die Erwachsenenwelt gelangt.

Meine Eltern feiern ihren *Geschäftsaufschwung* halblaut. Mein Großvater hat längst errechnet, daß der Erfolg der Eltern mit den Wanderbroten nur ein eingebildeter ist. Die frein sich über nischt wie die Kinder, sagt Großvater unterwegs beim Brotausfahren zu mir, und ich als *Erwachsener* benicke die Rechnung, und ich tue es ehrlich. Es kommt mir nicht in den Sinn, eine Wahrheit, die der Halbgott Großvater entdeckt hat, zu bezweifeln. Sich moal bloß, so fangen Großvaters ökonomische Monologe in der Regel an: Sich moal bloß, doa verfoahrn wa nu unse Zeit und foahrn das Brot spaziern, die Pferdekraft wolln wa goar nich rechnen. Und Großvater rechnet aus, was wir in der Zeit, in der wir Brot *spazierenfahren*, alles machen könnten. Ich pflichte ihm wieder bei. Was mich betrifft, so hätte ich die Zeit, die ich auf dem Brotwagen versitze, dazu benutzen können, im Dorfteich Kunkatze (Kaulquappen) zu fangen. Schon lange wollte ich bei uns im Hofe in der Regentonne Kunkatze aussetzen und beobachten, wie sie langsam, langsam zu Fröschen werden. Ich will einen Sack voll Frösche ernten und sie in den ausgekohlten Tagebau geben, den wir den *Felix-See* nennen. Es ist totlangweilig, an seinem Ufer zu sitzen. Nicht eine Wasserpflanze wächst dort. Ich will das tote Wasser mit Fröschen beleben und das große Leben auf meine Weise erweitern. Du hörst ja nich zu, sagt der Großvater und holt mich aus meinem Traum. Er setzt mir auseinander, daß er hier auf dem Wagen säße und sozusagen sein eigenes Geld ausführe. Mein Vater schimpfe sich wohl Bäckereibesitzer, aber fast mehr als die Hälfte vom Anwesen gehöre dem Großvater. Wir würden eigentlich gar nicht richtig leben, zur Hälfte jedenfalls auf Kosten des Großvaters. Ich nicke wieder. Weshalb soll ich nicht auf Kosten meines Großvaters leben, wenn er mir doch, wie er oft erzählte, als ich einjährig war, so dalag und ein Junggespenst war, das Leben gerettet hat?

Unmassen Wind, Regen und Sonnenschein beschäftigen sich mit dem Dorf Bossdom in der Heide und bewirken dies und das, und unsere Freundschaft mit den Müllerjungen wird immer *eherner*, um es mit einem Wort von Schlagzeilen-Journalisten auszudrücken. Wir und die Müllerjungen sind außerstande, Konkurrenten ineinander zu erkennen. Der Müllersohn Gustav weiht mich in weittragende Entschlüsse ein: Es käme jetzt eine Mandoline auf ihn zu, erklärt er mir. Sie sei schon so gut wie unterwegs, wir brauchten sie nur noch im Katalog auszusuchen, ich soll ihm dabei behilflich sein. Ich sage zu, und er eilt nach Hause, und er kommt mit einem rechteckigen Bauch zurück, er hat den dicken Katalog der Firma August Togenbruck aus Zwieback bei Hannover unter seiner Jacke. Auf der Arbeit in der Glashütte hat Gustav sich befragt, wie eine Mandoline, aus der man Lieder züchten will, auszusehen hat. Man hat ihm gesagt, mit einer Mandoline, deren Bauch aus weniger als sechsunddreißig Teilen besteht, soll er nicht anfangen. Die Mandoline muß auch mir gefallen, sagt Gustav, denn wenn er, Gustav, keine Zeit hätte, könnte ich ein bißchen drauf klimpern. Übergern, versichere ich, und Gustav eröffnet mir, daß er seine Mandoline auf meinen Namen bestellen will. Er muß ja auf der Arbeit und wird keineswegs daheim sein, wenn die Mandoline in Bossdom erscheint. Ich soll das Paket in Empfang nehmen, aber nicht öffnen.

Gustav ist Einträger in der Friedensrainer Glashütte, er ist ein sogenannter Hüttenspatz, doch er hält sich für reif und mündig, und er hält sich für einen Großverdiener. Weshalb soll er sich nicht die schönste Mandoline der Welt kaufen; nur weil sein Vater dagegen ist? Er schiebt mir ein Röllchen zusammengedrehter Geldscheine in die Hosentasche: Damit soll ich zahlen, wenn die Nachnahme kommt.

Wieder warte ich täglich, wie damals, als ich mit Fensterklirrern und Stinkbomben handelte, am frühen Nachmittag auf den Postboten. Ich sitze auf der steinernen Hausschwelle. Bauernweibsdicke und jungfernschlanke Fliegen befahren mich und lecken von meiner Haut herunter, was sie so brauchen. Verpassen kann ich den Postboten nicht, er muß zu uns kommen. An der Hauswand zwischen Haus und Ladentür hängt der blaue Gemeinde-Briefkasten. Im Nachbardorf Gulitzscha ist das Verteiler-Postamt. Dort arbeiten der Poststellenleiter und zwei Briefträger. Die Briefträger kommen umschichtig nach Bossdom. Der eine heißt Jurzka, ist solid und züchtet Kaninchen. Wenn er mich sieht, fängt er von Kaninchen an. Er ist nach meiner Meinung noch nicht weit in die

Kaninchenzucht eingedrungen. Seine Karnickel nennt er *Stallhasen.* Mußte moal uffpassen, erzählt er, sobald die *Sie*, (so nennt man bei uns eine Kaninchenhäsin) ihre Jungen beseigen will, kloppt se mit de Hinterhufe, das heeßt soviel: Jetzt setz ich ma gleich uffs Nest.

Ich beobachte meine Kaninchen. Die Theorie des Postboten bestätigt sich nicht. Die *Sie* klopft mit den Hinterläufen, weil sie mich, den Zuschauer, vertreiben will. Ich soll mich ihren Jungen nicht nähern. Jurzka aber ist stolz auf seine *Entdeckung* wie ein Pseudowissenschaftler auf seine anfechtbare Hypothese, er ist mir außerdem *verdächtig*, weil er die Läufe der Kaninchenhäsin *Hinterhufe* nennt.

Der andere Briefträger heißt Natschko. Er kehrt auf seiner Bestelltour in drei Kneipen ein und ist angeheitert, wenn er zu uns kommt. Auch er hat sein festes Thema. Er spricht Niederlausitzisch, aber er spricht nicht Bossdomsch und ist stolz darauf. Ich bin aus die finsterwaldsche Gegend, mußte wissen, sagt er, bei eich hier soagen se Leffel, bei uns soagen se Leppel. In der finsterwaldschen Gegend war alles ganz anders und viel besser. Und wenn der Krieg *nich gekumm wär, wär ich nich hier*, sagt Natschko. Auch seine Rederei kann ich auswendig. Das feststehende Rede-Repertoire beider Briefträger läßt mich über die Zulänglichkeit der Erwachsenen nachdenken. Einer erzählt im angeheiterten, der andere im nüchternen Zustand immer das gleiche. Sind beide nicht normal, oder denken sie, sie müßten mit einem Schuljungen reden wie mit einem Nicht-Normalen?

Endlich trifft das Paket ein. Ich halte Wort. Ich öffne es nicht. Am Abend kommt Gustav. Es knistert nicht nur das Einpackpapier, die ganze Stube knistert vor Feierlichkeit: Ein Instrument, das Mandoline genannt wird und irgendwo in Italien erfunden wurde, kommt in Bossdom an und entschlüpft einem Karton, wie ein Kind dem Mutterleib. Der Mandolinenbauch besteht aus achtunddreißig Teilen. Als Zubehör: Ein Plättchen, eine Schule zum Selbsterlernen des Spiels und eine Stimmpfeife. Die Mandoline gibt ihren ersten Ton von sich, auch wie ein Neugeborenes, aber alsbald stimmt der Vergleich nicht mehr. Ein schreiendes Neugeborenes sucht man zu beruhigen, während wir unsere Mandoline zum Hervorbringen immer schrillerer Lebenstöne veranlassen. Gustav kratzt mit dem mitgelieferten Horn-Plättchen zwischen den Saiten hin und her.

Am vermoderten Dorfteich haben wir im Sommer zwei oder drei Libellen. Sie machen sich aus Langeweile an unseren Köpfen zu schaffen. Wir hören ihre Flügel sirren und klirren, und wir schlagen nach ihnen, weil wir ihre Absichten nicht kennen. Gustav ist vor Monaten in einen Haufen Mandolinenmusik hineingeraten, der aus einer Laube in Friedensrain herausquoll. Die Leute eines kleinen Mandolinenorchesters hätten dort Probe abgehalten. Die Musik wäre ein Klirren und Sirren wie von tausend Libellen gewesen. Ich argwöhne, Gustavs Hinwendung zur Mandolinenmusik entspringt dem Ehrgeiz, auf einem Instrument das Flügelgeschwirr dieser Insekten nachzuahmen. Aber alsbald beschämt mich der Freund. Er fängt an, ein Lied einzuproben, und er verbringt manche Stunde mit dem Proben bei uns in der Kinderstube. Daheim wird Gustav nicht gesehen, dort steht er nicht zur Verfügung.

Was für ein Glück, daß eine Mandoline ein Griffbrett mit eingelegten Metallstäbchen hat, und daß man, wenn man mit den Fingern treu den Raum zwischen zwei Stäbchen benutzt, damit rechnen kann, einen klaren Ton zu erhalten! Was für ein verwöhntes und verweintes Instrument ist dagegen eine Geige! Sie fängt an zu quäken, wenn sie unter die Hände eines Anfängers gerät, und sie mäkelt zwischen den Tönen hin und her, ehe sie sich für einen entscheidet.

Der Raum zwischen zwei Metallstäbchen auf dem Mandolinengriffbrett wird *Bund* genannt. In der Mandolinenschule erscheinen die Bunde numeriert. Mit Hilfe der Nummern spielt Gustav ganz, ganz langsam, dann etwas schneller: *Weißt du, wieviel Sternlein stehen?* ... Das Lied ist, wie sich zeigt, eine Rechenaufgabe: Eins, dann zwei, dann vier, fünf, dann wieder eins, und allmählich entsteht daraus ein Lied. Diese Entdeckung treibt mir sogleich eine großartige Idee ein: Ich schreibe ein Zahlengewirr nieder. Es besteht aus den Zahlen zwischen eins und zehn. Ich bin überzeugt, daß ich damit ein neues Lied angefertigt habe, ein Lied, das noch nie jemand hörte, nicht einmal ich selber. Es liegt kein Sinn in dem Liede, finde ich, aber es ist etwas Neues, was Modernes. Die Leite missen sich dran gewöhn! verlange ich. Jeder moderne Komponist verlangt das, wie wir wissen.

Indessen dressiert Gustav seine Finger, macht sie geschmeidig, vervollkommnet sein Mandolinenspiel und spielt das Lied von den Sternen in einem Tempo, als wären drei Dorfhunde hinter ihm her. Ohne die Zahlenanweisungen aber ist er hilflos, liedlos. Die Mandolinenschule muß vor ihm liegen.

Mich langweilt das. Ich schlage Gustav vor, das Lied im Walzertakt zu spielen. Ich gebe ihm den Takt mit leisem Händeklatschen vor. Es klappt. Schwieriger wird es beim Marschtempo. Es stellt sich heraus, daß Gustav beim Laufen nicht auch noch die Schule halten kann. Ich muß rückwärts vor ihm hergehen, damit er das Nummernschema ablesen kann. Sogleich stellt sich heraus, daß Gustav aus eigenem keinen Marschtakt halten kann, daß auch der ihm vorgegeben werden muß. Wir stellen für den Sternenmarsch Gustavs Bruder Alfredko als Hilfskraft ein, er muß rückwärts mit der Schule vor Gustav hergehen, während ich vorn den Marschtritt angebe. Ich verstehe mit eins die Behauptung des Bossdomer Querpfeifers Lipo Krautz: Für Marschmusik mußte besondere Begoabung hoabn!

Das Marschieren wird uns zu anstrengend. Wir beschließen, das Lied zu singen. Der Sänger bin ich. Gustav kann nicht mitsingen, er muß auf seine Finger aufpassen. Ich singe alle Strophen des Liedes herunter.

Scheene, scheene, immer weiter! sagt Gustav.

Ich verlängere den Liedtext mit selber gemachten Strophen: *Weißt du, wieviel Vöglein fliegen / unterm blauen Himmelszelt? / Weißt du, wieviel Ziegen weiden, / auf den Wiesen aller Welt?* Ich verwende noch manche Tiergattung für meine Strophen, aber dann wird im Garten der Sastupeiterei unüberhörbar nach Gustav gerufen. Der alte Müller bedenkt ihn mit erlesenen Titeln: Verfluchte Kräte und Satansgeselle! Gustav soll daheim beim Stallausmisten helfen. Er packt die

Mandoline ein, stellt mir jedoch frei, sie gelegentlich herauszunehmen und ein bißchen Libellensirren zu üben. Die Mandolinenschule stopft Gustav unter seine Jacke. Er scheint daheim *Annäherung* (wie es heute heißt) an ein zweites Lied betreiben zu wollen.

Was bin ich für ein verschlagener Mandolinenhüter! Kaum ist Gustav weg, packe ich das Instrument aus und suche mir ohne Mandolinenschule die Töne für das Lied vom *guten Kameraden* zusammen, und als ich es ohne Anstoß und Zaudern herunterspielen kann, mache ich mich an *Nun danket alle Gott.* Der Choral spielt sich fast von alleine.

Die Mandoline ist nicht das erste Instrument, das ich ohne Schule spielen lerne. Das erste Instrument ist die Mundharmonika. Ich spiele sie mit Zungenschlag und aus einem Schalltrichter heraus, den ich mit meinen Händen forme, und das nicht nur zu meinem Entzücken.

Eine Nebengeschichte drängt sich auf. Wer sie nicht hören mag, soll umblättern:

Onkel Ernst hatte sich zwei konfirmierte Waisenknaben angeschafft, zwei Brüder. Der ältere riß, weil ihm Onkel Ernst nicht gefiel, gleich wieder aus. Der jüngere blieb eine Zeit, weil sich Tante Magy seiner angenommen hatte. Sie warf sich dazwischen, wenn Onkel Ernst in einem Wut-Anfall den Jungen, den Hans, verprügelte, und ließ sich an seiner Stelle schlagen. Das tat sie, bis der Junge es nicht mehr ertrug, daß die Tante für ihn leiden mußte. Hans flüchtet zu uns und wird von meiner Mutter, nicht ganz ohne Genugtuung, aufgenommen. Er bezieht die Bodenkammer, in der einst der ukrainische Schmied Golub gewohnt hat, und geht auf die Grube *Conrad* und arbeitet dort als *Wagenabrücker.*

Hans ist ein guter Mundharmonikaspieler. Er ists, der mir das Zungenschlagspiel beibringt. Wir spielen *zweistimmig* und sind ein kleines Orchester für interne Feierlichkeiten. Wir pusten *Hoch Heidecksburg* und *Alte Kameraden*, die *Schlittschuhläufer* und *Über den Wellen*, auch *Treue Liebe bis zum Grabe* und *Holde Blum der Männertreu* zweistimmig aus unseren Mundharmonikas heraus. Meine Mutter beschäftigt uns als *Kundenservice.* Jeder *Schichtler*, der jahrsüber sein

Bier im Laden getrunken hat, erhält an seinem Geburtstag ein Sonderkonzert von uns. Wir spielen, bis unsere Mundwinkel wund sind, und veredeln Unmengen Bossdomer Luft auf unseren Instrumenten zu Musik.

Wenn der Vater mit einem Mehlreisenden verhandelt und der Abschluß mit Bier geschmiert wird, heißt es: Reißt moal een runter! Wir marschieren mit dem Marsch *Hoch Heidecksburg* ein. Später, als ich in der Nähe der Heidecksburg in einer chemischen Fabrik arbeite, die mir die romantische Sicht auf die Burg verstellt, denke ich wehmütig an die Mundharmonika-Konzerte mit Hans.

Inzwischen müht sich Gustav ab, ein zweites Liedchen auf der Mandoline einzustudieren, und zwar eine Bitte an den Monat Mai: *Komm, lieber Mai, und mache / die Bäume wieder grün.* Auf Gustavs Mandoline kommt der Mai recht langsam gehinkt. Mich packt die Belehrsucht, jene ekelhafte Belehrsucht, die ich so hasse, wenn sie jemand auf mich losläßt. Ich spiele Gustav das Mailied vor. Gustav kraust die Stirn. Seine Vorstellungen von der Entstehung rechtwinkliger Mandolinenmusik werden zuschanden. Woher hast du die Nummern? will er wissen. Er glaubt nicht, daß ich das Liedchen gefühlsmäßig auf der Mandoline ertastete. Er glaubt nicht an Talent, er glaubt an Nummernfolgen. Er hält mich für einen Lügner, er nimmt seine Mandoline mit nach Hause.

Ich bin wieder aufs Mundharmonikaspiel zurückgeworfen und spiele das Lied vom Morgenrot, das seinem Sänger zum frühen Tode leuchtet, und ich spiele das Lied von den Wellen, die am Ende noch Fischer und Kahn verschlingen werden.

Gustav arbeitet in der hintersten Dachkammer des Müllerhauses weiter an seinem Maienlied und macht mit seinem energischen Geraspel den Mittelmüller auf sich aufmerksam, und der fängt an, mit den Ohren im Hause umherzuschnüffeln. Er findet Gustavs Versteck, reißt die Kammertür auf, packt die Mandoline beim schlanken Hals und rennt mit ihr treppab in den Holzschuppen, und dort zerhackt er sie auf dem Hauklotz.

Weinend kommt Gustav zu mir. Er scheint seine Verdächtigung vergessen zu haben. Stets hats mich hingenommen, wenn ich einen Jüngling oder einen alten Mann weinen sah. Wie groß muß der Schmerz eines weinenden Jünglings sein, der doch schon hart und ein Mann sein wollte, wie groß der Schmerz eines alten Mannes, der das Leben kennt! Gleich werde auch ich ein alter Mann sein. Hab ichs schon gelernt, nur nach innen zu weinen?

Gustav zeigt mir die Innenflächen seiner Hände. Sie haben sich beim Umgang mit heißem Glas und mit der Eintragegabel durch Wülste aus Hornhaut geschützt: Sich, meine Hände! schluchzt Gustav, die Mandoline hoab ich mir selber verdient.

Am liebsten hätte ich Gustav tröstend gestreichelt, aber so Gefühlsbezeigungen sind auf der Heide nicht üblich. Wir sitzen eine Weile still beieinander. Dann pfeift ein Star. Sein Pfiff ist wie ein Signal. Er wird schon sehn, was er davon hat! sagt Gustav und meint seinen Vater.

Gustav läßt eine zweite Mandoline schicken. Ich nehme sie in Empfang. Das Paket enthält außerdem eine chromatische Mundharmonika. Sie soll mir gehören, der Lohn für meine Assistententätigkeit.

Gustavs zweite Mandoline ist mit mehr Zubehör ausgestattet als die erste. Sie steckt in einem Etui, ein Tragegurt und bunte Bänder sind da, die am Mandolinenhals herabzubaumeln und im Winde zu wehen haben. Die Bänder sind mit Blumen und Sprüchen bestickt: *Mein Vater war ein Wandersmann . . .* steht auf einem Band.

Stimmt nich, sagt Gustav, aber mäg! *Mäg* bedeutet bei uns auf der Heide: *Möge es sein!*

Immer mehr Fahrräder sickern nach Bossdom hinein. Zuerst haben sie jene Bergarbeiter dringend nötig, die zwei, drei Ortschaften von der Grube *Felix* entfernt wohnen. Die Fahrräder verhelfen ihnen zu einer Lebensstunde mehr. Manche suchen am Feierabend nach dieser gewonnenen Stunde bei sich im Garten oder auf dem Feldstück, und sie graben sogar danach, und sie finden sie nicht; andere verbringen die Freistunde, damit sie ihnen sicher ist, mit Biertrinken im Laden meiner Mutter.

Alsdann wächst die Begier nach einem Fahrrad auch bei den Frauen. Zuerst bei den Bergarbeiterfrauen, dann bei den Kossätenfrauen, und auch die suchen manchen Abend nach der Zeit, die ihnen ihr Fahrrad als Gewinst hätte verschaffen müssen, aber es wird und wird ihnen kein früher Feierabend; die Kinder zerren sie wie zuvor mit ihren Wünschen umher.

Die Räder ham kumm müssen, sagt Onkel Phile zehn Jahre später. Gewiß hatte er die Weisheit aus einem pseudowissenschaftlichen Zeitschriften-Artikel. Die Fahrräder, sagt der Onkel, ham vorloofen müssen, damit wir uns kunnden an die Motorräder gewöhn. Allwie wir heute sagen: Kanonenkugeln hats geben müssen, damit wir zu unseren Raketen kommen konnten. Wir allerdings haben was von unserem *Fortschreiten*; für uns ist die Zeit, die uns Autos und Flugzeuge einsparen helfen, verwendbar geworden: Wir nutzen sie, um mit Apparaten in die Ferne zu sehen, und wir sehen, daß der Krieg vorläufig im Fernen oder Nahen Osten stattfindet, und daß wir unser Leben vorläufig nicht zu ändern brauchen. Wir erfahren, daß die künstlichen Satelliten, von denen bis jetzt ein halbes Hundert den Weltraum durchprescht, nicht nur anzeigen, ob es regnen wird, sondern daß sie auch von äußerster Nützlichkeit bei der künftigen Kriegsführung sein werden, und daß uns fotografierende Raketen endlich mit dem Äußeren der Venus bekanntmachten.

Bei den Rednern gibts Wendungen, die sich rasch über die Welt verbreiten. Wer von uns hat noch nichts vom *gravierenden Punkt*, wer nicht vom *zentralen Problem* gehört? Neuerdings ists bei ihnen Mode geworden, ihr Geredetes mit der Wendung zu beschließen: Ich danke! Das heißt, sie wissen, daß sie uns belästigten, und sie bedanken sich dafür, daß wir nicht aus dem Saal gingen. Ich will versuchen, ähnliches für Schreiber einzuführen und um Nachsicht für meine Abschweifung bitten: Verzeihung!

Fahrradfrauen, die den Laden der Mutter aufsuchen, schweben fast lautlos über den Erdboden dahin, nur in ihren Röcken und in den Fahrradspeichen rauscht es leise. Sie treten auf die Rücktrittbremse, hüpfen von ihren Maschinen, stellen sie an die Hauswand unter den Gemeindebriefkasten und sind da, und vor fünf Minuten waren sie noch am anderen Ende des Dorfes.

Das wundersame Gehabe der Fahrradfrauen erregt Träumereien in meiner Mutter. Weshalb sollte es ihr nicht gegeben sein, lautlos wie eine Schwalbe vor dem Gewitter über den Erdboden hinzuschweben, hat sie nicht früher *Seeltänzern* werden wolln? Für die Mutter ist das, was sie hat werden wollen, eine in ihrem Innern vollzogene Tatsache, und sie hat vielleicht nicht unrecht, wenn sie so träumt, nur vergißt sie, ihre körperlichen Veränderungen, ihr Gewicht zum Beispiel, einzukalkulieren.

Gelegentlich entstehen bei uns Hauskräche, die nicht von meinem Großvater verursacht werden. Ihr Anlaß ist das, was wir heute Marktforschung nennen. Am Sonnabend fragt der Vater die Mutter: Wieviel Semmeln, wieviel Schnecken, wieviel Kuchen brauchste? Wie soll meine Mutter das wissen? Die Kaufwilligkeit der Kunden ändert sich, wie alles, von Woche zu Woche: Den einen Sonnabend bleiben Semmeln und Schnecken über, den anderen Sonnabend reichen sie nicht. Mit Kuchen, der überbleibt, wird meine ausgezeichnete Mutter fertig, aber Semmeln und Schnecken werden altbacken, sie müssen zu halben Preisen verkauft werden, und der Familienkrach ist fertig; Wort kommt zu Wort und Widerwort zu Widerwort, und eines Tages sagt die Mutter, nun hat sie genug, nun geht sie für immer davon. Und sie geht in die Nacht hinaus, und alle denken, so ernst wird sie es nicht meinen, aber sie kommt nicht wieder, sie müht sich und stolpert die Pflaumen-Allee hinunter bis zu den Zetschens in den Ausbau hinaus, und dort klagt sie sich bei Tante Magy aus. Tante Magy redet ihr zu, sie kennt den Vater, sie hat sich zuweilen mit ihm gezankt, als sie Kinder waren. Aber wir sind immer wieder gut geworn zusamm, sagt die Tante, und ihr werd ooch wieder gut wern.

Ich will doch mal sehen, ob er mir nich suchen kummt, sagt die Mutter, aber die halbe Nacht vergeht, und der Vater kommt die Mutter nicht suchen, er weiß nicht, wo sie ist.

Ob woll jemand die Kinder boaden wird? sagt die Mutter und bittet Onkel Ernst, einzuspannen und sie mit dem Bleßfuchs nach Hause zu bringen. Zu Fuß schafft sie den Rückweg mit ihren Hühneroogen nicht.

Vielleicht denkt die Mutter an solche Lebenslagen, wenn sie sich beharrlich ein Fahrrad wünscht, ein Fahrrad mit Beleuchtung, mit einer Karbidlampe. Es dürfte, schätzt sie, vielleicht eindrucksvoller sein, wenn sie den Vater des Nachts verläßt und nach Grodk zu einer ihrer Kumpankas fährt. Dort wird sie vielleicht mehr Verständnis finden, wenn sie sich über den Vater beklagt. Tante Magy ist familienparteiisch.

Eine Dichterin, eine der stärksten Frauen, die mir im Leben begegneten, eine *Mutter Courage*, hat mich auf die Kraft der Schwachen aufmerksam gemacht, und wenn ichs recht bedenke, so gehörte meine Mutter zu diesen kräftigen Schwachen: Sie macht sich das Fahrrad zum Geburtstagsgeschenk. Es kummt ja selten genug vor, daß ich mir was wünsche, sagt sie, nu legt moal zusamm und kooft ma een Rad!

Die erste, die ihren Anteil auf den Tisch legt, ist meine gutmütige Anderthalbmeter-Großmutter. Der Großvater folgt ihr. Was bleibt meinem Vater übrig, als dem Unternehmen zuzunicken, und das Nicken ist sozusagen die Erlaubnis für die Mutter, in die Ladenkasse zu greifen und den dritten Teil hinzuzulegen.

Mutters Fahrrad erscheint nicht mit der Hilfe eines Radfahrers in Bossdom. Es wird gut verpackt vom Großvater im Planwagen ins Dorf transportiert. Großvater, der sich, wenn er nicht Schnurren dichtet, mit den Pferden oder mit den Dingen, die ihm begegnen, unterhält, sagt zum Fahrrad: Den Weg haste schon moal gespoart, du kummst bei gude Leite.

Während der Geburtstagsfeier steht das Fahrrad, mit feinem vernickeltem Lenker, mit blinkender Weißblech-Karbidlampe, dem bunten Schutznetz und dem lackierten Kettenkasten, an den Geburtstagstisch gelehnt und macht sich wichtig wie Jahrs zuvor die Sprechmaschine von Onkel Ernst.

Der Geburtstagsmonat meiner Mutter, der Februar, ist

keine geeignete Zeit fürs Radfahrenlernen. Für meine Mutter ist das Fahrrad ein Pferd, auf dem sie reiten lernen soll. Ich muß mir erscht mit es eingewöhnen, sagt sie und holt es an frosttrockenen Sonntagvormittagen aus der Baukammer und führt es zwei, drei Mal um den Taubenschlag herum. Das Fahrrad reißt meine Mutter nicht geradezu um. Stolz fordert sie unser Urteil ein: Rumschieben kann ichs doch schon ganz scheene, nich woahr nich?

Im Fahrrad, zeigt sich, sammelt sich während des langen Stillstehens Übermut an. Das Frühjahr kommt, und Sonne und warme Luft bewirken, daß es für die Mutter unausweichlich wird, in den Sattel zu steigen.

Der Vater betätigt sich als Reitknecht. Das Fahrrad versorgt mit seiner eisernen Seele die Familie mit einigen harmonischen Abenden. Großvater und die Anderthalbmeter-Großmutter und wir Kinder beobachten in vorfrühlingshaften Dämmerstunden, in denen die Fledermäuse das Leben auf der Dorfstraße beherrschen, die Reitlehre meiner Mutter mit guten Wünschen. Mein Vater rennt wie später in seinem Leben nie wieder. So wie jetzt ist er nur im Kriege gerannt. Aber seinen Krieg, um den die meisten deutschen Männer nicht herumkommen, hat er hinter sich.

Die Mutter zu Rade, mein Vater die Hand unterm Sattel. Zum Hause des Nachbarn hin gehts bergab. Eigentlich ist der Vater zu bedauern; er rennt so dahin und weiß nicht, daß er der Mutter behilflich ist, eine Fluchtmöglichkeit zu schaffen. Geben wir unser Bedauern nicht umsonst aus, es kommt nie zu einer solchen Flucht; wir werdens noch sehen!

Die Fledermäuse wundern sich über das Getümmel auf der dämmerigen Dorfstraße, die Nachbarn nicht minder, doch die bleiben taktvoll auf ihren Höfen, lugen durch Ritzen und Astlöcher und hören, wie meine Mutter kommandiert: Schneller! Langsamer! Laß mir nich etwa los, Heini! Und sie hören, wie mein Vater schnauft.

Viele Abende werden solchermaßen dahingebracht, und eines Abends läßt der Vater vorsichtig den Fahrradsattel los, entzieht ihm seine Stütze, seine Hand. Die Mutter weiß nicht, daß sie für einige Sekunden die Seeltänzern ist, die sie immer hat werden wollen, doch dann fällt ihr auf, daß der Vater zurückbleibt, und sie sieht sich um, und was geschieht, muß ich euch nicht erzählen.

Die Harmonie unserer von Fledermausflügen umsäumten Vorfrühlingsabende bekommt einige Kratzer, das Fahrrad auch. Wie kannst du mir eenfach lassen ins Verderben reintrempeln! tadelt die Mutter den Vater. Der Vater soll ihr sagen, wann er sie losläßt, damit sie sich einrichten kann.

Eines Tages ists soweit: Die Mutter fährt ihre ersten hundert Meter, ohne den keuchenden Vater neben sich zu haben. Vom Fahrrad hüpfen, wie es die zum Einkauf kommenden Frauen tun, kann sie nicht, die Hühneroogen! Sie bremst, verlangsamt und kippt nach der Seite ab: Jemerschnee, hoab ichs wohl doch noch gelernt! Ganz sicher ist sich die Mutter nicht.

Die erste Ausfahrt, wer hat etwas anderes erwartet, nach Grauschteen. Besuch bei der *Amerikanischen.* Außerdem solln die Leute in Grauschteen sehn, daß man *zu wase gekomm is.* Wie gut, daß es ein Fahrrad ist, eine Knetmaschine hätte der Vater in Grauschteen nicht vorzeigen können. Abfahrt zehn Uhr. *Elfe wirds von alleene.* Der Vater mit dem neuen, graugebänderten, Hut. Auch den hat man in Grauschteen noch nicht gesehen. Die Mutter mit einer Zopfkrone aus geliehenem Haar. Die Familie ist für das Abschiedsgeleit vor dem Haus versammelt: Meine Schwester, ich, Bruder Heinjak, Hanka mit Tinko auf dem Arm und die Großeltern, die Mitaktionäre am Fahrrad der Mutter. Tinko weint. Ihm ist unheimlich, die Mutter geht nicht mehr auf Füßen, sondern wandelt auf Rädern durch die Welt. Winken beim Davonfahren kann die Mutter noch nicht.

Aus dem Dorf hinaus. Meine Mutter balanciert auf den schmalen Fahrradsteigen umher, die die Bergarbeiter ausfuhren. Es gelingt ihr, den im Weg stehenden Bäumen auszuweichen. Der Vater folgt im Sicherheitsabstand und gibt Navigationssignale: Vorsicht, vorne een großer Steen! Die Mutter navigiert.

Sie fahren durchs Nachbardorf Kleen-Loja, durch den

Wald und wieder durch die Feldmark, und da springt der Mutter etwas vors Vorderrad. Mein Gott, mein Gott, son kleener Frosch! schreit sie, reißt das Vorderrad herum und manövriert sich in ein tief in die Rasenkante eingeschnittenes Wagengeleis. Sie stürzt, bleibt liegen und erwartet wimmernd die Herankunft des Vaters.

Der Vater hilft der Mutter auf. Die Mutter sinkt wieder zusammen, sie will nicht wieder aufsteigen. Heite nich mehr, sagt sie. Die Felge des Vorderrades ist verbogen, die Mutter hat einen Bluterguß am Knöchel, der Frosch ist gerettet. Den Ausruf: *Mein Gott, mein Gott, son kleener Frosch!* trägt Vater in die Familie, dort wird er bis heute von allen Familienmitgliedern, soweit sie noch vorhanden sind, benutzt, wenn eine kleinere Gefahr im Anzuge ist.

Der Vater lagert die Mutter am Wegrand, fährt heim, holt unser Fuhrwerk und den Großvater. Sie verladen die Mutter; auf zwei Rädern fuhr sie davon, auf vier Rädern kommt sie zurück; ich habe sie nie wieder in der Nähe des innig gewünschten Fahrrades gesehen. Sie geht nicht mehr an Sonntagabenden in die Baukammer und putzt es mit dem Staublappen ab, sie streichelt es nicht mehr wie der Reiter das Roß, das ihn durch Winde und Wetter trug, dafür nähern sich andere Gestalten, um das nunmehr herrenlos gewordene Roß zu besteigen. Hanka leiht es sich aus, um ihre Verwandten in Grauschteen zu besuchen. Meine Schwester, die kühne Baumbesteigerin, erlernt, außer Sichtweite der Mutter, das, was wir das Fahrradgeigen nennen.

Alsbald wird das virtuose Radgeigen der Schwester öffentlich. Detektiv Kaschwalla hats ausgespäht und mit dem Ausruf honoriert: Hee, sich mal an, die Kräte!

Meine Mutter macht meine Schwester zur Milchholerin. Hat das Radroß ihr nicht gehorcht, als sie es reiten wollte, soll es als Fuhrmannsgaul sein Dasein rechtfertigen.

Ich könnte zufrieden sein, daß mir das Milchholen und das sonnabendliche Lottospiel um die Haselstock-Hiebe von Rumposch erspart werden, aber mein Ehrgeiz erwacht, meine Schwester ist sowieso das Liebkind bei den Zetschens, sie wird mich dort ganz außer Kurs setzen. Ein ganz und gares Kennzeichen meines Verzugs gibt mir die Anderthalbmeter-Großmutter mit ihrer Bemerkung, es wäre an meiner Schwester ein Junge und an mir ein Mädel verlorengegangen.

Heimlich bringe ich mir abends, wenn die anderen schon ans Schlafengehen denken, das Fahrradgeigen bei. Es glückt. Wenn ich mir genügend Schwung in Vorrat eingetrampelt habe, gelingts mir sogar, mich behutsam auf den Sattel zu schieben, und ich fühle mich meiner Schwester überlegen. Daß meine nächtliche Fahrradgeigerei kein Geheimnis ist, erfahre ich, als die Anderhalbmeter-Großmutter dem Großvater aufträgt, mir den Fahrradsattel tiefer zu stellen.

Jetzt bin ich der und der, und mit dem Fahrradfahren eröffnen sich mir Möglichkeiten über Möglichkeiten. Eines Tages werde ich nach Grodk fahren und Onkel Phile besuchen, und eines anderen Tages gar nach Berlin, und ich werde alte Semmeln mitnehmen, um dort die Tiere im Zoologischen Garten zu füttern. Immer wieder sehe ich mir das Fahrrad an, das soviel künftige Möglichkeiten für mich bereithält, aber das Fahrrad wird, allein von den vielfachen Möglichkeiten, die es in Bossdom herausgeben muß, zusehends alt: Die Griffe am Lenker zerspellen, der Kettenkasten ist zerbeult, das Schutznetz am Hinterrad zerreißt, und von den Schlägen der baumelnden Milchkanne platzt der schwarze Lack des Rahmens ab. Aber wieso soll das Fahrrad nicht ältern? Großvater und die Anderthalbmeter-Großmutter altern, meine Schwester und ich altern, nur daß man unser Altern bislang noch wachsen nennt. Irrgarten der menschlichen Begriffe.

Laßt uns wieder einen Blick in den Laden tun, damit ihr nicht sagen müßt, ich hätte euch mit dem Titel des Buches in die Irre geführt:

Meine Mutter macht nicht nur uns Kinder erzieherisch mit dem bekannt, was sie für die große Welt hält, sie erzieht auch *hipsch unuffällig,* wie sie sagt, ihre Kundschaft. (Ein bißchen was davon habe ich von der Mutter geerbt. Alleweil muß ich Obacht geben, daß ich das Belehrungsverlangen, das in mir umgeht, kurz halte und womöglich niederschlage.)

Bremer Keulen heißen die Zigarren, die die Bergarbeiter und Biertrinker auf Anraten meiner Mutter bisher bevorzugten. Zwee Bremer Keilen gebn mer Se noch! heißt es, bis sich ein Reisender einstellt, der der Mutter eine neue Zigarrensorte anpreist, an der sie pro Stück einen Pfennig mehr verdienen kann. Die neue Zigarrensorte heißt *Colorado claro.*

Ziemlich fremdländscher Name, sagt die Mutter hochdeutsch.

Spanisch, erklärt der Reisende bedeutungsvoll.

Die Mutter stellt ihre Zigarrenabnehmer auf die neue Sorte um: Neie Sorte Zigarrn, Herr Nakonz, Colorado claro – spanisch, fügt sie nach einer kleinen Pause hinzu. Dem nächsten Zigarrenkunden – der gleiche Vorschlag: Valleicht noch poarchen von die neien Zigarrn Colorado claro – spanisch?

Die Mutter betreibt die Werbung mit Ausdauer, tagelang, wochenlang. Ganz übel scheinen die neuen Zigarren nicht zu schmecken, zumal sich neue *Bremer Keulen* nicht mehr im Laden einfinden. Sie kommen notgedrungen aus der Mode. Allmählich verlangt ein Raucher nach dem anderen: Colorado claro – spanisch. Das erklärende Anhängsel *spanisch* steht nicht auf der Zigarrenkiste, es ist ein Belehrungsergebnis meiner Mutter.

Eines Abends zieht die Mutter einen Zettel aus ihrer Schürzentasche. Auf dem Zettel steht ein Spruch. Den Spruch hat sie von einem Reisenden, und sie bittet mich, ihn in Druckbuchstaben auf weiße Pappe zu schreiben. Ich male ihn in einer Schrift, die den Titelbuchstaben des *Spremberger Anzeigers* nachempfunden ist, verwandle ihn damit in eine Verlautbarung und hefte ihn an das Regal, in dem die Süßigkeiten liegen: *Borgen ist ein zweifach Pech, / Die Waren los, die Kunden wech.*

Meine Mutter ist nicht einverstanden. Es müsse weg und nicht *wech* heißen, aber ich bin der Meinung, es müsse sich reimen, und erkläre mich bereit, meinen Namen unter den von mir gemalten Spruch zu setzen. Meine Hand für mein Produkt, wie wir heute sagen. Die Mutter ist einverstanden.

Die meisten Ladenkunden bemerken meine Sprachvergewaltigung nicht, als sich aber die Frau Baronin und die Frau Obersteigerin mit meinem Werk befassen, entschuldigt sich die Mutter: Gottchen, nee, nehm Ses nich so genau, hat unser Junge geschrieben, sehnse ja, Frau Baron.

Jahre später wird die Frau Pastor meiner Mutter Vorabdrucks-Fortsetzungen meines ersten Romans vorlegen und fragen: Schrieb das Ihr Sohn?

Jemersch, wird die Mutter sagen, hat unser Junge woll wieder was lassen drucken!

Sagte ichs nicht damals schon? wird Frau Pastor sagen, und die Mutter wird ihre verhaltene Luft ausatmen.

Vierzehn Tage später bittet mich die Mutter, eine neue Mitteilung an ihre Kundschaft zu schreiben. Eine neue Reisenden-Weisheit: *Borgen tun wir morgen.*

Pumpen denn die Leite jetzt goar so viel, fragt der Vater. Er tritt wie aus einem sanften Liede zu uns herein. (*Das Lied der Liebe hat eine sanfte Melodie,* wie es später in einem Schlager heißen wird.)

Meine Mutter hat sich das mit dem *Borgen tun wir morgen* so schön gedacht. Ein Kunde, der borgen kommt, dachte sie, wird zögern, wenn er den Spruch liest, und wenn er am nächsten Tag kommt, um zu borgen, wird er wiederum auf den nächsten Tag vertröstet werden und so weiter, und er wird endlich vom Borgen abstehen. Meine ausgezeichnete naive Mutter, sie bedachte nicht, daß jemand, der ein Theaterplakat liest, noch lange nicht ins Theater geht.

Die Kunden zahlen jedenfalls weiterhin zögernd und unwillig, und Mutter zahlt ihren Lieferanten zögernd und unwillig, aber die Lieferanten verlangen Zinsen, wenn die Zahlungsfrist für die Rechnungen überzogen wird. Kann die Mutter von ihren Kunden, die ihre *Latte* länger als vier Wochen stehenlassen, Zinsen nehmen? Was bloß los ist, barmt sie, immer weniger Woare fürs Geld. In de Zeitung heeßts Dollar und Dollar. Was geht uns der Dollar von Amerika an?

Die Warenpreise steigen, ohne auf die Löhne der Kunden Rücksicht zu nehmen. Es schleicht sich etwas nach Bossdom hinein, das die Reisenden *Inflation* nennen. Karle Nakonz nennt es *Infalation.* Koalls Guste *Unfalation* und Stellmacher Schestawitscha natürlich – *Inflaschion.* Leute reden, der vertrackte Zustand kommt aus Berlin. Aus Berlin kam auch die Grippe. Sie verdrängte die Influenza, die Menschenstaupe, wie Großvater sie nennt. Die Inflation ist so etwas wie eine Geldgrippe, scheint mir.

Großvater, der *brain trust* der Familie, sitzt oben in der Großelternstube und rechnet, rechnet. Bald keen Steen vom Grundstück is mehr eire, sagt er. Da wir nach Großvaters Berechnungen so gut wie nichts mehr haben und doch leben, schweben wir wohl.

Paßt man uff, wenn ihr runterknallt, sagt Großvater.

Ich warte auf den Knall, nicht allzu ängstlich, mehr neugierig. Damals weiß ich nicht, daß dieser Schwebezustand in der Welt der Wirtschaft häufig vorkommt, daß zuweilen ganze Regierungen mit ihren Ländern und Leuten durch die Zeiten schweben.

Die Grubenherrn von Ponçet ernten unter und über der Erde. Über der Erde allerdings spärlicher, denn der Hafer bekommt nur dürre Rispen und der Roggen nur kleine Ähren, weil ihnen die Ponçets beim Kohlen-Ernten das Grundwasser entziehen. Eine Feldscheune aber haben die Ponçets, und sie bringen ihr Getreide hinein, dreschen es aus und warten mit dem Verkauf auf den für sie günstigsten Marktpreis des Jahres.

Die Feldscheune steht hundert Meter von der Mühle entfernt auf kargem Sand-Acker, und wenn die Ernte verkauft ist, steht das große Holzgebäude leer. In dem Jahr, von dem ich rede, macht sie Sastupeits Gustav mit seiner Mandoline zur *music hall.* In der leeren Scheune hallt es so schön, jeder Ton prahlt, macht sich groß, wird wichtig und steigert Gustavs Musikerbewußtsein.

Einige Wochen vergehen, und Gustav verspürt Verlangen nach einem Schlagzeug. Er überredet seinen Bruder Alfredko, der endgültig aus dem Zustand des Baum-Affen herausgewachsen ist, sich ein Schlagzeug schicken zu lassen.

Alfredko durchblättert den Warenkatalog der Firma

August Togenbruck aus Zwieback. Sein Wunsch geht mehr nach einer Luftbüchse hin. Gustav verspricht ihm eine Luftbüchse, aber ein Schlagzeug muß Alfredko trotzdem schikken lassen.

Und wer bezoahlt? fragt Alfredko.

Wirschte schon sehn, sagt Gustav.

Gustav rächt sich an seinem Vater, dem Mittelmüller, für die zerhackte Mandoline lange und kostspielig. Er unterweist Alfredko darin, wie man sich Geld für Warensendungen beschafft: Die Zigarrenkisten neben dem Kirchhut! Die Sendung muß ich wieder in Empfang nehmen. Für meine Gefälligkeit werde ich von Gustav mit einem Buch ausgezeichnet, das er mitschicken läßt: *Tarzan bei den Affen!*

Ich verschwinde sogleich im Urwald, lasse mich zusammen mit dem jungen Tarzan von den Affen rauben und lerne mit ihm aus einer Fibel, die seine verstorbenen Eltern in einer Waldhütte zurückließen, Englisch, und zwar nach jener Methode, derer sich die Hieroglyphenforscher bedienen. Ich verfalle in einen Lese-Rausch und habe darin nebenbei einen großartigen Einfall: Sobald mir meine Kinderpflichten und die Schul-Arbeiten ein wenig Zeit lassen, werde ich auf eine besondere Weise, die ich entdeckt zu haben glaube, Französisch lernen. Es ist eine einfache Weise, und ich wundere mich, daß sie noch niemand vor mir entdeckte: Ich will das französische Alphabet lernen und dann die Namen aller Dinge ringsumher aus dessen Buchstaben zusammensetzen. Oh, ich war ein gelehrtes Kind, einen *Edelspinner* würde man mich heute nennen.

Ich bewundere Tarzan, bewundere, wie er, als er schon ein ausgewachsener Affe und zweisprachig, äffisch und englisch, ausgebildet ist, auf den Bäumen umherkriecht und einem englischen Professor, der im Cut durch den Urwald zieht, hinterrücks die Tochter raubt und sie auf einen Baum zieht, um seine Englisch-Kenntnisse an ihr zu überprüfen. Leider werde ich mir an dieser Stelle schmerzlich meiner Unfähigkeit bewußt, auf Bäumen umherzuklettern, bewußt, daß es mir versagt bleiben wird, ein gebildetes Mädchen, ein Professorentöchterlein und so weiter, an mich zu ziehen.

Ich kümmere mich nicht drum, wie Gustav und Alfredko mit Mandoline und Schlagzeug zurechtkommen. Ich bin tief im Urwaldgeschehen und tauche erst auf, als meine Eltern sich über die ansteigende Kauflust der Müllersöhne unterhalten: Wern se sich woll an die drei Zigarrnkisten rangemacht hoaben, sagt meine Mutter. Kummt das Geld wenigstens unter die Leite!

Ich gewahre zum ersten Male, wie sich meine Mutter am Schaden ihres Nachbarn, den sie *unse Konkurrenz* nennt, erfreut.

Mir ist nach dieser Erkenntnis nicht gut zumute. Ich dränge das, was häufig Takt genannt wird, zurück und frage Gustav, ob das Geld, mit dem er umgeht, wie ein Spielkind mit Sand, aus den drei Zigarrenkisten des Mittelmüllers stammt.

Das merkt der Unse goar nich, sagt Gustav, ich wer mir woll könn Schoadenersatz beschaffen für die zerhackte Mandoline. Die Geldkisten sind übervoll, versichert Gustav, er nimmt nur das Geld, was überkleckert.

Der Mittelmüller füllt die vierte Zigarrenkiste mit Geldscheinen. Meine Mutter redet sich zurecht, wenn sich die Müllerjungen kauffreudig im Laden umtun: Das Geld wird so und so immer wertloser, sagt sie, hoaben die Jungsen wenigstens was davon! Sie verkauft an einem Sonntagnachmittag eine Literflasche Himbeersirup und mehrere Kasten Pralinen an Alfredko. Die Luftbüchse muß eingeweiht werden. Er hält ein *Schützenfest* ab: Fünfzehn Bossdomer Dorfjungen rumoren auf unserem Hofe. Detektiv Kaschwalla hat stramme Stunden. Die Anderthalbmeter-Großmutter muß aufpassen, daß niemand niemandem ein Auge ausschießt.

Schützenkönig wird dicke Stoprans Jurko. Welch ein Wunder! Jurko ist kurzsichtig und grüßt die Bäume am Wege. Er rechnet damit, einer könnte doch mal Lehrer Rumposch sein. Wir interviewen den Schützenkönig: Die Scheibe sak ich ja zur Not, sagt er.

Das Pralinenfestessen macht uns durstig. Alfredko fertigt aus dem Liter Himbeersirup einen Wassereimer voll Himbeerlimonade an. Der Schützenkönig, dem der erste Trunk zusteht, kniet sich hin und schlürft wie ein Bullchen aus dem Eimer, trinkt und trinkt, daß man fürchten muß, es wird ihm aus der Hose quellen. Der zweite und der dritte Schützenkönig trinken, und als der Eimer halb leer ist, wird er angehoben. Wir trinken aus ihm wie aus einem Humpen. Himbeerlimonade rinnt an unseren Mäulern vorbei in den Hofsand. Auf die Weise bekommen auch die schwarzen Haus-Ameisen etwas von unserem *Schützenfest* ab. Meine Mutter steht hinter der gerafften Gardine, sieht unserem Treiben zu und ist nicht unglücklich über das schöne Sonntagsgeschäft.

Ich muß an das denken, was Großtante Maika gesagt hat: Wer Geschäfte macht, den hat der Deibel schont am Ursche. Steht das Gesäß meiner Mutter aus diesem Grunde ein wenig sehr nach hinten? Meine Mutter und Tante Maika reden sich aus. (So sagt man auf der Heide mit milden Worten für Streiten.)

Wenns een Gott gibt, hat er keen Noam, sagt Tante Maika, wenn een Wesen een Noam hat, hats ooch Beene, und denn heeßts balde: sie fielen zu seinen Füßen nieder, und zum Schluß heeßts: und sie küßten am die Beene.

Für meine Mutter ist das Heidentum. Was se bloß gegen das Geschäftemachen hat, die olle Maika. Isse nich das Nebenweib vom größten Pferdehändler, dens uff die Welt gibt?

Auf wen soll ich hören, auf die Mutter oder auf die Großtante?

Hanka streut mit ihren Blicken und den kußfreudigen Lippen Erregung unter die Männer. Es gibt Burschen, die sitzen, sobald sie von der Schicht kommen und sich gewaschen haben, wie heiße Hündchen bei uns auf dem Küchenbänkchen oder auf den Stufen in der alten Backstube und verfolgen alles, was Hanka tut. Meiner Mutter sind die Burschen nicht im Wege. Sie verzehren bei ihrer Herumsitzerei was, trinken Bier, bestellen Schokolade für Hanka, oder eine Runde Pfefferminzlikör aus Mutters geheimem Ausschank. Einer, der am festesten sitzt und wohl die ernstesten Absichten auf Hanka hat, ist Otto, ein Bruder meines Freundes Hermann. Er verfolgt die hin- und hergehende Hanka so lange mit sehnsüchtigen Blicken, bis die ihm seinen Blick erwidert. Meist aber vergißt Hanka, Reinhold lieb in die Augen zu sehen. Sie mag ihn wohl nicht, und Reinhold trinkt eine Flasche Bier nach der anderen, bis er von der Treppe rutscht, schwankend zur Tür geht und sagt: Aber morgen!

Mein Vater hat etwas gegen die im Hause umherlungernden Burschen. Habt ihr za Hause nischt zu tune? fährt er sie an. Gleich drauf wird er von der Mutter in eine stille Ecke gezogen und *abgerieben*: Haste denn goar keen bißchen Geschäftsgeist?

Reinhold versucht seine stille Liebe zu Hanka mit ein wenig Mundharmonikaspiel aufzubessern. Er spielt leise und stockend, und jedes Mal, wenn er ein Liedlein heruntergehäckselt hat, fragt er: Hanka, is es denn nich bißchen schöne? *Tirol, Tirol, Tirol, du bist mein Heimatland,* spielt Reinhold. Er hat so starke Handgelenke und so große Bergarbeiterhände! Die kleine blanke Mundharmonika scheint sich in der Höhlung, die diese Hände bilden, zu fürchten, und deshalb antwortet sie so schüchtern, wenn Reinhold sie mit seinem Atem anspricht.

Da spielt unser Esau besser, sagt Hanka herzlos. Reinhold sieht auf seine kleine Harmonika. Nach einer Weile winkt er mich heran und bittet mich, ich möge ihm die Kunst des Zungenschlages auf der Harmonika beibringen. Kannst du nich eire Hanka moal froagen, ob se mit mir gehn will, sagt er. Eene Tafel Schoklade schmeiß ich.

Ich tue, wie mir geheißen, bekomme die Schokolade, aber Reinhold bekommt die Hanka nicht. Der arme Reinhold! Die Weiber sind harte wie Granatsplitter, sagt er und empfiehlt mir, diese Erkenntnis nicht in den Wind zu schlagen.

Außer nach Süden haben wir Nachbarn in alle Himmelsrichtungen hin. Nach Süden zu sehen wir in die Felder. Mein Vater verflucht diese Aussicht, weil ihm keines der Felder gehört. Ich habe Freude an dem Geflimmer, das sommers über den Feldern liegt, auch an den Winden, die über sie hingleiten, und am Schnee, der im Winter auf ihnen liegt. Keiner weiß etwas von den *Besitztümern,* die ich nach Süden hin habe.

Unser Nachbar nach Westen hin heißt Lehnigk. Er hat zehn Kinder, vier Mädchen und sechs Jungen: Sie sind schon erwachsen, als wir nach Bossdom ziehen. Leute reden: Lehnigks Vater Friede is stänkrig, wenn er een gekippt hat. Lehnigks Mutter hat einen aufgetriebenen Leib. Leute reden, er hat die Trächtigkeit zur Gewohnheit und hälts für überdrauf, sich zwischen zwei Kindern wieder zu verjüngen. Mein Großvater und Lehnigks Mutter wetteifern im Frühaufstehen. Die Dorf-Aue zwischen unserem und Lehnigks Anwesen heißt, wie ich schon erzählte, *Unter Eechen.* Wenn der Tag noch grau und unausgefärbt ist, klinkt Lehnigks Mutter das Hoftürchen auf, geht auf den Misthaufen *Unter Eechen,* packt ihren Rock überm gewölbten Leib, zieht ihn etwas von sich ab und uriniert im Stehen. Mein Großvater hat sich zu spät vom Bett gelöst. Er läßt das selbstgeflochtene Stroh-Rollo am Giebelfenster herunter, sieht Lehnigks Mutter und ruft der Anderthalbmeter-Großmutter herrisch zu: Steh uff, Alte, die Lehnigkinne is schon uffn Miste!

Der jüngste Sohn unserer Lehnigk-Nachbarn heißt Jurko. Er will, daß man ihn *Georg* ruft. Er arbeitet in der Friedensrainer Glashütte, und dort hänselt man ihn seines sorbischen Vornamens wegen. Die Friedensrainer halten sich für *echte* Deutsche. An ihren Familiennamen ist das zu erkennen. Sie heißen Sasowski, Wischinski, Kowalski, Nymschiski, und was du willst. Alle ihre Arbeitskollegen aus den umliegenden Dörfern sind für sie *wendsche Kitos.* Jurko läßt sich einschüchtern und bemüht sich, Hochdeutsch zu sprechen, aber das geht ihm öfter daneben: Ich habe in Grodk gewesen und bin dorten Spargeln gegessen, konnte er sagen, und da er im Vereinstheater mitspielt, verwendet er zuweilen, um ganz sicher zu sein, daß er Hochdeutsch spricht, Wendungen, die er für die Bühne gelernt hat. Einmal sagt er zur Kubaschkinne, die ihn in der Vorlaube nach seiner Mutter fragt: Die Dame speist noch.

Mein Vater kann Lehnigks Jurko nicht leiden.

Weshalb nicht?

Weil der keen Gehör nich hat.

Jurko pfeift sich Dorflieder und Tanzschlager mit falschen

Tönen von der Seele, außerdem verunreinigt er im Gesangverein die Leistungen der Tenorgruppe.

Die zweite Sache, mit der sichs Jurko bei meinem Vater versieht, ist die: Er schießt unseren *Alten* an. Unser *Alter* ist ein Täuber. Ich sagte schon, unsere Tauben haben Namen. Ein Täuber heißt *Einspänner*, der andere *Korbscheußer*, und noch ein anderer heißt *Krepper*. Die stärkste Persönlichkeit unter unseren männlichen Tauben ist *Korbscheußer*. Er kann, wissenschaftlich ausgedrückt, kombinieren. An einem Sommertag, an dem meine Mutter alle Türen geöffnet hat, das Haus belüftet und die Tauben geradezu zu Erkundungsgängen einlädt, entdeckt der *Korbscheußer* im unteren Fach eines Ladenregals den Erbsensack, dessen Ränder sauber nach außen gekrempelt sind, damit die Kunden sehen können, ob es sich um geschälte oder ungeschälte Erbsen handelt. Von dieser Entdeckung macht Korbscheußer nun jedes Mal Gebrauch, wenn er als Mitbeteiligter eine Brut aufzufüttern hat.

Um in den Laden vorzudringen, muß der Täuber drei Türen und fünf Treppenstufen überwinden, und er tut es im Trippelschritt. Wenn die Türen geschlossen sind, wartet er mit schiefgehaltenem Kopf, bis sie jemand öffnet, und wenn das geschieht, streicht er durch den schmalsten Spalt wie eine Katze. Es kommt vor, daß ein Kunde meine Mutter auf den Täuber im Erbsensack aufmerksam macht, aber die läßt sich nicht in Verlegenheit bringen: Entschuldigen Se man, Frau Michauken, sagt sie verbindlich, das macht er bloß, wenn er Junge hat.

In anderen sorbischen Häusern sind bärtige Zwerge, Lutchen oder Leutchen, zugange, bei uns sind die Zwerge befiedert; sie werden weder gefürchtet noch geehrt, aber respektiert.

Nun also hat Lehnigks Jurko mit einem Sechs-Millimeter-Tesching unseren *Alten* angeschossen, getroffen, aber nicht erschossen. Der *Alte* ist der Täuber des ersten Taubenpaares, das wir anschafften. Der große leere Taubenschlag befahl, daß wir Tauben anzuschaffen hatten. Der Wind ging bei den leeren Taubenschlag-Löchern aus und ein und wisperte mal und heulte ein anderes Mal: Tauben her! Tauben her!

Unser *Alter* ist ein Täuber mit einer Kappe aus blauen Federn, sein Hals und seine Brust sind weiß, die Flügel sind blau wie die Kopfkappe. Er ist kein Rassetäuber, aber für uns ist er ein schöner Täuber; bei uns auf der Heide gilt der Grundsatz nicht, daß schön nur ist, was Rasse ist. Die kleine Bleikugel aus dem Tesching von Lehnigks Jurko hat den Hals unseres *Alten* gestreift. Ein Wirbel von abgeschossenen Halsfedern fliegt mit dem Täuber mit, als der mühsam seinem Genist und Gehäuse im Schlag zustrebt.

Mein Vater hat den Schuß gehört. Er steigt auf den Hauklotz und sieht über den Zaun: Lappack, verfluchter! murmelt er mit gesenktem Kopf. Er kann die Beschimpfung nicht bis zur Feindschaft ausweiten. Der Laden! Der Laden!

Die Erwachsenen, oft zu Unrecht die mit Vernunft begabten Älteren genannt, zogen durch *Unter Eechen* eine gedachte Linie, eine Grenze. Westlich dieser Grenze heißt die Dorf-Aue *Lehnigks Unter Eechen*, und östlich davon heißt es *unse Unter Eechen*. Allmählich setzen sich die von den Erwachsenen ausgedachten Grenzen auch in unseren Kinderhirnen fest: Warte man, warte, du hast unter *unse Unter Eechen* een Loch ausgekratzt, das wer ich Unse soagen! So streiten wir miteinander.

Der *Alte*, unser Täuber, sitzt noch mit einem Halsverband in seinem Krankenhaus, einem umgekippten Kartoffelkorb, in der Küche. Wenn er auf dem Hof die anderen Täuber rumoren hört, turtelt er ihnen zu: Denkt nicht, daß ich schon abgeschoben bin!

Zeitchen vergeht, und Lehnigks Jurko erregt neuen Unwillen, besonders bei meinem Vater. Er *intoniert* hinter unserem Hofzaun auf seine amusikalische Weise mit seiner Lippenflöte das Liedchen: *Ein Mädchen wollte Wasser holn / an einem tiefen Brunnen . . .* Wie stets verhunzt Jurko beim Flöten die Töne, und in Worten wiedergegeben, mußte der Anfang des Liedchens etwa lauten: *Ein Mödchen willte Wässer heulen / an einem teufen Brünnen . . .*

Was muß er groade unter unse Unter Eechen pfeifen wien besoffner Sperling, sagt mein Vater fuchtig.

Warum wird er woll pfeifen, sagt meine Mutter, kannste dir das nich denken?

Doch, mein Vater kann sichs denken; denn das Gesage rollt von Zunge zu Zunge: Der Lehnigks Jurko kroamt mit die Bäckersch Hanka.

Eines Abends, die Eltern machen sich gerade zu Bette, prellt Hanka mit zerrissener Bluse in die Küche, atmet schwer und sagt: Der is ja reene verrückt, der! Sie weist mit einer Kopfbewegung nach *Unter Eechen.*

Mein Vater schwillt an, eine Menge Blut, jedenfalls eine Menge Rot, wallt ihm zu Kopfe. Macht mir nich verrückt, sagt er.

Was geht dir das an? sagt die Mutter.

Der Vater mildert: Mit een, was keen Pipatzchen Geheer hat und zum Stiebelausziehn pfeifen tut, gibt das Mädel sich ab?

Wieder Zeitchen drauf hält eines Nachmittags auf dem kleinen Platz vor dem Laden eine Kutsche, zwei Pferde davor. Sie steht an der Stelle, an der der Baron zweimal wöchentlich zu Pferde im Beisein meiner Mutter drei Lungenzüge aus einer Zigarette feiert. Nun also die Kutsche und der Kutscher Wilmko Janko, ein ehemaliger Bergmann, der, seiner röchelnden Lunge wegen, nach über Tage gekrochen ist. Was in der Kutsche gesessen hat, fährt zu dieser Stunde zweiter Klasse Eisenbahn in Richtung Weißwasser auf Görlitz zu. Die Gnädige vom Schloß Kleen Loije. Sie ist, wie Leute reden, nicht echt gnädig, sie ist nur eine angeheiratete Tuchfabrikantentochter aus Grodk. Ihr adeliger Mann fiel im Kriege. Als Offizier natürlich! Was dachtet ihr? In Kleen Loije erzählen einige Männer, sie hätten mit dem gnädigen Herrn, als er noch ein Junge gewesen war, gespielt, und als der junge Herr einmal beim Spielen gefallen wäre und sich verletzt hätte, wäre ihm blaues Blut ausgeflossen. Na bitte!

Nun steht der Name des gnädigen Herrn zuöberst auf der schwarzen Marmortafel am Kriegerdenkmal, sein Name in Goldbuchstaben und die Namen derer, die ihm folgen, in Silberbuchstaben, die Namen der Dorfjungen.

Seit dem *Heldentode* des Oberstleutnants gehts abwärts

auf dem Herrenhof. Die beiden Kutschpferde, die vor unserem Laden stehen, sind der Rest von einem Dutzend.

Wilmko Janko kauft im Laden ein. Einmal hat er mir geholfen, meine Kaninchen-Kiste zu richten, als ich auswandern wollte. Jetzt finde ich mich ab und halte seine Pferde bei den Trensen fest, und ich fühle mich geehrt, weil ich halbadelige Pferde warten darf.

Wilmko Janko kauft für die herrschaftliche Schloßküche Scheuerlappen, Schrubber, Scheuersand Marke *Max und Moritz* und Schmierseife, und damit das Krämer-Gesumms die Freiherrenkutsche nicht entwürdigt, packt er es in einen kleinen Reisekorb und macht es herrschafts-*like.*

Für meine Tätigkeit als *groom* lädt Wilmko mich und meine Schwester zu einer Freifahrt in der gnädigen Kutsche ein. Wir besteigen die Kutsche und lehnen uns erhaben in den Polstern zurück, wie wir es von den Herrschaften gesehen haben. Wir sehen das fleischige Genick von Wilmko Janko, der vor uns auf dem Bock sitzt.

Am Dorf-Ende heißt Wilmko uns aussteigen, und wir bedanken uns nach der Schnur. Meine Schwester sagt: So möcht ich moal bis nach Grodk foahrn! Und daraus wird erkenntlich, daß ein Wunsch, der dir erfüllt wird, umgehend unterirdische Wurzeln treibt, aus denen weitere Wünsche sprießen.

Unter Eechen begegnet uns Lehnigks Jurko. Er zieht die Mütze vor uns und fragt höhnend: Haben Herr Gemahl und Frau Gemahlin, haben die Herrschaften eine gute Fahrt gehabt? Eine Phrase aus einem Vereins-Theaterstück. Jurko wiederholt sie, höhnt und höhnt, macht mich hilflos, bringt mich auf, und ich sage schließlich: Und Sie, Herr Gemahl, gehen Sie mal zu ihrer Gemahlin Hanka hin!

Und mein Vater steht hinterm verwetterten Hofzaun und hört es.

Im November, wenn sich das Tageslicht durch Verschiebungen von Himmelskörpern radikal verknappt, findet die Mutter manchmal Zeit, uns Geschichten oder Reiseberichte von Forschern zu erzählen, die sie in Büchern oder Zeitschriften gelesen hat. Sie erzählt uns von den Eskimos, die den Walfischtran trinken, mit dem sie auch das Licht ihrer Lämpchen speisen. Schön gruselig für uns, uns vorzustellen, wir müßten zu jeder Morgen- und Abendmahlzeit Petroleum trinken.

Auch von der Entstehung der Lawinen im Hochgebirge erzählt uns die Mutter, und daß das Ausgangsmaterial für eine Lawine oft nicht größer als ein Wattepfröpfchen sei. Wie das Wachsen einer Lawine stelle ich mir das Anwachsen von Zorn in meinem Vater vor. Diesmal ist das Wattepfröpfchen: Ich habe mich gegen Lehnigks Jurko vermault, gegen einen Erwachsenen.

Es ist Sommer, und unser Mittagstisch ist in der alten Backstube aufgestellt. Dort ist es kühler als in der Küche. Es gibt Kirschsuppe, und es gibt Stampfkartoffeln mit Rührei und den ersten Gurkensalat des Jahres. Eine Himmelsmahlzeit! Wir setzen uns zu Tisch. Der Vater setzt sich polternd. Er sieht mich zornig an und fragt: Was haste zu Lehnigks Jurko gesoagt?

Mir versagts die Stimme.

Was du gesoagt hast!

Kein Ton von mir, und der Vater packt den Tisch, hebt ihn an und wirft ihn um. Was nicht von der Kirschsuppe, dem Gurkensalat, den Stampfkartoffeln und den Rühreiern an unseren Sachen klebenbleibt, bedeckt die Steinfliesen der alten Backstube. Meine Mutter kippt mit ihrem Stuhl nach hinten und ist tot. Ich renne hinaus, renne nach *Unter Eechen*, lege meine Stirn an einen borkigen Eichenstamm, heule und brülle.

Es kommt die Frau unseres nordwestlichen Nachbarn, und es kommt die jüngste Tochter unseres westlichen Nachbarn, und sie befragen mich, sie wollen wissen, ob ich mir wehgetan habe. Ich antworte nicht, und sie betasten mich, und es vergeht Zeit, bis meine Stimme aus dem Wirbel des Geheuls emportaucht, bis ich ihnen mitteile: Der Unse hat den Tisch umgeschmissen. Ich hoab *Herr Gemahl* gesoagt, und unse Mama is wieder tot.

Meine Aussage ist rätselhaft. Die Frauen wollen mehr wissen, aber da kommt Detektiv Kaschwalla und führt mich ab.

Die Anderthalbmeter-Großmutter bringt mich in die Stube zu den Eltern. Die Eltern sitzen auf dem Sofa, halten sich bei den Händen und sind nachrichtenneugierig wie die Einwohner einer belagerten Festung. Ich habe Berührung mit dem Feind gehabt, der die Festung belagert: Was hoam se dir gefroagt, die Weiber draußen? fragt die Mutter.

Was mir is, hoaben se mir gefroagt.

Und was haste gesoagt?

Ich berichte, was ich den Frauen draußen sagte. Meine Mutter tadelt mich: Hättste nich uffn Hof renn könn? Die Leite sind bloß neigierig, warum bei uns der Tisch umgefallen is; sie frein sich über jeden Schoaden, bloß weil wir den Loaden hoaben.

Der Laden, der Laden! Er will nun auch bestimmen, wohin ich in meinem Kummer zu rennen habe, und er hätte vielleicht gar gern gesehen, wenn ich gelogen hätte. Ich verstehe die Welt der Eltern nicht.

Hanka säubert den Fußboden der alten Backstube und singt: *Von seiner Liebe soll man nicht reden* ... Die Rühreier leuchten gelb, und die Kirschsuppe leuchtet rot. Ein Maler hätte am Farbspiel von Eigelb, Kirschrot und Gurkengrün seine Freude gehabt, aber ich bin kein Maler. Ich verkrieche mich auf dem Heuboden und denke über das nach, was Großvater *Lügerei* nennt. Den Erwachsenen scheint Lügerei erlaubt zu sein. Ich habe es schon in Grauschteen erfahren:

Es war noch im Krieg, und der Großvater, mein Gott, war bei uns zu Besuch gewesen und mußte wieder zurück nach Grodk. Ich wollte ihn nicht gehen lassen. Großvater war abreisebereit, doch ich klammerte mich an seinen Handwagen, weinte und schrie, und Großvater schob den Handwagen zurück in den Hof. Es war Mai, und der Kuckuck rief, und da ich schon lang drauf aus war, einen Kuckuck zu sehen, versprach Hanka, die damals Kindermädchen bei uns war, mit der Schwester und mir in den Wald zu gehen, sie würde uns einen Kuckuck zeigen. Da der Großvater auf dem Findling neben der hinteren Haustür saß, wie sonst, wenn er von der Gartenarbeit ausruhte, ließ ich mich auf die Kuckuck-Suche ein. Wir gingen in den Wald, und wir hörten den Kuckuck rufen, und wir suchten ihn, aber wir sahen ihn nicht, und in ihrer Not zeigte uns Hanka eine Ringeltaube.

Noch heute, wenn ich die Ringeltauben im schnittigen Flug an meinem Loggiafenster vorbei durch das Wiesental hinfahren sehe, denke ich dran, daß sie mich einst unschuldigerweise belügen halfen, denn Großvater war nicht mehr da, als wir von der Kuckuck-Suche zurückkamen.

Nun, da es mich in die Erinnerungen an die Grauschteener Zeit getrieben hat, blätterte ich in ihnen wie in einem Buch, das voll ist von Geschehnissen. Geschichte ist Geschehenes, lehrte Lehrer Dietrich in Grauschteen.

Da war der alte Kucher, der nicht froh sein konnte, wenn er nicht jeden Tag einen halben Liter Korn getrunken hatte. Er holte ihn bei meiner amerikanischen Großmutter, setzte sich vor der Schenke in den Chausseegraben, trank schluckweis, wurde fröhlich und blies auf dem Flaschenhals: *Kukkuck, Kuckuck, rufts aus dem Wald ...*

Die halbwüchsigen Dorfjungen riefen den alten Kucher zuweilen bei seinem Spitz- und Necknamen: *Prepko, Prepko,* und sie reizten ihn. Er schimpfte auf die ungeroatnen Jungsen, warf seineHolzpantoffel weg und lief barfuß hinter ihnen her, aber die Jungen waren schneller, und es war ihnen eine Lust, daß der alte Kucher sie fast, aber nie ganz einholte.

Einmal ließ ich mich von Staricks Alfredko verleiten, den alten Kucher, nachdem der seine Vierkantflasche geleert hatte, beim Necknamen zu rufen. Der alte Trinker machte keine Anstalten, uns zu verfolgen. Jungchens, Jungchens, was seid ihr bloß für Jungchens! sagte er, und es war Traurigkeit in seinem geröteten Gesicht mit dem aufgetriebenen Wangenfleisch und den Wassersäcken unter den Augen. Ihr seid noch so scheene kleene und tut mir ooch schont ärgern, schoade, schoade, is das schoade, sagte er. Wenn ich nicht gefürchtet hätte, daß Kucher mich doch noch bei den Ohren kriegen würde, wäre ich hingegangen und hätte ihn umarmt. Es war nicht Prepko, der mich ansah, sondern mein Großvater, vielleicht alle Großväter der Welt.

Und auch das trug sich in Grauschteen zu: Wenn mich eine Mücke gestochen hatte, oder wenn mir ein Pickelchen wuchs, und wenn ich Drang verspürte, daran zu kratzen, warnte die Mutter: Tuk nich kratzen, es kann Dreck reinkumm und schlimm wern, und sie müssen dir die Hand abschneiden.

Eines Tages erschien vor der Haustür, auf zwei Krücken gestützt, ein Bettler, dem ein Bein fehlte. Gewiß wars ein Kriegsinvalide, der in der Notzeit etwas Brot für seine Familie zusammentrug. Meine Mutter gab ihm von unseren geringen Vorräten und benutzte den Kriegsinvaliden als pädagogisches Demonstrations-Objekt: Doa siehstes, een Pickel hat er sich abgekratzt, sagte sie, als der arme Invalide gegangen war.

Die *Belehrung* bewirkte, daß ich bis in meine Schulzeit hinein von allen Invaliden, die mir begegneten, glaubte, sie wären ungehorsam gewesen, hätten nicht auf ihre Mutter gehört, hätten gekratzt, wo sie nicht sollten, und ich bedauerte sie nur mäßig.

Meine ausgezeichnete Mutter mochte nicht, daß ich im Freien, für jedermann sichtbar, mein Wasser abschlug. Wenn dir der Schandarm erwischt, schneidt er dir das doa weg! sagte sie und wandte sich wieder ihrer Arbeit zu, ließ den gespaltenen Fuß ihrer Nähmaschine über lange Nähte in einem Frauenrock hingehen und sang in der Aussicht auf einen bevorstehenden Urlaub meines Vaters: *Mühle, du gleene Mühle, / drehst dich, und ich sing een Lied*... Ihren Schneiderlehrlinginnen erklärte sie, dieses Mühlenlied wäre ein sächsisches Lied, sie hätte es einmal in Grodk von einem sächsischen Sänger singen hören, und Sächsisch wäre eine schöne Sprache. Ich aber saß da und hatte es in Gedanken mit unserem Landgendarmen zu tun, der Kanita hieß, einen kastanienbraunen Kaiserbart trug und mit blitzenden Augen vom Fahrrad in die *verderbte* Welt spähte. Er war, ähnlich wie Pastor Büchsel, ein strenger Mensch. Büchsel ging, um Leder *für die Front* zu sparen, in Holzsandalen einher, dachte beständig an die Helden an der Front, war angespannt und dachte und dachte an die Helden. Noch nie war ein Lächeln von ihm auf mich herabgefallen.

Ähnlich stand es mit Gendarm Kanita. Er bekam kein Lächeln für uns Kinder unter seinem Bart hervor, wenn er sein Fahrrad an der Laube der Gastwirtschaft abstellte, um bei der *Amerikanischen* nachfragen zu gehn, ob Zigeuner durchgezogen wären, oder ob Schieber bei ihr eingekehrt wären. Kanita sah geradeaus, immer geradeaus. An der Querstange seines Fahrrades hing eine steife Leinentasche. Großvater behauptete, Kanita würde darin Butterviertelchen und Speckstückchen aufbewahren, die er von solchen Leuten bekäme, denen es gefalle, daß er immer geradeaus und nicht nach rechts und nicht nach links sähe. Nachdem ich nun wußte, was Kanita den kleinen *Jungsen* mit seinem Messer antat, war ich sicher, daß er im stillen die abgeschnittenen Knabenschwänzchen zählte, die er in der Steifleinen-Tasche aufbewahrte. Kanita war vielleicht kein richtiger Mensch, nicht von einer Mutter geboren, sondern von einem Dorfschmied auf einem Amboß hergestellt. Ihm mißfiel alles, was Kinder taten, weil er sie nicht verstand, weil er selber nie ein Kind gewesen war.

(Der arme Gendarm Kanita! Er war so tüchtig in seiner Art und wurde dafür nach dem Kriege von einem Geldräuber erschossen. Aber das ist schon wieder eine andere Geschichte.)

Eines Tages brachte mir Stieftante Elise, die wieder einmal mit dem Stiefgroßvater auf dem Viehmarkt in Choćebuz gewesen war, eine kleine Brille mit, einen *Kneifer*, wie ihn Bürokraten und Gelehrte damals trugen. Der *Kneifer* war aus Fensterscheibenglas, ein Kinderspielzeug, auch meine Schwester bekam einen. Wir klemmten uns die Brillchen begeistert auf die Nasen, setzten uns in der Schenke der *Amerikanischen* auf die Fensterbank und sahen auf die Straße. Die Vorübergehenden sollten sehen, daß es hier schon Kinder mit Brillen gab, sie sollten staunen.

Und siehe, in diesem Augenblick kam Gendarm Kanita auf der Chaussee dahergeradelt, und noch ehe er sein Fahrrad an der Laube vor dem Gasthaus abgestellt hatte, riß ich mir den Kneifer herunter und warf ihn weg. Brillen zu tragen, bildete ich mir ein, wäre ein Vorrecht von Erwachsenen, sie gehörten nicht auf Kindernasen.

Ich rannte zum Hinterausgang hinaus, und ich war außer Atem, aber ich war gerettet; gewiß hätte mir der Gendarm die Nase weggeschnitten. Ich zitterte, war blaß wie ein Gestorbener. Und meine Schwester kam nach Hause und berichtete: Mama, Esau hat seine neie Brille weggeschmissen. Die Schwester aber trug ihre Brille nach wie vor auf der kleinen Nase und sah aus wie eine unausgereifte Stiftsdame.

Ehe ich meiner ausgezeichneten Mutter Erziehungsfehler vorwerfe, die sie an mir beging, will ich erkunden, ob nicht auch ich meine Söhne ähnlich ängstigte und fehlerzog, während ich selbstgefällig meinte, ich hätte sie richtig erzogen.

Also war das Leben in Grauschteen, wo ich meine früheste Kindheit verbrachte, doch kein Leben im Paradies? Oder fielen mir die abträglichen Erlebnisse nur ein, weil mich das jähzornige Verhalten des Vaters und die mir unehrlich erscheinende Haltung der Mutter derzeit bekümmerten? Gabs nicht auch Glücklichsein für mich in der Grauschteener Zeit, gabs nicht auch die Kehrseite vom Unglücklichsein?

Ich dachte an den Tag, an dem mich der Duft von tausend Maiglocken-Blumen umwehte, jener Duft, den man tötet, wenn man ihn beschreiben will, jener Duft, der mich dazu aufrief, selber ein Duft zu sein und in andere Menschen zu fahren. Ich raufte Stengel um Stengel von den Gräbern auf dem alten Friedhof neben der Kirche, Stengel um Stengel, bis meine Faust für die Bündel zu klein war, und ich rannte heim, um meiner Mutter mit den Blumen zu erklären, daß es mich drängte, selber ein Duft zu sein.

Und ich dachte an eine Unterabteilung der Grauschteener Zeit, an jene Zeit, die ich, von meiner Mutter hinausgeliehen, bei den Großeltern in Grodk verbrachte. Es war da außerhalb der Stadt eine Landschaft, die *Parma* genannt wurde, und wie sie zu diesem italienischen Namen kam, werden nicht einmal die Heimatforscher wissen. In Parma gabs eine Gastwirtschaft, die *Schützenhaus* hieß. Man ersieht daran sogleich, daß es sich bei unserem *Parma* nicht um Italien, sondern um Preußen handelte.

Im Schützenhaus-Garten wurden beim gelbgrauen Rauch schlechter Kriegszigarren Skatspiele ausgetragen, die sich in ihrer Qualität nicht von Vorkriegs-Skatspielen unterschieden. An ihnen nahm mein Großvater teil, als er noch ein städtischer Kartenspieler war. Die Großeltern zogen zuweilen an Sonntag-Nachmittagen dort hin und nahmen mich mit. Ich streifte, wenn ich meinen Kriegskuchen verschluckt hatte, im lieblichen *Parma* umher, wo es ein Tälchen gab, durch das ein Bach floß. An einer seichten Stelle des Baches, der Furt, schöpften die Dorfbewohner Wasser fürs Vieh und für die Gärten, und ich traf dort auf ein halbwüchsiges Schulmädchen. Das Mädchen war braunhäutig und schwarzhaarig, und es stand barfuß in der Furt, ließ Wasser in seine Schöpfkanne rinnen und goß es in ein Tönnchen, das auf einem Handwägelchen stand. Da ich, wie es noch heute meine Art ist, starrte und starrte, redete mich das Mädchen an, und die Vertraulichkeit, mit der es auf mich zukam, bewirkte, daß ich es für das schönste Mädchen hielt, das ich je gesehen hatte, und diese rasche und freudige Hinwendung zu Menschen, die mir vertrauensvoll entgegenkommen und ein Geschwätz mit mir eröffnen, ist mir geblieben bis auf den heutigen Tag.

Das Mädchen am Bach in *Parma* fragte mich nach meinem Namen und begeisterte sich für meinen Vornamen, und es nahm jenes Versteckspiel mit mir auf, das da lautet: Jakob, wo bist du? – Esau, hier bin ich! Wir spielten, wir suchten uns und verloren uns und waren beglückt, wenn wir uns fanden und umarmten, und wir waren immer wieder aufs neue spielerisch bekümmert, wenn wir uns suchten.

Als das Mädchen gehen mußte, wurde mir wehmütig. Bevor es mit seinem Handwägelchen davonzog, bat es mich, am nächsten Sonntag wiederzukommen. Ich versprach es, ohne zu bedenken, daß diese Möglichkeit allein vom Großvater und seiner Lust zum Skatspielen abhing. Du sollst gebunden sein, sagte das Mädchen, zog sich einen eisernen Ring vom Finger (was in diesem Kriege war nicht aus Eisen!) und steckte ihn mir auf. Der Ring war ein wenig angerostet, aber für mich war dieser Rost wertvoller als jedes Gold. Wir winkten einander zu, bis das Mädchen am Eingang des Dorfes verschwand.

Ich ging zum Skat- und Kaffeetisch der Großeltern zurück, und da ich ihre Gespräche nicht zu unterbrechen wagte, um von meinem Erlebnis zu erzählen, legte ich fürweisend meine Hand in der Nähe des Großvaters auf den Tisch. Schon hatte meine Anderthalbmeter-Großmutter, der spätere Detektiv Kaschwalla, mit ihren Eulchenaugen den Eisenreif, den ich für einen Ring hielt, an meiner Hand erspäht und sagte: Was haste denn doa fürn Dreckding?

Mein kleiner Himmel stürzte ein. Ich versuchte, ihn mir wieder zu erbauen und lief an die Furt des Flüßchens, aber dort tummelten sich jetzt viele Wasserschöpfer und verwehrten mir mit ihrem Geschrei und ihren Zurufen, still an das zu denken, was ich vor einer Viertelstunde drunten am Wasser erlebt hatte.

Was die Anderthalbmeter-Großmutter erspäht hatte, das hatte sie erspäht, und sie grapschte daheim meine rechte Hand und stellte fest, daß der Mittelfinger bläulich angeschwollen war. Da ham warsch, sagte sie und bestrich den Finger mit Schmierseife. Mein treues Ringlein bewegte sich nicht. Schließlich feilte es mir Großvater vorsichtig vom Finger, während die Großmutter zeterte: Daß de mir nie wieder sowas von jemandem annimmst!

Das Mädchen, die kleine *Parmesin*, sah ich nie wieder, aber unser schönes Beisammensein blieb in mir bis heute, zugleich allerdings mit dem Selbstvorwurf, daß ich damals nicht Wort gehalten hatte und nicht wiedergekommen war.

Den Ring legte ich in meine Spielzeug-Kiste. Er wanderte von Grauschteen mit nach Bossdom, und wenn ich ihn an Regen- oder Wintertagen wieder einmal in die Hände bekam, drückte ich ihn vorsichtig zusammen, daß man die Feilstelle nicht sehen konnte, und machte ihn heimlich zu dem, was er gewesen war, als das Mädchen ihn mir gab.

Verlebte ich in Grauschteen nicht auch meine Sänger-Knaben-Zeit? Wir, meine Schwester und ich, kannten viele Lieder, und die *Amerikanische* rief uns zuweilen in die Gaststube. Wir mußten den Zechern und Trunkenen aller Grade unsere Lieder vorsingen. Die Gäste hörten uns zu, und sie blieben sitzen und steigerten ihren Verzehr. Wir wußten es nicht, wir sangen treuherzig wie die Vögel im Frühling.

An einem Sonntag-Nachmittag saßen jene Dorfburschen, die noch zu jung für die Front waren, vor unserm Kotten im Chausseegraben, und es sah so aus, als wüßten sie, die noch ausgeschlossen waren davon, sich im Krieg in Stücke reißen zu lassen, nichts mit sich anzufangen. Sommerhitze stand überm Land, und die Telegrafendrähte und die Sommerfliegen summten um die Wette. Wir hockten uns zu den Burschen, und den Burschen gefiel unsere Zutraulichkeit, und wir fingen an zu singen, und wir sangen mit gewetzten Schnäbeln: *Ich bin ein Jungsoldat von siebzehn, achtzehn Jahren /, ich komme aus Frankreich her / und bin kein Krieger mehr* ... Ein Lied, in dem das Los eines jugendlichen Deserteurs besungen wurde! Wir hatten es irgendwo aufgeschnappt, und die Burschen wurden nachdenklich, als sie es hörten, und einer fing an zu weinen, und ich fühlte mich verpflichtet, ihn wieder aufzuheitern. (Meine Mutter: Er hatte manchmal solche freindlichen Einfälle!) Ich nahm meinen kleinen Strohhut vom Kopf und hielt ihn, wie ich es bei den Bettlern in Grodk gesehen hatte, den Burschen hin, und die Burschen warfen mir kupferne Ein- und Zweipfennigstücke hinein, und wir sangen unser nächstes Liedchen: *Laura, wir fahren beide Automobil / von Hamburg bis Kiel, / das kostet nicht viel* ...

So ein Lied nach dem anderen, und ich sagte schon, wir kannten viele, sie waren uns von den Schneiderlehrlinginnen meiner Mutter zugeflogen.

Nach jedem Lied machte ich die Runde mit meinem Strohhütchen, und als es bis an sein schmales Schweißband gefüllt war, trug ich es zur Mutter und setzte es stolz auf dem Schneidertisch ab. Ehe die Mutter sich mit mir freute, öffnete sie das Fenster, beugte sich hinaus und fragte die Burschen, obs mit dem Gelde seine Richtigkeit hätte. Ja, es hatte, die Burschen bestätigten es, und die Mutter freute sich ein wenig, wirklich nur ein wenig, mit mir, und dann sperrte sie meine Kupferpfennige in jene braungebeizte Schatulle, die ihr Onkel Stephan aus Amerika geschickt hatte.

Während meiner Kinderjahre erinnerte ich meine Mutter ab und zu an mein *vieles Geld* in ihrer Schatulle, und die Mutter bestätigte, es wäre noch vorhanden; zu sehen bekam ich es aber nie mehr. Die Mutter versprach, es mir einst auszuhändigen, wenn ich es dringend benötigen würde. Und als ich es in jener Zeit benötigte, da ich in der Fremde lebte und arm war wie der Sand auf der Heide, waren die Kupferpfennige in der Schatulle der Mutter wertlos geworden. Sie zeigten mir, daß Dinge und Menschen je nach der *Nützlichkeit,* die ihnen der größte Teil der Menschheit zumißt, an Wert gewinnen, und ich folgerte daraus, daß die Poeten bestellt sind, den Sinn und die Schönheit aller Dinge und Menschen hochzuhalten, ohne nach ihrem *Nutzen* zu fragen.

In Grauschteen wars auch, wo ich die erste Musik hörte. Die Dorftrompeter holten sie mit aufgeblasenen Backen und schweren Fingern aus ihren Instrumenten. Die Trompeten und die Hörner waren für mich aus Gold. Zuweilen wurde die Musik in der Kirche angefertigt, wenn dort eine Danksagung für einen *Kriegsgefallenen* aus dem Dorf stattfand. Auch auf dem Friedhof wurde Musik hergestellt, wenn wohlhabende Dorfbewohner begraben wurden. Meine ersten Musikerlebnisse waren also gepustete Choräle und ein Lied, das meine Mutter *eine Hymne* nannte, und deshalb war *Heil dir im Siegerkranz* für mich ein Loblied auf lieblich schmekkende wilde Himbeeren.

Eingeschlafene Musik stand in der Gastwirtschaft der *Amerikanischen* in einem hohen Eichenschrank. Hinter den Glasscheiben seiner Flügeltüren sah man gespannte Saiten, Walzen, blecherne Bänder mit Löchern und eine Trommel, von der erzählt wurde, sie trommele sich selber, und das Ganze, Musik-Automat genannt, wäre ein Wunder. Alles, was dieser Musik-Automat konnte oder können sollte, existierte für mich nur in dürren Worten von Leuten, die das Wunderwerk früher einmal gehört hatten, als es noch fuhr, ohne sich von der Stelle zu bewegen.

Als wenn de ne Stadtkapelle in Schrank eingesperrt huttest, sagte der alte Nothnick, einer der Skatpartner der *Amerikanischen.* Zu jener Zeit, als dieser Apparat mir allerlei phantastische Überlegungen entlockte, fiel er unter das Vergnügungsverbot. Gendarm Kanita hatte ihn versiegelt, damit niemand die *Helden an der Front* beleidigte. Gäste, die sich in heiterer Stimmung befanden, konnten so viel Geld einwerfen, wie sie wollten, der Automat rührte sich nicht, und er gab auch kein Geld zurück.

Eine musiklose Zeit, diese Kriegszeit! Meine Mutter war noch jung und klagte hin und wieder: Das ganze noachhochzeitliche Leben hoab ich verseimt! Und nun hatte sie schon drei Kinder.

Im Winter, wenn der Abend zeitig hereinbrach und die große Lampe noch nicht angezündet war, weil man Petroleum sparen mußte, fanden bei uns in der Schneiderstube eigenartige Musikveranstaltungen statt: Mutter und ihre Schneidermädchen bliesen auf Kämmen, die sie mit Seidenpapier überspannt hatten. Die Mutter mit großem Träderäderä voran, die Lehrlinginnen im Abstand von zwei oder drei Takten hinterdrein.

Mich beleidigte diese Musik. Sie war dürr und quäkend und arm wie das Gequarr ungeschmierter Stubentüren, und meine Mutter verwandelte sich, wenn sie sie produzierte, zu irgendeiner wilden Frau.

Wie heutigentags in unserem Ländchen Redakteure die Titelköpfe ihrer Zeitungen und Zeitschriften mit den Abbildungen der Verdienst-Orden, die sie von der Regierung erhielten, ausschmücken, so schmückte die Redaktion von *Vobachs Modenzeitung fürs deutsche Haus* den Titelkopf mit einem fetten *Eisernen Kreuz* aus, um Inhalt und Inserate vaterländisch verdienstvoll abzutönen. Das regelmäßig erscheinende Inserat einer Firma aus Markneukirchen wartete mit einer schlanken germanischen Frau auf, die in einem langen wehenden Kleide dahersaß. Die Haare fielen ihr über Schultern und Rücken, als wären es Luftwurzeln, die auf zusätzliche Nahrung aus sind. Das, was die Frau gegen ihre linke Hüfte stemmte, war eine Zither, sie spielte das Instrument in einer Haltung, wie wir sie von der Lorelei her kennen. (Aber wer hat die Lorelei je gesehen, Leute? Keine Antwort. Einer muß sie doch mal gesehen haben. Richtig, er hat sie nur mit dem inneren Auge gesehen und sie dann mit Zeichenstift-Strichen in die Wirklichkeit transponiert. Alle anderen, die die Lorelei sonst noch gezeichnet oder gemalt haben, haben sich der Vorstellung ihres vorlaufenden Kollegen nachempfindend angeschlossen. Der Fall steht nicht vereinzelt da: Wer hat Jesus Christus gesehen? Wer wars, der in Bewegung setzte, daß sich alle Christus-Porträts bis auf den heutigen Tag einigermaßen ähneln? Längst vergessene Genies warens, denk ich. Ihr auch?)

Unter der Zeichnung der zitherspielenden Dame in *Vobachs Modenzeitung* hieß es: *Hüterin des deutschen Herdes, verkürze deine Wartezeit! Erhebe dich, beflügelt von Musik!* Über dem Kopf der musizierenden Dame war eine sogenannte Blase eingezeichnet, die einen Infanteristen mit Pickelhaube umschloß, der im Unterstand lag und in die Ferne lauschte.

Das Inserat war der Schubs, den meine allem Sentimentalen zugetane Mutter erhielt, um sich eine Zither schicken zu lassen. Im Inserat war versprochen, *geneigte Damen* könnten das Zitherspiel in zehn bis fünfzehn Minuten erlernen.

Meine Mutter ließ (Stück fünfzehn) Lieder mitschicken. (Spätere Nachbestellungen immer möglich!) Die Lieder waren in ihrer Substanz Bögen aus schmiegsamer Pappe. Die Vorderseiten der Papp-Bögen sahen aus, als wären Schmeißfliegen über sie hergefallen und hätten sie beschössen. Die Fliegenpunkte waren durch Linien miteinander verbunden. Es handelte sich also um ein geometrisches Verfahren zur Erzeugung von Liedern. Für meine Mutter, die geübt war, mit dem Rädler auf den Linien der Schnittmusterbögen von einem Punkt zum andern zu wandeln, war das Erlernen des einfachen Melodienspiels auf der Zither eine Kleinigkeit *linker Hand.* Die Baßakkorde allerdings, die zur Ergänzung der Melodiepunkte mit dem linken Daumen angeschlagen werden mußten, (es gab derer sechs) waren mit entsprechenden Zahlen angegeben. Die Dressur des linken Daumens verlängerte das Erlernen des Zitherspiels von zehn bis fünfzehn Minuten auf zwei Monate. Das hatte der Reklamechef der Firma aus Markneukirchen den Leserinnen von *Vobachs Modenzeitung* wohlweislich verschwiegen. Was mich betrifft, so bin ich der Firma für den *Geschäftstrick* bis auf den heutigen Tag dankbar.

Wie merkwürdig, daß auf den fünfzehn Pappstücken, die die Markneukirchner mitschickten, fünfzehn Lieder klebten! Es war ein kleiner Rundgang durchs deutsche Liedergärtlein: *Ach, wie ists möglich dann ..., Zu Straßburg auf der Schanz ..., Vögel singen, Blumen blühen ...* Natürlich war auch für patriotischen Senf gesorgt: *Ich hab mich ergeben / mit Herz und mit Hand / dir Land voll Lieb und Leben, / mein heilig Vaterland.*

Am besten gefiel meiner Frau Mutter ein Lied, das da hieß: *Schön blau ist der See / und mein Herz tut mir weh / und mein Herz wird nit ehr gsund / bis mein Schatzerl nit kummt ...* Herzig unreine Reimerei, aber ganz der Stimmung meiner Mutter angepaßt.

Mich machte staunen, daß die Schönheit der Zitherlieder von der Gelehrigkeit der Menschenhände abhing, die in Tönen herumwühlten.

Meine Mutter übte und übte, sie wollte das Lied vom *blauen See* mit voller Baßbegleitung von der dünnen Vorlagenpappe abnehmen und es dem Vater beim nächsten Urlaub vollendet entgegenspielen. Vielleicht gings der Mutter auch drum, die Rührung, in die sie das Liedlein versetzte, recht oft auszukosten: *Und mein Herz wird nit ehr gsund / bis mein Schatzerl nit kummt ...*

Meine Mutter wachte über das Wohlergehen der Zither strenger als über das Wohlergehen ihrer Nähmaschine. Uns Kindern war verboten, das Instrument zu berühren. Mir hätte es die Mutter nicht verbieten müssen, es genügte mir, mich in die Zithertöne zu vertiefen, wenn die Mutter sie anschlug. Ich saß und lauschte und verschränkte dabei die Finger nach mitteleuropäischer Betmode. Es gab Töne, die zu hören ich nicht satt wurde. Zum Beispiel, wenn sich die Stimme der Mutter und der Ton der Zither tragisch voneinander trennten, oder wenn die Stimme der Mutter überkippte, weil sie die Höhe von zwei Tönen des Schönen blauen Sees, die auf dem Pappstück verzeichnet waren, nicht erreichte. Dann entstand jedes Mal ein Jodlerton, der auf einen Jodlerton traf, der in mir war. Er steckte vielleicht vom Großvater her in mir, und jedes Mal, wenn der ungewollte Jodlerton von der Mutter und der mir eingeborene sich trafen, flammte es in mir auf: Ich war der Ton, und der Ton war ich.

Auch die Baßakkorde hatten es mir angetan. Die ungeübte linke Mutterhand ließ sie stets ein wenig später aufklingen als die Melodietöne, mit denen sie eigentlich zusammen in die Welt hinaus sollten. Je größer der Abstand vom Melodieton zum Baßakkord, desto lieber wars mir, weil es mir Genuß verschaffte, den Zusammenschluß in mir drinnen zu vollziehen. Manche Baßakkorde öffneten mir Türen zu anderen Welten. Ich konnte, bis ein Baßakkord verklungen war, mich in eine mir liebe Welt hineinfühlen, die der Akkord mir aufgeschlossen hatte, und ich versuchte das darinnen Erfühlte meinem Leben zuzuschlagen.

Dann war der Krieg zu Ende, der Vater kam nach Hause, und die Zither verschwand für Tage, für Wochen und schließlich für Monate im Pappbehältnis, das ihr Haus war. Das Leben, das die Erwachsenen das *wirkliche Leben* nennen, erlaubte der Zither nur noch selten, sich in Tönen zu tummeln. Das letzte Lied, das meine Mutter auf ihr spielte (immer noch die bewußte Pause zwischen Melodietönen und Baßakkorden) hieß: *Es zog ein Matrose wohl über das Meer / nahm Abschied vom Liebchen, das weinte so sehr ...*

Dann kam die Bossdomer Zeit, dann kam der Laden. Ich erzählte schon, daß der Rumgeher-Korb und die Rumgeher-Pelerine des Vaters jetzt in einer Ecke des Mehlbodens, unbeachtet von uns, das stille Leben unbenutzter Dinge führten.

Auf dem Mehlboden stand auch die Schneiderpuppe der Mutter. In einem Regal lagen die mit großen gelben Seerosen bestickten Fensterschurze, die in Grauschteen dafür gesorgt hatten, daß die von Schlesien herunterkommenden kalten Winde nicht gar zu eilig durch die Fensterritze in unseren Kotten eindrangen.

In einer anderen Ecke stand der Eisen-Ofen, der uns Kinder damals belehrte, daß er sich zu einem gefährlichen Ding verwandelte, wenn ihn das Feuer von innen her gerötet hatte. Alle diese Gegenstände bildeten auf dem Mehlboden eine *Grauschteen-Kolonie*, eine Kolonie verwelkter Zeit, die ich mir in meinen Erinnerungen zum vorübergehenden Grünen auftreiben konnte.

Auch Mutters Zither hatte auf dem Mehlboden Quartier bezogen, und wenn ich dort die Grauschteener Zeit beschwor, kam es vor, daß ich den flachen Karton öffnete und leise mit dem Daumen über die Baß-Saiten strich. Aber meine Mutter schien ein Über-Ohr für den Klang der Zither entwickelt zu haben. Sie stöberte mich sofort auf, wenn ich die Zither berührt hatte, und sagte beleidigt: Das will ich nich hoaben, das weeßte! Sie ging, und ich saß da wie ein Gebrandmarkter, und ich fing vor Verlegenheit ein Gespräch mit der Schneiderpuppe an: Weeßte noch, die vielen Brautkleeder, die uff dir abgesteckt geworden sind?

Die Zither, die Zither, sie barg ein Geheimnis. Vielleicht hatte sie der Mutter mit ihren Liedern ein allzu wundersames Leben für *nach dem Kriege* versprochen, und das wundersame Leben war noch immer nicht gekommen, und die Mutter beobachtete die Zither mit jener Skepsis, mit der sie ihre unzuverlässige Freundin Frau Lehrer Rumposch beobachtete. Jedenfalls wünschte Mutter nicht, daß der Zither Gelegenheit zu neuen Versprechungen gegeben wurde, selbst mein jüngster Bruder, ein Nachkömmling, dem manches erlaubt wurde, was uns untersagt war, durfte die Zither nicht berühren.

Aber die Dinge, die der Mensch in die Welt gesetzt hat, führen ihr Eigenleben und altern, und auch die Zither kümmerte und kummerte dahin. Auf ihren Saiten, die nicht mehr schwingen durften, setzte sich Rost fest, der sich langsam, langsam bis in die Saitenseelen fraß. Als ich die Zither zum letzten Male sah, und das war in der Zeit, da ich als halbverhungerter Hilfsarbeiter durch die deutschen Städte zog, waren einige ihrer Saiten bereits vom Rost zerfressen und geplatzt, und sie befanden sich in der Totenstarre, die Saiten eigen ist, sie hatten sich zusammengerollt.

Lange Zeit gabs für mich nichts, was mich so tröstete, wie

es einst die Baß-Töne der Zither taten. Erst nach vielen, vielen Jahren stieß ich auf die Nocturnes und die Etüden von Chopin, und die brachten mir jene Kindheits-Erlebnisse zurück. An manchen Abenden, wenn die Spatzen im Dachgebälk vor meiner Stube nur noch flüstern, tragen mir die Klavierakkorde Chopinscher Nocturnes die Grauschteener Zeit heran, in der meine Mutter noch auf das vertraute, was ihr die Zither versprach, und ich finde die Türen, die mir damals die Baßakkorde für Augenblicke aufschlossen, für längere Zeit geöffnet. Ich brauche nicht mehr zu raffen, sondern kann mir behutsam jene poetischen Klänge auswählen, die mich ermuntern und ermutigen und in meine Arbeit hineinklingen.

Wo bin ich hingelangt mit dem Erzählen? Wieder einmal wirds nötig zu sagen: Verzeihung!

Bis auf den heutigen Tag frage ich mich, ob es gut ist, die Zeit, in der man lebt, mit Erinnerungen an gewesene Zeiten zu vertun. Sollte man nicht lieber die Gegenwart, so beschössen sie sich zuweilen auch darzustellen beliebt, mit Hilfe von Phantasie und Poesie an die Stelle rücken, an der sie schon jetzt der Glanz des Vergangenen trifft? Ist nicht auch das Unterfangen, meine frühe Kindheit hier vor euch auszubreiten, ein Ausweichen? Verdränge ich damit nicht meine Enttäuschung über Mitmenschen, die ich meine Freunde nannte und die sich meine Freunde nannten? Hätten sie mich enttäuschen können, wenn ich sie gesehen hätte, wie sie waren und wie sie noch immer sind und nicht, wie ich mir wünschte, daß sie hätten bleiben sollen? Vielleicht, vielleicht! Vielleicht verhilft mir aber das Durchforsten meiner Kindheit auch zu Einsichten, die mir nötig sind, die mich morgen zu dem machen, was man von mir erwarten darf, zum Verklärer des weder mit der Vergangenheit noch mit der Zukunft verquickten Jetzt.

Diesen Sommer erweitert sich der Umfang von Lehrer Rumposch wieder. Seine Gürtelweste platzt hinten. Rumposch schiebt die Schuld auf die Gürtelweste, sie ist ihm zu eng geworden. Er gibt sie seinem Skatbruder, dem Schneider,

der soll sie reparieren. Der Schneider macht den Westenstoff für das Platzen verantwortlich. Mit diesem Gesage bekunden Lehrer und Schneider, daß die Dinge, die der Mensch angefertigt hat, ein Eigenleben führen, sobald sie den Menschenhänden entsprungen sind. Oder sind Lehrer und Schneider gar Poeten, ohne es zu wollen und zu wissen?

Der Schneider sagt, der hintere Gürtelteil müsse aus Leder gemacht werden. Rumposch bringt seine Gürtelweste zu Sattler Benak nach Däben. Die Nachricht erreicht den Laden der Mutter: Rumposch braucht schon een Bauchgurt wien Pferd. Die Mutter gibt die Nachricht in der Küche an uns weiter. Den täglichen Zustrom von Dorfneuigkeiten zählt die Mutter zu den Einnahmen, die ihr der Laden verschafft.

Der Sommer vergeht, der Herbst geht vorüber, der Winter kommt an. Was man nicht erwartet hätte, die Leibeserweiterung dämpft den Tatendrang von Rumposch nicht. Alle Dorfbewohner, die behaupteten, der Lehrer werde träger, sind ins Unrecht gesetzt. Man soll den Stab nicht über jemand brechen, der noch nicht Amen gesagt hat. Das Leben bewegt das Lebendige und das Tote unaufhörlich; jede Minute sind Überraschungen möglich.

Rumposch überrascht die Bossdomer auf Weihnachten mit Laienkunst. Er dressiert uns für eine Theateraufführung am Heiligen Abend. Mag sein, daß er damit Pastor Kockosch ärgern will. Kockosch ist sein politischer Gegner, er wählt deutsch-national und liebäugelt mit dem Bund, der *Stahlhelm* genannt wird. Möglich, daß Rumposch mit der Theateraufführung Kockosch die Kundschaft stehlen will, die sonst, ob sozialdemokratisch, ob deutsch-national, ob parteilos, am Weihnachtsabend zur Andacht in die Kirche nach Gulitzscha trampt.

Ich soll zum ersten Male ein Theaterspieler sein, auf der Dorfbühne stehen und einige Sätze in einem Weihnachtsstück zu sagen haben. Dem Inhalt des Stückes ist weder anzusehen, noch anzuhören, daß es in Deutschland so etwas wie eine Novemberrevolution gegeben hat: Ein Graf fährt im Schlitten in der Weihnachtsnacht durch seinen wilden Forst und wird von Räubern, die nicht wissen, wie sie sonst zu ihren Weihnachtszigarren kommen sollen, überfallen, doch ein gräflicher Holzhauer, der des Weges kommt, überwältigt zusammen mit dem gräflichen Kutscher die Räuber und zieht sich dabei eine Stirnwunde zu. Das alles begibt sich auf der Bühne, bevor der Vorhang aufgegangen ist. Im Rollenbüchlein ist es nicht vorgesehen, aber wir sind geborene Realisten und führen den Überfall mit Pferdegewieher, Geschimpf, unflätigen Flüchen, Schellengeläut und Stockschlägen auf einen gefüllten Körnersack akustisch eindringlich auf.

Dann hebt sich der Vorhang und gewährt den Zuschauern Einblick ins Innere einer Holzhauerhütte. Sie sehen einen schiefen Kochherd und Kleinholz, mit dem zwei arme Holzhauersöhne *Weihnachtsbescherung* spielen. Sie schenken einander Holzkloben. Die armen Holzhauersöhne sind Kowalskis Richard und ich. Unser Vater kommt hereingewankt, preßt sein graues Sacktuch gegen die Stirn, wirft sich auf die Dielen und stöhnt. Er erzählt uns, was vorfiel, obwohl wir es wissen, wir kennen das Stück, er erzählt uns trotzdem, was geschah, damit es das Publikum erfährt. Außerdem eröffnet er den Leuten, auch auf dem Umwege über uns, Weihnachten könne nicht stattfinden, wir sähen ja, was mit ihm los sei. Eine Mutter haben wir nicht. Es ist ein reines Männerstück. Feministinnen, die das übel hätten auslegen können, gab es noch nicht.

Wir, die Holzhauerkinder, erweisen uns als verständig, und wir sagen dem Vater so etwas wie: Na, ist nicht schlimm, Vater, nächstes Jahr ist wieder Weihnachten, und so weiter. Wir bemühen uns um den Vater und verbinden ihm den Stirnhieb aus Vierfruchtmarmelade, den man ihm hinter den Kulissen beibrachte, und wir legen den Alten auf die Ofenbank und kacheln ein. Ich werde auf das sogenannte *Zeitmachen* aufmerksam, das Dichtern, besonders den Dramatikern, zuweilen Schwierigkeiten schafft. Unser Weihnachtsstück-Dramatiker läßt uns den Ofen ankacheln und hofft, daß das gutwillige Publikum die Kachel-Zeit bereitwillig in Gedanken vervielfacht, jedenfalls steht drunten im Publikum niemand auf und sagt: Unmöglich, daß die jetzt schon hier sind!

als der Graf und sein Kutscher, die inzwischen im *Waldkonsum* fleißig Weihnachtsgeschenke für uns eingekauft haben müssen, in unsere Holzhauerhöhle treten. Draußen heult der Wintersturm, doch die Kerzen am Weihnachtsbaum, den unsere Beglücker hereinbringen, brennen. Auch das wird vom Publikum nicht bemängelt. Sie nehmens hin, damits keinen Aufenthalt in der Handlung gibt. Wir alle sind inzwischen an solche Unrealitäten gewöhnt. Wir nehmens hin in sogenannten realistischen Filmen: Ein Mensch betritt, von einem Gewitterregen durchnäßt, ein Haus und tritt uns drinnen sogleich im trockenen Anzug entgegen.

Der Graf und sein Kutscher sind also nun in der Holzhauerhütte. Im Rollenbüchlein steht: *Karlchen und Fritzchen jubeln.* Wir haben bei den vielen Proben so gejubelt, daß wirs jetzt kaum noch für nötig halten. Es ist uns wichtiger, zu beobachten, ob Kollatzschens Erichen, der als Grafenkutscher den brennenden Weihnachtsbaum schief hält, wieder, wie bei der Hauptprobe, Kerzensaft ins Gesicht tropfen wird. Lehrer Rumposch, unser *Theatervorsager*, (den Begriff Souffleur kennen wir noch nicht), stampft ungeduldig und sagt im Befehlston aus der Seitenkulisse: Karlchen und Fritzchen, jubeln! Nun wissen sie es schon im Saal, daß wir gleich jubeln werden, und wir tuns endlich.

Wieder ist eine Nebenerzählung fällig: An einem lauen Abend (das Winterwetter leistet sich so Abende kurz vor Weihnachten manchmal) sagt meine Mutter: Mir ist so nach Warme. *Warme* wird bei uns die Wurst genannt, die anderwärts Bockwurst heißt. Wenn man sie unangewärmt im Fleischerladen kauft, um sie daheim zu wärmen, heißt sie *kalte Warme*, und wenn man sie warm vom Fleischer kauft, heißt sie *warme Warme.* Ich soll *warme Warme* für die Mutter holen, damit die losessen kann, sobald ich mit der Wurst einfahre.

Auf dem Rückweg komme ich an Lehnigks Laube vorüber. Dort suchen Lehnigks Käte und Noacks Elsbeth im Finstern (das muß man mal bedenken!) zu ergründen, wer bei unserem Weihnachts-Theater der Spaßigste sei, und kommen zu der Meinung, daß es Kowalskis Richard ist. Mir gefällt das nicht. Kowalskis Richard ist der Spaßigste, weil ihm der, der das Rollenbüchlein geschrieben hat, die witzigsten Antworten hindichtete, mir aber hat er, wie ich später wissen werde, die Rolle des *weißen Clowns* zugeschustert, der dem *dummen August* die Stichworte für witzige Antworten zu liefern hat.

Es ärgert mich, daß die Mädchen nicht zwischen darstellender und quatschender Kunst zu unterscheiden vermögen, und es läßt mir keine Ruhe, ich will es ihnen beibringen.

Zurück zum Weihnachtsabend: Kollatzschens Erich, der Grafenkutscher, stellt den Tannenbaum und die Geschenke auf den Holzhauertisch, und Kronkens Alwinko, unser Vater, fängt trotz seiner Stirnwunde an, mit der Faust Nüsse aufzuklopfen, er muß, es ist im Rollenbuch vorgeschrieben, und siehe, aus den zerklopften Nüssen rollen Goldstücke, und Kronkens Alwinko, unser Vater, sagt: In jede Nuß ein *Golddekaten*, wie sind bloß die hineingeraten? Lehrer Rumposch hat mit Alwinko lange an dem Wort *Dukaten* herumgeübt. Vergeblich, bei Alwinko blieb und blieb es bei *Dekaten*, bis Rumposch resignierte. Er war froh, daß es Alwinko fertig brachte, die Dukaten rollen zu lassen, die natürlich nicht in den Nüssen steckten, sondern aus Alwinkos Händen kamen. Höhere Illusionskunst!

Während die Dukaten rollen, wendet sich der Graf an uns, die Holzhauersöhne, und sagt: Euch laß ich erziehn von den höchsten Gelehrten.

Ich möchte am liebsten Konditor werden, antwortet Kowalskis Richard laut Rollenbuch. Die Leute lachen. Da mir, wie gesagt, der Rollenbuchschreiber keine Antwort zugeschrieben hat, denke ich mir rasch eine aus und sage: Ich möchte am liebsten bei Pferden werden! Dafür erhalte auch ich Gelächter vom Publikum, Publikumsgelächter, die Süßspeise für Schauspieler. Rumposch aber steht in den Seitenkulissen und beflucht meine Eigenwilligkeit, und es zwickt ihn, daß er nicht auf die Bühne und mich bestrafen kann.

Jetzt frage ich meinen Bruder: Karlchen, ist das nicht so wie im Traum? Und der vom Rollenbuchschreiber bevorzugte Richard Kowalski antwortet: Hurra, ich schlag einen Purzelbaum! Und er tut es, und wieder gibts Gelächter, und ich warte, bis es abgeklungen ist, dann schlage auch ich einen Purzelbaum und ernte mehr Gelächter als Richard, und Richard schlägt ehrgeizig einen zweiten Purzelbaum, dann ich wieder einen, und Lehrer Rumposch strampelt und jampelt in den Kulissen, weil das so innige Weihnachtsstück in Bodenturnen ausartet. Das Publikum lacht und lacht, und Rumposch läßt den Vorhang fallen, den einen, den mit der italienischen Landschaft, einen *Eisernen Vorhang* haben wir nicht.

Ich habe nie erfahren, ob es mir gelungen ist, Lehnigks Käte und Noacks Elsbeth davon zu überzeugen, daß es von der vorgeschriebenen Rolle abhängt, ob man auf der Bühne der Spaßigste ist oder nicht.

Mit dem Stück wollte sein Verfasser uns wohl beweisen, wie lukrativ es für den *Kleinen Mann* ist, sein Leben zu mißachten, um das Leben seines Herrn zu retten. Der Kleine Mann musch esch tun, behauptet Schestawitscha, wer sullde ihm schonst weiterhin dasch Brot geben?

Ich hatte diesen Sinn, wenn er es war, aus den Augen verloren, hatte ihn zunichte gemacht und in diesem Falle zu Recht, und es war mir, als schwämme ich, für eine Weile wenigstens, auf dem zustimmenden Gelächter der Mitmenschen durch mein Leben.

Jahrsdrauf überträgt mir Rumposch fürs Weihnachtsstück, aus Gründen der Wachsamkeit, keine Rolle mehr. Er verbraucht mich als Rezitator. Durch die Reime von Gedichten glaubt er, mich an einen festen Text gekettet zu haben. Ich habe ein klassisch-lesebuchtreues Gedicht aufzusagen, das sogar die alten Dorfweiber auswendig können, deshalb verlege ich meinen Alleingang beim Gedicht vom *armen Mädchen mit den Schwefelhölzern* auf die Wortgewalt und versuche nicht Gelächter, sondern Tränen zu ernten: *Mutter krank und Vater tot, / Weihnacht ist und wir in Not. / Kauft Hölzchen!* Ich sage das mit so zitternder Stimme, daß sich die alten Bäuerinnen fester in ihre Umschlagtücher hineinwickeln, und ich geb nicht nach, mit piepsender Stimme ein halberfrorenes Kind zu sein und die mittelharten Herzen der Bossdomer Kossätenfrauen zu erweichen, und ich stelle fest, daß die Genugtuung, mit meinem Gespiel und Getu Tränen zu ernten, sich von der, Gelächter einzuheimsen, kaum unterscheidet.

Neben Flaschenbier verkauft meine Mutter im Laden auch Limonade in vier verschiedenen Farben: Rot, grün, gelb und weiß: Himbeer, Waldmeister, Apfelsine und geschmacklos. Da Limonade keinen Alkohol (wir sagen *Eikohol*) enthält, darf sie im Laden getrunken werden. Alkohol ist ein Sittenverderber, lehrt Rumposch uns, wenn er drei Tage nüchtern ist und mit der Aussicht liebäugelt, Antialkoholiker zu werden. Wie das so ist, kaum nimmt der Mensch sich vor, sich in eine Tugend hineinzumachen, so glaubt er, er besitze sie schon, und er versucht, Mitmenschen für diese Tugend, mit der er liebäugelt, zu gewinnen, damit er nicht so allein mit ihr ist.

Rumposch nimmt jene Geschichten durch, die im Lesebuch unter der Rubrik: Der Alkohol – dein Feind! versammelt sind. In einer der Geschichten wird darauf hingewiesen, daß der Alkohol der hinterhältigste Feind des Winterwanderers ist. Der Winterwanderer betritt eine Kneipe, der Alkohol kommt ihm als Freund entgegen und erwärmt ihn, aber beim Weiterwandern verwandelt sich der Teufelsgehilfe Alkohol in Müdigkeit. Der Winterwanderer setzt sich in den Schnee, um ein wenig abzurasten, und bums, schläft er ein und erfriert.

Auch Medizin ist der Alkohol nicht, und die Lebensgeister, die er weckt, verwandeln sich in Todesgeister. Franzosen benutzen den Alkohol, um junge Leute in die Fremdenlegion zu locken. Wer sich häufig mit dem Alkohol einläßt, muß mit dem Erscheinen von weißen Mäusen rechnen. Weiße Mäuse zeigen an, daß der Mensch, dem sie erscheinen, im Alkohol ertrinken wird. Deshalb schmerzt es den Gendarmen so, wenn in Mutters Laden Alkohol in die Bergarbeiter hineingelassen wird.

Die Limonade nennen wir Brause, weil sie braust und oben beim Flaschenmund herausquillt, wenn man mit dem Porzellanpfropfen, der an einem Drahtbügel des Patentverschlusses hängt, gegen den Flaschenhals klopft. Den blassen Schaum, den wir auf diese Weise anfertigen, nennen wir *Engelsspucke*, weil er süß schmeckt, und weil wir glauben, daß alles, was ein Engel von sich gibt, süß ist. Wir essen große Mengen Engelsspeichel, bevor wir die Brause zum Trinken benutzen. Die Brause ist also, im Gegensatz zum mit hinterhältigem Alkohol durchsetzten Bier, außerdem ein feines Spielzeug.

Meine Mutter handelt auch im Winter mit Brause, wenn die Gastwirtin Bubnerka sich schon nicht mehr mit diesem *bunten Dreck* abgibt. Wir Kinder trinken Brause, auch wenn draußen Schnee liegt und Eiszapfen an den Dachrändern hängen. Meine Mutter hat, wie wir heute sagen würden, die Handelslücke erkannt: Heute zwei Flaschen, morgen drei Flaschen Brause verkauft, bald ist ein Kasten leer.

Die Brause wird nicht von Bierkutschern gebracht. Sie geben sich nicht mit gefärbtem Süßstoff-Wasser ab. Wir müssen uns dieses Wasser mit dem Fuhrwerk aus Däben vom Limonadenfabrikanten Koczemba holen. Koczembas sind liebe Leute. Sie halten sich für Deutsche, und uns halten sie für *Wenden*, aber in unserer Gegenwart sagen sie nicht, für was sie uns halten, wir sind ihre Kundschaft. Damals weiß ich noch nicht, daß beim Geschäftemachen Ideologie und Chauvinismus, die Schlagringe der Politik, nicht aus der Hosentasche gezogen werden.

Ich fahre mit Großvater nach Brause. Mutter will ihren Vorrat für die Weihnachts-Geschäftszeit aufstocken. Es ist Nachmittag. Kein Funken Sonnlicht ist zu sehen. Auf der Erde liegt Schnee, und am Himmel hängt Schnee. An Sträuchern und Gräsern klebt Reif und behauptet, er sei ein Geschwister vom weißen Samt.

Wir fahren durch das Gelände der Grube *Conrad*. Dort gibts einen Schnee, wie ihr ihn in eurem Leben noch nicht saht; nicht was seine Dichte und Höhe, sondern, was seine Farbe betrifft. Kohlenstaub bedeckt ihn, und die blache Erde sieht aus wie eine gepfefferte *Quarkschniete*.

Mir friert nich an die Beene uffn Woagen, prahlt Großvater. Mein Vater Heinrich müsse schon nach dem ersten Kilometer Fahrt vom Wagen und sich die Füße warmrennen. Wie es mit meinen Füßen stünde, will Großvater wissen.

Ich habe kalte Füße, möchte einerseits warmfüßig sein wie Großvater, möchte andererseits aber nicht grob lügen und sage deshalb: Een Been friert ma, das andre is ma warm.

Großvater wundert sich über meine einbeinige Frostempfindlichkeit und wickelt mir die Kutscherdecke um die Füße. Er braucht sie nicht, er hat seine Bierkutscherschuhe mit den Holzsohlen an und hat seine Füße in Stroh vergraben.

Wir fahren durch Däben. Es ist lang. Es ist keine Stadt, aber ein Dorf ist es auch nicht mehr. Es enthält mehrere Glasschleifereien, einen Bahnhof, zwei Ärzte, die sind Konkurrenten, und es enthält einen Zahndoktor ohne Konkurrenz und eine Apotheke. In Däben gibt es viele Schaufenster. Das habe ich in einem Schulaufsatz über Däben geschrieben.

Die Däbener Geschäftsleute weisen in ihren Schaufenstern schon auf Weihnachten hin. Gern würde ich absteigen, um mir die Schaufenster näher zu besehen, aber Großvater *federt*, er will vorm Eindunkeln wieder daheim sein. Sobald es dämmert, wird unser Pferd unruhig und will nichts als galoppieren, um in seinen Stall zu kommen.

Na, ich sehe auch vom Wagen dies und jenes, zum Beispiel einen Mann aus Pappmaché, von der Größe eines hockenden Hundes. Der Mann nickt beständig auf die Leute hin. Das machen se elektrisch, erklärt Großvater. Er kennt so Pappmänner aus seiner Grodker Zeit. Es gäbe auch welche, die beständig den Kopf schütteln. Die eine Sorte sagt immerfort ja, die andere Sorte immerfort nein. Bis nu hoab ich noch keen son Kerl gesehn, der ne andere Meenung hutte, sagt Großvater.

In einem anderen Schaufenster steht ein Tannenbaum. Er ist mit elektrischen Kerzen gespickt. Das würde sich mir nicht wollen, sage ich zum Großvater, elektrisch riecht nicht nach Weihnachten.

Großvater weiß nicht, daß Weihnachten riechen muß. Er lacht laut. Die Leute auf der Straße wundern sich über uns.

Bei den Koczembas habe ich Brausefreiheit. Ich darf so

viel trinken, als ich hinunter kriege. Großvater ermuntert mich zudem: Tuk dir moal richtig sattschlucken! Ich will nicht, ich friere und versuche, meine kalten Füße auf dem gepflasterten Hof warmzustampfen. Die dicke Frau Koczemba kommt: Geh rein, Jungchen, wärm dir auf! sagt sie.

Die Koczembakinne nimmt mich mit in die Gute Stube, dort sitzt ihre Tochter und spielt stöhnend Klavier. Sie ist schwarzhaarig und blaßgesichtig, eine Schneewittchenfigur und einige Jahre älter als ich. Ich bin um diese Zeit in alle Mädchen verliebt, wenn sie mir einigermaßen gefallen und noch nicht verheiratet sind. Ich kenne das Koczemba-Mädchen schon seit einiger Zeit. Bisher hat es nie mit mir gesprochen, da ich nun aber in der Guten Stube sitze, fühlt es sich verpflichtet und redet mich an. Ich möge die Schuhe ausziehen und die Füße gegen den Kachelofen stemmen, empfiehlt es. Ich tue es. Das Mädchen spielt Klavier, sein Spiel erinnert mich an das Zitherspiel meiner Mutter. Meine Verliebtheit nimmt zu. Ich gelange in eine Stimmung, aus der heraus mir alles möglich erscheint, und ich wage, das Koczemba-Mädchen zu fragen, ob es die Bässe allein und für sich spielen könne, jetzt einen und dann wieder mal einen.

Elske, so heißt das Koczemba-Mädchen, lacht. Auf keinen Fall wird sie die Bässe allein und für sich spielen! Es ist ihr von der Klavierlehrerin untersagt. Elske ist froh, daß sie es so weit gebracht hat, Melodie- und Baßtöne gleichzeitig anzuschlagen. Sie spiele nur das, was auf dem Papier stünde. Es ist ihr untersagt zu schludern.

Woher habe ich den Mut, ein Streitgespräch mit Elske anzufangen? Einmal müßte das Lied frei umhergeschwebt sein, bis es jemand einfing und in Noten einsperrte.

Nein, das Lied ist schon immer im Notenheft gewesen, sagt Elske. Sie hat das Notenheft voriges Jahr zu Weihnachten gekriegt. Sie versteht mich nicht. Noch ehe ich mich weiter ereifern kann, kommt Großvater und holt mich.

Auf dem Rückweg bin ich traurig, weil mich das Koczemba-Mädchen nicht verstand. Elske erscheint mir nicht mehr so schön — und eben, sie hat mich nicht verstanden.

Bald darauf läßt sich meine Mutter nach Grodk fahren, um für das Weihnachtsgeschäft Dinge einzukaufen, die, wie sie behauptet, in Bossdom noch nicht gesehen wurden.

Mein Vater gibt sich für die Einkaufstour der Mutter nicht her. Er kanns nicht ertragen, nicht aushalten, dabeizustehen, wenn Mutter all *die unnütze Scheuße* einkauft. Meine Mutter behauptet, der mangelnde Geschäftsgeist verlöte meinem Vater das Verständnis.

Also kutschiert Großvater die Mutter zu den Weihnachtseinkäufen. Vorher gibts eine unruhige Nacht. Großvater wacht auf und weckt die Anderthalbmeter-Großmutter: Wie spät is, Alte?

Die Großmutter schmurgelt ein Streichhölzchen an und sieht auf die Uhr: Es ist noch nicht Zeit zum Aufstehen. Draußen webt die Winternacht an ihrer Dunkelheit. Der Kauz, der drüben in der Dicken Linde lebt, ist herübergekommen und untersucht die Spatzenverstecke unterm Dach. Auf dem Mühlberg rungst die Windmühle. Sie freut sich über ihre neuen Fletten.

Großvater schläft noch mal ein, aber nach einer halben Stunde ist er wieder wach und fragt: Wie spät is, Alte?

Wieder schmurgelt die Großmutter wie ein gehorsames Kind ein Streichholz an: Noch halbes Stündchen, sagt sie.

Drei Uhr, und die Aufstehstunde ist heran. Großvater zieht sich an, geht hinunter, geht durch die Küche, öffnet die Stubentür einen Spalt breit und ruft in der Tonart, die er leise nennt: Tuk uffstehn, Lene! Er geht in den Stall, schüttet dem Pferd ein erstes Futter ein. In der Stube der Eltern ist noch kein Licht geworden. Großvater geht wieder in die Küche und ruft etwas lauter als leise: Tuk uffstehn, Lene, damit wa nich bei Finstern zurückfoahrn müssen!

Großvater geht, putzt das Pferd, schüttet ihm ein zweites Futter ein und steckt ihm Heu auf.

Die Anderthalbmeter-Großmutter facht den Küchenherd an. Meine Mutter, die Nachtschwärmerin und Mitternachtsleserin, findet sich nicht zusammen. Unwillen färbt Großvaters Stimme: Mir is engal, ich spann an und foahre!

Der Vater fährt hoch: Der Alte macht mir noch verrückt! Endlich tut sich meine Mutter ans Aufstehn.

Der Großvater geht hin und her wie ein *webender* Wallach, von der Küche zum Planwagen, vom Planwagen zum Stall, er stökert und treibt, bis auch die Mutter unwillig wird: Mein Gott, bissel Kuchen wer ich ma woll noch sattessen könn! sagt sie.

Mutter und Großvater fahren durchs Dorf. In manchen Bergarbeiterküchen brennt schon Licht. Die Frauen, deren Männer auf Frühschicht müssen, machen ihnen Brote und Malzkaffee. Hie und da erwacht in einem Stalle das Familienpferd und begrüßt unsern Wallach, der schon so früh durch den Schnee stampfen muß. Mein Großvater zieht die Uhr: Fünfe is, stellt er befriedigt fest, een Glück, daß ich dir so geschürgt hoabe! sagt er zur Mutter.

Dem Brandfuchs hat der Großvater Stollen in die Hufeisen geschraubt, damit er sich draußen auf der glatten Kreischaussee stemmen und halten kann. Der Wallach geht willigen Schritts. Das Licht der baumelnden Petroleumlampe zerschneidet die Dunkelheit; sie fällt nach rechts und nach links auseinander. Jeder Schnaufer des Wallachs erzeugt eine tröpflich warme Brise. Sie wird vom Wind nach hinten in die Gesichter der Fahrenden geweht. Meine Mutter schiebt ein Stück Streuselkuchen ein und schwärmt den Schnee an: Wie scheene er so uff die kleen Beeme liegt!

Unterm Wagen hängt der Hemmschuh. Mit ihm wird ein Wagenhinterrad blockiert, wenn es den Georgenberg hinunter und in die Stadt hinein geht. Grodk liegt im Tale, sagen die Sorben. Spremberg liegt am Berge, sagen die Deutschen. Spree am Berg gleich Spremberg. Grodk gleich Stadt, sagen die Sorben, wir sein länger hier wie die Deitschen.

Kurz vor der Forster Brücke wird die Straße eben. Großvater löst den Hemmschuh. Aber pack ihn ja nich an, den Hemmschuh, sonst haste Brand-Bloasen, wo du keene gebrauchen kannst. Der Hemmschuh glimmt. Großvater löscht ihn auf seine Weise ab. Nach dem dreistündigen Gerappel und Gezuckel ist es an der Zeit, daß er sein Wasser abschlägt. Is ja finster, sieht ja keener. Finster oder nicht, meiner Mutter will sich das nicht. Sie möchte sich hinter dem Wagenkasten verstecken.

Nu haste moal angehalten, und der Hemmschuh is gekühlt geworden, und da haste auch gleich die Ausspannung, rechts. Der Georgenberg hat sie sich verlangt, man ist seinem Wunsche nachgekommen: Kollowas *Gastwirtschaft mit Ausspannung*. Kollowas Großmutter, schwarzes Kopftuch, Kürbisgesicht, betreut die Ausspännerpferde. Wenn ein neuer Kunde mit seinem Pferd eintrifft, fragt sie: Wenn er Mucken hat, denn soag ma, denn füttere ich am mit die Mistgoabel. Pferde ohne Mucken behandelt Kollowas Großmutter wie Kinder. Haste dir wieder Noase erkält? Haste müssen draußen friern, und dein Kutscher hat in Schenke gesessen, bedauert sie einen alten Wallach, und zu einer im Winter rossenden Stute sagt sie: Mein Gott, wirscht da doch nich wulln jetzt verpoarn! Willste denn zu Joahre Winterfohlen hoaben?

Sobald ein Fuhrwerk in den Hof einfährt, wird in der Kollowa-Küche Heißgetränk vorbereitet, für die Weiber Punsch, für die Männer Grog. Meine Mutter will dies nicht und das nicht, sie bestellt sich Schnieten mit Harzer Käse und trinkt Kümmel dazu: Ein Häppchen, ein Schlückchen, ein Häppchen, ein Schlückchen; erst *einen* Kümmel, dann einen zweiten, der Mensch hat zwee Beene, den dritten Kümmel für das Gemüt. Dann ist meine Mutter soweit; für Weihnachtseinkäufe muß man leichtsinnig sein.

Es fällt leise Schnee, große Flocken. Der Grodker Schnee wird gleich *zerträmpelt* und zerscharrt, wenn er zu spärlich fällt. Zuviel Leute überall, und paar Dutzend Schneeflocken werden auch von den Schulkindern eingefangen. Menge Schulkinder in Grodk! In Bossdom kann sich der Schnee schön hinlagern und sich sagen: Hier ists gemütlich, hier bleib ich!

Meine Mutter geht an Kaufmann Sterzens Laden vorüber. Dieser Laden ist ihr Ideal und Muster, wie wir wissen. Mit so einem Laden will sie, Schritt für Schritt, die Bossdomer beglücken, deshalb sieht sie mit dem rechten Auge geradeaus und nimmt mit dem linken bei Kaufmann Sterzen Maß und erspäht, daß der seinen Trinkkunden in der Destillenstube

Winterrettiche anbietet. Rettiche sollen, wie die Mutter las, die Trunklust anregen. Ob sie es bei den biertrinkenden Bergleuten daheim mal mit Wasserrübchen versucht, die wir selber anbauen?

Die Besitzer der Läden, in denen meine Mutter für ihren Dorfladen einkauft, nennen sich *Grossisten.* Meine Mutter fängt bei Marunken an der Ecke an. Sie kauft ein halbes Dutzend Weihnachtsmann-Larven und drei Dutzend Christbaumspitzen aus buntem, geblasenem Glas. Von den ganz kleinen Tannenbaumkugeln will die Mutter dieses Jahr zehn Kartons. Der kleine Marunke hat eine dicke schwarze Haarsträhne von der Seite her über seine blanke Glatze gelegt. Er verbeugt sich. Der Bleistift hinter seinem Ohr wackelt dabei. Tut mir leid, Frau Matt. Jawohl, er sagt *Frau Matt* und verbeugt sich vor meiner Mutter, obwohl er sie von Kind an kennt und weiß, daß sie Kulkans Lenchen ist, die drei Häuser weiter runter, nach der Forster Brücke zu, ihre Jungmädchenzeit verbrachte. Kleine Tannenbaumkugeln leider nicht am Lager: Es waren russische Tannenbaumkugeln. Sie hatten dort Revolution.

Was, zugoar Tannboomkugeln wern bei ne Revolution verschossen? Das würde sich mir nich wolln! sagt meine Mutter.

Bei Konditor Nowka kauft sie zwei Dutzend Pfefferkuchenhäuschen mit Eiszapfen aus Zuckerguß am Dachrand. Im Herzen bedauert sie, daß der Vater, der im Winter auf den Feldern nichts zu tun hat, nicht solche Häuschen für ihren Laden zusammenbäckt.

Eiszappen aus Zucker machen? sagt der Vater abfällig. Ich bin Bäcker, keen Pfefferküchler!

Die Hühneraugen benehmen sich in den Schuhen, die sich Mutter für ihre Stadtfahrt übergezwängt hat, besonders rebellisch. Die engen Schuhe sind die Ursache für ihre Hühneraugen, aber meine Mutter wills erzwingen, sie will in schlanken Schuhen, wie sie sie als Mädchen trug, gesehen werden. Nur zu uns klagt sie sich aus: Reene, als ob ich Erbsen in die Schuhe hätte!

Deshalb macht die Mutter, nachdem sie über die Lange

Brücke gehinkt ist, in der Verzehr-Ecke bei Fleischer Rutschke in der Dresdener Straße ein zweites Frühstück. Sie läßt sich *warme Warme* hintafeln, Stücker vier, vor allem, weil bei Rutschke der Mostrich so gut schmeckt!

Ihren Haupteinkauf macht die Mutter bei Firma Julius Handtke, Papier und Spielwaren pp; sie kauft dort gußeiserne Tannenbaumständer. Es stehen zwar noch einige versilberte Baumständer als Überware vom vorigen Jahr auf dem Mehlboden, aber dieses Jahr sind vergoldete Ständer in Mode. Wer die nich kooft, denkt die Mutter, der is nich zu retten! Sie nimmt Stücker sechs, außerdem fünfzig Päckchen Tannenbaumlichte. Auch Baumkerzen liegen noch daheim, aber dieses Jahr gibt es gedrehte Kerzen. Mit dem Drehen der Kerzenstränge versuchen die Hersteller die Kaufgier der Kunden zu reizen. Bei meiner Mutter gelingt es ihnen, wie man sieht, auf Anhieb.

Augenblickchen später fallen so *hipsche* kleene Gebäude aus Holz und Gips in das Begehren der Mutter, *wunderscheene, niedliche* Gebäude mit einem kleenen Turm, auf dem eine schwarz-weiß-rote Flagge weht, und die Mauern, um die *wunderhipschen kleenen Gebäude rum, sind so scheene bemoalt* mit Moos und blühenden Heckenrosen.

Herr Julius Handtke trägt eine randlose Brille mit goldenen Bügeln und hat das Gehabe eines Oberlehrers, besonders wenn er von Papier spricht. Nie hört man ihn die Wörter *Spielwaren* oder *Spielzeug* aussprechen; das sind für den ernsten Herrn Julius Handtke *Verkaufsartikel.* Wie Kaufmann Marunke nimmt auch Herr Julius Handtke an, er habe es bei meiner Mutter mit einer erwachsenen Frau zu tun, die weiß, was sie will, deshalb spricht er mit ihr in der Höhe, in der man mit Erwachsenen spricht. Eigentlich aber hätte Handtke sich bis zur Ladentischplatte niederbeugen müssen, denn die Frau, die vor ihm steht, ist Kulkas Lenchen, das Kind mit der unersättlichen Seele, das Kind, das auf die unsichtbaren Schwingungen aus ist, von denen alle wirklichen Dinge umlagert sind.

Die Mutter kauft gleich sechs von den hübsch bemoosten und berasten Gebäuden. Sehr wohl, sechs Stück, und Julius

Handtke will wissen, ob Frau Matt nicht auch die entsprechenden Soldaten dazu haben möchte.

Soldaten? Wieso Soldaten? Ich will nischt mehr hörn von Krieg und Soldaten! Vier Joahre lang Krieg, keen Mann und zuletzt vier Kinder.

Gut, gut, Herr Julius Handtke nimmt Abstand, er hat die Soldaten nur der Ordnung halber erwähnt; er weiß ja nicht, daß meine Mutter diese Dinger aus Pappmaché und Gips für Märchenschlösser hält: Jeden Augenblick kann das erwachte Dornröschen, ihren Prinzen bei der Hand, aus dem Tor treten und zum Standesamt wandeln.

Nun gut, sonst noch Wünsche?

Jawohl, die Mutter kauft noch drei leere Puppenstuben, weil sie so *hipsch tapziert* sind und sauber geraffte Gardinen an den Fenstern haben.

Auf Mittag hat sich die Mutter per Bossdomer Ansichtskarte bei ihrer ehemaligen Kumpanka Martha Roik angesagt. Martha Roik ist jetzt Frau Zigarrenmacher Lauke. Die Männer bleiben mit voller Firma, was sie sind, die Frauen werden bei zwanzig Jahren, jedenfalls wenn sie heiraten, dem Namen nach wer anders. Pobloschens Minna ist Frau Schuldiener Baltin geworden, und Roiks Martha eben Frau Zigarrenhändler Lauke.

Mein Gott, sagt die Mutter, weeßte noch, Martha, wie wa damals in die Geschirrmacherei tätig gewesen woarn? Das heißt aus dem Spießbürgerischen ins Reale übersetzt: Damals, als wir beide Fabrikmädchen waren. Bei Frau Zigarrenmacher Lauke flackert das rechte Auge in Abständen und verkleinert sich. Sie besieht meine Mutter rundum und sagt: Sonst siehste noch aus wie frieher, bloß bißchen um Ursch rum haste dir verbreetert. Na mäg!

Meine Mutter versucht mit dem merkwürdigen Kompliment fertig zu werden, aber es gelingt ihr nicht, erst muß sie *zurückzahlen*: Mit dein Oogenzwinkern is ooch nich groade besser geworden, sagt sie.

Ja, das Oogenzwinkern! Die Lauken weiß, daß es nicht schön aussieht. Ein doppeltes Leiden! Nicht nur das Zucken eben, sondern fremde Leute denken, wenn sie mit ihr sprechen, sie glaube ihnen nichts und nähme alles nur mit Augenzwinkern hin. Die Lauken fängt an zu weinen: Ich kann nich dafier und muß ma einheeßen lassen!

Die Mutter muß trösten. Sie tröstet gern, weil ihr Rückhieb gesessen hat. Sie berichtet von den Gesprächen, die sie zuweilen mit der Frau Baronin im Laden führt: Aber nein doch, Frau Baronin, sag ich.

Aber wirklich, Frau Matt, sagt sie.

Und die Lauken spricht über ausländische Tabaksorten, als führe sie alle Wochen zum Einkauf nach Sumatra oder Kuba: Tabacco fini und lauter so Auserlesenes, verstehste?

Dann essen die beiden zu Mittag. Die Lauken hat Stampfkartoffeln mit Füllsel gemacht (gebratenes Wurstfüllsel), als Kompott: Windbeutel von Brosens Konditor. Für meine Mutter drei Stück.

Dann zieht sich meine Mutter die Schuhe wieder an, das heißt, sie preßt ihre Füße in die Schuhe, die sie unterm Tisch heimlich ausgezogen hat, und macht sich auf den Weg, um Zuckerwaren, Schokolade und eßbaren Baumbehang einzukaufen.

Mein Großvater holt sich inzwischen seinen Rippentabak, vor allen Dingen aber seinen bitteren Tee aus Isländischem Moos und macht einen Besuch bei seiner Lieferfirma *Schwetasch und Seidel.* (Vergeßt nicht, daß er sich wieder als Handelsmann hat zulassen lassen!) Nein, vergeßt das nicht, denn sonntags, oder wenns ihn gelüstet, macht Großvater seine Geschäfte, verkauft vor allem Anzugstoff an die Dorfburschen. Es ist üblich geworden, daß sich die Glasmacher- und Bergarbeitergesellen leichtsinnigerweise aller zwei, drei Jahre einen neuen Anzug nach der Mode machen lassen. Großvater lobt diese Mode, sie verschafft ihm Gewinst; er selber freilich läßt sich, so lange ich ihn kenne, keinen neuen Anzug machen. Alle Kossäten alten Schlages kommen ihr Leben lang mit zwei Anzügen aus, nämlich mit dem, den sie vor ihrer Hochzeit trugen, und mit dem, den sie sich zur Hochzeit machen ließen, es sei denn, sie werden im Laufe ihres Lebens dick, aber dazu liegt kein Grund vor.

Die Fabrik von *Schwetasch und Seidel* lagert an einem

Spree-Arm, der die Hammerlache genannt wird. Wenn für meine Mutter Kaufmann Sterz und sein Laden das Muster für ihr Unternehmen ist, so ist für meinen Großvater die Firma *Schwetasch und Seidel* die Vorlage für Reichtum und ein glückliches Leben.

Großvater holt sich neue Stoffmuster, neue *Desiens*, wie er sie nennt, und wird vom Herrn Seidel bedient, der so mehr das *Mädchen für alles* in der Firma ist. Herr Seidel hat eine rote Nase mit rotem Nasen-Umfeld. Großvater behauptet, Herr Seidel habe eine Nase für Mode, und er, der sonst nicht gern jemand respektiert, richtet sich nach Herrn Seidels Vorschlägen: Dieses Jahr trägt man Kariert, verkündet Herr Seidel. Nicht nur karierte Anzüge, sondern auch karierte Mäntel. Dessin *Zirkus*, ein Stoff, der sich äußerst gut verkauft.

Die reenste Fastnachtskleedung, denkt Großvater, aber die jungen Glasmachergesellen, denkt er weiter, wern ja woll wissen, was dranne is bei die Mode.

Herr Schwetasch kommt und begrüßt meinen Großvater, Herr Schwetasch mit dem kurzen Genick und dem strubbeligen Haar, ein Igel im Sonntagsanzug. Großvater ist stolz. Ob ihn der Pastor, der Lehrer oder die reisenden Kaufleute in Bossdom beachten oder nicht, macht ihm nichts aus, aber Schwetaschen seine Beachtung ehrt mir! Er hätte ja nich rauskumm brauchen aus sein Glaskasten, aber wie er mir gesehen hat, koam er, erzählt er daheim. Kulka, hat er gesoagt, ich hoabe mir een Auto angeschafft. Hätt a mir ja nich soagen brauchen, aber wir sind ebent schon mehr wie Freinde.

Ja, der Herr Schwetasch hat ein Auto an- und die Kutschpferde abgeschafft. Da wäre nun der zurückgelassene Kutschwagen, ein sechssitziger Jagdwagen! Hätte der Herr Kulka oder sein Herr Schwiegersohn vielleicht Verwendung für ihn?

Jeder Mensch hat, wie gesagt wird, seine schwache Stelle, und mancher, wird gesagt, hat zwei bis drei solcher Stellen. Großvaters schwache Stelle ist die Firma *Schwetasch und Seidel.* Nun bietet Herr Schwetasch Herrn Matthäus Kulka seinen Kutschwagen zum Kauf an. Weil der genau wissen tut, daß er sein Kutschwagen nich jedem anvertraun kann, prahlt der Großvater später vor der Anderthalbmeter-Großmutter.

Herr Seidel wird gern mit in die Remise gehen und Großvater den Kutschwagen zeigen, ordnet Herr Schwetasch an. Aber Großvater wehrt großmütig ab. Er braucht sich den Kutschwagen nicht anzusehen; Herr Schwetasch wird ihm nie und nimmer eine Kutsche anbieten, die heruntergeludert ist. Ein bissel Bedenkzeit, wenn Großvater die haben könnte. Bedenkzeit? Gern. Einen Monat und länger, wenn Großvater will. Und damit Großvaters Bedenkzeit interessanter wird, und damit sie sich lohnt, bietet ihm Herr Schwetasch Stoffe mit kleinen Webfehlern zum günstigen Einkaufspreis an, Stoffe zu nie wiederkehrenden Einkaufspreisen, aus denen sich anständige Verkaufspreise machen lassen.

Schwetasch weeß, wem er sowas anbietet, prahlt der Großvater. Ein Mann braucht seine Bewunderer, und wenn sie knapp sind, kommt er mit dem aus, was seine Frau an Bewunderung ranschafft. Die Anderthalbmeter-Großmutter nickt gewohnheitsgemäß auf den Großvater hin, wer sich aber in ihrem Gehabe auskennt, weiß, daß sie über etwas nachdenkt, vielleicht, ob sie bereits Waschblau in das Einweichwasser der Wäsche getan hat. Sie kommt zu dem Schluß, daß sie es getan hat, und ihr Zunicken, das Großvater für sich verbucht, bezieht sich auf Waschblau. Einweichwasser, Waschblau und Schwetaschens Kutschwagen hätten Gelegenheit gehabt, hier einmal, wenigstens abstrakt, zusammenzutreffen, aber da die Anderthalbmeter-Großmutter nicht zuhört, verhindert sie es.

Du Himmel, wir haben vergessen, daß wir noch zu Weihnachtseinkäufen in Grodk sind! Jetzt muß der Großvater federn. (So sagt man nun mal bei uns, wenn man sich beeilt. Ich kann es nicht ändern. Wenn ich im Zusammenhang mit meinem Großvater sagen würde: er hat sich beeilt, könnte es geschehen, daß sich beim nächsten Mal, wenn ich sein Grab besuche, ein drohender Zeigefinger aus dem Efeu schiebt und daß mir der Alte mit einem Windstoß mitteilt: Ich hoabe mir niemals beeilt, und tuk du nich mit so einbildsche Wörter reden!)

Großvater geht durch die Straßen, geht durch die Grodker

Gassen und sucht meine Mutter. Wenn er sie durchs Schaufenster hindurch in einem Laden erspäht, reißt er die Ladentür auf und ruft: Tuk bissel federn, Lenka, gleich wirds finster!

Meiner ausgezeichneten Mutter ist es peinlich, in dieser Art ermahnt zu werden. Sie verhandelt mit der Ladendame in der Buchhandlung Görisch. Es geht um meinen Weihnachtswunsch: Ham Se vielleicht das zweite Buch von Tarzan, fragt meine Mutter und distanziert sich sogleich von diesem wilden Buch: Es is for mein Sohn, sagt sie.

Die Ladendame mäuselt mit halbgeschlossenem Mund, es gäbe inzwischen drei *Tarzan*-Bände: *Tarzans Rückkehr in den Urwald* und *Tarzans Tiere.*

Geben Se das mit de Tiere, sagt meine Mutter, den dritten Band. Du sollst den dritten Band nicht vor dem zweiten lesen, heißts, aber meine Mutter fürchtet, *Tarzans Rückkehr in den Urwald* könnte eine *Anleitung zum Handeln* für mich sein. Den zweiten Band bekomme ich nie, und als ich mit vierzig Jahren soweit bin, ihn mir selber antiquarisch kaufen zu können, benötige ich ihn nicht mehr.

Großvater kann drängeln und drängeln, es wird doch dunkel; es wird stets dunkel, wenn meine Mutter zum Einkaufen fährt. Erst wenns dunkelt, fängt sie sich an, vor der Heimfahrt zu fürchten, und kehrt aus den poetischen Ländereien in die Wirklichkeit zurück: Meine Mutter muß den Georgenberg, trotz ihrer Hühneroogen, zu Fuß nehmen und muß dazu einen Mauerstein unterm Arm schleppen. Der Brandfuchs schafft den Georgenberg mit der schweren Weihnachtsladung nicht in einem Zuge, er muß drei bis vier Mal verpusten. Die Schneeschicht auf den Steinen ist glatt. Die städtischen Arbeiter haben nicht gestreut. Die Mutter muß schnell sein wie eine Hexe und rasch ihren Ziegelstein unter ein Wagenhinterrad legen, damit Pferd und Planwagen mit der Weihnachtsbescherung nicht in die Stadt zurückrinnen und wieder an der Forster Brücke erscheinen. Der Großvater flucht. Er schüttet zwar seine Flüche über den Brandfuchs hin, doch zwischendrein bezieht sich immer mal einer auf meine Mutter und deren *lanke Einkooferei.*

Während sich die Mutter und Großvater draußen in der Wildnis mit dem Heranbringen eines gesegneten Weihnachtsfestes herumschlagen, erscheint uns der Abend so lang wie vor Johanni der Tag. Der Vater ist in die Kneipe gegangen, *um bissel was Neies zu erfahrn* und um nicht sehen zu müssen, was für Weihnachtsdreck die Mutter *rangeschleeft* bringen wird. Hanka ist zum Federnschleißen in der Nachbarschaft. Meine kleinen Brüder sind zu Bett, meine Schwester sitzt mit einem dicken Schnupfen am Ofen und weint leise. Sie fürchtet, meine Mutter könnte unterwegs von Räubern überfallen werden, und die Gliederpuppe, die sich die Schwester zu Weihnachten wünscht, wird irgendwo im Schnee verkommen.

Detektiv Kaschwalla sitzt oben in der Wächterstube auf Horchposten. Die Anderthalbmeter-Großmutter hat die brennende Stall-Laterne griffbereit. Sie will den Teilnehmern der Weihnachts-Expedition das Hoftor öffnen und deren Einzug mit heiser-gelbem Petroleumlicht und stimmungsvollem Geblak verbrämen.

Ich mache Laubsägearbeiten. Die Laubsäge bekam ich im Vorjahr mit Mutters Empfehlung zu Weihnachten: Da kannste zu Joahre scheene Laubsägearbeiten für deine Eltern machen! An dieser Empfehlung glaubte ich zu erkennen, daß die Laubsäge weniger ein Geschenk des Weihnachtsmannes als eines meiner Mutter war. Es gehörte zum aufklärerischen Hang dieser tapferen Frau, alles was sie mir oder anderen schenkte, mit Hinweisen für den Gebrauch zu versehen. Später, als ich zu den Ärmsten im fröhlichen arischen Reich gehörte, schrieb sie, wenn sie mir ein Paketchen mit etwas Speck oder Schinken vom Hausschlachten schickte: Und hier etwas Brotbelag, mehr so für abends, nicht gleich für früh.

Zur Laubsäge bekam ich jahrs zuvor eine einzige Platte Laubsägeholz mit dem Bemerken: Mehr wern wa koofen, wenn de was Vernünftiges ausgesägt hast. Die mitgelieferte Platte Laubsägeholz wurde bei den Übungssägereien rasch verbraucht. Nachschub sollte ich mir aus der Eisenwarenhandlung in Däben holen, wo ein älterer Mitschüler von mir

Koofmann lernte. Er hieß Ernste Kollosche, und um ihn vor euch hinzustellen, wird eine Nebengeschichte nötig:

In der Bossdomer Schule wars üblich, daß die abgehenden Schüler und Schülerinnen den zurückbleibenden, den *Kleenen*, Abschiedsbriefe schrieben. Gott weiß, welcher Lehrer diese *Sitte* vorzeiten in Bossdom einführte. Die Abschiedsbriefe enthielten primitive Reimereien, wie sie bis heute in sogenannten Poesiealben von Schulmädchen anzutreffen sind. Die sentimentalen Reime drückten in den seltensten Fällen die wirkliche Stimmung der Schulabgänger aus, die meisten *Scheidenden* waren froh, endlich von Rumposch wegzukommen, freilich, um nach zwei, drei Jahren zu sagen: Scheen wars *doch* in die Schule!

Das wichtigste an den Abschiedsbriefen waren für uns die Stammbuch-Bilder (heute Oblaten genannt), mit denen die Abschiedssprüchlein umklebt waren. Je mehr Stammbuchbilder, desto abschiedlicher der Brief.

Damals ging das Schuljahr jeweils auf Ostern zu Ende. Die Abgänger hockten mit ihren gebündelten Briefen in der Schulstube, und wir, die *Kleenen*, warteten draußen auf die endgültige Entlassung der *Großen* aus Rumposchens Lern-Mühle.

Dann kommen die Abgänger heraus und tun, als ob sie schon in einem anderen Leben stehen, in einem Leben, in das wir noch nicht hineinreichen. Großmütig verteilen sie ihre Abschiedsbriefe. Wir danken artig und zählen die Stammbuch-Bilder, verschaffen uns den statistischen Beweis für den Umfang an Sympathie, den wir bei den jeweiligen Abgängern genießen. Ernste Kollosche, der später in Däben *Koofmann* lernt, ist alt und verständig geboren und wird auch später nicht verständiger. Er sagt, wie von einer Kanzel herab, und weist wie ein Pastor mit ausgerecktem Arm auf uns hin: Jetzt frein se sich erscht moal über die bunten Bildchen, aber später, wenn se älter sind, wern se sich über die scheen Sprüche freien, die wir eingeschrieben hoaben. Ich blättere den Abschiedsbrief auf, den ich von Ernste Kollosche erhielt: Wenig Bildchen – arme Sprüche: *Lebe glücklich, lebe froh, / wie der Mops im Haferstroh,* steht auf der Vorderseite des Briefleins, und auf der Hinterseite steht: *Ich hab noch nie son Frack gehabt / als wie am ersten Feiertag.*

Das genügt, Ernste Kollosche hat sich mir geistig verdächtig gemacht.

Zwei Jahre später ging ich also um neues Futter für meine Laubsäge in die Eisenwarenhandlung nach Däben. Ernste Kollosche stand mir hinterm Ladentisch gegenüber: Was wünschen Sie, bitte? fragte er mich, mich, mit meinen neun Jahren, seinen ehemaligen Mitschüler. Wollte er mich verscheußern, oder hatte der Umstand, daß er Kaufmann werden wollte, einen Nebel zwischen uns gesetzt, der ihn nicht erkennen ließ, daß ich in kurzen Hosen vor ihm stand? Gab es in der Eisenwarenhandlung auch ein Loch in der hinteren Tür, durch das der Chef den Lehrling bei der *Verkäufertätigkeit* beobachtete? Daß es Menschen gibt, die sich ihr Leben lang von einem unsichtbaren Chef beobachtet wähnen, wußte ich damals noch nicht. Ernste Kollosche marschierte in der Kompagnie solcher Leute. Sein Tun und Trachten hatte unsere Dorfwelt mit ihren frischmelkenden oder leerstehenden Kühen, mit ihren legenden oder mausernden Hühnern, mit ihren vollgesackten oder brettdürren Schweinen verlassen. Die Glasmacherlehrlinge kamen nach Feierabend immer wieder in diese Welt zurück und arbeiteten in den Kleinwirtschaften oder auf den Feldern ihrer Väter. Ernste Kollosche aber blieb auch daheim in der Welt der Summen und der Saldos, der Ein- und der Verkaufspreise hocken und kehrte selbst an Feiertagen nicht in unsere Sonntagswelt der Schmetterlinge und Tanzmusiken zurück. Seine Eltern und Geschwister waren darauf bedacht, daß er in seiner steilen Lebensbahn zum *Koofmann* hinauf nicht gestört wurde.

Mich widerte die *Ladenfreundlichkeit* von Kollosches Ernste an. Ich verließ das Geschäft ohne Laubsägeholz, kam nach Hause und ging etwas betroffen umher, bis Großvater, der es bemerkte, mich davon überzeugte, daß eine Laubsäge auch mit Holz von Margarine-Kisten fertig wird. Man muß nur recht grobe Sägeblätter einspannen.

Bretter von Margarine-Kisten sind im Dorfe begehrt. Man

kann leichte Kaninchen- und Taubenställe, auch kleine Werkzeugschränkchen und Eckbretter aus ihnen herstellen. Über die leeren Margarine-Kisten verfügt meine Mutter. Sie gibt sie entweder gratis oder für zwei Groschen ab, je nach der Sympathie, die sie für die jeweiligen Kunden hegt, und die hängt wiederum von der Kauffreudigkeit ab, die der Kunde an den Tag legt.

In der Weihnachtszeit jenes Jahres, von dem ich noch immer rede, heißt es: Margarine-Kisten zur Zeit nicht möglich, Frau Michauken, die braucht unser Esau, der will was aussägen!

So kommts eben, daß ich an jenem Abend, da meine Schwester und meine Anderthalbmeter-Großmutter auf die Rückkehr des Großvaters und der Mutter warten, nicht der dritte beim Neugieren bin. Ich starre nicht in die schneedurchsprenkelte Winterfinsternis; ich bin mit meinen Ohren nicht auf der Jagd, um als erster das Klirren der Strangketten von unserm Wallach einzufangen. Ich säge, kräsch, kräsch, kräsch! Meine Säge frißt sich freudig ins Margarine-Kistenbrett, immer auf vorgegebenen Linien entlang, immer begierig, diese Linien fast selbststätig zu vernichten. (Jawohl, wir sagen *selbststätig*; die Folge eines Lesefehlers: Persil, das selbsttätige Waschmittel!)

Ich säge ein Schreibzeug für meinen Vater aus. Hat er in der Backstube und auf dem Acker so viel zu schreiben? Nein, das nicht, aber es hat geheißen, ich müßte dem Vater was schenken. In Vobach-Kreisen soll so etwas üblich sein. Für meine Mutter säge ich ein Schlüsselbrett aus. Sie benötigt kein Schlüsselbrett, aber was soll ich machen, die mir im Vorjahr mit der Laubsäge gelieferten Muster schreiben vor, daß ich ein Schreibzeug für rote und blaue Tinte, ein gefälliges Schlüsselbrett und ein Frühstücksbrett in Lindenblattform auszusägen habe.

Damit ich nicht auf meinen Lebensabschnitt als Laubsäger zurückkommen muß, erzähle ich gleich, wie sich das Ding-Leben der von mir aus Margarine-Kisten-Holz angefertigten Gegenstände (im heutigen Schraub-Stil ausgedrückt) gestaltete: Von einem *Hüttenspatzen* ließ ich mir die Tintengläser für das Schreibzeug des Vaters besorgen. Es überfiel mich eine schöpferische Teilbefriedigung, als ich fand, daß sie genau in die von mir ausgesägten Löcher paßten. Ich strich das Schreibzeug mit sogenannter Möbelbeize an und füllte die Gläser mit roter und blauer Tinte. Mein Vater war gerührt und probierte das Schreibzeug aus. Die rote Tinte gefiel ihm. Von nun an würde er nur noch mit roter Tinte schreiben, gab er bekannt. Meine Mutter bezweifelte, daß rote Tinte der Saft wäre, der einen Schreibfaulen zu einem Schreibtüchtigen machen könne. Sie behielt recht: Die Tinte trocknete im Laufe des Jahres ein. Und auf nächstes Weihnachten stellte die Mutter das Schreibzeug als Puppen-Doppel-Klosett in die Puppenstube meiner Schwester.

Auch das Schlüsselbrett meiner Mutter fand eine andere Lebensbestimmung als die, die ihm zugedacht war. Es geht den Dingen, die der Mensch anfertigt, zuweilen wie dem Menschen selber: Der Weltenschöpfer gebiert ihn, stößt ihn in die Außenbezirke seines Schöpferwesens, weil er will, daß er (der Mensch) dort selber ein bißchen schöpferisch tätig sein möge, gewissermaßen im Laienkunstkabinett, und der Mensch betritt, mit seiner *inneren Aufgabe* ausgestattet, hübsch naiv das sogenannte wirkliche Leben und merkt nicht, daß dort schon Leute auf sein Stimmrecht warten, und daß Herrschlustige auf der Lauer liegen, ihn für ihre Zwecke einzufangen und zu mißbrauchen.

Das, was ich, der Schöpfer, als Schlüsselbrett in die Welt gehen hieß, wurde von meiner Mutter als Aufhängevorrichtung für ihre falschen Zöpfe und ihren Frisierumhang mißbraucht. Wochentags hing der Sonntagszopf am Schlüsselbrett, sonntags der schon dünngekämmte Wochentagszopf, auch *falscher Wilhelm* genannt.

Das *Frühstücksbrett in Lindenblattform* hatte mehr Glück mit seiner Lebensbestimmung. Das hatte seine Ursache: Fabrikanten, selbst gewinnwütige Konzernherren, sind bestrebt, sich nach außen hin, zum Beispiel mit ihrem Firmennamen, familiär und patriarchalisch zu geben. Außerdem versehen sie sich mit Wappen und Markenzeichen: Edle Schmierseife aus dem Hause Greifzu. Das Margarinemonopol in Deutschland hatte damals die holländische Firma *Van den Berg*: *Van den Bergs gold-gute Margarine.*

Ich sägte das Frühstücksbrett in Lindenblattform für meine Schwester so aus, daß nur die Worte *gute Marga* übrigblieben. Meine Schwester wußte meinen Einfall zu schätzen. Ich war schon ein findiges Kerlchen und war vor allem mit dem Vermögen ausgestattet, über mich selber zu staunen. Der Erde seis gedankt, daß dieses Staunen, als ich älter wurde, einer mittleren Skepsis Platz machte.

Die Weihnachtswaren, die meine Mutter von ihrer Expedition nach Grodk mitbrachte, schreien Tag und Nacht nach Käufern. Meine Mutter, die die Schreie hört, arbeitet zwei Nächte lang daran, alle *Kinkerlitzchen*, wie mein Vater herabmindernd sagt, mit Bleistift auszupreisen. Sie hat den Preis für jede Ware im Kopf, das hat sie, aber es ist angeordnet, ist Gendarmeriebefehl, die Waren haben *ausgezeichnet* zu sein.

Und alsbald fährt die dritte Nacht heran, in der die Mutter wachend und tätig einhergeht, und sie beschlagnahmt das große Brotregal, beschickt es mit nahrhaftem Kinderspielzeug und putzt das Schaufenster weihnachtlich aus. Uns ists verboten, Mutter in ihrem Weihnachtstaumel zu beobachten, auch durchs Schlüsselloch nicht. Wir gehorchen. Ich verabscheue es bis heute, durch Schlüssellöcher zu gucken, und wo die Weltpolitiker es von mir verlangen, wende ich mich ab.

Drei Nächte webt meine Mutter am Weihnachtsnetz, versieht es statt mit Tauperlen mit Tannenbaumkugeln und besetzt es mit flimmerndem *Engelshaar* und Lametta. Am Morgen nach der dritten Nacht dürfen wir uns, bevor wir in die Schule gehen, das Weihnachtsgespinst ansehen. Das erscheint uns mehr als recht und billig. Sollen es andere Kinder vor uns tun und uns alles wegsehen?

Im Laufe des Tages entwickelt sich der unausbleibliche Weihnachtskrach zwischen meinen Eltern: Fünf Festungen ohne Soldaten! Was haste dir eegentlich dabei gedacht? fragt der Vater. Als alter *Zweeundfünfziger* kann er nicht zulassen, daß Festungen ohne Soldaten verkauft werden.

Das sind Märchenschlösser! behauptet die Mutter. Siehste nich die Heckenrosen an die Mauern?

Siehste nich die schwarz-weiß-rote Foahne uffn Turm?

Meine Mutter erschrickt. Sie schweigt ein Weilchen. Mein Vater betadelt die Puppenstuben ohne Mobiliar. Puppenstuben würden sich die Bergarbeiter selber aussägen, sagt er. Mobiliar, kleene Schränkchen und Nachttöpfchen, damit hätte sich die Mutter bevorraten sollen.

Puppenstuben bauen? sagt die Mutter, die kriegen keen Kistenholz von mir.

Was wirschte man noch für Moaßnoahmen ausarbeiten, sagt der Vater. Ein Wort gibt das andere; eine Herausforderung folgt der anderen, bis mit eins der Vater eine der Festungen packt und auf den Ladenfliesen zerschmettert. Erst eine, dann noch eine, so wie damals, als er seine Rasier-Tasse nicht fand.

Die Folge: Ein neuer Todesfall meiner Mutter. Und da es um Weihnachten und um ihren Laden geht, bleibt sie auch nach ihrer Wiedergeburt noch eine Weile unversöhnlich. Sie muß vorbeugen: Wenn sie sich vor dem Bescherungs-Abend mit dem Vater versöhnen würde, wäre zeitlich noch Platz für einen zweiten Krach, dann nämlich, wenn der Vater zu sehen und zu wissen kriegt, wieviel Geld die Mutter für Geschenke ausgab.

Wir Kinder gehen die ganze Zeit geduckt umher, sehen der Mutter ins Gesicht und lesen darin den Satz: Na, das wolln wa doch mal sehn! Wir sehen unter Vaters rötlichen Bartstoppeln die Wangenmuskeln den ganzen Tag spielen, Vorzeichen neuerlicher Wut-Ausbrüche. Oder zerkaut der Vater Vorwürfe und Flüche, um nicht neue Zerwürfnisse zu stiften?

Meine Schwester und ich reißen uns nach der Schule um den Ladendienst. Bei Nußgold, Engelshaar, Christbaumwatte, Lametta und all den blitzbunten unschuldigen Weihnachtsdingen fühlen wir uns geschützt vor den anstehenden Familiengewittern. Fremde, Sehnsüchte erweckende Gerüche sind im Laden eingezogen. Duft von Lack und Lebkuchen, Schokoladen- und Fichtenduft, die Papierwolle verströmt arteigenen Duft, aus den Bilderbüchern duften die gedruckten Farben, der Leim, mit dem die Abziehbilder überzogen sind, hat seinen Duft. Düfte nebeneinander, Düfte übereinander, Düfte durcheinander, aber bis zum Fest verschwinden durch den täglichen Verkauf der bunten Weihnachtsdinge die meisten.

Manchen Bossdomer Mitkindern wird daheim schon vor der Schulweihnachtsfeier beschert. Sie kommen mit der neuen Mütze, der neuen Joppe, mit einer Trompete oder Knarre in die Weihnachtsvorstellung und zerren an unserer Vorfreude. Ich empfinde das als eine Weihnachtsentheiligung. Richtig Weihnachten wird nur bei uns gefeiert. Ich habe den Verdacht, daß auch die Hauskräche bei uns zum richtigen Weihnachtsfest gehörten.

Wenn wir in die Schulweihnachtsfeier gehen, sind die Hauskräche daheim noch in vollem Gange: Die Mutter ist mit dem Vater, der Vater mit dem Großvater, der Großvater mit der Großmutter verkracht, und doch wachsen auf diesem Gezänk wie Rosen auf Mist Familienweihnachtsfeiern, an die wir, wenn wir uns gehenlassen, mit Wehmut zurückdenken.

An Wochentagen wird Mutters Laden um sieben Uhr abends geschlossen. Bis acht Uhr kommen durch die Seitentür im Hausflur die *Kleckerkunden.* An Weihnachtsabenden kommen die Nachzügler bis neun Uhr. Wilmko Krautzig zum Beispiel hat sich schon am Nachmittag zur Feier des Festes einen angetrunken. Nun ist er ausgenüchtert und bemerkt, daß er noch kein Geschenk für seine Frau hat. Oder die geplagte Walikinne stellt am Abend fest, daß ihr das Geld nicht so gänzlich ausgegangen ist, wie sie befürchtete. Sie kommt zum Nachkauf, und meine Mutter verkauft unverdrossen, und jedes Mal, wenn sie nach hinten kommt, leitet sie vorsichtig Friedensverhandlungen mit dem Vater ein: Siehste, wieder ne Festung vakooft! sagt sie, und der Vater lockert sich, seine Wangenmuskeln hören auf zu spielen.

Ob der kleine Jesusknabe, auch Heiland genannt, nun wirklich am vierundzwanzigsten Dezember, zum Wotansfest der Germanen, geboren wurde oder nicht, seine fiktive Geburt wird von einem Teil der Menschheit alljährlich als ein Tag des Friedens gefeiert, sogar in Kriegen, die die Deutschen so gern veranstalten, wird Weihnachten zuweilen weniger geschossen. Überall einigermaßen Frieden, wenn sichs machen läßt! Bei uns redet die Anderthalbmeter-Großmutter auf den Großvater ein. Der will nicht hinunter in die Familienstube und sich dem Vater, mit dem er verkracht ist, vorführen. Er will *nich zu Kreize kriechen*, will auf seiner Ofenbank sitzen bleiben. Weihnachten feiere sich auch ohne ihn. Weihnachten feiert sich von alleene, sagt er.

Bis nich so krätig! sagt Kaschwalla. Willste denn die Kinder das Weihnachten zerstörn?

Noch keine Zusage vom Großvater.

Nach neun Uhr kommt meine Mutter, Geldscheine in beiden Fäusten, aus dem Laden: Ich soags ja immer, Heiligen Oabend looft das Geschäft am besten. Wieder ne Festung verkooft. Sie steckt meinem Vater die Zunge heraus. Der Vater lächelt. Nicht zu erkennen, worüber er sich freut, ob über Mutters lange Zunge (sie kann sich mit ihr die Nasenspitze belecken!) oder über Mutters geldgefüllte Fäuste. Vergeßt nicht, daß die kindischen Eltern Geldhäufchen, die aus dem Laden kommen, als ihren blanken Verdienst betrachten und keinen Augenblick daran denken, daß sie mit diesem Geld wieder Waren einkaufen müssen, daß ihnen keiner der Geldscheine eigentlich gehört.

Während der Weihnachtsaufführung träume ich, selbst wenn ich auf der Bühne agiere, von der Bescherung daheim, von den Überraschungen, die ich auf dem Weihnachtstische vorfinden werde, und sobald der letzte Ton unseres letzten Weihnachtsliedes gen Himmel gestiegen ist, renne ich heimzu, und ich möchte meine Träume überholen, möchte sie als Wirklichkeiten in den Händen halten. Aber im Hausflur fängt mich die Mutter ab: Noch lange nicht soweit! Eben ist der letzte Kunde gegangen. Ich muß hinauf in die Großeltern-Stube, und wir sitzen dort zusammen mit der Schwester, und es zeigt sich, daß ich meine Träume nicht überholte, sie haben mich eingeholt und überholt. Ein Glück, daß sie mir nicht böse sind, daß sie mich nicht verschmähen und wieder da sind.

Wir feilen und sägen am Starrsinn des Großvaters. Wir sagen ihm, daß wir weinen werden wie Hunde, die Musik hören, wenn er nicht mit uns zur Bescherung in die Weihnachtsstube hinuntergeht, und wir reden so lange auf ihn ein, bis er sein Chemisett umtut. Das ausgekugelte Familienleben renkt sich knarrend wieder ein.

Ich versag es mir, die Bescherung zu schildern. Sie verläuft bei uns gewissermaßen nach *Schnittmusterbogen* aus *Vobachs Modenzeitung fürs deutsche Haus. Die schönste Art, Weihnachten in der Familie zu feiern,* stand dort unter der Rubrik Ratschläge für den Haushalt.

Wir müssen Gedichte aufsagen, ehe wir uns mit den Geschenken befassen dürfen, und wir bleiben natürlich in den Gedichten stecken, stolpern weiter und bleiben wieder stekken, weil unsere Augen, statt ins *andächtige Publikum* zu sehen, nach seitwärts auf den Weihnachtstisch schielen. Ich stecke bis zu den Hüften in meinem erst halb aufgesagten Gedicht, und die Schwester muß um das Schullesebuch laufen, damit meine Mutter mich freisoufflieren kann. Obwohl meine Zuhörer zur Familie gehören, mindert mein Versagen zunächst meine Freude an den Geschenken; sie überzieht sich mit einer grauen Schicht Scham.

Meine Mutter, die *immer so mehr fürs Hipsche war*, wünschte sich als Weihnachtswunsch von mir einen Kasten mit Geräten für Brandmalerei. Sie hätte gern, daß ich meine Laubsägeprodukte mit Brandmalerei veredelte. Ich erfüllte ihr den Wunsch und wünschte mir den Kasten, aber eine gute Fee hielt ihn mir fern. Der Weihnachtsmann hatte in jenem Jahr, von dem ich rede, keine Brandmal-Kästen am Lager, und ich bekam einen Druckkasten.

Ein Druckkasten, Donnerwetter, der kam mir zupasse! Ich wollte schon lange ein Theaterstück schreiben. Die kleinen Veränderungen, die ich im Vorjahr an meiner Rolle im Weihnachtsspiel vornahm, hatten Lust in mir geweckt, selber ein ganzes Stück zu schreiben. Ich hatte an meiner Rolle ein wenig gemodelt und erreicht, daß das Publikum ein Weilchen auf meiner Seite war, daß es über das, was ich sagte und tat, lachte, und ich war überrascht von der Wirkung meines beiläufigen Eingriffs.

Das war vor Monaten, da buk meine Mutter Plinsen. Sie

stand am Küchenherd, und ich sah ihr zu, und die Ladenglocke ging, und ich rannte zum Bedienen in den Laden, aber dort stand die Frau Baronin, die nur von der Mutter bedient sein wollte.

Die Mutter schob den Plinsentiegel mit der Butter zur Seite, und ich unterhielt mich eine Weile mit der zischenden Butter, klatschte einen Löffel Plinsenteig in den Tiegel, und die Butter schrie auf. Ich strich den Teig mit einem Löffel breit, wie ichs bei der Mutter gesehen hatte, und siehe: Die Naturgesetze funktionierten, und die Technologie des Plinsenbackens funktionierte auch unter meiner Obhut. Es entstanden Gebäckstücke, die von jedermann als *Plinsen* anerkannt wurden.

Jetzt nun glaube ich, die Naturgesetze und die Technologie des Theaterstückschreibens zu kennen, und ich hoffe auch auf deren Funktionieren unter meiner Obhut, zudem kann ich das Stück gleich drucken.

Allwie so mancher Jung-Poet, der sich vorgenommen hat, etwas zu schreiben, was die Öffentlichkeit aufhorchen machen soll, noch ehe er eine Zeile geschrieben hat, den Titel seines Werkes weiß, weiß auch ich, bevor ich einen Buchstaben von meinem Theaterstück geschrieben habe, den Tag und die Uhrzeit seiner Aufführung.

Ich drucke, ehe ich mich auf die Dichterei-Arbeit einlasse, erst einmal kleine Ankündigungsplakate, sogenannte Handzettel, auf denen zu lesen ist: Bis auf weiteres einmalige Aufführung des Dramas *Der Mann im Moor.* Bühnenstück mit bengalischer Beleuchtung in den Räumen der Firma Matt am Neujahrstage, acht Uhr abends. Der Dichter und Unternehmer Esau Matt.

Wenn ich unser Haus eine *Firma* nenne, so tue ich es, um das Wohlwollen meines Vaters für mein Unternehmen zu gewinnen. Er hört es gern, wenn man vom Laden und seiner Bäckerei sagt, sie seien eine *Firma.* Hinter dem Wort *Firma* verbirgt sich für den Vater etwas, was größer und feiner ist als ein Betrieb oder ein Anwesen.

Alsbald weiß ich, was ich in meinem Theaterstück behandeln werde. Die elektrischen Christbaum-Kerzen, die ich in

Däben gesehen habe, fallen mir wieder ein, und meine Phantasie arbeitet übermächtig los:

Die ersten Sätze meines Stückes drucke ich mühselig mit den Gummibuchstaben meines Druckkastens zusammen. Das Drucken aber bremst meine Phantasie. Ich fürchte, es könnte Brems-Rauch aus meinem Kopfe aufsteigen. Außerdem drohen, wie man heute sagen würde, Terminschwierigkeiten. Der Neujahrstag kommt ran, der Neujahrstag!

An einem Abend zwischen Weihnachten und Silvester ist das Stück fertig. Natürlich halte ich, was ich schrieb, wie die meisten jungen Autoren, für das beste, was auf diesem Gebiete je geschrieben wurde, nur, daß ich das als Geheimnis für mich behalte und nicht von mir wegplaudere. Die Leute werdens ja feststellen, sie werdens ja sehen:

In einer Kossäten-Küche unterhalten sich Frau und Mann. Der Mann will in die Stadt und unbedingt elektrische Christbaumkerzen kaufen. Was das wieder kostet! sagt die Frau. Der Mann erinnert sie, daß beim übernächsten Nachbarn voriges Jahr der Baum Feuer fing und die Gardinen in Brand steckte. Mein Gott, das kommt eenzlich vor, sagt die Frau.

Der Mann läßt sich nicht halten, mögen die elektrischen Kerzen kosten, was sie wollen, ein abgebrannter Hof, eine abgebrannte Scheune kosten mehr! Er macht sich auf den Weg, kommt ins Schneetreiben, und ein Irrlicht führt ihn ins Moor. Kurz vor dem Ertrinken rettet ihn ein anderer Bauer, der mit einer Laterne des Weges kommt. In der Laterne flakkert fleißig eine Christbaumkerze, und der Mann im Moor versteht, was gemeint ist.

Der erste Mensch, der mein Stück zu hören bekommt, ist meine Schwester. Was die Lakmusstäbchen beim Prüfen von Chemikalien, sind die Leute, die sich Geschriebenes in der literarischen Küche anhören. Meiner Schwester ist nicht nur die Rolle der *Frau am Herd* zugedacht, sie soll das Stück am besten fünfmal abschreiben, damit jeder Schauspieler ein Rollen-Exemplar bekommt. Beim Abschreiben sehe ich der Schwester über die Schulter, und ich finde hie eine Stelle und da eine Stelle, die schon nach zwei Tagen verbessert werden müssen. Vor zwei Tagen hat mir noch alles um und um gefallen, aber nun bin ich zwei Tage älter und ein anderer Mensch geworden. Meine Schwester will, daß ich einige Kraftausdrücke, die zu ihrer Rolle gehören, streiche. Nein, sie wird keineswegs, auch im Theaterstück nicht, vor allen Leuten zu ihrem Mann sagen: Scheuß dir nich ein mit deiner Feuer-Angst!

Ich weiß damals noch nicht, daß jede Diva Ansprüche stellt und um Textänderungen einkommt, und daß sie angehört wird, wenn sie dem Herzen des Regisseurs oder des Dichters nahesteht. Meine Diva steht mir nur schwesterlich nahe. Ich streite lange mit ihr, und ich muß erst drohen, ich werde ihre Rolle Matschkens Emmka übertragen, da verstummt die Schwester und schreibt weiter ab.

Alsdann erlebe ich die Unfreuden eines Regisseurs: Woher das Moor nehmen, in das mein elektrokerzensüchtiger Heldendarsteller hineinfallen muß, jener Mann, den ich natürlich selber spielen werde? Ich muß ihn selber spielen, weil ich Sastupeits Alfredko nicht zutraue, daß er nach einem Sturz ins Moor dem Publikum beibringen kann, er sei jetzt bekehrt und bereit, von Elektro- auf Stearinkerzen zurückzusteigen.

Ja, das Moor, meine Herrschaften, es macht mir zu schaffen! Ich gehe als Regisseur, der ich jetzt bin, alle Möglichkeiten durch. Eigentlich wollten wir unser Stück in der Guten Stube spielen, und die Zuschauer sollten im Wohnzimmer sitzen. Aber wie in der Guten Stube ein Moor herstellen, ohne ein entsprechendes Loch in den Dielen auszusägen? Da ich bei Rumposch in der Erdkunde-Stunde erfuhr, daß es auch Hochmoore gibt, erwäge ich, ob ich es nicht mit einem Hochmoor versuchen soll. Ich kann die hölzerne Waschwanne meiner Anderthalbmeter-Großmutter mit Laubreisig und Moos kaschieren. Meine Schwester berichtet der Mutter von meinem Vorhaben. Was? Ihre Gute Stube ein Moosberg, ein Reisighaufen? Nichts wird draus!

Vielleicht mußte das Stück gar nicht gespielt werden? Konnte ich nicht meine Mutter bitten, für jeden Zuschauer etwas Kuchen und ein Tässchen Malzkaffee im Hinterhalt zu haben, und konnten die Zuschauer, mit diesen Zutaten ausgerüstet, nicht stillesitzen und sich das Stück durchlesen, und konnten sie nicht Beifall klatschen, wenn sie das Stück zu Ende gelesen hatten? Für zwei Stunden erhitzte mich dieser Plan, danach durchkreuzte ihn meine Phantasie, auch Vorausschau genannt. Ich höre meinen Onkel Ernst sagen: Bein Teibel, ich hoab meine Brille nich mit! Und ich höre die Nachbar Lehnigken sagen: Jesus, die Schrift, was die Kinder jetzt in Schule lernen tun, will sich mir nich lesen! Zudem ließ mich mein dramatischer Instinkt erst leise, dann eindringlich wissen, daß sich mein Anliegen nur in die Zuschauer einbohren würde, wenn der Mann, also ich, in das ihm zugedachte Moor hineinfällt und nur mit Mühe und Not gerettet wird.

Ich bin zum Sklaven meines Stückes geworden. Es liegt fertig ausgedacht und geschrieben da und sendet seine Forderungen, schon mehr Befehle, aus. Hätte ich den Mann nicht lieber unter einen Baum kommen lassen sollen, der im Schneesturm umkippt? Aber wie einen Baum, der die Mächtigkeit hat, einen Mann unter sich zu begraben, in der Guten Stube aufstellen?

Endlich zeigt sich die Rettung: Wir haben ja ein Loch im Hause! Es ist, als hätte sich meine unermüdliche Phantasie dieses Loch gebohrt, aber nein, das Loch ist schon immer da, ein wunderbares Loch, die Fußgrube vor unserem Backofen.

Und wie das so ist, hat der Poet erst einmal die richtige Idee, dann zeigt sich ihm alles, was diese Idee zu ihrer Verwirklichung benötigt, sie bringt es mit sich, oder sie zieht es nach sich: Nachdem sich mir die Fußgrube vor dem Backofen aufgetan hat, bietet sich der Zuschauer-Raum mit Rängen von selber an: Es führen fünf steinerne Stufen von der Küche zur Backstube hinunter. Ich kann die Stufen mit Säkken auslegen, und unsere Zuschauer können darauf Platz nehmen. Für unsere Mutter, die in ihrer Breite eine ganze Treppenstufe für sich benötigen würde, werde ich rechts von der Szene einen Korbstuhl aufstellen, Ehrenloge.

Die Hauptakteure stehen fest: Meine Schwester und ich,

das Irrlicht – Sastupeits Alfredko, der Mann mit der Kerzenlaterne – Lehnigks Richardko. Einen Souffleur brauchen wir nicht. Ich habe mein Stück im Kopf und bin als Hauptdarsteller vom Anfang bis zum Ende dabei. Ich kann jederzeit aushelfen, wenn ein Darsteller steckenbleibt. Ich flüstere einem steckengebliebenen Mitspieler zu, was er zu sagen hat, und wenn er mein Flüstern nicht versteht, werde ich sagen, was er zu sagen hat.

Am Abend vor Neujahr feiert der *Radfahrerverein Solidarität* im Saale der Bubnerka sein Silvester-Vergnügen. Bis auf meinen Großvater läuft alles, was in Bossdom gesunde Beine hat, dorthin. Die Häuser sind leer, als wären ihre Einwohner nach Kanada ausgewandert. Die Radfahrer spielen Theater, und mein Vater singt Couplets: *Oh Mensch, hast du ne Weste an, / du bist doch sonst so bong!* Später tanzen die Radfahrer einen Reigen auf Fahrrädern, und der wird mit viel Angstschweiß und Gezitter absolviert. Wer beim Figurenfahren von der *Bendale* runter muß, hat eine Pulle Korn zu *schmeißen.* Tuschkans Fritze muß, wie *Leite reden*, gleich drei Mal von *die Bendale, der hat ganz schöne mußt zoahln.*

Wir proben an diesem Abend unser Familien-Theaterstück vor dem Backofen, besonders meinen Absturz ins Moor. Die Fußgrube ist mit mäßig gestopften Heusäcken ausgelegt, über die Heusäcke ist Moos gebreitet. Wir schleppten es in Viertelkörben aus dem Wald. Noch proben wir ohne Mandolinenmusik. Sastupeits Gustav ist, wie man heute sagen würde, *ausgebucht.* Er produziert sich als Rad-Reigentänzer im Saale der Bubnerka.

Zu unserer Hauptvorstellung kommen Onkel Ernst und Tante Magy über die verschneiten Felder. Diesmal ohne Grammophon, die Feder des Apparates ist geplatzt. Es kommt auch der hochverehrte Matthäus Kulka aus der Bodenstube. Wir schickten ihm eine Extraeinladung. Dann kommt Frau Fleischer Lehnigk. Mit ihr ist schwer zu reden. Sie mustert meist einen Mann. Da ihre Augen ziemlich tief liegen, kann man nie erkennen, auf welchen Mann sie es abgesehen hat. Meine Mutter hat sie *aus Anstand* eingeladen. Ihr Sohn Richard spielt in unserem Stück den Mann mit der

Kerzenlaterne. Meine Mutter ist von der Anwesenheit der Lehnigkinne beunruhigt. Sie setzt sich schräg in ihren Korbstuhl, damit sie die Fleischerin beobachten kann. Kann sie dulden, daß dieses Weib Blicke aus den unaufgehellten Aughöhlen zum Vater hinüberschickt? Am liebsten würde die Mutter, um die Lehnigkinne abzuschrecken, der erzählen, wie *grammhaftig* mein Vater sein kann, und daß er ihr erst vor Weihnachten wieder zwei Festungen *vor die Beene geschmissen hat.* Für diese Art, den Vater vor dem Gestohlenwerden zu schützen, ist die Mutter bekannt.

Und siehe, meine Mutter hat auch, alles aus Anstand, die Müllerin, die Frau aus der Sastupeiterei, zur Theater-Premiere geladen, weil ihr Sohn Alfredko, der ehemalige Baum-Affe, das Irrlicht verkörpert. Die Müllersche ist sehr leidlich. Meine Eltern, in ihrem Konkurrenzneid, haben ein schreckliches *Feindbild* von ihr aufgebaut. Aber nicht von was! Die Sastupeiten sitzt unfeindlich auf ihrer Treppenstufe. Sie hat ihr Kopftuch abgenommen, hat es auf den Schoß gelegt, und man kann sehen, daß sie ihr in der Mitte gescheiteltes graublondes Haar mit Zuckerwasser gestrählt und gefügig gemacht hat, und sie hält den Kopf schief, als wäre er mit immerwährender Nachdenklichkeit belastet, und sie gibt Antwort, wenn man sie etwas fragt, und sie ist allen zu Liebe und niemand zu Leide außer ihrem Sohne Alfredko, der das Irrlicht, mit nichts als einem Hemd bekleidet, spielen soll und nichts davon weiß, daß seine Mutter eingeladen ist. Als er sie im *Publikum* gewahrt, streikt er, will er nicht mehr mitspielen.

Alfredko, ach Alfredko, er ist schon lang tot! Heute versteh ich, was ihn bewegte, als er zu streiken versuchte: Er wollte vor seiner Mutter, die sonst nur nüchtern mit ihm verkehrte, nicht als ein der Poesie ergebener Junge dastehen. Dabei irrte er, denn auch seine Mutter unterlag zuweilen poetischen Anwandlungen, die sie hinwiederum vor Alfredko versteckte. Was war es anderes als ein Bedürfnis nach Poesie, wenn die Müllermutter beim Grassicheln auf dem Rain in einsamer Feldmark halblaut vor sich hinsang: *Rosmarin und Heedekraut sind in meinem Kranze . . .*

Der Beginn unserer Vorstellung verzögert sich. Wir halten auf dem Backofen-Rand eine Regie-Sitzung ab. Ich schlage vor, Alfredko und Richard sollen ihre Rollen tauschen. Alfredko soll den Mann mit der Kerzenlaterne und Lehnigks Richard das Irrlicht spielen. Alfredko ist nicht einverstanden. Er ist am Silvestermorgen eigens nach Däben getrabt, und er hat sich dort eine Taschenlampe gekauft, die wollte er unter sein Hemd stecken, um als Irrlicht besonders eindrucksvoll zu glühen. Alfredko will, daß wir seine Mutter nach Hause schicken.

Eingeladen ist eingeladen, sagt meine Schwester.

Alfredko soll sich sein Hemd überm Kopf zusammenbinden. Alle *Jungsen* sehen unten gleich aus, seine Mutter wird ihn nicht erkennen.

Alfredko kopfschüttelt: Nackt, ausgeschlossen! (Vergeßt nicht, daß das vor sechzig Jahren war! Heute heißts freilich schon an jeder Bezirksbühne fortschrittlich: So viel nackt als möglich!) Aber wie ich schon sagte, wenn sich eine Idee erst einmal offenbart hat, läßt sie nach und nach erkennen, wieviele Möglichkeiten sie beherbergt: Wir schlagen Alfredko vor, sich mit einer Larve unkenntlich zu machen. Alfredko ist einverstanden. Es geht ihm um den Irrlicht-Effekt mit der Taschenlampe. Er ist, wie mancher mittelmäßige Schauspieler, erpicht, seine *Kiste* über die Bühne zu schieben.

Es steht uns nur eine Weihnachtsmann-Larve mit angearbeiteter roter Kapuze zur Verfügung. Ganz gleich, Larve ist Larve! Alfredko setzt sie sich auf und gibt damit ein Irrlicht ab, wie es selbst der einsamste Wanderer nie gesehen hat.

Ich versage es mir, unsere Vorstellung in Gänze abzumalen: Ich, der Mann im Moor, bin unterwegs. Der Wind, der über die Heide tobt, wird mit unserer Getreidereinigungs-Maschine erzeugt, die wir aus der Scheune in die Backstube *schürgten.* Die Getreidereinigungs-Maschine, auch Feie genannt, bläst Papierschnitzel durch die Gegend. Die Schnitzel haben meine Schwester und ihre Kumpankas aus vielen, vielen Nummern des *Spremberger Anzeigers* am Silvester-Nachmittag hergestellt. Die neuesten Nachrichten der letzten Wochen fallen gehäckselt auf mich und auf die Landschaft vor dem Backofen. In meiner Vorstellung bin ich schon so eingeschneit, daß ich mich selber nicht mehr erkenne. Ich wandere, wandere auf der Stelle, stampfe mit den Füßen, reibe mir die Hände warm, und das Irrlicht, halb versteckt hinter einem breiten Semmelbrett, knipst seine Taschenlampe unterm Hemd an und leuchtet und besteigt eine Stehleiter, klettert bis oben hinauf, und das heißt für uns, es schwebt übermannshoch im Schneetreiben umher. Ich starre und starre auf das Irrlicht, falle ins Moor und rumore zwischen Heusäkken und Waldmoos umher. Das Irrlicht entschwebt, es zerfließt in unserer Vorstellung, von der wir gern hätten, daß sie auch die Vorstellung der Zuschauer ist, denn in Wirklichkeit verschwindet es in der Mundtür des ausgekühlten Backofens. Jesus, Leite! schreit die Müllermutter und schämt sich: Hätte der unse Junge doch fürs Theater een reenes Hemde anziehn solln!

Ich lasse der Müllermutter keine Zeit für weitere Auslassungen. Die Zuschauer sollen erkennen, wohin mich mein eigensinniger Wunsch nach elektrischen Christbaumkerzen gebracht hat. Ich rufe die Engel im Himmel an, nenne sie *Cherubim* und *Baldachin* und schreie zuletzt nach Gottvater, aber es erscheint niemand vom Himmelsvolk. Die himmlischen Heerscharen scheinen eine Neujahrssitzung abzuhalten, um die Pläne fürs nächste Jahr durchzusprechen. Ich rumore weiter, verzerre mein Gesicht in Todesangst oder so, wie ich meine, daß ich aussehe, wenn ich Todesangst habe. Ich rufe um Hilfe. Es ist ausgemacht, daß mein Retter erscheint, wenn ich das dritte Mal kräftig um Hilfe gerufen habe, aber schon beim ersten Hilferuf macht sich meine Mutter aus ihrer *Ehrenloge* und kommt nachsehen. Sie meint, ich hätte mich verklemmt, aber ich habe mich nicht verklemmt, und ich rufe der Mutter zu: Setz dir hin, das muß so sein! Die Zuschauer fangen an zu lachen. Die beiden Hilferufe, die noch ausstanden, gehn in Gelächter unter. Mein Retter erscheint und zieht mich unter *Lebensgefahr* bäuchlings aus der Patsche. Die Zuschauer lachen, lachen, sie haben nicht aufgehört und hören nicht auf zu lachen. Keinerlei Beifall sonst, obwohl wir uns verbeugen, weil wir *ausgespielt* haben. Is etwan schon zu Ende? fragt meine Mutter.

Spoaßig, spoaßig, brummelt Onkel Ernst im Tonfall seines Fuchswallachs.

Ich bin enttäuscht. Was ich schrieb, hat seine Wirkung verfehlt. Niemand hat die kleine symbolische Kerze in der Laterne erkannt. Mit ihrer Hilfe wurde ein Leben gerettet, mit ihrer Hilfe sollte ein Romantik abtötender zivilisatorischer Fortschritt gebremst werden. Nichts!

Mein mißglücktes Theaterstück von damals liefert mir Grund zum Nachdenken bis in den heutigen Tag hinein. Ein Kritiker kann mir den Vorwurf machen: Elektrische Weihnachtsbaumlichte lehnte er ab, aber eine Taschenlampe bei einem Irrlicht ließ er zu. Ich nehme den Tadel hin, obwohl solcherlei Inkonsequenz manchen Theaterstücken dieser Welt inhärent ist. Da wird zum Beispiel in einem beliebigen klassischen Stück einer geschmäht, der seinen Nachbarn umbrachte, und ein anderer Mann, der Massenmord betreibt, weil er vorgibt, der Fanfare des Vaterlandes zu folgen, wird gelobt.

Als sogenannter reifer Mann schrieb ich noch zwei Theaterstücke. In der Premiere des ersten Stückes gab der Präsident in seiner Loge nicht einen Beifallsklatscher von sich, weil in meinem Stück die neueste partei-politische Taktik, man hatte sie drei Wochen vor der Premiere beschlossen, nicht berücksichtigt worden war. Und da der Präsident nicht beifällig wurde, wurden es auch die anderen Zuschauer nicht.

Meinem zweiten Stück ergings ähnlich ungut. Die Tagestaktik hatte mich wieder überholt, und es ging mir auf: Wer so schreibt, daß ihn der Tag überholen kann, hat so gut wie nichts oder nichts Bleibendes geschrieben.

Großvater hält den sogenannten Kunstdünger für ein Teufelswerk und freut sich über jeden Mißerfolg, den mein Vater bei der Verwendung von Kunstdünger erzielt. Und der Vater erzielt recht oft Mißerfolge mit Kunstdünger auf unseren sandigen Heideböden. Er wirft zu viel *Kopfdünger* auf die Pflanzen. Er handelt eben nicht wie ein Bauer, sondern wie ein Bäcker, der von der Voraussetzung ausgeht: Viel Butter macht den Teig mürb.

Großvater behauptet, von Nahrungsmitteln, die mit Kunstdünger gezogen sind, fallen einem Haare und Zähne aus. Er beweist es uns Kindern an der wachsenden Glatze und den falschen Zähnen meines Vaters. Alleene die Mehrarbeit, wenn een Mensch mit falsche Zähne rumloofen muß, erklärt er. Die falschen Zähne würden sich nachts nicht ruhig im *Maule* verhalten, man müßte sie hinaus und in ein Glas mit Wasser tun, damit sie sich *vollsaufen* können. Und alles kommt vom Kunstdünger. Aber Großvater aß vom gleichen Korn und von den gleichen Kartoffeln wie mein Vater, also kunstgedüngte Feldfrüchte, und hatte trotzdem volles Haar und war nie im Leben bei einem Zahnarzt, selbst mit neunzig Jahren, als der Tod den Alten holen kam, zeigte er dem noch die Zähne. Bei mir traut sich der Kunstdünger nich ran! ist Großvaters Erklärung.

Ähnlich streiten sich Großvater und Vater um die Zuchtrichtung von Schlachtschweinen. Großvater, der sich, wie wir wissen, einst auch als Ferkelhändler versucht und ausgewiesen hat, beschreibt sein Idealschwein so: Kurze Schnauze, Schlapp-Ohren, die die Oogen zudecken, im ganzen kurz gefaßt, meeglichst scheckig. *Schinkenschweine* nennt er den von ihm bevorzugten Schlag.

Großvater entwickelt seine Antipathien gegen Mitmenschen aus den merkwürdigsten Gegebenheiten: Wer mit der linken Hand den Hammer oder die Zange zur Arbeit führt, wer am Rechenstiel die rechte Hand vorn und die linke hinten hält, ist für den Alten mit einem Makel behaftet. Also waren ihm Menschen unsympathisch, die langrüsselige, kurzohrige, im ganzen langgestreckte, blonde, blasse Schweine züchteten oder hielten. Er nannte diese Schweine *verfluchte englische Rasse, Stallumwühler, Bretterschweine.* Von Onkel Ernst, den er nicht recht leiden konnte, sagte Großvater: Es hätte mir gewundert, wenn der Kerl keene Bretterschweine gezicht hätte.

Mein Vater aber hat nun einmal angefangen, Ferkel von Onkel Ernst einzustallen. Er kann schon aus verwandtschaftlichen Gründen nicht mehr damit aufhören.

Der innerhäusliche Schweinekrieg führt dazu, daß Großvater sich ein Ferkel von den von ihm bevorzugten Schinkenschweinen kauft und es parallel zu den Bretterferkeln des Vaters aufzieht. Das Experiment bringt jedoch keine Klarheit über den Wert oder Unwert der beiden Zuchtrichtungen. Der Großvater kann mit kräftigen Schinken von seinem Schwein aufwarten, der Vater mit großen Speckschroten. Trotzdem kommts neuerlich zum Familienkrach, weil mein Vater sich nicht enthalten kann zu sagen: Merkwürdig, een Schwein die Menge Speck, das andere die Menge Schinken, und beede hoaben mein Futter gefressen. Die Antwort meines Großvaters: Mußte abziehn das Futtergeld von die Zinsen, die ich von dir zu kriegen hoabe!

In diesem Jahr läßt die Mutter das Schlachtfest auf ihren Geburtstag fallen. Alles een Abwaschen! Geburtstag ist ein weltliches Fest, Schlachtfest ist mehr ein kirchliches Fest wie Kirmes und Fastnacht, auch hats wie Ostern und Pfingsten keinen feststehenden Termin. Zum Schlachtfest wird wie zur Kirmes und zur Fastnacht eingeladen, zum Geburtstag laden sich die Leute selber ein. Zu den Gästen, die sich zum dreiunddreißigsten Geburtstag meiner Mutter selber einladen, gehört Onkel Phile. Er bringt einen Neffen aus Berlin mit, der bei ihm seinen Urlaub verlebt. (Vergeßt nicht, daß Onkel Phile nicht mehr bei uns in Bossdom wohnt, daß er inzwischen geheiratet hat, wie ich in der Geschichte vom *Schneewittchen* berichtete, und daß er durch seine Heirat zu einem Neffen in Berlin kam!)

Mein Vater hat Phile noch nicht verziehen, doch der Onkel findet findig Zeitpunkte heraus (siehe den Geburtstag meiner Mutter!), die es dem Schwestermann erschweren, den Ausgewiesenen zurückzuweisen. Als Wüterich und Unmensch will der Vater auch nicht gerade verschrien werden. Was tut man nicht alles, um makellos vor dem Angesichte der Welt zu stehen?

Ganz engal, was Phile gemacht hat, zu mein Geburtstag

wird er woll noch könn gratuliern kumm, nich woahr nich? Das ist der Standpunkt meiner Mutter.

Von den sechs Söhnen unseres Nachbarn Lehnigk ist einer Fleischer. Die alten Lehnigks stellten ihm eine Stube des Elternhauses zur Verfügung. Fritzko stattet sie mit eisernen Rechen und Haken, einem Ladentisch, Holzmulden und Porzellanplatten aus und verwandelt sie in einen Fleischerladen. Wenn mich die Mutter um Wurst schickt, wenn ich warten muß, bis die kalte Warme in warme Warme verwandelt ist, kommts mir vor, als ob die alte Bauernstube mit allen vier Wänden ihrer früheren Gemütlichkeit nachtrauert.

Auf einem Fleck im Lehnigk-Garten, auf dem die alte Lehnigkinne zuvor Stiefmütterchen, Astern, Goldlack, Levkoien, sogar Rosen zog, hat Fritzko sein Schlachthaus hingebaut. Das Rot, das einst die Rosen aus der Erde sogen, ist dort jetzt vom Rot des Tierblutes abgelöst, das in die Erde einsickert.

Für die Dorfjungen ist es eine Ehrensache, dabei zu sein, wenn in Lehnigks Schlachthaus ein Tier getötet wird. Bin ich mit ihnen, wenn die *Botschaft* vom Schlachten eintrifft, so hälts schwer, mich davonzumachen. Tue ichs doch, werde ich tagelang von den Mitschülern gehänselt. Man nennt mich *Pimpel*, und ich will kein *Pimpel* sein, also sehe ich, halb gezwungen, halb neugierig, wie Kälber mit Angst in den Augen (sehe ich sie hinein?) in den Tod gehen. Und ich sehe in die grauen, unergründlichen Augen der Ziegenlämmer, wenn ihnen die Kehle durchgeschnitten wird, und ich höre das Abschiedsgebrumm alter, geschundener Guts-Ochsen, das zu heißen scheint: Wir kennen euch, wir wußten es!

Tauben und Hühner, Gänse und Puten, Ziegen und Schafe, Kaninchen und Enten werden auf den Bauernhöfen unfeierlich getötet. Man richtet sie her und ißt sie auf. Das Schlachten von Schweinen ist ein Fest. In der Schule wird Schweinschlachten wie ein Todesfall in der Familie behandelt. Schüler, bei denen zu Hause Schweinschlachten herrscht, sind für ihr Fehlen von vornherein entschuldigt, nicht nur, weil sie am nächsten Tage für Rumposch ein von außen mit der *Märkischen Volksstimme* politisiertes Schlachtpaket mitbringen, sondern auch so. Ich bekomme kein

Schlachtpaket für Rumposch mit, wenn der Tod unseres Mastschweins *eintritt*. Mein Vater ist gegen Schlachtpakete. Soll Rumposch herkomm und sein Wellfleesch hier fressen!

Wenn das Schwein morgens getötet wird, bin ich, sind selbst meine jüngeren Brüder dabei. Schweinschlachten ist unvermeidlich, ist so selbstverständlich wie bei den Urvätern der Kannibalismus. Wir alle sind Kannibalen, nur meine Mutter macht an solchen Tagen den ersten kleinen Schritt zur Menschlichkeit hin: Sie kniet, wenn das Schweineschreien auf dem Hofe beginnt, trotz ihrer *Hühneroogen*, vor den Ehebetten und steckt den Kopf unters Deckbett.

Mit einem Instrument, das einer Kuhglocke gleicht, rasiert der Fleischer das abgebrühte Schwein. (Vom Pferdehändler Sudler sagen Leute: Er is abgebrüht!) Der Geruch von angekochten Schweinsloden zieht über den Hof und walmt über den Zaun, und wer auf der Straße vorbeigeht, kann erschnüffeln, daß ein Schwein hat sein Leben lassen müssen.

Mir macht das Schlachten auf unserem Hofe mehr Pein als das Schlachten in Lehnigks Schlachthaus. Ich fühle mich mitschuldig. Einmal renne ich weg und presche zu Großtante Maika: Wie wirscht du, Maika, mit dem Schweinesterben fertig?

Ich tu ma nich beloaden. Großtante Maika hält kein Schlachtschwein. Sie ißt kein Fleisch. Es gibt ja Quark und Leinöl genung, sagt sie. Wer sich über die Grausamkeit des Schweinschlachtens ereifert, aber Wurst ißt, der heuchelt, gibt sie mir zu verstehen.

Soll ich ooch bloß Quark und Leinöl essen, Tante Maika?

Ich weeß nich, ob du sollst. Ich muß! Das ist es, was sie mir sagt.

(In meinem späteren Leben gibts eine Zeit, in der ich vegetarisch zu leben versuche, um meine Liebe zum allgemeinen Leben deutlich auszudrücken, freilich auch, weil meine *Vorbilder* Tolstoi und Rilke vegetarisch gelebt hatten. Ich liebäugele naiverweise mit dem Gedanken, wenn ich nur von Pflanzen lebe, einmal Bücher zu schreiben wie jene beiden von mir Verehrten. Und ich lebe drei Jahre vegetarisch, und dann veranstalten die deutschen Arier ihren Krieg, und ich arbeite täglich zwölf Stunden in chemischen Dämpfen in einer Fabrik, und meine Vegetarier-Lebensmittelkarte weist immer weniger Eier, Quark, Öl und Butter auf, und ich kralle wieder nach Tierfleisch und dabei bleibt es bis heute, deshalb bin ich ein *Heichler*, wie meine Großtante Maika sagte, wenn ich euch hier von meinem Mitgefühl für die Schlachttiere rede.)

Unsere Schweine leben ihr Freßleben in lichtdurchwobenen Stallabteilen. Wir halten sie modern, der Stall hat Fenster, die werden zu Ostern geputzt, außerdem bekommt jedes Schwein wöchentlich eine Stunde Hof-Auslauf, ein Gesetz, das Großvater herausgibt. Erfüllen muß das Gesetz die Anderthalbmeter-Großmutter. Sobald die Schweine aus ihrer Bucht gelassen werden, suchen sie Mineralien, die ihnen fehlen, im Hofe oder in den Nebengebäuden einzuheimsen. Wenn sie in den Hühnerstall eindringen, haben sie die glücklichsten Augenblicke ihres Lebens. Sie verschlingen Platten aus trockenem Hühnermist, und wenn sichs fügt, auch eine Glucke mit Küken. Auf dem Hofe bohren sie mit den Rüsseln nach Regenwürmern, und sie stehn dabei minutenlang auf einer Stelle, und die Anderthalbmeter-Großmutter reibt ihnen die Rücken und die Ohren mit Petroleum ein und vertreibt ihnen die Läuse. An einem Ostern frißt eine Sau die Ostereier auf, die meine Mutter auf dem Hofe versteckte, auch das Zuckerzeug und die grüne Papierholzwolle, aus der die Osternester gedreht sind. Der Termin für die *Osterbescherung* und jener für den *gesetzlich* vorgeschriebenen Schweine-Auslauf haben sich überschnitten. Meine Mutter weint. Sie hat ihrer unersättlichen Seele kostbare Nachtzeit entzogen, um gekochte Hühnereier *so mehr modern* nach einer Vorlage aus *Vobachs Modenzeitung* auszuschmücken.

Also bekamen wir die modern gestalteten Ostereier nicht zu sehen, und die meinen gesellten sich jenen anderen Dingen bei, die im Unsichtbaren verschwanden, wie der kleine Spazierstock und jene Kupferpfennige, das einzige Honorar, das ich im Leben mit Singen verdiente.

Die Bossdomer Kossäten ziehen ihre Schlachtschweine damals noch in engen, lichtlosen Koben auf, wie sie uns der niederländische Maler Breughel auf seinen Gemälden vorführt. (Breughel, den ich über die Jahrhunderte hinweg als einen meiner Brüder betrachte.) Die Schweine liegen in ihren Koben, sind Klumpen, die immer klumpiger werden, und da ihnen weder Frischluft noch Sonnenschein zugeteilt wird, erkranken sie an der Knochenweiche, und sie liegen mit eingeknickten Beinen von Futter zu Futter vor der Krippe und müssen zum Schlachten von mehreren Männern aus den Koben *geschürgt* werden. Da ham Ses, sagt Großvater, was tun sie ihre Schweine nich belüften.

Sobald das Schlachtschwein getötet ist, fängt es an, als wär das ein Ausgleich für sein Leben im engen Koben, seinen Tod im Hause, im ganzen Anwesen und der Umgebung auszubreiten. Ausgeschlachtet und Wurst gemacht wird in der Waschküche; Wellfleisch und Wurst schwimmen im Kessel, in dem die Anderthalbmeter-Großmutter sonst die Wäsche abkocht.

Sobald das Wellfleisch fertig ist, werden die ersten Gäste betafelt, und der Brodem vom toten Schwein zieht ins Haus ein. Der durchs Abkochen verminderte Schweinsgeruch durchwabert die Backstube, die Küche, den Laden und die Gute Stube, und er steigt in die Oberstuben, dringt in die Dachkammern und stirbt erst dort langsam ab, verfliegt.

Dem Kochfleisch-Dunst folgt der Schweinedarm-Dunst. Er zieht mit den Würsten ins Haus. Ihm folgt der Fettgeruch, der mit Schmer und Schweinegrieben seinen Einzug hält. Den letzten Schub Ausgleich für sein trostloses Leben verschafft sich das Schwein mit etwas, was an Händen und Fingern der Menschen klebt: Es gibt im Hause nichts, was nicht fettig ist, Stühle und Tische, Teller und Türen, sogar das Vertiko, weil mein Onkel Ernst es in einem Augenblick, da er sich unbeobachtet wähnt, benutzt, um sich seine fettigen Finger dran abzustreichen.

In Sonderfällen wie beim Schweinschlachten beweist Onkel Phile, wie eifrig er arbeiten kann, allerdings muß bei der Arbeit für Unterhaltung gesorgt sein, auch darf eine Arbeit nicht allzu lange dauern oder sich gar ohne Abwechslung über Tage hin ausdehnen. Andererseits ist Phile nicht abgeneigt, eine Arbeit, die er hingeworfen hat, wieder aufzunehmen, wenn sich sein Ekel vor dem Einerlei begeben hat. Ist diese Ablehnung von erstarrten Tätigkeiten nicht etwas Natürliches? Es gäbe zu wenig Arbeitsstellen in der Welt, die seinen gesunden Ansichten angepaßt wären, behauptet Phile, und das hat er irgendwo gelesen. Das Schweinschlachten ist für Phile jedenfalls abwechslungsreich genug: Er kann Würste aus dem Kessel angeln, Grieben oder Wellfleisch durch den *Wolf* drehen, ein paar Erbsen in die Harnblase des Schweines stecken, sie dann aufblasen und rasch auf dem Backofen trocknen und den so entstandenen rasselnden Fesselballon unserer Katze an den Schwanz binden. Er tut es, um seinem Neffen, dem Berliner Besuch, vorzuführen, daß auch auf dem Lande für Vergnügungen gesorgt ist.

Wellfleisch, dieses fettige, wabbelige Kochfleisch, hatte ich bisher nicht angerührt, es widerstand mir. Meine Anderthalbmeter-Großmutter versah mich mit den Schweinsnieren, oder sie entführte dem Fleischer auf Geheimdienstwegen ein Stück Leber, das in die Leberwurst hineingehört hätte.

Fleischer Lehnigk ißt nie und nirgendwo etwas von seinen Schweineleichen. Kuchen gebt mir! sagt er. Ich bin uffgebloasen von Schweinedampf!

Da laufen Menschen umher, die lassen sich ein Vorbild aufschwatzen: Ein Cowboy raucht harte Sachen! Und da laufen andere Menschen umher, die sich nach gewissen Einsichten kein Vorbild mehr aufschwatzen lassen. Jeder Mensch ein Original-Exemplar! sagen sie.

Ich lasse mir zu jener Zeit meine Schwester als Vorbild aufschwatzen. Sie ist mein Vorbild im Beklettern von Bäumen. Jetzt nun wird mir der Berliner Junge, dieser weitläufige Verwandte namens Werner, zum Vorbild empfohlen. Werner führt keinen *kessen Schnabel*, er hält, berlinisch ausgedrückt, *den Rand* und behauptet nicht, im Berliner Zoo gäbe es größere Katzen mit größeren Schweinsblasen am Schwanz als bei uns in Bossdom. Werner ist drei, vier Jahre älter als ich und fängt an zu männlichen. Noch trägt er kurze Hosen wie ich, aber seine Waden sind schon mit Mannshaaren bestückt. Die Haare dringen durch die losen Maschen seiner langen Baumwollstrümpfe nach außen, er geht auf zwei kräftigen Distelstengeln umher. Sein Vorname ist bis dahin in Bossdom nicht gesichtet worden. Beim Schlachtmahl beschäftigt er sich mit dem welligsten Wellfleisch, das unsere Brettersau hergibt. Er schneidet Scheibe um Scheibe herunter, bestreicht jedwede mit Mostrich, bekrümelt sie mit Pfeffer und Salz und verschluckt sie, während er schon die nächste Scheibe abschneidet, und er tuts so gelassen, wie es orientalische Weise der europäischen Menschheit anempfehlen.

Mit seinem Wellfleischvertilgen zieht Werner die Aufmerksamkeit der Erwachsenen auf sich, und sie loben ihn, er sei ein Junge, der in die Welt passe, und so wie er müsse ein Junge zulangen, wenn ein rechter Mann aus ihm werden solle. Blicke streichen auffordernd über mich hin, besonders die Blicke meines Großvaters. Er sei entschuldigt, denn er will, daß ich mehr Wangenfleisch ansetze. Die Schwindsucht, die Auszehrung, hat ihm die erste Frau und sieben Kinder geraubt. Er selber fühlt sich gegen sie gefeit. Er trinkt und trinkt Tee, Isländisches Moos, die Bodenbedeckung ganzer Waldparzellen. Alle Menschen, die seinem bitteren Trank ausweichen, sind für ihn von der Auszehrung bedroht, besonders ich, sein ältester Enkel, der immer blaß, schmal, sommersprossig und mit einem Igelpelz von schmutzig-blondroten Haaren umhergeht.

Nicht, daß ich rascher ein Mann werden will oder ein Junge mit Mannshaaren auf den Waden, die durch die Strümpfe sprießen, aber ich ertrags aus Ehrgeiz nicht, daß dieser wellfleischvertilgende Werner gelobt wird, und daß ich, der Verzehrer von Schweinsnieren und trockenen Leberstücken, ungelobt daneben sitzen muß. Und ich zeige es ihnen, daß ich Wellfleisch sogar ohne Mostrich, ohne Pfeffer und Salz zu schlingen vermag. Es liegt nahe zu sagen, daß ich mit Todesverachtung schlinge, aber die Todesverachtung ist von Feuilletonisten mißbraucht und abgebraucht, und sie besagt nichts mehr, und es ist vielleicht angängiger, von Lebensverachtung zu sprechen. Und wenn ich noch ein anderes Bild von der Verfassung malen soll, in der ich mich beim Wellfleisch-Wettessen befand, so verweise ich auf den Zustand, in dem ich mich befand, als ich später im Leben bei Charlie Wind das Feuerspeien erlernte, ihr wißt!

Die erste, die mein tapferes Wellfleischvertilgen lobt, ist meine Tante Magy, und dann bemerkt ihn ein Schlachtfestgast nach dem anderen, diesen zehnjährigen Schuljungen da, der sich bemüht, wenigstens am unteren Tabellen-Ende der Wellfleisch-Fresser-Olympioniken jener Zeit zu erscheinen. Sie bestaunen mich, und so lange es mir noch gut geht, bestaune ich mich selber, vor allem aber die Tatsache, daß ich, ohne es gewußt zu haben, über eine Gleitbahn für Wellfleisch verfüge.

Wenn die Maus satt ist, schmeckt das Mehl bitter, sagt der Volksmund, der manchmal von Leuten, die nicht aus dem Volke stammen, *weise* genannt wird. Mir aber, der ich nicht direkt eine Maus, aber spitz wie eine Maus bin, fällt ein, daß ich nun die Schweinshaut esse, die meine Anderthalbmeter-Großmutter mit Petroleum von Läusen befreite. Es wird mir schlecht, und ich bereite mich auf ein großes Erbrechen vor, doch in diesem Augenblick springen alle Schlachtfestgäste zugleich auf, drängen zum Fenster und sehen hinaus: Es fährt eine Kutsche in den Hof, zwei elegante Kutschpferde davor, auf dem Bock ein Kutscher in Winter-Livree, aber kein Fahrgast in der Kutsche, dafür ein protziges Abstraktum, der Stolz meines Großvaters, der Stolz auf die Kutsche von Schwetasch und Seidel, das größte Geburtstagsgeschenk, das Großvater meiner Mutter je gemacht hat. (An den Posten Anzugstoffe mit kleinen Webfehlern zu günstigen Einkaufspreisen, die mit dem Kauf der Kutsche gekoppelt sind, laßt uns jetzt mal nicht denken!)

Später, wenn mein Vater behaupten wird, unsere Familienkräche seien die Grundlage für die Existenz des Amtsgerichts in Grodk, wird er auch behaupten, mein Großvater habe die Kaufsumme für die Kutsche auf die Geldsumme draufgeschlagen, die er dem Vater einst zum Kauf des Anwesens lieh. Ob es die Wahrheit ist, kann nicht ermittelt werden, weil mein Vater nicht weiß, wieviel Geld er sich vom Großvater geliehen hat, und weil er das vom Großvater geliehene Geld nie zurückgibt. Da mein Großvater mit knapp einundneunzig Jahren neunzehnhundertfünfundvierzig, nach dem zweiten großen Kriege, stirbt, mein Vater aber erst sechsunddreißig Jahre später, im dreiundneunzigsten Lebensjahr, ist er in der Vorhand und kann den Urenkeln die Räudigkeit des Urgroßvaters ausmalen, und wenn er ihn charakterisiert, vergißt er nie zu erwähnen, daß der Urahn gern Geschenke machte, die er, mein Vater, bezahlen mußte. Du liebe Welt, du!

Ich darf nicht verschweigen, daß sich meine Mutter von Kind an gewünscht hat, in einer Kutsche umherzufahren. Dieses Bedürfnis hat sie sich in der Zeit eingehandelt, da der Großvater Herrschaftskutscher beim *Freimaurer* Baurat Silber in Grodk war. Die Herrschaft reiste jeden Sommer ins Bad, und damit die Pferde inzwischen nicht *Verschlag* bekamen, mußte Großvater sie bewegen. Er spannte sie in die Kutsche und fuhr sein Lenchen spazieren. Mein Vater allerdings behauptete, als sich das Reich Kulka und das Reich Matt im Kriegszustande befanden, Großvater habe damals nicht nur sein Lenchen, sondern auch andere Leute, gegen Bezahlung, ausgefahren.

Und nun die Kutsche! Ohne ihr Schicksal wenigstens andeutungsweise zu beschreiben, wäre unsere Familiengeschichte nicht vollständig. Ich mußte sie *erscheinen* lassen, wie das in der Sprache der Illusionskünstler heißt, also muß ich sie auch wieder verschwinden lassen. Das Leben erfordert es.

Es blühen nicht nur Blumen, sondern auch Kutschen, Häuser und andere Dinge. Alles hat sein Werden und Vergehen.

Die Kutsche ist zu schwer für ein alleiniges Pferd, wie sich herausstellt, aber zwei Pferde hatten wir nur zu jener gelobten Zeit im Stall, da Großvater und Vater eine Lebensstrecke lang gemeinsam Pferdehandel betrieben. Als der Großvater seine Hand vom Handel abzog, erwies sich, daß meinem Vater allein kein Händlerglück beschieden war. Jedenfalls zeigt sich, daß Mutters *goldene Traumkutsche* in unseren sandigen Heidewegen ein Martergefährt für ein Einzelpferd ist.

Die Kutsche steht unbenutzt auf der Scheunentenne, steht im Wege, muß herausgezogen werden, wenn die Erntefuhren eingebracht werden, wird wieder eingeschoben und wieder herausgezogen, wenn gedroschen wird. Das alles und so alles.

Meine Mutter fertigt eine Plane aus Schürzenstoff an, besäumt sie mit zierlichen Kreuzstichen und bedeckt ihre Kutsche damit. Sie schützt sie vor Scheunenstaub. Die Kutsche wird für die Mutter so etwas wie ein fahrbares Vertiko.

Wirkliche Benutzer der Kutsche sind wir Kinder, und zwar an Regentagen, wenn wir nicht auf dem Hofe spielen können. Wir decken die Chaise ab, spannen unsere Phantasiepferde davor und fahren mal als Herr Baron und Frau Baronin, ein anderes Mal als Schwetasch und Seidel durch Länder, in die ihr nie kommen werdet.

Für Vater und Großvater bleibt der Jagdwagen ein Gefährt, an dem sich ihr Zorn und Widerzorn entzünden. Son eine Scheuß-Karete, son eine scheißliche! sagt der Vater und fordert die Mutter bald sanft, bald heftig auf, das Ding zu verkaufen. Sogleich bekommt er es mit der Kulka-Partei zu tun. Die Kutsche vakoofen, was mir Vater geschenkt hat? So lange, wie er lebt, jedenfalls nich! sagt die Mutter.

Und so steht die Kutsche und steht und wird trotz der Plane, mit der sie bedeckt ist, von der Zeit behobelt und von Motten zerfressen. Und sie steht und steht, bis ihr am Ende des zweiten großen Krieges unbekannte Menschen zu einer Bestimmung verhelfen. Die Kutsche macht sich auf die Räder und fährt davon. Eines Morgens drückt die Scheune mit hilflos im Winde flügelnden Toren ihr Bedauern darüber aus, daß sie als Sachwalterin versagte. Die Kutsche aber dürfte den Marsch auf Berlin mitgemacht haben, bilde ich mir ein. Daß auf ihr verwundete Soldaten zur Hauptsanitätsstelle transportiert wurden, bilde ich mir ein. Meiner Mutter aber mit ihrer unersättlichen Seele war es möglich, bis zu ihrem Tode von der Kutsche Gebrauch zu machen, sie verhalf ihr jedes Mal beim Rückerinnern zu einem bedauernden Kopfschütteln und dem Satz: Wenn ich an die schöne Kutsche denke, die ich moal hutte!

Wir sind noch immer beim Schlachtfest, möchte ich erinnern. In der Abenddämmerung kommen die Schulkinder in Gruppen, stellen sich unters Giebelfenster und grunzen wie

Schweine. Das Grunzen ist der Auftakt zu einem Sprüchlein, das sie hersagen: *Roch, roch, habens gerochen, / habtn fettes Schwein gestochen.* Das Wurstbetteln ist eine Sitte auf der Heide, die noch aus sorbischen Zeiten kommt, und die *stuckein* genannt wird. Meine Mutter geht hinaus, verteilt Würste an die Kinder, und ich muß die Szene mit der Karbidlampe ausleuchten. Meine Mutter paßt auf Kinder von Leuten, die ihre *Latte* bei ihr im Laden lange nicht bezahlt haben, und sie sagt solchen Kindern: Da hoabt ihr eire Würschte. Grießt eire Mutter, die soll sich moal sehn lassen.

An zwei Schlachtfesten spiele ich diese Szene als Lampenhalter mit, dann wirds mir peinlich, und ich verstecke mich, wenn die Kinder draußen grunzen, und meine Mutter macht meine Schwester zur Beleuchterin.

Zum Verschenken werden mindere Würste angefertigt. Grützwürste. Ihr Teig wird aus gequollener Buchweizengrütze, Blut und geringem Fett angemengt. Grützwurst wird kochwarm gegessen, wie sie aus dem Kessel kommt, und wer auf der Heide ein Schwein schlachtet, muß Scharen solcher Grützwürste zum Verschenken herstellen.

Die Nachbarn, die unserem Hause zunächst liegen, kommen nicht *stuckein.* Es wäre eine *Unsitte.* Ihnen wird ein Topf voll Wurstbrühe, in der einige Grützwürste, vielleicht auch eine Leberwurst, umherschwimmen, ins Haus gebracht. Meine Schwester, Detektiv Kaschwalla und ich funktionieren als Wurstbrühen-Austräger. Langweilt euch bitte nicht, ich erzähl nicht ohne Grund, daß es für eine Unsitte gehalten wird, wenn die nächsten Nachbarn, die beliefert werden, auch noch *stuckein* kommen.

Jedes Mal, wenn ich von einem Wurstbrühen-Austragegang zurückkomme, ist die Stimmung in der Schlachtfeststube um einige Grade gestiegen. Das Gemurmel ist dichter geworden und gleicht dem Bachgemurmel bei Hochwasser.

Es sind drei Onkel in der Feststube: Onkel Phile, Onkel Ernst und Onkel Schipka. Paule Schipka hat meine Stieftante Elise geheiratet, ist Schankwirt in Grauschteen, also Nachfolger meines Stiefgroßvaters Gottfried Jurischka. Schipka ist gelernter Matrose und Seemannsgarnspinner. Er hat die Skagerak-Schlacht mitgemacht. Sie liefert ihm Stoff für stundenlange Erzählungen. Auch die Seeschlange von Loch Ness, von der man bis auf den heutigen Tag in den Journalen unter *Vermischtes* liest, hat Paule Schipka gesehen. Ich verfüge über einen Onkel, der der Seeschlange Auge in Auge gegenüberstand. Er erzählt die Seeschlangen-Geschichte jetzt Onkel Philes Berliner Neffen, der sie noch nicht gehört hat. Wir haben sie schon oft gehört, zu oft, aber wir wissen nicht, daß die Seeschlange in einem Binnensee auf England im Dauer-Engagement für Touristen-Hotels arbeitet, und daß der Onkel diesen Binnensee mit seinem Schlachtschiff niemals befahren haben kann. Wüßten wirs, so würden wir dem Onkel auch die Seeschlacht am Skagerak nicht mehr glauben. Sobald unsere Leute auf der Heide merken, daß man sie belog, begegnen sie dem, der es tat, nurmehr mit Skepsis, und sie glauben dem Lügner nicht einmal mehr, daß er eine Mutter hatte. Obwohl ich nur ein halber Heide-Sorbe bin, empfehle ich denen, die da sagen, ich würde ihnen mit Skepsis begegnen, darüber nachzudenken, wann und wo sie mit ihrer Ehrlichkeit geizten.

Ich komme zum zweiten Male vom Wurstbrühen-Austragen aus der Nachbarschaft zurück: Onkel Phile und Onkel Paule Schipka wetteifern miteinander, erlogene Geschichten so zu erzählen, daß sie sich wie wahre Erlebnisse anfühlen. Onkel Phile erträgts nicht, daß sein Berliner Neffe von Paule Schipkas Seeschlange in Sprachlosigkeit versetzt wird, er muß eins draufsetzen und erzählen, wie er im Kriege drei Tage verschüttet war; wie er sich von Weinbergschnecken, die sich mit ihm verschütten ließen, ernährte; wie eine Granate *(ihr werds nich glooben wolln)* die linke Wand seines Verlieses eintrümmerte; und wie er auf diese Weise an die Oberfläche des Lebens *getrieben geworden* ist.

Meine Mutter brät in der Küche Schlachttag-Karbonaden, frisch, frisch, ff, fein, fein! Karbonaden als Gegengift gegen die Schnäpse, die die Gäste hinwiederum als Gegengift gegen das fette Wellfleisch in sich hineingossen.

Onkel Schipka erzählt, wie er schiffbrüchig in Afrika strandete, und wie er dort sogleich Kontakt bekommt, weil er Englisch kann, und wie die *Mambutos*, alles erfahrene *Inglischspieker*, sofort Freundschaft mit ihm schließen, und wie er leicht die Tochter des Häuptlings hätte heiraten können, wenn er nicht weiter, immer weiter, gemußt hätte. Sollte er die Skagerak-Schlacht versäumen? Zum Beweis, daß er unter den *Niggern* gelebt hat, singt der Onkel ein Lied, das er von den Mambutos gelernt hat: *Wide, wide, weia,* singt er, *eia-popeia, wide, wide, wei, heia-popei.* Das Lied heißt, so der Onkel, in Englisch übersetzt und auf Deutsch ausgedrückt: *He, he, Matrose, komm, stoß mit mir an, / he, he, Matrose, du wirst mein Mann!* Das hätten ihm die Mädchen dort immerwährend in die Ohren gesungen.

Diese wunderbare Lügenwelt! Aber jetzt bricht die Wirklichkeit über uns herein: Lärm, der vom Hofe her andringt, übertönt den Lärm in der Festtagsstube und begräbt den *Nigger-Song* von Paule Schipka. Wieder drängen sich die Festgäste zum Fenster hin, doch auf dem Hofe ists schon wieder ruhig.

Was war geschehen? Die Klärung findet in der Küche im Dunst der brutzelnden Karbonaden statt: Hanka bewachte in der Waschküche das Garwerden der letzten Würste, und mein Vater *unterstützte* sie dabei, behauptet er.

Was hast du se mußt unterstützen? ist die inquisitorische Frage der Mutter.

Ganz engal, ob ich mußte oder nicht, was hat die Alte zu spionieren, sagt der Vater.

Detektiv Kaschwalla hat beim Observieren einen Blumentopf vom Bord des Waschhausfensters gerissen. Die Kaschwallan streitet ab. Sie hat den Blumentopf nicht runtergerissen, den Blumentopf hat Lehnigks Jurko runtergerissen, *der woars, was spioniert* hat. Woher weiß es die Anderthalbmeter-Großmutter? Sie wird wohl noch auf den Hof gehen und sich bißchen *abseichen* könn, sagt sie.

Vater verbietet es ihr in seinem Zorn, das darf sie nicht!

Soll ich vor Wasserdrang platzen? fragt die Kaschwalla.

Was die Kaschwallan sagt, ist dumm, und was mein Vater sagt, ist dumm, und trotzdem oder deshalb entwickelt sich daraus ein Familienkrach: Was hat sie geroade seichen zu gehn, wenn ich uffn Hofe bin? fragt der Vater. Und was hat Lehnigks Jurko, der unmusikalische Bock, auf unserm Hofe zu suchen?

Lehnigks Jurko wäre *stuckein* gekommen, sagt die Mutter.

Unsittlich! schimpft der Vater und meint, nicht der Sitte gemäß. Lehnigks ham ihre Wurschtbrühe gekriegt, nich woahr nich?

Ich muß bezeugen, daß ich Nachbar Lehnigks mit Wurstbrühe versorgt habe. Die geheimnisvolle Angelegenheit läßt sich auch nach einem kurzen Todesfall meiner eifersüchtigen Mutter nicht klären. Paule Schipka sagt erheblich betrunken: Kann bei die Negers nich passiern, die ham keene Fenster.

Ooch die Eskimos hoaben keene Fenster, sagt Onkel Phile und zeigt, wie belesen er ist. Mein Vater sieht Onkel Phile an, als ob er ihn jetzt erst unter den Schlachtfestgästen entdeckt: Was willst du überhaupt hier?

Meine Anderthalbmeter-Großmutter führt ihren Liebling Phile hinweg, bringt ihn nach oben in die Großelternstube und in Sicherheit, und auch der Berliner Junge, der Werner heißt, muß mit ins Exil.

Unser Hausfrieden ist wieder für einige Tage dahin. Bevor ich zu Bett gehe, erbreche ich mich draußen vor dem Hofzaun. Ich muß mehrere Tage krank liegen: Das Wellfleisch geht in mir um wie damals die Priemtabaksbeize. Wie auch immer, es ist gut, etwas am Strand des Familienlebens zu liegen und nur von weitem auf die Brandung zu lauschen.

Auf einmal heißt es, wir werden einen zweiten Lehrer nach Bossdom kriegen. Die Kinder, heißt es, tun sich nach dem Kriege vermehren.

Kinder könn sich nich vermehren, Mama.

Ganz engal, es heeßt aber so!

Ich denke, Mama, man soll nischt Falsches soagen?

Laß mir gehn, ich muß in Loaden!

Im Laden wird erzählt, die Kinder vermehren sich, weil die Männer nicht mehr im Kriege sind. Wir haben jedenfalls zwei Kinder gekriegt, obwohl unser Vater als Schütze im Graben lag. Stellmacher Schestawitscha behauptet, nach dem

Kriege werden mehr Jungen geboren als *Mädchens.* Die Armee musch uffgefüllt wern, im Falle, dasch sie unsch wieder Krieg uffzwingen.

Durch den zweiten Lehrer, den wir kriegen, wird Rumposch, außer Schulleiter, noch erster Lehrer, erster Lehrer des Bossdomer Volkes.

Der zweite Lehrer wird Lehrer genannt, obwohl er noch kein richtiger Lehrer ist. Um Lehrer zu werden, muß er noch zwei Prüfungen machen. Er ist, pädagogisch gesehen, sagt Frau Rumposch, Schulamts-Bewerber, man soll die Stellung des Neulings nicht mit der ihres Mannes verwechseln.

Wir müssen zum zweiten Schulmann, Heier heißt er, Herr Lehrer sagen. Schulamts-Bewerber ist mir ein fetterer Titel, so wie für mich bis auf den heutigen Tag ein außerordentliches Mitglied der Akademie ein Mitglied ist, das nicht nur ordentlich, sondern außerordentlich ordentlich ist.

Lehrer Heier ist so bei dreißig Jahre alt. Der Krieg hat ihn gehindert, sich früher zum Lehrer machen zu lassen. Verheiratet ist er nicht. Wovon sollte er eine Frau ernähren? Vom *Durchgebrachten* vielleicht? wie man auf der Heide sagt. Seinen rotbraunen Bart trägt Heier nicht in Wilhelmsform, nicht in Hindenburgform, sondern in Bürstenform, wie Ebert also. Heier wird Sozialdemokrat und bissel mit uns verwandt sein. Seine Nase hat einen Sattel, sein dunkles Haar ist straff nach hinten gekämmt, *Übertolle,* sagen wir. Seine Zigaretten raucht der Zweitlehrer aus einer rotblonden Zigarettenspitze. Den Männern vom Gesangverein erklärt er, mit einer solchen Spitze geraucht, schmecke die billigste Zigarettensorte.

Vielleicht ganz scheene teier, die Spitze, sagen die Männer vom Gesangverein.

Heier legt sich gleich in unsere Erziehung hinein. Früher waren wir eingeteilt in Große und Kleine, jetzt werden wir ohne körperliche Veränderungen zur Ober- und zur Unterstufe.

Heier prüft mich ab. Er will wissen, was ich weiß und was nicht. Wer bist du? fragt er.

Was ich damals zu Lehrer Rumposch sagte, als der mich

fragte, kann ich nicht wiederholen, das will sich mir nicht. Ich erkläre Heier, daß ich von zu Hause aus Matts Esau bin, von den Bossdomern aus Bäckersch Esau, daß es mir aber so vorkäme, als wäre ich noch wer anders und vielleicht werde ich einmal noch ganz was anderes.

Lehrer Heier hat nichts dagegen. Er sagt, daß ich nach dem, was ich weiß, schon seit einem Jahr Oberstufe wäre. Ich habe ein ganzes Jahr lang die Oberstufe nicht genossen.

Rumposch nimmt den Schulamts-Bewerber richtig ran. Er ist sein Schulamts-Bewerber, bitte! Lehrjahre sind keine Herrenjahre! Heier soll sich richtig einüben und erfahren, daß es keine leichte Arbeit ist, zehn Schüler hintereinander zu verdreschen. Lehrer Heier drischt wenig, und wenn er drischt, nur auf die Hände. Bei ihm brauchen wir uns nicht wie bei Rumposchen über das vordere Bankpult zu legen. Die *Mädchens* drischt Heier überhaupt nicht. Der weeß noch nich, was mit die Weiber los is, sagt Franze Buderitzsch, laß ihn erst verheirat sein.

Rumposch beteiligt Heier auch bei der Ausbildung des Gesangvereins und läßt sich von ihm ein Konzert für das Stiftungsfest fertigmachen. Lehrer Heier spielt die Schulgeige unkratziger und unquietschiger als Rumposch. Jeder Dorflehrer muß zu unserer Zeit wenigstens Geige spielen können. Auch wenn er noch so schlecht spielt, es geht um die musische Aufwärtsentwicklung der Dorfbevölkerung.

Heier führt einen neuen Stil für den Vortrag der Gesangvereinslieder ein. Die Männer solln nicht durch die Lieder latschen. Bei ihm wird Tempo gesungen, und das führt dazu, daß die Sänger in einer Stunde zwei Lieder mehr schaffen als bei Rumposchen. Das erste Lied, das Heier mit ihnen einstudiert, heißt: *Frühmorgens zieh ich aus dem Tor ...* Lehrer Heier legt Wert darauf, daß die Männer so frisch aus dem Tor ziehen, wie es im Liede verlangt wird. Deshalb untersagt er den Bässen, den Text mitzusingen. Sie sollen den Gesang der ersten und zweiten Tenöre taktmäßig begleiten, ihn vorwärtstreiben und immer rrra, rrra, rrra singen. Eine akustische Revolution für Bossdom! Die Männer kriegen Spaß dran und möchten am liebsten alle nur rrra, rrra, rrra singen.

Noch heut, wenn ich die Augen schließe und dran denke, wie dieses Burschenlied vorgetragen wurde, sehe ich Kollosches Augusten, wie er rrra, rrra, rrra singt und wie seine Nickelbrille, mit der er ins Liederbuch guckt, kleine glitzernde Freudensprünge auf seinem Nasenrücken vollführt.

Heier exerziert mit den Sangesbrüdern auch ein Lied ein, das bisher in Bossdom für unsingbar gehalten wurde. Bislang wurde es von den Blasmusikern zum Marschieren geblasen. Ich spreche vom *Marsch Fridericus Rex.*

Für das Vorhaben, den *Marsch Fridericus Rex* einzustudieren, werde auch ich in den Gesangverein hineingezogen. Da das Geld in der Vereinskasse knapp ist, läßt Heier je nur ein Notenblatt für jede Stimmlage aus Leipzig schicken und zieht dann mich mit meinem unbewußten Jahr Oberstufe zum Vervielfältigen der Noten heran. Ich muß nachmittags zu ihm in die Wohnung kommen, und er gibt mir Papier mit leeren Notenlinien, auch händigt er mir schwarze Tinte aus. Ich soll Noten schreiben. Als zweiter Mann.

Heier und ich sitzen uns am Junggesellentisch gegenüber. Es ist maikühl, die Eisheiligen reisen herum, und wo sie sich nachts niederlassen, ist die Obstbaumblüte dahin. Wir haben in Bossdom zwar nur Boskoop und Borsdorfer Äpfel, Jakobsbirnen und Zwetschgen, also lauter grobe Öbste, aber auch deren Blüten vertragen keinen Frost. Mir gehts vor allem um die Süßkirschenbäume bei Zetschens in der Feldmark. Wo soll ich hin, wenn die Süßkirschen ausfallen?

Lehrer Heier werden beim Notenschreiben die Finger steif. Er wird wohl die Gicht kriegen, sagt er, alles der verfluchte Krieg! flucht er. Er holt Holz und Kohle aus der Kammer von nebenan. Das Holz ist feucht, er schnitzelt Späne von den Kloben, zündet die Späne an, legt sich lang auf den Bauch und bläst ins Mundloch des Eisenofens, bläst und bläst, daß ihm die Augen hervorquellen und sich das Weiße in ihnen rötet. Endlich tut das Feuer im Ofen kund, daß es gewillt ist, zu leben und ein bißchen was für uns und für den Gesangverein zu tun.

Wir schreiben weiter Noten, Noten: Auf Punkte aus schwarzer Tinte zurückgezogene Töne. Es ist still, wir reden nicht miteinander; wir müssen achtgeben, daß die Notenköpfe auf den richtigen Zeilen sitzen. Wenn ich was versehe, singt Kraskes Ernste eine andere Melodie als Kordians Richard, und die Leute halten sich auf dem Stiftungsfest die Ohren zu, und ich bin schuld.

Ab und zu wird die Stille in der Lehrerstube von Geburr und Geflurr unterbrochen. Die Spatzen sinds. Sie hausen unter den Dachsparren. Mag ein Haus noch so neu sein, wo es ein Lückchen bietet, da kriechen die Spatzen hinein und bauen, den Rohbau aus Grashalmen, die Tapezierung aus Federn.

Im Realienbuch gibt es eine Zeichnung: Mönche beim Abschreiben frommer Schriften. Wenn jemand eine lange Leiter hätte und zum Giebelfenster hinein und auf uns sehen könnte, so müßten auch wir für ihn aussehen wie notenschreibende Mönche. Aber eben eine lange Leiter müßte jemand haben.

Der *Marsch Fridericus Rex* ist ein Loblied auf den Krieg. Ich kann gewiß bei ganz wenigen von Euch, ihr Lieben, voraussetzen, daß ihr die Melodie, den Text und den Rhythmus vom *Fridericus-Marsch* im Kopfe habt. In einer Strophe werden die Unfallmöglichkeiten im Soldatenberuf durchgespielt: *Ade, Luise, wisch ab das Gesicht! / Eine jede Kugel, die trifft ja nicht, / Denn träf jede Kugel apart ihren Mann, / Woher kriegten die Könige ihre Soldaten dann?*...

Wie ich, ein Mann, der zwei Weltkriegen entkam, jetzt eben die Beruhigungszeile: *Eine jede Kugel, die trifft ja nicht*... hinschreibe, da wird sie mir so makaber wie jene Zeile, die ich kürzlich in der Zeitung las: Bei eintretendem Atomschlag Aktentasche auf den Kopf legen und sofort ein festes Gebäude aufsuchen! (Nichtbeamte ohne Aktentaschen sind von vornherein verloren!) Das ist blühender Fortschritt.

Obwohl Lehrer Heier den Fridericus-Marsch selber vervielfältigt, gibt es später beim Singen Schwierigkeiten. Es fehlen bei der Schlußzeile der Strophe, die ich soeben zitierte, zwei bis drei Töne. Entweder war der Textverfasser zu freigebig mit seinen Worten oder der Komponist zu knauserig mit seinen Tönen. Vielleicht waren sie verzankt oder kannten einander nicht. Jedenfalls ist es für Lehrer Heier eine Arbeit, die viel Schweiß aus ihm treibt, den Bossdomer Tenören und Bässen beizubringen, daß sie die letzte Zeile, die nach Heiers Abschrift lautet: *Woher kriegten die preußischen Könige ihre Soldaten dann?* mit Rücksicht auf den Notenmangel so zu singen: *Woher krieg preußisch König ihre Soldat dann ...*

Die Korrektur kommt kurz vor dem Konzert: Lehrer Rumposch hat den Text im Leibe und stellt fest, sein Unterlehrer hat *überpreußisch* gehandelt, es darf nicht *preußische Könige,* sondern nur *Könige* heißen; es mußten ja zwei bis drei Noten fehlen. Der Begriff *Selbstkritik üben* ist damals noch unverbreitet, aber Lehrer Heier tuts ohne Begriffsbestimmung, auch ohne heuchlerisches Augenverdrehen: Die Preußen habe ich jetzt gefressen, sagt er.

Das war das Notenschreiben. Alsbald will Lehrer Heier wissen, wer mit einer Laubsäuge umgehen kann. Es melden sich neun Jungen. Laubsägen ist damals *in*, wie man heute modern deutsch-amerikanisch sagen würde. Lehrer Heier will mit uns an einigen Nachmittagen Lehrmittel aussägen. Hätte er es gleich gesagt, wären gewiß nur ein bis zwei Laubsägen aufzutreiben gewesen. Die Teilnahme an der Lehrmittelherstellung ist zwar freiwillig, aber wer sagt einem Lehrer ab, dem es gegeben ist, amtlich zu bescheinigen, ob man fleißig oder faul ist. Ich bin außerdem verrückt darauf zu erfahren, wie Lehrmittel mit Laubsägen hergestellt werden.

Die Sache ist die: Wir sollen die Provinz Brandenburg aussägen, die Landkarte der Provinz Brandenburg im Relief, den Fläming und den Niederlausitzer Grenzwall, waschbrettartig gewellt, und die Flußtäler der Spree, der Havel und der Neiße als Vertiefungen, in denen man mit dem kleinen Finger entlangfahren kann.

Die Arbeit zieht sich über viele Nachmittage hin. Zuletzt beschriften wir die Gebirge und die Flüsse und geben den Städten die Namen, die sie verdienen. Wenn ich jetzt in meinen sich stetig vermindernden Mannsjahren nach Leipzig fahre und den Fläming passiere, bewundere ich, wie genau, wie präzise und wie wirklich Gott dieses Höhenzüglein ausarbeitete und das vielleicht in fünf Minuten, während wir für die Herstellung unseres groben Laubsägeholz-Flämings viele Wochen benötigten.

In den meisten Menschen hält sich das Lebensziel versteckt, Nachkommen zu zeugen, die ihren Zeugern nicht nur körperlich, sondern auch charakterlich gleichen, und sie verlangsamen aus Eigenliebe die Entwicklung der Menschheit. Vielleicht steckt auch in Lehrer Heier ein solches väterliches Begehren, wenn er sich mit mir ein bißchen besonders beschäftigt. Heier ist noch nicht verheiratet, wie wir wissen, aber die Nornen arbeiten bereits an seiner Verheiratung. Die Rumposchen läßt von Zeit zu Zeit die älteste ihrer Nichten aus Kräkelbusch bei Choćebuz kommen, dort ist der Bruder der Rumposchen Lehrer, und die Nichte ist infolgedessen beste Lehrerrasse. Sie hat ein schlankes Gesicht; auf ihren Wangen liegt ein Schimmer von ausgeblichenen roten Haarschleifen; ihr Mund ist voll weißer ebenmäßiger Zähne. (Heutzutage hätte sie im Fernsehen für Zahnpasta oder Gebißreiniger Reklame lächeln können.) Außerdem ist die Jungfer nicht nur wohlgebildet, sondern sogar gebildet. Sie hat das Lyzeum bis zur Untersekunda-Reife besucht und absolvierte Tanzstunden und eine Haushaltsschule; ist also absolut versandbereit und abholfertig, einen Lehrer oder einen Pfarrer, in Notfällen einen Gastwirt, zu ehelichen.

Ab und zu wird Lehrer Heier die Nichte gezeigt, sozusagen als Ansporn und Versprechen. Bitteschön, aber erst, nachdem der Herr Schulamts-Bewerber die zwei noch ausstehenden Prüfungen abgelegt hat! Es wird also noch Zeitchen hingehen bis zur Heirat, und Lehrer Heier braucht einen Ersatzsohn wie mich, an dem er etwas herumvatern kann. Er macht allerlei Experimente mit mir, zeichnet zum Beispiel mit Kreide das Schema eines Benzinmotors an die Schulwandtafel und erklärt uns, wie der funktioniert. Könntest du es wiederholen, Esau? fragt er mich.

Ich kann es und mache bei der Wiederholung nur einen Fehler und nenne das Auspuffgas – Blaugas.

Ich werde traurig, wenn ich an mein mutiges Gedächtnis von damals zurückdenke, jetzt hat es lauter Lücken und verursacht Familienkräche, weil ich falsche Behauptungen aufstelle, und weil ich nicht mehr weiß, wie ein Benzinmotor funktioniert, und eben – es macht mich traurig.

Lehrer Heier will einen Lehrer aus mir machen, vielleicht um später einen Vertrauten zu haben, mit dem er tiefgründig über die Freuden und Mißstände im Lehrerberuf sprechen kann. Er fragt mich, ob ich nicht Lust hätte, auf die Stadtschule zu gehen und mehr zu lernen, als ich es in Bossdom kann. Ich weeß ja nich, ob ich fein genung doa dazu bin, sage ich.

Lehrer Heier spricht auch mit meinen Eltern über die Stadtschule, ich hätte, sagt er, *das Zeug* dazu. Und *das Zeug*, das er meint, ist vielleicht meine unbewußte Gier, hinter den Dingen mehr zu sehen, als allgemein ausgemacht ist, und mein mutiges Gedächtnis.

Aber Lehrer Heier überschätzt mich: Ich denke an die zehnbändige Goethe-Ausgabe, jeder Band mit einem roten Lederrücken! Heier zieht einen Band heraus, und die Reihe steht mit einer dunklen Wunde im kleinen Bücherregal. Herausgezogen hat Heier den Band *Dichtung und Wahrheit.* Lies dir das mal durch! sagt er.

Ich erschrecke nicht. Ich bin mit *Tarzan* fertig geworden, der halb Affe, halb Mensch war, werde ich nicht mit Goethe fertig werden? Heier nennt Goethe einen *hochherzigen Menschen.* Im Realienbuch gibt es eine Abbildung des Denkmals von Schiller und Goethe in Weimar. Diese Abbildung habe ich mir oft angesehen, auch die Unterschrift gelesen, aber den Familiennamen des großen Wolfgang, von seinen Geliebten zuweilen auch *Wölfchen* genannt, habe ich stets Go-ethe ausgesprochen. Heiers Hinweis bewirkte, daß ich bis heute Goethe sage und nicht anders.

Mit Goethe ist kein schnelles Fertigwerden. Seine Erlebnisse sind, merke ich, in einer Sprache geschrieben, die der, die mir im Lesebuch aufgetischt wird, etwas fern liegt. Und der Bossdomer Sprache liegt sie so fern wie die Dicke Linde dem Kirchturm von Gulitzscha.

Wenn ich heute in die Lesebücher meiner Enkel gucke, sehe ich, daß Goethes Sprache und jene der Beiträge, die aus ideologischen Gründen von einem Verfasserkollektiv verfertigt sind, sich so fern liegen wie Bossdom und seine Kreisstadt Grodk. Die Beiträge meiner Schriftsteller-Kollegen, die in den heutigen Lesebüchern stehen, will ich nicht schmähen, aber laßt mich wenigstens über meine Beiträge etwas spotten und ein wenig süßsauer lächeln. Nicht, daß sie sprachlich geschludert wären, aber da sind einige, die handeln vom *Neuen Menschen*, den ich vor Jahrzehnten glaubte aus der Zukunft heraustreten zu sehen. Aber ists, daß meine Augen inzwischen schlechter wurden, oder ists, daß ich kein Utopist mehr bin, der *Neue Mensch*, wenn es ihn gibt, hält sich noch immer hinter den blauen Schleiern der Zukunft versteckt. Na, mäg!

Wie weit bist du mit Goethe? fragt mich Lehrer Heier von Zeit zu Zeit. Ich fühle mich gedrängt, ich will den Lehrer nicht enttäuschen, und ich lese, lese, zwinge mich zum Lesen, und über das, was ich nicht verstehe, lese ich hinweg, aber gerade das sind in der Regel die Betrachtungen, die der liebe Goethe an die von ihm geschilderten Erlebnisse knüpft. Zu wenig *action* im Buche, wie heurige amerikadeutsche Jugendliche sagen würden.

Endlich der Tag, an dem ich das Buch zu Ende gelesen habe. Ich melde es Heier, und der will wissen, was der Titel *Dichtung und Wahrheit* bedeutet. Darüber habe ich nicht nachgedacht, aber es fällt mir in jener Zeit rasch etwas ein: In Wahrheit ist alles erdichtet, was im Buche steht, sage ich.

Heier läßt es nicht gelten. Gerade umgekehrt sei es, sagt er, die Erlebnisse, die Goethe aufgeschrieben habe, seien wahr, aber die Gespräche, die er im Vorschulalter gehört oder geführt habe, seien erdichtet. Ob ich mich vielleicht erinnern könnte, was die Erwachsenen zu mir gesagt hätten, als sie mich darauf vorbereiteten, daß ich würde in die Schule gehen müssen.

Wennde nich in de Schule gehst, mußte Bettelmann wern, hat meine Mutter gesagt.

Das wäre doch ganz schöne, habe ich gedacht, Bettelmänner dürfen vieles, was ich nicht darf, sie dürfen zum Beispiel im Chausseegraben liegenbleiben, wenn ich Steckrüben zu Mittag essen muß und alles sowas.

Ich soll, fordert Heier, meinen Mitschülern erzählen, was ich gelesen habe. Vielleicht verspricht er sich Reklamewirkung davon, vielleicht hofft er, meine Mitschüler werden alle *Dichtung und Wahrheit* lesen wollen und seiner Pädagogik einen Erfolg verschaffen.

Leider, ich bin nicht der Goethe-Propagandist, den sich Lehrer Heier wünscht. Ich erzähle meinen Mitschülern, die alten Goethes wären *feine Leite* gewesen, die Großmutter hätte vor ihrem Tode dem *kleenen Wolfgang schont een ganzes* Puppentheater geschenkt, damit kunnde der freilich scheene spielen. Ich erzähle ferner, der junge Goethe habe schon frühzeitig Gedichte gemacht, und zwar mit seinen Schulkameraden um die Wette, und der *kleene Wolfgang* habe, sobald er ein Gedicht fertig gehabt hätte, sogleich gewußt, daß seines viel besser ist als die Gedichte der anderen. Es ist nicht leicht, so zu erzählen, daß sich die Mitschüler ein Bild von dem *kleenen Goethe* machen können. Lehrer Heier unterbricht unausgesetzt und fragt: Was bedeutet das? Für Heier bedeutet alles, was ich erzähle, etwas anderes als das, was ich gelesen habe. Ich sage: Das bedeutet, der junge Goethe ist schon mächtig stolzmacherisch gewesen und hat immer geglaubt, ihm kann keener.

Das bedeutet es nicht, sagt Lehrer Heier, es bedeutet, der Knabe Goethe hat schon geahnt, er würde ein Dichter werden.

Das ahne ich auch, sage ich sehr hochdeutsch, und meine Mitschüler lachen. Lehrer Heier will darauf antworten, aber dann tut er es nicht, er wird nachdenklich und ist nicht mehr recht bei der Sache, und ich erzähle von Goethes Großvater, der sich stets Handschuhe anzog, wenn er nach Feierabend im Garten arbeitete. Lehrer Heier fragt nicht mehr: Was bedeutet das? Er läßt mich erzählen.

Nach außen scheint alles gut gegangen zu sein, aber nach innen zu ist etwas verkehrt gegangen mit mir und Goethe. Ich kümmere mich bis in meine Mannsjahre hinein nicht mehr um seine Dichtung und seine Wahrheit, weil ich den Verdacht habe, daß alles, was er geschrieben hat, etwas anderes bedeutet als das, was auf dem Papier steht. Da lese ich lieber erst gar nicht. Dahin hat mich Heier, so wohl er mir auch wollte, mit seinen Fragen nach der Bedeutung gebracht.

Jetzt behandeln mich unsere Studenten so, wie ich Goethe behandelte. Sie schreiben mir: Seit ich im Deutsch-Unterricht Ihren Roman von dem Jungen lesen mußte, der seinen Vater erst kennenlernte, als er schon in die Schule ging, und dem Lehrer immer erklären mußte, was dieses ökonomisch und was jenes soziologisch oder ideologisch bedeute, nahm ich nie wieder ein Buch von Ihnen in die Hand. Sie werden doch zugeben, daß vieles, was Sie schrieben, blanke Witze und Geschichten sind, die jedem passieren können; wir aber mußten noch aus den Witzen Ideologie und Soziologie raussuchen, und nach Poesie wurde nicht gefragt, und das ekelte mich an. Nie wieder ein Buch von Esau Matt! Nein!

Ich werde mich hüten, auf die Schuldigen zu zeigen. Wir leben noch in einer Zeit, in der kritisch hinweisende Zeigefinger abgeschnitten werden, und ich rechne damit, daß die Studenten, die da schworen, nichts mehr von mir lesen zu wollen, nun auch nicht erfahren, daß ich ihren Abscheu, den sie vor meinen literarischen Arbeiten haben, verstehen kann.

Bis Anfang Juni machte mir Goethe zu schaffen. Ich versäumte den Frühling, genoß das Längerwerden der Tage nicht, erfreute mich nicht am Sonnenlicht, das am Abend auf den Kiefernwipfeln am Ortsrand lag und unser Dorf wie ein Bild aus einem Märchenbuch erscheinen ließ. Für mich wurden die Tage nur länger, damit ich abends noch lesen konnte, um Lehrer Heier endlich melden zu können: Fertig!

Zuviel lesen is nischt, sagt Großtante Maika. Ich hoab ooch moal Weile viel gelesen, wie ich jünger woar, beim Lesen bringt man sich um die Zeit, selber zu erleben, was am zusteht.

Meine Mutter nennt Maika fort und fort: Eene eenspännige Karline, unmodern, nicht moal Hosen trägt se unterm Rocke. In *Vobachs Modenzeitung* und im *Spremberger Anzeiger* steht geschrieben: Lesen bildet. Man kann nicht genug lesen! Auch Lehrer Heier ist der Meinung, und meine Mutter verbringt ihre Mitternächte mit Lesen, und auch ich zweifle an dem, was Großtante Maika mir sagt. Später werde ich allerdings wissen, daß sie so unrecht nicht hatte.

Was auch immer, Anfang Juni heißt es, so um den vierundzwanzigsten herum soll in Bossdom ein Fest gefeiert werden, das Johannisfest. Krieg und Nachkrieg, reden Leute, hätten die Bossdomer einige Jahre daran gehindert, dieses Fest zwischen ihre Arbeitstage zu setzen. Nirgendwo, nicht in Grodk, nicht in Forschte oder Choćebuz wird ein Fest gefeiert, das Johannisfest heißt, das haben wir Bossdomer allein. Das Fest, reden Leute auch, wurde bereits in der Raubritterzeit gefeiert. Die Bossdomer, heißt es, hatten früher, ganz früher, einige Raubritter eingestallt, und die haben den Tag gefeiert, an dem das Jahr wieder in seine finstere Zeit zurückgeht; die finstere Zeit war ihre Erntezeit, da konnten sie besser rauben.

Stellmacher Schestawitscha hält sich für einen direkten Nachkommen der Raubritter. Lehrer Rumposch erklärt ihm, es stimme nicht, die Sorben hätten nie was mit Raubrittern zu tun gehabt. Schestawitscha stampft zornig auf, er ist ein Deutscher, behauptet er, sogar ein Deutsch-Nationaler.

Das alte Raubritterfest nutzen jetzt die Mitglieder des Radfahrervereins *Solidarität* aus, um bei Sommersanfang zu einem Vereinsvergnügen zu kommen. Schestawitscha stampft wieder zornig, das Raubritterfest gehöre dem Kriegerverein, behauptet er. In Bossdom gibts keinen Kriegerverein, er hat seinen Sitz im Nachbardorf Gulitzscha, sein einziges Bossdomer Mitglied ist Schestawitscha, er ist nicht ermächtigt, den Bossdomern das Raubritterfest wegzunehmen, heißt es. Schestawitscha ist unsere Opposition, sagt der Vorsitzende des sozialdemokratischen Ortsvereins Erich Schinko. Eine Opposition, die nur aus einem Mann besteht, hat Seltenheitswert.

Das Johannis-Schießen müsse traditionsgemäß mit Armbrüsten stattfinden, fordert Schestawitscha, der Oppositionelle, aber die Radfahrer hören nicht auf ihn, sie werden mit einem Tesching und Sechs-Millimeter-Munition nach der Scheibe schießen.

Ein Verein, wird mir beigebracht, bestehe in der Hauptsache aus seinem Vorsitzenden, seinem Schriftführer, seinem

Kassenwart und seinem Festkomitee. Die sind sozusagen Doppelmitglieder, denn alle anderen werden einfache Mitglieder genannt, weil sie geworben wurden oder sich haben werben lassen und alles mitzumachen haben, was dem Vorstand so einfällt und was er beschließt. Und wenn den *einfachen* Mitgliedern nicht gefällt, was der Vorstand beschloß, und sie nicht mitmachen, dann macht der Vorstand allein, was er beschlossen hat, und nachher heißt es, der Verein habe es gemacht. Was für Zustände, nicht wahr nicht?

Das ständige Festkomitee des Radfahrervereins besteht in der Hauptsache aus Duschkans Fritzen, auch wenn es vor einem Stiftungsfest, der vielen Arbeit wegen, mal drei oder vier Mitglieder hat, besteht es doch in der Hauptsache aus Duschkans Fritzen. Duschkans Fritzen ist das Schriftliche, wie es bei uns auf der Heide heißt, nicht so gegeben, und das Reden ist ihm auch nicht gegeben, aber das Herumfahren und Heranschaffen ist ihm mehr als allen andern gegeben. Er beschafft Theaterstücke und Couplets für die Vereinsfeste, und wenn die Rollen-Exemplare nicht rechtzeitig eintreffen, fährt er bis nach Leipzig. Aus Leipzig bringt er auch mit, was sonst noch fehlt: Fahnennägel, Tischbanner, vorgedruckte Eintrittskarten, Protokollbücher, Abzeichen, auch Radfahrermützen.

Nun dieses Johannisfest! Zum ersten Male nach dem Kriege sollen in Bossdom ein Karussell, wir sagen *Karrazell*, und eine Würfelbude auftreten. Das ist im Sinne des Vereinsvorstandes, damit die Kinder, die im Krieg geboren wurden, nicht konfirmiert werden, ohne ein *Karrazell* gesehen zu haben. Auch der Däbener Fischhändler, den wir Oaleken nennen, soll beim Johannisfest mitwirken.

Das Festkomitee in der Gestalt von Duschkans Fritzen erscheint bei uns in der Küche, trinkt, hält die Bierflasche wie ein Zepter und legt meiner Mutter nahe, auch sie möge zum Johannisfest mit Kuchen und Süßigkeiten auf dem Platz *Zu den vier Linden* gegenwärtig sein. Die *Nahelegung* gleicht einem Befehl, einer Drohung gar: Wenn ihr nicht wullt, wern wa Weile nich bei eich koofen! Schwarze Drohungen dieser Art hängen beständig an meinem Kinderhimmel: Seid freindlich zu die Leite, wird uns von den Eltern nahegelegt, sonst wern se nich mehr kumm koofen bei uns in Loaden, sonst lassen se uns verhungern!

Meine Schwester und ich knicksen und dienern, und wir grüßen jedermann im Dorfe, und tun wir es nicht, werden wir getadelt, deshalb grüßen wir lieber alles auf der Straße und auf den Feldern, ob es nun ein gebückter Mensch ist oder eine Vogelscheuche. Wir grüßen, grüßen: Guten Tag! Guten Tag! Der Loaden, der Loaden!

Meine Eltern senken die Vorstellung, daß ich verhungern muß, wenn die Leute nicht mehr bei uns kaufen, tief in meine Seele. Aber eine Seele gibts nicht, wird zur Zeit gelehrt, und wenn ich sage, die Furcht wurde mir ins Blut gesenkt, ists auch wieder nicht richtig, denn wo von Blut gesprochen wird, ist der Boden nicht weit, folgern manche klugen Kritiker. Dann ist mir die Furcht vorm Verhungern wohl in die Psyche getrieben worden? Aber gibt es eine Psyche, wenn es keine Seele gibt? Ja oder nein? Wenn die Antwort nein ist, sind die Psychologen vom naturwissenschaftlichen Standpunkt her – nichts als Phantasten.

Die Furcht, die mir die Eltern einsenkten, daß meine Existenz allein vom Wohlwollen meiner Mitmenschen abhinge, ging mir nach bis in die Mannes- und Schriftstellerjahre, denn von anderen Älteren wurde mir die Furcht erneuert: Sei dir bewußt, wurde mir gepredigt, was du schreibst, schreibst du nur auf Grund der Kraft des *Bundes zur Herstellung sozialer Gerechtigkeit.* Du lebst von Arbeitergroschen! Und ich war freundlich zu meinen Bundesgenossen, auch wenn sie mich erniedrigten, und ich war freundlich zu meinen Lesern und beantwortete ihre Briefe, auch die gemeinsten, auch die, in denen ich geschmäht wurde. Und ich grüßte auf der Straße freundlich zurück, wenn ich gegrüßt wurde, und ich war untertan meinen Lesern, bis meine Geliebte mich darob zu hänseln anfing und mich einen *niederschlesischen Neurotiker* nannte. Schließlich befreite ich mich mit einem zwei, drei Jahre währenden Kraftakt von der Furcht zu verhungern, mit der die Eltern mich einst beluden, als sie mich zum Mitsklaven ihres Ladens machten.

Aber nun zurück zu Duschkans Fritzen: Fritze muß Bretter aus der Sägemühle heranschaffen, muß Derbstangen im Grubenwald schlagen; es werden Bänke und Tische für den Festplatz gebraucht. Duschkans Fritze muß im Kreisgebiet umherfahren und die Vorstände anderer Radfahrervereine aufsuchen und sie ersuchen, mit ihren Vereinen am Bossdomer Johannisfest teilzunehmen. Das ist nötig, weil Gastwirt Bubnerk wissen will, wieviel Faß Bier er bestellen kann, ohne sich anzuscheußen.

Die ersten Leute, die auf dem Festplatz eintreffen und bezeugen, daß das Johannisfest aus dem Stadium der Theorie in die Realität getreten ist, sind der Karussell-Besitzer, von uns *Karrazell-Fritze* genannt, und seine Familie. Er erscheint mit einem Wohnwagen und einem Packwagen, und der Packwagen ist die Knospe, aus der das Karussell herauswächst, um zuletzt dazustehen wie eine große Blume.

Auch bei uns daheim wird am Gelingen des Johannisfestes gearbeitet. Meine Eltern reden scharf miteinander. Nur ein Häutchen trennt ihre Reden vom Familienkrach. Wieviel Kuchen soll mein Vater backen? Es braucht ja nur zu regnen, und die auswärtigen Vereine kommen nicht, dann müssen wir uns vierzehn Tage lang von nichts als von Kuchen ernähren. Für meine Mutter wärs eine Kleinigkeit. Sie ermuntert den Vater: Willste etwa ne Bäckerbude ohne Kuchen uffn Platz stelln? Und eben das macht meinen Vater so zauselig. Er möchte nicht vierzehn Tage Kuchen essen, auch nicht als *zaghafter Geschäftsmann* vor den Leuten stehen. Die öffentliche Meinung ist die Göttin meines Vaters; von ihr kann er sich nur mit Hilfe von Jähzornanfällen für kurze Zeit befreien.

Meine Mutter ist damit beschäftigt, das Vogeldrehen, eine Einrichtung, die auf den Grodker Jahrmärkten vorzufinden ist, in Bossdom einzuführen. Das Vogeldrehen ist ein Glücksspiel: Eine stramme Holzplatte von der Größe eines Tortentellers ist mit Farben in zwölf Segmente geteilt, und die Segmente sind mit Nummern versehen. In der Mitte der Platte hockt auf einem kegelförmigen Holzpflock ein hölzerner Vogel, das heißt, es sieht so aus, als ob der Vogel hockt, er hat keine Füße, dafür eine metallene Buchse im Mittelleib, die ihn begabt, sich auf dem Pflocke zu drehen; jemand darf ihm nur einen Klaps gegen den Schnabel oder gegen den Schwanz geben, da dreht er sich, und wo er gerade Lust hat, da hält er an, und er hält wie ein Rechnungsprüfer bei einer Zahl an, hat sie unterm Schnabel und überlegt, ob er sie fressen soll. Je höher die Zahl, desto süßer die Süßigkeit, die dem Spieler winkt, sofern er seinen Einsatz bezahlt hat. Staunen wern die Leite über die Neiigkeit! sagt meine Mutter. Aber vorläufig existiert der Vogel noch nicht, die Mutter hat ihn soeben erst als Idee an Stellmacher Schestawitscha übergeben. Schestawitscha ging willig drauf ein. Hat man ihm keinen Holzvogel zum Zerschießen abverlangt, weil man nicht mit der Armbrust arbeitet, wird er die Bossdomer Radfahrer, als Opposition, die er ist, mit einem tanzenden Vogel in Erstaunen setzen.

Am Freitag vor Johanni ist Liefertag. Der Vogel sieht genau so aus, als ob ihn Schestawitscha gemacht hätte. Betroffenes Gesicht der Mutter. Schestawitscha erklärt, wieviel Schwierigkeiten *esch gabsch*, Mutters Vogel-Idee sichtbar werden zu lassen. Mit Schnitzmesser und Fräs-Eisen hat Schestawitscha zunächst einen wahren Reichsadler mit ausgebreiteten Flügeln und zornigem Blick angefertigt, alsdann geriet er in einen Krieg mit dem Gleichgewicht, das sein Gebilde erforderte. Der Vogel kippte nach vorn; sein zorniger Blick war zu schwer. Schestawitscha entzürnte das Vogelgesicht, aber da kippte der Adler nach hinten. Schestawitscha schmälerte und kürzte den Schwanz, aber danach kippte das Vogelgebilde zur Seite, erst zur rechten, dann zur linken, und Schestawitscha kastrierte ihm die Flügel, und so wurde das *Kunstwerk* den Vogel-Nachbildungen von Urmenschen immer ähnlicher. Schestawitscha schiens zu spüren. Er versucht die plumpe Vogelfigur mit Farbe zu gliedern. Leider war der gute Schestawitscha auch im Anstreichen nicht so stark, wie er von sich glaubte, und der Vogel sah schließlich aus wie ein urzeitlicher Grünspecht, der in rostroter Braunkohlen-Asche gebadet hat.

Das Johannisfest fängt, wie alle anderen Tage, mit einem

Morgen an, aber dieser Morgen ist anders als die Morgen, die ich bisher in Bossdom erlebte. Er wird mit einem Gepfiffel eingeleitet. Drei Querflöter veranstalten es, und ein Trommler besäumt es. Die Flöter sind Duschkans Karle, Kolosches Matthes und Schliwins Christel. Das Trommelgeknatter liefert Hermann Kollowa. Einige unausgeschlafene Radfahrer, vor allem aber meine Schulkameraden stolpern die mit Heidesand gepflasterte Dorfstraße herunter. Die Zeremonie wird *Wecken* genannt und erntet meine Bewunderung. Welche außerordentlichen Ideen entwickeln die Erwachsenen meines Heimatdorfes!

Später wars mir peinlich, wenn ich daran dachte, daß ich einmal dieses *Wecken* für einen Originaleinfall der Bossdomer Mannsen gehalten hatte. Es war kein Erst-Einfall, es war eine Schablone wie andere *Fisematenten*, die die sozialdemokratischen Radfahrer, die vaterlandslosen Gesellen, dem deutsch-nationalen Schützenverein in Grodk abgeguckt hatten, all die Fahnen und Banner, das *Locken* und die Marschmusik – alles abgeguckt, abgeguckt.

Und ich fing an, nach Ureinfällen zu suchen und stieß überall auf Schablonen, Schablonen, und das bis auf den heutigen Tag. Das macht mich zuweilen wütend, das macht mich zuweilen krank, dann aber sage ich mir: Sei nicht unduldsam und ungerecht, *Schablonisieren* scheint dem Menschen die naheliegendste Art zu sein, durchs Leben und von Katastrophe zu Katastrophe zu kommen! Vielleicht will er im allgemeinen nichts weiter.

Großvater und ich müssen nicht von den Bossdomer Knüppelmusikern geweckt werden. Wir sind schon auf dem *Festplatz* und zimmern die Verkaufsbude für meine Mutter. Großvater, der Alleskönner, sägt und nagelt ein Holzgestell zusammen und überdacht es mit der Plane unseres Brotwagens. Es könnte Regen niedergehen, Regen, flüssige Verbindung von Himmel und Erde. Für Zuckerrüben ist Regen ein Labsal, für den Zucker, den die Menschen aus den Rüben extrahieren, ist Regen ein Verderben.

Ich mache Handreichungen, ich reiche mit meinen unausgereiften Händen Nägel und Handwerkzeug in Großvaters verschrumpelnde Hände, mache Handreichungen eben. Im Lesebuch steht: Und er reichte ihm die Hand, und das heißt Auf Wiedersehen. Großvater klopft und sägt und lobt sich ein bißchen selber: Die kinnde zehn Joahre stehn, sagt er und meint die Bude, die er herauszaubert. Die kinnde zehn Joahre stehn, wenn se keener klaun würde.

Wer hätte die Verkaufsbude sonst bauen sollen? Mein Vater etwa, der mit Regen rechnet und sich, je näher das Fest kommt, immer mehr vor vierzehn Tagen Kuchenessen fürchtet? Für ihn ist das Johannisfest *Tünneff*. Das ist jetzt ein beliebtes Wort bei ihm, und er hätschelt es, als ob es ein gut fressendes Ferkel wäre. Das Wort ist nichts als eine Schablone. Lehrer Heier hat es mit nach Bossdom gebracht. Mein Vater ist sehr für *moderne Wörter*, auch wenn sie nichts bedeuten. Die meisten modernen Wörter liefern ihm die Reisenden. Das Wort *knorke*, das von Berlin auf uns herunterkam, sprang aus dem Musterkoffer eines Reisenden.

Am Festtagmittag fahren die auswärtigen Vereine in Bossdom ein. Sie werden *eingeholt*. Wo Wege von außerhalb in unser Dorf münden, stehen Wächter mit je einem Schnell-Läufer, einem Jungen von meinem Format. Sobald die Wächter einen Verein sichten, der sich plappernd und schnatternd wie eine Wildgansherde der Bossdomer Flur nähert, prescht der Schnell-Läufer zum Festplatz und meldet es Duschkans Fritzen: Die Weskower kumm! heißt es zum Beispiel, und die Dorfmusiker müssen ans Dorfende, nach dorthin, wo der Weg von Klein Loije einmündet. Ohne Musikbegleitung fährt kein Gastverein ins Dorf. Es ist so üblich, es ist so Schablone. Die Dorfmusiker stolpern eilmarschmäßig ins Dorf zurück. Die Mundstücke ihrer Blas-Instrumente schlagen ihnen gegen die Zähne. Die schnelleren Radfahrer drücken sie ins Dorf, und kaum sind sie auf dem Festplatz, da kommt der nächste Bote: Die Drieschnitzer warten bei Vorwerkschen Weg. Die Musiker müssen nach der anderen Seite des Dorfes und die Drieschnitzer *einholen*.

Wenn sie endlich alle beisammen sind, der gastgebende Bossdomer und die fünf, sechs auswärtigen Vereine, formieren sie sich zum Umzug durch das Dorf. Jeder Radfahrer trägt eine Schärpe, wie sie Staatsminister in gar nicht so fernen Ländern tragen. Jeder Radfahrer ist mit einer blauen Mütze versehen, in deren Vordersteven das Abzeichen des Radfahrerbundes *Solidarität* eingestickt ist. Jeder trägt schwarze Pumphosen, die unterm Knie zusammengeschnallt sind wie Bergsteigerhosen; jeder trägt lange schwarze Strümpfe bis übers Knie, die er sich von seiner Frau ausgeborgt hat; jeder hat bunte Papiermanschetten zwischen die Radspeichen geflochten.

Für wen wird der Umzug durchs Dorf gemacht? Wir sind doch alle auf dem Festplatz. Wird der Umzug für die Ausgedinger gemacht, die nicht mehr recht laufen können, oder für bettlägerige Großmütter, die sich ans Fenster schleppen, um sich die geschmückten Radfahrer ansehen zu können?

Später werde ich wissen, daß solche Umzüge und Aufmärsche der Selbstbestätigung jener dienen, die sie veranlassen. Aber bleiben wir bei den Radfahrern! Jeder von ihnen stellt sich vor, welche Bewunderung er bei den Nicht-Radlern erregt, und jeder von ihnen glaubt, daß er sogar von den gewöhnlichen Alltagsradlern bewundert wird, weil er, kraft seiner Einsicht und Ansicht und Intelligenz, bunt und geschmückt in einer Formation radelt.

Nachdem unsere Radfahrer eine Stunde lang selbstbestätigend durch den Ort fuhren und sich nebenbei den gehbehinderten Ausgedingern zeigten, erscheinen sie wieder auf dem Festplatz. Dort hat Duschkans Fritze mit Hilfe seiner Mitarbeiter ein Rednerpult aus starken Brettern aufgestellt, ein Rednerpult, das einen kräftigen Faustschlag verträgt. Für mich ist es das erste Rednerpult, das ich sehe, und auch das macht mir Eindruck. Später weiß ich, daß auch ein Rednerpult nichts als *Schablone* ist, wie das meiste, was an Rednerpulten gesagt wird.

Unser Vereins-Vorsitzender Paule Pettke begrüßt die auswärtigen Vereine, die so zahlreich (es sind sechs Stück) zum Bossdomer Johannis-Schießen gekommen sind. Er lobt die Solidarität, die im Erscheinen dieser Vereine *in Tätigkeit getreten ist*, und daß Solidarität nicht umsonst das Motto ist, mit dem alle Vereine im Bund zusammengefaßt sind. Und ein Stückchen später sagt Paule Pettke, daß er sich keinen schöneren Tag denken kann als dieses Johannis-Schießen, um die Fahne zu weihen, zu der es unser Bossdomer Verein nun in zäher Sparsamkeit gebracht hat.

Die Fahne wird entrollt und vorgezeigt. Aus Grodk ist der Kreisvorsitzende der Radfahrer gekommen, der als Weihredner alsbald anhebt, mit der Fahne zu sprechen, und zuletzt sagt er zu ihr: Ich weihe dir. Marschiere du den uns in Solidarität verbundenen Radfahrern von Bossdom stets als eine flatternde Flamme voran!

Die Fahne sagt eigentlich nichts, sie antwortet nicht, sie scheint eingeschlafen zu sein, kein Windchen weht, das sie flattern macht, und der Weihe-Redner sagt: Und zum Zeichen unserer Verbundenheit überreiche ich in dieser festlichen Stunde als kühnen Gruß der Grodker Ortsgruppe dir, der neugeborenen Bossdomer Fahne, den ersten Fahnennagel unter dem Motto: Einigkeit macht stark!

Und da ists, als ob die Fahne aufwacht; sie fängt sich jedenfalls an zu bewegen, weil sie aus ihrer Halterung gezogen wird, und sie wird quer übers Rednerpult gelegt, und Duschkans Fritze vom Festkomitee erscheint mit Hammer und Zubehör und klopft den Fahnennagel in den Fahnenschaft. Das Fahnentuch zittert vor Freude über diesen Akt. Dieses Zittern kommt noch fünf Mal über sie, auch die Vorstände der anderen sechs Ortsgruppen überreichen der Bossdomer Fahne je einen weiteren Fahnennagel, und die Fahne ist, bevor sie noch in irgendeine Schlacht gezogen ist, schon reichlich dekoriert. Auch das ist üblich, wie ich später erkennen werde, auch das ist Schablone.

Und von jetzt an wird die Fahne des Bossdomer Radfahrervereins überall, wenn sie auswärts bei anderen Vereinen an einem Stiftungsfest teilnimmt, zum Andenken an diese Begebenheit mit einem weiteren Fahnennagel geschmückt werden, und sie wird damit ein bißchen spazierstockähnlich. Sich individuell gebärdende Leute kaufen, wenn sie im Gebirge wandern, in jeder Bergbaude einen jener zurechtgebogenen Stocknägel, um ihren Kollegen daheim zu beweisen, daß sie die Landskrone bei Görlitz oder die Lausche bestiegen. Ich habe Stöcke gesehen, die hatten eine Haut aus blinkendem Blech, und von ihrem Holz war nichts mehr zu sehen, und sie wurden deshalb in den Ruhestand versetzt, und sie wurden in der Hausdiele ihres Besitzers als Blickfang für Besucher aufgestellt. Ich finde das gerecht, denn ein Stock, in den man keinen Stocknagel mehr hineinschlagen kann, hat sich einen dekorativen Ruhestand verdient.

Genug mit Fahnenreden und Fahnennägeln! Der *Karrazellmann* schwillt wütend an: Ein Haufen Leute auf dem Platz, und sein *Karrazell* darf sich nicht drehen. Wozu hat man ihn und sein Unternehmen nach diesem Scheuß-Bossdom geholt? Er läßt seine *Karrazell*-Orgel gell in die letzte Fahnennagel-Rede hineinbrechen: *Valencia, deine Augen glühn und saugen mir die Seele aus dem Leib* ... spielt die Orgel. Die Halbwüchsigen, die Hüttenspatzen, fangen an, den Gassenhauer mitzusingen, und sie singen mit ihren brüchigen Stimmen, die verraten, daß sie nicht Kind mehr, aber auch noch nicht Erwachsener sind: *Valencia, deine Lippen rauchen Kippen von der Firma Salem Gold* ... Die Fahnenweihe ist dahin, das Leben, dem alle Pseudofeierlichkeit zuwider ist, hat den *Karrazellmann* zur Wut und die Hüttenspatzen zu brüchigem Gesang aufgerufen.

Das Karussell war schon besetzt, ehe die Drehorgel mit ihrem Tigergebrüll einfiel. Die ersten drei Karussell-Touren sind Gratistouren, sie gehören den Kindern, die beim Aufbau des bunten Gedrehs mithalfen. Ich habe Streben des Karussellschirms und bunte Verkleidungsplatten herangeschleppt, ich bin ein original-freiwilliger Karussellaufbauer und weise mich mit einem Papierschnitzel als ein solcher aus. Auf den Papierschnitzel hat die Karussellfrau mit Kopierstift einen Buchstaben geschrieben, der ein F sein soll – Freifahrtschein.

Soll ich auf ein Holzpferd steigen und schaukeln, ich, der ich Manns genug bin, Pferde mit den verschiedensten Mukken auf dem Pferdemarkt vorzureiten? Soll ich meine Reiter-Ehre mit so einem Holzpferd bekleckern? Andererseits widerstehts mir, der ich ein Kutscher bin, in eine Spielzeugkalesche zu kriechen und in ihr herum, immer herumzufahren und nicht vom Wege abzuweichen. Soll ich aber so dumm sein und meine Freifahrtscheine verfallen lassen? Was man hat, das hat man, das muß man *zu Roate ziehn,* sagt Großvater. Er sagt aber auch: Der Mensch muß sich zu helfen wissen. Warum soll er nicht dreimal Geburtstag hoaben, um zu wase zu kumm.

Das Karussell wird von einem hübschen, *abgedrehten* Fuchswallach gezogen. Der Wallach ist in der inneren Rundung der Karussellplattform eingespannt; er ist munter, noch ausgeruht und schnauft eifrig. Ich setze mich in die Karussellkutsche hinter ihm. Jetzt fühle ich mich wie der Kutscher des ganzen Karussells, ich könnte, wenn ich wollte, brrr sagen und das Karussell anhalten, ich könnte, wenn ich wollte, hüo schrein und das Karussell wieder anfahren. Meine Pferdemanns-Ehre ist gerettet.

Während ich meine erste Freitour fahre, kriegt der Holzvogel, Schestawitschas Schöpfung, in der Verkaufs-Bude meiner Mutter von einem Glasmacherlehrling seine erste Ohrfeige. Der Holzvogel, dieses Karussell im kleinen, dreht und dreht sich, hält schließlich an und stippt mit seinem Schnabel auf die zwölf. Hauptgewinn! brüllen die Hüttenspatzen, und die Blätter der Linde, unter der unsere Verkaufs-Bude steht, zittern.

Ich verpasse die Einweihung des hölzernen Grünspechts und beobachte zum ersten Mal jenen Jahrmarkts- und Zirkus-Eifer an mir, der mich nie mehr verlassen wird. Ich möchte zerspringen, weil allzu viel auf dem Festplatz gleichzeitig geschieht, was ich mir ansehen möchte: Während ich mit meinem Fuchswallach kreise und kreise, spielt die Dorfmusik gegen die Karussellorgel an. Der Orgel entfliegt der Gassenhauer vom Manne August, der keine Haare mehr hat, und die Dorfmusiker treten ihm mit dem Walzer vom blassen Weib in des Tales Gründen entgegen. Ich möchte zu gern wissen, welche von den beiden Musikeinrichtungen, von ferne gehört, Sieger im Wettstreit ist. Das Karussell hält mich in der Zone der Töne vom haarlosen August fest, doch meine Neugier wird so stark, daß ich die beiden nächsten Freifahrtscheine verfallen lasse und versuche, einen Standpunkt außerhalb aller Festlichkeiten zu finden, einen Punkt, von dem aus es mir möglich ist, zu hören, wie die beiden Musiken aufeinanderprallen. Ich finde den Punkt nicht, aber ich spüre, daß der Auftrag, der aus meinem Innern kommt, mich allem, was auf dem Festplatz geschieht, für eine Weile entrückt.

Ich vergaß zu erzählen, wo die Raubritter wohnten, als sie in Bossdom lebten. Aber wo werden sie gewohnt haben? Im Bossdomer Herrenhaus natürlich. An der Stelle im Gutsgarten, an der heute das Herrenhaus steht, stand vorzeiten das alte Schloß der Raubritter. Jeder weiß, daß man noch heute durch den Keller des Herrenhauses in den Gang gelangen kann, der unter den Feldern zum *Eichbusch* hinter der *Dicken Linde* führt, wo er einen Ausgang hat. Zu diesem Ausgang, der heute verschüttet ist, sind sie raus, die Raubritter, und sie machten hinüber zur Grodker Chaussee, wo sie den Kaufleuten die Waren wegnahmen, vor allem den Pfeffer, die Gewürze überhaupt.

Mancher von uns hat in seiner Jungburschenzeit das Glück gehabt, von einem der ewig wechselnden Küchenmädchen der Frau Baronin eingeladen zu werden, zum Liebstern in den Keller des Herrenhauses zu steigen. Dort konnte sich der Glückliche davon überzeugen, daß der Keller hinten zugemauert war. Freilich gibts selten in der Welt einen Keller, der hinten nicht zugemauert ist, aber jene Glücklichen konnten sehen, daß der Keller des Herrenhauses mit besonders dicken Feldsteinen, geradezu mit einem Felsgebirge, versetzt war, ein Zeichen, daß es sich niemand einfallen lassen sollte, die Schätze zu heben, die im unterirdischen Gang der Raubritter steckten.

Daß es mit dem unterirdischen Gang in Bossdom seine Richtigkeit hat, bezeugten auch Leute in anderen Dörfern und in Grodk, denen man von diesem unterirdischen Gang erzählt hatte. Außerdem gabs eine Chronik, die man in der Kreiswanderbibliothek ausleihen konnte, und in dieser Chronik stand zu lesen: Vom Bossdomer Herrenhause zum dorfnahen Eichbusche hin soll es, wie man sich erzählt, einen unterirdischen Gang gegeben haben, der nunmehro verschüttet sein soll.

Unsere Radfahrer, die zivilisierten Nachfolger der Raubritter, halten ihr Tesching-Schießen im Hofe der Bubnerka ab, und zwar ganz hinten, dort, wo der Hof an die Feldmark grenzt, also noch hinter dem Häuschen, das wir das *Pinkulatorium* nennen. Das *Pinkulatorium* ist auf polizeiliche Vorschrift erbaut worden. Männer und Frauen getrennt, doch benutzt wird es nur, wenn Tanzmusiken stattfinden. An gewöhnlichen Wochentagen wird die polizeiliche Einrichtung ignoriert. Die Bubnerka hat für die müden Bergarbeiter an der Vorderfront ihrer Schenke, gleich links, eine Rotunde aus Brettern errichten lassen, aber in der Dunkelheit gehen die wasserbedrängten Gäste nicht einmal bis dorthin. Wozu ist die Hauswand, wozu sind die vier Linden da, nach denen die Schenke benannt ist? Während der Tanzmusiken freilich muß man damit rechnen, daß der Gendarm Stichproben macht, und daß Leute, die freigebig die Erde düngen, um Gastwirt Bubnerk das Jaucheabfahren zu ersparen, ein polizeiliches Bußgeld zu entrichten haben. Mal mußte ja Ordnung in diesem Bossdom werden!

Linke Seite der Schießbahn ist der Lattenzaun, der Bubnerkas Hofgrundstück nach dem Felde zu begrenzt. Die rechte Seite der Schießbahn wird mit Heuleinen gekennzeichnet. Wer unter dem Strick hindurchkriecht, ist selber schuld, wenn er getroffen wird. Wenn sich die Scheibenanweiser, es sind stets Jungen in meinem Alter, ablösen, wird das Schießen nicht unterbrochen. Unser Längenmaß liegt unter der Höhe der Geschoßbahn. Die Geschoßbahn ist ein unsichtbarer Absperrstrick nach oben hin, und wir gehen im Vertrauen auf die Meisterschaft der radfahrenden Schützen unter der Geschoßbahn einher. Wer sich duckt, um sich winziger zu machen, wird seiner *Schißrigkeit* wegen verlacht: *Ade, Luise, wisch ab das Gesicht / eine jede Kugel, die trifft ja nicht ...*

Die Deckung, die der Scheibenanweiser in der Nähe der Schießscheibe einnimmt, ist die Weiberseite des *Pinkulatoriums.* Dort wird das Eintreffen eines Schusses zuweilen von

Frauenschreien besäumt, nicht, weil eine Frau getroffen ist, sondern weil die erhitzten Mädchen aufschreien, wenn sie im Vorraum ihres Klosetts auf einen Jungen treffen, der keine Anstalten macht, das intime Kämmerlein zu verlassen.

Am Schießstand muß sich ein Mensch wie unsereiner aufhalten, leere Hülsen von Sechs-Millimeter-Geschossen zu sammeln. Die Hülsen sind eine beliebte Tausch- und Handelsware: Gegen zwei von ihnen kriegt man eine Glasmurmel, und für zehn eine Steinschleuder, die sich sehen lassen kann. Es gibt auch noch andere Verwendungszwecke für die Patronenhülsen, die wir Zündhütchen nennen; man kann sie mit Zündplättchen stopfen, auf einen Hauklotz legen und mit einem schweren Hammer oder mit der stumpfen Seite einer Axt draufschlagen, und man erzielt dabei einen Knall, der sich hören lassen kann, der aber nicht ungefährlich ist.

Franze Buderitzsch schiebt sich eines Tages ein Patronenhülschen auf einen seiner Vorderzähne, lächelt uns kupferig an und behauptet, er hätte jetzt einen Goldzahn und wäre adelig. Drei Tage später muß ihm die Adeligkeit in Däben vom Zahnarzt aus dem Mund gerissen werden.

Unsereiner muß sich schon längst etwas entfernt vom Festplatz, vor unserer Haustür nämlich, aufhalten. Dort gibt es den glattesten Fußsteig von Bossdom. Er hat sein Glattsein unserem Laden zu verdanken. Die Kundschaft hat ihn glatt und platt getrampelt, und in der Gegend des Schaufensters ist seine Ebenheit das Werk von Schulkindern, die dort umherträmpeln und von Dingen träumen, die sie gern hätten. Auf dieser Tenne von einem Weg findet der *Wettbewerb im Langsamfahren* statt. Am Morgen, als andere Radfahrer, pfeifend wie Spatzen und trommelnd wie Spechte, *weckend* durchs Dorf zogen, ging Duschkans Fritze, das Festkomitee, rückwärts an unserer Hausfront entlang, zweimal rückwärts, und zog jedes Mal mit dem Absatz eine Linie. Die Linien laufen nicht so parallel, wie sie sollten, aber das liegt nicht an ihnen, sondern an ihrem Erzeuger, der längst anderswo ist. Seine Funktion treibt ihn auf dem Festplatz umher. Funktionäre werden immer von ihren Funktionen getrieben. Die unparallelen Linien vor unserem Hause aber müssen sich von den Vorübergehenden auslachen lassen, sie können sich nicht wehren, ihr Erzeuger ist nicht zur Stelle.

Nun wird die mit dem Schuhabsatz angefertigte Bahn in Gebrauch genommen. Die Radfahrer müssen, so langsam sie können, den Gang, den die Linien bilden, durchfahren, und der Radfahrer, der den Gang am langsamsten passiert, bekommt den Preis.

Schiedsrichter für das Langsamfahren ist Kupkos Christian, ein besonders rechtschaffener Mensch, der sogar die Eier, die die Hühner des Nachbarn auf seinem Grundstück legen, zurückgibt. Christian hält ein entfaltetes weißes Taschentuch in der rechten Hand, steht breitbeinig am Ausgang der Bahn, schwenkt das Taschentuch überm Kopf im Kreis, beugt sich dann, und wenn das weiße Tuch zwischen Christians Beinen angelangt ist, muß der Langsamfahrer, der rechts und links von zwei Starthelfern im Gleichgewicht gehalten wird, antreten.

Das Langsamfahren zieht jene Festteilnehmer an, die sich ein wenig vom Gewimmel und Getrubel erholen wollen. Die Drehorgelmusik wird ihnen zwar nachgeworfen, aber sie müssen nicht mehr bald hier-, bald dorthin gucken, sie können sich in das Langsamfahren bis in seine tiefste Tiefe vertiefen. Langsam foahrn is nich eenfach, sagt der alte Metho, der nie ein Fahrrad bestiegen hat, und er wischt sich seinen Tropfen, von den Burschen Hundertmeter-Zähler genannt, von der Nase; alle hundert Meter hat, wie Leute reden, Methos Nasentropfen das Gewicht erreicht, das er braucht, um niederzufallen und sich mit der Erde zu vereinigen.

Das Fahrrad-Vorderrad des Wettbewerbers rutscht beim Langsamfahren unausgesetzt hin und her. Vorsichtig trämpelt der Teilnehmer auf die *Bendalen*, damit er langsam, langsam vorwärts kommt, und damit ihn der *tote Punkt* nicht umreißt. Wer von der *Bendale* muß und umkippt, dessen Langsamfahrt ist gestorben, der muß ein weiteres Mal Teilnehmergebühr entrichten, wenn er weitermachen will. Das leeft ins Geld, Kinder. Nirgendwo, nicht beim Schießen, nicht beim Würfeln, nicht beim Vogeldrehen hört man die Zuschauer so laut ächzen wie beim Langsamfahren, und manche Frauen stöhnen, weil ihr Mann schon das dritte Mal Einsatz zahlt, andere stöhnen aus Antipathie gegen den oder aus Sympathie mit dem Fahrer.

Meine Mutter erinnert sich wehmütig ihrer Radfahrerinnen-Zeiten. Sie wäre gern *beis Langsamfoahren hingeworden,* aber sie hat niemand, der ihr die Überwachung des Drehvogels abnimmt. Meinem Vater ist der Vogel zu vogelig, kurzum, für ihn ist er ein *Tünneff.* Meiner Anderthalbmeter-Großmutter aber wird schwindelig, wenn sie *uff das Drehdings kucken soll.*

Sieger beim Langsamfahren wird Schätzikans Erich, der Klarinettenspieler, ein beliebter Mensch, der in der Grube arbeitet und sonntags den Bossdomer Männern die Haare schneidet. Ihm gönnt jeder den Sieg. Sein Preis ist ein vorgedrucktes Diplom, das Duschkans Fritze aus Leipzig kommen ließ. Das Diplom ist grafisch mit einem Kranz aus reigenfahrenden Radfahrern verziert. In der Kranz-Mitte steht geschrieben: Dem Soundso wird bescheinigt, erster Sieger im Langsamfahren gewesen zu sein. Siegel und Vorstandsunterschrift. Da hast du was fürs Leben.

Später hängt das Diplom eingerahmt in Schätzikans Küche, die gleichzeitig der Haarschneide-Salon ist. Wer noch genügend Haare zum Abschneiden hat, kann sich das Diplom bei Schätzikans ansehen, und Erich muß den Kopf seiner Kunden immer wieder herunterdrücken, weil sie mit den Augen auf der Auszeichnung spazierengehen, um die Radfahrer zu zählen, die der *Diplomgestalter* in die Zierleiste einflocht. Ach, Kinder, das waren noch Zeiten, ihr glaubt es ja nicht!

Mein Vater hat, wie er sagt, keine Lust, als Rummelbuden-Besitzer aufzutreten. Dieses ist mir nicht gesungen geworden, sagt er und macht sich Rückschrittchen für Rückschrittchen davon. Er kann sich als Geschäftsinhaber nicht nur um die Süßigkeiten- und Kuchenfresser, er muß sich auch um die Brotkunden kümmern. Wie würde es aussehen, wenn er als Radfahrervereinsmitglied und alter Zweiundfünfziger keinen einzigen Schuß in die Schießscheibe jagt, und bissel kegeln muß er gehn auch. Nach der Verkaufsbude sieht er nur noch von weitem. Es ist ihm in diesem Falle sehr recht, wenn die Anderthalbmeter-Großmutter dort wie eine Zwerghenne hin- und hertrippelt und meiner Mutter beim Versorgen der Kuchenkundschaft hilft. Außerdem hat er jetzt die Ausrede: Soll ich vielleicht neben die Alte stehn und verkoofen? Niemoals!

Für den Warennachschub von daheim sorgen meine Schwester und ich. Einen Karton Negerküsse, einen Karton Donauwellen, einen Karton Pfefferminzplätzchen, einen Karton saure Drops. Damit es interessant ist, spielen wir Grubenseilbahn; wenn wir, die ungeschmierten Loren, unterwegs einander begegnen, quietschen wir, oder wir rennen gegen den Großvater, wenn der nicht erkennt, daß wir Seilbahn-Loren sind. Großvater schleppt in der Tragekiepe der Anderthalbmeter-Großmutter Berliner Pfannkuchen heran. Ich muß für meine Mutter einen Küchenstuhl holen. Hoffentlich paßt er in die Lore hinein. Die Mutter versteht mich nicht. Meine Hühneroogen, die Hühneroogen! barmt sie, verkauft im Sitzen und macht meine Schwester und mich zu verlängerten Armen, die Schwester steht rechts, ich links von der Mutter: Eene Wundertüte gib moal, Marga! Eene Zukkerstange gib moal, Esau, los, los!

Die Festplatz-Besucher kaufen und kaufen. Die Geldentwertung, die Inflation, von der ich euch schon redete, kommt mehr und mehr in Schwung. Die kleinen Leute begreifen nur notdürftig, was geschieht. Das Geld ist in Bewegung gekommen, wird ihnen gesagt, aber sie vertraun auf das Leben und antworten: Eenmoal muß es ja ooch wieder zum Stillstande kumm! Koof dir, Junge, koof! sagen sie. Friß ock, Mädel, friß! sagen sie auch.

Der naive Teil meiner Mutter, der, in dem ihre *unersättliche Seele* wohnt, befindet sich im Rauschzustand. Sie sitzt mit unirdischem Lächeln vor einem Karton. Der Karton ist zweimal so groß wie ein Kohlenkasten und ist bis an den Rand mit Geldscheinen gefüllt. Das ist schon der zweite mit Geldscheinen gefüllte Karton. Den ersten brachte Großvater als Treuhänder bereits nach Hause. Mein Vater kommt – *anstandshalber* – wieder einmal leise gucken, ob seine Anwesenheit in der Verkaufsbude vonnöten ist. Haste sowas von Geld schont gesehn? fragt ihn die Mutter. Die naive Mutter! In ein, zwei Wochen wird sich ein Viertel vom Wert des Geldes aus den Kartons verflüchtigt haben, und sie wird es nicht einmal beim Neueinkauf von Waren merken. Sie kann, wie ihr wißt, nicht rechnen, kann nicht wirklich rechnen; immer mischen sich Gefühle zwischen ihre *Geschäfte.*

Aber auch der Radfahrerverein wird für das Geld, das er beim Scheibenschießen einnimmt, im nächsten Jahr nur noch eine Schachtel Sechs-Millimeter-Patronen kaufen können. Die Bubnerka glaubt schlauer zu sein. Sie telefoniert, noch ehe ihr das Bier ausgeht, nach Däben zur Brauereiniederlage. Man bringt ihr gegen Abend eine Fuhre Nachschub, den sie sogleich bezahlt. Sie wird keinerlei Verlust haben, jedenfalls die nächsten Tage nicht. Drei, vier Tage kann sie für eine Geschäftsfrau gelten, die da weiß, wie der Hase läuft, doch ihr Bier wird schließlich trüb und sauer, und sie steht nicht klüger da als meine Mutter.

Die Nächte um Johanni kommen spät und bleiben nicht lang. Der Lehrer scheucht die Kinder vom Festplatz. Einige gehen gehorsam heim, einige hocken sich in die Sträucher hinter Noacks Strohscheune, um wenigstens mit den Augen noch für eine Weile vom Johannisfest zu naschen.

Das Karussell gehört jetzt den Dorfburschen und den angetrunkenen Radfahrern. Die Burschen reiten mit ihren Mädchen zu zweit auf den Karussellpferden. Relikt aus der Raubritter-Zeit. Der Karussellmann sieht nicht so genau hin, die Hauptsache, sie haben bezahlt, solln sie reiten, die Burschen, wie sie wollen. Die Radfahrer reiten mit fliegenden Schärpen durch den Abend. Immer wieder erreichen sie den Punkt, von dem sie losritten; zwanzig, dreißig, vierzig Mal hintereinander, je nach der Laune des Karussellmanns: *August, deine Haare, / deine goldenen Jahre . . .*

Der Großvater drängt, er will den Verkaufsstand abreißen. Die Mutter soll einpacken, aber die Mutter sitzt verzückt neben ihrem Geldkarton und himmelt die große Lichterblume, das Karussell, an. Noch poar Tourchen, sagt sie, denn wenn eine Karusselltour zu Ende ist, springen die Burschen ab, kaufen Schokolade für die Mädchen und deuten mit dieser braunen, anregenden Masse auf die Süße des Liebeslebens hin. Solang die Karussellblume sich dreht, schwebt meine Mutter hinauf in die Region, aus der die Dichter sich den Nektar für ihre Poesie holen, doch sobald die Drehorgel sich für den nächsten Schlager räuspert und die Dorfburschen zum Kauf kommen, fällt die unersättliche Mutterseele flügellahm in jene Region, in der das Schmier-Öl für Geschäfte fließt.

Schließlich ist der Großvater nicht mehr zu überreden, er zieht das Planendach von der Verkaufsbude herunter. Die Mutter hält sich nicht für vertrieben. Jetzt segnen die Sterne am Johannishimmel ihre sitzende Beschäftigung.

Bis zum Aufglimmen der Sterne dürfen meine Schwester und ich als Verkaufshelfer mittun, dann müssen wir gut erzogene Kinder sein. Gut erzogene Kinder haben zwischen betrunkenen Radfahrern, zotenreißenden Dorfburschen und schrill aufschreienden Dorfmädchen nichts zu suchen. Die Anderthalbmeter-Großmutter sorgt dafür, daß wir uns in der Bodenstube zu Bett legen. Ich sehe noch eine Weile den tanzenden Glühwürmchen draußen vorm Fenster im kleinen Apfelgarten zu. Auch die sind erregt vom Johannisfest. Fern singt ein Bursche zur Orgelmusik: *Ich hab mein Herz in Heidelberg verloren . . .* Ein Bursche, der leer ausging beim Johannisfest, und der sich jetzt auf diese Weise tröstet und herumprotzt, denn wer aus Bossdom ist je in Heidelberg gewesen? Höchstens einer als Kriegsverwundeter im Lazarett.

Was außerdem in der Johannisnacht geschieht, erfahre ich in den nächsten Tagen Quentchen für Quentchen. Ihr könnt euch nicht vorstellen, wie eindrucksvoll in unserer Familie erzählt wurde, wie naturalistisch, wie wortgetreu. Und wie mimisch die Anderthalbmeter-Großmutter ihre Ermittlungsberichte an uns zu bringen pflegte! Ihr wißt nicht, wie traurig meine Mutter umhergehen konnte, wie sie nicht aufhören konnte, traurig zu sein und traurig umherzublicken, bis man sie ausgefragt und alle Gründe ihrer Trauer erkundet hatte, bis man mit an ihrer Trauer schleppte. Erst dann seufzte sie auf: So, nu is mir schont leichter!

Meine Großeltern transportieren also in der Johannisnacht die Restwaren und den Verkaufsstand nach Hause. Meiner Mutter ists nicht einmal gegeben, den zweiten mit Inflationsgeld gefüllten Karton nach Hause zu schleppen. Die Hühneroogen, die Hühneroogen! Hanka hat frei und tanzt. Und mein Vater, muß der vielleicht auch tanzen? Er muß an der Theke stehen und Bier für die Kundschaft ausgeben und mittrinken und dabei in den Saal und auf die Tanzenden starren.

Meine Mutter feiert glückliche Heimkehr und kocht sich Kaffee, ohne Zichorie, ohne Malzkaffeezusatz, aus *reinen* Bohnen. Sie gießt sich kaltes Wasser ins hölzerne Waschwännchen und kühlt sich die brennenden Fußsohlen und die Hühneraugen. Sie ißt fünf Berliner Pfannkuchen, einige Stücke Blechkuchen, auch zwei bis drei Donauwellen. Freilich wartet sie auf den Vater, aber es ist ihr einsichtig, daß er in der Schenke unsere Kunden ein wenig hochleben lassen muß. Sie kanns schon *wegen die Hühneroogen nich.* Zuhause ist zu Hause! Die Mutter steigt in die zweite Lustbarkeit ihres Feierabends: Sie schüttet das viele, viele Geld aus den beiden Waffelkartons auf das Sofa und setzt sich, wie eine Glucke in frische Streu, mitten hinein. Sie sortiert die Scheine und bündelt sie und gerät dabei in Eifer. Ihr Gesicht rötet sich sanft. Das mit Zahlen bedruckte Papier wirkt wie die bedruckten Buchseiten von Hedwig-Romanen auf sie. Die Hedwig-Romane haben so anziehende Titel: *Was Gott zusammenfügt, das soll der Mensch nicht scheiden* . . . Beim Lesen solcher Romane fiebert die Mutter und will wissen, auch wenn es noch so spät in der Nacht ist, ob die Liebenden sich kriegen, ob die Braut, trotz ihrer nicht ganz makellosen Vergangenheit, mit Kranz und Schleier getraut wird. In der Johannisnacht nun will sie wissen, wieviel Geld sie verdient hat. Sie spricht nie von Einnahmen, sie spricht stets von *Verdienst*, wie wir wissen.

Aber die Mutter erfährt die Höhe ihrer Johannistags-Einnahmen nicht; sie wird beim Geldzählen von der Anderthalbmeter-Großmutter unterbrochen: Lenka, Lenka, wenn de moal was hörn willst, was dir nich gesungen geworden is, mach dir ans Scheintürchen und horche! Meine Mutter mag ihren schmerzenden Füßen nicht einen Schritt zumuten, aber die Anderthalbmeter-Großmutter läßt nicht mit sich reden: Wers nich gehört hat, kanns nich glooben, sagt sie und schleppt meine Mutter auf den nächtlichen Hof. Die Scheune hat ein Tor und ein Seitentürchen, und das ist zu einem Spalt geöffnet. Mag sein, die Anderthalbmeter-Großmutter hat die *Abhör-Anlage* ein wenig verbreitert und verbessert. Der Raum hinterm Türchen heißt Bansen, und im Bansen liegt je nach der Jahreszeit Stroh oder Heu, und jetzt liegt dort frisches, duftendes Johannisheu, und auf dem Heu liegt mein Vater. Meine ausgezeichnete Mutter nimmt zu seinen Gunsten an, er hat sich dort hingemacht, um sich zu ernüchtern, aber dann sieht sie im Scheunenschummer Hanka im geblümten Tanzkleid neben dem Vater knien, und sie hört, wie mein Vater dem Mädchen vorwirft: Du hast mir hintergangen, hintergangen hast du mir! Und die Mutter hört, wie sich Hanka entschuldigt: Ich hoabe dir nich hintergangen, Heini. Was sullde ich machen? Er hat mir zum Tanzen geholt. Ich meene, er kooft seine Zigaretten bei uns, sagt sie, er kooft sein Bier bei uns, sagt sie, was sullde ich machen?

Der? lallt mein Vater, der hat mein Teiberich angeschossen, mit so een hast du mir hintergangen. Und danach, so erzählt meine Großmutter später, hats geschmatzt!

Geküßt, sie hat ihn geküßt, bemerkt meine Mutter.

Von wegen geküßt, abgeleckt hat se ihn, sagt die Großmutter.

Das halte mal einer aus, ohne krummbeinig zu werden, wenn er es als Kind zu wissen kriegt!

Auch meine Mutter hälts nicht aus. Auf dem Hof ist es zu schmutzig, dort liegt stets Hühnerdreck, deshalb schleppt sie sich bis zum Vorbau der Backstube und fällt erst dann tot um. Meine Anderthalbmeter-Großmutter brällt und jammert grell, wie ich es später nur noch einmal von den Klageweibern in der Vorstadt von Tbilissi hörte. Hanka, die nicht weiß, daß sie *überführt* ist, kommt zu Hilfe, aber da erscheint mein Großvater, der Familiengott, und weist sie aus dem Vorbau: Du packst mein Lenchen nicht an, du Saue!

Der Tod meiner Mutter führt nach seiner Beendigung dieses Mal keine Versöhnung mit dem Vater herbei, auch nach Stunden, auch nach Tagen nicht, und ich weiß nicht, auch nach wieviel Wochen nicht.

Am nächsten Tag scheppert die Ladenglocke montagsmüde. Die Bossdomer schütteln sich den Johannisfest-Rausch aus den Federn. Bei uns im Hause zwirbeln sich bald in der Küche, bald in der Backstube oder in einer Stall-Ecke Streitereien zusammen, die sogleich abgebrochen werden, wenn wir Kinder uns nähern. Um diese Zeit verlängern sich meine Ohrlöffel so beträchtlich, daß sie noch heute zur Belustigung geistloser Gesellschaften beitragen.

Mein Vater erkennt, daß er überführt ist. Er schont Hanka, sie könne nichts dafür, sie könne für gar nichts. Denn hast du se also verführt, sagt meine Mutter mit einem Ausrufungszeichen und mit einer Art Befriedigung, mit einer literarischen Befriedigung. Nun ist auch bei uns im Hause etwas vorgefallen, was sonst in Romanen vorfällt: Der Gatte meiner Mutter hat sich der Verführungskünste bedient.

Aber das Leben nach literarischen Vorlagen währet nicht lang, wenn die Menschen von dem, was sie Wirklichkeit nennen, bedrängt werden. So ist es auch bei meiner Mutter: Zeitchen drauf ist sie schon nicht mehr bereit, auf *ihren Gatten* zu verzichten. Sie scheint es versuchen zu wollen, ihn probeweise noch für eine Weile zu behalten, aber zunächst spielt sie die *Tragödie* durch. In einer Küchenecke dreht sich ein Streit zwischen Hanka und ihr zusammen, und meine Mutter bedient sich dabei der Hochsprache aus Hedwig-Romanen: Hättste mir nich kundtun könn, als er begann, dir Liebesanträge zu machen?

Er hat mir keene gemacht.

Aber wie gings zu, erklär es mir, wenn de noch Ehre im Busen hast!

Er hat mir eenfach abgeküßt.

Denn hättste mir kundtun müssen, daß er sich dir zudringlich nähert!

Ich wullde nich, daß Sie sich tot umschmeißen.

Du weeßt gut, daß ich nach eene Zeit ins Leben zurückkehre, aber die Zärtlichkeiten meines Gemahls sind dir ebent nich ungelegen gewesen. Ich nährte eene Schlange an meinem Busen.

Ab nun arbeitet die Mutter, die den Vater vorläufig noch weiterverwenden will, an dessen Rechtfertigung und sagt im Skat-Kränzchen: Glauben mir Ses, Frau Rumposch, er ist verführt geworden, betrunkene Männer sind antastbar.

Wir Kinder gehen in dieser Zeit wie Überflüssige im Hause umher. Weder die Eltern, noch die Großeltern scheinen uns mehr zugeneigt zu sein. Wir stören bei den dringenden Streitereien, die geführt werden müssen. Die einzige, die uns nicht übersieht, ist Hanka. Sie herzt uns in dieser Zeit besonders innig, und ich bekomme wieder kirschfrische Hanka-Küsse.

Meine Mutter schreibt Briefe. Einen an meine Großmutter in Grauschteen, an die *Amerikanische*, einen anderen an die Mutter von Hanka und einen an ein *hochverehrtes Gericht*, und der bleibt zuerst auf dem Tisch liegen, wechselt dann zum Vertiko hinüber und scheint den Absprung nicht zu bekommen. Soll er Zukunftsbefürchtungen in meinem Vater erregen?

Der Mensch zieht ein, der Mensch zieht aus, zieht aus dem Unsichtbaren ins Sichtbare, zieht in eine Wohnung, zieht aus der Wohnung, zieht vom Sichtbaren wieder ins Unsichtbare. Hanka zieht aus aus Bossdom. Freiwillig? Wer bestimmt, was ein Mensch tut? Seine Mitmenschen? Er selber? Taten, die er vollbringt, Taten, die er vollbrachte in einem vergangenen Leben? Hanka zieht aus aus Bossdom. Ihr Federbett wird im Planwagen verstaut. Niemand von den Erwachsenen ist bereit, ihr den Reisekorb aus der Kammer auf den Planwagen schleppen zu helfen. Der Vater ist gehemmt von allen Seiten. Hanka bestellt sich Lehnigks Jurko. Sie tragen den Reisekorb schweigend die Treppe hinunter und schieben ihn auf den Planwagen wie auf einen Leichenwagen. Die Wangenmuskeln meines Vaters arbeiten. Eifersucht. Lehnigks Jurko, der Taubenmörder, geht bei uns aus und ein.

Großvater macht sich, obwohl es Sonntag ist, in der Baukammer zu schaffen. Höhnisch sieht er dem Verladen zu. Die Anderthalbmeter-Großmutter sitzt auf dem Brunnenrand und schnippert grüne Bohnen. Sie sieht nichts und alles. Sie lugt unter ihren Augenbrauen hervor wie unter einem bemoosten Dach. Sie ist besorgt um meine Mutter.

Meine Mutter macht Hankas Verbannungsfahrt zu einem Familienausflug. Meine Schwester und ich müssen mit. Wir sind herausgeputzt. Wieder einmal gehts zu wie in der großen Politik: Die Verlautbarung für die Bevölkerung heißt: Wir besuchen unsere Großmutter in Grauschteen. Auch Diplomatie ist im Spiel: Meine Mutter will uns mithaben, um mit jemand unverbindlich plaudern zu können: Guckt bloß moal, wie hoch so ne Lerche fliegen kann! sagt sie unterwegs, und im Nachbardorf sollen wir die vollhängenden Sauerkirschbäume bestaunen: Mein Gott, was kinnde man doa für schöne Kirschkuchen backen!

Hinterm Nachbardorf fragt meine naive Schwester: Wo wolln wa überhaupt hin, mit Reesekorb und Betten?

Meine Mutter schweigt. Mir hat Großvater, als ich mich von ihm verabschiedete, noch rasch gesagt: Zeit, daß se furtkummt, die Saue. Sie hat sich mit eiren Heinrichen im Bansen rumgesühlt. Es war das erste Mal, daß Großvater zu mir von meinem Vater als von *eirem Heinrich* sprach.

Meine Schwester läßt nicht nach: Wohin mit Betten und Reesekorb?

Mein Gott, sagt die Mutter angewidert, wir bringen unsre Hankan furt, nu weeßtes.

Ganz, ganz fort, Mama?

Laß mir in Ruhe!

Meine Schwester fängt an zu weinen, und wenn sie damit angefangen hat, setzt sie es fort, bis sie einschläft. Sie heult einige Kilometer lang und schläft dann ein.

Wer uns kutschiert? Der Vater natürlich! Die Mutter hat drauf gedrungen, er soll, *sündig* wie er ist, in sein Heimatdorf einfahren.

Der Vater hat in schlaflosen Nächten seine Möglichkeiten durchgespielt: Soll er Haus und Hof, Geschäft und Pachtäkker, alles, worauf er stolz ist, im Stich lassen und mit Hanka davongehen? Soll er neu anfangen, als Bäckergeselle arbeiten und sich wieder von einem Meister kommandieren lassen? Er schüttelt sich und versucht, meiner Mutter ein wenig Schuld an seinem Liebeshunger zuzuschieben. Er wirft ihr das ewig-lange Lesen in der Nacht vor. Sie ist ja mehr mit ihren Büchern verheiratet als mit ihm!

Aber meine Mutter sitzt auf einem Podest, ohne zu erwägen, daß geschrieben steht: Bedenke, daß auch du, ehe die Katze sich dreimal geleckt hat, die Ehe gebrochen haben kannst! Gelauert willste uff mir hoaben, sagt sie zum Vater, geschnarcht haste, wenn ich zu Bette ging. Und es kommt wieder ein Satz aus der Hedwig-Lektüre: Sollte ich dir erst zum Liebesleben erwecken? Sie wäre, erklärt die Mutter, gezwungen gewesen, ihre Seele anderweitig zu sättigen und ihr Schicksal mit dem von entsagungsvollen Frauen aus Büchern zu verweben. Gottseidank, sagt sie, daß mir die Möglichkeit, mir mit Bücher zu trösten, eingeborn is, sonst hätt ich mir mußt ooch anderweitig vergnügen!

Hin und her und her und hin, es ist schwer zu erkennen, wo Ursache, wo Wirkung ist und ob das Schnarchen meines Vaters wirklich die Sucht meiner Mutter heraufbeschwor, an den erfundenen Lebensläufen erfundener Menschen teilzunehmen, was auch Lesen genannt wird.

Meine Schwester und ich schwärmen in Grauschteen aus und suchen unsere Spielstellen von früher auf. Wir nehmen im Chausseegraben unser altes Spiel auf, das da heißt: *Nix, Nix, Grube, / scheuß in deine Stube.* Wir finden, daß die Chausseegräben nicht mehr so tief sind wie damals, als wir noch unser Nest am Orte hatten.

Ich renne zur Schmiede, um meinen Freund, den Schmiederhans, zu besuchen. Die Schmiede ist geschlossen. Kein lustiges Dinge-linge-ling vom Amboß her, aber die abgezogenen Räder von Bauernwägen warten wie früher, an die Schmiedewand gelehnt, auf neue Eisenbereifungen.

Ich presche auf den alten Friedhof neben der Kirche, der noch zu Recht *Kirchhof* heißt. Ich will dort wie früher den Duft der Maiglöckchen einsaugen, doch ich finde nur die ledernen Blätter der Blumen. Es ist Ende Juni, die Blühzeit der

Maiglöckchen ist vorbei. Ich verlange, daß dort, wo einmal Maiglöckchen standen, immer Maiglöckchen stehen. Ich habe in Bossdom hin und wieder an die duftenden Glöckchen und an das, was sie in mir ausgelöst hatten, gedacht. Sie waren für mich Grauschteener Glück. Ich weiß damals noch nicht, daß die Unzulänglichkeit nicht in der Örtlichkeit lag, sondern in mir, und daß meine Erinnerung dem Leben Stillstand abverlangte.

Unsere früheren Spielgefährten kommen. Wir rennen aufeinander zu, aber dann ists, als ob die Zeit ein Seil zwischen uns gespannt hat; vor uns eines und drüben vor den anderen eines. Wir stutzen, ehe wir aufeinander zugehen. Unsere Freunde sind gewachsen und tragen andere Kleider als damals. Wir sind gewachsen und tragen andere Kleider als damals und reden schon in der Sprache von Bossdom. Die Grauschteener sind ihrer Sprache treu geblieben. Bossdom und Grauschteen sind nicht allzu weit voneinander entfernt in die Heide gestreut, und doch gibts Unterschiede in der Umgangssprache der Bewohner. In Grauschteen wurde das Wörtlein bis (wenigstens unter den Kindern) wie *bus* ausgesprochen: Ich bin geloofen und geloofen bus an Chaussee! Der Dorfweg hinter den Gärten wird in Grauschteen *Hinter Gärte* genannt. Das haben wir schon vergessen. Dafür ist für uns jetzt *Unter Eechen* ein wichtiger Ort, den die Grauschteener Spielgefährten nicht kennen.

Die Grauschteener Kinder wollen jene Spiele spielen, die wir einst mit ihnen gespielt haben, aber wir benehmen uns wie große Erneuerer und Belehrer, die andere Länder befuhren und wollen ihnen *fremde* Spiele beibringen, die den Grauschteener Spielkollegen nicht gefallen. Wir sind einander fremd geworden, wir sind *Bossdomer Kohlenkratzer*, und die Grauschteener verwehren uns, den großen Findling an der Kirche zu besteigen, den großen *grauen Steen*, von dem das Dorf seinen Namen hat. Wir sind ausgewiesen, und da fällt uns erst ein, daß wir unsere Großmutter, die *Amerikanische*, noch nicht begrüßt haben.

Im Vorzimmer hören wir, wie die *Amerikanische* drinnen in der Stube mit ihrem Stock aufstampft. Mit wutbrüchiger

Stimme droht sie dem Vater, daß sie ihn töten wird. *I kill you!* Sie verdammt meinen Vater, sie steht auf der Seite meiner Mutter, und meine Mutter genießt es. Der Vater sitzt im Korbstuhl auf einem Lumpenkissen, er hält die Hände auf dem Schoß gefaltet, hat den Kopf gesenkt und starrt auf den Flickenteppich aus der Lumpenverwertungsperiode der *Amerikanischen.* Mich erinnert die Haltung, in der mein Vater dasitzt, an ein Foto aus der Kriegszeit in *Vobachs Modenzeitung: Gefangener Franzose während des Verhörs.*

Vielleicht geht der Jammer aber in meinem Vater gar nicht so arg um, wie mein Mitgefühl es mir weismachen will. Vielleicht hat er sein Gesicht nur von innen her mit einer Jammer-Miene ausgestattet und läßt die Vorhaltungen der *Amerikanischen* wie eine Liturgie über sich ergehen, wie einer, der Bußfertigkeit vortäuscht und damit rechnet, daß ihm am Ende gesagt wird: Und nun gehe hin und sündige hinfort nicht mehr!

Vielleicht denkt mein Vater auch ein letztes Mal daran, aufzuspringen und zu Hanka zu gehen und zu sagen: Ich habe dir erniedrigt, jetzt will ich dir erhöhen!

Mag sein, mag sein, daß es so ist, aber die innerliche Auflehnung zeitigt keine äußerlichen Folgen, zumal nun auch die *Amerikanische,* wie mein Großvater in Bossdom es tat, dem Vater droht, das Darlehn, das er einst für die Geschäftsgründung von ihr bekam, aufzukündigen.

Nein, mein Vater verläßt die Falle, in die er geraten ist, nicht. Ich meine, er hätte es tun sollen. Ich scheine in dieser Hinsicht mit einem Quentchen Kraft mehr ausgestattet zu sein, als er es war. Ich brach aus Fallen, in die ich im Leben geriet, aus, zuweilen mit Kraft-Akten über lange Zeit hin – und ich brach aus und fing von vorn an und das bis auf den heutigen Tag, und soeben bin ich dabei, eine Bewußtseinsfalle, in die ich geriet, zu zersprengen.

Mein Vater läßt sich mit zu Hankas Mutter schleppen. Die alte Frau Handriken ist zahnlos, und ihr Gesicht ist eingefallen, und sie nimmt die traurige Botschaft meiner Eltern weinend entgegen. Der Vater macht sein Gesage und bittet die Handriken, sie möge nicht schlecht von ihrer Tochter denken, Schuld an allem sei er, er hätte das Mädchen verführt und eben – sie möge nichts Schlechtes denken!

Wie kunnden Se das bloß machen? fragt die Handriken.

Mein Vater hebt die Schultern, und meine Mutter mischt sich im Stil der Hedwig-Romane ein: Ja, wie konnde er das machen, das frag ich mir ooch. Wolln sagen, ich wär unbrauchbar gewesen, aber es hat ihm rein nichts gefehlt. Und dann wieder im Bossdomer Ton: Das is reener Übermut von mein Manne gewesen, glooben ma Sies, Frau Handriken, und über ihre Tochter kinnde ich sonst nischt soagen, bloß, daß se sich hat eingelassen mit am eben.

Vielleicht ist meine Mutter in diesem Augenblick wirklich von dem überzeugt, was sie sagt, aber Augenblicke vergehen, und es folgen ihnen andere Augenblicke, und je mehr Zeit vergeht, desto mehr hat meine Mutter an Hanka auszusetzen. Es kommen nachträgliche Eifersuchtsanfälle über sie, und sie sagt: Ganz von ohne woar se ooch nich, die Hanka, mir hat se jedenfalls den Glooben an mein Mann geraubt. Und sie verflucht den Tag, an dem sie damals, noch in Grauschteen, Hanka als Schulmädchen zu sich und damit in unsere Familie aufnahm. Und je mehr Zeit vergeht, desto mehr Abträgliches und Schwarzes setzt sich auf Hanka ab: Großvater macht mir weis, in unserem Hause habe jahrelang eine Hure gelebt. Huren hat es für mich bisher nur in der Bibel gegeben, schlimme Weiber, über die sich die Propheten schon einärgern mußten. Meiner Schwester und mir wird streng untersagt, Hanka zu begrüßen, falls wir sie einmal wiedertreffen. Und wir sind scheußlich gehorsam, und als ich Hanka eines Tages in Grodk wiedersehe, gehe ich ihr aus dem Wege, als sie mich wie früher umarmen will. Diese Undankbarkeit! Wenn da von Schutzengeln geredet wird, die die Kinder geleiten, Hanka war einer in meiner Kindheit. Möglich, daß ich euch noch einige Hanka-Geschichten erzähle, wenn ich noch eine Weile leben sollte, für den Fall aber, daß es mir nicht gelingt, sag ich euch vorab: Hanka starb einige Monate nach meiner Mutter. Der alte Vater legte einem seiner mit zittriger Altersschrift geschriebenen Briefe die aus der Zeitung geschnittene Todesanzeige von Hanka bei. Kein Wort dazu.

Da der Vater meine Schriftstellerei lange, lange Zeit für *Firlefanzerei* hielt, über die ein *vernünftiger* Mensch, wie er einer war, nur lächeln konnte, schien er mit der Übersendung der Todesanzeige von Hanka mein Schriftstellerdasein anzuerkennen, jedenfalls anerkannte er mich als Mitwisser seiner damaligen *Affäre* und anerkannte vielleicht auch mein Bemühen, von Ereignissen, die sich in unserer Familie zutrugen, gerecht zu berichten.

Und wenn ich uff die Noase liege, sagt meine Mutter, een Dienstmädel kummt ma nich wieder ins Haus, und sie *behilft* sich mit der Zugeherfrau Auguste Petruschka.

Es ist sowieso nicht mehr die Zeit, *große Sprünge* zu machen, wie sich meine Mutter ausdrückt. Die Inflation breitet sich immer bedrohlicher aus. Sogar in *Vobachs Modenzeitung* zeigt man allmonatlich die Geldscheine, die neu in Mode sind. Nach den Millionenscheinen kommen die Milliardenscheine. Eine Kleidermode kann man mal übergehen, eine neue Geldschein-Mode nicht. Die Inflation schränkt die Bewegungen der Menschen ein wie ein Gewitter, nur, daß ein Gewitter örtlich und vorübergehend ist, während die Inflation monatelang über dem Land hängt, das die Politiker das Deutsche Reich nennen.

Was ist eine Ehekrise in einem Bäckerhause gegen diese seuchenhafte Geldentwertung! Wir naiven Bossdomer halten Inflation für ein Naturereignis. Bei Frost zieht man Handschuhe an, aber was macht man bei einer Inflation?

Und wie bei all jenen Katastrophen, die nicht die Natur verursacht, sondern die die Menschen sich selber anfertigten, gibts auch zur Zeit *unserer Inflation* Leute, die von ihr profitieren. Man kann sie *findig*, man kann sie *gerissen*, man kann sie aber auch raubtierlich nennen. Geschäftsleute zum Beispiel, die ihre Schuldner mit entwertetem Geld abfertigen. Einer der Reisenden, die durch unseren Laden ziehen, empfiehlt meinem Vater die Methode, und der versucht seine Schulden beim Großvater auf diese wundersame Weise loszuwerden. Aber Großvater, der große Rechner, geht nicht drauf ein. Der Vater versuchts bei seiner Mutter, der *Amerikanischen*, und die sagt: *I kill you* und schwingt drohend ihren

Gehstock. Schließlich glückt es dem Vater, jene Hypothek, die von der sklerotischen Vorvorgängerin her auf unserem Grundstück lastet, zurückzuzahlen. Wer aber das Wesen meines Vaters von dieser Manipulation her beurteilt, kommt zu einer falschen Anschauung. Mein Vater war kein *gerissener* Geschäftsmann, er spielte ihn nur nach der Regie-Anweisung jenes Reisenden. Von meiner Mutter – keinerlei Bedauern bei der Übervorteilung der Vorgänger-Witwe. Ist ihre *unersättliche Seele* durch die Ladentür davongeflogen, oder lebt sie um diese Zeit ganz und gar in der Höhle des Laden-Drachens?

Einigen Mathematikern und Buchdruckern erwächst aus der Geldentwertung ein Geschäft. In der Zeitung wird den Inhabern von Ladengeschäften anempfohlen, sich sogenannte *Dollartafeln* zuzulegen. Eine *Dollartafel* hat die Größe eines Eisenbahn-Fahrplans, und es gibt deren verschiedene Arten, je nach Waren-Sortiment. Meine stets auf merkwürdigen Fortschritt bedachte ausgezeichnete Mutter glaubt wieder einmal, alle fünf Zipfel in der Hand zu halten, als sie eine *Dollartafel* für Kolonialwarenhändler angeschafft hat. Es wird nunmehr ein kleines Vergnügen für die Mutter und für mich, die Kundschaft zu bedienen. Wir finden uns dabei zu einer Intelligenzleistung herausgefordert. Ist der Dollar zum Beispiel vierzigtausend Mark wert, so geht man von der Vierzigtausend in der linkesten Spalte der *Dollartafel* waagerecht mit dem Zeigefinger nach rechts und trifft dort in nebeneinanderliegenden Spalten auf die dem Tagesstand des Dollars entsprechenden Preise für die wichtigsten Gemischtwaren: Salz per Kilo fünftausend, Zucker per Kilo zwanzigtausend Mark, undsoweiter.

(Falls den Rezensenten nicht wieder von einer unbekannten Stelle nahegelegt wird, sich mit diesem Roman nicht zu beschäftigen, möchte ich sie hiermit gebeten haben, es mit meinen Zahlenangaben in diesem Falle nicht allzu genau zu nehmen; ich bin ein schwacher Mathematiker.)

Radio gibt es noch nicht, Telefon haben wir nicht (wie gut würden wir uns nach dem nunmehrigen Besitz dieser Fortschrittlichkeiten bei einer heutigen Inflation stehen!), wir erfahren damals den jeweiligen Dollarstand aus der Tageszeitung, und die kriegen wir erst am Nachmittag eines jeden Tages, und was wir bis zu diesem Zeitpunkt im Laden verkaufen, geht noch unter dem alten Dollarstand hinaus. Jeder Kunde, der bis zum Nachmittag etwas kauft, übervorteilt meine Mutter unwissentlich. Mutters Betriebskapital wird von Tag zu Tag geringer und wertloser. Unsere Lieferanten geben Waren nur noch bei *sofortiger Kasse* ab. Eine Weile kämpft die Mutter gegen die Geldentwertung und das sich verkleinernde Betriebskapital an; sie öffnet den Laden erst am Nachmittag, wenn die Zeitung im Hause ist. Braucht ein guter Kunde dringend am Vormittag etwas, wird er gebeten, erst am Nachmittag zu bezahlen. Wenns der Kunde *vergißt* und erst am übernächsten Tag bezahlt, ist der Effekt dahin. Es hilft auch nichts, daß meine Mutter für Leute, die Haushaltwaren kaufen, nicht mehr anschreibt und *bar Kasse* verlangt, weil die Grossisten bar Kasse von ihr verlangen. Da sind immer noch die Bergarbeiter, die Stammkunden, die ihr Bier trinken, ihren Brathering essen, Colorado claro, spanisch, rauchen. Sie weigern sich, meiner Mutter zu Liebe, Geld – Papierlappen – in den Schacht zu schleppen. Mäuse und Ratten gehen dort unten nicht nur an die Vesperbrote, sie zerschnitzeln auch Geldscheine, um sich ihre Nester aus ihnen zu bauen. In den Waschkauen können die Männer das *Geldgelumpe* gleich gar nicht aufbewahren, die Türen sind nicht dicht.

Meine Mutter sieht das ein, doch sie sagt zu den Bergarbeitern am Ende der Woche, wenn sie deren *Latte* zusammenrechnet: Sie wern nischt dagegen hoaben, Herr Duschkan, wenn ich bissel uffrunde. Sie wissen, die Inflation!

Aber auch diese *geniale* Maßnahme verschlägt nicht. Eines Tages heißt es: Schluß, ich mach den Loaden nich mehr uff, sonst verkoof ich mir noch selber unter Preis.

Der Vater stimmt dem Beschluß der Mutter zu. Er ist mit dem Backen in dieselbe Sackgasse geraten und bäckt nur noch einmal die Woche, damit wenigstens die aller-allerbeste Kundschaft, unter anderem Lehrer Rumposch und die Familien, die zum Skatverein gehören, nicht verhungern. Vielleicht läßt die Einmütigkeit, zu der es bei meinen Eltern durch die Inflation kommt, sie auch auf ehelichem Gebiet wieder einmütig werden.

In der Sastupeiterei, bei unserer Konkurrenz, wird weiterhin täglich Brot gebacken. Mein Vater sitzt in der Guten Stube hinter der Gardine und beobachtet und sieht seine ehemaligen Kunden, unter jedem Arm ein Brot, aus der Sastupeiterei ziehen. Wie der das bloß macht! murmelt er und trommelt aufs Fensterbrett.

Und da zeigt sich wieder, was für eine ausgezeichnete Mutter wir haben. Sie macht sich abends hinüber in die Sastupeiterei, trägt ein weißes Taschentuch in der rechten Hand, knüllt es zusammen und schüttelt es wieder auf und bemeistert damit ihre Erregung, aber es sieht mehr so aus, als ob sie eine Neutralitätsflagge schwenkt. Sie woarn ja ooch bei uns, wie die Jungs hoaben Theater gespielt, Frau Sastupeiten, warum soll ich, hoab ich mir gedacht, nich moal bei Ihn kumm, sagt die Mutter zur Müllerin. Die Müllermutter wird verlegen bis nah zur Ohnmacht hin. Es ist nicht üblich, daß sie Besuch bekommt. Wir wissen, sie ist ortsfremd, kommt aus Jethe bei Forschte, und das liegt für alteingesessene Bossdomer schon damals fast in Polen. Diese und jene Dorffrau hat versucht, sich der Müllermutter in Freundschaft zu nähern, doch sie wurden vom Altmüller verjagt: Hoabt ihr za Hause nischt zu tune, mißta hier rumklucken und unsere Jungefrau von die Arbeit abhalden?

Meine Mutter hat Glück. Der alte Müller zieht sich an diesem Abend in der Ausgedingerstube mit dem Taschenmesser einen Backenzahn und raunzt mit der alten Müllerin: Geh mir ausm Lichte, wenn ich soage! Und er tut, als ob er begnadet ist und sich in die eigene Mundhöhle sehen kann. Und der Mittelmüller ist auf der Windmühle, und meine Mutter kann ungestört mit der Mittelmüllerschen konferieren. Alsbald geht sie auf den Zweck ihres Besuches los, und sie macht einen Beileidsbesuch daraus: Mein Gott, sagt sie, wenn ich so sehe, wie ihr Brot und Brot vakooft! Paßt moal uff, eich wirds bald nich besser gehn wie uns!

Aber die Müllerin läßt nicht zu, daß meine Mutter mit ihr leidet. Keine Aussicht auf Not in der Sastupeiterei!

Meine Mutter fragt im Kreis herum und erfährt, daß man in der Sastupeiterei, ohne jemand um Erlaubnis zu fragen, das Geld abgeschafft hat. Die Geldmengen heutzutage, erklärt die Müllermutter, könne man ja nur noch in Säcken transportieren, und die Säcke brauche man auf der Mühle.

Meine Mutter wird von der Wißbegier geschüttelt. Jetzt hätte sie eine Tasse Kaffee aus *reinen* Bohnen nötig, aber dergleichen wird im Müllerhause nicht ausgeschenkt. Hier gibts nur Arbeit und harte Reden.

Trotzdem zeitigt die diplomatische Mission unserer Mutter Erfolg. Daheim läßt sie sich auf einen Küchenstuhl plumpsen und sagt: Jetzt weeß ich, wie ses machen!

Mein Vater ist für einige Augenblicke überzeugt, die beste Frau der Welt erheiratet zu haben. Er beschließt, Brot nur noch gegen Roggenkörner herauszugeben, denn so machen sie es in der Sastupeiterei: Soundsoviel Körner, soundsoviel Pfund Brot.

Und siehe, auch uns glückt die Abschaffung des Geldes: Unsere Brotkunden fahren jetzt mit Handwägelchen oder Schubkarren in den Hof und kriegen für einen Zentner Roggen zehn Acht-Pfund-Brote, und sie holen sich die Brote nach Bedarf ab, und mein Vater bäckt wieder jeden Tag. Die Bossdomer Leute und Verhältnisse scheinen darauf eingerichtet zu sein, Krisen zu überstehen. Ich sagte schon, es gibt in unserem Dorf keinen Arbeiter, dessen Frau daheim nicht ein Stück Land bewirtschaftet. Auch die Bergarbeiterschweine müssen sich auf die Inflation einstellen. Sie kriegen jetzt statt Roggenschrot zu ihrem Kartoffelgrundfutter Brennesseln. Nesseln, die die Bossdomer bisher als lästiges Unkraut verfluchten. Im *Sorauer Wirtschaftskalender*, der sich auch auf die Inflation eingestellt hat, wird vom hohen Eiweißgehalt der Brennesselstauden geschrieben, und in diesem Jahr wird Bossdom brennesselfrei. Meine Anderthalbmeter-Großmutter geht, wie andere Großmütter und Ausgedinger, auf Brennesseljagd. Es werden Kämpfe um die einst verfluchten Brennesseln ausgetragen. Meine Anderthalbmeter-Großmutter ist keine schlechte Brennessel-Kämpferin, und so können auch wir unseren Schweinen das Roggenschrot abziehen und unseren Roggen bei uns selber gegen Brot eintauschen.

In dieser Zeit erfährt mein Vater, der Landwirt, Genugtuung, und er vergißt nicht, sich aufzuspielen und sich als einen Mann mit Weitsicht zu feiern.

So werden wir Bossdomer, ohne großes Knirschen im Getriebe, mit der Inflation fertig und fragen nicht nach den Leuten in Berlin und in anderen großen Städten, die ohne Land und Schwein, allein von den Geldscheinen leben müssen, die sie am Lohntag in Rucksäcken nach Hause schleppen. Nein, da sind wir hart! Die Balina Großschnauzen froagen ja ooch nich nach unsch, sagt Stellmacher Schestawitscha. Und der sonst so bedächtige, fast weise Vater Wittling vom Ziegenberg sagt zu seiner Tochter, die in Berlin verheiratet ist und Ziegenbutter hamstern kommt: Was haste mußt nach Berlin werden!

Vom Tage an, da der Laden stilliegt, sinnt die Mutter auf neue Geschäftsmöglichkeiten, und sie findet sie. Es sind allerdings Geschäftsmöglichkeiten, über die nicht nur mein Vater, sondern auch mein Großvater und andere den Kopf schütteln. Die Mutter näht Maskenkostüme. Ja, ihr habt richtig gehört: Maskenkostüme. Drei solcher Kostüme hat sie noch aus ihrer Jungmädchenzeit. Die Kostüme haben Namen, eines heißt *Maggi-Mädchen.* Meine ausgezeichnete Mutter hatte damals an die Maggifirma geschrieben und der in Aussicht gestellt, daß sie auf dem nächsten Maskenball Reklame für Maggi-Suppenwürze laufen würde, ob ihr die Firma bei der Ausstattung des Kostüms nicht ein bißchen *unter die Arme greifen* würde. Und die Maggifirma griff, und sie schickte der Mutter leere Maggiflaschen aller Größen, die an bunten Bändern hingen, dazu aus Leinwand gefertigtes Kunstgemüse: Möhren, Petersilienwurzel, Maggikraut, das heißt Liebstöckl, und auch Grünkern-Ähren zu Sträußen gebündelt.

Das andere Kostüm, das meine Mutter schon besitzt, heißt schlicht *Ungarin.* Das hoab ich mir uff eegene Kosten geschneidert, sagt die Mutter. Natürlich war der Schnitt aus *Vobachs Modenzeitung*, das Kostüm einer Bilderbuch-Ungarin, einer Ungarin, wie sie sich der Mitteleuropäer, der nie in Ungarn war, vorstellt: Budapester Langzeit-Mode. Es konnte sein, daß die Mutter ihre Maskenkostüme in einer stillen Winterabend-Stunde aus dem Reisekorb holte. (Es war übrigens der Korb, mit dem sie einst nach Berlin *geworden war*!) Die Mutter zog das Maggimädchen-Kostüm an und präsentierte sich: Is doch hipsch, nich woahr nich? Schoade, daß das Kleed mir zu kleene geworden is! Nicht meine Mutter war fülliger, sondern das Kostüm war zu klein geworden. Deshalb wohl probiert sie das Ungarinnen-Kostüm nicht. Ungarn, sagt sie, is mehr so ne aparte Sache für Kenner. Wir sind keine Kenner. Wenn die Mutter die Maskenkostüme wieder einpackt, seufzt sie: Ja, wie ich die ausgenäht hoabe, woarn noch Friedenszeiten!

Nun also näht die Mutter neue Maskenkostüme und eröffnet ein neues Friedenszeitalter. Wirklich, sie behauptet (woher nimmt sie die Zuversicht?): Gleich nach die Inflation gehts wieder los mit Maskenbälle. Bis dahin will sie genügend Kostüme ausgenäht haben. Sie will sie gegen Gebühr verleihen, um *geschäftlich rischer wieder uff die Beene zu kumm*, zumal die Maskenkostüme sozusagen aus dem Nichts entstehen; Stoffreste und Maskenatlas liegen von Mutters Schneiderzeit her in der Truhe. Gleich nach der Inflation, so der Plan der Mutter, wird sie mit Rumposch verhandeln, er soll mit seinem Gesangverein den ersten Maskenball in Bossdom vom Zaune brechen. Nacheinander entstehen die Maskenkostüme: Clown im roten Frack; Ballettänzerin mit gewagtem Ausschnitt; Tscherkessin; Aschenputtel; Rotkäppchen und Kokotte. Für uns Kinder werden die Kostüme, deren Geburt wir miterleben, zu Persönlichkeiten. Bruder Heinjak will wissen, in welchem Lande die Kokotten leben, und ob alle so kurze Röcke trügen.

Die Zuversicht meiner Mutter zahlt sich aus. Noch ehe das Jahr zu Ende geht, im grauen Monat November, dem Monat, in dem sonst gern Revolutionen gemacht werden, wird die Inflation zum Stillstand gebracht. Niemand weiß genau, wie sie das in Berlin vollbracht haben. Die Bergarbeiter, jeder seine Flasche Bier in der Hand, streiten, jeder will es besser wissen, wer die Inflation abgewürgt hat. Stellmacher Schestawitscha behauptet: Der Kaischer hat sie vom Auschland her uffgehalden. Die Holländer hätten ihm dabei geholfen. Der Kaischer hat unsch wieder zu vernünftigem Gelde kumm lassen!

Zum Zeitpunkt, da die Inflation *abgeblasen* wird, kostet ein Acht-Pfund-Brot eine Billion Mark. Die neuen Geldscheine werden ausgegeben: Einen Billionenschein kann man gegen einen Rentenmarkschein tauschen. Ein Bergarbeiter kann seinen Wochenverdienst wieder in der obligaten dunkelgelben Lohntüte aus Papier heimtragen, er braucht keinen zweiten Rucksack mehr.

Alles, was sonst in diesem Jahr neunzehnhundertunddreiundzwanzig im Lande geschieht, dringt nur als *Pipatzchen* (Kleinigkeit) zu uns nach Bossdom, zu uns in die Heide, zu uns in die Kleine Republik der Selbstversorger, abseits aller Straßen. Möglich, daß der Vorsitzende des sozialdemokratischen Ortsvereins Erich Schinko, auch ein paar andere eifrige Sozialdemokraten, wissen, was in Berlin und sonstwo vor sich geht, möglich, daß sie den Generalstreik zum Sturz eines Regierenden, der sich Kuno nennt, bewußt unterstützen, möglich, daß sie mit Sorgen den Arbeiteraufstand in Hamburg verfolgen, möglich, daß sie etwas vom Hitler-Ludendorff-Putsch in München wissen, aber sie tragen ihre Erregung, sofern sie erregt sind, nicht ins Dorf.

Die Grubenarbeiter fahren ein paar Tage nicht ein. Sie haben Zeit, sich um ihre Jungen zu kümmern, biegen ihnen Flitzbogen, schnitzen ihnen Mühlen mit Klapperwerk und stellen sie auf Stangen vor den Häusern auf, der Generalstreik bringt uns Kindern Vorteile.

Ich sehe in *Vobachs Modenzeitung* eine Fotografie von einem Manne mit Schafsblick, dicken Augsäcken und einem Kropf. Er erregt meinen Abscheu, ich weiß nicht, was er auf dem *Kerbholz* hat, aber ich versteh, daß Vater und andere Sozialdemokraten ihn nicht mögen, diesen Ludendorff, diesen Mann einer Pseudo-Philosophin.

Durch unser Familienleben schwebt, bald laut, bald leise, die Frage: Wie kumm wa wieder zu Gelde? Die Zeit der Maskenbälle ist noch nicht heran. Nischt wie totes Kapital, die Maskenkleeder, sagt der Vater, und den Begriff *totes Kapital* hat er sich von einem Reisenden abgehört.

Zeitchen lang beneidet der Vater die Bergarbeiter und die Glasmacher: Sie gehen auf ihre Arbeit, und alsbald ist es Freitag, und sie werden mit *wertbeständigen* Rentenmarkscheinen entlohnt. Direktheit, kurzer Weg zwischen Arbeit und Lohn. Einst kannten es auch die Eltern, der Vater als Bäckergeselle und Hilfsarbeiter, die Mutter als Fabrikarbeiterin und Schneiderin. Jetzt stecken sie ihre Arbeit erst ins Geschäft, um dann auf Umwegen zu einem höheren Lohn zu kommen, wie sie sich einbilden.

Backe du Brot und nähe du Neies aus Altes, und die Leite werden eich brauchen und ihr müßt niemanden in den Ursch kriechen! Denken meine Eltern an Großtante Maikas Mahnung? Ich weiß nicht, aber ich denke dran: Tante Maika, sie hockt in der Feldersenke, die Leute sehen sie selten, aber sie sieht die Leute.

Mein Großvater hat mehr als zwei Jahrzehnte seines Lebens verbraucht, um *zu Gelde* zu kommen. Jetzt sieht es so aus, als soll er nur mehr in der Erinnerung an dieses Geld leben. Wenn ich das geoahnt hätte! sagt er. Was hätte er getan, wenn ers geahnt hätte? Er macht mich zum Mitwisser: Er hätte all sein Geld rechtzeitig von der Sparkasse geholt, hätte das Geld, das Vater und Mutter ihm schuldeten, energischer eingetrieben und hätte Tuche und Stoffe gekauft, Weiberschürzen und Männerhosen, hätte die Baukammer vollgestopft und hätte jetzt was Wertbeständiges und einen Geschäftsanfang und hätte allen *Leiten die Zunge rausbläken könn.* Um sich vom Leiden der gänzlichen Geldlosigkeit zu befreien, fordert er eine, wie er meint, für meinen Vater erschwingliche Summe von seinem Darlehen in Rentenmark zurück. Der Vater hat sich längst mit seinem Reisenden beraten: Der Alte hat das Geld nich genumm, wie ichs am angeboten hoabe, jetzt kriegt ersch nich!

Da geht mein Großvater zur Bubnerka in die Schenke,

und es ist das einzige Mal, von dem ich weiß, daß mein Großvater zur Bubnerka geht. Gib mir was zu saufen! fordert er, obwohl er weiß, daß er kein Geld hat.

Was soll die Bubnerka dem Großvater zu saufen geben? Bier, Schnaps, Likör oder Brauselimonade?

Der Großvater verlangt zwei Schnäpse und zwei Biere und kippt sie hastig hinunter, und er fängt mit Paulko Jakubitz, einem jungen Bergarbeiter, der am Nebentisch sitzt, einen Handel an. Bergleute sind Rentenmark-Besitzer. Das Rentenmark-Papier ist so gut wie Gold. Großvater bietet Paulko den kleinen Kompaß an, den er seit Jahren an der Uhrkette trägt. Nimm am, zieh am zu Roate, sagt der Großvater und drängt, mit son Ding kannste dir im Schachte nie valoofen!

Paulko Jakubitz kauft. Der Großvater trinkt wieder eine Weile, dann bietet er Paulko die Zigarrenspitze an, durch deren Guckloch man nach Paris und den *Turm zu Babel* sehen kann. Und Paulko kauft auch die Zigarrenspitze, und der Großvater vertrinkt Renten- und Mark und sagt, er wird sich totsaufen, sein rothaariger Schwiegersohn hat ihn um alles und alles gebracht. Er zieht krakeelend durchs Dorf. Die Kinder laufen hinter ihm her. Der alte Kulka ist besoffen, eine Dorfsensation! Ich muß mich verstecken, damit ich nicht ansehen muß, wie sie meinen betrunkenen Großvater verspotten.

Es kommt wieder zum Familienkrieg. Geschimpf und Beschuldigungen hin und her. Der Vater macht die Großeltern wieder zu Selbstverpflegern. Wieder geht meine Anderthalbmeter-Großmutter mit der schwarzen Ledertasche durch die Seitentür in den Laden, setzt mit einem Stöckchen die Ladenglocke in Schwingung und steht mit gesenktem Kopf da, wenn ich als Ladendiener nach vorn komme. Ich fange sogleich an zu heulen. Meine Mutter muß nach vorn.

Großvater hofft noch. Es ist noch nicht alles verloren. Es geht ein Gesage, die alten Hypotheken sollen aufgewertet werden. Die Idee schwebt noch über den Wassern, aber der Großvater ist gezwungen, sich dran festzuhalten.

Meine Mutter bedient die Anderthalbmeter-Großmutter. Sie wiegt nicht knapp und gibt bei der Vierfrucht-Marmelade noch einen Klecks drauf, wenn die Waagschale schon herunterklappt.

Geht uff Zinsen, sagt die Anderthalbmeter-Großmutter. Meine Mutter sagt nicht ja und sagt nicht nein. Das ist ihre *Hilfe* für die Eltern, sie müssen ja von etwas leben!

Großvater ißt nicht Margarine, nicht Marmelade, nicht Brot, für ihn sinds Zinsen, die er ißt: Wie ne Schneppe lebe ich, sagt er, wie ne Schneppe, die im Winter ihren Schnoabel in den Ursch sticht und ihr eegenes Fett uffrißt. Großvater wählt jetzt die Kommunisten. Er verrät es mir. Die Kommunisten, so meint er, werden, wenn sie *rankumm*, das Kapital und alle Werte des Landes verteilen. Da wird auch er wieder zu seinem Genannten kommen.

Eines Tages gewahrt der Vater durchs Guckloch, daß die Anderthalbmeter-Großmutter ihren Einkauf bei der Mutter nicht bezahlt, da reißt er die Tür auf und brüllt: Schluß!

Meine Mutter schweigt dazu. Für meinen Großvater ist das das Zeichen, daß sich die Mutter der Meinung des Vaters angeschlossen hat. Sowieso hat er mit Abscheu verfolgt, wie sie sich nach Vaters Gebuhle mit Hanka wieder mit dem eingelassen hat. Großvater spannt wieder einmal den Teufel ein: Schluß hat er gebrällt, eirer rothaariger Heindrich, sagt er zu mir oben in der Großelternstube: Schluß hat er gesoagt, aber jetzt is ooch bei mir Schluß, ins Zuchthaus wer ich se bringen, Doktor Krieken dazu, zwee Kinder hoaben se umgebracht, ihre eegnen Kinder!

Ich renne schreiend aus dem Haus wie damals, als der Vater den Mittagstisch umwarf, wie damals, als meine Mutter für längere Zeit hinstarb. Ich schreie und schreie. Leute reden mich an, fragen. Ich antworte nicht. Ich renne in die Feldmark, renne und renne, bis ich müde bin und Lust verspüre, mich auf die frostharte Erde zu werfen und einzuschlafen, aber da fällt mir die Lesebuchgeschichte vom Alkohol ein. Wieso? Habe ich *Eikohol* getrunken? Nein, aber ich habe einmal Cottbuser Korn genippt, da brannte mirs auf der Zunge und im Rachen. Jetzt brennts mir im Herzen. Ich wanke zum Anwesen von Großtante Maika in der Feldersenke.

Jungatzko, wie siehste aus, wie siehste! ruft mir Großtante Maika entgegen.

Ich sage Großtante Maika nicht, wovon ich so geworden bin, wie ich vor ihr stehe. Großvater hat bisher nur gedroht, die Eltern anzuzeigen, er hats noch nicht getan, aber wenn Großtante Maika es weiß, vielleicht geht sie hin und tut es. Daß die Eltern Kinder umbrachten, steht für mich fest. Großvater hat es gesagt. Großvater ist für mich ein Gott. Ich weiß noch nicht, daß er eine Götzenfigur ist, von der schon leise der Goldanstrich abblättert.

Ich hoabe Schreckkrämpfe, Tante Maika, tuk mir helfen! sage ich und merke nicht, daß ich lüge.

Als wir noch in Grauschteen wohnten, hatte mein Bruder Tinko Starrkrämpfe. Meine Mutter ließ Großtante Maika kommen. Damals waren sie noch nicht verquer wegen dem Laden. Großtante Maika hob den Bruder aus dem Kinderkorb, nahm ihn auf den Arm und ging mit ihm in der Schneiderstube hin und her, wisperte und pischperte auf ihn ein und legte ihn wieder in den Korb zurück. Kaum wer ich furt sein, sagte sie, denn wern die Krämpfe weg sein! Und so war es auch.

Großtante Maika legt mir ihre Hand auf die Stirn und sieht mir forschend in die Augen. Sie bestreicht mir die Stirn und wieder ihr Blick, in dem ich versinke, in dem ich versinken muß. Schreck-Krämpfe haste? fragt die Tante.

Orschchen haste, Scheußchen ooch. Mir ist, als ruft mir jemand diese Unflätigkeiten von draußen durchs Fenster zu. Dann weiß ich eine Weile nichts mehr, bis mich die Großtante bebläst und bepustet, und ich weiß nicht mehr, daß meine Eltern Kindsmörder sind. Es drängt mich heimzulaufen, nach Hause zu werden in jenes Zuhause, das vor einer Stunde noch ein fürchterliches Zuhause für mich war.

Daheim gehe ich treppauf zum Großvater. Großvater sitzt auf dem Ofenbänkchen und preßt sein *Kreiz* gegen die heißen Kacheln. Ich schrecke ihn auf: Du sollst bei Tante Maikan kumm, sie will was bereden.

Ich bin noch heute überzeugt, daß ich das nicht mit meinem Willen zum Großvater sagte, es sagte sich selber aus mir heraus, denn bis ich sie aussprach, kannte ich die Aufforderung nicht. Tante Maika hat sie mir ins Hirn gelegt. Sie ist wohl doch eine Hexe!

Großvater fährt auf: Bei die wer ich groade gehn!

Wenn de wirscht nich kumm, hat se gesoagt, wird se dir vom Deibel holen lassen! Und auch das sagt wieder der fremde Bote, den mir Tante Maika ins Hirn gesetzt hat. Großvater denkt nicht daran, zu Großtante Maika in die Feldersenke zu gehen.

Einige Tage lang gehts mir gut. Die Eltern sind mir das, was sie mir vorher waren. Ich bin ihr Sohn, und ich tue, was sie mich heißen, und ich rede mit ihnen.

Aber kaum ist Zeitchen vergangen, da fange ich wieder an zu wissen, ganz verschwommen zuerst, wie eine Erinnerung aus früherem Leben, dann stärker und dann so stark, daß mir die Last den Mund verschließt: Meine Eltern sind Kindsmörder! Wohin haben sie die ermordeten Kinder gebracht? Haben sie sie in die Jauchegrube geworfen wie erschlagene Jungkatzen oder krepierte Kaninchen? Haben sie sie draußen im Apfelgärtchen um Mitternacht bei Neumond vergraben? Wie haben sie sie umgebracht? Erstochen, erwürgt? Für mich handelt es sich um Brüder. Vielleicht hätte der eine von ihnen Hermann geheißen wie mein Freund, und er wäre ein guter Kirschbaum-Erkletterer geworden, und vielleicht hätte ich, der ich, wie wir wissen, ein schlechter Turner war, wenigstens auf meinen Bruder Hermann verweisen können, denn er hätte das Klettertau gewiß so rasch erklommen, als hätten ihn Engel nach oben getragen, und er hätte damit ein bißchen meine Ehre gerettet. Später hat das mein Bruder Heinjak getan, aber da war ich nicht mehr in Bossdom. Heinjak isolierte seine rechte Faust mit einem Taschentuch und schlug Vierzöller-Nägel in dicke Bohlen. Aber eben — da hatte ich die Ehrenrettung nicht mehr nötig. Um meine Trauer über den getöteten Hermann zu dämpfen, stelle ich mir rasch vor, daß ihm Rumposchens Haselstock-Hiebe erspart blieben.

Und vielleicht hätte der zweite Bruder Franz geheißen und wäre so musikalisch geworden wie mein Onkel Franz. Wie schön hätte ich mit ihm musizieren können; er Klavier und ich Mundharmonika. Mein Trost in diesem Falle: Er hätte arg gelitten, weil wir kein Klavier haben. Was ist ein musikalisches Talent ohne Klavier?

Ich beobachte alles, was meine Eltern tun, wie aus einem Versteck. Ich suche nach Grausamkeiten in ihrem Tun, die die Beschuldigung, mit der mein Großvater sie belegte, rechtfertigen. Ich spreche nicht mit den Eltern, und wenn sie mich ansprechen, antworte ich mit zusammengebissenen Zähnen, aber ich antworte, damit ich sie nicht erzürne, damit ich ihre Grausamkeit nicht wecke, damit nicht auch ich an die Reihe komme.

Oh, es geht hart zu bei uns in der Heide! Wenn man als Säugling zwischen die Leute dort geworfen wird, merkt man es nicht sogleich, aber später wird mans gewahr, und man merkt es, wieviel Härte dieser sandige Boden mit dem so sanft blühenden Heidekraut den Menschen abfordert.

Ein Glück, daß mich Großvaters *Reißen* ein wenig ablenkt. Es ist nach vielen, vielen Jahren zurückgekommen und hat ihm die Beine bis über die Knie hin gelähmt. Wenn er sich morgens mit Hilfe der Anderthalbmeter-Großmutter aus dem Bett wälzt, hallen seine Schmerzensschreie durchs Haus. Es sind jene Schreie, die ich später vor seinem Tode wieder hören werde. Die Kunden im Laden ducken sich und verzerren die Gesichter. Die Mutter ist gezwungen, über Großvaters *Reißen* zu reden, damit die Leute, denen er auf seiner *Sauftour* verkündet hat, daß ihn sein rothaariger Schwiegersohn verhungern läßt, nicht glauben, es sei schon so weit.

Großvater trinkt seinen Tee aus Isländischem Moos in Eimerportionen. Die Anderthalbmeter-Großmutter muß ihm die *Beenbinden* umtun, ohne die er nicht leben und nicht sterben kann, wie er behauptet.

Bleib doch in Bette! sagt die Anderthalbmeter-Großmutter.

Freilich, in Bette, in Bette, du kannst mir nich risch genug als Leiche sehn! raunzt er, und er zetert, sie tut ihm die Binden zu grob um, sie steigert seine Schmerzen. Er verlangt nach mir. Ich soll ihm die Binden umtun, ich hätte ein behutsameres Getu. Aber es geht Großvater weniger darum, daß ich ihm die Beine bewickle. Er hat mir etwas mitzuteilen. Er redet wieder vom Kindermord. Umgebracht hätte die Kinder eigentlich Doktor Kriek. Aber schuldlos wären die Eltern nicht. Sie hätten den Doktor bestellt. Also ganz, ganz richtige Mörder wären Vater und Mutter nicht. Großvater bietet mir Pfefferminz-Plätzchen aus der blauen Glasdose an, die auf der Kommode steht. Und er hat mir noch etwas mitzuteilen: Ich soll zu Großtante Maika in die Feldersenke hinaus werden. Sie hat ihm den Wunsch aufgetragen, aber er hätte vergessen, ihn mir auszurichten, und ich sollte bei Großtante Maika *een gudes Wort fier am einlegen ooch!*

Auf diese Weise erfahre ich, daß Großvater gegen seinen Willen bei Tante Maika war:

Das war in der Zeit vor Weihnachten. Großvater hat sich vorgenommen, dieses Jahr keinesfalls an der Familien-Weihnachtsfeier in der Guten Stube des Elternhauses teilzunehmen. Was verstehn die Kinder von deine Hypotheken! sagt die Anderthalbmeter-Großmutter. Taubheit auf beiden Ohren beim Großvater. Er wird für die Kinder eine Extra-Weihnachtsfeier in der Großelternstube abhalten. Er geht einen kleinen Weihnachtsbaum schneiden. Es liegt Schnee, und es ist kneifig kalt, und Großvaters Schuhe mit den Holzsohlen, auf die er bisher nichts kommen ließ, erweisen sich mit eins als unzulänglich. Ihre Schäfte sind nicht hoch genug, sie schöpfen Schnee. Großvater macht sich in eine Fichtenschonung hinein, in ein Fasanenschutz- und Wildkaninchenversteck, das aus dem flachen Schneeland ragt wie die Insel Amorgos aus dem Ägäer-Meer. Großvater sucht dort nach einem passenden Bäumchen. Die meisten sind ihm zu groß, andere wieder zu winzig, da kann er ja gleich Großmutters Myrthenstöckchen zum Tannenbaum machen. Endlich findet er ein Bäumchen, das dem Vorbild in seinem Kopfe entspricht. Aber alsbald tut der Schnee in den Schuhen des Großvaters seine Wirkung. Er schmilzt nicht, er bleibt angriffslustig und macht sich mit kalten Bissen an die Großvater-Zehen. Der Alte führt Selbstgespräche: An die Beene friert dir? Das ist doch nich meeglich, Matthes. Er sieht auf Großtante Maikas Gehöft in der Feldersenke: Hat mir die alte Schkrodaua am Ende behext, das Luder? Bis zu Großtante Maikas Anwesen ists nicht so weit wie zurück nach Hause. Großvater beschließt, sich bei seiner Schwägerin Maika aufwärmen zu gehen.

Maika macht dem Großvater Vorwürfe, weil er mir vom Kindermord erzählte. Großvater sagt, er hat nicht gelogen. Meine Eltern hätten sich freuen sollen, daß Kinder kamen, sagte er, ihm wären alle Kinder bis auf seine Lene weggestorben.

Mäg ja sein, sagt die Tante, aber der Großvater soll mich beschwichtigen. Ich bin zu klein für solche Lasten.

Deshalb brauchste mir noch lange keene kalten Beene anhexen, sagt Großvater. Er bedroht die Tante, auch er kann hexen, sagt er, er wird den großen Heuschober in Maikas Grasgarten anzünden; Paulko Lidola wird von der Markttour kommen und kein Fressen für seine Pferde vorfinden, und er wird Großtante Maika übers Knie legen.

Großtante Maika wird ein seltenes Mal wild und sagt: Das Reißen soll dir piesacken!

Ich tue, wie Großvater mich geheißen hat, ich gehe zu Tante Maika. Du sollst dir bei mir fieln wie za Hause, sagt sie, es würde mir frein, wenn du hier noch zahauserer würdest sein wie bei eich. – Dieses *Zuhauserer* klingt mir bis heute nach. Ich bitte die Tante um *Nachlaß* für Großvater. Sie möge machen, daß Großvaters *Reißen* nachläßt.

Weile muß er noch warten, sagt die Tante, er hat mir goar zu sehre geärgert.

Von diesem Tage an gehe ich oft zu Tante Maika. Langsam, langsam verschwindet das Mißtrauen, das ich gegen meine Eltern hege. Tante Maika nimmt mir die große Last von der kleinen Seele.

Es gibt keene kleene Seele nich, sagt Tante Maika. Die Seele sei in allen Menschen, ob Kind, ob Erwachsener, ob guter, böser, begabter oder unbegabter Mensch, von gleicher

Größe, sie sei sogar in den Menschen vorhanden, die da meinen, sie hätten keine, es käme drauf an, wieviel von seiner Seele der einzelne sehen und heraus lasse.

Wer hat dir das gesoagt, Tante Maika?

Der Wind. – Keine Antwort weiter.

Erst als ich etwa zwanzig Jahre alt bin, weiß ich, welche Kräfte Tante Maika benutzte, um zu erfahren, mit welchem Gesage der Großvater mich verstört hatte. Ich hatte es ihr nicht erzählt, war meine Meinung, aber es gibt auch Fehlmeinungen, wie gesagt wird.

In dieser Zeit wird die Schule für mich ein Ort, an dem ich, das magere Lausitzer Männlein, mich ein wenig aufrichten kann. Im Deutsch-Unterricht darf ich das *Brandenburgische Schullesebuch* beiseite legen. Ich kann es sowieso auswendig. Jetzt bin ich Oberstufe, und wir bekommen, dort oben auf dieser Stufe, Bücher, in denen nur eine Geschichte steht, Romanbücher. Die Geschichte vom *Schimmelreiter* zum Beispiel. Ihr wißt, Reiten hat mich schon immer interessiert. Um nicht gestört zu werden, krieche ich mit dem neuen Schulbuch auf den Heuboden und lese es dort, und alsbald reit ich, wie verrückt, auf Nordseedeichen umher.

Zwei Heubodennachmittage, und der Inhalt des *Schimmelreiters* gehört zu meinem literarischen Fundus. Die Nordsee, der Schlick, die Deiche, sie bilden einen Bezirk in meinem Innern, in den ich mich flüchten kann, wenn mich das, was ich über meine Eltern weiß, doch wieder einmal bedrängt, auch wenn ein Familienstreit auflodert. Doch so bleibts nicht; die wohltuende Wirkung des *Schimmelreiters* verfliegt, als wir die Geschichte bei Rumposch Seite für Seite durchhecheln. Lesen erfreut, Durchnehmen verekelt. Durchnehmen ist – eine Geschichte zerhacken, bis sie aus vielen Wunden blutet; Durchnehmen heißt: Zu morgen lesen: *Schimmelreiter,* Seite eins bis zehn! Am nächsten Tag: *Schimmelreiter* lesen, Seite zehn bis zwanzig! Und zwischendrein heißt es: Erzähl, was du gelesen hast.

Wir antworten stockend: Und denn hoaben se in die Stube gesessen und hoaben sich erzählt.

Plautz, eine Zwischenfrage von Rumposch: Als was hat der, wie heißt er doch?

Hauke Hein, ruft ein Mädchen.

Gut, als was hat dieser Hauke Hein beim Deichgrafen angefangen? Wir raten herum, und endlich kommt einer drauf: Der junge Schimmelreiter hat als Kleinknecht beim Deichgrafen angefangen.

Später soll erklärt werden, was für einen Charakter dieser Hauke Hein gehabt hat. Die meisten von uns wissen nicht, was ein Charakter ist. Ich erinnere mich, daß die *Amerikanische* einmal über den vom Hund erbissenen Onkel Franz gesagt hat: Er hatte einen sanften Charakter.

Wir müssen den Charakter des Großknechts und den Charakter des Deichgrafen bestimmen, und der *Schimmelreiter* wird uns zu einem Vexierbild, in dem überall Charaktere versteckt sind, die wir finden müssen.

Alsdann sollen wir nach Motiven suchen. Dieses Wort muß uns Rumposch wirklich erst erklären; wir kennen nur Lokomotiven. Rumposch erklärt uns das Wort, aber wir können nicht verstehen, weshalb man nach *Motiven* fragen muß und nicht: Warum hat der das gemacht?

Weshalb hat Hauke Hein den Deich unbedingt bauen wollen? So kommen wir auf die wirtschaftliche Seite der Geschichte und dann auf die politische Seite zu sprechen, und zum Schluß sieht es so aus, als habe dieser Theodor, dieser Storm, die Geschichte nur aus wirtschaftlichen und politischen Gründen geschrieben.

So nehmen wir den *Schimmelreiter,* immer zehn Seiten pro Tag, im ganzen drei Mal durch, und wir müssen es uns gefallen lassen. Als wir die Storm-Novelle zum vierten Male durchnehmen, weiche ich vom Thema ab und bestimme in meinem Hausaufsatz den Charakter des Schimmels vom *Schimmelreiter.*

Es ist mir schon beim zweiten Durchforsten der Novelle aufgefallen, daß an diesem Pferd etwas nicht stimmt. Ich räume ein, daß sich Hauke Hein beim Kauf seines Pferdes richtig verhalten habe, als er dem mageren Schimmel ins Maul sah, um dessen Alter festzustellen, daß Hauke aber trotzdem wenig Ahnung von Pferden gehabt hätte, weil er behauptete, sein Pferd gucke ihn an, sähe ihm in die Augen und wäre ganz verrückt nach ihm. Ein solches Pferd, schreibe ich in meinem Aufsatz, habe ich auf keinem Pferdemarkt und nie nich gesehen; dem Herrn in die Augen gucken tun Hunde, aber Pferde nicht.

Meine Behauptung bringt Rumposch in Verlegenheit. Ob mir klar wäre, fragt er, daß hinter diesem Hauke Hein der Erzähler, der Dichter, stecke.

Es ist mir klar, sage ich.

Ja, wenn der Dichter den Pferdehandel des Hauke Hein richtig beschrieben hätte, müßte der doch wohl Pferdekenner sein, er könnte den Charakter des Pferdes nicht mit weniger Kenntnis beschrieben haben als den Pferdehandel.

Ich weeß ja nich, sage ich. Und ich konnte es wirklich nicht wissen, daß sich Schriftsteller zuweilen Spezialkenntnisse, wenn sie sie benötigen, aus Büchern zusammenlesen. Vielleicht hatte der Herr Storm den ersten Teil über den Pferdehandel des Hauke Hein aus einem Büchlein herausgelesen, das den Titel trug: *Wie erwerbe ich ein gutes Gebrauchspferd,* und die Verhaltensweise des edlen Schimmels hat er einem Märchenbuche entlehnt. Das kommt bis auf den heutigen Tag vor, und ich könnte es an *Dichtwerken* der neueren Zeit beweisen, doch ich werde mich hüten, Literaturverarbeiter zu reizen, mich ein weiteres Mal als *literaturwissenschaftsfeindlich* zu verschreien.

Lehrer Heier wird hinzugezogen, den Schimmelstreit schlichten zu helfen. Hast du nicht bedacht, sagt er, daß der Dichter die Vermutung anklingen läßt, es handele sich bei dem Pferd um ein arabisches, hast du auf den Pferdemärkten je Gelegenheit gehabt, arabische Pferde zu beobachten?

Ich muß verneinen, und die Lehrer glauben, mich belehrt zu haben.

Trotzdem wundere ich mich noch heute, wenn ich an diesen Vorfall denke. Ich wundere mich, daß meine Lehrer meinen Einwand ernst nahmen, aber das verdankte ich wohl Lehrer Heier, der sich nun einmal ein Wunderknabenbild von mir gemacht hatte. Und so wird Paulko Lidola, der

Mann oder Nichtmann meiner Großtante Maika, der beste Pferdekenner weit und breit, um Rat gefragt. Er hat mit ausgedienten arabischen Pferden, die er von Gutsbesitzern kaufte, Umgang gehabt: In die Oogen hat mir keens geguckt, sagt er.

So werde ich damals *Sieger* im *Gelehrtenstreit* um eine naturalistische oder realistische Episode in der *Schimmelreiter*-Novelle von Theodor Storm. Heute fürchte ich, daß ichs zu Unrecht wurde, denn weder meine beiden Lehrer, noch ich, noch Paulko Lidola erwogen, ob der Storm dem Schimmelreiterpferd nicht menschliche Blicke zugeschrieben hat, um das Satanische, das in dem Tier steckte, anzudeuten. Für solche Erwägungen waren meine beiden Lehrer zu nüchtern, und Lehrer Heier sagte stolz, als ob er mich gezeugt hätte, zu meinen Eltern: Der wird mal richtig. Und er legte den Eltern wieder nahe, mich in die Stadtschule zu schicken, und ich muß befürchten, daß ich unter falschen Voraussetzungen auf die Stadtschule kam.

Großvater hat mir übelgenommen, daß wir, die Lehrer und ich, Paulko Lidola und nicht ihn um Rat in Pferdeangelegenheiten gebeten haben. Er ist die ganze Zeit mürrisch. Das Geschäft der Eltern ist wieder angelaufen. Er ist arm geblieben, ist zu *Schwetasch und Seidel* geworden, hat einen Kredit aufgenommen und ist wieder als Handelsmann unterwegs. Doch er ist älter geworden, und es fällt ihm nicht mehr so leicht, zu Fuß über Land zu gehen. Das Köfferchen, in dem die aufgeklebten Stoffmuster eingeschichtet sind, wird ihm schon nach einer Stunde Fußmarsch so schwer, als ob es aus Eisen wäre.

Die Leute sind noch nicht geneigt, sich neue Kleidung zuzulegen. Großvater muß reden und reden, und die Leute reden mit ihm. Er erfährt Neuigkeiten, aber er macht wenig Geschäfte. Eine der Neuigkeiten, die Großvater mehr erfragt als erfährt: Hanka hat einen Bräutigam, sie will heiraten. Der Bräutigam ist zugewandert und arbeitet in der Braunkohlengrube. Aus Großvaters Verbitterung schießt Rachsucht hervor: Er schreibt einen anonymen Brief an Hankas Bräutigam. Der sei auf dem besten Wege, sich mit einer Hure, mit einer

Saue zu verheiraten. Näheres bei Heinrich Matt in Bossdom ...

Hankas Bräutigam kommt nach Bossdom. Er bebt und stellt sein Fahrrad *Unter Eechen* ab. Er hat einen dünnen Nasenrücken und an der Nasenspitze ein Wülstchen, eine unsympathische Nase. Großvater erspäht ihn von oben aus der *Wächterstube.* Meine neugierige Schwester läuft dem Fremden in den Weg. Der Fremde fragt in fremder Mundart: Häaisst du Matt?

Meine Schwester nickt.

Jähst deinem Vater holn, eck well em sprächen!

Meine Schwester geht den Vater holen, und mich schickt Großvater aus, ich soll mich auf die Hausbank setzen und uffangn, was die beeden reden. Ich setze mich auf die Hausbank, und es war kühl, dort zu sitzen, es war noch kein voller Frühling.

Mein Vater tritt weiß beschürzt, in Bäckerpantoffeln, auf die Hausschwelle. Der Fremde begrüßt ihn, zieht einen Brief aus der Jackentasche und gibt ihn dem Vater, der soll ihn lesen, und der Vater liest den Brief und erkennt alsbald, wer ihn schrieb, und er wirft wütend den Kopf in den Nacken und röhrt wie ein Hirsch in der Brunft: Den bring ich um! Der Fremde sagt, das hilft ihm nichts, er will wissen, ob wahr ist, was im Brief steht, und er will es wissen. Mein Vater weicht einer Antwort aus und röhrt wieder: Den bring ich um!

Ich kriege Furcht, renne ins Haus und warne den Großvater.

Zeitchen vergeht, und Vater bringt den Fremden in die Küche und bewirtet ihn mit Bier. In der Backstube vergart das Brot, der Teig verläßt die hölzernen Brotmulden und läuft, sich die Welt ansehen. Der Mutter erklärt der Vater: Dieses ist Hankas Bräutigam vor aller Welt.

So? sagt die Mutter bissig: Denn heiroaten Se se man weg, es is die heechste Zeit! Meine Mutter will nichts mehr von Hanka hören, sie haßt sie, und sie will ihr Leben lang nichts mehr von ihr hören.

Am Nachmittag flammt Streit zwischen den Eltern auf.

Der Vater hat das übergarte Brot frisch aufgewirkt, aber der Teig ist übersäuert. Die Mutter schimpft, wie soll sie die Brotplinsen verkaufen?

Das haste alles deinem Alten zuzuschreiben, dem Verleimder dem, was schreibt er anonyme Briefe!

Das Wörtchen *anonym* hakt sich bei mir fest. Ich frage später die Mutter nach seiner Bedeutung. Meine ausgezeichnete Mutter belehrt mich: Anonym heeßt mit ohne Namen unterschreiben.

Neue Verwunderung bei mir: Mit ohne Namen unterschreiben? Schreibt man woll erst den Noamen hin und streicht ihn denn wieder durch?

Du mit deine Froagerei! Die Mutter antwortet nicht mehr.

Aber zurück zum Streit der Eltern: Mäg ja sein, daß der Brief anonym woar, sagt die Mutter, aber die Woahrheet steht drinne.

Mach dir furt mit deine wendsche Schwiete! brüllt der Vater.

Die Mutter antwortet vornehm, im Stil der Hedwig-Romane: Wer hat die Ehe gebrochen, bitte, du oder ich? Und die Eltern streiten sich weiter und werden sich nicht einig, wer von ihnen ausziehen und das Haus verlassen muß.

Großvater sitzt oben in seiner Stube auf Lauschposten und sagt zur Anderthalbmeter-Großmutter: Das hat gesessen!

Die Anderthalbmeter-Großmutter schweigt. Großvater hofft, wenn er sein Geld vom Vater schon nicht zurückkriegt, wenigstens sein Lenchen zurückzukriegen.

Das Gezänk der Eltern zieht sich bis zum Nachmittag hin, bis mit eins Lehrer Heier kommt, den *Spremberger Anzeiger* auf dem Küchentisch ausbreitet und auf eine amtliche Verlautbarung hinweist, nach der Jungen, die für die Einschulung auf dem Reform-Realgymnasium vorgesehen sind, samt Schulabgangszeugnis zu Markte getrieben und dem Schuldirektor vorgeführt werden sollen.

Verdächtigt mich nicht, daß ich das Erscheinen von Lehrer Heier hier als deus ex machina verwende, er erscheint wirklich als Punkt hinter dem Familienkrach, und das Gespräch der Eltern wird duse. *Duse* ist bei uns auf der Heide, wenn jemand verhalten auf einem Musik-Instrument spielt. Vielleicht hat es sich aus Frankreich zu uns Halbdeutschen verirrt.

Missen wa schon den Jungen selba befroagen, sagt der Vater zu Lehrer Heier und verhält sich vernunftbegabt, missen wa schon froagen, ob er uff die hoche Schule will.

Ich bin, als die Eltern zu streiten anfingen, auf den Mehlboden geflüchtet und lasse mich erst suchen, und ich komme angestaubt vom Mehlboden, und sie befragen mich, und alles, was ich in den letzten Tagen und Wochen im Elternhaus erlebte, macht mir die Entscheidung leicht: Ich will auf die hoche Schule nach Grodk.

Gleich uff die hoche Schule? gibt meine Mutter zu bedenken. Sie selber hat auch auf der Grodker Volksschule ganz *Neegchen Bildung genossen.*

Wenn ich einmal Lehrer werden will, soll ich schon auf die hohe Schule gehen, aufs Gymnasium, sagt Lehrer Heier. Ich habe nicht gerade wütende Lust, Lehrer zu werden, lieber schon Förster und noch lieber ganz was *Hoches*, was ich selber noch nicht weiß, deshalb frage ich vorsichtig, ob es nicht noch eine *höchere Schule gäbte, auf die ich ruffmachen könnte.*

Das wird zu teier, protestiert der Vater, aber Lehrer Heier verhält sich wie ein Reisender, der eine Ware anbringen will: Der Junge kriegt eine Freistelle, sagt er, seine Leistungen sind danach. Mein Vater lenkt knurrend ein: Probiern kinnde mans, ich meene, eigen is er ja, der Junge.

Und so wird an diesem Tage beschlossen, daß nicht meine Mutter mit ihrer *wendischen Schwiete*, nicht mein Vater mit seinem Bündel aus dem Hause gehen wird, sondern ich. Ich bin froh, den Kriegsschauplatz verlassen zu können.

Detektiv Kaschwalla hat erspitzt, daß jemand in die Küche gekommen ist, mit dem verhandelt wird, aber nun muß sie auch wissen, wer da gekommen ist, und was da verhandelt wird. Für so dringliche Aufklärungsvorhaben hat sie stets einige Gegenstände aus ihrer Oberstubenwirtschaft bei uns unten stehen, absichtlich vergessene Gegenstände, die sie mit einem Ausruf der Überraschung wiederfinden kann.

Kaum ist Lehrer Heier gegangen, da teilt die Kaschwalla

dem Großvater in meiner Gegenwart mit, daß ich auf die *hoche Schule werden* und fortan in Grodk leben werde.

Wirschte denn doa ooch zurechte kumm? fragt mich der Großvater. Der doa unten (die Großeltern benutzen den Vornamen des Vaters nicht mehr), der doa unten hat gesoagt: Er wird schont zurechte kumm, eitel is er ja.

Ich protestiere: Der Vater hat *eigen* gesagt. Ich kann der Großmutter nicht begreiflich machen, daß eitel und eigen zwei verschiedene Eigenschaften sind. Is engal, beendet Großvater die Auseinandersetzung, wenn er uff die hoche Schule geht, kann er Advokat wern. Dem Großvater schweben himmlische Zeiten vor, in denen ich ihm bei seinen vielen Gerichtsprozessen unentgeltlich als Rechtsbeistand zur Seite stehen werde.

Rumposch schreibt mir ein Zeugnis aus, in dem er dem Direktor der *hochen Schule* in Grodk bekundet, daß er ihm nicht seinen schlechtesten Schüler zur Weiterbearbeitung überläßt: Religion sehr gut; Deutsch sehr gut; Naturkunde sehr gut undsoweiter. Alles sehr gut, nur Leibesübungen – mangelhaft. Natürlich, weil ich nicht am Tau hochklimmen konnte. Ist Reiten keine Leibesübung? Sind landwirtschaftliche Arbeiten wie Heuladen, Pflügen, Eggen, Hacken, freihändig auf einem Wagen stehen, wenn das Pferd dahingaloppiert, keine Leibesübungen? Sind nicht ausgereifte Männer lobsvoll gewesen, wenn ich auf den Pferdemärkten sogar klapprige Pferde zum Galoppieren brachte? Hatte ich meinen Leib in all diesen Fächern nicht wunderbar geübt?

Der Tag der Anmeldung kommt heran. Es is besser, wenn ich mit den Jungen nach Grodk werde, sagt die Mutter, du kennst dir mit die feine Sproache nich so aus.

Laß mir, wo ich bin! sagt der Vater.

Mutter und ich machen in Grodk zuerst einen Besuch bei der Familie Baltin. Der Mann heißt Juro, die Frau heißt Mina. Als Mina noch unverheiratet war, war sie *eene Pobloschens,* eine Kumpanka von meiner Mutter, mit der sie in der Tuchfabrik zusammenarbeitete. Juro und Mina Baltin sind das Hausmeister-Paar für das Grodker Lyzeum und für die Mädchen-Volksschule. Sie bewohnen vier Kellerräume des großen Gebäudes. Mina Baltin ist mehr so vornehm und für den Fortschritt wie meine Mutter: Wir wohnen im Souterrain des Lyzeums, sagt sie. Die meisten Leute denken, wenn sies hören, an etwas Feines.

Mina Baltin hat ein Kind mit in die Ehe gebracht, eine Tochter. Juro hat kein Kind in die Ehe gebracht, und zusammen haben sie auch kein Kind gezeugt, aber sie sind auf Kinder aus, besonders auf einen Jungen; sie wollten sich schon immer einen anmieten, aber nun brauchen sie es nicht, nun werde ich bei ihnen eingemietet.

Alles, alles soll so werden, wie sichs die Erwachsenen für mich ausdachten: Sobald ich die Aufnahmeprüfung für das Gymnasium bestanden habe, gleich nach Ostern, soll ich zu den Baltins werden, aber vorher muß noch einiges an mir verändert werden, zum Beispiel die Ärmel an meinen Hemden. Ich trage Hemden mit langen Ärmeln, sie müssen nach der Jugendmode kurze Ärmel haben. Mina Baltin hat es bei den Söhnen des Rektors gesehen: Die Hemdärmel müssen dort aufhören, wo die Arm-Muskeln anfangen, auch meine wollenen Strümpfe müssen mir abgeschafft werden, und meine Hosenbeine müssen über dem Knie aufhören. Nur so, wünscht Mina Baltin, soll ich zu ihr *in Pension* werden, und das ist der Augenblick, in dem mir Mina Baltin unsympathisch wird; wer weiß, was mir noch alles abgeschnitten werden soll, bis ich paßrecht für sie bin.

Meine Mutter schämt sich, weil sie trotz *Vobachs Modenzeitung fürs deutsche Haus* so zurück ist in der Mode für *hoche Schüler.* Am liebsten hätte sie mir gleich vor Mina Baltins *sichtliche Oogen* die Hemdärmel gekürzt, noch ehe wir beim Direktor der *hochen Schule* vorstellig werden.

Wir gehen zum Gymnasium. Dazu müssen wir die Spree zweimal überqueren. Zuerst gehen wir über die Lange Brücke und dann über den Tiede-Steg. Im Gesträuch neben dem Tiede-Steg wechselt meine Mutter die Schuhe. Bis dort trug sie ihrer Hühneraugen wegen Schuhe, die zwei Nummern zu groß für ihre Füße waren. Nun zieht sie sie aus und holt aus ihrem Pompadour ein Paar Spangenschuhe, die ich noch nie an ihren Füßen gesehen habe. Mit einem Schuhanzieher zwängt sie ihre Füße in die Spangenschuhe und versteckt die größeren Schuhe im Gesträuch am Ufer der Spree.

So gehen wir auf das los, was wir vorhaben, aber als die Füße der Mutter den harten Bohlenbelag des Tiede-Steges zu fühlen bekommen, lassen sie wissen, daß sie das nicht mitmachen, und die Mutter humpelt zurück und wechselt wieder.

Wir gehen in den größeren Schuhen auf den Direktor los. Hoffentlich kuckt er mir nich groade uff die Beene, sagt die Mutter, und sie zupft an den Schleifen und Schleifchen, die sie über ihre Tuchbluse verstreut hat. Schleifchen sind immer so gefällig!

Dann stehen wir im Zimmer des Direktors. Ich kann euch nicht erzählen, wie es darin aussah. Ich bin ein großes Zittern. Ich ziehe mich zusammen und dehne mich aus, ziehe mich wieder zusammen und dehne mich wieder aus. Meine langen Hemdärmel, meine zu langen Hosenbeinlinge und die schwarzen Wollstrümpfe von der *Amerikanischen* machen das Zittern mit.

Da ich das Zimmer des Direktors erst bei meinem Abgang vom Gymnasium wieder betrete und aus anderen Gründen wieder zittere, wird kaum einer meiner Leser jemals erfahren, wie das Zimmer unseres Gymnasial-Direktors aussah.

Der Gymnasial-Chef ist ein gepackter Mann, hat hervorquellende Augen, ist etwa dreißigjährig und sitzt etwas schief von links oben nach rechts unten im Sessel. Später werde ich wissen, daß diese Haltung im Film benutzt wird, um Dramatik in eine Halbporträt-Aufnahme zu bringen. Vielleicht hat unser Studiendirektor es nötig, sich in diese Haltung zu bringen. Er kommt von auswärts und hat es schwer unter Halbsorben und *einbildschen* Spremberger Tuchfabrikanten. Er hat übrigens vor, wie ich später sehe, in die Familie eines Tuchfabrikanten einzuheiraten. Jedenfalls aus so einer Familie eine Tochter herauszuheiraten. Das verlangt persönlichen *Nachdruck*.

Der Studiendirektor nennt meine Mutter etwas herablassend: Liebe Frau. Dahinter läßt er immer eine Pause, damit meine Mutter ihren Familiennamen selber einsetzen kann:

Liebe Frau, was Sie mir ta pringen, tenk ich mir, sagt er, und was die liebe Frau, meine Mutter, dem Studiendirektor da bringt, das bin ich.

Auf meine Mutter macht der Direktor Eindruck; vielleicht weil er so klug ist und errät, weshalb sie mit einem Jungen zu ihm kommt, und weil er eine ähnliche Aussprache hat wie Herr Schneider in Firma Otto Binnewies, Mutters Lieblings-Reisender.

Der Herr Studiendirektor will mein Zeugnis sehen, er läßt es sich reichen. Bei jedem *Sehr gut*, das er auf dem Papierblatt vorfindet, läßt er ein zufriedenes Knurren hören, und dort, wo geschrieben steht, daß mir das Talent fehlt, an einem Tau emporzukriechen, preßt er ein Gebrumm aus sich heraus. In welche Klasse gehst du? fragt er.

In der ersten Klasse, antworte ich.

In die erste Klasse, sagt der Direktor.

Ja, sage ich, drei Jahre in der ersten Klasse, aber ein Jahr unbewußt.

In die erste Klasse heißt es, sagt der Studiendirektor, und da mischt sich meine Mutter ein und sagt: Ja, ja, mit die deutsche Sprache wirds bei ihn noch manchmal hapern, Herr Direktor.

Ach, wir haben es schwer mit der deutschen Sprache in meiner halbsorbischen Heimat! In der Schule werden wir verbessert, wenn wir dort, wo es *mich* heißen muß, *mir* sagen, deshalb sagen wir, wenn wirs mit *feine Leite* wie Barons oder Bonbon-Reisende zu tun haben, sicherheitshalber nur *mich*. Ich habe es noch heute schwer mit jenen Vereinbarungen, die die Grammatiker *die Fälle* nennen. Beim schnellen Sprechen, wenn ich keine Zeit für Nebenrechnungen, das heißt, fürs Deklinieren habe, verschlucke ich lieber einen halben Satz, damit ich nicht auf Rümpfnasen stoße, wenn ich *mir* sage, wo es *mich* heißen muß.

Zur Aufnahmeprüfung *geige* ich auf dem Fahrrad der Mutter nach Grodk. Meine Mutter packt mir Brote ein, viel zu viel geschmierte Brote. Sie geht dabei von sich aus: Wenn se dir goar zu sehre prüfen, und dir wird schlecht, denn beiße schnell moal unter die Bank een Haps von deine Schniete ab!

Ich verspreche es ihr. Im Rucksack schleppe ich außerdem ein Stück Kuhkette und ein faustgroßes Vorhängeschloß nach Grodk, die Mitgabe des Großvaters. In Grodk könnte man mir das Fahrrad stehlen. (Vergeßt nicht, daß er Aktien drauf hat!)

Ich stelle mein Fahrrad vor dem Portal des Gymnasiums ab, schließe es an, putze mir die Füße an einer braunen Kokosmatte, mache mich vorsichtig rein in die *hoche Schule*, trampe durch die Gänge und wundere mich, daß es dort genauso riecht wie in der Bossdomer Schule. Allwie man nach Rezept vielerorts dieselbe Suppe herstellen kann, entsteht allerorts aus dem Ruchgemisch von unausgewaschenen Tafelschwämmen und -lappen, Fußboden-Öl, Schülerwiderwillen, Schülerübermut und Schülerfurcht dasselbe Schulgedünst.

Es kommt mir ein Mann entgegen. Er sieht mich respektheischend an. Ich vermute, es ist ein Lehrer, aber noch ist er nicht *mein* Lehrer, noch ist er wie viele Männer, die ich auf der Stadtstraße treffen kann, noch ist er nicht durch Namen und Titel ausgesondert. Ich grüße und frage: Wo tun se daß hier *die* prüfen, die neu anfangen tun?

Der Mann versteht mich nicht. Ich muß meine Frage wiederholen. Ich bemühe mich, es hochdeutsch zu tun. Der Mann lächelt und unterweist mich und wundert sich über meinen Rucksack, doch er verlacht mich nicht, das durfte er wohl auch nicht; später werde ich wissen, daß es unser Religionslehrer Studienrat Doktor Laude ist. Dafür grinsen die über meinen Rucksack, die später meine Mitschüler werden sollen. Die haben es gerade nötig, die Hosenscheußer, sie lassen sich von ihren Mamas zur Prüfung begleiten, sind kleiner und jünger als ich und lachen über meinen Rucksack? Ich habe zu lange im Neste gelegen und bin schon elf Jahre alt, bin Übergröße und fühle mich erhaben.

Erhaben mache ich auch meine Prüfung. Sie verlangen von mir, ich soll eine Harke zeichnen. Ist ja lächerlich! Dann soll ich hundertachtundvierzig durch zwölf teilen, dann eine Fabel von Lessing vorlesen und sie erklären. In sowas bin ich seit dem *Schimmelreiter* geübt. Ich erkläre den Inhalt der Fabel wie geschmiert: Wenn een die Trauben zu hoch hängen, bedeutet es, er kann nich, wie er mechte, erkläre ich. Was gibts da zu lachen?

Dann werden wir rausgelassen und sollen uns miteinander bekannt machen, aber das mach mal einer, wenn überall die Mamas dazwischen sind, die ihren Söhnchen die Nasen putzen, sie kämmen oder ihnen verstohlen mit Taschentuch und Speichel Kreide-Flecke aus den Hosen wetzen!

Dann gehen wir in die Aula. Es ist gradezu eine Kirche, auch eine kleine Orgel ist drin. Ein Oberprimaner spielt die Orgel, ein Quartaner versorgt den Orgelbalg mit Luft, der Schulchor singt, und der Direktor hält eine Ansprache. Er steht auch am Rednerpult etwas links-schräg und weist drauf hin, daß jetzt ein neuer Lebensabschnitt für uns anfängt. Ich erlebe zum ersten Male das Zerschneiden des Lebens in Abschnitte. Danach habe ich bisher falsch gelebt. Ich habe ohne Punkt und Komma, ohne einen Absatz zu machen, dahingelebt.

Dann werden die Namen der Schüler verlesen, die die Prüfung bestanden haben. Die Namen der Schüler, die die Prüfung nicht bestanden haben, werden nicht verlesen, damit die Mamas sich nicht schämen müssen. Als mein Name verlesen wird, ist mir so wohl, und es duftet mich an wie im Sommer, wenn ich auf dem Heufuder sitze und das Pferd heimzu lenke. Es ist wundersam, meinen Namen von der Kanzel aus dem Munde eines Studiendirektors genannt zu hören, nun wissen alle, daß Esau Matt der Junge mit dem Rucksack ist.

Einige Väter sind gekommen. Das große Gratulieren geht los. Erst gratulieren die Eltern ihren Söhnen, die die Prüfung bestanden haben, dann gratulieren die Eltern einander zu ihren *prüfungsbestandenen* Jungen. Tuchfabrikant Sinapius gratuliert Frau Samenhändler Werle, und Herr Bürgermeister Stieven gratuliert Herrn Auktionator Hundert, und sie mengen ihre Hände durcheinander und gratulieren und gratulieren. Ich sitze abseits. Mir gratuliert keiner. Hoffentlich hat dir keiner das Fahrrad weggeschleppt, denke ich, aber ich denke es nur, damit mir nicht weinerlich wird, und ich beiße rasch in meine Schniete.

Ja, nun muß ich noch zu den Baltins. Mutter hat es mir anbefohlen. Bestehste die Prüfung, gehste hin, bestehste se nich, gehste nich hin, wegen die Blamage. Ich habe die Prüfung bestanden, und ich muß hin. Meine Mutter nennt die Baltins jetzt schon meine *Pensions-Eltern.* Ich müßte hin zu ihnen und sie begrüßen und *die Bestandenheit* meiner Prüfung melden, weil man das in die Stadt so macht, sagt meine Mutter, und dieses *Man-macht-das-so* begleitet mich hinfüro. Man macht das so, und man macht das so, keiner fragt, ob ich nicht vielleicht Lust habe, etwas so zu machen, wie es mir richtig erscheint. Nein, ich soll alles so machen, wie es die andern machen, die sich hinter dem Wörtchen *man* verschanzen.

Ich treffe nur Mina Baltin an und melde, daß ich die Prüfung bestanden habe. Auch sie gratuliert mir nicht. Sie sagt nur, sie fände es selbstredend oder so etwas, und sie macht mir gute Aussichten: Kaum wirst du hier sein, sagt sie, da wird ein großes Sinfonie-Orchester spielen und du wirst es hören, hundert Musiker, und sie wörden eine ganze Masse von Bööthoven spielen, von Mozart und von lauter so Leuten, von denen man sonst nur in die *Berliner Morgenpost* liest. Ja, hundert Musiker. Grüß deine Eltern schön!

Daheim gratuliert mir auch niemand. Man gratuliert in Bossdom zum Geburtstag, zu Neujahr, zur Hochzeit, zur Silberhochzeit; jemand zu gratulieren, der die Aufnahmeprüfung fürs Gymnasium bestanden hat, ist nicht vorgesehen.

Von nun an lebe ich wie ein Kranker, der weiß, daß er bald sterben wird. Jeder Tag, den ich in Bossdom bleiben darf, ist unwiederbringlich, aber die Unwiederbringlichkeit hat keinen Namen, sie ist ein Gefühl, und die Erwachsenen steigern dieses Gefühl in mir. In der Schule heißt es: Bäkkersch Esau wird nach Grodk werden. Wittlings Hermann will beim Indianerspielen nicht mehr mein Pferd sein, er winkt ab: Hat ja keenen Zweck nich mehr! Lehrer Rumposch fragt mich nicht mehr, für ihn bin ich schon ausgeschieden. Er rät mir mit einer Stimme, die man fast gütig nennen kann, kein neues Schreibheft mehr anzufangen. Ich sitze in der Schule wie das Kind eines Puppenspielers, eines von jenen Kindern, die weiterreisen.

Aber je mehr mich die Menschen fühlen lassen, daß ich schon nicht mehr zu ihnen gehöre, desto mehr umklammert mich mein Heimatdorf. Meine Erinnerungen wuchern wie Giersch. Dinge und Zustände, die mich früher nur streiften, fangen sich an herauszuheben: Das frische Brot, wenn es aus dem Backofen kommt, das Heu über der Scheunen-Tenne, sie duften mir Auf Wiedersehen. Ich liege auf dem Heuboden und erlebe im voraus, wie mir meine Geschwister und unsere Katze Thusnelda fehlen werden und unser Hund Flock, ganz zu schweigen von unserem Pferd, dem Brandfuchs-Wallach, nach dem ich mich sehnen werde wie nach einem Menschen. Ich hocke auf der Futterkiste im Vorraum des Stalles und sauge mich voll Pferdeduft, allzu gern würde ich mir ein Stück von der Pferdedecke abschneiden und mitnehmen.

Wenn mich die Abschiede, die ich im voraus erlebe, gar zu sehr bedrücken, zwinge ich mich, an die unschönen Szenen meines Bossdomer *Vorlebens* zu denken, an die Familien-Kräche und die Haselstock-Hiebe, und ich lasse sie in meinem Gedächtnis wachsen, damit sie mir das Fortgehen erleichtern helfen.

Schließlich wird mir auch anderweitig Hilfe: Die Schulabgänger schreiben ihre *Abschiedsbriefe* für die Zurückbleibenden. Ich bin kein Schulabgänger, aber ich gehe doch fort. Also, schreibe auch ich Abschiedsbriefe. Meine Mutter unterstützt es. Sie rät mir, mich freundlich, sehr freundlich von den Kindern der Kundschaft zu verabschieden, und sie geizt nicht und gibt mir Stammbuchbildchen aus den Vorräten im Laden, und sie ist sehr gebefreudig.

Es ist mir nicht gegeben, die üblichen Stammbuchverse zu benutzen, und da mein Talent, Reime zu pressen, kräftiger ausgebildet ist als mein Talent, an einem baumelnden Tau hochzukriechen, fertige ich selber Abschiedssprüchlein an. Sie gehen mir flott von Maul und Hand. *Leiden* reimt sich auf *meiden* und *meiden* reimt sich auf *leiden*; Herz reimt sich auf Schmerz, und das war ja sogar realistisch, weil sie einander doch auch im Leben recht nahe sind – das Herz und der Schmerz. Das Stehen ist der Anfang vom Gehen, und außerdem habe ich Wendungen und Wörter aus den frommen Liedern, die ich für Rumposchen lernen mußte, als Versatzstücke zur Verfügung. Und so heißts denn in meinem *Abschiedsbrief* für meinen Freund Hermann Wittling: *Wenn wir denn itzo scheiden, / Gott lässet uns nicht leiden, / dieweil wir uns nicht meiden . . .*

Und Franze Buderitzsch, dem Kenner des Liebeslebens von Mensch und Tier, schreibe ich: *Ich wünsch, daß deine Seele, / auch fürder mir nicht fehle . . .*

Am letzten Schultag vor den Osterferien stehe ich unter den Abgängern, verteile meine *Abschiedsbriefe* und bin neugierig, ob einer von den Beschenkten erkennen wird, daß die Sprüche in meinen Briefen von mir erdichtet sind. Vergeblich!

Bisher wußte ich nicht, daß ich einen Reisekorb besaß, aber jetzt heißt es: Hast du das in deinem Reisekorb, hast du das und das und das? Es ist auch nicht *mein* Reisekorb, er gehört, wie ein Hund, der ganzen Familie; es ist der Reisekorb, mit dem meine Mutter Lenchen einst nach Schöneberg reiste. Gute Fuhre!

Neben den kurzärmeligen Hemden und den langen Baumwollstrümpfen schichte ich meine zehn, zwölf Bücher in den Korb. Die leeren Fächer des kleinen Regals in der Kinderstube fühlen sich verlassen. *Van den Bergs Margarine AG,* ist auf der Regal-Rückwand zu lesen. Keine geistige Heimat mehr in Bossdom! Keine Ruhestatt mehr in Bossdom! Nicht nur Federbett und Matratze, auch ein Bettgestell wird dort verlangt, wo ich hingehe. Das Bett, das Hanka mit der Anderthalbmeter-Großmutter aufstellte, als wir in Bossdom einzogen, hat sich an seine Stuben-Ecke gewöhnt, es sträubt sich und ächzt, als Großvater und ich es auseinandernehmen. In der Bett-Ecke bleibt nur noch etwas flockiger Staub auf den ungestrichenen Dielen, und die Dielen sind dort, wo das Bett stand, etwas unabgenutzter. Mein allnächtlicher Schlaf hat sie davor bewahrt, von Menschenfüßen betrampelt zu werden.

Die letzte Nacht muß ich mit in der Wohnstube schlafen, in der die Betten meiner Eltern stehen. Sie stehen dort (eigentlich unkleinbürgerlich) wie Bettlerbänke in einer Volksküche, seitlich und hintereinander an der Wand zum Hof hin. Dort stehen sie, seit die Chaiselongue in unsere Wohnstube gezogen ist, die wir den *Schißlong* nennen. Bis er (sie) ins Haus kam, hatten wir nur das mit dunkelgrünem Plüsch überzogene Jugendstil-Sofa mit dem Seerosenmuster im oberen Teil der Lehne. Es gehörte zur Brautausstattung der Mutter. Mein Vater, von dem wir wissen, daß er sehr ruhe- und schlafbedürftig war, benutzte nach seinen Skatabenden, die ihn dem nächsten Tag unausgeschlafen überlieferten, das Sofa zuweilen, um dort einen sogenannten Bäckerstoß zu machen. Das Brot steht in der Backstube auf Gare, und bis zum Einschießen in den Backofen sind noch fünf bis zehn Minuten Zeit. Bloß fünf Minuten, murmelt der Vater und schnalzt schon mit der Zunge, das Zeichen, daß er bereits im Halbschlaf schwebt. Die *Bäckerstöße* auf dem dunkelbeplüschten Brautsofa mißfielen meiner Mutter. Es ist zwar mit einer Schondecke belegt, aber die feinen Stäubchen des Kaiserauszugsmehls dringen durch die Decke hinunter in den Plüsch, und die Mutter muß hernach bürsten und putzen, und die Tränen tropfen ihr, und sie putzt.

Aus diesen Umständen dreht sich unter den Händen eines Polsterers aus Däben das zusammen, was wir unseren *Schißlong* nennen. Freilich kam auch das Bestreben meiner Mutter, mit dieser Chaiselongue auf der Höhe der Zeit zu stehen, hinzu. Sofas galten als veraltet, und alle Welt und *Vobachs Modenzeitung für das deutsche Haus* sprach nur noch von Chaiselonguen, und wer sich eine leisten konnte, der leistete sich eine, und die Sofas standen als Ausgedinger in den Ekken oder auf dem Boden und warteten dort ihre fünfzig Jahre ab, um wieder *modern* und aufgepolstert zu werden.

Die Chaiselongue wird meine Lagerstatt für die letzte Nacht in Bossdom. Ich bin aufgeregt und schlafe fahrig und wache auf, und beim Wachliegen werde ich gewahr, daß ich vergessen habe, mich von dem Ton zu verabschieden, den unser Regulator anschlägt, um die halben und die vollen Stunden zu kennzeichnen. Der Regulator-Ton ähnelt dem Klang der G-Saite auf Gustav Sastupeits Mandoline. Er hat für mich auch einen Geschmack. Er schmeckt, wie wenn ich

Limonade aus einem Glas durch ihren Schaum hindurch trinke.

Beim Nachsinnen über den Regulator-Klang schlafe ich wieder ein, aber ich erwache nach einem Zeitchen wieder, diesmal von einem rhythmischen Geräusch und von einem Geflüster, das aufreizender ist als lautes Sprechen. Dem Geflüster gesellt sich Gekicher bei, das Kichern meiner Mutter. Ich erkenne es. Wenn im Laden zweideutige Witze erzählt werden, schickt man mich hinaus, und manchmal, wenn ich noch nicht weit genug fort bin, höre ich jenes Gekicher meiner Mutter, ein lüsternes Kichern.

Das Geflüster, das ich in meiner letzten Bossdomer Nacht höre, enthält Liebkosungen. Mein Vater verstreut sie. Es sind auch Worte im Geflüster, die meine Mutter *unsauber* nennt, wenn wir sie aussprechen, weil wir sie auf dem Schulhof von unseren Mitschülern hörten.

Meine Mutter unterbricht ihr Gekicher: Der Junge, Mensch, der Junge! sagt sie mahnend, aber es ist wohl nichts mehr abzustellen und einzuhalten. Verlange von einem Wind, er möge aufhören zu wehen! Meine Mutter, die dem Vater das Flüstern verbot, kichert weiter, setzt wieder damit ein, ach und ach und so und so.

Ich bin lange genug der Freund von Franze Buderitzsch, dem Kenner von Paarungsvorgängen, ich weiß, was da geschieht. Mit eins glaube ich, den Haß meines Großvaters von vor Wochen besser verstehen zu können. Was sollte nun daraus werden, wenn meine Eltern miteinander kicherten und flüsterten? Sie würden wieder töten müssen. Ich weiß nicht, was tun. Soll ich Warnrufe aufsteigen lassen? Ich krieche, weil ich fürchte, daß ich doch aufschreien werde, unter mein Deckbett, und dort findet mich am Morgen, über und über verschwitzt und halb erstickt, die Mutter, die mich zum Auszug weckt.

Der Großvater fährt mich im Planwagen nach Grodk. Seit dem letzten großen Krach mit dem Vater hat er das Fuhrwerk noch nicht wieder angerührt, aber jetzt will er wohl *der* sein, der mich in die Welt hinausgeleitet. Er hat mein Leben gerettet, als es einjährig war und verlöschen wollte. Er fühlt sich verantwortlich. Dem Vater ists recht, daß *der Alte* sich wieder ans Fuhrwerken macht, das Frühjahr ist da, die Arbeit in der Landwirtschaft fängt an, der Hafer muß ausgesät werden.

Den Eltern kann ich beim Abschied nicht in die Augen sehen. Den Küssen meiner Mutter entziehe ich mich. Meine Hand liegt flach in den Händen der Eltern beim Abschieds-Gruß. Gott hat mich mit einem groben Stoß aus Bossdom hinausbefördert.

Ich setze mich nicht neben Großvater auf den Sitzkasten, ich lege mich auf die rappelnde Wagenunterlage ins Haferstroh neben den Reisekorb. Ich kann nicht ertragen, wie ein bekanntes Haus nach dem andern, wie ein bekannter Baum nach dem andern hinter mir zur Vergangenheit wird. Ich fürchte mich vor dem Trenn-Geräusch. Außerdem habe ich viel zu tragen. Im Liegen ist mir die Last leichter. Ich darf dem Großvater nicht sagen, was ich nachts erlebte. Und die Eltern? Was wissen die von meinen Brüdern Franz und Hermann? Ich schleppe die beiden toten Brüder mit mir umher und darf mit niemand über sie reden. Ich suche und suche nach Trost. Das Konzert von hundert Musikern, das ich bald hören werde, fällt mir ein. Ich versuche mir vorzustellen, wieviel Platz die hundert Musiker mit ihren Pulten einnehmen werden und wieviel Musik, wieviel Übermusik dieses Hundert erzeugen wird. Bisher habe ich nur die Musik von höchstens fünf Musikanten gehört. Das Behagen, das mir diese Vorausschau vermittelt, lullt mich ein. Ich schlafe eine Weile, werde vom Wagengerüttel wieder wach, und es kommt ein Erlebnis aus meiner frühen Kindheit zu mir zurück. Damals zog mich Großvater des öfteren von Grauschteen nach Grodk und von Grodk nach Grauschteen im Handwagen über die holprige Chaussee, und es kam Musik aus den Wäldern auf mich zu, zuerst ein Klingen, dann leise und schließlich große, ganz große Musik. Damals wähnte ich, diese Musik käme aus den Wäldern, jetzt auf dem Pferdewagen fühle ich, daß es eine eigene Musik ist, sie kommt aus mir, ich habe sie niemand zu verdanken, am wenigsten meinem vergangenen Leben, denn ich habe bis jetzt nie so große Musik gehört, ich kann sie nicht im Gedächtnis gehabt haben. Ich habe sie auch nicht der Zukunft zu verdanken, denn das Konzert der hundert Musiker in Grodk hat noch nicht stattgefunden. Es ist die Musik des Augenblicks, in dem ich lebe, des Augenblicks, in dem ich nicht mehr dort bin, wo ich herkomme, und noch nicht dort bin, wo ich hingehe.

AtV

Band 5414

Erwin Strittmatter
Der Wundertäter I–III

Romantrilogie

1670 Seiten
42,00 DM
ISBN 3-7466-5414-9

Die Wundertäter-Trilogie (1957–1980) zeichnet humorvoll den dornenreichen Weg des Stanislaus Büdner aus Waldwiesen vom poetisierenden Bäckergesellen zum kritischen Schriftsteller nach.

AtV

Band 5404

Erwin Strittmatter
Ole Bienkopp
Roman

404 Seiten
19,90 DM
ISBN 3-7466-5404-1

„Was ist ein Dorf auf dieser Erde? Es kann eine Spore auf der Schale einer faulenden Kartoffel oder ein Pünktchen Rot an der besonnten Seite eines reifenden Apfels sein."
Zwischen diesen Sätzen am Anfang und am Ende eines der wichtigsten und eindrucksvollsten Romane aus dem Osten Deutschlands erzählt Strittmatter das Leben des Bauern Ole Bienkopp, der den schönsten aller Träume, den von der Gerechtigkeit, träumt, der enttäuscht wird, am Ende tot ist und der den Leser klüger als zuvor und überhaupt nicht traurig zurückläßt.

AtV

Band 5401

Erwin Strittmatter
Die blaue Nachtigall oder Der Anfang von ewtas

Erzählungen

122 Seiten
12,90 DM
ISBN 3-7466-5401-7

Diese vier Erinnerungen, zu einem Zyklus verbunden, sind Lebensbericht und literarische Erfindung zugleich, biographische Geschichten mit hintergründigem Witz und Humor und manchmal satirisch. Erwin Strittmatter erzählt von seinem lesehungrigen Onkel Phile, davon, wie er seinen Großvater kennenlernte, von Pferdehandel und Pferderaub und schließlich – von der blauen Nachtigall, die aufflog, als der Dichter sich aus den Armen seiner Gebliebten löste.

AtV

Band 1032

Erwin Strittmatter 3/4hundert Kleingeschichten

Erstmals als Taschenbuch

144 Seiten
12,80 DM
ISBN 3-7466-1032-X

„Man wähnt, die Anpassung der Lebewesen an neue Verhältnisse habe sich in weit hinter uns liegenden Zeiten (etwa nach der Eiszeit oder nach dem Zurückweichen der Gewässer auf der Erde) vollzogen. Der Wendehals belehrte mich, daß diese Anpassung unaufhörlich stattfindet", schrieb Erwin Strittmatter, als er 1971 seine 3/4hundert Kleingeschichten verfaßte, in denen noch von vielen anderen Tieren die Rede ist: von Bleßhühnern, Enten, Schildkröten, Käuzen, Rehen, Pferden und Tauben.
Lebenskenntnis, Naturverbundenheit, Entdeckungsfreude, Witz, Humor und ein tiefes Gefühl für Landschaft und Leute der Mark Brandenburg zeichnen diese Kurzgeschichten aus.

AtV

Band 5402

Erwin Strittmatter
Grüner Juni

Eine Nachtigall-Geschichte

166 Seiten
13,90 DM
ISBN 3-7466-5402-5

Esau Matt, der Ich-Erzähler aus der „Laden“-Trilogie, berichtet von seinen Erlebnissen fernab vom Familien-Laden: von einer Odyssee durch karelischen Urwald. Ägäisches Meer und böhmische Kartoffelfelder, bis er heimkommt ins thüringische Grottenstadt, wo Frau Amanda im Begriff ist, eine Amerikanerin zu werden.